MEMORY HOUSE
记忆坊文化

谢楼南/著

不可言说的秘密

MY LOVE WILL DISREGARD

TIME

AND SPACE

上（全二册）

江苏凤凰文艺出版社
JIANGSU PHOENIX LITERATURE AND
ART PUBLISHING

目录
COTENTS

MY LOVE WILL DISREGARD

TIME

AND SPACE

第一卷

谁或谁的冒失

第1章

既然这么巧，那不如结个婚？

程惜只记得那人口中的味道很甜美，透着一股果酒般的清香。

她亲上去，好像听到了海浪拍打岩石的声音，还看见了黑夜中振翅飞起的海鸥。

程惜猛地睁开眼睛，首先看到的是酒店天花板上华丽的水晶吊灯，每一条弯曲的弧线都优美又充满设计感，看上去就非常贵。

这盏灯，不是很像她酒店房间里那盏……她还没回过神，身侧卷成一团的被子里，有人小声地咳嗽了一下。

床很大，程惜略微艰难地侧了侧身子，才看到旁边似乎是躺着一个人，露出脑袋和半个肩膀。

头发很黑，肩膀挺宽，皮肤还很白，那人头侧在另一边，但只看那白皙瘦削的脖颈，和那紧实有力的半截肩膀，就有点……香艳的味道。

程惜顿时吓得心里一紧，头皮略发麻，想自己不会是喝昏了头，随便拉了个舞男就回酒店开房了吧？

她顿时开始苦思冥想要如何解决？这情况是该算酒后事故呢，还是那啥交易？

看小美男的发色和肤色，应该是个东亚人，她是应该按照东方传统含蓄一点，还是按照本地规矩直接一些？

还没等她想出个结果，旁边埋在被子里的那团就动了动，"小美男"毫不害羞地坐起了身，白色的丝绸被子顺着胸膛滑了下去，露出大片十分有料的肌肉。

程惜下意识地吞了下口水，顺着那六块腹肌往上看，就看到了一张配得上她刚才想象的、堪称极品的完美脸庞。

那张俊美得有些过分的脸上神色冰冷，还带着几分不耐烦，在看到她后更是狠狠皱起了眉："你是谁？谁准你在这里？"

程惜"咦"了声，那人已经将眉蹙得更深，从床头随便抓起一本支票簿就要甩过来："想要多少，自己去填……"

程惜在散发着老牌资本主义铜臭味的支票簿砸到自己脸上之前，冷静且快速地开口："肃修言？"

对方果然停下动作，沉默了片刻后说："你认识我？"

程惜"呵呵"笑了两声："程昱，你之前的家庭医生，是我哥。"

这个人程惜还真认识，只不过大总裁本人可能不认得她。

肃修言，神越集团现任总裁，财阀二代，因为长相出众，还是财经杂志封面常客，社交媒体的宠儿。

当然，虽然公司是从父兄那里继承来的，但本人也不是个草包，能力一流、手段强硬，国内商业圈里，也算是跺一跺脚就能地震的人物了。

只是他怎么会出现在大洋彼岸的这座赌城里，还跟她抱在一起睡了一晚？

听完程惜的话，肃修言垂下头似乎是思索了片刻，好像是在大脑里搜索对她的记忆。

从程惜的角度看过去，能看到他长得过分、微微翘起，像小翅膀一样的睫毛。

也不知他想起了没有，只见那长睫毛忽闪了几下，然后他抬起了眼睛，一脸慎重地说："你哥好歹也是个医生，你怎么可以在国外做这种工作？"

程惜被噎到了，没忍住随手捞起一个抱枕砸到了肃修言那张脸上："我是正经留学生！做个鬼的这种工作！"

肃修言被砸了这一下，脸色反而没那么臭了，有些尴尬地说："对不起，应该是我误会了。"

程惜看着他那样子，心想这人莫不是个傻的，越说反倒越老实。

没想到她一语成谶，往后漫长的日子里，肃修言都在身体力行地践行这一条：越说越老实。

程惜扔完那个抱枕后，也略微冷静了一下，摸了摸身上。

自己外衣虽然不知道飞哪里去了，但里面的衣服都好好地穿着，昨晚应该只是误会一场。

她这么想着，就对肃修言说："房费要不要我打给你一半？"

她边说边下床找外衣和随身物品，打房费什么的也不过随口一说，肃修言也不会差她那点小钱，她准备就此潇洒告别。

还坐在床上的肃修言突然开口："你等等……"

程惜挑了挑眉看他，肃修言说这话的时候没抬头，反而咬着嘴唇垂了头，几缕黑发挡在他白皙的额头上，长睫毛又颤动了几下。

程惜看着这一幕，简直觉得糟心无比。肃修言这个人，性格恶劣、脾气暴躁她早有耳闻，今天早上短短两三句话也能看出来。

但他的外表，在他没有臭着一张脸用鼻孔看人的时候，相当有欺骗性。

就好像现在，他这么半裸着上身坐在雪白凌乱的床单中间，神色仿佛是为难一般微低着头，长睫毛扇啊扇，俊秀的脸庞和薄薄的嘴唇都紧绷起来……好像是有那么点，楚楚可怜。

然后程惜就听到他低声开了口："我们昨晚，好像是结婚了。"

"结婚"这个词刚从他嘴里说出来，程惜就觉得大脑里如同拉响了一千个警报。这些警报声里，还夹杂着大量的礼花礼炮教堂钟声，叮叮当当伴着五彩的烟花炸开，炸得她眼前一阵白一阵黑。

她终于艰难地从断片的记忆中，挖出来一个晃来晃去的神父，还有神父一脸笑容地跟她说了句什么……到底是说了什么来着？

过了几秒，程惜才勉强找回自己的声音："你是说，我跟你结婚了吗？"

肃修言抬起头，方才那种给了程惜错觉的楚楚可怜顿时消失了，只剩下脸色发黑的大总裁，咬着后槽牙说："对，你有什么不满？"

程惜"哦"了声："昨天晚上我们都喝醉了吧，你希望我对你负责？"

肃修言似乎是被抢了什么台词，噎得脸色有些发白，在怒视了程惜几秒钟后，他才从牙缝里挤出一句："我的身份，不能随便离婚。"

程惜又"咦"了一声："那你的身份就可以随便结婚了吗？"

肃修言显然又给噎到了，这次连眼圈都开始变红："婚已经结了，你还想怎样？"

程惜不想怎样，只是一眼瞄到被扔在床头真皮脚凳上的那张纸，眼疾手快一把捞了过来，看着上面的英文："这就是我们的结婚证书？这个不宣誓是无效的吧？回国也不承认吧？不如我们把这张纸撕了，就当没发生过？"

肃修言顿了下，然后继续黑着脸说："我们已经去教堂举行过仪式，这张纸在这个国家已经生效了。"

程惜连忙低头去看，那张结婚证书上果然已经有了神父的签字，在法律上她和肃修言已经是正式的婚姻关系。

她一个头两个大，无奈看着肃修言："我昨晚是喝醉了，大总裁你也喝醉了吗？"

她不说倒还好，说完就看到肃修言濒临崩溃般深吸了口气，眼圈更红了一点。

程惜意识到他可能是想哭，顿时头皮发麻，汗毛倒竖。

一个人在你面前崩溃哭泣已经够让人难受了，更何况是这么一个几分钟前还要拿支票簿砸她脸的霸道总裁。

好在肃修言并不是真的要哭，而是气红了眼睛，冷冰冰地扫了她一眼，咬牙切齿地开口："我当然也是喝醉了。"

现在再纠结两个喝醉的人，是怎么完成填表领证外加宣誓公证这一系列高难度动作的，好像已经有点晚了。

而且初醒的迷蒙过后，程惜对昨晚发生的事，已经回忆起了一些模糊的印象。

就在前天，程惜趁着毕业后签证还未到期的空当，独自一人买了张机票，准备来场正式成为社会人之前最后的疯狂。

来到这里的第一晚，她出了机场，把行李扔到酒店，就直奔钢管舞俱乐部。

她想到终于可以摆脱龟毛的前任老板，一个开心就喝多了，在往钢管舞男身上扔够了美钞后，犹嫌不够，转头又进了一家酒吧。

就是在那里，她看到了一个十分对自己口味的男人，酒吧里灯光昏暗，她看不大清楚对方的脸，只是乘兴乱说着，死死盯着人家看。

对方也是个华人，长得眉清目秀，气质又有点冷，在酒吧昏暗的灯光下，有种遗世独立的特别味道，很符合她的审美取向。

那人倒是很温柔的样子，不但听她絮絮叨叨说了很多，还任由她抓着他的手摸了又摸。

程惜也真是喝多了，摸了半天手见对方不反抗，竟然伸出爪子摸到了人家脸上。

肌肤细腻白皙，线条棱角分明，摸起来手感很好，不过毕竟是男人，肤质再好也能摸到下巴上微微想要冒头的胡楂。

程惜把人家的脸摸了又摸，看人家没动，只是紧抿着唇一声不吭，昏暗的灯光下还能看到他的脸颊上微微染了层薄红。

程惜当时脑袋里就"嗡"的一声，心想古人云"灯下看美人"，真是诚不欺我，这也太好看了吧。

再然后……她就凑过去吻了那张看起来就很可口的薄唇。

接下来……程惜就断片了。

往后的事情，她记忆非常模糊，但她还是能隐约记得，是那个人带着她走出了酒吧。

想一想也能明白，两个人都烂醉了，怎么可能完成填表登记结婚再加上教堂公证这一系列高难度的行为？

如果肃修言没喝醉，刚才一醒过来他那副不耐烦和摸不清楚状况的样子是怎么回事？

想到这里，程惜再想到自己一夜之间稀里糊涂变成已婚身份，看着床上的那个人，语气带了些谴责："我怎么觉得肃大总裁你没喝醉呢？这里面的事情，你要不要试着解释一下。"

肃修言听到她这么快就问出这种核心的问题，也不知道是不是为了撑下场面，他抬起头看过来一眼，下颌紧绷，眼风如刀，霸道总裁的气势一点都没少。

可惜现在程惜站着，他坐着，气场天然地就撑不起来。

不仅如此，他眼角还残留着那点红红的潮意，就这么抬了眼看过来，让程惜顿时又一阵抓心挠肺地……心猿意马。

哪怕程惜再讨厌肃修言这种性格，他的这张脸也还是程惜最喜欢的那一类……帅得很标准，也帅得很锐利。

肃修言冷冷笑了声："跟你这种女人结婚，难道还不能证明我醉了？"

程惜对他这种随时随地的霸总台词彻底无语，默默叹天："我提醒你一下肃大总裁，我现在是你的合法妻子，对我说'你这种女人'这样的话，也是对你自己的贬低。"

肃修言被堵得噎了一下，拿眼角一挑，眼看着就准备反击，只是话没说出来，他就猛地咳嗽了几声。

程惜正等他反击回来，他这么一咳嗽，情绪反倒被打断了，身体也跟着一松懈。

只是她还没反应过来，就看到肃修言又大力咳嗽了几声，不仅咳得身体都跟着一起发抖，还深弯了下腰，那样子看起来竟像是要喘不上气。

程惜着实吓了一跳，她连忙俯身揽住了肃修言的肩膀，抬手按在他胸口感受他的心跳："大总裁，你怎么了……"

下一刻她就沉默了，摸到肃修言肩上肌肤的那一刻，她就感觉到了这个人异常滚烫的体温。

肃修言还是咳得说不上话，不过他也没拒绝程惜的怀抱，或者说他实在很没力气，没办法反抗别人的好意。

程惜就这么抱着怀里有些娇弱无力的美男，沉默了一阵子。

她不知为何突然有种自己挺渣的错觉……不但酒后乱性睡了人家，还把人睡发烧了，醒后甚至翻脸不认人。

肃修言这一阵咳嗽折腾，脸上就泛起了潮红，额头也起了一层冷汗。

程惜忙给他拉了拉被子，低头谨慎地看着他，小心地寻找措辞："那要不然，我对你负责一下？"

肃修言的咳嗽声顿住了，他抬起了咳得发红，充满了水雾的眼睛，一言不发地盯着程惜。

程惜以为他又要发飙，或者干脆再被气着，继续咳得死去活来，却没想到他只是就这么用接近诡异的目光看了她一阵，就"哼"了声，闭上了眼睛不再说话。

程惜扶着肃修言重新躺下来，给他掖严实了被角，就去找水杯接了水回来喂他。

她提议带他去医院，结果大总裁直接丢给她手机，让她联系自己的秘书叫私人医生过来。

电话打过了，医生暂时没赶来，程惜就先从房间的医疗盒里翻出了冰袋，贴在他头上降温。

程惜稍微冷静了，也渐渐回忆起来更多昨晚的细节，以及觉察到了这里面的不寻常之处。

她好歹算是个医科生，知道自己昨晚那些模糊的记忆，比起来酒精，更像是什么药物所致。

所以当时的情况是有点复杂的？那她冤枉了肃修言？

她一边想，一边低头看了下躺在床上呼吸有些艰难的大总裁。

这一看，她就忍不住再次感慨，肃修言的外表确实是……她喜欢的类型。

如果他不是肃修言，她还真不介意跟他有一段什么关系。

也不知道是不是觉察到了她的目光，肃修言的长睫毛颤了颤，睁开眼睛看着她。

那双形状好看的狭长眼睛里，虽然满满都是水雾，却一点都不纯净可爱，甚至还带着居高临下的不屑："你盯着我看干什么？你真以为我需要你对我负责？"

真的一点都不可爱，一张口就是一嘴獠牙和"嘶嘶"作响的毒舌芯子。

程惜在脸上飞快堆出一个假笑："你是病人，在专业医生到来之前，我得看着你，免得你发烧身亡。"

她一边说，一边还微笑着补充："我们还有暂时的婚姻关系，我是个有原则的人，并不想继承你的巨额遗产。"

肃修言……不出意外，气得又剧烈咳嗽起来。

程惜本着人道主义精神，也怕他高热之下真气昏了，凑过去伸手隔着被子，替他顺了顺胸口。

肃修言微微眯上了眼睛，程惜看到他抿了抿薄唇，以为他又要张口喷出点毒液，结果他只是沉默了片刻，就低沉地开口："程惜对吧……我们小时候好像见过。"

程惜心里"呵呵"了两声，结婚证书都在那里放着，敢情大总裁才终于想起来她的名字。

她回忆着十几年前那次并不愉快的夏令营之旅，挑了下眉："是啊，怎么？"

肃修言似乎是很想跟她叙旧缓和下气氛，哪怕她语气不以为意，他也依旧硬着头皮说："你比我小几岁吧，那时候还不到十岁。"

程惜扫了他一眼："我比你小三岁，那年正好十岁。"

肃修言"嗯"了一声，也不知道是在组织语言还是在跟自己的傲娇之魂斗争。

总算他没有傲娇到脑子不清楚，很快就开口说："你被人下药了，我赶在他们动手之前，装作是你的熟人把你带了出来。

"但是那几个人还是紧跟着我们不放，我带你躲进市政厅填了表，出来后他们竟然还在，我又带你躲进教堂……排在我们前面的人都宣誓完毕了，我就……"

程惜用不可思议的表情看着他："所以你就干脆跟我完成结婚仪式了？"

肃修言微皱了皱眉："那么你自己试着读读看'单身女游客被害身亡'，还有'新婚夫妇在新婚当晚遇害'，哪一个标题更耸人听闻一些？一个单身女游客和一对新婚夫妇，哪个更好对付一些？"

程惜的表情更加不可思议了一些："听你这么说，好像你还挺机智的？"

肃修言咬了下后槽牙，眼眶又有泛红的趋势："你难道不应该先谢谢我对你的救命之恩？"

程惜只能配合地点点头："所以你是见义勇为，看我是女同胞又遇险，不但舍命救人，还不惜跟我假戏真做。"

肃修言红着眼眶死死盯着她，咬紧了牙关，好半天才挤出一句："我认出来你是……程昱的妹妹。"

程惜这才装作恍然大悟一般，拖长声音"哦"了一声："原来你昨晚就认出来我是谁了，那今天早上为什么又拿支票簿砸我的脸，是睡了一觉忘了，还是不知道怎么跟我解释？"

肃修言死盯着她，猛吸了口气，又侧过身撕心裂肺地咳嗽起来，那挂在眼角的水珠，也终于被憋成了两滴生理性的泪水。

程惜只不过看他实在太口是心非，想堵他几句逗他一下，实在没想到这人傲娇起来这么惊天动地，忙又揽住他肩膀给他摸胸口顺气："好了，好了，这些事情回头再说，你先养病。"

也许是她这句话语气柔和，肃修言总算稍微平静了一点，抬手把她推开，重新躺回枕头上闭了眼。

程惜把刚才滑落的冰袋重新给他放回额头上，以为他总算要消停一阵，就听到他闭着眼睛低沉开口："我只是为了救你，回国就办离婚手续。"

程惜侧头看了看他，肃修言说得对，如果只是在紧急情况下的权宜之策，那么他们确实需要尽快办理离婚手续，并且要尽量对外界保密。

要不然这婚也结得实在太草率了些，她且不提，肃修言那边就有很多麻烦事。

但她看来看去，看着肃修言额上的汗珠，脸颊旁有些不自然的潮红，还有微微发白的薄唇，她看了一阵子，就低下头，在他的唇上印上了一个轻吻。

肃修言睁开眼睛看着她，沉黑的眼眸中有些不知名的情绪。

程惜对他笑了笑："这是给骑士的犒劳，谢谢你救了我。"

肃修言盯着程惜看了很久，程惜以为他又要发飙，结果他只看了程惜一阵子，就突然眯上了眼睛："你昨晚不知道吻过我多少次，在教堂里还按着我的头，强迫我跟你舌吻。"

程惜"呃"了声，她知道自己在断片之前对肃修言的肉体很觊觎，但也实在没想到断片后的自己竟然这么生猛。

肃修言看到了她脸上的尴尬，还勾了下唇角，又补了一句："在那种情况下，我坚持住跟你完成宣誓，难度不小。"

程惜后背冒着冷汗，略微想象了一下当时肃修言所面对的情况：趴在身上吻得扯都扯不下来的"未婚妻"、教堂神父殷切祝福的目光、其他新人起哄催促的声音……教堂外也许还守着些不死心的歹徒。

那还真的是，赶鸭子上架，想下来都没台阶。

程惜低头想了一下，又抬头看着肃修言："你为什么不直接把我带到警察局里去？"

肃修言顿时像看智障一样看着她："等我们到了警局，你想怎么证明那个药不是你自己嗑下去的？"

程惜这次是真的不好意思了，清了清嗓子，不着痕迹地转移话题："总之谢谢你了，给你带去不便我很抱歉。"

肃修言仿佛很满意她这种低姿态，总算轻"哼"了声，没再借题发挥。

两人之间难得保持了一阵子安静的默契，只是又过了几分钟，肃修言的年轻男助理就带着一个私人医生赶到了。

程惜去给他们开了房门，助理十分懂眼色，连看都没多看程惜一眼，那态度仿佛早就认识她一样，礼貌地跟她微笑着打了招呼，就带着医生去看肃修言。

　　程惜留在套间外面的起居室里稍微喘口气，她冷静了一下，瞄到旁边的酒柜，干脆过去开了一瓶朗姆酒，加了冰块和柠檬，倒了满满一杯，咕嘟咕嘟灌下去。

　　从昨晚到现在，这一连串的打击，哪怕程惜觉得自己心理素质还算稳健，也有那么点难以很快接受。

　　再加上她昨晚被下过药，刚才跟肃修言说话的时候还不觉得，现在精神松懈下来，就觉察到额头一阵阵抽痛。

　　她刚满足地打了个酒嗝，就看到肃修言的助理带着那个私人医生又从卧室出来了，那个助理还非常好心地跟程惜说："肃总只是淋雨感冒，打完退烧药很快就能好多了。"

　　程惜觉得听他话里的意思，好像自己很担心肃修言一样，正准备澄清一下，那个助理就又很好心地微笑着补充："肃总不喜欢别人在他房间里，就麻烦您一个人照顾他了，我们走了。"

　　他说完，连讲话的机会都不给程惜，非常干脆利索地打开门，带着那个全程都是笑眯眯表情的白人医生出去了。

　　程惜站在原地思考了一下，觉得此人果然不是吃素的，不但做事效率一流，还能打得一手好助攻，怪不得年纪轻轻就能做跨国财团总裁的私人助理。

　　只不过她跟肃修言之间，究竟需不需要打助攻，这还是个问题，估计那个助理再人精，也看不透这点。

　　没等程惜想完，就听到房间里肃修言带着几分不耐烦的声音："你人呢？"

　　程惜只能认命地回去走到床前："肃总有什么吩咐？"

　　肃修言躺在床上皱着眉看她，依然气势不减："就这几分钟，你都能跑去喝酒？"

　　程惜念在他还没退烧的分上，好声好气地说："有点头疼。"

　　肃修言皱着眉"啧"了声，甚至还微微向旁边偏了偏头，做出一副万分嫌弃的样子，嘴里的话却完全不一样："靠过来。"

　　短短一个早上，程惜觉得自己已经完全了解这个人死傲娇的程度，只能认命地过去坐在床边。

　　肃修言又看着她，继续一脸嫌弃地拍了拍自己身旁的枕头。

　　程惜略微思考了下，昨晚都滚在一起睡过了，而且现在自己法律上还是已婚的身份，她太矜持好像显得矫情了，于是就侧身躺了下去。

　　肃修言拿开额头被医生换上的降温贴，撑着身体稍稍坐起来，伸出手用指腹压在程惜的额头上，微微用力按揉，然后问："力道怎么样？"

他说着，还又很嫌弃地"啧"了声："大清早就满嘴酒味。"

程惜在这一瞬间，突然有了种类似于"老夫老妻"的感觉，她沉默了一下："我觉得你好像对我挺好的。"

肃修言放在她额头上的手顿了顿，隔了会儿程惜才听到他轻描淡写的声音："我一直这么绅士。"

程惜听着忍不住挑了挑眉，她还以为按照肃修言的性格，他恐怕会炸毛，却没想到竟然能如此淡定。

不得不说，在肃修言的按揉下，程惜觉得头疼缓解了很多，忍不住闭上眼睛，满足地叹息了声。

这么一舒服，再加上她刚才灌下去那杯酒的劲头上来，没多久她就安然地……睡着了。

醉后的回笼觉格外沉，等程惜再次醒来的时候，脑袋已经清醒了很多。

她还躺在床上，只不过已经从侧边的位置，移到了中间，而原本应该睡在她身边的肃修言，早就不见了踪影。

程惜侧身看了眼床头的电子时钟，发现已经是下午5点钟。

兴许是听到了她起身的动静，肃修言从外面的起居室走了进来。

昨晚酒吧的灯光太昏暗，后来程惜脑子又糊涂了，这还是她第一次在光线充足的情况下，仔细打量穿着正装的肃修言。

黑色的三件套西服，看合身程度和材质，不用说肯定是高定，里面的白色衬衣搭配了条深蓝色的纹章领带，西服上衣口袋里露出同色真丝手帕的一角。

他还又刮了下胡子，整理了头发。

原本睡着的时候会搭下来的黑发，现在被梳得向后，露出了光洁的额头和整齐利落的发际线，整个人顿时气势强了不少，也让他俊秀的脸庞显得更加比例完美，简直都要闪闪发光。

程惜看着就忍不住小吹了声口哨："肃总这是准备去干什么？花枝招展的。"

肃修言刚准备说话，就被吹了声口哨，还听到这么个形容词，脸色都被气得又白了点，顿了一顿，才咬牙切齿般开口："起来把自己收拾一下，把衣帽间挂着的那件礼服穿上。"

程惜挑了挑眉："肃总想带我出席什么场合？我好像没有义务做肃总的女伴吧？"

肃修言沉默了片刻，破罐子破摔，咬牙沉着声说："陪我去，给你红包。"

程惜连半秒钟的犹豫都没有："好的。"

肃修言顿时又像是被自己噎住了，脸色白了又隐隐发青："既然红包管用，为什么早上的支票你不要？"

程惜非常有原则："那时候你态度那么恶劣，支票都甩到脸上来了，士可杀，不可辱，谁会要你的臭钱。"

肃修言的脸色已经变得越来越差，偏偏程惜还又补上了句："更何况那时候我还以为你是我带回来的脱衣舞男，正准备给你钱呢。"

程惜把这句话飞快说完，不等肃修言黑着脸发飙，就已经跳下床，脚步轻盈敏捷地钻进了衣帽间。

肃修言给她弄来的礼服是白色绸缎的露肩款，虽然不是定制，但还算合身，款式也适合程惜，剪裁简洁没累赘的装饰，落落大方里带着雅致。

衣帽间里还摆着一套蓝宝石首饰和一个贝壳晚宴包，甚至连配套的鞋子都准备好了，看起来是让她搭礼服用。

程惜想到肃修言的领带和手帕，似乎跟蓝宝石同色，就有点意味深长地挑了眉。

不管怎么说，她还是去洗漱间把自己收拾了下化好妆，换好了全套礼服和首饰出来。

等她出来，就看到肃修言已经在门口站着了，一副已经等得不耐烦的样子。

看到程惜过来，他微微抬起了手臂，程惜自然地将手臂穿过他的臂弯搭了上去。

两个人就保持着这么绅士和淑女的姿势下楼，电梯里程惜抽空问他："什么社交场合你要急着去？"

肃修言眼睛也不眨地说："是我此行的目的，一个社交晚宴，昨晚出了事没来得及约女伴。"

这么说起来好像是程惜耽误他准备了，陪他去一下也算是补偿。

不过程惜从余光里瞥到肃修言目不斜视的样子，总觉得事情有些说不上来的不对劲。

在出电梯前，她小声又提醒了肃修言一句："我们的关系不用给其他人知道，不然等以后离婚就麻烦。"

肃修言点了点头，甚至还微勾了下唇角："当然。"

程惜也跟着点了点头，心里那点微妙的感觉却挥之不去，这种诡异的预感，终于在二人开车到了赴宴地点，顺利进入后，变成了事实。

肃修言挽着她的手臂，径直向几对看起来就身份不凡的男男女女走了过去，脸上带着优雅的微笑，用他那低沉悦耳的声音说："几位好久不见，这是我的新婚妻子程惜。"

程惜自认为自己控制情绪的能力还是不错的，哪怕专业的测试，也表明她的意志强大，善于应变，能够处理突发局面。

所以当肃修言说出这句话后，她脸上仍旧带着得体柔和的笑容，对其他人的寒暄问候，也回答得没有破绽。

甚至当肃修言又带着笑意对其他人形容二人是如何在少年时相识，又是如何保持着多年的联系，接着开始跨国恋爱，直到昨晚顺利而又浪漫地进行了结婚公证。程惜在旁听着，都能根据肃修言说话的内容，配合出一副或甜蜜或羞涩的表情。

不得不说，肃修言真是演技一流，听着他感情丰沛、条理清晰，时间轴都一点不错的"恋爱故事"，程惜自己都快要信了。

有那么一瞬间，她甚至还想到，自己是不是穿越到了什么跟现实不大一样的平行世界里，在那个世界中，"程惜"和"肃修言"本来就是一对相爱多年的恋人。

可惜脚上那双不是很合适的高跟鞋，在折磨着她脚的同时，也提醒着她残酷的现实：没有什么罗曼蒂克的恋爱故事，有的只是身边这个吃人不吐骨头的资本家。

亏她早上还觉得这个人楚楚可怜，可怜什么，可怜的人明明是她。

肃修言端了一杯酒，带着她转了一圈，见够了各路来头不小的宾客，也终于讲够了那个从小相恋的爱情故事，程惜看准一个休息室里没有人，拉着肃修言进去关上了门。

肃修言也像是装够了，进去后就喘了口气，松开了挽着程惜的胳膊。

程惜气到极致已经重新心平气和下来，看着他，压低了声音："肃修言，昨晚是你帮了我，我没有什么立场指责你。但就刚才你出尔反尔的态度，我希望你能解释一下。"

肃修言垂着眸看了她一眼，出乎意料地没有立刻反驳回去，而是把自己手上拿着的酒杯随意放下，抬手就撑住了身旁雕花的沙发椅背。

程惜愣了下，这才注意到他的呼吸有些急促，脸上薄薄的红晕与其说是因为酒意，倒不如说是高烧还没有退。

从程惜下午醒来后，他就表现得很正常，所以程惜就认为他的烧已经退了，要不然又怎么会有心思过来参加什么社交活动，还一路谈笑风生。

但从下午以来，两个人压根就没有什么身体接触，虽然挽着手臂，但那也隔着几层衣料，根本感觉不出体温。

程惜意识到肃修言此刻依然在发着烧，不可思议地看着他："你病还没好？你这是发什么疯？"

肃修言又看了她一眼，轻轻咳嗽了两声，还是绷着脸，看样子像是懒得回答。

程惜觉得简直要被这个人搅疯了，短短几个小时，他先是说结婚只是权宜之策，回国马上就离婚，也说了不会让其他人知道两个人已婚的身份。但转眼间就把她带到社交场合，满世界宣布这是他的新婚妻子，还编了一大套恋爱故事来向外界证明他们两个的感情。

程惜看着他，也是无奈到极点，只能轻叹了口气："你现在不想解释，以后能给我个答案吗？"

肃修言原本紧绷着下巴，似乎是在等待她的责骂，没想到程惜竟然没有继续逼问，他像是突然松了口气，身体微晃了下向前倒去。

程惜一直离他很近，连忙抬手好歹将他抱住了，没让他直接倒向地面。

肃修言的下巴正磕在她的肩头上，他似乎是咬到了舌头，闷闷地哼了声，而后还小声地"咝"了声抽气。

他口鼻中的气息喷在程惜脖子里，带着格外灼热的温度，程惜才确定他是真的还没退烧。

然而这人还犟得很，即使都没什么力气了，还是刚一站稳就推开程惜，冷哼了声，声音虽弱，气势可一点都没减："你不是要质问我吗？管我做什么？"

程惜看他用手撑着椅子，哪怕脸色发白也下颌微抬神色倨傲，实在是没办法，只能说："你身体状况太差了，我扶你在沙发上躺一下。"

肃修言抿着唇看她，一言不发，程惜只能主动凑过去扶住他的腰，把这个一米八几的高个子架起来塞到沙发上。

可能是因为变换了体位，肃修言抬起手按着自己额头，原本带着红晕的脸颊也又白了许多，只是他半点不肯示弱，哪怕难受得蹙了眉，也只是抿着唇一声不吭。

程惜不能跟病人较劲，只能好声好气地说："要不要我带你去医院？"

这个提议被肃修言非常果断地拒绝了："不去。"

程惜又换了个方案："我出去找人给你倒杯水，你身上带药了吗？"

肃修言点了点自己胸前的口袋，示意药在里面，又摇了摇头："你打开房门叫个人倒水就行，你不要出去。"

程惜能怎样，只能顺着这位大少爷，点头答应下来，站起身去门口，肃修言这时舍得开口了："水要温，加柠檬片。"

程惜打开了门，顺利地叫住了一位侍者，嘱咐了肃修言的要求。

她不怎么想面对肃修言，等着水送来的时候，就索性站在门口，从手包里摸了支出发前偷偷塞进去的烟。

这个晚宴并不禁烟，角落里也有许多抽着烟或雪茄的绅士淑女。

只不过她是刚才肃修言拉着献宝了一圈的"新婚妻子"，现在就赫然一个人靠在门边点烟，姿势虽然好看又帅气，但跟她身上优雅淑女的裙子和珠宝不是很搭。

一时间旁边的人都或多或少往这边看了几眼，程惜唇边挂着点笑意半倚在门边，一手扶着手腕，戴着雪白手套的指间夹着香烟，看起来竟有几分意外的性感和惊艳。

身后的房间里，传来肃修言有些咬牙切齿的声音："你还抽烟？"

程惜回头冲他一笑，眉头微挑："这就是轻率结婚却不深入了解对方的弊端。"

肃修言又被噎住，隔了一会儿才自暴自弃般开口："给我一支。"

程惜想也不想拒绝了："包太小，我总共没带几支，更何况你还在发烧，不能抽烟。"

肃修言躺在沙发上忍着一阵阵恶心和头晕，又被她这么一句一堵，终于又气红了眼角，努力平躺着瞪了她一眼，愤愤闭上眼睛。

好在使者很快就送过来肃修言要求的温柠檬水，程惜接过来拿进去，又顺手关上了房门，带过去递给肃修言。

程惜没有扶他起来喝的意思，肃修言显然也没指望她，自己努力撑起身体就着水咽了药，就重新躺平了闭目养神。

程惜坐在旁边欣赏他的睡颜，不愧是她迷迷糊糊中都能看中的脸，的确十分对她胃口，越看还越耐看。

鼻梁挺直，睫毛纤长浓密，嘴唇薄薄的颜色浅淡，轮廓更是赏心悦目，特别是那线条凛冽的下巴，看得程惜十分满意。

也许是她的目光实在太露骨，闭着眼睛的肃修言也感受到了，皱着眉睁开眼睛看她："你盯着我看干什么？"

程惜笑了笑："趁现在大家没事，你要不要来解释一下来龙去脉。"

肃修言抿着唇沉默了，程惜挑挑眉："我还挺看中你的外表的，不然回国后我们办了离婚，在你没有女朋友之前，我们也可以偶尔保持一下肉体关系嘛。"

肃修言忍无可忍地皱着眉："你一天到晚脑子里都在想些什么？"

程惜挑了下眉："你给我的信息太少，我没什么好考虑，只能思考一下如何利用你的剩余价值。"

肃修言气得咳了声，脸色发青："我头晕，你能不能让我安静一会儿？"

程惜眨了眨眼睛："我本来没说话啊，是你先开口的。"

肃修言闭着眼睛喘了口气，艰难地咳嗽了两声："等我缓缓，回头跟你解释。"

程惜丝毫也不怜香惜玉："你可以趁着这会儿想一想该怎么组织语言。"

肃修言睁开眼睛，目光中有警告的意味："你不觉得你太过得意忘形了吗？"

程惜耸了下肩："你不用吓唬我，我又不从你那里拿工资，你拿我没办法的。"

他们两个说着话，就听到外面似乎传来什么骚动，接着火警的铃声突兀地响了起来，门外传来更加混乱的声音。

程惜忙起身打开房门往外看，就看到走廊上都是匆忙往紧急出口拥过去的人。

刚才还躺在沙发上好像喘不过气的肃修言，这时倒是飞速站了起来，跑过来拉住程惜："你不要露面，躲在我身后。"

程惜回过头诧异地看了他一眼，就看到他瞳孔猛地紧缩，抬手就把程惜往门后的安全地带塞过去。

他用的力道不小，程惜又穿着高跟鞋，差点跌倒下去，连忙扶住门口的花几，这才避免了摔倒。

她刚站稳，就看到门口闪进来一个穿着黑西装的壮汉，肃修言抬臂一拳打了上去，成功击中那人的头部，将那人打得趔趄了一下。

对方并不只有这一个人，黑衣人的背后很快又扑上来一个他的同伴，砸过一拳，被肃修言抬臂防守住了。

肃修言看似一副文弱贵公子的样子，还正发着烧，但他练过格斗术，门口又狭窄，那两个黑衣人施展不开，他以一对二也没落下风，还能抽空对程惜喊："你从另一个出口先走！"

不过在他喊话分心的同时，那两个也找到了机会，一脚踹中肃修言的胸口。

肃修言弯腰趔趄着后退了一步，但还抬手牢牢抓住门框，用身体挡在门口，转头对程惜喊："让你先……"

他话音未落，一个抡圆了的黄铜落地台灯就越过他的肩膀和头顶，砸在那两个人的身上，把他们砸得纷纷后退。

程惜趁着这个空当拉过肃修言，用力关上门落锁，然后拉着他问："你怎么样？还能自己走吗？"

肃修言用手臂支在大腿上喘息了声，站直身体哑声说："没事。"

时间紧迫，程惜也没多话，拉住他跑向休息室通向另一条走廊的门，汇入人群中快速向外跑去。

肃修言来之前开了辆跑车，就停在这个豪宅外，程惜和他很快就跑到了车前，肃修言飞快钻进了驾驶室，程惜打开了车门，却突然停住了，看着他问：

"刚才让你组织下语言，现在你可以尽量简短地跟我说明一下了。"

肃修言头上的汗已经湿了鬓发，愕然地抬头看着她："你疯了？"

程惜回头看了下几个正在逼近的黑衣人，对他笑了一下："你大概有10秒钟时间吧，语速快一点。"

肃修言越过她的肩膀，能看到那几个穿着黑衣的人正奋力穿过人群，飞快向他们靠近，脸色白了又白，只能飞快地说："你被牵扯进那年夏令营的一起悬案里，有人雇了杀手要除掉你，你昨晚被下药不是随机犯罪，是杀手的手笔。"

程惜一弯唇角，身后的黑衣人已经拨开挡在他们身前的最后一个人，到了抬手就能抓住她的距离，她侧身利索地落座，同时勾手带上车门。

肃修言一秒钟也没等，在她去关车门时，就一脚油门踩了下去，车门关上的瞬间，跑车像离弦之箭冲向前方。

肃修言显然没少开过快车，在车道上利索地变道超车，跑车在他手上如同庞大的钢铁玩具，每一分一秒都不会脱离掌握。

他已经脸色铁青，倒还没忘分出手来，一边继续目不斜视地握着方向盘，一边扯过程惜那边的安全带给她系好，从牙缝里挤出来一句："我从来没见过你这么疯的女人。"

程惜侧身用手托着头看他，满脸笑意："坐以待毙，不是我的风格。"

肃修言沉默了下，从她猛往脱衣舞男裤子里塞钞票的风格看，显然就不是什么可以随便摆弄的小绵羊。

程惜还是带着笑意，继续欣赏着他的阴沉怒容，心情很好地开口："别担心，那是闹市，他们不敢开枪。只是肉搏的话，我有把握全身而退。"

肃修言紧抿着唇，一脸不打算接她话的样子。

程惜又笑眯眯地说："你既然敢跟我结婚，都没调查过我吗？我的近身格斗可是职业水准。"

肃修言咳了声，还是目不斜视地抿着唇。

程惜托着头，继续欣赏他的侧脸："要不是你自己还能跑，让我把你公主抱出来都没有什么问题。"

她正说得开心，肃修言就把车一个漂移，停在了一家24小时营业的超市外，抬了下颌说："进去随便买两件T恤什么的，把你身上的礼服和珠宝脱下来。"

程惜一愣，一时间有点蒙："按照套路来说，礼服和珠宝你不应该送我了？"

肃修言弯了弯唇，表情很有些恶意的愉悦："你以为高定礼服和配套珠宝这么快就能准备好？你身上的都是我让刘嘉租的。酒店我们不能回去了，我会让他去帮我们收拾行李，你这个得脱下来还回去退押金。"

程惜震惊地看着他："身为一个霸道总裁，这么小气真的好吗？我们都忙着逃命了，你竟然还在乎这点押金，神越要破产了吗？"

肃修言弯着唇笑得很帅气："我是不在乎这点押金，我就是不想让你舒服。"

程惜能如何？程惜只能认命地下车，在超市里随便买了T恤和牛仔短裤，顺带买了一双球鞋，躲进洗手间换了全套。

她怕那些人追上来，自然动作飞快，都做完了，提着装了换下来的全套装备跑回来，也不过用了几分钟。

只是她刚来到车前，就透过玻璃窗，看到肃修言一手扣着胸口，正伏在方向盘上。

用余光看到她靠近的身影，他也没有抬头，只是按下了车门的自动锁。

程惜连忙打开车门坐进去，把手中的袋子胡乱塞到后座上，俯身过去看他："你这是怎么了？"

肃修言还是用一只手紧扣着胸口，另一只手却捂在唇边闷声咳嗽。

程惜忙扶住他的肩膀，借着路灯看到他脸色发白，指缝间更是漏出一些暗色的痕迹。

程惜立刻想到刚才他被踢中了胸口，忙问："你内脏震伤了？为什么不早说。"

肃修言还能有心情气她，拿开了捂着唇的手，弯了弯染血的唇角："刚才肾上腺素飙升，没感觉到。"

程惜看到他手掌中猩红一片，就知道出血量可能不小，但偏偏这个人还在这里跟她斗气，顿时头疼起来，还有种说不上来的焦灼，语气也急了起来："你尽量不要再做大动作，我扶你过来躺在副驾驶上，开车带你去医院。"

也许是她的语气太着急，表情也太担心，肃修言难得没再跟她置气，靠在她肩上，被她扶着移动到了副驾驶的位置。

程惜将椅背放到最低，让肃修言躺上去，接着就去解他胸前的衣服。

肃修言挣扎着抓住了她的手："你干什么？"

程惜看着他，无奈地叹了口气："你不用这么守身如玉，我先帮你看下伤得怎么样。"

肃修言这才松开了她的手，抿着唇侧过了头。

程惜小心解开他的领带和西服，看到那线条优美肤色白皙的胸口，已经被染上了一片青紫的颜色，还有些微微肿起，忍不住皱了眉。

她说不清楚此刻内心涌上的到底是什么感觉，如果非要形容的话，那就是她花了一学期打工赚的工资，刚买了名牌包包，还没开始用，就被人印上了一个大鞋印子。

有那么一瞬间，程惜甚至想开车掉头回去，找到那几个不长眼的黑衣人，把他们揍得脑袋开花。

她小心地在那些青肿的周围轻按了按，感觉没骨折的迹象，稍稍松了口气。

伤处被按着，肃修言倒是一声没吭，程惜有些惊讶，他这样的出身，竟然还挺能忍疼。

程惜抬头对他说："没有骨折，应该只是内脏挫伤。"

她说着，看到肃修言唇边还残留着的血迹，没忍住抬起手，用指腹小心地擦了，吁了口气，也不知道是安慰他还是安慰自己："看来不会有生命危险，我带你去医院。"

肃修言抿了唇看着她，夜色里他深黑的眼眸里有些说不上来的光芒闪了闪，他主动移开了目光："去东区的医院，那是神越的产业。"

他说的那家医院并不近，程惜觉得他能撑到那里，就点头答应下来，上车设置了导航。

程惜车技也算熟练，却从来没有飙过这么快的车，她车上还带了个伤员，需要尽量保持平稳。

三十分钟的车程被她在不闯红灯的情况下压缩到了十几分钟，肃修言侧头看着她全神贯注开车的样子，额头和鼻尖都因为注意力过度集中而凝上了汗滴。

他看了一阵，就轻声开口："程惜。"

程惜怕他有情况，忙分神看了他一眼，应着："我在，你怎么了？"

她没注意到，除了第一次用来确认外，这是肃修言第二次叫她的名字。

肃修言微弯了唇角，闭上了眼睛，他觉得有点累，不过更多的，是这种不知为何而起的安心。

程惜用余光瞥到他合上了眼睛，还有唇边那带着几分安详意味的笑容，吓得猛然冒了一头冷汗，忙喊："肃修言！保持清醒，不要失去意识！"

肃修言闭着眼睛沉默了片刻，轻声说："别叫了，我没那么严重。"

肃修言的情况的确没有很严重，但当程惜把跑车停到了那家医院的急诊室门口，那些人又弄明白了来人的身份后，场面有点大了。

毕竟像神越这种在国外的产业，大老板亲自驾临的机会就不多，更何况大老板竟然不是来视察的，是被送到了急诊室。

程惜看着肃修言被一群医生护士围着扶到了移动病床上，他意识还很清楚，甚至还半躺着给自己的助理刘嘉打了个电话。

接下来程惜就帮不上什么忙了，自家大老板被送了进来，医院自然竭尽全力提供最好的医疗服务。

肃修言被推去做各种检查，程惜就被晾在了等待室里。

这是家价格昂贵的私人医院，等待室自然也格外豪华，不仅有真皮沙发躺椅，还有茶点提供。

程惜自然没有什么心情吃点心，甚至连水都没心思喝一口，就坐在沙发上，托着腮整理有些乱糟糟的思路。

于是当刘嘉带着大批助理和保镖气势汹汹地杀到的时候，就看到穿了简单白T恤和牛仔短裤，留着齐耳短发的女孩子，独自一人坐在沙发上。

清丽秀气的脸庞上，甚至还带着几分茫然和无措。

只不过刘嘉才刚生出来几分同情和怜悯，他就看到那女孩子将目光转到了自己身上，同时她脸上神游的表情一扫而空，目光锐利里又带着几分温和，表情沉稳中又带着几分循循善诱。

那样子，就好像一个舒展开四肢，装作漫不经心的样子向猎物靠近的猎豹。

程惜对着刘嘉笑得很和蔼："刘特助，又见面了。"

刘嘉本能地缩了缩脖子，摆出一副热情的面孔："程小姐，您好。"

程惜笑眯眯地看他："你果然知道我的名字，肃修言这次来国外，是为了找我的？"

刘嘉也不知道该不该回答，犹豫了片刻后，在肃修言身边这几年练就的求生欲，最终让他选择了开口："肃总是为了什么来的我不能过问，不过他来得很匆忙，在飞机上紧急查了程小姐您的资料和动向。"

刘嘉说完，就又下意识地缩了下脖子："还有刚才肃总在电话里说您已经和他结婚了，您看我是改口称您肃太太呢还是……"

程惜凉凉地看着他："叫我程惜。"

刘嘉连忙答应："好的，程小姐。"

他说完就挥手让身后的保镖站出来："这位是程小姐，你们一定要保护好她的安全。"

他边说又边瞄了程惜一眼，跟那些保镖强调："肃总就是为了保护程小姐才受伤的，你们心里应该清楚程小姐的分量。"

程惜听着就挑了下眉，觉得肃修言这个助理没白找，无论何时何地都不忘给肃修言助攻，也是奇才一个。

刘嘉把保镖都留在程惜身边，就带着剩余的两个助理进了病房，没到两分钟他又跑了出来："程小姐，肃总请您过去。"

程惜没想到肃修言这么快就做完检查可以见客人，不过想必在这个医院里他有特权，就连忙进去了。

肃修言半靠在病床上，看到她就说："我让人准备了飞机，我们两个小时后出发回国。"

程惜愕然地看着他："可是你胸部的是钝伤，现在需要卧床观察吧？"

肃修言沉默了下："初步诊断是肺部挫伤，要到50个小时后拍片才准确。"

程惜更无力了："可是你刚受伤，胸部钝伤不注意的话，有一定致命危险的，这段时间在医院住院观察静养是最好的。"

肃修言果断摇了摇头："我已经放出消息，说你是我的恋人和妻子，他们依然敢下手，你留在这里会很危险，保镖也没办法完全确保你的安全，回国的话我更有把握。"

程惜觉得他简直疯了："所以说在你这里，我的安全比你的重要？"

肃修言抿了抿唇没有回答，但看向她的目光分外坚定，程惜有一瞬间被他目光中的执拗意味吓到了。

这个人是真的把保护她放在了第一位。

她突然感觉到一切远比她想象的复杂，肃修言对她莫名的坚持和这种奋不顾身的保护，绝不仅仅因为她是程昱的妹妹这么简单。

也当然不会是他们那个莫名其妙的婚约，甚至那个婚约，从肃修言的语气中判断，也都有可能是对她的保护措施的一部分。

他不顾自己还发烧的事实，坚持参加那个什么晚宴，也不过就是要告诉社交圈里的人，她是他的妻子，是对他而言很重要的人。

她无言以对，很久之后，才无力地说了句："你还会继续咯血的，你就打算这么一边咯血，一边带我回去？"

肃修言微微垂下了眼眸，隔了一会儿又抬起头看她："你相信我吗？"

程惜看着他，哪怕她遇事再冷静，考虑再周全，也无法应付这远超出常理的情况，良久她叹了口气："你既然如此舍命陪君子，我怎么也要信你一次。"

第2章
到底是谁，说清楚！

程惜判断得没错，肃修言在这家医院里的确有特权，这个特权大到在他不适合出院的情况下，他执意要走也没人敢说什么。

来接他们去机场的车很快就到了，肃修言不肯被没尊严地抬上车，坚持自己下床走上去。

他来医院也没有换病号服，现在重新披上西服外套，走路不仅大步流星还带风。

如果不是他的白衬衫上还沾着几点血迹，领带也被扯开了有几分凌乱，简直让人看不出他受伤了。

程惜跟着他一路叹为观止："肃修言，你是不是觉得你在拍电影，身体是不重要的，帅气最重要。"

肃修言斜着看了她一眼，也没搭理她，自己侧身上了车，又从西服上衣口袋里抽出那条宝蓝色的真丝手帕，堵着嘴咳嗽。

程惜顿时又心疼起来，连忙从另一面爬过去，扯了纸巾去给他擦额头的汗："你说你这么拼命图什么？"

肃修言看了眼站在车外的刘嘉，刘嘉忙小跑过去把原本给肃修言准备的风衣递给了程惜："夜里凉，程小姐您披一下。"

程惜胳膊确实有点凉，也没客气，接了过来穿上，这应该是肃修言穿过的衣服，上面有些淡淡的须后水味道，她也没觉得不妥。

只是她看着在前面坐下的刘嘉，突然开口："今晚你给我准备的礼服和珠宝，是不是还要拿去退押金？我放在那辆车上了。"

刘嘉毕竟跟她不熟悉，毫无防备地就掉进了她的陷阱里，热情地转过身回答："给程小姐您准备的，怎么可能用租的呢？那是肃总嘱咐我买的，时间紧急买了成衣和样品，不过那也都是大师手笔，跟您的尺寸正好还挺贴合的。"

肃修言用手帕堵着唇咳得更用力了些，程惜十分不见外地搂住他的肩膀轻拍了拍："你这么激动干什么，小心加重病情。"

肃修言侧头不理她，程惜又大方地拍了拍自己的膝盖："肃总要不要享受下膝枕的待遇。"

肃修言还是侧着头没理他，程惜稍稍一想，就恍然大悟："修言，要不要躺下来？"

前面的刘嘉也不知道是被闪瞎了眼，拒绝再吃这碗狗粮，还是懂眼色有分寸，反正他果断将前后排的隔断升了上去。

程惜鼓励地看着肃修言，他转过脸来就遇到她这种看什么小狗狗一般的眼神，忍不住顿了顿。

但是程惜的目光实在太和蔼殷勤，他最终还是顺着程惜的力道躺在了她腿上，又干脆闭上眼睛省得再被她的表情气着。

程惜低头看到他苍白的脸色，还有额头上的冷汗，顿时心疼得很，从他手里接过来手帕，又拿衣袖给他擦了擦汗。

毕竟她还是很喜欢肃修言这张脸的，甚至带了点欣赏艺术品的目光。

任谁看到自己看上的稀世珍宝遭到损坏的脆弱样子，都会心疼得不行吧。再说衣服是肃修言自己的，她一点亏都没吃。

也许是感到了她这种流于表面的爱护，肃修言轻咳着叹了口气，没有搭理她。

程惜看着他，倒突然想起来了什么，开口说："你好像也不是第一个享受我的膝枕的人了，我记得我小时候就这么抱过一个小哥哥。"

肃修言还是闭着眼睛，语气平淡地问："那个人是谁，你还记得吗？"

程惜摇了摇头："我那时候才小学三年级，能记得有这么个人就不错了，再说我那时候就不知道他的名字。"

肃修言轻哼了声："不知道别人的名字，就随便让异性躺在你膝盖上。现在这么鬼精，小时候倒是蠢得很。"

他的语气很有些酸溜溜的，程惜默默看了看车顶，才继续说："虽然不知道他的名字，但他是跟我同一个学校的学长，而且那时候他也没多大。那个年龄的小孩子也还没怎么发育，没有清晰的性别意识。"

肃修言却像是对这段故事颇感兴趣，又抿了下唇轻声问："那你是怎么跟他认识的？"

程惜也是忽然想起来，具体的事情她还真的有些陌生了，侧头想了想说："那我得回忆一下。"

那段有些久远的记忆，要回忆起来细节还真有些难，不过好在程惜记忆力一向不错，想了一阵就想起来了一些："我是下午兴趣课的时候，在体育器材室找到他的。"

程惜小学期间，读过不止一所学校，开始她是在市里公立的重点小学读的。

父母的学历背景和刻意培养，让她很轻松就考进了同龄人可望而不可即的重点小学，她在学校里的表现也称得上优异。

然而在小学三年级那年，她的父母车祸意外身亡，只剩下她和还在读医科的哥哥。

她的哥哥程昱那时候也只是个大二的学生，虽然他们的父母有些积蓄，但因为车祸的主要责任方是他们的父母，另一方还有个危重病人需要治疗。

所以葬礼举行完后，除了父母留给他们的那套房子，他们几乎没有任何存款，还要继续支付对方高昂的治疗费用。

程昱又要读书，又要打工还债，还需要照顾年幼的她，一度非常辛苦。

所幸在那时候，程昱被肃家看上资助，肃了解到他还有个幼妹，就把她安排进了一所寄宿制的私立学校里，还支付了所有学杂费用。

这样程昱只用在周末接程惜回家，平时就可以专心读书和打工了。

程惜懂事早，一点也没埋怨过哥哥，还开心地给哥哥看学校新发的制服。

小西服和小百褶裙，深蓝色的，左胸上有学校洋气的徽章，再配上白袜子和黑色方口皮鞋，穿上像个小大人似的。

但哪怕程惜再独立，她那时候也还只是个八岁的小孩子。

她又是插班生，班里那些富家公子哥儿和大小姐们，哪怕待她也算友善，毕竟还是透着几分陌生和隐约的孤立。

程惜知道自己跟他们不是一个世界的人，也识趣地尽量不打扰到他们的小圈子，在下午第三节的兴趣课的时候，就干脆偷偷地找个地方自己躲着。

她试过楼梯转角的阳台，也试过教学楼后的草坪，最后终于找到了楼道尽头的备用器材室。

常用的体育器材都在另一间教室里，这里虽然每到下午第三节课都会按惯例打开，却很少有人进出。

只不过当她第一次找到这个地方时，里面就有人了。

角落里堆起来的厚垫子上躺着一个跟她穿了同样制服的少年，在听到她脚步声的时候，就微张开眼睛，颇有些不耐烦地说："这里是我的地方，没人告诉过你吗？"

她看得出来那个孩子比她大一些，具体是几年级的却看不出来，就笑嘻嘻地凑过去："小哥哥，你一个人不寂寞呀，我陪你聊天好不好？"

那人又皱着眉头骂了句："你听不懂话吗？走开。"

程惜丝毫不怕他，还凑过去仔细看了看他："小哥哥，你是不是不舒服啊？脸色不好看。"

也不知道是不是被她的厚颜无耻震到，还是见恐吓不起作用，那人索性就不再吭声，转过头去自顾自闭上眼睛。

程惜的父母都是医生，耳濡目染下，她比同龄小孩子观察细致很多，认真看了一阵后得出结论："小哥哥，你呼吸太急促了，是胸闷还是发烧？"

那人一点也不领情，还"呵呵"冷笑了声，闭着的眼睛也不睁开，根本就打算无视她。

程惜却对"病人"十分有耐心且有爱心，爬上垫子在他旁边坐下来，继续努力开导他："小哥哥，生病了就要找爸爸妈妈，要去医院看病。"

这句话也不知道戳到了那人什么地方，他睁开眼睛愤怒地瞪着程惜："你懂什么？找爸爸妈妈有什么用。"

程惜偏头想了想，善解人意地自己理解了："哦，小哥哥的爸爸妈妈不是医生，只找他们可能不行，不过还是要去医院看病。"

那人像是气笑了："你还真喜欢自作多情。"

程惜大方地承认了："我这个人比较团结友爱啦，老师经常夸我的。"

那人又冷笑起来："你团结友爱？怎么还被孤立出集体，自己跑到这种地方混时间？"

程惜对此很乐观："我只是刚转学过来还不熟悉，等过几个月他们肯定会接受我。"

接下来他们的对话，也就是一些小孩子之间扯皮又没有意义的交谈。

那人脾气很大，说话语气一直不好，却并没有真的动手赶她。在程惜缠了他一阵后，他像是放弃了一样闭上眼睛，任由她在那边念叨。

后来程惜就每天准时去那间器材室了，那个脾气很臭的"小哥哥"，在她看来就像是个新奇的玩伴。

他不是自己班上的同学，所以不用小心翼翼地维持关系，他又会时不时接她几句话，让她不用一个人在那里发呆。

这种情况持续了差不多半年，"小哥哥"偶尔会不在，但大部分时间，都会准时先她一步在那里躺着。

他们见得多了以后，那人也会好声好气跟她说几句话。

她胆子更大了后，干脆带了英文小说去找那人读给自己听，他嫌弃地翻着封皮："《简·爱》？你这个年纪看什么玛丽苏小说，还是简写版的……"

程惜趴在他的大腿上，目不转睛地盯着他，努力表达自己的渴望，那人沉默了一阵子，自暴自弃地说："我随便读两段，不会给你读完的。"

可是当程惜半是真情实感，半是有意地小声说了"我爸爸经常会读英文小说给我"后，他还是分了好几天，给她读完了那本即使简写了也不算短的小说。

再后来他们更熟悉了，相处也更随意，程惜偶尔会在他边读、边皱着眉咳嗽的时候，大方地拍拍自己的膝盖："小哥哥你躺在我腿上读，会舒服一些。"

那人咳嗽着抱怨："知道我不舒服还让我继续给你读，都不让我休息一下。"

对此程惜十分有理："你给我读书可以分散注意力，就不会那么难受了啊。"

那人就算不情愿，也还是在程惜的坚持下，在她的膝盖上躺了下来。

程惜却不肯老实，看他躺下拿着书，就低头在他耳朵边吹气。

那人只能停下来，无奈地把头偏开："我就知道，你还是要闹我。"

程惜"嘿嘿"笑了一阵："小哥哥，我发现你很好玩啊。"

那人冷笑了声："越来越胆大包天了是不是？"

程惜很自得地说："因为小哥哥虽然脾气大，但是其实人很好啊。"

那人仍是冷笑："你倒是第一个这么说的。"

程惜仍旧认为自己没错："那是他们不了解小哥哥。"

那人对"了解"这个话题显然没什么兴趣："你还要不要听故事？"

程惜忙连连点头："要的，要的，我不捣乱啦。"

那人轻笑了声，就躺在她膝盖上，继续读程惜带来的那本英文书——《牛虻》，同样是简写版的少儿读物。

他其实只躺过程惜膝盖上这么一次，但程惜记住了那种人体落在膝盖上温暖的感觉。

其他绝大部分时间里，他都会靠在垫子上，程惜则会趴在他的膝盖上，用这个舒服的姿势来享受这段时光。

体育器材室朝西，下午的阳光正好会透过窗帘的缝隙漏进来，再被高大的器材架挡住，分割成一块块的。

那些阳光仍旧会很温暖，有时候甚至会晒得人懒洋洋的。

程惜在他膝盖上睡着过，听着那和父亲并不像的，还带着几分稚嫩的少年的嗓音，读着那些父亲对她读过的英文书，就好像回到了过去。

父亲和母亲都还在，生活无忧无虑。

于是就昏昏沉沉地在阳光里睡着了，好像世界都重新温柔了起来，一切都又变得那么友善。

那人并没有留下睡着的她离开，也没有给她盖上一件自己的校服，总是在第三节课结束之前，就把她晃醒。

有次她又睡着了，醒过来看到他看着自己，满脸无奈地说："你怎么这么没戒心？"

她揉了揉眼睛，睡得正好，有些不满："小哥哥，你为什么每次都把我吵醒，再让我睡一会儿嘛。"

那人满脸纠结，良久才叹了口气："所以如果我把你留下来，等你醒了，发现自己一个人被丢在黑漆漆的器材室里，会觉得开心？"

程惜撇撇嘴："那你留下来陪我，不就好了。"

那人摇了摇头，语气很坚定："我不能一直陪你。"

程惜不说话了，又低下头来揉眼睛。

那人也不再说话，隔了一会儿才站起来说："我要走了，你也　起。"

从他们相遇的第一天开始，那人就没有比她更早离开过，要不然他就躺在垫子上，目送她离开，要不然他就拽着她一起走。

仿佛真像他说的一样，他不想把她一个人留在空旷又无人的器材室里。

这种思虑周全的安排里，带着点强硬，又带着点不易察觉的温柔。

在程惜的年龄，哪怕再善解人意，也还不能够很好地理解这样的坚持，只能带点不情愿地接受。

其实在她跟那个人的相处里，总像是隔着点什么。

程惜是语言表达能力很强的孩子，想说话的时候总能喋喋不休说个不停，却有意无意地，只会说一些在学校里的见闻，对自己的私事闭口不提。

她知道自己是这所私立学校里的异类，被资助的父母双亡的孤儿，和那些出生就含着金汤匙的公子哥儿大小姐，有太多的不同。

那人总听她扯来扯去絮絮叨叨，却除了给她读书和跟她斗嘴之外，很少说起来别的。

他的身体总是不好，看不出来有什么严重的病，呼吸却偶尔会有些急促，也会在朗读书本的时候，间或停下来皱一阵眉，用手扣在自己胸口上轻拍几下。

程惜跟他说过几次要他去医院，每次都被他不耐烦地打断，也就不再提了。

她毕竟只是小孩子，认为既然老师和家长都觉得没问题，还让他来上学，那就肯定是没什么大问题。

半个学期的时光，几十个午后的短短一节课，说少好像很多，说多，其实也并没有太多。

　　那人从来没有问起过她的名字，程惜也从不问他的。

　　程惜偶尔会模糊地预感到，如果真的问了，这个"小哥哥"就会变成什么别的人，带着她或许要小心应付的身份，和不能再随意撒娇的距离。

　　所以她就干脆这么稀里糊涂着，好像这样，他就能只是她秘密的"小哥哥"，而不是别的其他任何人。

　　再后来和那人的分别，其实也平常又没有波澜得很，也是这场短暂相处里，几乎注定的结局。

　　本来就非亲非故，也并不是一个世界的人，在彼此的低谷里互相依偎取暖，那么等有一天这个低谷过去，分开也是理所应当。

　　这个学期快结束的时候，那人在他们又一次见面时，沉默了一阵，开口说："我下个学年就要去中学部，不会再来这里了。"

　　程惜很开心地说："那我去中学部找你啊。"

　　那人又沉默了一阵，再次开口时声音有些低沉："你不是已经可以融入新班级了吗？老师都选了你做数学课代表。"

　　这时程惜的确已经在这里混得如鱼得水，她头脑聪明，性格又开朗，到哪里都是很难被边缘化的人。

　　程惜敏感地抓住了他话里透露出来的信息："哎呀，这个我都没说过，小哥哥你是怎么知道的？难道你知道我是谁，还在偷偷观察我？"

　　那人也不知是不是被气笑了："你以为人人都跟你一样，不知道对方是谁就贴上去。从你进来的那天起，我就知道你是谁。"

　　程惜笑眯眯地扒着他的大腿："那小哥哥你是谁？叫什么名字？可不可以告诉我啊？这样我以后也都能找到你。难道你认识我哥哥……"

　　那人打断了她的话，笑着说："得了吧，我在你那里的作用，也不过是打发下时间。你真的想跟我交朋友，会连自己的事一点都不说？"

　　程惜一开始接近他，的确是为了打发无聊的时间，但半年过去，她已经有些留恋跟他在一起的感觉。

　　见被看透了，她有些尴尬地龇牙笑起来，试图蒙混过关："可是我现在想要跟小哥哥交朋友了嘛。"

　　那人笑看着她嗤了声："小小年纪心眼这么多，我看我是不用担心你了。"

　　程惜还是趴在他的大腿上，试图用卖萌来达成目标："小哥哥，你就告诉我你是谁嘛，我以后多多说我自己的事跟你听。"

那人轻笑了声，垂下目光不知道在看什么，隔了一阵，还是说："就这样吧，以后的事情以后再说。"

程惜有些失望，但她毕竟年纪小，觉得就在一所学校里，以后也还是能遇到，不情不愿地"哦"了声撇了撇嘴。

也许是她的表情看起来太沮丧了，那人终于又开口低声说："我会看着你的，你需要我的时候我会找你。"

程惜顿时又开心起来，仰起脸眼睛亮亮地看着他："那小哥哥你是我的召唤兽吗？我召唤你，你就会出来！"

那人没想到她嘴里会跑出这么一句话，被噎得咳嗽了几声，才有些咬牙切齿地说："一般不都会说天使什么的吗？召唤兽是什么东西？"

程惜努力睁大眼睛装乖："可是天使那种东西听起来很不可靠啊，还是召唤兽好一些。"

那人又嗤笑了声，隔了片刻说："算了，懒得跟你计较。"

时间到了，那人照旧坚持要她先走，程惜偏了偏头看："小哥哥，你明天还会来吧？"

那人懒散地躺着，双手垫在脑后，只是轻笑了声，没有回答她。

那时候距离期末还有一阵子，程惜并不认为这就是最后一次见面，就站起来挥了挥手手："那就明天见啦，小哥哥。"

她还是很轻松地跳起来要离开，就听到那人又轻声说了句："你以后要好好的，不要再跟我这样的人混在一起了。"

程惜回过头，看到他低着头，额上的碎发落下来一些挡着眼睛，也不知道是在看向哪里，或者又根本什么也没看。

程惜背着手笑眯眯地说："小哥哥，不要这么说，你很好的。"

那是她跟他说过的最后一句话，那天也是他们最后一次在那里见面。

第二天下午，程惜准时跑过去，看到那间器材室上落了锁，小学部的两个体育老师就站在门口，看到她过去，笑着对她说："程惜，以后不要再躲着偷懒了，走，跟老师去打排球。"

那之后……那之后程惜在小学部打了三年排球。

就像她自己说的那样，她早晚会被同学和老师接受。

她以年级第一名的成绩升入中学部，做过班长，担任过学生会副主席。

高三那年，她早早拿到了心仪大学的通知书，远渡重洋，开始一段新的求学生活。

她本来就是个优秀的孩子，只要外部条件满足，自然就会顺风顺水，成为旁人眼中的人生赢家。

所以她几乎从来没有遇到过什么需要某个人出来的时候，她自己就可以搞定一切，直到现在。

程惜看着躺在自己腿上的肃修言，还有这种仿佛隔着久远时空传来的熟悉感，摸了摸下巴，冷不丁地用十分平淡的语气说："现在可以读原版的《简·爱》给我听了吧？"

她能感觉到腿上那人的肌肉瞬间紧绷了起来，他很快意识到又放松了下来，可是已经晚了，程惜带笑地低下头，在他耳边呼了口气："是你呀，小哥哥。"

肃修言浑身都震了一下，倏然张开双眼盯着她，目光中有几分说不上来的恼怒，更多的却是秘密暴露的羞耻。

程惜又摸了摸下巴："怪不得专程出国来救我，还不惜跟我结婚。"

她边说边低下头看着他："可是这么算的话，我最多也只能算你小时候照顾过的一个小妹妹，有什么值得你这么拼命的？"

对此肃修言就没打算回答了，仍是抿着唇一言不发。

程惜正准备从他嘴里再套出点什么，车子就一个急刹，程惜忙一手搂着肃修言，一手撑在椅背上避免他受到冲击。

遮挡板很快被刘嘉降了下来，这个精明的助理估计也从来没遇到过这种情况，半转过身来语气慌乱："肃总，我们的车被堵了。"

肃修言推开程惜的手坐了起来，看着前面那辆不停试图逼停他们的黑色SUV，沉声说："慌什么，不是特意让你调了防弹车？"

这时候一直跟随在他们的车前后的那两辆防弹车也包抄过来，一左一右地夹住那辆黑色SUV。

这辆车的司机非常冷静，在几辆车的夹击里依然保持着高速和平稳，但对方不仅来了一辆车，后面冒出的另一辆SUV就狠狠撞了一下他们的车尾。

他们的司机很快踩了刹车，全车人都甩得猛然向前，程惜眼疾手快地扶住肃修言的肩膀，背转身挡在他身前，想用自己的背部替他承受撞击。

肃修言的动作同样极快，在她的身体撞在前面的椅背上之前，就猛地搂住她，用手臂护住了她的头部和背部。

接连的撞击持续了几下，每次肃修言都牢牢抱着她，他自己的手臂在挡板上撞了几下，但他薄唇紧抿着，没有溢出一丝痛呼。

几次后他们的车终于在旁边两辆防弹车的帮助下冲破了前后夹击，重新行驶了出去，肃修言这才轻喘了口气，沉着声音咬牙切齿地说："你想干什么？你是傻瓜吗？"

或许是为了防止再次撞击，也为了防止程惜再做出什么脱离他控制的举动，肃修言说这句话的时候，依然保持着拥抱她的姿势。

他们贴得很近，程惜也没有放手的意思，又在他耳朵边吹了口气："为了保护你啊，小哥哥……我终于找到你了，也给我些机会表现一下嘛。"

肃修言的身体又僵了一下，这才一把推开她，重新靠回椅背上咳嗽："别说胡话了，你这些年根本没有找过我。"

被戳破了程惜也不尴尬，还是保持着被他推到前面的姿势，带笑看他："你这是承认，你是我的小哥哥了？"

这个熟悉又陌生的称呼让肃修言的神色微凝，他沉默了片刻，侧头移开眼睛，语气冷硬："我从来都不是'你的'小哥哥。"

可惜当程惜确认他的身份后，就再也不会被他的冷言冷语吓到，还是笑着，抬手去摸他的脸："你也挺狠心啊，不但连告别都没有，这么多年明明知道我是谁，也从来都没有找过我。"

她温热的手指落在肃修言的脸上，他身体又紧绷了片刻，却没有躲开，而是冷声说："你并不需要我。"

程惜又像昨晚喝醉时一样，用手指在他脸上摸了又摸，直到看到他的耳垂开始明显地泛红，才叹了口气："谁说我不需要你的？"

肃修言仍是抿着唇侧过头去不看她，程惜就失望地说："看来我还是太能干了些，不够娇弱惹人怜爱，要不然当年也不会被抛下了。"

她语气里那种刻意的自怜自伤实在太明显了，肃修言忍了忍，终于还是忍不住说："你不适合扮柔弱。"

程惜又叹了口气，语气忧伤起来："果然这次没有防备，被你看到了真面目，就不能再好好撒娇了。"

肃修言"呵呵"冷笑了声，程惜自觉地又坐好了，拍着自己的膝盖看他："小哥哥，要不要继续躺在我的膝盖上啊。"

肃修言这次没有搭理她，隔了一阵才认真地说："你现在叫我小哥哥，听着有点瘆得慌。"

程惜刚开始还想假装正经，忍了忍，还是忍不住笑出了声："果然现在年纪大了，没办法像几岁的时候一样发嗲了。"

肃修言唇边浮上了一丝不易觉察的笑意："你是想说我老了吗？"

程惜愣了下，才明白过来他的意思是指他比她还大三岁，要是她"年纪大了"，他可不就是"老了"吗？

程惜忍着笑说："哪里，二十几岁在总裁这个职业里，简直就是鲜嫩得不行，还能掐出水来。"

肃修言唇边的笑意更明显了些，轻声嗤笑了下："一开心说话就没个正形，总裁是个职位，并不是职业。"

程惜并不否认这个"开心"，伸出一根手指头晃了晃，很认真："这你就错了，在现实里也许是个职位，但在言情剧和言情小说里，可不就是个职业。"

肃修言"呵"了声，唇角一弯："谬论。"

也许是坦承了幼年相识的秘密，他现在说话的语气，才终于是真正放松了下来，带着些程惜熟悉的随意。

深埋在童年里的回忆在这一瞬间变得更加清晰，仿佛随手都可触及。

又仿佛这么多年从来都没过去，他们还是那么一对躲在器材室里的小孩子，用彼此筑起一道隔绝世界的墙。

程惜轻声开口，用刻意放松过的语气："小哥哥，我真的挺想你。"

肃修言没有回答她，在经过了一场短暂又惊险的街头追逐后，他们终于安全来到了机场。

车队直接开进了停机坪，私人飞机已经检修完毕，处在随时可以出发的状态。

肃修言从车上下来，率先走了上去，程惜没等他喊，也紧跟着走上了舷梯。

飞机内部当然也是豪华又舒适的，肃修言走到沙发上坐下，抬手按了按自己的眉心，低声开口说："飞行时间有十几个小时，你可以自便了。"

程惜看出来他的疲惫和虚弱，过去在他身边坐下："等起飞后，你还是再躺下休息比较好。"

肃修言侧头看了她一眼："是我的错觉吗？你对我的态度好像好了很多，也不逼我要解释了。"

程惜对他挑了挑眉："毕竟你是我的'小哥哥'嘛。"

她还真不肯放过这个称呼，肃修言顿了顿，终于还是决定不再跟她较劲："我们在酒店的行李，我已经让人拿上来了，你在学校的东西也已经寄走。你在这边的事情，可以告一段落了。"

程惜又冲他挑眉："没关系，知道你就是我的小哥哥后，我不介意你破坏了我的毕业计划。"

肃修言想起来昨晚找到她时，她在脱衣舞俱乐部疯玩的样子，忍不住抽了抽唇角："你的毕业计划是什么？"

程惜弯了唇角，侧着头看他："那当然是嫖个美男，来段闪电式的罗曼史啊。"

哪怕肃修言有所心理准备，也还是被她露骨的言论噎得又咳嗽了几声，冷笑起来："那还真是抱歉了，打断了你寻欢作乐。"

程惜还是笑眯眯地看着他："不过昨天晚上我物色了一圈，看上的人是你，这么看来我们真是有缘分啊。"

肃修言听着她的话，不知为何有些不祥的预感，眼皮也跟着跳了一跳。

果然程惜接着又感慨般地说："我八岁那年就看上了个小哥哥，结果到现在还是看上了同一个小哥哥，人的审美还真是固定呢。"

肃修言直觉地想躲，却还是没能躲过她突然的动作，被按着肩膀抵在了沙发椅背上。

程惜带着笑看他："小哥哥，怎么办，你从我一次吧。"

肃修言脸色铁青，一字一顿："从你一次？"

程惜笑了笑："对啊，婚总是要离的，离之前得留点美好回忆。"

肃修言被她这种没来的自信都要气笑了，撑了许久的神经也在松懈下来后，终于到了强弩之末，他眼前多了些昏黑，还是努力冷笑了声："你就想着吧……"

接下来的话被咳嗽声和他喉咙里又涌上来的血腥味打断了，程惜眼疾手快地揽住他的肩膀，扯了纸巾放在他唇边："没事的，吐出来好受一些……"

高烧和伤势的作用下，肃修言还是昏沉沉地失去了意识，在他彻底坠入黑暗中之前，他听到了程惜带着紧张的声音："修言，睡一觉就会好很多，别担心，我会在的。"

肃修言心想这是在飞机上，她不在她还能去哪里，难不成还能跳伞？

他这么想着，就意识到她现在总算是安全的了，他这次终于救下了她，不会再留下永恒的遗憾。

这个事实，让他总算能安心下来，任由倦意将自己包围。

在肃修言第一次见到程惜的那年，他已经开始接受，在肃家他永远都会是第二顺位的选择，是排在哥哥之后的备选和添补。

经过最初的嫉妒和不甘后，他学着习惯于这种勉强和凑合——或许会被需要，也总比完全不被寄予希望要好一些，不是吗？

可也就是在那年寒假，他犯了一个被父亲视为不可原谅的错误。

父母带着他和哥哥去正值隆冬的加拿大别墅里度假，说是度假，其实也是父亲的要求。

父亲认为寒冷的气候和寂静的环境，更能锻炼他们兄弟的心智。

父亲因为有事先行回国，那天是他先感到烦躁的，他并没有意识到自己发烧，只是不管暴雪预警，任性地要母亲和哥哥陪自己出去吃饭透气。

他们自然没能在外面多久，母亲很快在拉他手的时候，注意到了他体温不正常，立刻决定赶回家中。

而后在回程中，他们遇到了暴雪，车子陷入雪中熄火，哥哥提出要下去推车，母亲是要驾车的，他也要跟着下去，却被母亲和哥哥拉住。

他已经烧得有些迷迷糊糊，只记得哥哥在外面推了很久的车，母亲重新发动了汽车，他们平安回到了别墅。

接下来母亲因为忙于照顾他，疏忽了哥哥的情况，当哥哥被发现不对劲时，也已经发了高烧。

他吃过退烧药已经好了些，站在哥哥的床头，看着他虚弱地对自己微笑，听着母亲一遍遍拨打电话，希望能把哥哥送往医院，却又被一次次拒绝。

窗外是漫天漫地的大雪，冲出去也寸步难行，那种焦灼和绝望，还有懊悔和愧疚，他不想再感受第二次。

等到第三天，他们才终于将哥哥送往医院，可是哥哥因为太长时间高烧不退，被医生告知可能会再也醒不过来，或者哪怕病愈，也会留下永久的身体创伤。

那时他的烧已经退得差不多了，茫然无措地坐在病房外的长廊上，母亲只顾着给哥哥办理入院手续，跟医生交涉，给父亲打电话。

他隔着玻璃窗看着里面病床上昏迷不醒的哥哥，意识到自己也许犯下了永远无法弥补的错误，整个人都像被放空在什么极为寒冷的地方，轻飘飘的，感觉不到任何东西。

隔了不知道多久，他才木然地想起了什么，在心中默默念着，如果哥哥能醒过来，他愿意接受神明的惩罚，犯错的本来就是他，不应该由哥哥承担。

他也不知道这些祈祷是否管用，只知道在心里默念了一遍又一遍，一刻也不敢停下。

哥哥的病情严重，母亲和他都在医院的休息室熬过了一晚。

第二天父亲从国内匆忙赶到时，母亲已经哑了嗓子，却还是赶快上前对父亲解释。

他们很快就吵了起来，他大脑已经麻木，听不出来他们都争执些什么，只听到母亲罕见地失态了，尖着嗓子喊了声："修言也发烧了！我们都不是故意的！"

父亲的目光这才猛地转到了他身上，他忙站起身，却在触碰到父亲眼中一闪而过的厌恶和痛恨后失了声。

他知道父亲性格严厉，对他也失望多过欣赏，但平日里还算和蔼，这还是他第一次感受如此严酷的目光。

父亲很快就收起了那些情绪，看他的目光却仍旧冰冷无比，吐出的字句也仍是冷的："修言也发烧了？那么现在还烧吗？要不要再给医生看看？"

他就像被钉在了原地，不敢动也不能开口。

他的确是发过烧的，但那毕竟不严重，吃过药后就退了，他也并没有被送到医院，连凭证都没有留下。

他该怎么向父亲证明那些无凭无据的东西？

他没来由地就有了些心虚，渐渐垂下了头，连父亲的眼睛都不敢再看。

发现他的闪躲，父亲等了一阵子，就冷冷地笑了声。

他听到母亲带着怒意怪他关键时刻没了志气："修言你！"

母亲又提高了声音对父亲说："你这是什么意思？难道我和修言会骗你吗？"

父亲冷笑了声："我怎么知道？毕竟你眼里只有你那个懦弱不争气的小儿子，修然怎样，你们这两个自私自利的人会在意？"

他听到母亲终于崩溃地捂着嘴失声痛哭，父亲也不再说话。

他们争吵时用的是中文，来来往往的异国医护人员虽然都对他们投来异样的目光，但都没有插嘴。

他最后也还是没能鼓起勇气，再说一句什么。

他知道平日里父母之间那不明显的敌意和距离，也知道母亲对自己过多的偏爱，一部分来自她对现有生活的不甘，另一部分则来自发现父亲对自己的忽视后，那种斗气发狠的补偿。

可那些终究只是细微的裂痕，刻意去忽视的话，他们都还尚能维持住表面的和谐，继续做着父慈子孝的模范家庭。

当这些裂痕被如此直白地撕开，内里的那些脓疮却早就已经腐烂得如此不堪。

更可悲的是，这些脓疮既然已经暴露，他们就不能再继续欺骗自己，回到那种虚假的镜像里去。

他看着以往永远都举止优雅的母亲颤抖着身体捂着脸大哭，而父亲就站在她的面前，却也没有给她一个拥抱，仅仅只是冰冷地看着他们。

他明白自己是犯了多么大的一个错误，哪怕无心，哪怕有所原因，也无法弥补。

幸而在那天下午，哥哥就醒了过来，父母也收拾好情绪，不再剑拔弩张，开始继续各司其职地安排着他们的生活。

他一直都浑身冰冷，却再也不敢提出什么要求，坐在病房的角落里，尽量降低自己的存在感。

哥哥的高烧并没有退尽，却还是在打量了他一下后，发现了他的不对劲，对他微笑了下，轻声说："修言怎么样了？脸色还是不好。"

他连忙打断了哥哥，尽量轻松地回答："还不是被哥哥吓到了，我没事，你安心休息吧。"

哥哥毕竟还虚弱，很快就又陷入了昏睡。

这个假期的剩余时间，他们都是在医院度过的，晚上母亲会带他回别墅休息，父亲则住在了医院附近的酒店。

冰冷的气氛在无止境地蔓延，他也发现了自己偶尔会头晕和胸闷。

但这些比起尚在医院的哥哥，又都小到不值一提。

寒假临近结束时，哥哥出院和他们一起回国，在国内被医生要求继续住院两个月，他就独自被送回了寄宿学校。

他本就不是什么善于交际的人，因为身体的原因，显得更加阴郁和喜怒无常，原本会同他玩闹的几个同学也不怎么敢再招惹他。

于是在升入中学前的这最后一个学期，他就彻底变成了一个独来独往的人。

周末回到家中，他会跟随父母一起去医院探望哥哥。

在哥哥和父母面前，哪怕偶尔会有些不舒服，他也都尽量装作若无其事。

只有一次，也许是在闷热的病房里坐了太久，他实在有些喘不上气，又害怕在哥哥面前失态，就找了个借口逃了出去。

私立医院病房区的走廊上鲜少有人经过，他躲到走廊拐角的地方，才按着闷疼心悸的胸口滑坐下去。

他就这么狼狈又不成样子地坐在地上休息了一阵，等眼前的昏黑稍稍退去，就听到了一阵熟悉的脚步声。

不紧不慢，带着父亲特有的威压。

那双黑色的皮鞋最终停在了他面前，父亲却并没有出声。

他放轻了喘息的声音，头顶上似乎多了种无形的力量，像是被压了一座山，又像是被黑暗的海水包围。

这是他第一次体会到，沉默是一种多么强大的力量。在沉默中，一切都被放大，一切都会无所遁形。

更何况那种沉默的压力，来自他的父亲，本该在这时关心安慰他的父亲。

当一个人一无所凭的时候，他就必须要学着自己面对一切。

他慢慢地将手从胸前垂了下来，又慢慢地站直了膝盖，挺起了胸膛，将头也抬起来，平视着前方。

他的个子还不够高，即便抬起头直视的时候，也看不到父亲的脸，只能看到他高定西服的领口，还有一丝不苟的领带。

好在当一个人撑起傲气的时候，胸口的疼痛和头上的昏沉就变得不再那么明显。

他不知道自己站了多久，只知道父亲在沉默地看了他一阵后，转身走了，从头至尾，没有说过一句话。

他又过了很久，才重新放松下来，靠在背后的墙上喘息，考虑了一下，决定还是找个时间，自己去别的医院检查一下。

至少要弄清楚这些是心理原因，还是他真的得了什么病。

第二天他就找了个要独自出去和同学聚会的理由，自己乘地铁去了城市另一端的一个公立医院。

他带着自己的身份证，在经过漫长的等待，进到医生的问诊室里时，那个医生还是微微惊讶了："你一个人来的？父母呢？"

他平淡地回答："工作忙，让我自己来。"

那个医生也许是看到了他身上价格不菲的套装，猜测到他或许是什么父母忙于工作的富家子弟，在问了他的症状后，给他开了化验检查的单子。

他又在医院吵嚷的候诊室里度过了一个上午还有一个中午，等着那些检查结果出来，下午带给了同一个医生。

医生看着他的胸透片子和化验结果，沉吟了一下说："你一个月前重感冒过，从这次的检查结果来看，应该是心肌炎，不过别担心，不怎么严重。"

他接着问："那需要吃药吗？"

医生摇了摇头："你想的话我可以给你开一些消炎药，不过没什么作用。"

他又顿了顿，问："那什么时候会好？会发展得严重吗？"

医生略松了口气，也许是意识到他表现得再成熟淡然，也终究只是一个十二岁的孩子，对他笑了笑，安慰他说："没事的，注意一下会慢慢好转，一般也不会有什么后遗症。只不过需要多卧床休息，你可以回去告诉你父母，给你在学校里请两周假。"

他没回答，只是站起来对医生鞠了个躬说："谢谢。"

可能是看他太礼貌，医生又对他叮嘱了一句："如果过两三个月还是不舒服，或者症状加重，你可以让你父母带你再来找我。"

他再次鞠了个躬，转身退出了诊室。

出了医院后，他将胸片和化验单子都扔进了路边的垃圾桶，略微觉得有些讽刺。

又是没什么症状也不会死的病，甚至都不需要过多的治疗，痊愈后也不会留下什么痕迹，和哥哥比起来，他的运气可以称得上是好了。

他没有把这件事告诉任何一个人，假也没必要请，他本来就不是好学生，在学校里懒散一些，老师们也不会有什么奇怪。

他借口不舒服，缺掉了所有体育活动，每天下午第三节课的时候，也光明正大地跑去那个不常有人的器材室，躺下休息。

一个人在微带发霉气息的器材室里躺着的时候，他会觉得特别安静，偶尔昏沉地睡过去一会儿，醒来总会好受很多。

他就是在那么一个惯例无所事事的午后，看到程惜推开那扇器材室的门，走入他的视野。

他很快就断定了这是那个在他们家出现过的，父亲资助的医学生的妹妹。

他们兄妹两个都长着一张过于清秀的脸，弯弯细细的眉毛，纯澈如水的杏眼，像氤氲着江南不散的雾气。

在看到他之后，程惜就把那双大眼睛也笑弯了，活似一只发现了什么好玩东西的小狐狸："小哥哥，我陪你聊天好不好啊？"

他明明说过不行，她却还是自顾自贴了上来，装作乖巧的样子套他的话，带着那种尚且不谙世事的狡狯。

他并不讨厌她，他已经看过了太多带着目的来接近他的人，她眼睛里闪烁着的那点小小的企图，在他看来真的不算什么。

更何况，她并没有认出他来。

在她那里，他只是个可以用来消磨时光的"小哥哥"，不是肃家的二公子，不是闪着金光的，可以用来当阶梯爬的工具。

他默许她留下来，也在不耐烦中，接受了她诸多的要求：给她读粗糙的儿童读物，让出膝盖来给她趴着。

他知道她在用他来弥补父母哥哥不在身边的缺憾，也知道自己绝对称不上是一个完美的人选，怕是聊胜于无。

可多少，他偶尔会带着羞耻地想，他还是被需要的，至少在此时此刻，被她所需要。

如果没有后来那年夏令营中黑暗又晦涩的记忆，可能程惜，也会在很久以后，成为他为数不多的、美好的少年回忆。

肃修言醒来时，感觉到有人抱着自己，身体仍是不自觉地紧绷，这么多年过去，他仍旧对情况不明的触碰有着本能的警觉。

他很快就松懈了下来，程惜的气息围绕着他，还带着淡淡的体温，他还没有睁开眼睛，就听到了程惜压低的轻柔声音："醒了？好受点没有？"

肃修言就在她的膝盖上躺着，身体也被她抱着，她离得实在太近了，呼出来的温热气流都从他耳旁轻轻拂过，肃修言微侧了侧头，才皱着眉开口："离远一些。"

程惜一点也不肯移开，反而惊讶地说："哎哟，我有口臭吗？没时间刷牙我刚吃了口香糖，樱花香味的气息口香糖哦。"

她当然没有口臭，相反或许还因为口香糖，说话的时候都带着淡淡的花香。

肃修言抿了抿唇："没有口臭也太近了。"

程惜不退反进，又凑近了一些，看着他笑了笑："那是小哥哥你害羞了？"

看着她凑到跟前的明亮杏眼，肃修言的耳朵又有泛红的趋势，微抬了下颌很没说服力地开口："你做梦。"

程惜忍不住就笑了出来："哎呀，对不起，欺负你实在太好玩了，就是这样死活不承认的样子才可爱。"

肃修言气得脸色又有发青的趋势，程惜就赶紧说正事："你现在体温回落了一些，我们还有一个多小时就可以降落了，你可以再躺着休息一阵。"

她一边说着，一边还是忍不住抬手将肃修言额上汗湿的头发拨开了一些，拿凉的湿纸巾给他擦了擦汗，轻叹了口："你睡着不安稳，我就抱着你免得你滑下去了，看着你这样子，还真是心疼啊。"

感受到她温柔的动作，肃修言倒是没再发脾气，而是又合上了眼睛。

他又浅眠了一阵，等到飞机顺利落地，刘嘉安排好的车已经在等着了，接上他和程惜直奔医院。

程惜本来以为，下飞机就会见到肃修言的母亲曲嫣，结果却并不见她的身影。

刘嘉解释了下，说曲嫣前不久正好去了尼泊尔感悟心灵，肃修言在这边的行动也都瞒着她，所以她还不知情，一个月后她才会按原计划回来。

哪怕程惜天不怕地不怕，听到这个消息后也松了口气。毕竟曲嫣的性格，她早就从哥哥程昱那里有所耳闻。

敢让她知道肃修言这里出了这么大的乱子，而且肃修言还已经跟她结婚了，她还不闹得天翻地覆？

虽然瞒着她不是长久之计，但能有时间缓冲一下也是好的。

肃修言很快就被送入神越集团旗下的私立医院，又做了进一步检查，好在没有发现更严重的伤势，只不过他依然需要静卧休养。

从他们下飞机后，黑衣的保镖就将他们围了个水泄不通，一路跟到了医院，连肃修言病房外的走廊上都要站几个。

程惜当然是要跟肃修言在一起的，她在国外已经见识过追杀，对这种实质上是被限制了人身自由的安排，倒是没有反对，只不过，她觉得自己还是需要进一步获得信息。

好在已经见识过程惜疯劲的肃修言，没有再试图挑战她的底线。

他刚好了一些，就让身边的人出去，只留下程惜在身边，皱了眉说："你在飞机上没有休息吧，要不要睡一下再听我说？"

程惜晃着手里的罐装咖啡摇了摇头："我昨天下午睡过了，再说我好奇心太重，不听你说完，恐怕睡不着。"

肃修言又蹙着眉看了看她，最终还是简明扼要地开口："你十岁那年，小学五年级的那年暑假，是不是去了一个学校组织的自然夏令营。"

程惜点头："这我当然记得，那个夏令营是小学部高年级和初中部合办的，露营实践的地址，就在距H市几十公里外的一个森林公园里，营地旁边还有个大湖，风景很漂亮。"

肃修言神色复杂地看着她："听你对夏令营发生的事只字不提，我还以为你忘了呢。"

程惜不由得笑起来："怎么会呢，只不过那个夏令营也没什么好说的，我不知道你具体指什么事情。"

肃修言抿了下唇，也还是有些不情愿地开口："你还记得那次我也在吗？"

程惜连连点头："当然记得，你大少爷得很。后来的集体活动你都不参加，大家都说你架子特别大。"

肃修言看她的目光更复杂了些："你没认出来我就是……"

程惜果断地摇了摇头："我那时候是班长，要帮老师组织活动。再说我们小学部的活动跟初中部本来就是分开的。"

她边说边打量肃修言："再说那两年里你长高了不少吧，外貌也有点变化，我认不出来也正常。"

她说着语气里就带了些调侃的意思："还不是你非要装神秘，不肯认我。"

肃修言又抿了抿唇，最终放弃般地开口："听你这么说的话，那么你的确是没有认出来案件发生的那晚，你救的那个人就是我了。"

他这么一说，哪怕早有所推测，程惜也还是惊讶地张大了双眼："原来那晚那个楚楚可怜的'美人'哥哥真是……"

她这个形容词让肃修言又黑了脸，隔了一阵才咬牙切齿地说："你可不可以不要随便给人起这种外号？"

程惜却笑着去摸他的脸："原来真的是你啊，我到现在还担心过那个人呢，不知道他后来又遇到了什么事情，有没有安全脱身？"

那个夜晚程惜当然不会忘记，当肃修言再次出现在她面前后，她也有过猜测。不过她又觉得这有些太巧了，甚至还带着一些宿命的感觉。

在她小学阶段，两个让她记忆最深刻，后来也可以说是给她的职业选择带来了影响的人，竟然都是肃修言。

那一晚发生的事情，在程惜看来，并不算复杂。

"小哥哥"消失后的两年里，她逐渐适应了在新学校的生活，成为老师眼中的优秀学生，和同学眼中值得依赖的同伴。

她也曾试图在学校内找过"小哥哥"，但那时候她毕竟还是年纪小，也确实带着一些赌气的心理：是小哥哥先不要她的，那么就应该是他先来找她，而不是她这么单方面地贴上去。

于是就在这种带着些矛盾又带着些隐约期待的心情中，她渐渐长大了。

她没有料到的是，十几岁的孩子，正是外貌和身高发生比较大改变的时候，甚至在进入了变声期后，那个她自认为闭着眼睛也能听出来的"小哥哥"的声音，也会变得不再熟悉。

在那年的夏令营中，她其实远远地见过肃修言，也听到了他和同伴以及老师的对话，但两个人就这么擦肩而过，他没有提起，她也就没有将他认出来。

那个夏令营的各项活动，其实乏善可陈，无非就是组织孩子们进行一些野营训练，再进行一些简单的对抗游戏。

营地坐落在森林公园中，孩子们住的也是力求贴近自然的帐篷，但周围依然有存放器材和营地工作人员居住的各种小屋，当然医疗室也是必备的。

也许在同班的其他孩子眼里，这种野营趣味十足，但程惜的父母，在未去世之前就曾带着她和哥哥露营过。

这已经不是她第一次睡帐篷，加上她又不可避免地想起了父母，也就显得比其他孩子格外沉着冷静。

再加上她替手指被木棍戳伤的同学处理伤口时的表现，驻营地的随队医生就看中了她，在问到她父母和哥哥都是医生后，让她时不时去医疗室帮忙。

随队医生是个很温柔的大姐姐，程惜也乐于亲近她。

程惜的体质比较招蚊子，于是在有些咬得睡不着的夜里，程惜就悄悄起来，跑去医疗室蹭床，清晨在同学们没发现的时候，再偷偷跑回去。

老师和随队医生，也都默许了她这种行为。

因为经常会转移地方睡觉，她原本就不会在熄灯后很快睡熟，所以那晚程惜才能警觉地听到不远处的帐篷里传出的异样响动。

她直觉那种声音不是普通动静，于是轻手轻脚地钻出帐篷，却看到了可怕的一幕。

本来应该宁静祥和的营地里，有两个黑色的身影在穿梭，营地中央唯一亮着的一盏应急灯照不到他们的脸。

但从那拉长的身影来看，他们的身高和体型绝对不是营地的学生。

程惜应变很快，没有发出一点声响，连忙蹲在了帐篷后，借着帐篷间的缝隙继续观察。

她看到那两个人还抬着一个人，那个人被套在了一个大袋子里，虽然还在微微地挣扎，但好像被堵住了嘴，发不出任何声音。

那两个黑影抬着这个人，正飞快向营地外移动。

在程惜发现他们的时候，他们已经移动到了营地外的树林旁，他们的速度太快，程惜如果这时再跑去叫醒老师和保安，恐怕大家就很难再找到他们的去向。

程惜当机立断，先是大声惊叫了一声吵醒大家，然后又悄无声息地跟着那两个被惊动后，用更快的速度奔跑的黑影冲到了密林中。

这时营地已经有人陆续被惊醒，热闹了起来，她借着这些动静的掩护，小心又快速地跟在那两个黑影身后。

密林深处不远的地方，就放着一辆吉普车，那两个黑影打开车门飞快地将被罩着的那个人扔了进去，就发动汽车开始逃跑。

原本哪怕程惜运动能力不错，也肯定是追不上汽车的速度的。

但好在夏天植被茂密，他们为了隐蔽也没有将车停在路上，开车的速度并不快，开走后横冲直撞更是将周围的植物碾出了痕迹，程惜这才能跑着一路追了上去。

吉普车在密林中横冲直撞了大概一公里，才冲到了通往夏令营的土路上，这里距离营地入口已经转了几个弯，不会被那边看到。

程惜气喘吁吁地跟上去，又赶快藏在旁边的灌木里隐藏身形。

她只是凭着本能的正义感追了过来，这时才稍微缓了下，感觉到了一种后怕。紧闭着嘴不敢大声呼吸，寂静的夜里，她能听到自己胸腔传出的剧烈心跳声。

她躲在树丛后，还能看到路上停着另一辆车，却不是吉普车，而是一辆黑色的轿车。

车旁站着一个正在抽烟，穿着一身西服的人，在看到吉普车后，随手扔掉了烟，颇有些不耐烦地说：“这点事情都干不好？怎么那边乱起来了？”

从吉普车上跳下来的人，说话里带一点H市周边的方言口音：“也不知怎么被个鬼机灵的丫头片子看到了。”

那个穿西服的人语气急促：“快点把人放到这辆车上，出了这段路，分开走。”

趁着他们对话，程惜捂着嘴偷看那两辆车的牌照，希望能记下来好以后给警察追查。

夜色很暗，他们又都没有开车灯，有些看不清楚，程惜正努力看得出神，就听到身前不远处，传来另一个不怀好意的声音：“这丫头还真不怕死，追上来了……”

程惜这才意识到刚才吉普车上的那两个人都已经下车了，其中一个更是借着路边灌木的遮挡，走到了自己身前。

她吓得手足并用，转身跑向身后的灌木中，却刚跑出去两步，就被一个巨大的力量压着按在了地上。

那个令她毛骨悚然的声音，就仿佛在她耳旁响起："既然这样，你就算是个添头了。"

程惜拼命地挣扎，但成年人和儿童的体力差距，还是让她毫无反抗之力，身体被狠狠压在泥土和草木之中。

程惜头皮发麻，死命拿腿去踢她身后的这个人，听到那个"老板"冷冷地开口："别给我惹事，你们又处理不干净。"

他边说着边蹲了下来，程惜瞪大眼睛看到了他的脸，那是一张四十岁左右，还能称得上斯文英俊的脸，他手里拿着一方雪白的手帕，盖在了她脸上。

那手帕上一定满是麻醉剂，程惜想起父母教过自己的知识，下意识地屏住呼吸，尽量少吸入气体。

她合上眼睛放松身体，假装已经昏迷。不过她多少还是吸进了麻醉剂，在渐渐失去意识之前，听到有个声音，仿佛从很远的地方传来："一起扔到我车上。"

程惜再次醒来的时候，首先听到的是"哗哗"的流水声，那声音很大，似乎河流就在距离他们很近的地方。

她想到之前听到的那句"处理干净"，顿时有些毛骨悚然。

屋里依然很黑，但不是被隔绝了光线的黑，头顶上小小的窗子里，依然有惨淡的月光渗透进来。

程惜用眼睛搜索了一下，借着这些光亮看到了蜷缩在她不远处的一个身影。

屋里实在太暗，她只能看出来那个人的轮廓是侧卧着的，身形消瘦修长，半长的头发落下来，遮住了眼睛。

她想到那两个人，一面恶心得打着寒战，一面有些先入为主地认为躺在地上的这个，可能是个初中部的女生。

好在也许是没想到她根本没吸入多少麻醉剂，会这么快清醒，也可能是没有预备好多余的绳子，程惜并没有被捆起来。

她从地上爬过去，压低了声音推了推人家："小姐姐，小姐姐你醒了没有？"

那人低沉地呻吟了声，嗓子听起来有点哑，程惜就忙小声说："小姐姐，我们被坏人绑架了，你现在能动不能？"

那人沉默了一阵，哑着声音开口："你叫谁小姐姐？"

程惜这才听出来这人绝对不是个女生，连忙又打量了一下他，虽然消瘦，但胸部很平坦，窗外漏进来的光照着他的侧脸，能模糊地看到清秀的五官轮廓和尖尖的下颌。

程惜忍不住想果然不管女生还是男生，长得太漂亮就是会被坏人惦记，她就改了口："那'美人哥哥'，我们得赶紧逃走，我听他们说话的意思，是要杀我们灭口的。"

那人沉默了一阵，也不知道是在接受这个事实，还是在想别的什么，过了一会儿他有些咬牙切齿地开口："'美人哥哥'？"

程惜也不知道他在纠结什么，急着说："你还能走吗？我给你解开绳子，我们赶紧逃吧。"

她说着就连忙去扯他身上的绳子，大人们力气大，绑得很紧。

好在程惜有露营经验，学会了各种死结的打法，也没有彻底慌乱，虽然她自己还有些手脚发软，但还是很快解开了那人手上的绳子。

手获得自由后，那人就飞快地解开了自己脚上的死结。

不过他比程惜吸入的麻醉剂更多，虽然手脚都放开了，也还是扶着身边的墙才能勉强站立起来。

他们被关在一间很狭窄的小屋里，屋外应该还有其他的空间，但是他们在这里摸索了这么久，那边也没传来什么动静，也许是没有人，也许……那个人在猫耍耗子一般任凭他们挣扎，最后再出现将他们重新擒获，好好品尝一下他们的绝望。

比起程惜在这里空想，那人的行动就果断多了，他沉声说："我打开门，不管外面有没有人，你都要拼尽力气跑出去，不要停下，也不要回头。"

这样程惜可不干："我跑了，你怎么办？"

那人冷笑了声："要不是你傻傻跟过来，会至于我们两个都被抓了吗？"

程惜听到这里也确定开始他还能轻微挣扎，是麻醉剂量不够，并没有完全失去意识，恐怕是在见到那个西装男之后，他又被补了一遍麻醉剂。

程惜如果能在当时认出来他就是"小哥哥"，大半也能听出来他虽然语气恶劣，但还是关心自己的，也就不会跟他计较了。但是那时候她接连遭受惊吓，并没有把他认出来，听他语气不好，自己也就有些生气："好好好，都是你的道理，我就不该瞎管闲事。"

那人又"呵"地笑了声："倒是有脾气了。"

程惜还没咂摸出来他这句话里的意味，他就又低沉地说："我让你只管跑不是随便说说，我们之中的任何一个人跑出去，都有机会带其他人来这里救人。"

他说着又顿了顿："他的目标一开始就是我，你体型小，身体也灵活，跑出去的机会比较大。"

程惜承认他说得有道理："好吧，我尽力。"

那人点了点头，两个人一起向门边靠近，那人又沉住气，缓慢拉开了门。

门外一片漆黑和寂静，并没有人，这个溪水边的木质屋子并不大，应该只是护林人的备用落脚点。

他们轻手轻脚地绕过屋子里的家具，又将外面那扇门打开，门外就是星光暗淡的夜空，树林间有微风穿过。

那人飞快地找到小屋前那条不是十分明显的土路，简明扼要地说："跑。"

变故也就是在这时发生的，程惜跌跌撞撞地大步跑了出去，在绕过木屋后，就撞见了木屋一侧正在用手机低声打电话的男人。

他手里夹着一根烟，香烟燃烧的尽头发出在暗夜中十分明显的红光，他似乎在安慰着什么人："别着急嫂子，我们再安排人找找……"

程惜不知道自己拼命奔跑的脚步声在寂静的夜中是多么明显，她只看到他瞬间就抬起头看向这边，手机屏幕的荧光照亮了他一瞬间扭曲的表情。

而后他冷静且快速地摁掉了电话，抬腿向她的方向跑出了一步。

但很快他就被向着另一个方向跑去的少年吸引了，就像那人说的一样，这个人一开始的目标就是他，他很快放弃了追赶程惜，转身向着那人的方向追去。

程惜拼命咬着牙，在这一眼过后，她就像那人说的一样，没有回头也没有停留，只是拼命地在路上奔跑着，跑得甚至比她追赶汽车时还要快上许多。

很快地，密林中就仿佛只剩下她一个人，四周的树木茂密，狭窄的道路上，叶片时不时会割到她的脸颊和手臂，她也完全顾不上，只是用尽全部力气奔跑。

在这样急剧的奔跑中，她还顾得上分辨自己的方向，她看过营地的周边地图，记得溪水是在湖泊的上游，所以她分辨着道路，向着溪水流向的方向奔跑。

她不知道自己到底跑了多久，到后来心跳快得像要冲出胸腔，耳边都是嗡嗡作响的声音。

当她终于找到亮光时，已经不知道到底过去了多久。

她记得自己扑到了熟悉的老师的怀中，大口喘着气，过了很久才能断断续续地说出话来："有个哥哥……在溪水边的……护林人的小屋里……被抓了……"

老师、警察和穿着急救服的医生都围了过来，周围都是警车和救护车，还有很多盏车灯将营地照得灯火通明。

这个阵势看起来就很大，她被急救医生扶着坐到一边休息，过了好久才缓了过来。

她挣扎着想站起来跟那些人一起去救人，却被老师按了回去，她也听到警察在用通话器紧急调度着什么，旁边的老师告诉她，她说得已经够清楚了，现在可以休息一下了。

那天晚上她终于还是在黎明到来前昏睡了过去，再醒过来已经是上午，她已经被送到了市里的医院，旁边坐着眼睛通红的哥哥。

她开口想问哥哥，那个"美人哥哥"最后获救了没有，哥哥却先一步一把握住了她的手，激动得红了眼眶："小惜，你知道你跑了多远吗？足足二十公里！你吓死哥哥了！"

对一个小学五年级的孩子来说，哪怕体质再优秀，奔跑二十公里也是近乎不可能的，只有强烈的恐惧和求生欲才会促成这些。

程惜睡了一觉，还是没什么力气，只能舒了口气，任由哥哥又拉着她絮絮叨叨了很多。

等哥哥唠叨够了，她也攒够了劲，才开口问哥哥那个人有没有获救。

出乎她意料的，哥哥竟然沉默了，就当她心中升起不好的预感时，哥哥才低声说了一句："他脱离危险了。"

很快哥哥就岔开了话题，又开始重复地说着诸如她一个女孩子，竟然那么冒险，哥哥就只剩下她了，她要是出了事，哥哥该怎么办之类的话。

程惜不敢插嘴和反驳，也就此沉默了。

她没有受什么伤，只是有些脱力和脱水而已，两天后就被获准出院，剩下的整个暑假，都被哥哥强制留在家里，只能玩电脑和看电视度日。

那个夏令营中的回忆，虽然很惊险，但程惜向来自我调节能力很强，再加上最后也算是有惊无险，所以程惜就渐渐淡忘了。

这件事对她的影响，可能是从小学六年级开始，她就上各种格斗类的课，从空手道到跆拳道，再到散打，反正能沾上格斗术的边，她都去认真学习，并且认真考级。

到了高中阶段，甚至连职业选手都会对她赞赏有加，并且问她愿不愿走职业路线。

程惜当然都拒绝了，她学这些，只不过是为了防身，还为了那个夏天里，在强壮男人的手掌下毫无还手之力的自己。

程惜从那些遥远的记忆中回过神来，又猛然想起来那之后的一些细枝末节，冷汗瞬间就从背上冒了出来，她猛然抬头看着病床上的肃修言："难道你没有逃出来吗？那个人后来对你做了些什么？"

肃修言看出了她脸上的惊慌，罕见地放柔了声音："慌什么，那个人想要杀人灭口，我如果没有逃出来，你今天就看不到我了。"

程惜顿时松了口气，又有疑惑："可是我哥哥当时说你脱离危险了，我没有多想……"

她的话没有说完，就被另一个沉稳的声音打断了："修言被撞断了三根肋骨，在医院里躺了一个月。"

那个声音从门边传来，程惜忙回过头去，就看到了肃修言的哥哥，早就辞去神越集团总裁一职，现在是个专职作家的肃修然。

肃修然在小说界的地位已经是国际级别的，程惜也是他的忠实读者，看到他连忙站了起来："苏修老师！"

肃修然对外用的笔名正是"苏修"，此刻对她温和地笑了笑，没顾得上寒暄就去看病床上的肃修言："修言，你给我的留言我收到了，我不知道你这里的具体情况，来看看才放心。"

肃修然和肃修言这对兄弟长得其实很像，一样立体俊秀的五官，一样高挑消瘦的身形。

只不过肃修然这些年来专注文学，气质更出尘和温和一些，肃修言就依然保持着上位者的高傲和冷然。

肃修言显然对肃修然说出了当时的情况有些抵触，带些埋怨地看着他："哥哥。"

程惜实在没想到肃修言还在叫肃修然"哥哥"，毕竟很多兄弟姐妹，比如她，青春期过后就直接叫"哥"了，不会再像小孩子一样叫"哥哥"。

肃修然也没觉得肃修言对他的称呼有什么不对，反而带着温和的笑容坐在床边，还抬手轻抚了肃修言额上的碎发，轻声说："修言，有什么事不要又是自己一个人扛着，不然我会担心。"

肃修言脸颊上肉眼可见地泛起了红晕，却还是语气恶劣地冷笑了声："说得就好像哥哥你不喜欢一个人扛着一样。"

在一旁看到了全过程的程惜表示，她的狗眼都要被闪瞎了，她觉得自己应该出去，给这对兄弟腾地方，免得碍事。

但她还是有疑问，硬着头皮对肃修然说："苏修老师，您刚才说收到了修言的留言？"

肃修然听到她的声音，又转头对她微笑："你就是程惜吧，不用对我这么客气。小时候我们就认识的，现在程昱还经常对我提起你。"

程惜继续硬着头皮看着他，肃修然意识到不能将她忽悠过去，只能笑了笑说："我的确是收到了修言传来的讯息，不过具体内容我却不知道他想不想告诉你。"

床上的肃修言果然喊了声"哥哥"，语气有些急促，肃修然就对程惜抱歉地笑了笑。

不得不说肃修然的情商和谈话技巧都十分高超，他这么一说，再加上肃修言的态度，就算他没告诉留言的具体内容，程惜也猜了个八九不离十。

毕竟能让肃修然特地从B市赶来才能放心的消息，想一想就知道不会普通。

　　程惜想了一想，就把这个念头暂时压下去了，肃修然话外有话，她并不是听不懂。

　　见她反倒没问那"断掉的三根肋骨"，肃修言本来紧张起来的神经略微放松了下来。

　　程惜却又冷不丁地开口："'美人哥哥'，我是想起来我这边的部分了，但你那边的事，你自己讲给我？"

　　肃修言被她搞了个突然袭击，脸色顿时就不好起来。

　　肃修然却弯了弯唇角，温柔地说："修言，我想你的目的，是找到那个真凶。那么程惜作为相关人之一，我想你还是最好对她开诚布公一些。"

　　肃修言对肃修然的话还是很看重的，但仍旧抿着唇沉默了一阵子，开口说："我现在有些累了，想休息一下。等我想好了怎么说，会告诉她。"

　　肃修然也没逼他，而是点了点头："我刚才去医生那里问过了你的情况，好好休息，会没事的。"

　　肃修然看了一眼程惜，程惜立刻会意地说："那我就先跟苏修老师出去了，修言你先睡一会儿。"

　　肃修言倒没有反对，只不过也没有应声，只是看着她跟肃修然，神色有些复杂。

　　程惜可不管他那弯弯绕绕的小心思，跟肃修然一起走了出去，还给他贴心地带上了房门。

　　到了病房套间外的会客室里，肃修然就弯了弯唇："你有什么问题，可以问了。"

　　程惜就喜欢他这样不兜圈子的性格，笑了笑说："苏修老师果然是文化人，闻弦歌而知雅意。"

　　肃修然又笑了："没什么，只不过我身边有人也像你这样不刨根问底誓不罢休，我已经习惯了。"

　　程惜知道他说的这个人，只怕是他的新婚妻子林眉，那个婚礼程昱就参加了，还拍了照片发在朋友圈里。

　　这次林眉可能是有什么事，并没有和肃修然一起过来。

　　他这么直接，程惜就笑了下干脆地问了："当年修言被找到的时候，情况很不好吗？"

　　出乎她的意料，肃修然先摇了摇头："修言并不能算是被找到的，他自己走在路上，被开车经过的警车发现了。"

程惜想起来她逃走时的状况，肃修言那时还没完全恢复力气，又跑向了并不容易加快速度的密林中。

他被抓到的概率细想起来，其实很大，几乎没什么可能有机会优哉游哉地走在路上，这一定是已经发生了什么不好的事情。

更何况此时肃修然的神色，也让她有些脊背发凉。

肃修然勉强弯了弯唇角，神色间带了些淡淡的伤感："被警车发现后，修言一直都没有说话，不管警官怎么问他，他都一言不发……直到他见到了我。"

当年的那件事，当然不会有什么皆大欢喜的快乐结局，至少在肃修言这里是如此。

他在来到夏令营时，就认出了那个小女孩……甚至如果不是在老师办公桌上的名单里，看到了她的名字，他都不会来参加这个无聊的夏令营。

按照母亲的性格和作风，假期当然是要用来度假的，不管是北欧还是澳洲，在这个季节都足够凉爽，正适合带着他去换一换心情。

但他还是鬼使神差地报了名，在母亲抱怨的声音里，来到了这里。

两年过去，她果然已经就像摆脱了往日所有的孤独和消沉，变成众人关注的焦点，不是依靠家世，而是因她自己本身，成了光彩夺目的存在。

不过也许她从未孤独消沉过，孤独消沉的人，只是他自己。

并不是他陪伴了她，而是他依靠着她的力量，度过了那段有些难熬的时光。

如果本应可怜悲惨的孤女，都能充实而阳光地度过每一天。

那么他这样在旁人眼里值得羡慕的人，还有什么理由来颓废呢？岂不是显得可笑又不知足？

他远远地看到，她脸上带着甜美的笑容，被簇拥在一群人之中，没有试图上前和她相认。

不再见面，本来就是他的选择，他这个人身上有着太多不好的东西，相处久了势必会影响到她。

和他保持距离，本来就是更容易获得幸福的方式。

但他也实在是没想到，最后他还是用那种方式，将她卷入了自己身处的旋涡之中。

他单独睡在帐篷的边缘，被捂着嘴从帐篷里拖走的时候，同帐篷的人并没有发现。

那两个人使用麻醉剂并不熟练，也过于慌乱，所以当他被套上袋子抬走时，还保持着一定的理智和行动能力。

他听到外面有人尖叫，却不知道那是谁，也不知道那个大胆的丫头竟然就这么追了上来。

他很快被补了麻醉剂，昏沉失去了意识，等到再次被她晃醒，他才知道原来她也被抓了进来。

她依然还是没认出来他，先是叫他"小姐姐"，又喊他"美人哥哥"，他简直哭笑不得，不知道她这样喜欢叫哥哥姐姐的毛病，什么时候才会好。

他对她说了让她先跑，不要停下，也不要回头，是因为他知道自己根本跑不了多远……这也原本就应该是他的劫难，他怎么能再一次看着另一个人因他受苦。

他果然没有跑出多远就手脚发软地跌倒在树丛中，那人立刻追了上来，想要将他绑住。

他将嘴唇咬出了血，不知道是什么傲气支撑着自己，只知道他不畏惧死亡，但绝对不要如此难堪地死去。

他装作无力反抗，微微侧身屈腿，在他趴上来抓住自己的另一条腿时，抬腿狠狠地朝他胯间踢去。

他听到了对方嘶哑的痛呼，同为男人，他当然知道那种剧痛有多强烈，趁机又对准他的肚子补上几脚。

趁对方暂时无力作恶，他手足并用地爬起来，弹开身体站起来，对着地上蜷缩成虾米状的躯体狠狠啐出一口吐沫："想动你爷爷，做梦！"

那人揪住旁边的树枝挣扎着想站起来，他抬脚就踹，一脚踢中那人的头，将他踢得重新倒了下去。

他胸中的戾气已经彻底被激起，若不是那人接下来说的那句话，他毫不意外他会就这样一脚脚把这人踢死。

那人趴在地上呼吸急促，抽着气从牙缝中挤出一句："你放跑的小丫头……你以为她能走？"

他的心猛地往下一沉，那人扭曲地哈哈大笑起来："老三和扎啤还在路口，你以为他们会放过她？"

他握紧了拳头，他当然可以留在这里将这个人渣殴打致死，但若是她真的落到那两个人渣手里，他该怎么办？

他几乎是毫不犹豫地，在对准那人的脑袋再次狠狠踢上一脚后，飞快地转身跑向她消失的方向。

他跑得不算慢，但已经晚了几分钟，直到跑到路口，他还是没有看到她的身影，但同时地，他也没有看到其他任何人和车。

身后突兀地传来汽车马达的轰鸣声，车灯将他的身影拉长，他的心彻底沉了：那个什么老三和扎啤根本就不在这里，那人是想骗走他，再开车过来报仇。

他回过头看到了黑色轿车刺目的车灯，侧身闪避，却还是被横冲直撞的车头撞得天旋地转，下一刻就跌倒在了路边的灌木丛中。

口腔中弥漫上血腥的气味，他无力挪动身体，看到那个人步伐不稳地打开车门下来，向他走近。

远处传来车笛声和警笛的呼啸，那人恨恨地骂了一句，转身上车，飞速地掉转车头，开向了另一条岔路。

肃修然看着面前的程惜，用非常温柔而悲哀的声音说："修言在警车上听到有一个女孩出事了，他可能以为那是你……他见到我之后，说出的第一句话是'哥哥，我还是害了她。'"

看到程惜惊讶的目光，肃修然又轻声说："那晚除了你们，还有个女孩出事了。"

他说着目光重新又悲哀起来："不过那晚有生命危险的人只有修言，他受伤很重，在对我说完那句话后就倒了下去。他肋骨骨折，内脏也受到了损伤，内出血的情况很严重。

"我的弟弟，是被我抱上了救护车，又亲手抱到医院的。他在中途昏迷了过去，失去意识之前，他把手按在我的胸前，说如果他的心脏还能用，不知道可不可以还给我。"

这寥寥几句话中的意味实在太过惊心动魄，程惜瞬间就苍白了脸色。

肃修然却犹嫌不够一样，又轻声说："到医院抢救的时候，我们才知道他两年前还曾有过心肌炎的病史。要不是那时他遇到的医生在医院的档案里做了记录，我们根本不知道。"

程惜额头有些冒汗，她突然开始责怪当年的自己，程昱说的那句"他脱离危险了"，应该是指他被送入医院抢救后脱离了危险期，而不仅仅是脱险那么简单。

程惜知道程昱一直并不喜欢肃修言，他经常提起并大加赞扬的人是肃修然，对于肃修言，他则最多语气不耐烦地说一句："那个肃家的老二。"

他甚至刻意对程惜隐瞒了肃修言的情况，不希望妹妹跟肃修言有过多交集。

若说他对肃修言带着偏见的目光，也没什么不对，但程惜自己呢？

在她还不知道"小哥哥"就是肃修言的时候，哪怕没有哥哥态度影响，她也像很多人一样，认为肃家的两个少爷，大少爷肃修然成绩优异，功课完美，是个人人向往的天之骄子。

二少爷肃修言的成绩虽然算不上稀烂，但十分平庸，还据说脾气恶劣，反复无常，几乎没有人愿意靠近。

所有人也都从他们父亲的态度里，感觉到以后继承神越集团的会是肃修然，肃修言大半就是个不成器的二世祖了，在父亲和哥哥的照顾下浑浑噩噩地过完这一生。

肃修言像今天这样掌管神越集团，不仅保持住了父辈的地位，甚至还在发展的浪潮中扩大规模更进一步，是当初那些等着看笑话的人所没有预料的。

事实上当肃道林去世后，肃修然真正担任神越总裁的时间不过半年多，剩余的时候都是肃修言在管理。

如果说当肃道林的时代结束后，现在的神越就是肃修言的时代，也丝毫不算抬高。

人类其实是一种很残忍的动物，只会注视光环下的强者，而对光环外的"失败者"不屑一顾。

当年的肃修言，就是在这样日复一日的偏见和轻视中度过的。

但一个人真正的样子，是怎么界定的呢？是舆论中勾勒出的模糊影像？还是众人口中的积毁销骨？

就连程惜自己，在和肃修言的最初重逢后，不也贴了几个"霸道总裁""蛮横不讲道理""说假话不眨眼的资本家"……诸如此类的标签在他身上？

倘若不是后来发生的事太出乎她的意料，而她又有足够的好奇心，只怕肃修言这个人在她心目中，也还是那么个平面化的样子。

她想着就拿手遮住眼睛，轻叹了口气。

也许是看出了她神色间的深思和动摇，肃修然又微笑了笑，说："你也想起那些年人们对修言的成见了吧？"

他顿了顿，才又也叹了口气："当年的修言，其实是个非常优秀的孩子……他所有的测试和试卷，只写三分之二。"

三分之二就是不到70%，在只写三分之二的情况下还能有个不上不下的成绩，他写过的题目，准确率只怕有百分之百了吧？

程惜想着就倒抽了口冷气，这个人，简直就是个拿着自己的天赋开玩笑的疯子。

在她这样无依无靠，只能凭借自己的天分和努力，来获得更好人生的人眼里，肃修言简直是个随手挥霍金山银山的奢侈分子。

肃修然像会读心一样，又看穿了她的想法，笑了笑说："你是不是以为，修言自恃家世优渥，厌恶学习？可若真是如此，他又怎么会保持那种百分之百的准确率的呢？"

他边说，边又轻叹了口气，唇边的笑容更加哀凉了些："修言这么做，只是不想同我争什么。他比谁都希望父亲和母亲能够不要再怨恨彼此，不要再用我们两个来作为互相竞争的工具。他希望我们一家人，能够真正和美地在一起生活。"

程惜听到这里，是真正有了些意外，她在一个和满的家庭里长大，哪怕父母去世后，哥哥和她也是相依为命，互相扶持。

她原来也实在没有深想过肃修然和肃修言，是在一种什么家庭环境下长大的。

从现在肃修然的话里可以猜出，他们的父母应该是貌合神离，连带兄弟两个，也被撕裂成了隐约的对立面。

肃修然在最后，微笑着给出了会心一击："修言是个实际上，远比看起来要温柔得多的人，我想你也有所体会。"

肃修然在说完之后，没有等待程惜的回应，而是对她微微笑了笑，就转身回了病房。

留下程惜在原地低下头认真思考，她想了一阵了，才得出结论：肃修然不愧是大神级别的作家，不仅句句信息量庞大耐人寻味，甚至还是个心术大师。

她还是第一次在谈话中完全失去主动权，被对方吊着情绪走。

肃修然回到病房后，没有打扰肃修言，就在病床边的沙发上无声地坐下了，开始闭目养神。

肃修言休息了两个小时醒过来，他也从浅眠中醒来，对肃修言温和地笑了笑："有没有什么地方不舒服？需要叫医生吗？"

肃修言有些口渴，不过还是抿着唇摇了摇头："你还留在这里干什么？自己身体那么烂，赶快回家休息。"

肃修然却还是看出了他的需求，去倒了一杯温水递给他："你这次还是内脏损伤，让我想起了十三年前那次，实在放心不下。"

听他提起旧事，肃修言脸上顿时有了些不自在："这次没那么严重，不会那么半死不活。"

肃修然又笑了笑说："可是弟弟就在我的怀里气息微弱、命悬一线的样子，我实在不想再看到第二次了。"

肃修言正在喝水润喉，听到他这种形容词差点呛到："哪里有你说的那么夸张！"

肃修然看着他弯了唇："当年你昏迷后就不知道了，抢救的时候，医院下了两次病危通知。"

肃修言脸上的神色更不自在了些，憋了一阵才憋出一句话："这些不用告诉程惜，她没必要知道。"

肃修然还是弯着唇温和微笑："可是我已经都告诉她了，并且还跟她谈了一些其他关于你的事情。"

肃修言顿时涨红了脸："哥哥！你说这么多干什么？"

肃修然还是笑得很温柔："修言，程惜就是你一直惦记着的小姑娘吧？你藏得这么深，我竟然到今天才猜出来。"

肃修言又绷紧了下颌默不作声了，他和程惜之间，除了横亘着的黑暗往事，还有更多的阴差阳错。

如果不是他在最后关头弄明白了一些事情，他不知道他们还将错过多久，也许就是永远错过了。

肃修然不再微笑了，却还是轻声地对他说："修言，如果你很重视什么人，那么一定不要对她隐瞒太多的事情。这是我在这么多年的生死里，得出的结论。"

肃修言还是微垂着头没有看他，他又轻叹了声："修言，你也是我不想再对你隐瞒的人。"

肃修言低着头又过了一阵，才冷不丁说了句："哥哥，程惜不在，你不用演兄弟情深给她看了。"

肃修然这才忍不住笑出了声："我是出自真心，全无矫饰。"

肃修言抬头满眼笑意地看了他一眼："好了，我知道了，哥哥很担心我。我没事，会很快好起来的。"

肃修然揽住他的肩膀轻拍了拍，眼中也满是笑意："对于程惜那个小姑娘，我也只能帮你这么多了。"

程惜没有无休止地思索下去，她调节能力很强，肃修然进去后，她也就在外面的沙发上躺下小睡了一会儿恢复精力。

毕竟现在还不知道追杀结束了没有，也不知道接下来要面对什么难缠的人物。

她睡得不深，肃修然开门出来时她就醒了，翻身坐起来揉着脖子："苏修老师，修言怎么样了？"

肃修然点头示意她可以进去，然后笑了笑说："我的身体状态一直欠佳，修言一定要我回家休息，这里的事情，就拜托你了。"

程惜连连点头答应："苏修老师，我一定会好好照顾修言的。"

肃修然微笑了下："不用这么客气，都是一家人了，叫我大哥就可以。"

他说完就带着那种非常优雅温和的笑容飘然离去，带走了在门口守着的四个保镖里的两个，不用说还是肃修言安排的。

程惜托着下巴又站着思考了片刻：苏修老师难道一直是在打助攻？那个助攻打得实在是比刘嘉高太多了。

她带着这种深思回到病房的时候，就看到肃修言侧过脸去，脸上有些不耐烦的神色："老大跟你说了些什么？他春秋笔法的，不要信。"

程惜现在已经知道他这样子，多半又是傲娇了，笑了笑坐在他身侧，又抬手很自然地摸了摸他的脸颊："小哥哥，我是不是已经错过你太多次了？"

肃修言的耳朵又有泛红的趋势，隔了片刻才带着些咬牙地说："你是不是不打算放弃这个称呼了！"

程惜侧头笑看着他："为什么要放弃，你就是我的小哥哥呀。"

肃修言沉默了片刻，抿着唇说："被别人听到了不好。"

程惜忍不住就笑出了声："好，好，我的小哥哥爱面子，人多的时候我就叫你'修言'好了啦。"

肃修言转过脸无奈地看着她："我发现你是不是翅膀硬了？把我当孩子哄？"

程惜却突然靠上去，抱住他的肩膀，然后在他仍显苍白的薄唇上吻了一下，看着他说："修言，这或许是我们的最后一次机会……我不希望再像以前那样留下遗憾，所以你需要我怎样努力，一定要告诉我。"

肃修言看着她，眸色有些加深："你不是说了一定要离婚的吗？"

对此程惜十分成竹在胸："恋爱归恋爱，结婚归结婚，试过不合适，还是要离的。"

肃修言顿时又被气笑了："你倒是挺有谱的。"

程惜也笑了，凑近到他的耳朵，轻声说："告诉你个秘密，我小时候就喜欢小哥哥哦，我发过誓，有一天要是再让我抓到他，我一定不会放过他。"

肃修言的身体又像被什么电了般轻轻震动了一下，但这次他很快微眯上眼，淡声说："我是不是让你觉得，我很好调戏？"

程惜还是把双臂撑在病床上，圈着他的身体，笑眯眯地："此话怎讲？"

肃修言冷笑了声："你那时候才几岁，就说喜欢我。"

程惜说："哎哟，原来是不信啊？我小哥哥多好看，成为我的目标对象有什么不对。"

肃修言也不知道是该咬牙还是该害羞，气得"呵呵"笑了："我对那么小的女孩子没那种心思，要不然岂不是禽兽……"

程惜抬手捂住了他的嘴，看着他说："修言，当年的事我回忆了下，我应该是看到那个人的脸了，所以我才会被追杀对不对？"

肃修言沉默了下，用目光示意程惜，等程惜的手从他嘴上移开，他才说："是我最近把他逼得太急了，他才对你动了心思。"

程惜挑了下眉，对这个回答并不意外，这个人之所以这么多年没有对她动手，最近却突然又动了杀心，那么必然是发生了什么事情，让他的决定发生了改变。

她抓住了肃修言话中的意思，问："你已经知道是谁了？"

肃修言点了点头："去年发生了一些事情，让我决定继续追查当年的真相，我委托了私人侦探，大概在三个月前，私人侦探得出了结果。

"在拿到结果后，我哥哥替我联络了警方，现在已经立案了。"

这个程惜多少有些意外："我还以为按照你的性格，你会选择自己动手。"

肃修言的神色看起来多少有些无奈："我确实想要亲自动手了结……但我哥哥这些年一直在帮助警方侦破案件，他又察觉到我在做的事，就半强制性地让我报警处理。"

不管肃修言看起来再傲娇，他对肃修然确实也称得上言听计从了。

程惜不由得感慨："苏修老师果然是运筹帷幄啊，佩服。"

肃修言更加无奈地看了她一眼："如果按照我的方式进行，我早就让这个人永世不能翻身了，怎么还轮得到他上蹿下跳去威胁你的安全？"

程惜挑了下眉："对啊，按照你的方式，你现在也已经触犯法律了对吧？"

肃修言轻蹙了眉，显然有些不以为意，不过程惜觉得现在不是教育他的时候，而是问出了最直接的问题："那么这个人究竟是谁？你能跟我分享信息吗？"

看到肃修言看向自己，她又补了一句："当然我离开时发生的事情，我也希望你能告诉我，里面或许有我不知道的信息，我们两个可以相互补充一下。"

肃修言沉默了片刻，就开口简短地总结："在你走后，那个人就抓到了我，他试图……然后我反抗打倒了他。被我揍得不能反抗时，他骗我说你会遇到那两个抓我们过来的人，我就丢下他去追你，结果被他开车撞到了树丛里。这时有警车经过，他匆忙逃走了。"

他说完又补充了两句："那时太暗，我没有看清楚他的脸，被撞时视线模糊，也没能看清车牌。"

他说到自己被抓到又被车撞时，程惜就去摸他的脸颊，等他说完了，程惜更是轻声感慨："小哥哥，你还是这么耿直得让人心疼。"

肃修言显然还是有点不习惯她这种关爱，身体有些僵硬了一瞬，而后问："你为什么得出这个结论？"

程惜看着他："因为你被抓走又被欺负，男性说出来这种遭遇的困难更大一些吧，而且你完全也可以对我隐瞒的，也并不影响以后的推论，但你没有说谎。"

肃修言蹙着眉说："他又没占到我什么便宜，还被我揍了一顿，有什么好忌讳的。"

程惜不由得笑了起来，凑过去在他唇边吻了一下："对，我的小哥哥不但漂亮，还最能打了。"

肃修言的脸色有些铁青："被你这样夸，我并不开心。"

程惜忍着笑不再逗他："那么这个人是谁？你能告诉我吗？"

肃修言看了她一眼，终于沉声说出了那个名字："是神越的董事，周邢。"

这个名字程惜并不熟悉，但他的身份却不出意外，现在回忆往事，她就能断定这个人一定就在肃家周围。

再结合他有能力查到自己的踪迹，还掌握肃修言的行踪，并且能雇佣杀手行凶，都能证明此人还是有一定的权势和地位的。

程惜沉吟了片刻，也很快说出了自己这边的信息："我逃出来时他在打电话，他叫电话那边的人'嫂子'，还安慰对方说再找找，所以我觉得他那通电话，通话的对象应该就是你的母亲。"

肃修言抿了下唇："我只大概听到了他是在打电话，私人侦探也是从那晚我父亲和母亲的通话中开始排查的。"

程惜看着他说："在我这边最关键的信息，应该是他接电话时有屏幕荧光，我大致看清楚了他的五官。"

肃修言听着就冷笑了声："果然。"

他又顿了顿才接着解释："警方在调查周邢的时候，查到他在四年前也雇佣过私家侦探，那次调查的对象，是你……这么多年来，他也一直在陆续关注着你的动态。"

程惜能想象到自己早就在对方的注意之中，却没有想到对方早就在四年前就请私人侦探了，顿时有些汗毛直竖："这人也太变态了点吧？"

肃修言看向她的目光里带了点不明显的安慰，语气也放柔了一些："没事的，你这么多年来一直从未对人提起过那年夏令营的事，他认为你不记得多少。

"他也谨慎得很，不是被逼急了，也不会轻易对你下手，你毕竟是程昱的妹妹，你如果突然遇害了，反倒会引起肃家的警觉。"

他说着又抿了唇，沉默了片刻才接着说："也是这三个月来，我在董事会削他权力，暗中打击他其他的产业，又用其他人的名义收购他的股份……让他意识到我发现了他做下的好事，要清算他，才会狗急跳墙。"

程惜挑了挑眉看他："只是被赶出神越的话，显然还是太便宜他了，他是意识到我可能是那晚唯一的目击证人，除掉我，就能免掉牢狱之灾？"

肃修言紧绷着下颌，隔了一阵才沉声说："对不起，程惜，如果不是我将他逼得太紧，他也不会想到要对你下手，幸好我赶去时你还没有遭到毒手……"

他的话被程惜打断了，她摸着他的脸颊，脸上带着微笑："你还是这么喜欢把责任都揽在自己身上。"

她边说，边看到肃修言沉黑的眼睛，分明就还是过于肃穆，就轻叹了声："修言，你要记住，被绑架伤害的人是你，绑架并伤害了你的人是他，出于寻求公证的原因，追查当年的事，是任何一个人的正当诉求。

"在确认对方身份后，做出一定的自卫措施，并寻求警方帮助，获得程序上的正义，也是完全正当的行为。

"你并没有做错过任何事，如果有人在这个过程中受到了伤害，那也不是你的罪孽，而是他的。"

肃修言沉静地看着她，等她都说完了，才开口说："你是在安慰我？"

程惜挑了挑眉："对啊，我要阻止你进行这种没有意义的自责。"

肃修言勾唇笑了一笑："那我想你误解了我的意思，我对你道歉，并不是因为我在为了那个人渣造成的连带伤害自责。

"我只后悔听了哥哥的话，没有在确认他身份之后，立刻把他绑起来以其人之道还治其人之身，这样不就干脆利索了。"

程惜不由自主地"呃"了声，她突然觉得自己也犯了肃修言犯过的错误，那就是用童年的既定目光去看待现在的对方。

这么多年过去了，程惜学会了抽烟和对着脱衣舞男吹口哨，肃修言不但学会了管理公司，也学会了杀伐决断和……用暴力蛮干。

她想着就忍不住笑了出来，用手遮住眼睛靠在对方的肩上。

肃修言这次没有不自在，反而很自然地搂住了她的肩膀，程惜还没抬头，就听到他用自己那低沉悦耳的声音说："你放心，有我在，这次他动不到你一分一毫。"

程惜笑着正想抬头，就感觉到他的手掌压得更用力了些，阻止她起身，而后他的声音再次低沉响起，带着几分咬牙切齿，更多的却是游刃有余的玩味："我看我这两天还是太纵容你了，你下次再对我说那些……小心我真对你做点什么。"

程惜趴在他肩窝里，闻着他身上好闻的须后水味道，笑着拿舌尖去舔他的耳垂："我又没说过我玩不起。"

于是肃修言的身体，就再一次地，微微僵硬了。

第3章

没有人能保证自己完全清白

他们在医院里过了一夜，第二天在做过检查后，医生确定肃修言的情况并无大碍，就准许可以出院等积血慢慢吸收，不用留在医院里了。

不过看肃修言的样子，就算医生不让他出院，他也不会留太久的。

肃大总裁出院的时候，照旧换上了一套刘嘉新带过来的，熨得笔挺的高定西服，外加风衣外套，走路仍旧带风，仿佛超模走秀。

当然超模也没他这种浑然天成的王八……王霸之气，程惜还是小跑跟在旁边连连感慨："肃修言，你是不是每天都在演电影？"

肃修言睥睨地斜视了她一眼，侧身上车，一言不发地抬手给了她个手势，让她自己绕到另一边上车。

他不说程惜当然也不会跟他一个刚出院的人计较，忍着笑自己从另一边上来了。

也许是上次在车里被程惜调戏的印象太深刻，这次肃修言索性上车后就开始闭目养神，一脸我绝对不会开口，也绝对不会给你可乘之机的样子。

程惜在旁暗暗偷笑，她倒觉得可以给肃修言喘息之机，还有就是不能追得太紧，免得让他以为自己对他有多迫不及待一样。

两个人很快就被送到了一栋隐蔽的别墅门口，程惜微微有些讶异："我们不回肃家老宅？"

这里是个新建的别墅区，从入园到里面的安保都很严密，但显然不是肃家那栋在市中心的百年老宅。

肃修言下车摇了摇头："老宅那边安全设施不够先进，面积也太大，保镖保护起来有难度。这里是我刚买了送给哥哥的新婚礼物，知道的人不多，他已经在这里了。"

程惜也跟着下车，看到绿化很好的树木里掩映着一座中式古典风格的建筑，围墙看起来都十分大，连入户大门都被设计成了乌木的质感，顿时微微咋舌："这种中式庭院都是卖给土豪的，怕是很贵吧？"

入户门是刷指纹进入的，肃修言刷了指纹回头看她："你还要不要进来？"

程惜连忙收起那种刘姥姥进大观园的神色，连连点头："当然是要的。"

进去后就是一条仿古回廊，旁边就是池塘假山，程惜在国外久了，看到这种中国古典建筑觉得赏心悦目，更是连连惊叹："土豪就是土豪，把园林建在家里，简直不要太舒服。"

肃修言带她去了客厅，肃修然正好还在楼上午休还没下来，程惜就又肆无忌惮地扑上去摸那些红木家具。

肃修言抿着唇忍了忍，最终还是清了清嗓子，低声说："你真的喜欢？"

程惜连连点头："喜欢，喜欢。"

她说着又开始感慨："没想到你品位还挺好，果然钱可以弥补一切。"

肃修言在听她说喜欢后，原本张口准备说话，听到后半句就抿唇冷笑了声："原本我还打算你要是真的喜欢，我也送你一套，看起来是不用了。"

程惜抬头看着他眨眨眼睛，突然明白过来，自己要不是嘴贱多说了一句，那她就也能得到肃修言送的一套豪宅了，顿时耷拉下了唇角。

也许是她丧气的神色取悦了肃修言，他又弯着唇笑了："怎么，送你一套，你要不要？"

程惜盯着他的神色，明白他绝对不是说笑，只要她点头，她就能得到跟这套房子一样漂亮的中式庭院小楼了。

她就这么痛苦地纠结了一阵子，壮士断腕般沉痛地开口："不要，拿人手短，吃人嘴软……收了你的礼物，以后谈离婚的时候就不能理直气壮了。"

她说着又很悲痛地补上一句："更何况要是跟你离婚了，这里的物业费我恐怕都交不起。"

肃修言送房子的话刚出口，就被她堵了回来，气得咬牙切齿："不是说过了吗？让你不要总把离婚挂在嘴边！"

他话才刚出口，有个温和的声音就从楼梯处传了过来，肃修然穿着居家的宽松外套，从楼上走下来，带笑地开口："小惜对修言有什么不满意？可以说给我听。"

　　肃修然这个人，仿佛自带着让人如沐春风的气场，程惜看到他就眼前一亮："苏修老师……"

　　肃修然温和地对她笑了笑："小惜，我已经说过了，都是一家人，你叫我大哥就好。"

　　程惜迟疑了一下，换了个折中的称呼："肃大哥。"

　　肃修然又对她温和一笑，程惜顿时有点……五迷三道。

　　没办法啊，她喜欢肃修言的脸，可是肃修然也长着一张没差多少的脸，并且还更温柔可亲，仙气飘飘一些，简直就是完美的梦中情人。

　　虽然她对肃修然没什么想法，但也架不住大"美人"就在眼前，她在这一刻，甚至有了那么一点羡慕肃修然的妻子，该有多好的福气，才能娶到……呸呸呸，嫁给这么完美的活体男神。

　　她还没回过神来，就听到肃修言冷哼了声："我去书房处理点工作。"

　　说完都不给程惜一个好脸色，寒着一张脸转身就走。

　　程惜回过神来，想追过去哄哄他，又看到刘嘉提着笔记本电脑，搬了一堆文件跟着他送进去，就想起来肃修言这几天都在处理她的事情，恐怕是挤压了不少工作。

　　更何况他牛脾气刚上来，程惜决定躲一会儿再说。

　　肃修然去厨房里泡了一壶茶出来，她连忙接过来道谢，就跟肃修然在客厅里坐下了。

　　肃修然不是会说废话的人，也没继续纠缠她为什么要跟肃修言离婚的问题，而是微笑着说："你知道的情况，修言昨晚打电话跟我说了，我约了H市这边的警方，下午他们会派人像素描师过来，根据你的描述还原出一个人像。"

　　程惜连连点头，她是肃修然的书迷，在偶像面前还是有点紧张："苏……肃大哥，我的证词和这个人像，真的能给周邢定罪吗？"

　　肃修然没有给她绝对肯定的答复："事过去太多年，你那时候也还小，还原的人像也不一定够理想。

　　"最重要的，还是要找到更直接的证据，比如说那辆车，还有那个木屋现场的东西，形成完整的证据链，这样才容易给周邢定罪。"

　　肃修然说着，又对她笑了笑："不过你不用太担心，修言已经搜集了不少证据，也找到了当年的那两个从犯中的其中一个。"

　　程惜点了点头表示了解，又说："肃大哥，当年修言在那次事件后……有没有表现出抑郁症的倾向？"

　　她说完就连忙解释："抱歉，我在大学修的是精神医学，虽然还未从业，可能有一定的职业病了。"

肃修然对她微笑着点了点头："你猜得不错，修言因外伤住院了一个月，但因为有抑郁症倾向，所以我父母让他休学了半年，不过他功课本就优秀，没有耽误学业，也就没有留级。"

他说着顿了顿又说："不过还有后来的事……具体的还是以后让修言对你解释。我那时候忙于照顾重病的父亲和管理公司，忽略了他精神状态的起伏。"

程惜点头表示了解，她怀疑肃修言有抑郁倾向，是因为他有时候会显得过于消沉和对自我评价过低。

肃修然说他曾经刻意降低自己的考试分数，这也不是一般心理健康的青少年会做出的举动。

她想着就叹了口气："我认识'小哥哥'……也就是修言的那年，他是隐瞒了家人，独自忍耐心肌炎病发时的痛苦？"

肃修然那双和肃修言很像的黑色眼眸中浮现出来一些类似于心疼和悲悯的神色，他点了点头说："那时候我在住院接受治疗，虽然有数次我都看出来修言的脸色过于苍白，精神状态也不好，但我问他，他总说自己没事……也是我疏忽了。"

如果肃修然自己那时候都缠绵病榻，确实也不能说是他的责任，但程惜站在肃修言的立场上，难免偏向他一些："你们这个家庭也太奇怪了，让一个才十二岁的孩子独自承受这些事情。"

肃修然沉默了片刻，然后却又微笑了下："这么多年来，你竟然是第一个为修言鸣不平的人，可见我们做得并不好。"

程惜本无意指责他，不过是脱口而出，忙想补救，肃修然又轻叹着开口："所以当两年后，我的弟弟重伤昏迷在我的怀中，我却要从医院的系统记录里，才知道他两年前也生病了，实在是太失职了。"

他说完就站了起来，带笑说："你们还没有吃午饭吧，修言忙起来肯定顾不上，我去厨房做点简单的东西给大家吃。"

刚才他去泡茶时程惜就受宠若惊，此时忙站起来："怎么好让肃大哥亲自动手，还是我来吧。"

肃修然笑着看她："你厨艺不错吗？"

程惜顿时有些羞赧："并不怎么好，只会弄些简单的填饱肚子。"

肃修然就又笑了笑："那还是让我来吧，我的厨艺还尚可入口，再说我在这里住了两天，厨房已经用习惯了。"

他这么说程惜就不好再客气了，连连道谢。

肃修然笑笑自行去了厨房，程惜就绕到书房里去找肃修言。

肃修言打开笔记本电脑，飞快浏览着电脑中的资料，旁边那些纸质文件他可能已经看完了，被整齐地码放在一起。

　　他桌上还放着电子烟，程惜也没客气，走过去拿过来，笑着对他吐出白烟："肃总，提醒你一下，你刚出院，还不适合抽烟，电子烟也不行。"

　　肃修言连抬头看她一下都没有，眼睛还是紧盯着电脑屏幕，冷哼了声："你管得倒宽。"

　　程惜趴在他肩上，用手臂把他圈住："这么冷淡，真的生气了？"

　　她侧头想了一下："难道是吃醋？哎呀，你想多了，我对你哥只是粉丝心理，一点想法也没有。"

　　肃修言十分解气地冷声道："你有想法也没用，他已经结婚了。"

　　程惜不由得笑起来："那你是吃什么醋？醋劲这么大，连自己亲哥哥的醋都吃。"

　　肃修言紧绷着下颌，手指还在不停滑动屏幕，程惜都要以为他不会反驳了，就听到他轻哼了声："我都没叫过你'小惜'。"

　　程惜顿时笑得前仰后合："原来症结在这里……你想叫早就可以叫了啊，你自己害羞，还好意思说别人。"

　　肃修言冷笑了声："你说谁害羞？"

　　程惜趴在他肩上，对他耳朵吹了口气："当然是说你呀。"

　　肃修言转头恨恨地看着她："你不要太嚣张了，小心我……"

　　程惜对他挑眉："你要怎样？"

　　肃修言深吸了口气，抬手揉了揉眉心："早晚收拾了你。"

　　看他就在爆发的边缘，程惜忍着笑没有继续这种撩虎须的行为，毕竟她十分懂得见好就收。

　　肃修然很快就做好了三人份的午饭，喊他们过去用餐。

　　他手艺果然不错，菜色也清爽适口，照顾到了肃修言的身体状况。

　　吃饭的时候有肃修然在场，程惜也就没有继续试探肃修言的底线，只是在吃饭的时候，时不时会借着桌子遮挡，伸手去摸肃修言的大腿。

　　肃修然当然把这一切都尽收眼底，脸上还是带着温和优雅的微笑，丝毫没有说破。

　　肃修言也没有被她气得吃不下饭，只是吃完之后，很快就一推椅子，说了声："哥哥，我继续去工作了。"

　　接着他就扬长而去，照旧没有搭理程惜一下。

　　程惜帮着肃修然收拾了餐具，又陪他喝了杯茶，没过多久，警方的素描师就应约过来了。

程惜记忆力好，描述也准确，很快素描师就画好了人像，拿给她确认。

　　程惜端详了一阵，觉得虽然没有像到十分，但应该就是那晚她看到的人，点了点头："就是他，有八九分像了。"

　　她说完，余光扫到一直在旁的肃修然神色有些格外的严肃，顿时生出了不好的预感，忙问："肃大哥，这个人不是周邢吗？"

　　肃修然沉思着抬起头看她，唇边的笑意却带了几分苦涩，他摇了摇头："这不是周邢，但我也认识这个人……这是我们的二叔。"

　　程惜愕然地看着肃修然，肃修言只告诉了她一个犯罪嫌疑人，她就想当然地认为自己看到的那个人一定是周邢，没料到竟然还会有这样的转折。

　　她没来得及开口，就听到身后传来肃修言低沉的声音："你见过我二叔，可能时间久了记混了，不然这次的画像还是作废吧，你休息一下我们再画一遍。"

　　他边说就边踱步过来，对素描师和陪同她一起来的男警官笑了笑："两位警官好，我是这起案件的受害人，也是程惜的丈夫。"

　　素描师听到这里迟疑了片刻："肃先生，如果目击证人现在是你的妻子，可能警方和法官会考虑证词的可信度。"

　　肃修言还是笑得非常风度翩翩："那是自然，不过我能保证无论是我还是我妻子，都不会给出假的证词。"

　　他说完就带笑看着程惜，柔声说："小惜，你这几天受到袭击，还为我担心，实在太累了，还是先休息一下吧，我相信警官们会体谅你的。"

　　程惜当然知道他是有什么话想说，她也没傻到当众戳穿他，也笑了笑对素描师说："不好意思，可能是我真的记错了。"

　　素描师体谅地点头说："没关系，经历过刺激后记忆错位也是有的，你可以休息一阵再好好回忆一下。"

　　程惜起身后又连连道歉，肃修言还自然又亲密地揽住了她的腰，把她带回了书房。

　　肃修然随后也礼貌地致歉起身，跟着他们一起进了书房。

　　肃修然走进来后，就随手关了门，声音低沉："修言，我们需要整理下思路。"

　　这里的门隔音很好，他们在里面的交谈声绝对不会传到外面去，肃修言走进来后就放开了程惜，后退了一步按住胸口咳嗽。

　　程惜吓得连忙抬手去扶他，肃修然却更快一步地揽住他的肩膀，低声说："修言，你冷静一点。"

　　肃修言脸色苍白地抬头看他，瞳孔中有些空茫："哥哥，那晚……二叔也在。"

　　程惜听得惊心动魄，忙问："对你动手的就是你二叔吗？"

　　肃修言摇了摇头："那个人跟肃家没那么熟，哪怕再黑，是不是二叔我还是认得出来的……那个就是周邢，后来董事开会的时候，他偶尔看我的目光很怪，我感觉得到。"

程惜也被这个推论吓到了："那也就是说，当晚除了我们之外，还有两个人在木屋周围，一个是追上去扑倒你的周邢，另一个就是你们二叔？"

肃修言苍白着脸点头："如果你确定你看到的那个人是二叔的话。"

程惜想了下，也为自己的猜测震惊："这么说，那就是你们二叔当时也在现场，但是他没有露面，而是隐藏起来冷眼旁观？"

肃修言点了下头，他又咳了声，才接着说："他可能是知道只要被我看到脸或者听到声音，就会被认出来。"

他一边说，一边苍白着脸断断续续地咳嗽，肃修然架住他的肩膀果断开口："修言，不要再说了，你先躺下缓缓。"

肃修言低应了声，顺从地被肃修然扶到沙发上躺下，他用还带些鼻音的声音轻喊了声："哥哥。"

肃修然搂住他的肩膀轻拍了拍："修言，没事的，哪怕是二叔也参与了，这也不是你的错。"

他这句话正说在肃修言的症结上，肃修言低声"嗯"了声，就将额头靠在了肃修然的肩膀上。

肃修然搂着他的肩膀拍了又拍，良久才放开，低叹了声："现在我们应该怎么办？修言你是什么意思？"

程惜虽然觉得自己的想法不合时宜，但她还是深深觉得，又被这对兄弟闪瞎了眼，默默坐在一边的椅子上："我看他是想让我做伪证。"

肃修言看着她，按着胸口虚弱地咳嗽了一声才开口："我们现在没有能证明二叔参与其中的任何证据，分散精力、横生枝节，反倒不容易给周邢定罪。"

程惜坚定地摇了摇头："我不同意，即使案情复杂，我们也应该给警方还原真相，而不是因为自己的想法左右警方办案。"

肃修然看着她，虽然他没有开口说话，但从他的目光中能看出来，他也是支持程惜的想法的。

肃修言按着胸口又开始虚弱地咳嗽，肃修然就叹了口气站起身："我还是出去招呼一下两位警官，小惜你在这里照顾一下修言吧。"

他说完给了程惜一个眼神，就起身打开书房的门走了出去，把难缠又正义感缺失的肃修言留给了程惜打发。

程惜没能阻止肃修然开溜，只能在他出去后，把目光又投回到肃修言身上，无奈地叹了口气："你究竟想我怎样？"

肃修然一出去，肃修言就把按在胸口的手移开了，脸色虽然还是苍白，但瞬间就半点也不虚弱了，抿了下唇冷酷地说："没事，哥哥心软，哄哄他，接下来你撒谎的时候，他也不会戳穿。"

程惜顿时被他噎了一下，敢情他刚才虚弱撒娇，都是为了让肃修然心软，好别坏了他的事。

程惜立刻又开始同情肃修然，天天为这么熊的一个弟弟操心，这别墅来得也不容易。

但她也对犯起倔来的肃修言没辙，只能叹了口气："用歪曲真相来换取的正义，是要付出代价的。"

肃修言听着就抿了唇："其实你说起那个人很快摁断了电话，我就有预感……我之前试探性地问过我妈，我被绑架的当晚，给她打电话的人里有没有突然中断信号的。

"我妈说当晚很多人打电话，她有点乱，但她也回忆出来跟我二叔通话时有中断，不过那时候我二叔理论上应该人在国外，越洋电话突然断了也不稀奇。"

他说着又低声冷笑了下："现在我总算知道为什么周邢的胆子会那么大了，在知道你已经和我结婚后，还敢派杀手来拦截我们……下命令的人不是他，是肃道闲。"

他说到这里就不再叫二叔，而是连名带姓地称呼起了对方。

他在肃修然面前装得好像被亲叔叔伤害很难过的样子，现在却面带阴狠地冷声说："这老匹夫藏了这么多年，原来背地里勾结了外人捣鬼。"

程惜现在确认他心中那微薄的亲情仅限于父母和哥哥了，她无奈地抚了抚额："那如果我就是不肯配合你呢？你准备怎么办？"

肃修言审视地看着她，也不知道心里在盘算些什么，他这种目光让程惜多少有些毛毛的。

果然他看了她一阵后，就突然笑了笑，重新抬起手按在自己胸口："我刚才在哥哥面前装咳嗽已经有些胸闷了，你要是不配合我，我现在就吐血给你看。"

程惜瞬间瞪大了眼睛，她还是第一次见有人用自己的身体威胁对方，威胁得如此不要脸的。

见她不回答，肃修言更是勾起了唇角，手掌看起来就要用力往下压，程惜忙抢上去拉住他："你冷静一点，我们还可以再商量。"

肃修言脸上露出点得逞的笑容，轻哼了声，还傲娇地往外推她的手。

程惜却不敢走了，就在他身侧坐下来，看着他免得他再做出点什么事情，她十分头疼："那你这样安排的理由，可不可以解释给我听？你如果能说服我，我就配合你。"

肃修言抬抬下颌，示意她将自己的手机拿过来，然后在相册里找了张周邢的照片给她看："周邢是这张脸，你记住了。"

程惜才刚松了点口，他就已经顺着杆子爬上来了，她能怎样，她只能看了看说："我记住了。"

肃修言这才把手机拿开，看着她说："因为在这起案子里，要想给我二叔定罪非常难，你信我，按我二叔的手段，也不可能给周邢机会把他供出来。

"这张画像如果被警方收录，你的证词很可能因为画像本身并不可靠而作废。我们只会失去主动权，还在我二叔那里打草惊蛇，让他有了进一步行动的动机。"

他说着停顿了下，才继续说："还有就是，如果让我二叔确认你看到并记住了他……我不知道能不能保证你的安全。"

他看着程惜，唇边也泛起了一丝无奈的笑容："小惜，在所有的可能里，我唯独不能接受的，就是你再出什么事。"

程惜认真地听完了，看着他满脸的深情和无奈，摸了摸下巴："你做出这么一副表情，是想像哄你哥那样哄我，让我乖乖跟着你的意思走？"

肃修言见计划败露，就迅速收起了表情，冷着脸说："我胸闷，想吐血。"

程惜连忙说："好了，好了，我懂了……"

她思考了下肃修言的提议，不得不承认他说的的确有道理，但欺骗警察做伪证还是让她的良心不能接受。

肃修言看她纠结，这才终于提出了个十分善解人意的折中方案："你要是实在不想说谎，就告诉警察说你实在不记得那个人的样子了，刚才那张画像是你弄错了，作废就好。本来警方也还没有确定你的证词可靠，这样不就好了？"

程惜侧头看着他，而后又眯上了眼睛："肃修言，你对我用了谈判手段？这个方案就是你的最终目的吧？"

肃修言一秒钟就平躺了下去，目光看着天花板："胸闷……"

面对这么个一跟他讲道理他就胸闷要吐血，稍微不顺着他意他还是胸闷要吐血的大活宝，程惜能怎样？程惜只能缴械投降。

她扶着额头说："打住，求你了小祖宗，我明白了，我照你说的做。"

肃修言这才满意地弯了弯唇角，轻哼了声闭上眼睛。

程惜盯着他看，觉得他的脸色确实有些苍白，就听到他闭着眼睛说："我们告诉了外面那两个警官，你需要休息一下，太快出去不大好，你不如就去里面的卧室躺下休息一会儿。"

程惜托着腮看他："我不要紧，我看你是需要休息一下。"

肃修言侧头看了她一眼，"呵"地冷笑了声："你不怕我再用身体威胁你了？"

程惜大方地伸出手臂来，抱住他的肩膀："爱的抱抱和爱的膝枕你还要不要？"

肃修言冷哼："说得我好像很稀罕一样。"

他一边这么说着，一边却用手臂撑起身体，好方便程惜的动作。

程惜忍着笑坐过去，抱着他轻拍了拍他的肩膀："好了你安心睡一会儿吧。"

肃修言侧过头轻咳了几声，又挑剔地移动了下，调整了个更舒服的位置，这才满意地轻哼了声闭上眼睛。

程惜透过他的体温，能感觉到他还是在发着低烧，出院后就马不停蹄地工作，案件还有了这样意外的进展，他不轻松也是当然。

他嘴上说得狠，但当年他被绑架的事有他二叔参与其中，对他来说一定是个不小的冲击。

程惜想着就无声地叹了口气，窗外这时正好下起了雨，雨滴打在窗外的枫叶和池塘里的睡莲上，沙沙地传进来。

在这样静谧的时刻，程惜也渐渐犯上了一股困意，就靠在沙发上闭目休息。

她这几天其实也不轻松，昨晚在医院并没有好好休息，一睡也睡沉了。

肃修然隔了一会儿推门进来，就看到他们两个在沙发上睡着的样子。

他弯唇笑了笑，轻手轻脚地取了条毯子来给他们盖上，重新走回客厅，对素描师和警官说："抱歉，我弟弟和弟妹太累了已经睡着了。不然这样吧，为了不耽误两位宝贵的时间，今天这份素描就作废了，等我弟妹回忆起来的时候，我们再画一次？"

素描师和那个警官表示没关系后站起来准备告辞，肃修然又笑了笑，温和却不容拒绝地说："还有既然今天这幅画像已经被确认是画错了，为了避免造成不必要的误解，我希望两位能当场销毁或者把它留下来。"

肃修然在B市是警方的特别顾问，权限很高，这次他联络H市的警方，也是由B市警方的高层亲自介绍的。

素描师犹豫了下，就将那幅画抽了出来递给他："那么还是由肃顾问亲自销毁吧。"

肃修然接过后笑着点了点头："谢谢理解。"

他又礼貌地送素描师和那个警官出去，这才返回客厅，拿起那张被放在客厅茶几上的素描，轻叹了声。

程惜醒过来的时候，已经是日光稀薄的黄昏了，她注意到室内的光线绝对不是下午，动了下睡得僵了的胳膊和脖子，忍不住"咝"了声。

在她膝盖上睡着的肃修言也被惊醒，他还没来得及完全睁开眼睛，就蹙着眉轻声问："怎么了？"

程惜抬手按着僵硬的脖子："肩膀疼。"

肃修言蹙着眉，嗓音里还带着初醒的细微沙哑："谁让你用这种姿势睡觉的。"

他虽然这么说着，却推开毯子坐起身，用手指给她按揉肩颈，边问："力道怎么样？"

程惜舒服地叹了口气："你按得不错嘛，是不是练过。"

肃修言冷哼了声："你觉得我有机会练这个？"

程惜一边舒服地舒了口气，一边偷笑着说："好吧，肃大总裁怎么会有练习按摩的机会。"

肃修言又给她按了几下，才开口说："偶尔工作累了会给自己按按。"

程惜笑着说："你们老板不是都有专属按摩师的吗？一边看文件一边叫御用按摩师按肩膀，旁边还有个洗脚小妹按脚。"

肃修言生气地加重了手上的力道："你脑子里都想些什么？我也只在休息室里摆了一个按摩椅而已！"

他说着又低声说了句："再说我不喜欢别人进入我的私人领域。"

程惜"哦"了声："那看来我不是这个'别人'了？"

她只不过随口打趣，肃修言却沉默了一阵，轻声开口："从小时候起……就不是了。"

程惜眨了眨眼睛，她花了一阵消化，才理解了这句话的意思，她有些小心翼翼地问："你从小时候起，就不再把我当作'其他人'了？"

肃修言又沉默了片刻，才接着轻哼了声说："不是你先一声一个'小哥哥'叫得那么欢的？"

程惜回转身钩住了他的脖子，他们现在贴得很近，程惜能看到自己在他那双深黑瞳孔里清晰的倒影："修言，你后来是不是还见过我，为什么不找我？"

肃修言没有回答，他轻侧过头去，隔了一阵才说："我没有面对你的自由和资格。"

程惜还没明白过来他这句话的意思，他就又说："那两位警官不知道走了没有，我们出去看一下。"

程惜侧头看了下书房办公桌上的电子钟，现在已经是晚上六点多钟，那两个警官多半已经离开了，肃修言明显是在转移话题。

但她也不想深究，肃修言这个人，看似暴躁易怒好懂，其实会把有些事情藏得非常深，他不愿说的时候，必定有他的理由。

程惜于是就松开他的脖子轻叹了声："好吧。"

肃修言从她身侧起身，明显带着逃一般的速度，不过他还没跨出半步，身体就猛地向前摔去，程惜忙一把抱住了他，扑过去在他落地之前接住了他。

肃修言很快反应过来，用手撑在程惜身侧，没全身压到她身上去，喘了口气皱着眉说："哪里有你这样随时随地把自己当人肉垫子的？"

程惜躺在地上满脸无所谓："你还有伤不能摔着啊，再说地上有地毯。"边说还边去摸身上压着的人，"你怎么了啊，为什么会摔倒？"

肃修言咬着牙说："腿麻。"

程惜顿时十分顺手地摸到了他的大腿上："那我给你按按？"

肃修言被她摸来摸去这么多次，耳郭还是微微泛红了些，一把握住她的手："中午的账还没顾得上跟你算呢，男人的大腿能随便摸吗！"

程惜无辜地眨眨眼睛："别人的大腿或许不能随便摸，但你的可以啊。"

肃修言羞愤地说："别人不行，我的为什么就可以！"

程惜又眨眨眼睛："我不是早说过了吗？我觊觎你的肉体，再说现在我可是合法需求。"

肃修言又是一口气没抽上来："你不是说了早晚要离婚吗？"

程惜歪着头卖萌："对啊，那没离之前还是合法的啊。"

肃修言简直又要被她气昏过去，程惜趁机扑上去抱着他的腰就地一滚，把他压在身下，抬手去解他的皮带："隔着裤子按摩不行，还是脱掉比较好。"

肃修言又慌着伸手去护自己腰间的皮带，连眼眶都被气红了："你这个女人，怎么这么不讲道理！"

门口在这时传来一声尴尬的轻咳，肃修然用拳头抵在唇边，不知道是在忍笑还是怎么，低声说："我想来叫醒你们吃晚饭。"

肃修言的脸瞬间就通红了，低头默默扣好皮带。

肃修然轻快地说了句："我先关门，你们收拾一下。"

肃修然说完那句话就飞快掩上了房门，肃修言则咬着牙推程惜，拖着还有些麻木的腿坐起身。

程惜还瘫在地上，颇为回味地说了句："大腿挺紧实的，手感不错。"

他们很快收拾好了来到餐厅，肃修然已经在餐桌上摆好了饭菜，笑着说："对了，下午林眉给我来了电话，B市的警局那边还有些事情需要我过去，明天一早，我就暂时回去了。"

程惜顿时很不好意思："肃大哥就来了两天，还要你给我们两个做饭，实在不好意思。"

肃修然微笑着摇了摇头："没事的，修言这边我的确要一看才放心。"

肃修言顿了下说："你自己身体那个烂样子，还来管我的事，还是多休息吧。"

他说话的语气恶劣，但话中的意思暗含着关心，程惜就在旁挑了挑眉偷笑。

肃修然这时候却又话锋一转，唇边带着笑意说："再说你们新婚不久，我留在这里可能也会不方便。"

他在说这句话的时候，程惜下意识又伸出手去，一巴掌摸在了肃修言的大腿上。

肃修言这次有些猝不及防，被她的动作震得浑身轻抖了抖，这才咬牙切齿地开口："程惜！"

程惜报复般地在他腿上又揉了两下，这才笑眯眯地对肃修然说："肃大哥说得太客气了，哪里会有不方便。"

肃修然涵养极好，只当视而不见，微笑着说："小惜，那修言就交给你了。"

程惜笑得很有礼貌："我会努力……照顾好修言的。"

说到努力的时候，她又用手指在肃修言腿上打了个圈。

一顿饭磕磕绊绊地吃完，吃完后程惜自告奋勇去收拾。

等程惜收拾完毕从厨房出来，肃修言已经含愤带羞地自己躲去了书房，肃修然却还在客厅喝茶，看样子是在等着她。

程惜知道肃修然肯定有话要说，就走过去坐了下来："肃大可想跟我谈谈？"

肃修然微笑着摇了摇头："倒没有那么严肃，只不过如果我们二叔真是幕后主使，那么修言身边或许还会有一段时间，并不是那么安全。"

程惜了然地点头："肃大哥还是不放心修言吗？"

肃修然笑了笑："当然也不放心你，如果你出了什么事，程昱一定不会放过我。"

程惜笑了："放心吧，我这个人还是有些自保能力的。"

肃修然虽然笑着，也还是嘱咐她道："一切小心。"

肃修然上楼休息后，程惜就先去收拾她自己的行李。

程昱已经搬去了B市，但是他们父母留下来的房子还在，按道理来说她既然回了H市，应该回自己家里的。

不过……没有任何人在，只是一个不经常住人的房子，似乎不能称之为家。

她当初在酒店的行李被刘嘉打包跟着飞机一起回来了，还留在学校的东西，肃修言只是轻描淡写地交代了一句走物流寄回国。

至于寄到哪里，程惜也想当然地认为肯定是肃家老宅，反正肃修言肯定不知道他们家的地址。

好在她当初去赌城寻欢作乐，计划的就是一个月以上的长期旅行，目的地也未知，所以就在背包里塞了几件衣服，现在倒也够穿。

只是程惜在一楼的卧室里略微整理了一下，就发现了一个问题：肃修言的衣物也在这个卧室里。

他们的行李都是刘嘉送来的，这个时时刻刻都热衷打助攻的超级助理，显然直接当他们已经是天经地义要睡一张床了。

毕竟当刘嘉第一次见到程惜的那天早上，程惜跟肃修言就是在一张床上醒过来的。

她正想着，肃修言已经径直从书房走了过来，对她视而不见，目不斜视地走到衣帽间前，抬手去松领带。

程惜忙说："肃修言，这里还有卧室吧，我们是不是应该分开睡？"

肃修言没停下来脱衣服的动作，解下领带挂好后，又开始解西服的扣子，头也不回地说："在三楼。"

他那意思很明显，他肯定不会去三楼，如果程惜对同房有异议，那她大可以自己抱着行李去爬楼梯。

程惜还没开口，肃修言修长的手指流畅熟练地一粒粒解开纽扣，露出里面的大片胸膛。

程惜"哦"了声，反而不争执房间的问题了，就走到旁边站着，还靠在了一边，目光毫不掩饰地在肃修言的身上打量。

正准备解开皮带扣子的肃修言猛然意识到了什么问题，停下来抬头看着她："我要洗澡，你盯着看什么？"

程惜吹了声口哨歪头："这么活色生香的大'美人'，就在我面前宽衣解带，你还问我盯着看什么？"

也许是终于意识到有危险的那人是自己，肃修言微微眯了眯眼睛，就果断地又去系衬衫扣子："好，我去三楼。"

程惜却抬手撑在墙上拦住了他的去路："怎么能让你一个伤患爬楼梯呢？"

她说着就抬手去拉他的衬衫，肃修言连忙去挡，她的手却已经准确地落在了他胸前的瘀伤上，皱着眉问："还疼吗？"

肃修言微顿了顿，没有挡开她的手，而是选择了回答："还好。"

肃修言刚脱衣服的时候，她在旁边看得清清楚楚，那青紫的一团印在他白皙紧实的胸口正中，显得有些触目惊心。

她又将手指滑向了他胸口靠下一点的位置，那里有一道并不明显的手术伤痕，愈合得很好，现在仅能看到一条细细的白色痕迹。

但从那道伤口的位置和长度来看，他动手术时的情况，一定并不乐观。

她想着眉头就皱得更紧些，胸中还有说不上来的感受，像是难过，却没有那么重，像是遗憾，却无从说起。

肃修言感觉到她的手指在伤口处慢慢抚摸，那已经是十几年前的陈年旧伤了，本来不会再有异样的感受。

但当她带着些许凉意的手指从那里掠过时，他却仍然感觉到了新鲜伤口才会感受到的那种刺痒。

他顿了顿，不是很情愿地解释："我妈妈说穿泳衣会不好看，带我做了美容祛疤。"

他本以为一个男人去做美容祛疤这种事，说出来会被程惜耻笑。

却没想到她竟然点了点头，满脸赞同："你妈妈真是棒，现在不细看确实看不出来了……这么完美的肌肉，留下点狰狞伤口太煞风景了。"

肃修言又有些咬牙，憋了一阵才憋出一句："你开口闭口离不开我……"

那句话实在太羞耻，他还停顿了一下才能说出来："我的肉体，你到底是有多看不上别的东西。"

程惜惊讶地抬头看他："你怎么想的？我没有看不上别的啊。"

她这种满脸茫然的样子，更让肃修言有口难言，吸了口气才说："那你为什么一直提离婚？"

程惜"哦"了声恍然大悟："你在计较这个啊，我没有对你不满意啊。一开始确实只是迷恋你的肉体，对跟你结了婚这件事很恼火……但知道你是小哥哥之后，我对你整个人都很感兴趣了啊。"

她说着，为了加大这个"很感兴趣"的说服力，还抱住了肃修言的腰，在他毫无遮挡的胸前轻蹭了蹭，满足地吸了口气："味道也这么迷人，一点不像臭男人，简直完美。"

她的动作太肆无忌惮，肃修言的耳郭又有点泛红，语气也不自觉弱了下来："那你为什么还要坚持离婚。"

程惜在他胸前仰起头看他："那是因为我们结婚很仓促啊，也是权宜之计，我觉得这么草率地处理人生大事，对你对我都不公平。"

肃修言沉默了下："此话怎讲。"

程惜又歪头想了想："至少要相处一点时间，对彼此的身体都满意，然后再增进感情，确定彼此之后订婚，订婚过后再过几个月，才是正式结婚。这个过程再怎么缩短，也得一年左右吧，这样才不算草率。"

肃修言气得笑了："你对这套流程计划还挺详细。"

程惜连连点头："对啊，我结了婚就打算要过一辈子的，一年时间我都怕不够好好考虑。"

她话音刚落，肃修言的头就毫无征兆地低了下来，接着他的唇带着温热的气息落在她的唇上。

程惜很快地张开唇齿迎接他，甚至很快又夺回了主动权，手也不自觉地按在了他的后脑勺上，拼命把他带向自己这边。

衣帽间并不宽敞，他们的身体很快就一起撞在了柜子上，程惜沉醉地踮起脚，疯狂地在他口中攫取属于对方的味道。

这个吻结束，不但肃修言的脸上泛起了红晕，气息不匀，程惜也红着脸气喘吁吁。

她有些无力地趴在他怀里，还知道小心地避开他的瘀伤，笑着喘气："不行，你对我来说就像吸猫，简直毫无抵抗力。"

肃修言眯了眯眼睛："什么是吸猫？"

程惜抬起头看他，用手给他比画："就是你有一只猫，你可以把头埋在它热热的、毛茸茸的软肚皮上，埋进去头，深深，深深地吸一口气，就是这样吸猫的。"

肃修言想象了一下，皱起了眉："你把跟我接吻比喻成这个？"

才结束那个吻没多久，程惜就又想沉醉其中了，拽着他衬衫的领子想把他的头压下来。

肃修言却按着她的肩膀把她推开了，唇边带着些报复性的笑容："别想那么多了，一天只有一个，等你不再提离婚的事情后，再说吧。"

程惜原本都双眼迷离了，此刻像是突然被冷水浇了头的小狗一样愣住，整个人都沮丧了："你要不要这么小气，你不是说第一天晚上我按着你吻了好多次吗？"

肃修言优雅地笑了笑："对，第一天晚上我就被你吻得快要缺氧，所以我决定慢慢来。"

这天晚上肃修言到底还是跟程惜一起住在了这个卧室里。

只不过他们分开洗了澡，上床后也各睡一边，好在程惜也不知道是被打压了气焰，还是顾及着肃修言的身体，没有再不知死活地捣乱。

等两个人都躺在了床上，她悄悄蹭过去贴在他的后背上。

她温热的呼吸就喷在自己的背上，酥酥麻麻的，想忽略都很难，肃修言只能轻叹了声："你又怎么了？"

程惜轻声说："小哥哥，后来你见过我的对不对，是什么时候？"

肃修言沉默了片刻："不止一次，你想说哪一次？"

程惜想了想："你随便挑一次来说吧。"

肃修言这次又沉默了许久，才开口："你记不记得，我中学毕业那年，我们家开了个庆祝的派对，你也去了。"

程惜想着就点了点头："我哥带我去的。"

她说着叹了口气："其实我怀疑过肃大哥是不是小哥哥，可是那天肃大哥对我很温柔，我就觉得，这个人应该不是小哥哥。"

　　肃修言冷笑了声："抱歉，我没有像我哥哥那样完美，让你失望了。"

　　程惜听到了他话里的不满，抬手就抱住了他的腰，把身体都贴在他背上："肃大哥是很完美啦，不过我并没有爱慕过肃大哥，我只是一直找不到我的小哥哥。"

　　肃修言又轻哼了声，这次语气才好了些，但仍是带着几分不满："你那天不是全程都拉着哥哥说来说去吗？"

　　程惜不由得笑了起来："那是因为我哥哥只带我认识了肃大哥，而且你一直都不知道在哪里好不好。"

　　肃修言顿了顿才说："我在楼上，我不喜欢人多。"

　　程惜惊讶："不喜欢人多还办派对？"

　　肃修言又顿了顿："是我妈妈一定要办的。"

　　程惜顿时又对肃修言有些同情了，她原来因为哥哥的关系，知道肃修然和肃修言的母亲曲嫣对肃修言过度偏爱，现在看来这种爱大半也是强行给予，而不顾对方感受的。

　　她默然了一阵子，就听到肃修言的声音再度低低地传来："不过那天我在楼上看到你了。"

　　程惜也不知道该说他太矜持，还是太傲娇，良久才叹了口气："你就只肯远远地看着我，却不肯出来见我。"

　　她这句话也不知道触动了肃修言什么心思，他的脊背不自觉地紧绷了，隔了一阵才低哑着声音说："我不是说过了吗？我没有资格。"

　　他说这句话的时候，总让程惜感觉他心里不知道还藏着多少秘密，仿佛那些黑暗往事，就算都已经过去，也还是变成了黑色的灰尘，重重地压着他。

　　她轻叹了声，隔着薄薄的丝绸睡衣，将轻吻落在他背上，叹了口气说："我不再问了，但我希望有一天你准备好了，可以给我一个答案。"

　　她说完就靠他的背，找了个舒服的姿势窝着，同时收紧了搂在他腰上的手，就打算用这个姿势入眠了。

　　肃修言看她没了动静，过了一阵子，才有些咬牙地说："你就打算这么贴着我睡觉吗？"

　　程惜的声音里已经带上了迷迷糊糊的睡意："我快要睡着了……"

　　肃修言又等了一阵，没等到她的后续，反而能听到自己背后传来的呼吸声已经变得绵长均匀。

　　他在黑暗中忍耐地闭了闭眼睛，这个人还真是，明明不像是没有警觉度的人，却每次都自说自话地在他身边，就这么毫无防备地睡着。

在赌城相遇的那天晚上是，今晚还是。

他睁开双目，目光在黑暗中一再翻涌，最后还是又闭了起来，将一切挣扎都压抑下去。

第二天肃修言醒来的时候，程惜已经窝在了他的怀里，其中一只手还堂而皇之地伸到了他丝绸睡袍敞开的领口里，从胸部一直滑到了腹部，几乎将领口整个扯开了。

不仅如此，那只手还紧紧贴着他的肌肤，一点也没有客气。

肃修言深吸了口气，每个男人清晨都会遇到的那种烦恼，今天似乎因为她的存在，变得更加棘手了。

他忍耐地握着她的手拿开，羞愤地扯住睡袍的领口收紧，准备起身去洗手间解决一下问题。

只不过他还没来得及起身，程惜的手掌就已经又伸了过来，她被惊醒了，下意识按住他的肩膀，睡眼惺忪地问："你怎么了？是不是不舒服？"

她话刚说完，视线就顺着移动到了睡袍下方的位置，接着突然就开始不怀好意地笑了起来："哎哟，原来是……"

肃修言眼疾手快地堵住她的嘴，避免她说出那两个羞耻的字眼，耳朵泛红着说："正常男人都会有的！"

程惜"啧啧"地点头："不过今天你……似乎太精神了点？"

她还一点不觉得这跟她有关系，反而继续笑得像偷到了米的小老鼠："要不要我帮你解决一下啊？"

肃修言气得都不知道该说什么了，深吸了两口气告诫自己冷静，不然早晚被这丫头气死。

他还没来得及反应，程惜却早已变本加厉，不但抬手按在了他耳侧的枕头上，还一个翻身坐起，长腿一跨，虚坐在了他的腰腹上，俯身笑着说："怎么？要还是不要呢？"

肃修言被她看似异常熟练的动作镇住，脸色一僵，咬牙切齿地说："你看起来好像挺擅长？"

程惜"哎哟"了声，继续带着坏笑说："小哥哥既然都放手这么多年了，我总得交过几个男朋友了吧，这不是我的个人自由吗？"

肃修言噎了一下，眼眶有继续泛红的趋势，憋了一阵憋出句："对不起，这是隐私，我不应该提这方面的事。"

程惜看他又被气又被噎，脸色都有些苍白了，神色间还有一丝仓皇闪过的难过，顿时就又心疼起来，连连怪自己明知道他敏感还乱说，忙放低了姿态哄他：

"好了，好了，我骗你的，我没交过男朋友，我大学室友总喜欢偷偷带她男朋友回宿舍，我被辣眼睛辣多了学的。"

肃修言脸上的神色顿时又更羞愤了一些："不用跟我解释！"

程惜轻叹了声，俯身在他紧抿的薄唇上轻吻了吻："我也没必要解释的，但我说错话了，不管事实如何，我都不应该借题发挥。"

肃修言抿着唇皱眉看她，程惜又低头吻了吻他："是我的错，让我的小哥哥伤心。"

她一旦这么放低了姿态，肃修言反倒不再说什么了，甚至还多了点莫名的退让，他别过眼睛，也不自觉放柔了声音："你既然不会，就让我自己解决吧。"

程惜"哦"了声，颇为恋恋不舍地从他身上下来，还有点想挽回的趋势："要不然我试试？"

肃修言抬手揉着自己的额头："求你不要再添乱了……"

他竟然破天荒用了"求"这个字，程惜顿时就安静如鸡地缩在一边，表示自己不会再试图点火了。

他们这么在卧室里折腾了一阵子，出去的时候就正好赶上早饭和送肃修然离开。

肃修然已经准备好了早餐，看到他们笑了笑："修言和小惜昨晚睡得不错，气色都好多了。"

程惜连连点头："还好，还好，肃大哥用完早餐就要回B市了吗？"

肃修然笑着点了点头："不过这边如果有什么紧急情况，你们还是可以随时联络我。"

程惜又忙答应下来，早餐过后肃修然就被司机接走送往了机场，肃修言也重新换了一身刘嘉带过来的西服。

如果他今天只是计划在这里休息的话，自然没必要这么折腾，看他的样子，像是要去公司。

程惜想起来昨天发生的那些事，不知为何有些担心，提出来说："我也跟你一起去吧。"

肃修言挑了挑眉看她："怎么，你也想从我这里领一份助理的工资？"

程惜默默翻了个白眼："我就算去神越，也要领心理咨询师的工资，更何况我还没打算被你压在下面。"

她这句"压在下面"的意味太含糊不清了，但不管是刘嘉还是旁边的保镖，全都一副神游天外没听懂的样子。

肃修言自然是听懂了，耳朵尖微微发红，在下属面前他还是板着张脸："你要来就来吧，留你一个人在这里我也不放心。"

他说完就摆着大总裁的架子自己先走了，程惜只能自己在后面跟上。

到了神越集团总部的那栋地标性建筑的大楼，程惜总算见识了肃修言这个神越总裁的日常排场。

虽然没有偶像剧里那么夸张，但下车进了大堂，见到的每个人都鞠躬间好是正常的。

电梯和办公楼层当然也是专属，出于安全考虑，也为了提高总裁的时间利用效率。程惜倒觉得比那些假惺惺跟上下班高峰期的员工一起挤电梯的总裁真实。

肃修言把程惜带到了自己办公室里，又留下两个保镖，就去隔壁的会客室见什么人去了。

程惜百无聊赖地巡视他的领地，这个办公室倒是跟肃修言自己的风格很统一，没什么杂物，却也不是过分严肃刻板，旁边也会摆个酒架，放上一些简单的装饰物。

程惜看了一会儿，正准备去办公室连着的休息室里体验一下肃修言说过的那把按摩椅，就听到隔壁隐约传来什么人的喊叫，还有静音玻璃也阻挡不了的爆裂声。

她吃了一惊，下意识看向窗外，只能看到玻璃碎片划过天空的残影。

而后她听到走廊里有保镖在喊："紧急情况，有人跳楼了！"

程惜也不知道是想到了什么，她几乎是甩开了办公室里的两个保镖，推开门快步冲向了肃修言所在的房间。

那里的门开着，事实上不仅是门开着，落地的玻璃窗也早就洞开了一个大口子，碎裂的玻璃撒在地毯和家具上。

肃修言就站在洞开的巨大落地窗前，摩天大厦顶端的风声猎猎，将他敞开的西服和短发吹起。

她不知是感受到了什么，拼命跨步过去，用力从背后抱住了他的腰，仿佛下一刻，他就要乘风而起，也坠入窗外的那片空茫之中。

第4章
做出决定的勇气，并不是每个人都有

程惜几乎是第一时间感觉到了肃修言身体的颤抖，他站得那么笔直，仿佛像山岳一样不可摧毁。

但那种细微到几乎难以察觉的颤抖，却又像是雪崩来临之前的簌簌震动，只需要一片羽毛飘落，就能山崩地裂。

她用尽全身力气抱着他，不断说："修言，修言，我在这里。"

也许只隔了片刻，也许又过了很久，她才听到肃修言低沉的声音，带着喑哑和颤抖："程惜，带我离开这里。"

程惜没有立刻说话，他又轻声重复了一遍，如同冰层裂开，平静之下，甚至带着一丝不易觉察的乞求："带我离开。"

程惜还是紧抱着他，移动身体慢慢挪到他的面前，她阻止他再看向窗外的天空，对他微笑了笑，用尽量镇定的声音对他说："看着我，修言，我带你走。"

她又握住了他的手，对他轻轻点头，直到他空茫的目光完全转移到自己脸上，她才拉着他一步步离开。

保镖和闻讯赶来的助理秘书们，已经在门口围了几圈。

程惜用眼神示意他们让开，肃修言则在转身的瞬间，就收起了脸上的一切情绪，一言不发地抬起眼睛平视前方。

当他们走进肃修言的办公室后，程惜几乎是第一时间按下窗帘的遥控，将灯打开，并反锁了房门。

肃修言放开了拉着程惜的手，走到办公桌前，用有些发抖的手撑在桌面上稳住身体，沉声说："你不用防备，我还能控制自己，不会也跟着跳下去。而且这里的玻璃，也本应该是防爆防破的。"

程惜也发现了这个问题，吸了口气说："从我这里看起来，似乎那个人是撞破了玻璃跳下去的，那个会客室的玻璃出了什么问题吗？"

肃修言"呵"地冷笑了声："钢化镀膜玻璃，竟然一撞就破，也是稀奇了……"

他说着就捂唇猛地剧烈咳嗽了起来，程惜吓了一跳，忙过去扶住他："修言！你先不要想那么多，等警方过来调查完再说！"

肃修言并没有把身体的重量转移到她身上，而是依然笔挺地站着，又冷笑了声："一个个的，卑鄙手段倒是玩得多。"

他一面说着，一面却又抬手用力向胸口按去，呼吸也变得急促艰难。

程惜愣了片刻，忙用力抱住他的腰："修言，你焦虑发作了！冷静一下！"

肃修言还想冷笑，却又呛咳了声，张开口大声喘息。

程惜不再跟他纠缠，揽着他的腰将他强制地拖到一旁的沙发上，她抱着他让他缓慢躺下，将吻落在他的眉间："修言，没事的，这里很安全，这里不会有其他人，只有我们两个人，你可以放松下来。"

肃修言闭着眼睛侧过头，用手按在唇上咳嗽，程惜扯了纸巾垫在他唇边："想吐什么，别忍着。"

肃修言张开眼睛看了她一眼，而后就侧头干脆地往纸巾上吐了口血。

程惜看到纸上刺目的鲜红，心疼得浑身都颤了下，抽了口气："你还真吐啊……"

肃修言也不知是不是终于舒服了点，弯了弯唇角，重新闭上眼睛"呵"了声。

程惜又忙拿纸给他擦唇边的血迹，还拿了靠垫垫在他身下，跑去兑了温水过来给他漱口。

就这么连指头都不用动地躺着被她照顾，肃修言的情绪好像终于好了些，虽然还是苍白着脸大口喘息，但总算不再继续呛咳了。

程惜半跪在旁边给他擦汗，把他额上的湿发拨开，看着他脸色发白，微张的唇更是惨白，合着的长睫毛也不断微微颤动。

她顿时又有一阵所有物被糟蹋了的心肝肺疼："敢动我的人，真是吃了豹子胆！"

肃修言张开眼睛看她，蹙了眉说："你的人？"

他本意是想质问的，奈何他现在还在喘息，声音也太过轻弱，程惜听完反倒十分受用，立刻连语气都柔和下来，可以说是温柔备至了："放心，虽然你没有从了我，但在我心里，早就把你当作我的人了。我会好好护着你，不会再让你受委屈。"

肃修言气得又咳嗽了两声，用目光狠狠剜了她一眼："等我好点了……再收拾你。"

程惜得寸进尺地拉住他的手，放在自己唇边吻了吻："我的心肝宝贝，你开心就好。"

为了避免被她当场气死，肃修言恨恨地闭上了眼睛，努力调匀呼吸。

他才刚安静了没多久，唇上就突然触到了温热柔软的东西，他飞速睁开眼睛，就看到程惜近在咫尺的眼睛。

那双总是带着笑意和戏谑的眼眸中，此刻却充斥着一种不可名状的担忧，还有一丝并不明显的恐惧。

程惜又凑过去吻了吻他，轻声说："修言，我在的。"

肃修言看了她一阵，轻"呵"了声："你是觉得我现在没有力气强吻你？"

程惜顿时又笑起来，眨着眼睛，满脸狡狯："你来啊。"

肃修言冷笑了下，正准备抬手去按她的头，她的唇却更先一步凑了上来。

这次她比上次更能掌握主动权，温柔的交融里，还带着轻怜蜜爱，像是细雨微啄，羽翼轻合。

肃修言亦没有努力从她那里抢夺什么，只是张开唇齿，迎接这种暖意。

他落下的手指也将她额上因为紧张渗出的汗水擦落，在她离开后，用手掌轻托住了她的脸，微蹙着眉看她："我看你的胆子，是越来越大了。"

程惜用手钩住他的脖子，笑得一脸得意："我本来就胆子大，特别是对你。"

警察在半个小时后上来询问，那时候肃修言休息了一阵子，已经好了很多，撑着沙发坐起身对程惜说："我过去见他们。"

虽然现场的迹象基本可以断定是自杀，会客室中也有监控，可以证明肃修言的清白。

但他毕竟是死者生前见过的最后一个人，也是目击死者跳楼的人，当然还是要做笔录。

程惜握着他的手说："你的焦虑症状还没有完全消失，让他们进来在这里给你做笔录比较好。"

肃修言弯着唇，意味不明地笑了声："出事后我进自己的办公室闭门不出这么久，已经会让旁人戴上有色眼镜了，如果我再不出去，他们不知道还要怎么说我。"

程惜愣了下，她只是有专业知识，却并没处在肃修言这样的位置上过，一时没明白过来他话中的含义。

肃修言也像是不屑于解释，只是拿起桌上的水杯，又喝了口水大力喘了口气，就挺直身形走了出去。

门外不仅有新到的警察、之前的保镖和刘嘉，还有很多在这一层工作的人在原地站着。

他们都没有走开，而是焦灼不安地三三两两站在一起。

当总裁办公室的房门打开，所有的目光就都毫不掩饰地注视了过来。

跳楼身亡的那个人，名叫秦楠，也是肃修言的助理之一，甚至还是从肃道林那个时代起就为神越服务的元老。

这些秘书和助理中，有很多人和肃修言的直接接触并不多，但都和秦楠很熟悉。

程惜不太明白这其中的关系，却也敏锐地在第一时间发现，那些射过来的目光中，绝大部分并不能称得上是友善。

每天跟自己在一起工作，就像父兄一样照顾自己的前辈同事，在和自己的总裁谈话过后，就突然不明不白地跳楼身亡。

而在他跳楼后，总裁却一脸冷酷地未置一词，只是回到自己的办公室紧关上了大门，直到警察过来询问，总裁才再度出现。

站在他们的角度去理解的话，肃修言的言行确实太过冷酷了，更何况他原本就是个看起来过于严肃冷漠的上司。

程惜在一瞬间明白了这些目光的含义，还有肃修言出来前的那句话的含义，但她张了张口，却觉得无从解释。

幸而在这些人中，刘嘉是带着毫不掩饰的担忧的，他赶上来两步急着问：“肃总，您没事吧？”

他这样的行为，在其他人眼中无疑是拍马屁和谄媚了，程惜看到有几个人眼中不明显地带上了些厌恶。

肃修言看了看刘嘉，低声回答：“没事。”

接着他把目光转向了那些警察：“几位警官，还是到案发现场说吧，更容易说清楚些。”

那间会客室现在已经被警方封锁了起来，如果进去的话，无关人员肯定要回避。

注意到身旁程惜的目光，肃修言回头看了她一眼，哪怕并不是很情愿，他也还是抽了下嘴角，又对她低声安抚了句：“我没事。”

程惜对他点了点头，他就转头径直和那几位警察一起走了进去。

事件已经比较清晰，肃修言只是对警察复述了一下秦楠当时所说的话，就结束了笔录。

就算如此，询问过程也还是持续了20分钟左右，当他走出来时，脸上带了些疲惫。

警察也对肃修言点头示意："这里暂时没有需要肃先生配合的工作了，您可以恢复正常办公。"

肃修言点了下头，皱眉看向还都围在一旁的人："你们还需要配合警方吗？没有的话今天难道不用工作了？"

没有一句安抚的话语，就这么直接地命令下属。

程惜心想不好，就看到那些人纷纷低下了头，各自散开，虽然没有人反对，但沉默的气氛在无声蔓延。

肃修言又抬手揉了揉眉心，对刘嘉说："你跟我进来。"

刘嘉连忙答应下来，程惜当然还是要跟着他回到办公室的。

总裁办公室的窗帘还是没有升起来，肃修言回到办公桌前坐下，就对刘嘉说："把秦楠负责的事情安排一下，再调一个人过来接替他。"

刘嘉马上记了下来，肃修言又对他交代了几件日常的公务，就开口说："你可以出去了。"

刘嘉答应下来，在出去前还是看着他颇为担忧地问了一句："肃总，您真的没事吗？"

肃修言"呵"地笑了声："你还需要我重复几遍？"

刘嘉立刻不敢多问，连忙打个哈哈出去了。

程惜在旁看着他，等刘嘉出去后，才颇有些不赞同地开口："你完全可以多说几句，这时候随便说一点笼络人心的话，也胜过你那些下属误解你。"

刘嘉出去后，肃修言就按着胸口撑在办公桌上喘了口气："他们只要好好工作就够了，如果因为这些事就质疑我，可以辞职。"

程惜看着他："我觉得我应该直接把你公主抱下楼，就当着他们的面，让他们知道自家总裁并不是铜筋铁骨。"

肃修言抬头横了她一眼："你敢。"

程惜歪了歪头，笑着看他："你觉得我不敢吗？"

肃修言又被噎了一下，隔了片刻说："留点面子。"

程惜忍不住笑了起来："哎呀，我的小哥哥，我就喜欢你这样知情识趣，能屈能伸。"

肃修言又咬着牙横了她一眼，程惜现在看他脸色苍白的样子也是心疼得很，就不再气他了，叹了口气："你又吐血了，事实上我确实希望你能立刻去医院。"

肃修言沉默了片刻后说："我今天第一天来上班，又遇到这种事，我不能很快离开。"

程惜点头："好吧，我尊重你的个人意愿，不过我还是建议你尽快就医。"

肃修言抿着唇默不作声地看着她，程惜就只能又叹了口气，走过去俯身在他唇边轻吻了下："那我就不耽误你办公了，出去走走，你要是有什么事，就叫我。"

肃修言或许是怕她在这里继续气自己，沉默了一下后也点了点头："我已经吩咐过了，保镖会跟着你。"

程惜没反对，对他挥了挥手之后就走了出去。

有个保镖尽职尽责地跟在她身后，她也没在意，仍是随便地在这个楼层中散步。

当她闲闲散散地走到女用洗手间门口的时候，那个保镖才终于停了下来，但还是一脸严肃地站在门口不肯走。

程惜清清嗓子对他说了声"抱歉"，就溜了进去。

总裁办公室这一层的面积本来就大，装修也自然透着一股现代化的奢华，女用洗手间更是面积极大，还附带了一个化妆间。

程惜进去的时候，正好有两个女秘书在里面一边补妆一边休息聊天，听到有人进来就不约而同地噤了声。

程惜笑了笑跟她们打招呼："你们好啊，我叫程惜，以后说不定要经常见面了。"

程惜本来就长了一张让人放松的脸，再加上她今天特地换了中性青春的白T恤和浅色牛仔裤，看上去就更叫人放松警惕。

虽然她刚来就出入总裁办公室，出事时她还冲进去抱住了肃修言，不过肃修言也很快松开了她的手，没有在众人面前对她表现过特别的态度。

所以就算他们都对程惜的身份做过猜测，但是也确实拿不准这个人究竟是来干什么的。

现在程惜这么说了，那两个女秘书就互相看了一眼，也分别对她介绍了自己，妆容明艳年纪又大一些的姓王，青涩年轻一些的姓许。

王秘书介绍完自己，就试探地问："程小姐是我们的新同事？"

程惜摇了摇头，眼睛也不眨地说："应该也不算吧，我是过来监督这些保镖干活的。"

她这番话说得很含糊其词，却给人一种她是保镖公司"小头头"的感觉，而且她之前抱住肃修言，护送他回办公室的样子，也的确像是"保镖"的职责范围。

既然不是新同事，那两个女秘书就放松了一些，许秘书小心地问："那我们公司是出了什么事吗？怎么突然多了这么多保镖。"

王秘书显然比许秘书谨慎老道得多，忙给了她一肘。

程惜笑了笑在她们身边的凳子上坐下："没事，不用这么紧张，我们这些人嘴巴都严得很，雇主公司的事我们不会多管，也不会多说。做完拿了钱就走，多嘴多舌影响业内风评。"

她说着，就装作漫不经心地问："对了，你们肃总平时脾气不好吗？怎么看起来你们都不敢跟他说话的样子。"

她这个疑问，也正符合保镖需要了解新雇主的设定，王秘书看她主动问自己，就更加放松了起来，只不过说出来的话却依然很谨慎："肃总只是为人严肃了些，对我们的要求高一些，平时处理工作还是很公平公正的。"

程惜"哦"了声，突然笑着说："那他长这么好看，又是单身，你们都没人想泡一下他吗？"

王秘书顿时像被吓了一跳一样，程惜就又轻松地挥手笑着说："不好意思，这两天跟在你们肃总身边太紧张，今天难得看到女孩子聊个天轻松一下，我就随便说了。"

许秘书没有这么警惕，谈论到女人最关心的话题，就忍不住说："跟你说吧，我们刚进来的时候都这么想过，然后不出三天，就绝对不会再想。"

程惜了然地挑了挑眉，主动替她说出来："是不是太严肃了，跟他说话有压力？"

许秘书吐吐舌尖："何止，那简直就是电视剧小说里那种霸道总裁，还是没爱上女主角前那一版的。没那种女主角命，谁敢去招惹他，每天能活着就不错了。"

程惜听着就忍不住笑了出来："其实我觉得他不像小说男主角，像是反派或者配角你们不觉得吗？"

许秘书对这个话题很感兴趣，立刻睁大了眼睛问："这是怎么说？"

程惜笑眯眯地说："现在早就不流行他这款男主角了，要温柔绅士的……你们肃总的哥哥不就是吗？不但温文尔雅，还是个大作家，那才是真男神。"

许秘书听着就神往起来："对啊，说起来肃大神以前也做过神越的总裁，前辈们都说肃大神人还是温和许多的。那时候工作压力虽然也不小，但是肃大神经常会对下属笑笑，还会关心人，好想让肃大神再回来。"

她说完就"哑"了声，是王秘书在下面踢了她一脚。

程惜笑了笑："我看刘嘉助理挺年轻的，不像是在神越做了很久的样子，今天自杀的那位秦助理是不是元老啊？"

秦楠显然在公司里人缘不错，许秘书情绪立刻就低落起来，她眼角还有点泪痕，可能刚才是哭过了，现在也还是带着伤感地说："是啊，秦助理从老肃总那时候起就在了……"

不过她刚才说话太随意，又经过王秘书的提醒，对程惜起了警惕，说完这句就不再吭声了。

程惜看问不出什么来了，也不继续试探，又和她们聊了些无关痛痒的话题，王秘书和许秘书正在上班，也不敢在化妆间逗留太久，很快就一起告辞离开了。

程惜重新回到总裁办公室，就看到肃修言在皱着眉头责问一个副总。

她自觉地跟保镖一起在旁边站着，等到那个副总满头大汗地出去，肃修言才抬头看了看她，也还是皱着眉："你要是实在太无聊，可以先回别墅休息。"

程惜走过去双手支在办公桌上看着他摇了摇头："我觉得你比我更需要休息。"

肃修言的脸色不是很好，下属看到他只以为他是心情不佳，也不敢过多提醒，但他其实是有些疲惫。

现在还不到中午，肃修言抬手按了按额头："午饭后可以休息一个小时，我下午两点还有个会。"

程惜把他的手抓了过来："刚才我出去找人聊了聊，你猜你的下属们怎么看你？"

肃修言对此仿佛早有预料，"呵呵"冷笑了声："他们不管是怕我还是恨我，每天早上也一样要准时来上班。"

程惜笑了笑："好消息是你的女员工里没有我的情敌。"

肃修言对此毫不关心，漠然地弯了下唇角："你倒挺喜欢打听八卦。"

程惜笑着看他："不过如果我的老板是你这样的，我肯定也不会有泡你的想法。"

肃修言又"呵呵"冷笑了声，程惜就抬手去摸他的脸颊："但我也肯定不会找这样一个老板，泡老板有违职业道德，但是放着这么一个大'美人'只能看不能吃，那也太痛苦了。"

肃修言挑了下眉："你的意思，是你未来不会接受来自神越的工作邀请？"

程惜松开拉着他的手，双手摊了下："我不打扰你工作了，我去外面找个休息室待着，午饭见。"

肃修言依旧冷着脸对她点了下头，没再说话。

程惜就重新走了出去，她其实有很多话想对肃修言说，比如他可以稍微对下属和蔼一些，哪怕只是偶尔露出个微笑，估计也能缓和下紧张的气氛。

比如像刚才那个时候，他明明身体状况很不好，也没必要强撑。偶尔示弱，应该不至于会影响旁人对他能力的评价。

但她想来想去，还是依然没有开口，每个人都有自己不同的待人处世之道，肃修言的人生绝对不能算得上失败，那他其实就没有任何地方需要别人置喙。

只不过……只不过程惜看着他，总会有些心疼，会觉得他不应该如此孤独，他明明很好，也值得更多的爱。

肃修言跟程惜的这顿饭，终究是没能好好吃上。

中午的时候应该是临时有了安排，程惜眼睁睁看着一批批的高管紧张地走进总裁办公室，出来后脸色都更加不好看了些。

刘嘉过了会儿出来，脸色尴尬地跟程惜说："程小姐，肃总中午还有临时的安排，他让我先带您去用餐。"

程惜早有预料，摇了摇头说："没事，我在这里就可以，有什么工作餐你可以带给我一份。"

刘嘉犹豫了一下，去员工食堂给她领了份工作餐上来，虽然简单，但食材新鲜，分量也合适。

程惜随便吃了，就打开自己带来的平板电脑开始看专业资料。

刘嘉看她忙起来，也不再打扰她，跑去跟肃修言汇报了。

程惜专注起学业来，时间过得很快，期间肃修言下楼去会议室开了个会，再上来后依然是各种高管进进出出。

这应该不会是他日常的工作状态，大半是因为这几天工作积压，还有上午秦楠的事，甚至还有周邢的事，所造成的一系列连锁反应。

程惜只是偶尔抬头关注下，继续钻研自己的东西，直到下午六点钟，下班时间已经过了一个多小时，肃修言那边才总算停了下来。

五点多的时候刘嘉来问过程惜一次要不要吃晚餐，被程惜拒绝了。

现在程惜收起电脑，越过总裁室外的秘书，直接推门走了进去。

肃修言在办公桌后扶着额头，沉声说："刘嘉你胆子大了，门都不敲了？"

程惜反手把门关上，边走边笑着："看起来除了刘嘉，其他人不敢随便进来。"

肃修言忙移开手抬头看她，抿了下唇："抱歉，中午事情多，没来得及见你。"

程惜叹息了声，走过去站在他身边，斜靠在他那张宽大的办公桌上，低下头用手托着他的脸，让他看向自己："我只想问，你是不是从早上到现在都没顾得上吃东西？"

被她这样半强制性地板着脸，肃修言的神色就有些难看："你这是什么姿势，先松开手再说话。"

程惜非但没松手，还拿手指去轻触他有些干涩起皮的薄唇："你还连水都没顾得上喝几口吧？"

她这么肆无忌惮，肃修言要是挣扎起来，反倒会显得更露怯。

他僵持了一阵，曲线救国般地开口："我确实渴了，你能不能给我倒杯水。"

程惜这才松开他，挑了下眉转身去给他倒水。

她不过转身倒了杯水的工夫，再回头就看到肃修言已经按着胸口伏在了桌上。

她吓了一跳，忙几步走过去，将手中的水杯放在桌上，抬手去扶他："修言？你怎么了？"

肃修言没有抬起身，低着头咳嗽了几声，没有回答她的意思。

程惜又叹了口气："你这个人有时候实在太难沟通了。"

她不过情急之下随口抱怨，肃修言却低着头沉默了一阵，就冷笑了声："也没有人要求你……一定要跟我沟通。"

他说话的时候还夹杂着几声咳嗽，声音听上去有气无力，却不知道回应关心，只知道抬杠。

程惜又要被他气笑："好，好，是我一定要来跟你沟通的……你能站起来吗？我带你下楼。"

肃修言这时却又不说话了，还往旁边侧过了头，似乎打定主意跟她杠到底。

程惜抬眼看着天花板忍了又忍，暗搓搓地想这么蠢不如干脆直接打昏了带走，她一边想，一边就忍不住抬起了手。

肃修言抬起身回过了头，就正好看到她举着手杀气腾腾的姿势，他愣了片刻，迅速反应过来，脸色肉眼可见地开始泛青："你要干什么？你想打我？"

程惜眼角抽搐了一下，深深后悔自己没有下手更快点，忙收起了手装无辜："哪里，我想给你捶捶肩。"

肃修言死死盯着她，冷冷地笑了："你当我是小孩子一样骗？"

程惜见糊弄不过去，火气索性也上来了，一掌拍在办公桌上，拍得那张巨大的办公桌都颤了颤："有你这样的吗？关心你的时候，好心被你当成驴肝肺。说错半句话，你就玻璃心！"

肃修言从来没见过她发脾气，被震得愣了下，气得目光冒火，撑着桌子就站了起来："我玻璃心？那是谁没完没了地动手动脚？抱歉，我不是你，对这种暧昧不清的关系没有兴趣！"

程惜双手抱胸，抬起下颌看他："原来是一直在这里等着我啊，抱歉我没有那种一上来就爱得死去活来的能力。你如果觉得这样的关系你不能接受，那我也没办法。"

她说着，又凉凉地看着他："再说了，爱都是对等的，你这样拒人千里之外的姿态，你还期望有人奋不顾身地爱你？"

肃修言居高临下地看着她一言不发，他的眼眸中沉黑一片，看不出有什么情绪。

程惜又抬了抬下颌，挑衅般地说："你现在要是昏倒，我是不会扶你的。"

肃修言这才终于"呵呵"地冷笑了声："说得好像每次是我求你扶我一样。"

程惜也不甘示弱地一笑："我不过是发挥了下医生救死扶伤的天职，你不要误会了。"

肃修言又冷笑了声："那恭喜你，现在可以收起来这种虚伪的同情心了。"

他说着弯了弯唇角，凉凉地开口："提醒你一下，这里是我的办公室，请你不要这么自恃身份，随便出入。"

程惜也冷笑了两声："那我再提醒你一遍，我现在的身份是你的合法配偶，而且这个是我自愿的吗？"

一提到这个问题，肃修言果然又被噎住了，但是这次他"呵"了声，抬手按了桌上的通话键，对外面的秘书说："让刘嘉进来一下。"

说完他挂掉通话，抬头对程惜弯弯唇角："我这就让刘嘉安排离婚律师，你有什么要求尽管提。"

程惜看着他，依旧神情严肃，面不改色地说："别的补偿不需要，你要陪我睡一晚。"

肃修言本就是强弩之末，强撑着气势跟她唇枪舌剑了这么久，又被猝不及防地噎到，气得身体一晃，止不住咳嗽了起来。

不过他还记得程惜说过不会扶他，抬手撑着办公桌想靠上去，免得自己滑倒出糗。

那边程惜却又眼睛也不眨地出尔反尔了，眼疾手快地伸手就抱住了他的腰。

程惜牢牢地抱着他的身体，抬头看他，还又补了一句："不过睡一晚也许不够，可能要多睡几晚。"

肃修言一边努力喘气免得自己昏过去，一边听到她的话就咳嗽着冷笑："你是觉得……戏弄我很好玩？"

程惜叹息了声，踮脚堵住了他的唇，不过她这次没有趁机攻城略地，而是吻过之后就退开，把手臂从他的腋下伸过去，顺着他的脊背抚摸，轻声说："修言……发泄出来好受一点没有？"

肃修言咳嗽着轻闭上眼睛，听到她的声音继续在耳边传来："对不起，我表达的方式可能太轻浮了，让你没有安全感……但是我是认真对待你的。我没有利用你的意思……不管是利用你的身体还是你的其他东西。"

她的脑袋又在他的颈窝中动了动，软软的短发在他下颌蹭了蹭，暖暖的鼻息喷在他的脖子间："修言，我或许还没有深爱上你。但我被你深深吸引，想要占有你、侵犯你，把我的一切刻在你的身上，这所有的感觉，我都从来没有在其他人身上找到过。"

他闭着眼睛听着她轻柔的声音在静谧中散开，虽然他不想承认，但身体和精神可耻地放松了起来。

好像从多年前的初遇开始，她身上就有一种神奇的力量，她仿佛可以轻易地窥见他的焦躁和软弱，然后她又那么不动声色地化解掉这一切。

他不想把这种感觉称之为救赎，也耻于承认自己竟然从一个比自己还要小的女孩子身上汲取力量。

他深陷在这片轻柔和暖的温情中，眼前却突兀地闪过大片血红的颜色，那些冰冷刺骨的东西，让他蓦然沉到了现实之中。

程惜抱着他，能感到他渐渐放松了下来，呼吸也不再那么吃力，但他的身体突然又紧绷了起来。

他抬手抓住她的肩膀，将她推离开自己："不行……你留在我身边，你就会……"

程惜沉默了片刻，替他将话说完："像你的前任恋人一样，付出生命的代价？"

肃修言的呼吸猛地停顿了一下，程惜抱着他，轻声说："你忘了我哥哥是谁了？你的事情我怎么可能不知道？"

肃修言又忍不住轻闭上了眼睛，事情已经过去了这么多年，距离他知道全部的真相也已经过去了半年多，他却依然艰涩地不能吐出她的名字，只能艰难地开口："她……并不是我的恋人……"

程惜抱着他的腰，抬起头看着他，安静地等他说下去。

肃修言再次睁开眼睛时，看到的就是她沉静温和的神色，他弯了下唇角："我……"

程惜看着他唇边泛上虚渺的笑容，而后他就猛地咳嗽了起来，抬手掩住了唇。

程惜叹了口气，扶着他走到沙发上坐下，安抚地轻拍了拍他的背："没事，你不想说就算了。"

肃修言这时总算舍得把身体的重量移一些到她那里去，听到她这么说，身体又微僵了僵。

程惜半开玩笑地说："真的没关系，毕竟让我眼看着自己喜欢的人，为了别的人这么痛苦，我也是有点不忍心的。"

她一直不是在这方面纤细敏感的人，再说那都是很多年前的事了，从她再遇到肃修言那一刻开始，她就已经知道这段往事，如果她真的要去纠结在意的话，也不会有后来的事。

不过她心胸再大……也确实是不愿看到肃修言为了别的女人在她面前这样挣扎辛苦，那是种微妙又不好表达的心疼和不愉快。

她这句话说完，肃修言却抬手握住了她的手腕，他的掌心有些发凉，那握住的力道却并不小，仿佛那是他攥住的什么极为重要的东西。

程惜愕然了片刻，听到他咳嗽着，低沉地说："并不是……为了别人……"

程惜愣了愣想开口，门口就传来几声敲门声，然后是刘嘉有点怯怯的声音，隔着门板微弱地传来："肃总，您叫我？"

程惜这才想起来肃修言刚才盛怒之下叫了刘嘉过来，就"呃"了声看他。

肃修言的脸色自然不好看，但他实在没力气发脾气，咳嗽着看了一眼程惜。

程惜会意，站起来过去打开了办公室的门，对刘嘉说："你们肃总累了，安排车送我们回去吧。"

刘嘉也不敢往里面看，连连点头："好的，程小姐，我这就去。"

肃修言自然也听到了她的话，等程惜转回来的时候，就看到他苍白着脸抿唇说："我还有工作没做完。"

程惜摊了摊手："走吧，我帮你收拾资料，先回去再说。"

肃修言侧过脸去没说行也没说不行，程惜早就摸透了他的脾气，自作主张地去将办公桌上的笔记本电脑和资料都收了起来装好。

她又拎着东西，伸手给肃修言："走吧，二公主殿下？"

肃修言抬头横了她一眼，没去拉她，自己扶着沙发站起来，整整衣服，头也不回地就出去了。

刘嘉早就安排好了车，已经又回到办公室外等着了，看他出来忙示意旁边的秘书递上外套。

肃修言没接，抬手示意程惜跟上，就这么气势十足地走去电梯。

程惜跟在他身后，兢兢业业地提着笔记本电脑和大堆资料的样子，看起来也的确像她之前跟那两个秘书说的身份：她只是个保镖。

反正就算不是保镖，也绝对不会超出保镖或者秘书、助理一类的身份。

刘嘉看了程惜一眼，有那么点想过去替程惜接过来的意思，肃修言却眼睛也不斜一下地开口问他："中午让你准备的东西呢？"

刘嘉打了个激灵，忙从口袋里摸出个小盒子递给他："在这里，肃总。"

肃修言接过来握在手里，继续目不斜视地大步往前走，程惜在后面小跑步跟上。

刘嘉跟另外两个保镖也挤上了同一台电梯，一行人就这么到了地下车库。

肃修言照旧端着一脸冷酷地上了车，程惜自觉地从另一面上来坐在他身旁。

从神越集团的大楼到那个别墅园区并不远，哪怕这时候还在堵车，也只走了二十多分钟。

肃修言一直抿着唇不语，只是中途突然对前座的刘嘉低声说了句："让老宅那边把晚饭送过来。"

刘嘉连连点头，忙给肃家老宅的管家打了个电话。

程惜听得有些好奇，开口问："既然那边有厨师，为什么昨天和今天早上，都是肃大哥亲自下厨呢？"

肃修言却又抿上唇，轻闭了眼睛靠在椅背上，一副不想说话的样子。

这句话刘嘉自然是不敢回答的，于是一时间大家又都沉默了下来。

直到车开到了别墅前，肃修言起身下车，才突然冷不丁低声说了句："他做的味道好。"

这是肃修然做得好吃，于是他在的时候，就可以尽情奴役他的意思？

不过虽然肃修然的手艺确实不错，也没到专业厨师那么精湛，这么看这又是肃修言在变相跟哥哥撒娇吧？

毕竟他们兄弟二人现在分别在两座城市里，平日里见面可能并没有多么频繁。

程惜想着就又忍不住腹诽，肃修言这个九曲十八弯的傲娇脾气，要不是她从小就比较善解人意，现在还是学的心理学，恐怕很难猜透。

刘嘉并没有跟他们进去，保镖都分散在外围，肃修然走后，别墅里除了程惜和肃修言之外，就没有其他人了。

肃修言走进去后，就坐在了客厅的沙发上，伸出手按了按额头，低声说："当年的事情，还有我跟……学姐的关系，并不是你们想的那样。"

他倒是主动开口解释了，程惜就在他身旁坐了下来，侧头说："我说过了，你要是不想说的话，可以不用说。"

肃修言又闭上眼睛抿了抿唇，将手中一直握着的黑色丝绒盒子递给她："给你的。"

程惜早看出那个盒子里装的应该是首饰一类的东西，打开来还是又"呃"了一声：里面赫然装了一枚钻石硕大的女式戒指。

那枚戒指不但钻石大得闪瞎眼，款式也是设计师款，简洁利落又有新意。

肃修言还像有点不满意一样，侧过了头说："没有提前准备，今天让刘嘉找了设计师成品临时改了圈口。"

程惜想了想，小心地问："送我的？"

肃修言微蹙了眉，有些不耐烦地转头看她："不是给你还能给谁？"

程惜"哦"了声，把戒指盒子推到他脸前面："难道你要我自己戴上？"

肃修言被噎住，只能又看了她一眼，抿着唇将戒指取出来，又犹豫了一下，才握住她的左手，小心地套在了她的无名指上。

程惜不客气地伸出手端详了一下戒指，然后评价说："改过的圈口倒是挺合适的，你什么时候偷偷量过我的尺寸了？"

她不过随口感慨，肃修言却顿了顿后，就有些悻悻地说："昨天晚上……你睡着以后。"

程惜又抬手看了看那枚明晃晃的大钻戒："你戒指是早上让刘嘉去买的，刚才在办公室你还想喊他进去让他找律师办离婚……幸亏被我阻止了，不然可怜的刘嘉怕是要被你弄得精神崩溃。"

肃修言咳了声，冷笑着："也不知道是谁气得让我喊他……"

程惜还是在感慨："跟了这么个朝令夕改的老板，我真同情刘嘉。"

肃修言索性转过头去不想理她，程惜却又钩住了他的手握起来："这个只能算是求婚戒指，结婚对戒呢？"

肃修言沉默了下，然后才有些不情愿地开口："那个不能随便，我让刘嘉一起交给那个设计师了，需要点时间。"

程惜点了点头："那好，如果以后离婚了，对戒我会还给你，这个戒指我可不会还。"

肃修言顿时又被她气得咳嗽了几声，转过头看她："你怎么……还是把离婚挂在嘴上？"

程惜侧身过去，圈抱住他的腰："离婚是我说的，但一直在把我往外推的人，难道不是你吗？"

她没有说刚才在办公室的事，而是直接用了"一直"，肃修言的目光闪烁了下，他轻吸了口气，又闭上眼睛，重新张开后，才低声说："我那时候以为我并没有……接近你的资格。"

这样剖白心事的话显然违背了他的性格，他喉咙又动了动，才勉强说出接下来的话："我没有……学姐她没有答应过我。"

当年那些阴暗晦涩的往事，除去之前在肃修然那里发疯般地说过一次，他再也没有跟任何人提起过。

他又开始低沉的咳嗽，却依然努力说了下去："那年我在警车上听到……夏令营里有个女孩子还是受伤了。我想过如果不是我那时候被诱导，没有彻底击倒那个人……那么就不会有后来的事情，她也不会……"

程惜听到这里轻叹了口气："虽然那个女孩子的遭遇很令人同情，但你把这些都揽到自己头上了？"

肃修言轻呵了声，低垂着头，看不到他的眼睛："我难道不是一个这样的人吗？所有接近我的人……都不会有什么愉快的结局。"

程惜低声说："那我呢？"

他猛地抬起头看她，程惜笑了笑："你认为我现在和你在一起，不会有什么快乐的结局吗？"

他看着她，脸色苍白："不，我……"

程惜轻声打断了他的话："修言，我这个人，虽然算不上好命，但运气一直不差，我愿意把我的运气，分给你一些。"

肃修言闭了闭眼睛，最终还是选择把话说了出来："我也并不是把事情都揽到了自己头上。我在大三那年，因为活动认识了静悦学姐。我们聊了起来，我才发觉她也在那年的夏令营里。

"她那时候偶尔会莫名地忧郁，我看到她躲起来偷偷地哭……她告诉了我她少年时的经历。我那时候……"

他说到这里又顿了顿，轻咳了几声，才能接着说下去："我那时候问她，我可不可以做她的男友，从此以后保护她不再受到伤害，她却说……她能看得出来，我并不是真的喜欢她，要我不要冲动。"

他抬手按住了胸口，他的脸色仍是苍白，也没有什么太多的神色，但是那双黑瞳中溢出的痛苦和追悔，却像是要灼烧到什么："我却一意孤行，我告诉哥哥她就是我的恋人，而我要和她一起出国留学……"

程惜愕然了片刻："你为什么要……"

他抬起头看着她，唇边的笑容也变得惨淡："我就是这样一个人，犹犹豫豫，却又过分贪心……我想要那些东西，却又不想亲自去拿……"

程惜愕然地看着她，他说话这样吞吞吐吐，她心中却鬼使神差地有了一种莫名的猜测，她为自己的想法震惊，却依然略带艰难地说了出来："你是要去哪里留学？"

肃修言抬头望了她一眼，那目光中有哀凉，却更多的是一种弥漫开来的绝望："对不起……"

他没有承认，程惜却一下子就从他的目光中看到了答案。

有那么一瞬间，她甚至想从他身边离开。因为这样猝不及防的深意，远远超出了她的预料。

如果肃修言真的是因为她，而第一次想要抗争来自家族的安排，那么他究竟带着这样的反复和绝望，在漫长的岁月中等待了多久？

她曾以为他是如此突然又轻率地出现在自己面前，但如果不是呢？

如果他是穿过黑暗，在荆棘中踟蹰独行，熬过了数千日日夜夜，才能来到她身边的呢？

那么她所对待他的这一切，遗忘了他们在少年时建立的情谊，用世俗又轻慢的目光看待他……又是怎样的残忍。

这一切实在太过惊心动魄，让她在这个瞬间，下意识地想要逃离。

但是就在她刚微动了动的时候，她的手腕就再次被抓住了，他的手掌依旧是那么凉，那种力度也依旧带着无望的意味。

她抬起头，看到他看着自己，轻声说了句："我知道我说了，你就会离开。"

程惜下意识地摇了摇头，她顿了顿，才又开口说："我高中毕业的时候，学校开了舞会，几乎所有女生都找到了男伴，但是我没有，所以我剪了短发，穿了西服西裤，带着玫瑰花过去。

"那场舞会我成了焦点，许多女生争着跟我跳舞，夸我帅气，大家玩得都挺开心。直到现在，还不断有人在班级群里放我那时候的照片，说我简直是白马王子。"

她就这么缓慢说着，神色也非常自然，仿佛她在回忆的，都是温暖人心的往事："大学的时候，许多女生都谈了恋爱。我也被表白过。

"同班的一个亚裔男生，对我说过希望能相处的话，我回绝了。我想我把他们都搞糊涂了。

"其实我并没有给自己定位，我只是在寻找一种心动的感觉，但那种感觉又没有谁能确定地给我。

"有时候我甚至会想，这种感觉到底是不是我自己的臆想，又或者我在追寻一种根本不存在的东西。

"既然其他人都可以凭借一点好感，就可以开始一场恋爱，那么我是不是一个没办法爱上谁的异类呢？

"直到大学毕业，我也没有谈过一次成功的恋爱，所以我才去了赌城，我想要放纵一下，尝试不同的人生，想着这样也许能解答我长久以来的疑惑。"

她一面说着，一面还是一直注视着他："修言，如果你真的对我这么在意，为什么你又不告诉我呢？我虽然善于发掘和解读人心，但是假如你从来不曾来到我的面前，我又怎么知道，能去哪里找你呢？"

肃修言抿紧着嘴唇看着她，她就这样缓慢又直白地剖析自己，他却只能僵硬着身体一言不发。

她说到最后轻叹了声："我一直以为自己是一个表面讨人喜欢，其实并没有人真正想要接近我的人……如果你真的在意我，为什么又要我在这么多年里，只能独自一人呢？"

肃修言又抿着唇侧过了头，程惜还拿手指轻戳了戳他的胸口："而且你还因为愧疚就对别的女孩子表白，你不觉得你既不尊重她，也不尊重我吗？"

肃修言微红了脸，立刻抬起头说："我不是……"

程惜接着戳了他两下："你更加不尊重的，是你自己。"

肃修言张了张口试图辩解，然而憋了许久也无法反驳，终于还是低下头咳嗽。

程惜又抱住他的身体，把头靠在他肩上，轻声说："后来静悦学姐去世的事，另有隐情对吗？"

肃修言沉声说："我去年在查周邢的时候，才知道当年的事另有隐情……"

他说着，抬头看她："详细的情况我不能告诉你……如果你想要知道所有的事，我不希望是从我这里获得的。"

程惜了然地点了点头，出于对文静悦的尊重，她的很多事情的确不应该由肃修言来告诉自己。

她想着，就又歪着头，弯了弯唇角看他："既然你并不想说，却又为什么告诉我一部分呢？"

肃修言摇了摇头："我告诉你的，只是和你相关的部分。"

程惜"咦"了声："这里面哪一部分是和我相关的呢？"

肃修言看着她，最后抿了抿唇说："我不想你误解什么。"

程惜盯着他看了许久，还是叹了口气："我的小哥哥啊，你如果一直这样纠结又矛盾，确实会很辛苦。"

肃修言这才像松懈了下来一样，"呵"了声，将身体靠在沙发上："我如果不告诉你，你就会继续这样对我若即若离……我告诉了你，你却又怪我太矛盾。"

他这个脾气，再加上现在苍白着脸色不断咳嗽的样子，程惜只能缴械投降："好的，你说什么就是什么。"

这时恰好桌上的电话响了，程惜主动接起来，是肃家老宅那边的人给他们送来了两个人的晚餐。

程惜当然不能让肃修言再管这些事，就自己起身去接。

肃家老宅给他们送来的晚餐装在三层的食盒里，老宅的厨房师傅是准备给他们送进去的，但保镖把人拦住了。

程惜告诉保镖没关系，自己接了过来，提进了餐厅。

她走了后，肃修言还是坐在沙发上没有起身。

等程惜放下了食盒，走过去就看到他微低着头，用手捂着唇低声咳嗽。

他这样的姿势程惜已经见过一次了，心里顿时一惊，忙过去拉他的手："修言？"

肃修言躲开她的手，将手掌握拳，低声说："没事。"

他这样子，要是真没事就见鬼了，程惜干脆用手扳住他的下颌转过来，看到他忙抿了唇掩饰唇间的血迹，顿时就心疼得皱了眉："你这样不行，我们还是去医院吧。"

肃修言却垂了眼睛，很干脆地甩出两个字："不去。"

他这样程惜也有点束手无策，更是头疼无比："你内脏挫伤的部分，今天已经不应该再出血了，如果是情绪的问题引起反复，还是需要再去医院检查一下。"

肃修言这次垂着眼睛考虑了一阵，又扔过来几个字："太累了，明天。"

他这样，到底是逃避去医院，还是真的累了，程惜一时半会儿拿不准，只能拿手摸了摸他的脸颊说："那你今晚要早点休息，要是有不舒服的地方要告诉我。"

肃修言低应了声，也不知道是真的听进去了还是随便应付。

他这种消极抵抗的样子，还真的比脾气犟起来更难搞，程惜最终只能妥协地说："那你先回卧室躺下休息吧，我把晚餐送进去给你吃。"

这个肃修言倒是没有反对，程惜伸手去拉他，他傲娇地躲过了，然后自己起身去了卧室。

今天发生的事情太多，晚餐程惜也是食之无味，随便吃了些，就找了个托盘，把提前精心留出来的小菜和粥端进去送给肃修言。

肃修言倒是真的老老实实在床上半躺下了，就是程惜进去的时候，他正皱着眉去接电话，房间里很安静，程惜听到那边有人说了些什么，而后他的眉头就狠狠皱了起来，神色也过分冷酷："周邢自杀了？你仔细说一遍信息。"

肃修言蹙着眉听了一阵电话，程惜只听得出来电话那端的人有些紧张，却听不清楚具体的内容。

她站在旁边，把手里的托盘放在床边的桌子上，等肃修言一言不发地挂掉电话，她才问："修言，怎么了？"

肃修言冷笑了声，沉着脸色看不出情绪："因为证据已经提交得差不多了，警方已经派人监视了周邢，结果他今天在自己家里自杀……人是暂时没死，但是送医院的时候已经脑死亡了。"

他说着又抿了抿唇："我今天下午开的会，就是为了向其余的股东透一点风声，省得过几天他被批捕的时候，这些人再大惊小怪。"

他如果已经给其他大股东透露风声，再加上周邢已经被警方监视，只差批捕，那么的确已经是会惊动对方了。但是，周邢这样已经在商场历练了几十年的人，犯下的又不是足够终身监禁或者死刑的重刑，哪怕被逮捕起诉，对他来说也不算走到了绝路，怎么想也不至于会害怕到轻生。

然而要是他的自杀并不像表面上看上去那么简单，比如说背后有人操作，那么一切就又说得通了：有人害怕他供出自己，在他被收监审问之前就先下手为强。

　　肃修言显然也是想到了这点，而且他们也都共同想到了一个人：肃道闲。

　　程惜看着他抿起了唇，脊背也挺直了起来，就抬手按住了他的肩膀："不管怎么样，你今晚好好休息，明天要跟我去医院。"

　　肃修言还陷在思索里没出来，听到"医院"就点了头："好，明天也要去医院看一下周邢这个老匹夫还有没有清醒过来的可能。"

　　程惜简直有些无奈，低头看着他："我说的是明天去医院再给你做个检查。"

　　肃修言就看了她一眼，一脸理直气壮："我做什么检查，我好得很，不过就是被你气得吐了点血。"

　　程惜简直要被他气笑了："听你这个意思，你吐血都是被我气的？"

　　肃修言丝毫不觉得自己说的有错："不是被你气的，为什么我见你之前从来没有吐过血？"

　　程惜要被他的逻辑打败，干脆放弃跟他扯皮："反正你今晚要好好休息，明天一早我就给肃大哥打电话。"

　　肃修言"呵"了声："这你倒是可以省了，警方那边都是他的人，今天发生的事，肯定早就跟他通报了。"

　　程惜认真地摇了摇头："不，我要打电话告诉肃大哥的是，你今天咳了两次血，而且不去医院。"

　　肃修言的脸色果然顿时就难看起来，抿着唇憋了一阵，憋出一句："我去医院检查，你可不可以不要找他告状。"

　　程惜斜视了他一眼："可以，但你要兑现。"

　　肃修言只能僵硬地点了点头："我跟你去医院。"

　　程惜这才满意，又把托盘拿过来，整个直接压在他的膝盖上："来，吃点东西。"

　　这种时候为了表现体贴，难道不都是要亲手喂的？而且那盘子放在膝盖上还挺沉，为了防止盘子上的东西滑落，他还不敢动。

　　但肃修言也不敢再跟程惜要求，只能忍气吞声地自己默默拿了碗筷吃东西。

　　程惜站在旁边丝毫没有帮工的意思，反而眼睛直盯着他，很有点幼儿园老师监视小朋友吃饭的意思。

　　这种高压之下，肃修言只得老老实实吃东西，甚至还不敢剩。

　　好在程惜考虑到他中午没用餐，晚上也不宜吃得太多，没有给他拿太多东西，倒也正好是合适的分量。

直到肃修言吃完了，程惜才满意地把托盘收起来，还抬手摸了摸他的嘴唇，夸赞道："真乖。"

肃修言继续忍气吞声，在她的淫威之下保持沉默。

也许是真的怕程惜跟肃修然告状，接下来肃修言也只是在床上坐着处理了一阵文件，就早早洗了澡躺下休息。

程惜对他的表现很满意，躺下来自然地把手搭在了他的腰上。

这次肃修言的身体没有紧绷，却握住她的手，把她的手臂从自己身上移开了，还翻了个身过去，只留给她一个背影。

程惜也一点不生气，还是移过去靠在他的背上，又满足地蹭了蹭："我家小哥哥这么傲娇，真难搞。"

肃修言轻"哼"了声："不想搞你可以不搞。"

他这会儿倒拿起架子来了，程惜偷笑着说："那我可舍不得，毕竟小哥哥等了我好多年呢。"

肃修言果然被噎住，隔了一阵都没有说话，程惜又趁机很顺利地搂住了他的腰："小哥哥累了，还是快点睡吧。"

有了这个台阶下，肃修言就干脆合上眼睛睡觉。

他这一天精神紧绷，松懈下来后入睡很快，程惜也很快跟他一起陷入安眠。

第二天一早是程惜先醒的，她醒来后看肃修言睡得沉，就自觉地去厨房准备早餐。

只不过没等她去叫醒肃修言，她就接到了肃修然的电话。

肃修言说得没错，肃修然早就从警方那里得到了讯息，打了电话过来后没说案件，而是很温和地问："我走了这一天，修言身体怎么样？"

程惜只跟肃修言保证过了不跟肃修然告状，却没有说会替他隐瞒，因此眼睛眨也不眨地说："上午出过事后，一直不大好。"

肃修然听完叹了口气："我没有想到他行动这样快，一天之内就处理掉了秦楠和周邢。"

程惜反问："现在肃大哥是不是后悔当时对警方隐瞒了情况？"

肃修然也干脆地承认了："虽然让警方将二叔列为怀疑对象，不一定可以让秦楠和周邢免于血光之灾，但我们在那时候，确实是有一定概率避免的。这件事，是我错了。"

肃修然倒是跟肃修言不同，不但不会避讳很多事，承认起自己的失误来也十分干脆。

程惜顿了顿，就又开口："肃大哥，修言告诉了我一些关于静悦学姐的事……不过他只跟我解释了一下他们的关系，对于其他的事却只说自己不方便说。这些事，您知道吗？"

肃修然也沉默了片刻，接着才说："这些事是修言起了怀疑后告诉我，我们一起查清的。具体的情况比较复杂，我还是把调查出来的资料发送给你，你自己查看比较好一些。"

程惜连忙道谢："抱歉我可能越界了，不过我觉得静悦学姐的事，可能和现在的案件有关，不知道那些情况的话，会影响我对目前局势的判断。"

肃修然听完又沉默了一下，才轻声说："小惜，谢谢你这样努力保护修言。"

程惜没有说自己为什么一定要了解现在的全部情况，但肃修然瞬间就懂了。

她如果是置身事外，或者哪怕比较被动的态度，自然不会需要掌握局势。

这些东西其实会揭开肃修言的伤疤，也和她毫无关系。她一定要清楚事实，那么是为了谁，自然不言而喻。

跟他说话实在省力气，程惜顿时就笑了笑："没事的，肃大哥，我既然爱着修言，他的事自然就是我的事。"

短短一天过去，她提起来肃修言，却已经开始用"爱着"这个词了，肃修然这样洞察力一流的人，当然明白其中的含义，笑了笑又轻声道谢："辛苦你了。"

挂掉和肃修然的电话，程惜自己的手机中就收到了肃修然转来的大批资料。

她听到客厅里传来动静，应该是肃修言已经起床了，就收了起来准备自己找机会单独看。

程惜自己手艺不好，早餐就用现成的材料，做了简单的蛋粥，配上切好的水果，一起端了出去。

肃修言只看了一眼，就一脸嫌弃："你不会做，还不会放着等我来？"

程惜这次是真的惊讶了："你难道还有点手艺？"

肃修言"呵"了声："比我哥差点，但比你还是要强一些。"

程惜顿时就被打击了："那肃大嫂呢？该不会我是全家手艺最差的。"

她这句"全家"也不知道哪里取悦到了肃修言，他弯了弯唇角："她比我哥强点。"

程惜万万没想到，自己会在厨艺这方面，败给看起来只会等厨师和别人来伺候他的肃修言，而且沦为了全家最无能。

不过好在肃修言还是愉快地弯着唇角安慰她："没事，妈妈从不下厨。"

程惜一点也不觉得欣慰，肃修言脸上表现得再嫌弃，也还是拿起勺子吃了一口，吃完还要嫌弃一次："味道比卖相还差。"

程惜忍了忍，还是没忍住地说："好歹我也是主动做了，你尊重下我的劳动好不好？"

肃修言已经又送了一勺子到自己口中，咽下后抬起眼勾了唇看她："味道这样差的东西，如果是别人做的，我早就倒掉了。"

程惜表示自己才不吃他这套，翻了个白眼后说："下次换你下厨，我倒要看看你的水平够不够开饭店。"

肃修言吃完早餐正准备起身，程惜用下颌点了点他："我做饭了，你要收拾餐桌和刷碗。"

肃修言震惊地看着她："我难道不是病号吗？你昨晚还说让我去医院检查。"

程惜毫不客气地说："对啊，但是你又没动不了。肃大哥在的时候你就什么也没干了，今天你总得分担点。"

肃修言只能闭嘴投降，一声不吭地收拾完餐具准备去厨房清洗，程惜又失笑地去抱他的腰："好了，我开玩笑的，'美人'还生着病呢，怎么舍得让你干活。"

肃修言斜着看了她一眼冷笑："既然说出口了，就没有反悔的说法。"

程惜顿时又觉得搬起石头砸自己的脚："这还是我自己心疼啊。"

肃修言冷哼一声："正好，下次你再开口的时候，记得慎重一点。"

他态度坚决，程惜只能放开手，看他拿着餐具去厨房清洗。

好在肃修言虽然看起来平日里完全不会做这些工作，却也并不是不会，还很干脆利索，将杂物收拾干净，把碗筷和锅子丢进洗碗机，很快完毕。

程惜就站在厨房门口侧头看着他，还感慨："这就是家有'娇妻'的感觉啊，还挺好。"

肃修言一边在水龙头下洗干净手，一边抬头横了她一眼："话说得还挺大，现在你连个工作都没有，还娇妻，你养我吗？"

他不过随口抱怨，程惜还真兴致很高："那有什么，我大学的生活费都是自己赚的，工作随时可以找，你敢跟我私奔，我就敢养你啊。"

肃修言脸色铁青地顿了一下，程惜又伸出根指头来晃晃："当然你要还想像现在这样维持霸道总裁的派头，我可能就养不起了。"

肃修言"呵"了声："得了吧，你们这些人不都是嘴上说得好听，真的没收入躺着被你养，只怕没几天就要被嫌弃吃得太多了。"

程惜不由得"呃"了声："你怎么知道得这么清楚……"

肃修言又傲娇地冷笑了笑："我工作虽然忙，偶尔上网的时间还是有的。"

程惜顿时失笑，想起来肃修言除了个"神越总裁"的身份之外，还是个人气颇高的网络红人，甚至有粉丝会和后援团。

她想想就忍不住窃笑着说："难道你的粉丝们经常说会养你吗？"

肃修言又"哼"了声："她们天天说神越破产了她们养我，但神越真的破产了，她们只怕都躲远了。"

程惜继续忍着笑过去搂住他的腰，还在他脸颊上轻吻了下："我就不一样，就算神越真的破产了，我还是会养你。"

肃修言低头看了她一眼，语气这才好了一些，不过仍旧傲娇得很："只要我还活着，破产这个事不可能。"

程惜忍笑着去吻他的薄唇："好的，肃总，请给我一个跟着你吃香喝辣的机会。"

肃修言眼底终于有了些笑意，还拿手指在程惜鼻尖上轻捏了一下："就这么点出息，只知道吃吃喝喝。"

他说完就拉开程惜的手臂，径直回房间去换衣服，留下程惜在原地摸着自己刚被他碰过的鼻子发呆。

他的手指还残留着刚洗过手之后的凉意，掠过她鼻尖时，带着蜻蜓点水一样的轻快。

当程惜意识到自己是被肃修言嘲笑或者说……撩了的时候，她真想立刻去卧室拽着他刚打好的领带，对他说下次撩人的时候，可不可以不要这么僵硬和透着一股子直男气。

不过因为这个情况实在发生得太突然，她还没调整过来表情，就站在原地忍不住笑了。

笑完她又立刻自我检讨，这个笑实在有点冒着傻气，不符合她一贯淡定高冷的性格，下次要注意。

肃修言很快换上了他的高定西服，也重新整理了头发，那些原本会散下来遮住他眼睛的碎发被拢到了脑后，整个人的气势顿时又强了几分，透着一股子上位者的傲慢和强横。

程惜照旧换了T恤和牛仔短裤，靠在墙边打量着他说："你领口开一些，头发散一些，看起来会更性感哎。"

肃修言抬眼看着她，冷哼了声："我去公司的时候，不用性感。"

程惜一想又很有道理，连连点头："也对，太性感了，会让你的员工无心工作。"

肃修言懒得再搭理她，抬手指了指桌上的公文包和电脑示意她拿上，然后就潇洒地往外走去了。

程惜只能把东西搂在怀里抱着，然后追着他说："你答应我了，今天一早去医院检查的。"

肃修言在前面走着，声音淡淡地飘过来："速度快一点，我接下来还有会，在一个小时之内结束。"

程惜边跟上他的脚步，边暗暗吐槽：能把去医院检查，说得跟需要见缝插针的公务行程一样，也算是肃总的本事了。

等他们上了车，照旧还是前后两辆保镖车的车队，浩浩荡荡地向医院开去。

程惜看着前后那两辆黑色SUV把这辆车围在中间的架势，觉得有点夸张："你二……那个谁有这么厉害吗？需要防备到这个地步？"

肃修言轻咳了咳，冷声说："我们刚意识到秦楠和周邢那里是突破口，他们两个就一死一伤，你觉得呢？"

说到这里，程惜就想起来昨天没顾得上问的事情："那个秦楠是怎么……"

她说到这里又忙住口，还是怕刺激到肃修言。

肃修言侧头看了她一眼，并没有表现出什么紧张的神色，淡淡说："你不用在我面前避讳，我没那么脆弱。

"我已经跟警方解释过了，我问秦楠是否和周邢有私下往来，又往来到了哪种地步。他先是支吾不已，接着就突然说不要让我再逼他，接着就作势向窗口的玻璃墙猛撞了过去。"

程惜听到这里，顿时有些奇怪："照你这么说，当时秦楠用身体撞击玻璃墙，有些要赖和威胁你的意思，并不一定是真的要跳楼自杀？"

肃修言冷笑了声："高层大厦的玻璃墙有多结实，恐怕他自己心里也清楚得很，奇怪就奇怪在那本来应该撞不碎的玻璃墙，就这么碎了……"

程惜皱着眉低头想了下，开口说："假设是秦楠在见你之前，已经有人教过他或者诱导过他，让他被你逼问的时候，作势要跳楼自杀，去撞那个玻璃……秦楠以为玻璃是撞不烂的，又可以达到恐吓你的效果。但其实玻璃早就被人做了手脚，他去撞了就会真的坠楼。"

肃修言点了下头："警方也是这样怀疑的，现场勘查出来那间会客室的玻璃确实已经被人预先处理过。"

程惜听到这里，也为对方的阴毒心思震惊了："这么看秦楠死了，要是没有线索能查出来是谁处理了玻璃，这也就是一桩悬案了。"

肃修言又点头："从大厦附近的监控记录上看，目前仍然毫无线索，警方对外还是说，秦楠死于自杀。至于玻璃的问题，就暂时归罪给检修了。"

程惜又点了点头："那秦楠的家属……"

肃修言顿了顿："他们要起诉神越，还要起诉我……今天我们过去上班，恐怕就能看到他们在大楼前拉出的横幅和找来的记者。"

他说这些话的时候语气很淡，没有什么责难秦楠家属的意思，说完又抬手按了按自己的额头，才带些疲倦地开口："不管最后能不能查清事实，我都会给他们足够的赔偿金……要是他们实在还不满意，我也没有别的办法了。"

程惜也沉默了，不管秦楠曾经犯下了什么样的错误，他也都罪不至死。

她想着就轻叹了声："你这个……确实……"

这时车队已经接近了医院，正在穿过一条略显狭窄的马路，她话音未落，前方的那辆就突然刹车径自横在了路中间。

这辆车的司机也急忙紧跟着刹车，好在这次他们都系了安全带。

但即使如此，停车的惯性太大，程惜觉得自己整个人都向前扑去，连忙抬手按住了椅背，这才勉强止住了身体。

这时他们后车也紧跟着掉转了车身，两辆车一前一后，真正将他们这辆车围在了中间。

她连忙转头去看肃修言，看到他也是用手抵在前方的椅背上稳住身体，紧抿着唇目光微凝。

这样子显然不像是出自他的安排，只怕是前后车里的保镖们，出了什么问题。

程惜还正想着，他们的车旁的一辆车就突然打开，一个人带着几个黑衣大汉从里面走了出来。

为首的那个人程惜只在肃家的家庭合照上见过他一次，却一眼就认了出来。

他戴着一副金丝边的眼镜，穿着一身棕色格子的西服，绅士学院派风格十足，五官看起来比肃家兄弟多了几分温和儒雅，少了几分俊美锐利，一眼就能看出他们必然有着血缘关系。

那是肃修言和肃修然的二叔，此刻本应人还在英国的肃道闲。

肃修言看到他就"呵"了声，解开安全带，打开车门走了出去。

程惜也连忙跟着他下车，这条街道本就偏僻，肃道闲事先必定做过疏散人群的准备，现在街道上只有他们这些人，那两辆车上的保镖，也不知出于什么原因，一个都没有下来。

肃道闲看着肃修言，微微笑着开口："修言，我们又有大半年不见了。"

肃修言冷笑了声："二叔既然已经出面了，就不要再假惺惺地跟我聊家常了吧。"

肃道闲的神色和语气还是不变，用眼神示意了下那两辆车上的保镖："修言，大哥和修然怎么没教你，平日里自己不养一些人，出了事请这些只认钱的保镖公司，这些人既然拿了你的钱，自然也能拿别人的钱。"

肃修言又冷笑了笑："我平时又没有做什么亏心事，为什么要养着这些人。"

被他连着顶了两次，肃道闲还是一脸温和的样子，笑了笑轻叹了声，仿佛他真的只是在自己家中，面对着一个性格有些倔强的侄儿般谆谆教导："修言，你这个人总是不喜欢听人劝。"

肃修言蹙着眉嗤笑了声："我不像老大，喜欢听人说废话，既然二叔棋高一着，要杀要剐随你了。"

肃道闲又轻叹了口气："修言，我如果要杀你，这些天机会太多了，我都没有下手……"

肃修言的耐心显然比他预料得还少，蹙着眉打断了他："你到底要怎样？啰里啰唆说起来还没完了。"

程惜正站在他身旁，听到他毫不客气地开口去堵肃道闲，也默默觉得解气。

她也是第一次接触肃道闲，没想到这个人看似风格跟肃修然一样，却不知道比肃修然啰唆了多少，简直是礼貌过头变婆妈的典范。

好在肃道闲看起来过于婆妈，涵养也是真的有，还是没生气地微笑着开口："我想让你跟我走一趟，去做些事情。"

肃修言知道目前的形势挣扎也是徒劳，十分干脆地用下颌点了点跟着他下车的程惜和刘嘉："这两个人，你不要伤着，不然我饶不了你。"

刘嘉正苦着脸缩着肩膀站在一旁，听到这里忙担忧地看着肃修言喊了声："肃总！"

程惜也连忙打断他们开口："等等，修言去哪里，我也一起去！"

肃道闲这才将目光转向了她，带笑地颔首："初次见面，侄媳妇。"

肃修言转头瞪了她一眼："你插什么嘴！"

程惜没搭理他，看着肃道闲说："我们可不算初次见面，那次夏令营，你在给伯母打电话的时候，我已经看到你的脸了，你不将我一起带走，我就是警方的人证。"

肃道闲望着她，微弯了弯唇角："这么说，确实不能留你下来。"

肃修言气急败坏地拉住她的手臂："程惜！"

程惜还有心情"咦"了声看他："这还是你第一次连名带姓地叫我。"

肃修言气得还想说话，程惜却扑上去一把搂住他的腰，轻声在他耳旁说："修言，无论接下来要遇到什么事，请让我和你一起。"

她说着，又带笑地说："真巧，我们早上约好了要私奔，算不算一语成谶？"

MY LOVE WILL DISREGARD TIME AND SPACE

第二卷

谁或谁的断罪

第5章

荒岛求生？这难度不小

肃道闲信守了承诺，把刘嘉和那个司机留在了当场，带着肃修言和程惜上了他自己的车。

肃道闲还很讲究地没给他们麻醉也没有蒙眼，但是他这个后车厢升起来所有的隔断板后，也跟小黑屋没有任何区别了。

程惜开始还试图默记路程长短和拐弯次数，试图判断他们大概被载到了哪里，但是她看肃修言一脸淡然，无动于衷，就觉得自己可能是白费功夫。

果然在一段路程后，程惜就绝望地听到了水浪和轮船的汽笛声。

H市靠海，肃道闲这是直接带他们到了港口的码头，预计很快他们就会在茫茫大海上，记那些路线，哪里还有任何意义。

车到了码头后，肃道闲就打开车门让他们下车，肃修言仍旧维持着他总裁的派头，下了车就一言不发地向眼前的游艇走去。

那潇洒的步伐，不知道的还以为肃道闲和那些黑衣人都是他的手下，而他只是一时兴起，想要坐自家的游艇出海散心。

程惜跟在他后面相当无奈，看了眼肃道闲，开口说："你侄子昨天又被气吐血了，今天本来应该去检查身体的，你别虐待他，最好让他多休息休息。"

肃道闲温和地笑了笑："修言就是看起来身体比修然好，其实底子也差。我也没想到周邢请的杀手那么不知轻重，竟然伤了修言，我会替他注意的，你们上船后就可以休息了。"

听他话里的意思，他这个当二叔的还很关心肃修言的身体一样，程惜打量了他一眼，就不客气地说："当年你们开车撞他的时候，也不见脚下留情啊。"

肃道闲还是温和地微笑着："我如果说那时候是周邢被修言打急了自作主张，怕是侄媳妇你也不肯信。"

程惜跟着肃修言学会了，冷哼了声："反正周邢很可能再也醒不过来了，没有人跟你对质，随便你怎么说。"

肃修言人已经到了游艇上，听到她还在跟肃道闲闲聊天，半转过头不耐烦地说："你跟他说些什么，还不快上来？"

程惜挑了挑眉，赶紧跟上他一起上了游艇。

肃道闲直接将肃修言还有程惜"请"到了下层船舱的卧室里，还贴心地把舱室的遮光板都拉了下来，弄成了名副其实的小黑屋。

不过这艘游艇本来就陈设豪华，卧室里附带厕所浴室，肃道闲的人还很贴心地在桌子上给他们准备了茶点，简直是五星级服务。

做人质做到这个份儿上，可以说是很舒服了。

程惜在那张柔软豪华的大床上坐下来，拍拍身边的位置："反正我们什么也做不了，你过来躺下休息一下吧。"

没有别的人在旁边，肃修言的神色才没那么冷，他走过去在程惜身旁坐下，就低头掩着唇咳嗽了几声。

程惜吓了一跳，连忙揽住他的腰去扶他："你没事吧。"

肃修言没有拒绝她的手，反而将一小部分力量靠在她的肩膀上，隔了一阵轻呵了声。

程惜已经充分了解他的性格，低声问："被你二叔气着了？"

肃修言隔了一阵才开口："不要喊他二叔，他不配。"

他总是意外地在乎各种称呼，程惜忙说："好好，不喊他。"

肃修言这才有些满意地轻哼了声，却还是不肯将身体的重量过多地转移到她身上。

程惜知道他傲娇得很，哪怕再疲倦也不肯主动服软，就抱着他的身体，把他往床上按："反正也没事做，你身体还没恢复，还是先睡一阵吧，我看着你。"

肃修言抿着唇看她，虽然也勉强被她按在了床上，眼睛却没有合上的意思："我不能睡着。"

程惜奇怪地看着他："为什么啊，我们两个人里有一个人清醒就够了。"

肃修言还是抿着唇一言不发地看着她，程惜眨了眨眼睛，了悟过来："你也要看着我？"

肃修言这才收回了目光，垂下眼睫等于默认的意思，程惜心里暗笑，凑过去在他唇边轻吻了下："那么我们两个就躺在床上大眼瞪小眼？"

肃修言侧过头去"哼"了声："一点紧张感也没有。"

程惜连忙喊冤："我有的啊，可是神经太过紧张，考虑太多有的没的，也会消耗掉很多精力，反而会陷入思维混乱，影响到反应能力和判断能力。我是学临床心理的，相信我。"

她说了这么一大段，肃修言可没有一点信服的意思，反而冷笑着说："说起来头头是道，趋利避害的生物本能都没有，刚才为什么一定要跟我走？"

程惜凑过去搂住他的脖子："趋利避害是生物本能没错，可是你已经不是别的人了啊，你是我的小哥哥。"

面对她的各种动作和挑逗，肃修言已经不会再身体僵硬了，只是仍旧不肯配合，冷嗤了声："嘴上说得倒是好听，还不是幼稚得很。"

程惜又在他颈窝里蹭了几下，如愿地看到他耳朵还是微微泛红了，偷笑着说："你二……肃道闲这个人太琢磨不透，我必须要跟着你看看才放心。"

肃修言又轻哼了声，不过这次倒不再说什么了。

程惜知道自己总算哄住他了，笑着趴在他颈窝里，隔了一阵才轻声说："修言，不管我们要去哪里，会遇到什么情况，我都陪着你。"

她隔了一阵，才感觉到肩膀上被松松地环住了，肃修言用手臂抱着她的肩膀，隔了一阵才轻声说了句："还是跟小时候一样……傻得很。"

程惜说了自己会一直保持清醒，但当她从梦里醒过来的时候，才惊觉自己不知道什么时候已经睡沉了。

她随即就感觉到脑袋带着些不同寻常的昏沉，不像是普通睡眠后留下的，反倒像是药物所致。

她和肃修言上船后没有吃过喝过船上的任何东西，如果他们被迷倒了，那一定是气体催眠所致。

程惜一边按着脑袋抽气，一边腹诽肃道闲看起来客客气气，其实还是没打算让他们在路上保持清醒。

她正想着，舱室的门就被礼貌地叩响了，接着传来肃道闲温润的声音："修言、小程，醒了没有？"

程惜身边的肃修言咳嗽了声也慢慢醒过来，他皱着眉按头，不是很耐烦地冷声说了句："老狐狸。"

程惜看不能指望他回答，就自己开口说："我们醒了。"

肃道闲这才走了进来，看到肃修言还是半坐在床上一脸起床气，程惜倒是已经匆忙整理了下自己下了床，就笑笑对她说："路途漫长，我就让他们在空调里加了点安眠成分，放心吧，是十分安全的药品，只是助眠用的，没有后遗症。"

程惜注意到他身后的舱室里已经开了灯，就问："现在已经是晚上了吗？"

肃道闲笑了笑："还是小程细心，的确已经是晚上了，我们已经靠岸了，因为你跟修言还没醒，我特地让你们多睡了一会儿。"

他说这些话可谓十分狡猾了，这个"多睡了会儿"可能是几分钟，也可能是几小时。直接杜绝了程惜靠航行时间来猜测他们现在所处的大概位置的可能。

不过他也是多虑了，哪怕程惜再机警，也只是个普通人，不像特种兵一样，受过专业的时间控制和航海地图等的训练。

这一路上，她和肃修言都被关在看不到太阳无法估计方向的舱室里，还被迫昏睡了几个小时。

她现在只能知道他们大概还在北半球，也不太可能已经横渡了太平洋。

待会儿她和肃修言如果能出去，还可以看植被稍微估计一下所处的维度，别的就完全摸不着头脑了。

肃道闲仿佛知道她的疑惑一样，微微笑看说："小程不用着急，我现在就可以告诉你，我们所处的这个岛，并没有明确的国家归属……当然说是荒岛也不准确，因为这里虽然现今没有人居住，但至少在十多年前，还是有常住人口的。"

他说完，就又微笑着向肃修言开口："修言，我们下去上岸走走？"

肃修言冷着脸根本不打算理他，却从床上径直起身，错过程惜，直接站在了他面前，气势很盛地用下颌点了点他，示意他让开。

肃道闲也不生气，反而转身在前面带路。

他们一路穿过外面的舱室，到了甲板上，外面果然已经是深夜了，因为天气晴好，满天星斗如梦似幻，倒是在光污染严重的城市里绝对看不到的美景。

外面的海风略带着点清凉，有海浪拍在沙滩和岩石上的声响，还有风吹过灌木的沙沙响动。

程惜四下打量了一下，就在心中叹了口气，这里显然已经远离大陆了，四周全是沉黑泛着磷光的海面，附近没有任何可见的岛屿，甚至连过往的船只都没有一条。

岸上的话，光靠植被和现在的温度，只能判断出来他们并不是在热带，别的就真的不知道了。

肃修言显然比她更快地估计出了情况，冷笑了声说："你把我们带到这里来做什么？在这地方杀人弃尸，恐怕几百年内都被人发现不了。"

肃道闲轻叹了口气："修言，你小时候不是还挺喜欢我的，为什么我只做了这一次对不起你的事情，你就连句二叔也不肯叫了？"

肃修言的脸色顿时更加难看起来，看起来是被肃道闲假惺惺的姿态恶心得不轻，甩下一句，抬步就率先向岸上走去："我看你可不止做了这一次对不起我的事情！"

　　他们停泊的这个码头很小，栈道几步路就能走到尽头，程惜连忙跟上他的脚步，就看到栈道尽头昏黄的路灯下，站着几个身穿黑色西服的人。

　　后面几个全是他们这一路上见得最多的那种黑衣大汉，只有这些人最前面，站着一个消瘦高挑的女人。

　　程惜没见过这个人，只觉得她一身干练的黑色西服，脚上还踩着高跟鞋，头发也束向脑后，浑身透着一股凛冽的气势，看起来就不像是普通人。

　　她正想着，走在她身前的肃修言就猛地站住了脚步，程惜差点撞在他身上，匆忙间从侧面去看他，发现他此刻的神色，简直像是见了鬼一样。

　　他的唇张开了，隔了一阵才发出喑哑的声音："静悦……学姐？"

　　程惜也给吓了一跳，他嘴里的"静悦学姐"，显然只有一个人，那就是早就自杀身亡多年的文静悦。

　　肃修言的脚就像被钉在了栈道上，再不肯向前一步，好像前面等着他的是什么无间地狱。

　　那边那个女人倒是笑了笑，开口说："修言，好多年不见了。"

　　她这句话一说，就等于承认了自己是"文静悦"，那个在法律上已经死去的人。

　　肃修言仍旧是紧紧盯着她，他的脸色迅速变得异常苍白。

　　程惜震惊之后又将目光转回到他脸上，就看到他眼中蓦然露出了一丝极为痛楚的神色，她愣了下，忙喊了声："修言！"

　　然而已经晚了，他低头沉闷地咳了声，而后抬手掩住了唇。

　　程惜眼疾手快地揽住他的腰，他仍是笔直地挺着背，她能看到他指缝间漏出的红色，顿时又气又急："修言！"

　　肃修言没有回应她，他闷咳着隔了一阵，就抬起头，重新看向了站在岸上无动于衷的文静悦，低声说："你既然没有死，为什么要这样对我？"

　　文静悦微弯了下唇角："不是我这样对你，是你自己不肯放过自己，不是吗？"

　　她淡淡说着，目光又投到了程惜的身上，唇边露出半是讽刺，半是轻蔑的笑容："这个就是你的那个小女孩吧？你那么重视她，却又从不敢表露，甚至连去国外找她，也要拉上我这个挡箭牌。一切都是你咎由自取，不是吗？"

　　文静悦这一番话说得实在太露骨了，上次肃修言只是被迫提起了她，就难过得脸色苍白，现在被她当面这么说，他的咳嗽声又沉闷了些，身体也开始有了微微的抖动。

程惜想到一向爱面子的肃修言能在这么多人，尤其是肃道闲的面前这样失态，一定是被逼到了极点。

她心疼得不行，却知道现在自己不能开口说话，紧咬着唇抱着他的腰，尽量不着痕迹地让他把身体的重量交给自己。

文静悦看着她始终不肯开口说话，倒是有些意外。

肃道闲在他们身后悠悠地开口："你觉得他们两个怎么样？"

文静悦挑了下眉："修言的能力你不是早就有判断了吗？我现在觉得这个小姑娘不算是白送的，或许比我们想象的还有用。"

肃修言还在闷咳着不能说话，程惜觉得此时自己有必要开口了，客客气气地说："两位在商量什么事？难道还有对我们两个的考核？"

文静悦笑了笑说："你还真猜对了，把你们俩带到这座岛上，可不是为了让你们来度假的，我们有个很重要的任务要交给你们。"

程惜顿了顿说："我猜我们没有拒绝的选择对吗？"

文静悦又笑了笑："能被你们拒绝的话，我们又何必这么大费周章呢？"

她的风格还真跟程惜想象的不一样，毕竟从肃修言那带了不知道多少层滤镜的叙述里，程惜想象中的文静悦，应该是温柔善良又多愁善感的悲剧女性。

结果现在眼前这个，一张嘴巴厉害得很就不说了，似乎还很有主见，并兼有城府，不是那么容易被看透。

况且听肃道闲语气里的意思，他还挺信服文静悦的判断。能让肃道闲这种人都刮目相看，还颇为倚重，可想而知，肯定不是个简单的角色。

不过她突然想到，肃修言这个人，似乎有种吸引喜欢性格强势的女性的特质……这么看传说中的"静悦学姐"是这种画风，也就不奇怪了。

程惜想到这里，又忍不住默默对天空翻了个白眼。

他们在这里站得久了，肃道闲就温和地开了口说："码头上风大，修言的身体又不好，我们还是不要在这里聊天了，去别墅里再说。"

他说了这个岛以前还有常住人口，那么有建筑也就理所应当。

程惜扶着肃修言，低声问他："修言，你还能走吗？"

肃修言将掩着唇的手拿开，咳了咳说："还行。"

程惜注意到他唇间还有些血的痕迹，顿时心疼得很，忙摸了个纸巾塞到他手心里。

肃修言握住了也并没有道谢，还是低垂着眼眸，不知道在想些什么。

他抬手按着她的肩膀，微顿了顿，就将她轻推开，自己抬步走了下去。

文静悦还是波澜不惊地看着他，好像这不是传闻中"痴恋"她多年，为了她和兄长决裂过的那个人。

她等肃修言走近，侧身给他让开路，他们走近了，程惜才看清她和几个大汉身后还有一辆迷彩色的越野车，隐藏在树丛暗处的水泥小路上，看上去不那么起眼。

文静悦抱胸说："我们离开后，这辆车也可以给你们用，停车库里还储存着一些汽油，应该足够你们用了。"

程惜看了眼她："听这个意思，你们打算把我们两个单独留在这座岛上。"

文静悦笑了笑，毫不客气地说："恭喜你猜对了。"

程惜真是一点都不想被她恭喜，只能翻个白眼跟着肃修言上车。

那辆越野车载客不多，看起来岛上应该也只有这一辆车，肃修言和程惜上车后，也就只有肃道闲上了车，文静悦则去了司机位开车。

程惜有些奇怪地"咦"了声："你们应该调查过我了，我行动能力不弱的，你们就不怕待会儿我反挟持了你们？"

文静悦回头冲她一笑，掀开西服的衣摆，让她看到自己腰间的配枪："我行动能力也不弱，而且我还有实战经验。"

程惜顿时就没什么好说的了，她的身手大半都是在搏击俱乐部练出来的，一时半会儿能唬住人，但真遇上亡命之徒就虚了。

如果文静悦也是个搏击高手，且还有实战经验，还有枪……那她一时半会儿还真不敢轻举妄动。

文静悦发动了汽车，技巧娴熟地开进了水泥小路。

程惜忍了一下没忍住，侧头压低了声音跟肃修言说："我看你学姐也不是什么娇花，难不成你每次找女朋友的标准都是能打？"

肃修言还靠在椅背上不断低咳，听到她这么说话，就狠狠瞪了她一眼："我看你不是为了保持心态轻松……你天生就是胆子大，废话多。"

程惜抬起手轻轻挥了挥表示自己认输："好吧，我错了，你才是那朵娇花，当然要找我这样的。"

肃修言气得又咳了几声，干脆闭上眼睛不再看她，图个清静。

文静悦从后视镜里看了眼他们，笑了声说："这你就想错了，我当年可没有现在的身手，反倒是淑女得很。"

程惜立刻就接了过去："那学姐您'死而复生'后可是脱胎换骨了。"

文静悦"呵呵"了声："真是个鬼精灵，这就开始套我的话了。"

她的警觉性还真是高，程惜看从她那里讨不到什么好，就干脆耸了肩表示自己认栽，也不再说话了。

这个岛纵深并不大，看起来面积应该也不是很大，他们不过开了一公里多后，就来到了一个山坡下，顺着山坡上建造的水泥路又开了几十米，就到了半山腰。

黑夜中能看到那里是全岛唯一亮着灯的地方，到了跟前程惜才有些意外地发现那栋建筑竟然不是她想象中的古典建筑，而是颇为现代化的别墅。

依山而建的别墅是以白色为主体的，借助和结合了山势，显得非常错落有致，对外的一面采用了大片玻璃墙，还有开放式的庭院和泳池。

这样子就绝对不是什么人随便建的了，更像是什么富豪的私人度假别墅。

看起来入岛的码头和直通这里的水泥路，应该也是在建别墅时一起修建的。

文静悦将车停在了别墅前的空地上，示意肃修言和程惜下车。

肃道闲也下来，说的第一句话就解释了程惜的猜测："这个岛屿是Mr.H的私产，别墅也是他建起来为了带妻儿一起避世散心的地方。"

程惜顿时倒抽了一口冷气："你是说那个十几年前因为妻子和女儿在事故中丧生，最后抑郁自杀的石油大亨？"

肃道闲弯了弯唇角："小程挺见多识广的，现在的年轻人，已经很多都不知道Mr.H的大名了。"

程惜连忙表示谦虚："我毕竟是学临床心理的，这种著名的抑郁自杀案例，当然还是要研究一下的。"

肃道闲又笑了一笑："那你恐怕也知道Mr.H还有数十亿美元的遗产因为他遗嘱规定的关系，至今还无人能支配。"

肃修言听到这里冷笑了声："这就是你的目的？眼界还真是小，神越集团的市值也不止百亿了。"

肃道闲丝毫不生气，又温和地笑了笑："神越集团我已经放弃了继承权……再说有了这几十亿美元的资本，也许我就能亲眼看到神越集团的崩溃了。"

肃修言听到这里，冷冷地说："你把我和小惜绑到这里来，到底是什么意思？"

肃道闲还是那种温文尔雅的语气："也没什么，Mr.H的遗嘱里规定，只有找到他'爱的真谛'的人，才能继承他的这部分遗产。我经过这些年的调查，圈定这个谜底就在这座岛上，却什么也没发现，所以想借助一下你和小程的力量。"

程惜听到这里就抽了抽唇角："可是所有人都认为他会对自己的遗产做出这样的安排，是因为Mr.H当时脑子已经不清楚了，都在等遗嘱规定的二十年到期后，这笔资产被收归国家所有吧。"

肃道闲又笑了笑："抑郁症不会影响一个人的判断力，Mr.H不还是规定了一个二十年的期限吗？"

程惜已经觉得有点脑仁疼了："所以你就因为这个虚无缥缈的传说，就要将我和修言流放在这座孤岛上，让我们替你找那个什么'爱的真谛'？"

肃道闲倒一点也不觉得这很荒谬，仍旧笑得温和："不要这么说，我们只是想借助你们两个的爱的力量，毕竟我和静悦，都不是懂爱的人。"

他倒还真是能把如此羞耻的话，说得如此自然又得体，程惜简直要没办法了："我们的手机已经被你们收走了，你们又把我们两个扔在这里，我们就算找到了那个什么东西，又要怎么联络你们。"

肃道闲微笑着说："这个小程你就不需要担心了，静悦每隔一周都会来码头给你们送上物资，到时候如果你们已经找到了东西，她就会带你们离开。"

程惜觉得更绝望了："你们只给我们留了一周的物资？"

肃道闲微笑着："哪里，为了防止我们那边出问题，这里的地下冷库里可是储存了几年份的食物，至于电力和日常用水你们更不用担心，这栋房子本来就设计了太阳能用电系统和海水循环利用系统。相信就算是世界末日来临，这里也会是最后一片生存的堡垒。

"静悦带给你们的物资，只是你们上周要求过的东西，还有新鲜的蔬菜肉类和水果……就算冷冻食品营养无损，口感总是要差一些的。"

程惜没看出来肃道闲竟然还会开什么"世界末日"的冷幽默，还真的像让他们度假一样，连他们日常食材的口感都考虑到了，她也算是服了。

肃道闲说着又笑了笑："你们可以尽情向静悦要求物品、书刊报纸、电子资料乃至娱乐用品，我们都尽量满足……当然是不能向她要求卫星电话武器还有游艇的。"

程惜几乎是目瞪口呆地听着，最后冷不丁来了句："我们解密的过程，你们是不是还打算全程录下来，剪辑后卖给电视台？"

饶是肃道闲这样的人，也给她这神来一笔逗笑了，他笑起来倒更像是肃修然了，很是温和儒雅："小程这是开玩笑吗？"

程惜摊了下手："我只是觉得你们这么大费周章，很像要做一档真人秀节目。"

肃道闲就又笑了："你们年轻人的想法真是奇怪，就算我想做真人秀，神越集团总裁这样身价和地位的人，我又哪里请得到。"

程惜偏头示意了一下站在自己身侧的肃修言："怎么会请不来呢？这不是就给您'请'来了吗？"

肃修言显然已经受够了他们漫无边际的话题，冷笑了声："你说来说去，什么'爱的真谛'，我一句都不信。无非就是找个理由把我们困在这个荒岛上，为了消耗我们的精力，鬼扯了这么一堆东西出来。"

117

肃道闲又温和地笑了笑："这个倒是真的有的……我想借助下修言的力量，也是因为身为大财团的掌权者，我想修言你比其他人更能理解Mr.H。"

肃修言冷笑了："让我帮着你得到别人的钱，你再用这些钱来对抗我的公司吗？你真打了一手好算盘。"

肃道闲摇着头笑笑："可是这样一来，不是更有戏剧性和宿命感吗？"

肃修言盯着他抽了下唇角："还什么宿命感，我看你是当教授当傻了。"

肃道闲挑了下眉："我的确是喜欢希腊式的悲剧，充满着矛盾的美感不是吗？"

肃修言唇舌功夫了得，可惜总在这样的学术派面前无处施展，气得又咳了几声："你把我绑来，闹出这么大动静，你以为老大会放过你？"

肃道闲听着还觉得他说得颇有道理一样，点了点头："修然身为一个犯罪专家，的确是难对付。所以我额外做了许多事情，比如在你们上游艇的同时，我还派了几艘游艇同时出海，目的地全都不一样，这样起到的迷惑作用，我想至少可以拖住他几个月的调查进度。"

程惜听到这里忍不住暗暗咋舌，怪不得肃修言说他二叔不好对付，这简直狡猾到了一定境界，还真是适合"老狐狸"这个称谓。

肃修言次次被堵住，气势却一点也没减，看着肃道闲冷笑了声："你从现在开始，最好做好准备，等我脱困了，一定不会放过你。"

肃道闲又摇了摇头，神色很是悲悯："修言，你嘴上说得狠，但家人是你的软肋。即便到了那一步，你也不会对我怎么样，不是吗？"

肃修言又被气得冷笑了声，程惜看照这样下去，他只怕又要被肃道闲气得当场吐血，就连忙打岔："我们既来之则安之，先养精蓄锐再图后事，修言身体又不好，还是先休息休息。"

肃修言丝毫不领情地瞪了她一眼，再也不搭理肃道闲和文静悦，转身就径直去屋子里。

肃道闲十分识趣地笑了笑："修言现在还在生我的气，更多的资料已经放在房间内的桌子上了，你们赶了一天路也累了，我和静悦就先告辞了。"

他说完就对文静悦点了下头，文静悦也直接面对程惜，将他挡在自己身后，直到他上了车，文静悦才后退着打开车门上去，对程惜潇洒地比了个手势："那么一周后见了，车待会儿会有人替你送回来的。"

文静悦的防守太严密，程惜只能眼睁睁看着她和肃道闲上了车全身而退。

她站在原地目送他们开车绝尘而去，只能叹了口气，暂且回房间内找肃修言。

肃修言就坐在客厅的黑色真皮沙发上，听到她的脚步声走进，就侧头看了她一眼："你不用跟那个老狐狸周旋了，他肯定是滴水不漏的。"

程惜耸了下肩："我初生牛犊不怕虎，总得试试嘛。"

肃修言又"呵"了声，重新闭上了眼睛靠在椅背上。

程惜走过去在他身边坐下，在灯光下看到他的脸色果然苍白，就说："你累了吗？要不要洗个澡睡觉？"

肃修言还是闭着眼睛没有看她，冷冷地说："我们都睡了一天了。"

程惜"哦"了声："所以见了你前女友心情不好，就逮着我撒气了？"

肃修言被她气得猛地睁开眼睛，转头看她："我都跟你解释过了……"

程惜笑着对他歪了歪头："可是你都对外宣称过她是你的女朋友了，依照你的性格，如果你不是心里稍微有点爱慕过她的话，怎么都不可能这么说的。"

肃修言脸色铁青，狠狠瞪着她说："我都告诉过你了……"

程惜轻哼了声："你说得好听，谁知道有没有春秋笔法，你知道我在码头上看到你吐血，我都想到什么了吗？杨过和小龙女！一见面就旁若无人地互相比着吐血，自带隔离墙。要不是静悦学姐没搭理你，我都吃醋吃到大西洋去了。"

肃修言咬着牙说："我们在太平洋上。"

程惜点了点头："我知道啊，所以我才这么形容。你不要以为我大度性格好，我就不会吃醋了！尤其是在前女友这种问题上，你今晚的表现差不多能打零分了你知道吗？

"我那一刻觉得自己简直就像是郭芙……连小时候你先认识了我，后来才遇到了她都一样！姐弟恋也一样！哦，除了你有钱之外。"

肃修言听她还在没完没了地陷入某种莫名的情绪里，脸色泛青地说："我已经说过了，我们不是那种关系。"

程惜嫌弃地撇了下嘴："对，是你打算跟人家变成那种关系，却没有得逞。"

他也不知道是不是真被程惜气着了，突然按住胸口撕心裂肺地咳嗽，程惜吓了一跳，连忙去抱他："修言？你怎么样了？"

她的手腕被肃修言握住了，他靠在她的肩上，努力调匀着呼吸，轻声说："小惜，如果这一次我不能回去……我也一定会让你平安无事的。"

程惜没想到肃修言会说出这种丧气话，心里一慌就紧紧把他抱住了，声音不稳地说："我们一定要一起回去……你不能招惹了我又把我丢下！"

她心理素质再好，再一路插科打诨尽量放松气氛，这样突然被丢到荒岛上的事，她也是第一次经历，这种类似于示弱的话，她也只有在这时候才能说得出来。

肃修言的头轻轻靠了过来，唇就贴在她耳边，正当程惜浑身发毛地等着他说些什么，或者他干脆吐口血的时候，就听到他声音很轻地说："去找这屋子里的窃听器……"

程惜一愣，好歹没发出声音，表情却呆愣了，肃修言还又轻声补了句："你去。"

程惜默默合上了刚才被他吓得张开了的嘴，她就知道，这样的画风才是正常的，她就不应该跟着肃修言一起情绪激动。

她只能不是很情愿地松开了抱着肃修言的手，起身去找窃听器，好在窃听器虽然隐蔽，但是屋子里的陈设不多，家具也是现代简约的风格，更难藏东西，她没多久就搜出来四个贴片窃听器。

肃修言虽然没动，但也从沙发旁的茶几下拆下了两个。

看到程惜也结束了搜索，他就随手拿了旁边酒架上的一只酒杯，把窃听器丢了进去。

在示意程惜把自己找到的也丢进去后，他毫不心疼地拿起旁边的一瓶威士忌，咕嘟咕嘟倒了半杯，把那些窃听器全都淹在了里面。

程惜这种好酒之徒看得出来那瓶威士忌价值不菲，抽着气说了句："有钱人真是万恶，我拿着杯子去接点水就可以了啊，干吗用酒。"

肃修言瞪了她一眼："我看你到了中年后要酗酒成瘾。"

程惜吐了吐舌头："一点小爱好而已，我从不贪杯，你不也是戒不了烟。"

眼看着两个人马上就要演变成婚内斗嘴，肃修言抬手揉了揉额头："好了，打住，这个问题以后再说。别的房间里肯定也有窃听器，你去找一找都丢到这里。"

程惜不舍得让他再跑来跑去，只能委委屈屈地"哦"了声，这就要转身去找。

肃修言又喊住她："今天晚了，把卧室里的找出来行了，其他房间的我们明天一起找。"

程惜听着就挑了挑眉："只收拾一间卧室？"

肃修言恨铁不成钢地看着她："在这种荒岛上，你还要跟我分房睡？"

程惜忙表明态度："不不不，我绝对不会要求跟你分房睡，我只是没想到你这么肯……"

她顿了顿，谨慎地挑了个词："服务我。"

见她又开始无处不在地开撩，肃修言更头疼了："好了，别贫嘴了，怕了你了。"

程惜得意地一笑，行动力十足地飞快将卧室也扫荡干净了。

她回来将搜出来的窃听器丢进酒里，就笑着看肃修言："老爷，主卧室和浴室都收拾好了，您可以开始沐浴更衣了。"

肃修言不是很想搭理她，撑着椅背站起身，程惜眼疾手快地一把抱住了他，她还把头埋在他胸前狠狠蹭了几次，才仰头看着他说："修言，你刚才说的，如果你不能回去……"

　　肃修言"呵"了声："那是说给那只老狐狸听的，让他先以为有好戏看，接着就再也看不到了，难道不好吗？"

　　程惜忍不住笑了出来："好是好……"

　　肃修言搂住了她的腰，声音轻轻地说："我当然要和你一起回去，我不但要回去，我还要让这只老狐狸吃不了兜着走，他大可以试一试，看我下不下得了手。"

　　肃修言说完这句霸道总裁意味十足的宣言后，就松开了搂着程惜的手，十分理直气壮地说："他们没留下晚饭。"

　　程惜一时半会儿脑子没转过来，愣了愣看他："你这意思，是让我去做饭？"

　　肃修言抿了抿唇说："你做的太难吃了，我去，你可以先去洗澡。"

　　程惜又愣了下，觉得肃修言这个脑回路一般人还真无法理解。

　　他都有能力把"我去做饭，你先休息"这种完全可以拿来狂刷好感度的话，说得好像是在嫌弃人，这也是一种本事。

　　程惜确实还没这么厚着脸皮享受他服务的觉悟，不是很赞同地说："你刚吐血了吧，身体不好不要勉强了。"

　　谁知道肃修言反而生气了，皱着眉看她："你是觉得我现在连自理能力都没有了吗？"

　　他这个傲娇劲上来，程惜也不想跟他较真，忙举手表示投降："好的，我去洗澡收拾下。"

　　她说完还是生怕肃修言太勉强，又飞快补了句："你随便弄点简单的，我们俩填饱肚子就行。"

　　她说着，看肃修言还是皱着眉一脸不快地盯着自己，就连忙松开他跑去了卧室。

　　肃修言等她的身影消失了，才扶着椅背低头压抑地咳嗽了几声。

　　他又歇了一阵，才抬步走到一旁的厨房里，打开水龙头借助水流的声响把口中的残血咳出来。

　　流水很快冲走了那些血迹，他又拿起旁边的水杯，接水漱了口，确保自己口中没有任何血腥的气味。

　　关掉水龙头，放下水杯，他紧抿住了唇，眼眸中情绪一再翻涌。

　　今天发生的一切，让他感觉好像又回到了十四岁的那年，深陷泥淖，无力掌控命运。

他的目光沉了又沉，抬起手想要用力捶向大理石的洗手池面，却又猛然想起如果自己的手破皮红肿，肯定会被程惜发现，又连忙止住了，最终只是闭着眼睛咬了咬牙。

程惜心里还有事，澡自然是洗得飞快，洗完后随便擦了擦，也没吹干头发，就从衣柜里拉了件睡袍套上跑回了客厅。

她以为自己动作已经够快，肃修言却已经做好了晚餐，像他说的一样，非常简单——培根煎蛋三明治，怕是五分钟就能弄好。

程惜看到餐桌上只有自己的份，有些意外地"咦"了声："你是已经吃完了？还是只做了我的？"

肃修言一语不发地横了她一眼，径自去了卧室。

程惜觉得他今天真是越发傲娇了，一言不合就不理人，只能坐下来把三明治吃掉。

说起来虽然只是简单的三明治，但这还是她第一次尝到肃修言的手艺。

她拿起来吃之前还腹诽过他说不定过于自信，水平其实还不如自己，但咬了一口之后她就默默不语了。

简单是简单，但这个三明治里的培根煎得不柴不油，煎蛋更是完美柔滑，涂抹的酱料均匀不说，夹层的酸黄瓜片也切得厚薄适当。更别提因为材料摆得好，她用手拿起来吃都没有散。

颠簸紧张了一天，程惜吃上几口三明治，又喝了旁边杯子里已经用微波炉热好的牛奶，满足地呼出口气。

她飞快收拾完餐具，就连忙跑去卧室看肃修言，虽然这个人傲娇得很，一句话不肯说，但她也能看出来，他累了。

她跑得很快，进去时刚好看到肃修言披着浴袍从浴室里出来，差点跌倒，抬手撑住了门框。

程惜看到吓了一跳，连忙跑过去抱住他的身体，这才注意到他的头发都没吹干，还湿漉漉地滴着水。

且不说肃修言有多在意形象，平时没打理好他那头毛绝对不会走出洗漱间，这头发湿成这样，他明显是连擦一擦的力气都没了。

程惜看得心疼又好气："跟你说了不舒服就不要硬撑啊，我明知道你身体状况，你不给我做吃的又不会怪你。"

肃修言"呵"了声，倒是不客气地把身体的重量转移到她身上，然后还问："怎么样，我手艺比你的好吧？"

程惜也是被他每次的关注点弄得没脾气，顿了顿后老实回答："比我好……

你满意了吧？"

肃修言又"呵"了声，仿佛是嘲笑程惜认输得太勉强，不过他现在没什么力气，气势上就显得有些不足。

不像发威的猛虎，反倒像是一只徒具声势的小猫对你亮了亮爪子，与其说是在示威，不如说是在撒娇。

程惜如同被百爪挠心，最终还是咬了咬牙，架着他的胳膊，把他弄到床上坐下。

她退开一步按着他的肩膀："我去拿毛巾和吹风机给你弄头发，你坐得住吧。"

肃修言都没抬头看她，冷笑了声，话也懒得跟她说一句。

虽然如此，等程惜从浴室里拿了干毛巾和吹风机过来的时候，他还是老老实实地在床边上坐着，微低着头，脊背挺得笔直。

程惜也没跟他客气，拿毛巾抱住他的头就是一通揉搓，她动作并不算轻柔，肃修言却没出声埋怨。

程惜好好给他擦了一阵，把毛巾松开，就看到他顶着一头乱乱的头发一声不响地坐着，又突然觉得他这会儿像是只大狗狗了，乖乖地任由揉搓。

肃修言并不知道程惜这会儿已经五迷三道了，本人还毫无自觉，看她不再动作，就自己抬手撸了一把头发，露出额头和一双凝神思考的眼睛："刚才我已经匆忙浏览了下他们留下来的资料……"

他话说到一半，就神色复杂地看着程惜："你脸上的表情是见鬼了吗？"

程惜从迷幻中惊醒，想到自己刚才居然会觉得肃修言萌，那可不就是见了鬼吗？

她欲盖弥彰地清了清嗓子："没什么，你继续说。"

肃修言却还是一脸欲言又止的纠结，半晌憋出一句话："你竟然会脸红……"

肃总裁本人，还真是不说话的时候要比说话时可爱很多。

程惜又默默吐槽了下自己眼瞎，挑了下眉："我是个身体健康的正常人类，正常人类在某些情况下就是会脸红，谢谢。"

肃修言的神色还是甚为复杂，不过他显然不想在程惜脸红的问题上纠缠，而是顿了顿，努力把谈话拉回正轨："他们倒是没有完全在骗我们，据资料上信息，Mr.H的妻女并不是在事故中丧生，而是在这座岛上自杀身亡。或许我们真的可以找到些线索……至少还原当年的真相。"

程惜注意到他的用词："这座岛上？不是这栋房子里？"

肃修言点了点头，抬手指了指窗外："就在这片森林尽头的断崖上，资料上显示，Mr.H的妻子先是用猎枪杀了他们的女儿，而后又饮弹自尽。"

因为理论上只有他们在岛上，卧室的窗帘程惜就没有拉上，此刻窗外月色正好，能清晰看到茫茫丛林尽头那座孤独矗立着的断崖。

程惜听到这里也是吓了一跳："猎枪？"

肃修言又点头，看着她顿了下后才说："对，资料里还有现场照片……你要不要看？"

程惜看出他是害怕自己留下心理阴影的意思，抬手挥了挥："你放心，我只是有些惊讶。我也是医学生，解剖过尸体的，没那么脆弱。"

她说着沉思了下："用猎枪饮弹自尽的难度可不小啊。"

肃修言抿了下唇点头："Mr.H的夫人是地道的都市人，从小就读于女子教会学校，按道理来说没有太多接触猎枪的机会……"

程惜连忙说："你打住，你这个算是地域和性别歧视吗？"

肃修言只能又抿了下唇："我只是从客观的角度分析这桩命案里的诡异之处罢了……"

程惜只是习惯性噎他一下，也没跟他较真，况且他说得不无道理，性别、地域虽然不能代表一个人的全部，但如果在某个环境下生长起来的人，必定会带着某种特性。

就像肃修言说的，Mr.H的夫人是城市精英家庭，还是受过淑女教育的女性，哪怕她选择了比较激烈的自杀方式，那么用手枪的话，看起来也不会像现在这样有些莫名的违和感。

毕竟手枪和猎枪的区别，除了口径和威力以外，还有使用者的身份和日常习惯。

一个能先用猎枪杀死自己的女儿，再饮弹自尽的人，怎么想平时的风格也应该更粗犷一些，而不是精致的都市贵妇。

肃修言看她陷入沉思，就不去打扰她的思路，而是指了指被他随手放在床头柜上的平板电脑："这里只储存了文字资料和照片，更多的物证，都放在地下室了，我们可以明天去看一看。"

因为是建在山崖上的度假屋，这栋别墅能算得上完全露出地表的只有一层，也就是他们现在所处的位置。

下面靠着山崖还有一层，虽然也有窗户，但站在他们的位置上来看，可以说是地下室。

程惜连连点头，他们经过了这漫长的一天，确实也不应该马上开始工作，那样对身体和效率都不好。

她想着就看了下肃修言："你说有没有可能这座岛上还生活着一个野人什么的，人其实是他杀的，现在他还潜藏在周围，监视着我们……"

肃修言顿时像看傻瓜一样看着她："以这个岛的面积而言，可能存在一个野人还从来没被发现过吗？你是不是恐怖片看多了？"

程惜也觉得自己太发散思维了："好吧，是我想得太多了。"

她说着就跑去把落地的窗帘给合上了："不过房间里虽然没有发现隐藏的摄像头，但是不保证外面没有，我们还是谨慎一点。"

肃修言对这点也是怀疑的，点了点头说："明天我们可以去近处搜查一下。"

程惜拉好窗帘回头上下扫视他，目光在他凌乱的短发和敞开的胸前肌肤上流连，突然邪恶地一笑："'美人'，现在只剩下我们两个人，我要对你为所欲为了，你敞开喉咙叫吧，叫破喉咙也不会有人来救你的！"

肃修言面无表情地看着她，过了会儿，那表情变成了嘲讽："傻得不轻。"

程惜也只是过过嘴瘾，她也真没什么要对肃修言"为所欲为"的计划。

甚至当"美人"表示要休息时，她还很狗腿地帮他吹干了头发，并且很是低声下气地问他有没有胃口吃东西。

当肃修言表示可以吃点的时候，她又很狗腿地跑去热了牛奶切了水果送到床前。

肃修言看到她不仅用托盘拿来了吃的，里面还放着一杯温水和几粒药，就顿了顿："你这是干什么？"

程惜表功地一笑："你要吃的药我装在口袋里了，也算肃道闲有良心，没有把药搜走。我刚才找了急救箱，里面各种常备药也都有。你一直在咳血，我担心是黏膜破裂没有愈合，咱们在这个孤岛上，别的不说，你有了败血症就麻烦了。"

她边说还边强调："所以你就算胃口差也要好好吃东西，抵抗力弱了更危险。"

肃修言当然知道败血症有多严重，只是他本以为可以逃避吃药，没想到程惜却在这里等着，只能默默地把牛奶喝光，然后去拿药。

程惜抬手拦住他，指着那碟切好了的水果："维生素。"

肃修言沉默了片刻，只能又用叉子将那碟水果吃完。

程惜这才肯放过他，监督他吃完药后，拍了拍他身后的枕头："身体虚弱就要多休息。"

肃修言抿了唇想要辩解自己还不算虚弱，又想到如果说了，估计会被她毫不留情地驳斥回来，只能忍气吞声地躺下。

程惜收拾完餐具拿去厨房清理，顺手把房间的灯关了。

肃修言也确实是累了，刚吃下去的食物和药仿佛多了催眠的功效，他合上眼睛很快陷入浅眠。

没过多久，他正侧身躺着，就感觉到身后悄悄靠过来一道热源，轻柔地贴在他的背上。

他不用想也知道是谁，眼睛也懒得睁开："不要缠着我，明天起来累。"

然后他就感觉到那个人用头在他背上轻蹭了蹭，闷闷地开口："你就不怕是什么坏人要趁机占你便宜？"

肃修言本来想给她一个冷笑，但他迷迷糊糊实在没力气，就说了句："我知道是你……"

程惜十分识趣地立刻抱紧了他，轻声说："所以我占你便宜就没关系了？"

肃修言听自己的意思完全被她故意曲解，就勉强睁开眼睛："我说的是，我知道是你不是坏……"

他的最后一个字还没说完，程惜柔软温暖的唇就堵住了他的，她微撑起身体，从他上方绕了过来，然后俯身吻住了他。

肃修言顿了下，就侧身接住了她的身体，让她能落在自己的怀中。

程惜没有吻他很久，她很快就退开了，抬着头在黑暗中看着他："小哥哥，我这样算占你便宜吗？"

肃修言没有回答她，他近乎强横地抬手按住了她的头，然后再次深吻了她。

他一直在充满耐心地退让，但是在这一刻，在经历了一番生死劫难后，在这座除了他们之外，空无一人的孤岛上，他不想再这样放过她。

穿过这些年的黑暗和迷雾，能够再次走到她身边，是何其艰难，唯有他知道。

面对着她，却因她尚未确定心意而选择隐忍，是多么煎熬，也唯有他知道。

他近乎凶狠地吻着她，就这样紧紧地把她箍在怀中，直到程惜完全失去力气地瘫软在他怀里，气喘吁吁，他才肯停止。

程惜趴在他胸前调整了好一阵呼吸，她刚才被吻得大脑缺氧，他的气息残存在她的唇齿间，浓郁得让她着迷。

她终于有力气说话，带着笑和喘说了一句："哎哟……你这是找回霸道总裁的人设了？"

肃修言按着她的肩膀，强迫她不能抬头，沉默了一阵才说："你不是嚣张得很吗？"

程惜摸着他的胸肌死活不肯松手："现在不嚣张了，现在很爽……"

肃修言终究还是没她那么没皮没脸，噎了一阵，硬邦邦抛出一句："闭嘴，睡觉。"

程惜用脑袋在他胸前拱了拱："现在你让我睡觉，真残忍。"

肃修言"呵呵"笑了声："就是让你摸得到吃不到，急死你。"

程惜默默把头埋在他的胸口，良久幽幽地说：“魔鬼。”

程惜心再大，肃修言这个身体状况，她也舍不得。

她最终还是抱着肃修言，有点委屈地睡了。

她不知道的是，当她睡熟以后，肃修言又睁开了眼睛，借着室内的微光看了她一阵后，他低头轻吻了她的额头，声音极轻地说了句：“笨蛋。”

程惜第二天醒来的时候，肃修言已经醒了，正半靠在床头翻看平板电脑，看样子已经醒了好一阵。

程惜有点疑惑，以他的耐心，怎么醒了却没下床，就低头看到自己手掌心里紧紧攥着他睡袍的一角。

这个，可能……肃修言是怕吵醒她才没有下床的？

程惜有些意外的惊喜，爬起来看着他：“你这么照顾我，我会多想的。”

肃修言把目光从平板电脑上移开，冷冷看了她一眼，从她手里把自己的睡袍抽出来：“你倒是说说看，你会多想到哪里去？”

他没有直接说，而是问自己，让程惜有些意外，半趴着托腮看他：“会想你突然对我这么温柔，是不是又想套路我点什么。”

肃修言冷声说：“原来我不能给你好脸色看，不然你的思维就会跑到南极去。”

程惜笑着抬手去摸他的额头，在感受了一阵温度后说：“也没发烧，吓死我了。”

肃修言冷笑了声：“你的意思是，我除了发烧和想套路你，不会对你好？很好，我记住了。”

程惜笑着去抱他的腰：“没关系，我对你好就行了。”

肃修言还是冷着一张脸，却抬手揽住了她的肩膀，轻哼了声：“油嘴滑舌。”

程惜趴在他颈窝里深深吸了几口气，这才抬头说：“完了，我真的对你有点上瘾……吃不到真煎熬。”

她这句话说得太垂涎欲滴，肃修言不那么想搭理她，目光复杂地看了看她，抬手推开她，自己下床径直去了浴室。

程惜又在大床上翻滚了一阵，这才起身尾随着他去浴室。

肃修言正打了满脸泡沫在刮胡子，程惜看到他就“哈哈”笑了起来：“圣诞老人！”

肃修言手一抖，差点划破自己的下巴，从镜子里愤愤瞪了她一眼，程惜就憋着笑从他手里接过刮胡刀，开始替他刮。

她下手还真又稳又轻，刮干净了，程惜满意地端详了一下他：“别的不说，这张脸真是造物主的恩赐，美呆了。"

　　肃修言目光复杂地看着她："你替别人刮胡子为什么这么顺手？"

　　程惜笑得弯弯眼睛："那当然是……去养老院做义工次数多了，老爷子们皱巴巴的皮肤我都刮得光光的，你这个紧绷绷滑溜溜，那还不简单。"

　　她边说边偷笑着："怎么，你还怕我替别的男人刮过胡子？"

　　肃修言冷哼了声："养老院的男人就不算男人了？"

　　程惜"哎哟"了声，趁机又在他胸前露出的肌肤上摸了一把："果然霸道总裁的醋劲都忒大。"

　　肃修言一把搂住她的腰，把她箍在自己怀里："你给我老实一点，不要以为这里没别人我就不会对你怎么样。"

　　程惜咂了咂嘴，她是一点不介意，只不过他们上岛第二天早上，就这么乱搞起来，会显得太没计划。

　　她依依不舍地在他胸前蹭蹭，很勉强地退开："我忍忍好了……"

　　肃修言抬手又想揽住她，她却像鱼一样瞬间逃开，去了另一侧的浴室。

　　他的手在她身后虚虚地挽了一下，随即又很快收回来握紧了拳头，望着她逃走的背影，他的目光暗了又暗，最后闭上眼睛，深吸了口气。

　　肃道闲不仅给他们配备了生活用品，连他们各自的衣物都准备得很齐全。

　　程惜想到今天他们可能会有外出活动，就选了比较方便活动的户外运动服和T恤。

　　她换好衣服出来，就看到同样换了黑色户外长裤和T恤的肃修言。

　　她忍不住吹了声口哨："肃总不要老穿西装嘛，人帅身材好，穿什么都很帅的。"

　　肃修言抬头又一言难尽地看了她一眼，顿了顿说："你可不可以不要总把注意力集中在我身上？"

　　程惜微笑着连连点头，然后带着一脸"我懂了"的表情，走到他身边。

第6章

独处时光？想一想也挺不错

面对程惜如此无处不在的调戏，肃修言又努力吸了一口气，把刚做好的三明治摆到她面前："快点吃早点。"

有人做早饭，程惜还十分不知足地"咦"了声："你是不是只会做三明治？"

肃修言冷笑了下："这个快，至于我是不是只会做三明治，晚上回来你可以试一试。"

程惜托着头，星星眼地看他："出得厅堂，入得厨房，真的好贤惠。"

肃修言又忍了忍，才开口："快点吃完，我们先出去看一下地形，排查下看有没有摄像装置。"

程惜见好就收，连连点头，坐下老老实实开始吃早餐。

肃修言这次倒是也做了自己的份，跟她一起坐下来用餐，程惜先吃完了看着他去拿牛奶杯的手，一个没忍住，就抬手握住了他的手。

肃修言顿了顿，抬起眼看着她没说话，目光中没有怪罪，只是有点疑惑。

程惜挑了挑唇角，想继续说点什么活跃气氛："这个手指实在太漂亮了……"

她说着自己就装不下去了，噎了一下，干脆自暴自弃地轻吸了口气，唇角也放平了回去："修言，我真的很担心你……如果我们会遇到什么危险，你不要放弃自己。"

她没有说让他保护自己，因为这早就已经不言而喻，她反而会害怕他会为了保护她或者什么其他的原因，而放弃他自己。

她也不知道为什么，总能敏锐地在肃修言身上，感觉到那股令她深深惧怕的东西——对他来说，放弃他自己，也许远比其他人更容易。

肃修言没有再继续和她唇枪舌剑，他沉默着抿了抿唇，然后就轻轻地反握住了她的手，沉着声说了句："我不会。"

程惜这才终于悄悄松了口气，胸口那突如其来的恐慌也渐渐消散，她却还是没有放开肃修言的手，反而拉过来，把自己的唇凑到他掌心轻吻了下。

她吻完了抬起头，就看到肃修言看着自己，神色有点复杂："你是不是把我当成什么需要轻拿轻放的易碎品了？"

程惜"咦"了声："难道你不是吗？所以我要小心呵护你啊！"

肃修言抿了唇皱眉："我又不是我哥哥那种男人，不需要这样对我。"

程惜侧头想了下："肃大哥确实是，总觉得大声跟他说话都会打扰到他……不过我担心你，是因为我喜欢你，人对于自己看重的人或事，难免会多一些考虑。"

肃修言眉头皱得更紧："你又胡说些什么？"

程惜做出意外的表情："难道我对你的好感，还表达得不够明确吗？"

肃修言脸颊和耳朵又有些泛红，把自己的手强硬地从她掌心抽了出来："吃饭都堵不住你的嘴。"

程惜知道他又犯了爱害羞的毛病，笑眯眯地不再继续挑逗他。

肃修言又侧过头，欲盖弥彰地清了清嗓子，才接着吃东西。

他们很快就用餐完毕，也收拾好了一起出发。

屋子里的装备和物资都很齐全，除了没有枪械这类武器，丛林探险需要的刀具什么的也都有。

程惜挑了自己顺手的装备带上，也看到肃修言挑了个军刺插在自己的腰带上。当然指南针、绳索、手电筒、应急医药用品什么的，他们也都各自拿了。

今天他们没打算走远，这个岛并不算大，所以也就没有带干粮，只各自带了水壶。

出去后他们先查看了四周，证明他们昨晚的担心真的没错，他们很快就顺着角度，找到了三四台能够远程传送图像的摄像机。

肃修言自然是毫不客气地全部摘下来，还用石头砸碎了。

程惜眼看着他把找到的最后一台摄像机也砸烂，没有拦他。

肃道闲还留给了他们几台手持的那种简易摄像机，比这些方便携带，足够他们录一些自己的发现再带回去研究，没必要留着这些闹心的东西。

收拾了附近的监视设备后，他们才进一步出发。

除了那条通往码头的水泥路之外，这个岛上就再没有修筑其他的硬化路面了，只有一些肉眼可见，被人用脚开拓出来的小路。

他们顺着其中一条最明显的向前探索，这条路可能是当年就存在，又被肃道闲的人清理过了，不但路上有些铺上的石子和沙土，路旁伸出的树木枝丫也都被砍伐过，能供人比较从容地通过。

他们沿着这条路一直往前，走了不到一公里，就绕到了房屋建筑的山崖侧面。

肃修言坚持让程惜跟在自己的身后，自己则挡在前面探索，在他们接近山崖的时候，他突然停住了。

程惜上前两步，从他的身侧绕过去，就看到了让他停下来的原因：小路在几米外的地方中断了，露出一个向下的，略显幽深的山洞。

肃修言回头看了她一眼："我进去看一下，你在外面等我。"

程惜果断地摇了摇头："这个山洞看起来挺深，里面藏几个人都有可能，你觉得你一个人脱身的可能性比带着我还大？"

肃修言微顿了顿，也可能是想到了她那种有点可怕的格斗技能，就沉默了下，但还是坚持："你走在我身后。"

程惜没跟他废话，摸出匕首来握在手中，示意他行动。

肃修言知道自己坚持不过她，顿了顿后，也拔出了军刺握着，打开手电筒先走了下去。

山洞往下并没有人工堆砌的台阶，但是天然的地势能够供人比较轻松地往下走去。

那里面看着很深，也只是因为有山崖挡住了自然光线，他们缓慢走下去后，能看到顺着山崖缓慢流淌的泉水，还有布满地面的青苔。

至于山洞，其实并不如想象中那么深，手电筒的光就可以照到。

肃修言将手电筒缓慢移动了一圈，确定没有发现什么人类和大型野兽之后，才往上照了照山洞顶端，也没有在那里发现什么蝙蝠和鸟类。

想一想也知道，这个岛实在不大，很难栖息着可以构成群落的野兽。

当然如果这里地形复杂，野兽繁多，Mr.H当年也不会选这里作为独家的场所了。

两个人略微放松了一点后，程惜也拿手电筒照着四周，随口开玩笑："这条路被走了这么多次，Mr.H或者他的妻子该不会有密闭空间依赖吧，没事就带着孩子老婆到这个山洞里猫着？"

肃修言却没有和她说话，而是像发现了什么一样，微蹙了蹙眉，接着向前走了几步，在山崖壁上的一个石头凸起上试了试，就扳了一下。

程惜紧跟上去正想问他发现了什么，就听到了一阵声响，伴着这阵不大的声响，他们面前的崖壁缓缓打开，露出了一个显然相当现代化的通道。

在门打开的同时，通道中的白色照明灯也亮了起来，通道两侧甚至还挂着几幅现代美术藏品做点缀，免得让纯白的墙壁显得太单调。

如果刨去这个通道是藏在山洞里的，程惜还以为自己到了什么别墅的私人休息室。

她顿时有些啧啧称奇："果然富豪的思路普通人理解不了，你是怎么看出来这里有密室的？"

肃修言侧头看了她一眼，似乎是懒得解释，不过也还是开口说："你如果有一个喜欢到处买古堡的父亲，你也就知道这些密室的开关通常会在哪里了。"

程惜顿时就无语了，她的确没有一个喜欢到处买古堡的父亲，她父亲压根买不起任何古堡……

这个密室看起来没什么危险存在，肃修言说完就先走了进去，程惜连忙跟上他，又问："那你叔叔的人也发现过这里吗？"

肃修言又像看傻瓜一样看了她一眼："他们都不知道把这座岛翻了几遍了，你觉得呢？"

程惜吐了吐舌头："我是怕他也在这里安装了监视器和窃听器。"

肃修言冷哼了声："装就装了，发现一个拆一个。"

好在这里陈设过于简洁，监视器和窃听器没地方安放，不然程惜又得心疼一波肃道闲的钱。

他一边装，他这个侄子一边拆了砸，设备还都是挺贵的那种，有钱人真造孽。

他们走到走廊尽头转了弯，就看到了一个四四方方的空间，这里就连画也没有挂了，只有十几平方米大小，四壁和地面贴着白色的瓷砖。

除了靠墙摆放的一个白色沙发，就再也没有其他东西了。

不仅如此，因为这个空间不深，只要定期开门，就不容易造成缺氧，所以这里除去照明的灯光之外，连通风系统也没有装。

程惜还真没说错，这个Mr.H或者他的妻子，可能真的有这种密闭空间的依赖癖好。

光躲在这个远离人烟，老鼠鸟兽都没有几只的孤岛上还不够，还要在山洞里挖一个禁闭室一样的东西。

可以想象，如果关上了门又关上了灯，一个人待在这种地方，那简直就是……待在绝对的寂静和黑暗之中。

肃修言站在这里思考了一下，又转头看着程惜："你说他们可能有密闭空间依赖，这算是一种心理疾病吗？"

程惜点了点头："人群里有幽闭恐惧症的人更多一些，但任何超出通常范围的心理依赖都是心理疾病，需要找心理医生做干预和治疗。"

她说着又顿了顿才说："不过一般有这种类型心理依赖的病人，都伴随有社交恐惧。按照Mr.H在世时频繁的社交活动看，他不大可能有这种心理依赖，更有可能的，是他那个极少出现在公开场合的夫人。"

肃修言听到这里就开口："那么他这位心理疾病看起来相当严重的夫人，会选择自杀的概率也会比较高了？"

程惜叹了口气："表面看是的，不过也不能就此定论。"

肃修言没有说话，走过去在那张沙发上坐了下来，闭上眼睛似乎是在感受当年的那个人，曾经坐在这里的感觉。

过了十几秒钟，他就重新睁开了眼睛，弯了下唇角："我倒觉得喜欢这里的是Mr.H本人也说不定，毕竟能把那些蠢货和浑球都丢到外太空去，清静。"

程惜对他这个推论也未加否认，走过去跟他并排坐下，还抬手搂住了他的腰："反正你现在就算把所有人都丢到外太空去，也丢不掉我，我可舍不得再对你放手。"

肃修言敏锐地抓住了她的用词，冷笑了声："再？那看起来你确实已经放手过一次了。"

程惜不想跟他做这些无谓的纠缠，又用下巴在他肩上蹭了蹭："就是放手过一次后悔得不得了，所以才不想有第二次了啊。"

肃修言又冷哼了声，不过这次却没有再接着反驳她，看来他对这个回答还挺满意。

他们起身后又在屋子里仔细搜查了一圈，甚至连沙发也搬开看了看，肃修言却盯着那些光洁干净的墙壁，有些意外地一言不发。

程惜跟着打量了一阵，却还是没看出来什么，出声问他："这里怎么了？"

肃修言转头看了看她，微抿了抿唇："即使密封的环境灰尘很小，但是如果这张沙发已经在这里放了长达二十年，那么必定也会在周围留下痕迹的。"

程惜这才恍然大悟，连连点头："你说得对，那么这张沙发就是在不久之前才刚放到这里的？"

肃修言又看了看周遭的大理石墙面："既然要我们解谜，这里应该不会重新装修过，但是为何多摆了一张沙发？"

程惜当然乐意提供思路："应该不会是为了掩饰什么吧？难道你二……"

她看着肃修言瞬间阴沉下来的脸色，飞快改了口："难道肃道闲那个老匹夫怕你累着，特地备下个沙发给你歇歇？"

肃修言还是看着她，很有点咬牙切齿："你觉得会吗？"

程惜耸了下肩，说实话她还真觉得这是个靠谱的想法，毕竟肃道闲折腾是折腾，表现出来的，还是挺关心肃修言的。

程惜思考着今天的见闻，把本来有的疑问也一起问了出来："话说这个房间还真是有点诡异，如果只是一间用来放空自我的密室，为什么要搞得这么神秘，还要用山体做伪装……可是又并不是很难破解，想一想觉得有些矛盾啊。"

她边说问肃修言："怎么？你能从有钱人的角度解释一下不？"

肃修言一直注视着那块被他们搬开的地方，似乎是突然想到了什么，微顿了顿，低声开口："我想到了……这张沙发是怎么回事。"

程惜愣了愣，她现在经常被肃修言吸引去全部注意力，肃修言却一直保持着冷静缜密的思维。

她想着忙问："是怎样的？"

肃修言轻声说："因为这张沙发，原本应该是摆在房间正中的位置上的。"

程惜的思维也很快，略加考虑就立刻想通了："我懂了……这张沙发原本应该是摆在房间正中的，但是被肃道闲发现后，他为了腾出房间正中的空间，来研究沙发为何会被突兀地摆在那里，所以将它移到了靠墙的位置。"

肃修言点了点头，唇边又带上了些冷笑："他并不怕我看不出沙发原本摆放的位置，所以干脆没有去做复原……当然把这个看成是他出给我的一道小加试题也可以。我如果不能看出其中的蹊跷，那么自然也就没有资格继续参与游戏。"

程惜觉得他说的不无道理，点了点头："那么这张沙发为什么会被摆放在房间正中的位置？"

肃修言用下巴点了点前方："房间正中有四个正符合这张沙发尺寸的痕迹，我们再把沙发移回去也许就知道了。"

程惜也跟着点了点头，抬手就要去移动沙发。

肃修言一愣，他说把沙发移过去，是自己和程惜一起把沙发搬过去，但是程惜显然不这么认为。

她行动力一流，话才刚说完，就挽了挽袖子，把沙发的一边搬起来，"咣当"一声移动了一大截，然后她再绕到另一边，"咣当"一声又是一大截。

肃修言还在目瞪口呆的过程中，她就"咣当"了几下，把沙发移到了原来的位置上，还十分轻松地抬着下巴，微带得意地说："我说过了吧，把你公主抱起来，我也不费力。"

肃修言抚了抚额头，这一刻他甚至稍微认真地考虑了下，如果程惜哪天真的要在床上对他用强，他凭借自己的力量，到底能不能挣扎得了。

考虑过后的答案让他有点绝望，他只能按了按额头，走过去在沙发正中那块看起来非常坚实的瓷砖上踩了一脚。

随着他这一脚踩下去，那块瓷砖细微地下沉了一下，然后他们身后的墙壁就发出了隐约的声响，缓慢地移动开了一扇暗门。

程惜"哦"了声，然后看着肃修言挑了挑眉："厉害啊。"

肃修言抿了抿唇，明明程惜是在表达赞扬，但因为她刚才搬沙发的壮举，他不知道为什么，心里并没有多少成就感，说："进去看看。"

程惜自觉地跟他并排前行，这道门之后就是一个幽暗的洞穴，和一排曲折向下的台阶。

这个台阶可就不像上面那些修整得那么现代规范，而是相当粗糙，到处都是手工开凿的痕迹。

同样的，露出来的石壁也相当原始并古老，不但生有青苔，甚至还有湿漉漉的水滴从岩壁上滑落。

程惜和肃修言互相看了一眼，程惜低声开口问："你觉得你二叔知道这里吗？"

肃修言弯了下唇角，冷笑了声，他没有直接回答，但是答案不言而喻。

他们只用了半天时间就找到了这里，而肃道闲还有他手下那些人也不知道在这座岛上多久了，怎么可能发现不了。

甚至肃道闲没有直接告诉他们这里还有这样一个洞穴，也不过是想浪费他们更多的时间和精力而已。

下面的洞穴里就不再有照明，肃修言拿出手电筒，示意程惜跟在自己身后。

程惜挑了下眉，没有在他做出这种保护姿态的时候拒绝，只是紧跟着他，同时密切防备可能会发生的危险。

台阶很有些湿滑，足足有十几米长，不过当他们一步步小心走到底部，也没有发生意外。

这里就比他们进来之前看到的那个山洞还要深和大得多了，但是一样空空荡荡，底部只有一些杂乱和天然形成的石头，还有一条很小的地下暗河，发出窸窸窣窣的流水声。

肃修言举起探险专用的手电筒，光线一直射出了很远，才勉强到达了顶部。

这个山洞的空间并不是完全密闭的，他们站在这里，能感觉到顶部的石缝里有微弱的气流。

但是这里意外地没有栖息诸如蝙蝠和爬行类等稍大一些的动物，至少在他们用手电筒照亮顶部时，这里除却细微的水流声外，依旧保持一种近乎诡异的寂静。

程惜在这样的寂静中不自觉地压低了声音，问："难道隐藏这个洞窟，才是Mr.H建造那个密室的目的？"

她已经尽量将声音压到最低了，但她的声音依旧传出去了很远，并且隐约有回声陆续从四面八方汇集过来，形成了空旷的尾音延迟。

肃修言微抿着唇沉默了一阵，才低声说："我们先出去。"

这里实在太诡异了，湿冷的洞窟和异乎寻常的寂静，让程惜有了点毛骨悚然之感。

她不想再开口说话，点了点头，就在肃修言的示意下转身先往外走。

他们就这么沉默着，由肃修言断后，重新又回到了之前那间密室里。

回去后肃修言一言不发地重新踩了那块地板，将暗门重新关上。

程惜这时才有点松了口气的感觉，好像只要还能看到那个洞窟，那里面就有什么东西能注视着他们一样。

她缓了下问："这里很奇怪，我们要不要回去后去地下室找一找，看有没有关于这个洞窟的资料。"

肃修言还是微蹙着眉点头，顿了顿说："我们先返回去。"

程惜也同意他的观点，点头说："也快到中午了，我们回去休息一下。"

发现了这样一个刻意被隐藏的巨大洞穴，证明这个小岛的地形并不像表面看起来那么简单。暂时还是不要再贸然去丛林中寻找，回去查看一下地形资料，免得再陷入别的危险地形中。

他们重新从那间密室里出来，肃修言关上了灯，又把密室外面的门关上，这里就又恢复了刚被他们找到时的状态：一眼看上去，不过就是一个浅而平平无奇的小山洞。

只有当他们过了两道密门后，才知道这里面隐藏着一个多么大的洞窟。

等他们顺着那条小路，又离开一定的距离后，肃修言才又回头看了下这座小岛上唯一的山峰。

程惜觉察到他停下来，也停住脚步，顺着他的视线看过去。

现在他们绕了有一公里的距离，到了建造着别墅的山体的另一面，看起来这里和别墅的距离已经有些大了。

但是如果知道了这个山体其实大部分都是中空的之后，程惜就蓦然想到了一种可能：那栋别墅，也是建造在这个巨大的洞窟之上的。

他们刚才在洞窟内部的时候，可以说，已经站在了别墅的下方。

她想着，脊背无端一阵发冷，连忙去看肃修言，正好看到他也转回了视线看向自己。

两个人都从对方的目光里看出了异样，肃修言抿了抿唇说："先回去。"

程惜点了点头，他们回去时还是肃修言走在前方，两人沉默不语地走了一阵，程惜才想起来刚才在阳光下看到肃修言的脸色有些苍白，就忙开口："修言，你没事吧？"

肃修言转头看了她一眼，看起来脸色还好，神色也自然："我没事。"

程惜又端详了他一阵，确实看不出什么问题，才略微松了口气，放开了他："你有什么事总是不说，我还以为……"

肃修言"呵"了声，似乎是在嘲笑她太紧张："你少胡思乱想一些吧。"

程惜这次没办法反驳他，只能说："好吧，是我反应过度了。"

肃修言又弯了弯唇角，程惜也觉得刚才自己有些太紧张了，就清了清嗓子准备说几句话缓和气氛："修言，虽然这个山洞挺诡异，不过这座岛上的风景确实还不错……"

她一句话还没说完，就看到肃修言身体微晃了下，竟然向前栽倒了下去。

她冲上前半步拉住他的手臂，而后借势将他向后拉，自己则冲到侧边，用肩膀撑住了他的身体。

这一系列反应纯粹靠着本能，等她接住肃修言后，她有些惊魂未定，扶着他打趣："你可是刚说过没事……"

她接着就很快停住了，因为她注意到了肃修言异常苍白的脸色，还有他失去焦点的双目。

她突然想到他可能已经开始失去意识，连忙用双手紧抱住他的身体："修言？"

肃修言将头低下靠在她的肩上，隔了一阵才咳了咳，低声开口："没事。"

程惜看他现在还是坚持自己没事，顿时有了些担心过后的火气："你这还叫没事？怎么？是想对我投怀送抱？还是真想让我公主抱你？"

她一口气说完，本以为肃修言就算没力气反驳回来，也一定要冷哼几声给自己脸色看，没想到她等了一阵，也没等到肃修言的回答。

不仅如此，他原本只是轻放在她身上的重量也加大了，程惜抱着他的身体，能感觉到他渐渐脱力的身体向下滑去。

程惜觉得不对劲，忙又喊了声："修言！"

他没有丝毫回应，程惜努力转头去看他的脸，发现他的眼睛已经悄然合了起来。

她这次是真的被吓到了，脸色发白地揽着他的腰，去试他的心跳和呼吸。

他的心跳声还算平稳，呼吸声却过于轻浅，程惜顾不上太多，连忙就这么抱着他，努力跑向别墅。

好在他们现在距离别墅已经不到一百米,她一口气抱着他跑回去,又连忙把他放在起居室的沙发上,把他的头放平,抬手去解他胸前的衣服。

外套倒是好脱,但是肃修言在里面穿了T恤,她情急之下就用小刀将衣服划烂了撕开。

就在她刚用力扒开了那件T恤时,她就看到肃修言那浓密纤长的睫毛颤了颤,然后他就睁开了眼睛。

程惜的手还保持着扒开T恤的姿势,就看到他的目光逐渐清晰,接着移到了她脸上,神色肉眼可见地复杂了起来,轻声问:"你想做什么?"

程惜略微松了口气,衣服反正已经扒了,她就凑过去吻了吻他的唇角:"我还以为需要给你做心肺复苏。"

肃修言"呵"了声,他还是没什么力气,唇角却弯了弯:"我以为……你突然来了什么兴致。"

程惜刚才确实没有别的想法,现在听他这么一说,不表示点什么好像说不过去,就又吻了下他的唇角,笑眯眯地:"那怎么办?我一看到你就控制不住我自己。"

肃修言继续用复杂的目光看着她,清了清嗓子,微侧过脸去:"我没事……刚才突然有些头晕。"

程惜点了点头,抬手试了试他额头的温度:"看起来像低血糖,你的身体状况本来就不好。"

肃修言似乎还是头晕,没有试图从沙发上站起来,而是闭上了眼睛。

程惜在他唇上又吻了吻:"我弄点糖水给你喝。"

肃修言轻应了声,没有睁开眼睛,程惜以为他还是不舒服,忙给他盖了个毯子,就去厨房里调糖水。

现成的果汁,她又额外多加了些糖浆,还插了根吸管。

肃修言也是被伺候惯了的人,对她这种格外的细心没有什么表示,只是喝了几口果汁,就蹙眉转过头去:"太甜了。"

程惜顿时会意,又去倒了杯温水,同样插了吸管送到他面前,肃修言这才赏脸地又喝了几口。

程惜继续好声好气地问他:"想吃点什么吗?中午饭我做。"

肃修言却瞥了她一眼,冷冷地弯了弯唇角:"你做?猪食吗?"

程惜吸了口气,压住向他发火的冲动,还是平和地笑了笑:"你说得太过分了,我做的就算不是很好吃,也不会是猪食啊。"

肃修言丝毫没有退让的意思,反倒看着她,又"呵"地笑了笑:"现在这么忍气吞声干什么?刚才不还在吼我对你投怀送抱吗?"

程惜默默地看了眼天花板，这才明白他刚才在昏倒前，还是听到了自己吼他的话，并且，他记仇了。

程惜能怎么办？她的确是一时控制不了情绪，吼了一个濒临昏倒的人，这个人还恰恰就是喜欢跟她斤斤计较的肃修言。

当时没能反驳的，他醒过来后就还是要反驳回来。

现在人还在沙发上躺着没气力起身，苍白的脸色也没见好转，却已经气势汹汹地要跟她清算。

程惜要还敢接着吼，那就是错上加错，指不定这个人当场就要吐口血给她看。

这么想着，她的脑壳有点隐隐作痛，叹了口气："好吧，那等你好点了你做？"

肃修言又讽刺地笑了笑："既然已经受不了了，也没必要委屈你自己跟我相处。"

程惜瞬间收起了笑容和满脸耐心，冷冰冰地看着他："不就是吼了你两声吗？你再闹脾气，信不信我晚上在床上收拾你？"

肃修言实在没想到她突然来这招，顿时结结实实给噎住了。

程惜趁他发愣的时候，按住他后脑勺给了他一个吻，然后站起身，居高临下地看着他："中午吃意面，我做，不吃我喂你吃！"

她说完转身就走，也不管肃修言现在是什么表情，还有没有什么意见要发表。

等她调好酱汁煮好面，将分盘完毕的两份意面端了过来，就看到肃修言已经半坐起身。

因为胸前被她扯开的衣服还露着肌肤，他还拥着毯子，虽然面色不善，但看了她一眼，没有说话。

程惜把盘子放在他面前，还用叉子给他卷好了一团，抬头用下巴点了点他："吃？"

肃修言抿着唇顿了顿，低声说："没什么胃口。"

程惜一言不发地看着他，他就又顿了顿，认命地拿起叉子，去吃那盘放了很多蔬菜，卖相看起来不错，味道却不知如何的意面。

其实程惜细心地把面条和蔬菜都煮得很烂，酱汁也用了清爽的，并不能算不适合病人。

但是肃修言只咽了几口就将叉子放下，脸色苍白地说了句："抱歉。"

程惜一直在注意着他的情况，听到后微愣了愣，就看到他随即拿开毯子，掩着唇起身快步走去了洗漱间。

她连忙把手里的叉子扔下跑着跟了过去，就看到肃修言半跪在马桶前，用水冲掉刚才吐出来的东西。

程惜吓得连忙也跪下来去揽他的腰，她能感到他的身体发冷，额头上也渗出了一层冷汗，脸色更是苍白。

程惜顿时有些慌了："我说你吃不下去就喂你是开玩笑的啊，你真的不舒服不要勉强。"

肃修言扯了纸巾堵住自己的嘴又咳了几声，然后将那团纸握紧扔到马桶里一起冲掉，才轻声说："没事，是我自己没想到。"

他说着就轻推开她的手臂，站起身去洗漱台漱口。

程惜还是惊魂未定地看着他："你到底怎么了？要不要再去躺下休息一下。"

她说着看到他身前那件被自己撕烂的T恤，还有裸露出来的肌肤，就清了清嗓子，带些不好意思地抬手准备替他拢上。

他却后退了半步，抬手用外套遮住了，抿了抿唇说："我自己去换衣服。"

程惜不是没看过他别扭的时候，现在他却别扭得很奇怪，里面还夹杂着一点防备和生疏。

这是哪怕他们刚见面的时候，他都没有过的。

程惜觉得有些奇怪，他肯定还有别的事瞒着自己没说，但现在他身体状况不对，情绪看起来又起伏剧烈，她就没有跟他较真，而是耐心地笑了笑点头："好，我去收拾一下餐具，给你倒点温水？"

这次肃修言没有拒绝，而是点了点头。

程惜也没继续坚持送他回房间，目送他步伐还算沉稳地走向了衣帽间，就先去起居室收拾。

她不知道的是，在走进了衣帽间后，还没来得及开灯，肃修言就抬手撑住了一旁的衣柜。

从刚才起就时不时盘旋在他脑海中的声音，此刻又响了起来，那个声音熟悉又陌生，像是他自己的，却又根本就是个陌生人，仿佛浸满了恶意，带着不屑的嘲讽："看……她快要无法忍受你了。

"没有人能忍受得了你，除了这层浅薄的皮相，你还剩下什么呢？那个卑劣又可怜的灵魂？

"你觉不觉得你这种小心翼翼等着别人来爱你的样子，像是一条在路边讨食的野狗？"

他抬手按住太阳穴，除了忍受一阵比一阵厉害的头疼，还要忍着这些喋喋不休像念话剧台词一样的唠叨。

这些是幻听，他知道，也许和上午他们去过的那个山洞有关。

他在回程的路上就开始隐约头疼，还伴随有间歇的耳鸣……那之后他就在程惜面前失去了意识。

短暂的昏迷中，他开始出现这种幻听，像是他内心那个黑暗的自己，在不停吐露着一切负面的情绪，却又更像是什么恶魔，在他耳旁低语，试图将他拽向不知名的深渊。

他闭上眼睛，压下喉间又一阵腥气，站直了身体，在黑暗中低声说了句："闭嘴。"

肃修言没吃完午餐，程惜自己也没了胃口，匆忙把食物倒掉准备把盘子放进洗碗机。

她看到之前给肃修言倒好的水杯还在那里，也就顺手收走，准备洗一洗杯子，再给他倒一杯。

但当她抽出一次性的吸管准备扔掉的时候，却意外在那根吸管顶端瞥到一点不明显的红色痕迹。

拿到眼前仔细查看，在经过一阵观察后，她确定那是血迹。

她于是眯上眼睛，回忆了一下肃修言回来后的种种表现：喝了两口果汁，就不耐烦要她换水；还没说几句话，就说得她不想搭理他走了。

她又站着认真思考了一阵，还是先收拾好了餐具，倒好了温水，这才去卧室。

肃修言已经换了身白色的麻质起居服躺下闭目养神，听到她的脚步声靠近，也没有睁开眼睛，只是闭着眼说："我休息一阵，下午我们继续调查。"

程惜走过去将水杯放在床头的矮柜上，然后坐在床边，抬手去摸他的脸颊，手指还在他略显苍白的薄唇上擦了擦。

被这么摸着，肃修言不可能没有反应，睁开眼睛皱眉看："你又干什么？"

程惜听出他的声音里有些疲倦，低头对他笑了笑："我觉得你不乖，想要罚一罚你，可是怎么罚才能让你长记性，还能让我不心疼，就让我为难了。"

肃修言用一种不可思议的目光看着她："你这是终于疯得更彻底了？"

程惜用手托住了他的脸，在他抗拒地避开之前，就俯身吻住了他的薄唇。

这次她没有轻吻过后就马上离开，而是带着强横地用舌尖顶开他的唇齿。

肃修言现在躺在床上，往后退避，却又完全无路可退。

他被她这么掠夺式地吻了一阵，也被吻出了几分火气，抬手按住了她的头，同时用另一只手臂箍住了她的腰。

程惜能感觉到他加深了这个吻，然后她的身体就被带入了他的怀中，接着他翻身抱着她在床上转了半圈，成功地将她圈在了自己身下。

肃修言又发狠地按着她的手臂，低头吻了她一阵，这才气息有些急促地抬起头，咬着牙说："程惜，你是不是都想上天了？"

程惜也被他吻得气喘吁吁，双目迷离，不过她还是咂了咂嘴，似乎在回味着他的滋味，笑眯眯地说："果然有血腥味。"

肃修言被噎了下，程惜歪了歪头看他："我在你用过的东西上发现血迹了，看来是没看错。"

肃修言将目光从她的眼睛上移开，抿了下唇说："一点出血罢了，不说免得你大惊小怪。"

程惜又抬手去摸他的脸颊："不过从你被我强吻还能反抗这点看，确实还有点力气。"

肃修言松开她的手腕，还是保持着居高临下的姿势，也不知道是保证还是解释："我没事。"

程惜叹了口气，主动抱住他的腰，将他的身体拉向自己，她将头靠在他的肩头，轻声说："修言，无论什么时候，我都希望你不要推开我。"

肃修言最终也没有回答她，他只是在沉默了一阵后，就闭上了眼睛说："我头疼，让我睡　会儿。"

程惜叹息了声，没继续逼他，在又抱了他一阵后就起身离开。

原本他们计划午饭后去别墅的地下室查看资料，现在肃修言身体不适，程惜也就没有等他，自己去了地下室。

这栋别墅的地下室结构并不复杂，只是隔开分成三个区域，分别是设有影院装置的影音室、活动室，还有书房。

这里当然也已经被肃道闲的人仔细整理过，书房的宽大橡木桌上，摆着一盒盒的资料，盒子上还贴着警局的标识编号。

这些资料看起来是肃道闲直接从警方那里拿过来的，可以说是自杀案件的第一手资料了。

看到这里程惜不禁感慨了下肃道闲的能力果然不一般，要知道想要解密的人很多，但能够直接拿到警方资料的，可就不多了。

她先翻看了下那些纸质资料，然后就看到了一盒贴着各种标签的录像带。

十几年前数字摄像技术已经比较完善和普及了，但显然Mr.H是个某方面比较复古的人。

这点从他们的别墅外形虽然建得比较现代化，房间内的布局却比较简单，没什么自动水龙头、电动窗帘之类的设备就可以看出来。

那些录像带已经被整理过了，按照时间顺序一盒盒排好。

程惜想了下，就搬着那盒录像带去了影音室，果然在里面找到了一台老式的播放机。

她先放了时间顺序最早的一盒，画面一开始就是阳光明媚的，一个一头金发的小女孩，抱着一只雪白的玩具兔子，穿着粉蓝色的小裙子，对着镜头露出大大的笑容。

画面外有个男人的声音传来，他的声音里带着笑意和慈爱，喊着小女孩的名字"Betty"，让小女孩看向自己，小女孩则软软地喊着他"Daddy"。

程惜当然能猜到这个手持录像机的男人应该就是Mr.H，那个小女孩则是他唯一的女儿。

但是猛然看到小女孩天真可爱的脸庞，想到她后来悲惨的结局，她心里也突然感到了一阵难过。

画面里很快就又出现了一个穿着嫩黄色连衣裙的女子，她和女儿一样，也是一头金发，只是一丝不苟地绾成了一个发髻。

即使单独和丈夫女儿在一起，她的妆容也十分得体精致，神色更是带着几分矜持，看向镜头时虽然是笑着的，但那双祖母绿的眼睛中，却没什么笑意。

这个录像带的内容不多，应该就是Mr.H和妻女第一次上岛时的情形，他似乎是把这座岛当作礼物送给妻女的，兴致颇为高昂地介绍着别墅里的一切。

还将女儿带到一个满是粉红色的玩具房里，看到小女儿惊喜地尖叫。

看到这里，程惜才发现，这栋别墅在录像带里的布局和现在她跟肃修言看到的，已经稍有不同了。

比如说，她就没有在别墅中看到这个用心布置的玩具房，根据她的记忆，那里已经被改建成了一个卧室，墙纸也换成了典雅的米白色。

程惜很快就从录像带里找到了玩具房消失的原因，在小女儿兴奋地扑向满地的玩具时，Mr.H的夫人收起笑容，转头看向了镜头，紧绷着下颌低声说："Michael，你不应该纵容她。"

这声呼喊也印证了程惜的想法，Mr.H的名字正是Michael，镜头外的Mr.H沉默了一阵，接着他就关掉了录像机。

这盒录像带就这么突兀地结束了，资料上显示，他们第一次登岛只停留了两三天的时间，离开了一个多月。

从录像带中Mr.H夫人的反应看，程惜猜测这一个多月里，Mr.H又根据自己妻子的意见，让人把别墅里的房间进行了改造。

下一盒录像带上写着的时间，就是一个多月后，也是资料上显示Mr.H和妻女最后一次登岛的时间。

程惜又将第二盒录像带放进了播放机。再次上岛，小女孩换了一身深蓝色的裙子，怀中的小兔子也不见了，情绪显而易见地低落了一些。

手持录像机的Mr.H仍旧努力地逗着她，但是小女孩显然已经知道自己的玩具房没有了，一路上垂着头，直到被父亲抱起转圈，脸上才重新带上了笑容。

Mr.H的妻子在画面中则始终保持着矜持的笑容，姿态也像是游离在这对开心的父女之外。

短短的两盒录像带，就能看出来Mr.H的家庭在上岛之前，并不如外界传言得那样幸福。

他和妻子对于女儿的教育问题有所分歧，妻子对他的态度也有些冷淡和疏远。

程惜坐在黑暗的影音室里，整个房间的光线随着画面中的光芒明暗，好像她也置身于十几年前的那些光影中。

这一盒录像带很快也播完了，她伸手去拿下一盒，手臂却猛地被人抓住。

那只抓着她的手透着一层冷意，掌心甚至还有些黏腻的汗湿，她浑身猛地一震，下意识抬起手臂去甩。

也就是在这时，她听到了一个压抑低沉的声音："程惜！"

她立刻认出来那是肃修言，也飞快回过头看到了他正站在自己身后。

手被她甩开，肃修言就扶住了她身后的椅背，沉声说："谁让你一个人下来的？"

正处在影片播放间隙的黑暗中，影音室里一片黑暗，程惜看不清他的脸，只能从他有些粗重的呼吸里觉察出他的不对劲。

她愣了下，忙问："你不是说要睡一阵吗？现在还是不舒服？"

肃修言却没有回答她的问题，急促的呼吸中带着莫名的焦躁："你现在给我立刻上楼。"

他的态度实在太过反常，程惜连忙站了起来，抬起手臂想要去抱他："你到底怎么了？"

黑暗中她向他靠近了一步，他的身体却突然晃了晃，她看到他微微弯下腰绷紧了后背，像是要抵御什么异常强大的东西。

然后他的身体就像上次一样，脱力般地向一旁摔倒，程惜慌着去抱他。

这次在黑暗中，她却没能及时抱住他，而是不小心撞向了一旁放着播放机的桌子。

程惜本以为自己会撞到桌角，但肃修言突然用力将她按在了怀里，同时侧身用后背挡在了程惜和桌角之间。

程惜有惊无险地落在地毯上，耳边也传来了一身低沉的闷哼。

她愣了下，慌忙去摸肃修言的脸，却摸到一阵冰冷的汗湿。

肃修言将揽着她的手臂松开，沉闷地咳了咳，哑着声音说："这里有问题……你快点上去。"

程惜借着门口漏进来的微光摸到了他的唇边，果然摸到了黏滑的血迹。

她深吸了口气抱紧他："好，但是你要跟我一起走。"

肃修言沉默了一阵，程惜抱着他坚持不动，他就又咳了几声："你松手，我自己能站起来。"

程惜这才松开了他，看他坚持自己撑着旁边的沙发椅背站起来。

他起身后就低头咳了声："快走。"

程惜没去反驳他，而是拉住了他的手，他的手仍旧是冰凉湿滑的，程惜这次却牢牢握紧。

他的身体紧绷了下，却还是被程惜拉着，两个人一起走向了门外。

地下室仍旧是那么安静，程惜拉着肃修言穿梭在其中，并没有感觉到他说的"问题"。但是她按下了所有疑问，选择相信他。

两个人很快回到了卧室里，程惜把肃修言按在床上，借着光线看清了他苍白的脸色还有额上的冷汗。

她心疼得举起袖子去擦："到底怎么了？你能解释一下吗？"

肃修言还是抿着唇，沉默了片刻后开口："我从回来的路上，就会渐渐看到一些幻觉……"

程惜连忙说："你就是因为这个昏倒的吗？"

肃修言又抿了下唇算是默认，才接着说："我刚才醒过来没看到你，就起身去地下室找你。但是我刚进入地下室，那些幻觉就突然强烈了许多，我觉得那里不简单。"

程惜略微想了下，就突然觉得有些脊背发寒：按照他们上午目测的方位看，这栋别墅就建在那个山洞所在的山体上。那么地下室的位置，距离他们上午找到的那个山洞，垂直距离其实很近了，甚至就在那个山洞的上方。

她想到这里就连忙看了眼肃修言，问："那么我们上来后，你好些了吗？"

肃修言抿着唇点了下头："好些了。"

他说好些了，而不是好了，那就是在别墅里他依然会受到幻觉的干扰，只不过没有在地下室那么强烈。

程惜顿时觉得棘手，地理上的磁场或者环境，有时候的确会影响人的精神，只是她没想到肃修言会被影响得这么厉害。

肃修言看着她，仿佛是犹豫再三，最后还是在担心的促使下，开口问："你有没有觉得不对劲？"

程惜摇了摇头："我没有感觉到自己受了影响。"

肃修言松了口气，身体也略微放松下来，抬手按了按额头："没有就好。"

程惜却抬起手，用指腹把他唇边还残留的一点血迹擦掉，叹了口气说："不知道你二叔有没有办法知道你现在的情况，如果有的话，我希望他尽早派人来把你接走……我不是专业的临床医生，这里也没有什么器材可以给你做检查。你现在的身体状况，我很担心。"

肃修言侧过脸去闭着眼睛，"呵"得冷笑一声："把我接走，然后顺利地把我送到精神病院去？"

程惜知道他就是这样浑身带刺，又叹了口气，凑过去在他苍白的唇边轻吻了下。

肃修言感觉到了她的吻，身休悄然紧绷了下，却并没有睁开眼睛来看她。

程惜吻过他后，起身说："我去给你找下有没有什么能给你安眠的东西。"

肃修言还是紧闭着眼睛，沉着声音开口："这里不对劲，你不要再一个人到地下室去。"

程惜当然知道要哄好他，叹了口气说："好的，我知道了，放心我不会去的。"

肃修言这才不再说话，程惜将房间的窗帘又拉一下，这才将门关上去了外面。

程惜虽然很想去地下室将那些录像带全部看完，但肃修言这样坚持，她还是没有下去，去厨房给自己倒了杯水。

她就站在厨房的窗子边，透过窗，可以看到窗外的景色。

也不知道是不是海上的天气多变，上午还是阳光灿烂的景象，现在岛上已经起了浓雾，从这里看出去，苍翠的山林隐没在雾中，变得影影绰绰。

阴沉的天气当然会影响人的心情，特别在上午和中午经历了那么多诡异的事情后，连一向自认心理调节能力很强的程惜，也觉得自己的心情变得有些低落了。

她长舒了口气，也不知是不是受天气的影响，感觉到一阵倦意。

肃修言还在卧室休息，她不想打扰他，干脆就放下水杯，来到沙发上扯了个毯子盖住自己，打算小憩一下。

这阵倦意来得突然又猛烈，她很快就陷入了沉睡。

梦中的一切都是朦胧的，程惜也能觉察到自己是在梦中，一切景物都被镀上了一层灰色光，显得陈旧又寒冷。

她站在悬崖旁边，风声和雾气呼啸着从她身旁略过，带来扑面的水汽。

她看到自己面前的断崖边站着一个人，他穿了一身黑色的西服，身形高挑又瘦削，带着某种凛冽的味道。

她一阵心慌，在梦中却无法移动自己的身体，只能大声喊："修言！"

那个人转过头看着她，他的目光平静又冰冷，仿佛她是一个他并不认识的人，又或者她对他而言，是个全然没有意义的人。

她听到他冷笑了一声，声音犹如隔着很远的距离传来："既然结局早已注定，那么就让它早一点来临吧。"

她直觉地认为接下来将要发生极为恐怖的事情，颤抖着声音又喊了一声："修言！"

那个人依旧用冰冷的目光看着她，然后举起了手中的东西，那是一把手枪，他将它抵在自己的下颌上。

她的身体无法移动一丝一毫，又拼命喊了一声："修言！"

枪声响起，她拼命睁大了眼睛，看到了飞溅而出的鲜血和那具像是被瞬间抽空的身躯，重重摔在了地上。

突如其来的惊悸和恐惧让程惜瞬间从沙发上坐了起来，她大口喘息着四下打量，发现自己还是在别墅的起居室里。

窗外的浓雾像是更大了，甚至连室内都跟着起了层薄雾，程惜却顾不上这些，有些踉跄地从沙发上爬起身，飞快跑向卧室。

她是猛地推开门进去的，肃修言也被她的动静吵醒了，按着额头半坐起身体，语气有些低柔："你又怎么了？"

程惜来不及解释，扑过去抱住他的腰，等感觉到怀中传来的体温，才有些惊魂未定地开口："我做了个梦，梦到你……开枪自杀……"

她的肩膀被温柔地搂住了，他轻拍了拍她的肩膀："没事，我不是还在这里吗？"

他实在太温柔了，反而让程惜觉得有些突兀，她松开手退开一些，看到他望向自己的目光非常柔和，又带着一些浓重的哀伤。

她发现他的脸色过于苍白了，忙抬手去摸他的脸，触手的肌肤也透着凉意，她心里一惊，忙问："修言？你怎么了？"

他对她柔和地笑了笑："没什么，只是还有些累。"

她却惊讶地发现他的鼻子里和眼角都开始缓慢地涌上鲜血，她也在这一瞬间手脚冰冷身体僵硬。

她反复地想他这是怎么了？是败血症吗？为什么发作得这么迅速？他们才只上岛了一天……不对，是几天呢？

她看到他唇边也涌上了鲜红的血痕，那些血流得实在太快了，她抬手想要去擦，却只让鲜血也流过了自己的手背。

她看着他又努力冲自己哀伤地笑了笑，声音依旧温柔平静，却已经渐渐更低了下去："小惜，如果只有你一个人回去……"

　　程惜拼命摇了摇头："你都说些什么丧气话？不是说好了一起回去的吗？你还要教训你二叔！"

　　这么说的时候，她心中却只有一片绝望，这样严重的症状，这样大的出血量，即使在医院抢救，也不能保证他能活下来，更何况是在这里？

　　可是他靠在她怀中的身体逐渐沉重了下去，血迹已经染红了他胸前的大片衣衫，她听到他轻声说："幸好……没有我，你也可以过得很好……"

　　她直觉地去反驳，语气急切："你在胡说什么？我怎么可以……"

　　接着她就愣住了，没有他的话？她能活得很好吗？

　　她的人生计划里，原本就没有他的存在，与其说失去他是一个意外，不如说他的出现才是一个意外。

　　所以当这个意外消失了的话，她原本的人生又会有什么变化呢？

　　她从未去想过这个可能，就像她从未假设过肃修言会突然出现在她的生命中一样。

　　她从来都不是一个喜欢假设的人，那么当可能变为事实的时候，又会对她有怎样的影响呢？

　　在她呆愣的时候，她看到他唇边挂着一抹释然的笑容，轻合上了双目。

　　她抱着怀中的身体，清晰地感知到，他停下呼吸了，连心跳声也一起停下了。

　　那个假设，变成了事实，他出现过，然后又离开了。

　　她依旧处在一个巨大的懵懂和空白中，她一遍又一遍地想着，她需要他吗？是不是真的需要他？

　　还是，她只是被动地接受了他存在的事实，却从来没有思考过他对自己的意义？

　　她好像想了很久，久到她觉得时间已经停止了流动和意义，她又好像只想了一瞬，因为这样的事情，本来就应该在一瞬间得出答案。

　　当她终于停止了思考，潮水一样的悲痛才在一瞬间淹没了她。

　　她曾以为自己很难哭泣，泪水却很快就流满了她的脸庞，她曾以为自己不会再痛苦到失去理智，绝望的嘶喊却哽在喉咙里让她无法呼吸。

　　就在这时，她听到了一个焦急却克制的声音："程惜？程惜？"

　　程惜再次睁开眼睛，一切又再次全部消失了，眼前是肃修言紧皱着眉头的脸。

她还是在起居室的沙发上，窗外的阳光洒在地板上，因为起雾而显得不那么明亮，但不是那种阴沉的灰蒙。

程惜哽了一下，然后抬起手一把抱住了肃修言的脖子。

肃修言有些不习惯她这种突然的脆弱和依赖，但还是搂住她的肩膀轻拍了拍，低声问："你怎么了？"

这句话的语气有些接近梦里的那句，程惜立刻警觉地退开一些，泪眼婆娑地看着他："你是真的还是假的？你是不是又要吓我了？"

肃修言有些无奈地看着她："你还没有告诉我你怎么了，我要怎样'又'吓你？"

似乎梦里的人不会说出这种充满逻辑的话，程惜吸了吸鼻涕，却还是不肯空出抱着他的手来给自己擦一擦，思考了一下说："我做噩梦了。"

肃修言看她眼泪鼻涕糊了一脸，实在有些忍不住，从旁边扯了纸巾来给她擦了擦，又按着鼻孔让她擤鼻涕，把她收拾得差不多了才说："我知道你做噩梦了，你在客厅又哭又喊，把我吵醒了。"

程惜"哦"了声，还在吸鼻涕，肃修言看着她，忍了又忍，还是没忍住地说："我真没想到你能哭成这个样子。"

程惜还是死死地抱着他不肯撒手，肃修言只能在沙发上坐下，换了个姿势给她当抱枕。

程惜没去计较他那句话，而是先问："我哭着喊什么了？"

肃修言的表情顿时有些微妙的尴尬，耳朵也有些泛红："你喊我的名字了。"

程惜看他的神色，就知道自己不仅仅是喊了他的名字那么简单，又问："我还喊了什么？"

肃修言侧过头清了清嗓子，才在她的目光威逼下，努力复述："你喊你爱我，让我不要离开你。"

程惜顿时觉得自己红肿的眼睛更疼了，虽说在那种情形里，会喊这些也在意料之中，但是第一次这样直接的表白，却是做噩梦喊出来的，还真有点尴尬。

肃修言说完看着她，有些不自然地问："你到底梦到了什么？"

程惜顿了顿，低声说："我梦到你死了。"

肃修言一时没能理解，又想到很多人喜欢说已经分手的前任是"死了"，就小心地问："在你的梦里，我跟你提分手了？"

程惜一愣，很快就领会了他的意思，顿时有些沟通失败的挫败，只能又看了他一眼："就是你真的死了……在我的梦里，两次。"

任谁都对自己"死了"这个消息有点无法接受，肃修言顿了一下，才明白了她的意思，反应过来后，他的神色变得有些愕然："所以你又喊又叫，哭成这个样子，是因为我'死了'？"

程惜顿时有些怒其不争，却还是不舍得撒手，她刚才在那个连环梦里真的吓坏了，不抱着他，就压不住那一阵阵的后怕和心悸。

不想撒手又有些愤怒，她就只能在他唇上咬了一口："怎么？你不认为自己对我而言有这么重要吗？"

她这一口咬得不轻，肃修言就算没被咬破皮，也有点吃痛，轻嘶了声："你表达感情的方式，就是这么激烈的？"

程惜难得情绪化一次，愤愤地"哼"了下："这还叫激烈？我还想弄得你喵喵叫呢！"

肃修言无言地抚了抚额头，过了一阵才有些崩溃地说："我本来应该叫你闭嘴的，但我现在竟然有点不忍心骂你。"

程惜"哼哼"了几声："你总算承认你平时总骂我了。"

她没等肃修言再回答，就向前扑住他往沙发上压，同时找准他的唇吻了上去。

第7章

未来是怎样的，你想过没有?

这个吻她完全是横冲直撞势在必得，两只手也早已摸向了肃修言的腰部，试图去解他的纽扣。

肃修言一边应付着她的吻，一边把她的手握住了，等她终于吻够了退开，他才有些呼吸不稳地开口："你又怎么了?"

程惜舔了舔舌头："我决定今天就把你吃掉，就是现在，就在此刻!"

她还弄得跟什么宣言一样，肃修言又气又笑："你倒还来精神了。"

程惜又凑过去，在他被自己咬得发红的薄唇上再接再厉地啃了下："我不想等了，既然不知道明天会发生什么，那么至少现在，我得把你睡了。"

她说得太直白，肃修言险些又被噎到，咬着牙说："看来在你这里，睡我还算是头等大事了。"

程惜抬头认真地想了下，点了点头："我前几天刚见你的时候，就以为我已经把你睡了，当时还想着长成这样，我不亏。结果拖到今天还是没睡，你不觉得我亏了吗?"

肃修言脸色越来越青，抬手就去推她："既然你是这么想的，那就继续想着吧!"

他每次到这种关键时刻就恼羞成怒，程惜侧头又想了下，不确定地说："你怎么这么别扭，难道有什么难言之隐?"

肃修言给她气得胸口发闷，再让她说下去，只怕都要被她憋出口血来。

他实在不想在这种问题上纠缠，抬手把她推开，自己也从沙发上站起来表明态度，沉着声说："你要是没有别的事情，我就回去休息了。"

程惜仰着头看他，神色也正经了一些："还是有的，我的睡眠质量一直很稳定，从来不会无缘无故做这种乱梦，我觉得我也受到了影响。"

肃修言听着沉默了下："地下室你不要再去了，如果需要资料我们可以拿上来看，需要看录像带的话，也把放映机搬上来。"

程惜听着点头："我赞同，不过如果这个地方真的能够影响人的精神，那么Mr.H的妻子自杀，可能就有更多的解释了。"

她想着还是皱了眉："要是这样的话，一手建起来这个地方的Mr.II不可能不知道这里的情况诡异，那为什么又会带妻子和女儿过来？"

她想了下说："我还是觉得录像带里面会有线索，我们应该尽快看完。"

肃修言又沉默了片刻，才再次开口："好，我去楼下搬放映机。"

程惜却又飞快摇了摇头："不，那些录像带很多，就算我们快进看，也需要一段时间。你去做点吃的，搬东西这种重活我来。"

肃修言神色有点复杂地看着她，程惜倒是觉得很理所应当："你去啊，我做东西你又嫌弃难吃。"

她甚至还思考了下："你身体还是不舒服？那你去卧室继续休息，事情都交给我。"

肃修言只能瞪了她一眼："我是不是告诉过你，让你不要再一个人去楼下了？"

他倒是的确说过，程惜恍然大悟："我以为你说的是，让我不要再一个人下去逗留。"

肃修言又瞪了她一眼："我们一起下去搬东西……吃的东西我来做。"

程惜听他说着，就从沙发上爬起来，凑过去抱住他的腰，还笑嘻嘻地在他脸上颇为响亮地亲了下："大'美人'，你对我这么好的呀。"

肃修言此刻正在气头上，对她没什么好脸色，侧头把她推开一些，冷哼了声。

程惜也不生气，还是抱着他的腰去蹭他胸口，肃修言仍旧臭着张脸，却没有再推开她。

　

他们两个还是一起去了地下室，将放映机和那些录像带都搬到了楼上。

接下来程惜把这些东西搬去卧室布置，肃修言就去了厨房。

程惜把正对着床的那面墙上的画和角柜移开，就空出来大片白色的墙壁，可以充当放映的幕布。

她又找地方装上放映机，连接上音箱，调试了下远近和声音，等都忙得差不多，肃修言也做好了两人份的点心。

程惜本以为他又随便做了三明治什么的，等肃修言用托盘将两个人的点心端了进来，她才发现他煮了热乎乎的糖水芋头。

阴沉的天气里这样一碗热气腾腾的糖水实在太治愈了，程惜不等他放下，就凑过去吃了一勺，然后不出意外地被烫到。

肃修言忙将托盘放下，去拉她捂着嘴的手："烫到了就吐出来。"

程惜连连摇头，顽强地将那块甜丝丝的芋头吞了下去。

肃修言用的是小芋头，比大块的芋头更加软糯可口，她吞下去后还咂了咂嘴回味："你家不是连厨师都不止一个吗？你这个手艺到底是什么时候偷偷练的？"

肃修言皱眉看着她："我倒是没想到你这么笨。"

程惜舔了舔嘴唇，挑了下眉："开口闭口就是笨，你找回你的霸总人设了？"

肃修言抿了下唇不想搭理她，又停顿了下才说："我父亲喜欢乖巧懂事一些的孩子，为了让他更喜欢我，我试图给他做过食物……既然是想讨人欢心的，当然要做得好一些才拿得出手。"

程惜没想到他会给出这么一个答案，她又想到肃道林在世的时候对肃修言的态度一直比较冷淡，就带了些小心地问："那你父亲夸过你吗？"

肃修言果然微挑了挑唇角，露出一个略显讽刺的笑容："他只在吃一碟点心的时候，问过一次家里的厨师是不是换了。"

程惜不由得"呃"了声，也不知道该作何评价："你难道没有试图告诉过他，这些是你做的吗？"

肃修言又讽刺地挑了下唇："我母亲随后就向他解释了，你猜他做了什么？他直接将那碟点心摔在了地上，冷笑着对我们说，可不可以将心思花在正经地方。"

程惜这次是真的愣住了："就算他不喜欢，也没必要这样做吧？"

肃修言"呵"了声："他大约是不信那碟点心是我做的，以为又是我和母亲耍了什么花招骗他……"

他说着就抿了下唇，语气平淡："那时候他已经病了，脾气难免大了些，他又一直看不惯我，拿我的事发泄下也正常。"

程惜听着就沉默了，隔了一阵才开口："我没想到你还挺能受委屈。"

肃修言奇怪地看了她一眼："这又跟能受委屈有什么联系？"

程惜也不再往下说了，抬起手抱住他的腰，接着叹了口气："没什么，突然有点心疼你。"

肃修言微蹙着眉看她，过了会儿才"哼"了声："你不是一直都会找各种理由心疼我？"

程惜被他噎了下，不知道该怎么才能接下去："你这个性格，也说不上来是讨人喜欢还是讨人厌……"

肃修言看着她扬眉，程惜立刻改口："讨人喜欢，特别讨人喜欢！"

她一边说着，一边又伸出手臂想蹭过去抱他，肃修言却又推开了她："好好吃东西，吃完了看录像。"

程惜只能遗憾地收起了胳膊，觉得肃修言也不知道是怎么，越发傲娇得摸不着头脑。

程惜布置得很好，他们就窝在床上吃了甜甜的糖水，将那些录像带看了下去。

程惜本以为能从接下来的录像带中看出更多的问题，但是出乎她意料的是，剩余的录像带内容和前两个并没有太大差别。

无非就是一些生活的琐事，和他们日常游玩的内容。

Mr.H带着妻子和女儿在岛上各处闲逛， Mr.H甚至攀上了崖顶，站在那里俯拍整个小岛，他的妻子和女儿则站在下方对他挥手。

他们之间当然还有争执，但气氛渐渐好了起来，也许是随着休假的深入，神经渐渐从都市的繁杂琐事中解放出来。

Mr.H的妻子甚至同意了他的部分看法，对女儿的管教也松懈了下来。

他们花了几个小时，吃完了一锅糖水，看完了那些录像带，也没从中发现更加诡异的事情。

这仿佛只是一些普通的家庭录像带，记录着琐碎的生活时光。

直到他们放入最后一卷录像带，画面才起了一点变化，仿佛永远晴朗的天空变得阴沉，岛上起了一层薄雾。

那些雾气并不十分浓厚，阳光甚至还能从天空中透下来一些，将周围都染上了昏黄的光线——就像现在窗外的一样。

程惜看到这里，才突然有些警觉，连忙稍稍坐直身体，认真看着这最后一盘录像带。

可惜这最后的一卷录像带也并没有什么特别之处，无非是起了大雾后他们决定留在房子里度过这一天。

他们先是陪着女儿玩了一阵，接着Mr.H的夫人就抱着女儿坐在起居室的沙发上给她读故事书。

这期间Mr.H的夫人抬手揉了几次额头，手持摄像机后的Mr.H就关切地问了她一句怎么了，她回答说头有些疼，然后Mr.H就关掉了摄像机，看样子是停止录像，去关心妻子了。

录像带到这里就突兀地结束了，老式的放映机不会自动重放，就是停止了下来，他们面前只剩下一个黑屏。

程惜顿时有些愕然，这就像是追了好多集的剧，却突然不明不白结束了一样，给人的感觉是如此不可接受。

她过去拿出了那盒录像带，看到上面用黑色马克笔写着的日期，正是Mr.H的夫人自杀的前一天。

接下来的一天多，是发生了什么，导致Mr.H并没有录像，还是他录了却被肃道闲故意藏了起来？

她正在凝神考虑，就听到身侧的肃修言轻咳了几声，她又忙丢下录像带去看身边的人："你还是不舒服吗？"

肃修言抬眼看了看她："我看你看得挺专注的，别的都不关心了。"

程惜连忙否认："我看这些还不是为了找出线索，让我们能赶快离开这个破地方。"

肃修言看着她弯了弯唇："我看你是为了满足自己的好奇心吧。"

被他一句话说破了，程惜就挠了挠头，有些不好意思："反正我们在这里没什么事情做嘛。"

肃修言"呵"了声："你这一脸精明相，却这么容易被绕进去。"

他不是第一次说出类似的话了，程惜就有些好奇地托腮看着他："那你说说看，我们现在应该做什么？"

肃修言又弯了弯唇角："应该做什么我不知道，我只知道，肃道闲那个老狐狸把我关在这个岛上，绝对不是为了让我找什么'爱的真谛'这种鬼东西。"

程惜接着虚心地问："所以我们就什么也不做，安心吃吃睡睡？"

肃修言挑眉看她："你看家庭录像不是看得挺开心吗？"

程惜也实在从那些录像带里看不出什么东西，她看了眼窗外，现在已经是晚上了，雾气也仿佛更浓了些，让人看上去就有些不安。

她回头看着肃修言，叹了口气："我发现我的洞察力还是不够，需要你从另一个角度来解答了。"

肃修言又咳了声，对她招了招手，示意她靠过来。

程惜立刻十分识相地凑过去窝在他怀里，还用手抵在他胸前做个小鸟依人的样子，抬头眨了眨自己闪闪的大眼睛。

肃修言果然被她震了下，肌肉都紧绷了片刻，然后才放松下来，用嫌弃的目光看着她："你想也想不明白，还是睡吧。"

程惜"啧"了声："我二十几岁了，还从来没有被人鄙视过智商。"

肃修言看样子是想翻个白眼给她，不过强行忍住了："谁又鄙视你的智商了，只不过你太急于找出点什么，反倒会跳进误区。"

他话说一半留一半，分明是已经察觉到什么，只是不想告诉自己而已。

程惜这个人聪明就聪明在她从来不跟人较劲，所以她就撇了下嘴，顺势抱住他的腰，将头靠在他胸口，又叹了口气："我不着急，我就是很担心你……担心得脑袋一团乱麻了都。"

肃修言也环抱住了她的身体，安抚地在她背上轻拍了拍，放缓了声音："我还好，安心休息。"

也许是他的语气太温柔了，也许是这一天太过费神，连下午在沙发上的午睡也乱梦纷纭，并不能算是休息，程惜真的有些瞌睡了。

她闭上眼睛，在他怀中清爽的气息里神思渐渐昏沉。

她还能感觉到肃修言在轻柔地抚着她的头顶，半梦半醒之间，她想到Mr.H的夫人在最后一天也感觉到头疼，会不会跟她一样。

但这个念头才刚转过，她就觉得自己要陷入沉睡之中了——这太快了，快到她身为一个预备的心理医生，本能地感觉到了不对。

等程惜再次醒来的时候，她发现自己到了一个很奇怪的地方。

说这个地方奇怪，是因为她从来没想过自己会突然出现在这样的环境中。

这是个很大的天然溶洞，空间很大，足足有一个篮球场那么大。她的上方，有细碎的光芒从溶洞顶上泄露下来，而她自己，则躺在一个平滑的青色石头上。

四周有湿漉漉的地下暗河，还有水滴不停地从钟乳石上落下，而除去洞顶的阳光之外，溶洞里最重要的采光，是几个燃烧着的巨大火把。

这种感觉实在是太怪异了——有人工痕迹，却又显得有些违背常识。

程惜飞快地检查了自己的五感和身体，确定没什么异常，就连忙翻身坐了起来。

她才动了几下就感觉到了不对劲，因为她身上的衣服已经换过了。

她原本穿了短袖T恤和睡裤，现在她举起手，意外地看到了自己已经换了长袖的服饰，而且袖口还多了扎扎实实绑起来的布制系带，像是、像是……古装剧里的绑手？

她刚想到这里，就觉得背后汗毛都参起来了：神秘气息浓厚的溶洞，照明火把，平整的大石头。

这不就是典型古装玄幻或者武侠电视剧里常出现的场景吗？

程惜正头皮发麻着，就听到了一阵均匀有节律感的脚步声，接着她面前的溶洞入口处，就出现了一个身影。

这人影，一身黑，宽袍大袖拖地，腰间缠着宽宽的腰封，靴子更是长筒的，裹在那修长笔直的小腿上，随着走动的动作，在袍子间若隐若现。

此人还有一头纯白色的长发，脸上戴着一张工艺繁复的金属面具，只露出精致的下颌。

当然更令人崩溃的，是程惜绝望地发现，她仅凭此人的体型动作，还有那小半张脸，就认出了他是谁。

她十分头疼地抬手按着额头："在我睡着的这期间发生了什么，你能解释一下吗？"

这个穿得华丽又拉风，还一头白毛的人，一直走到在她面前，才站住了，微弯了下唇角，语气十分冷酷低沉："传言说你胆子很大，倒是真的。"

程惜翻给了他一个白眼："你这么打扮，显得腰很细，倒也是真的。"

她话音刚落，也没看清怎么回事，就觉得喉咙突然被什么大力压迫住了，接着是身体不受控制地悬空。

那个人仅用了一只手，就扼住她的喉咙，把她整个人提了起来。

程惜本来对他没有丝毫防备，现在想要反抗，身体却像是被控制了一样，手脚麻痹，根本连抬起来都不能。

她觉得有些缺氧，忙挣扎着开口："你疯了？干什么……快放开我！"

那个人目光冰冷地直视着她的瞳孔，唇角略微挑起，像是讽刺的角度："提醒你说话时该有的态度。"

跟他说话还要有态度？程惜心中警铃大作，咽喉要害被别人捏在手心里，她连忙示弱："是我不对，你冷静啊……冷静！"

他冷冷地笑了声，这才松开手，把她甩到石板上，又居高临下地看着她："看来程神医还是没有想清楚，本座可以等一阵再来。"

程惜得到自由，连忙大口呼吸缓解缺氧，听到这里满脑袋问号，什么鬼的"程神医"，还有"本座"，不是她疯了就是这个人疯了！

她眼看着他很帅气地甩了下衣袖，转身要走，连忙扑上去，拽住他的大袖子："肃修言！有话我们好好说！"

他立刻站住了，身体好像僵了下，程惜又忙顺着杆子往上爬，一把抱住了那个看上去就又细又好抱的腰："修言，我不知道发生了什么事，但是你别走，这里太怪了，我不能让你再离开我身边。"

他一言不发，程惜又从后面撩他的长发，想看看这个白发是不是什么假发套。

但她的手才刚触到他的头发，手腕就又被他的手紧紧抓住。

程惜这次别说躲了，连看都没能看清他的动作，就稀里糊涂地又被整个人扯到他身前。

他低头看着她，目光陌生又冰冷："不准再用那个名字称呼本座。"

程惜知道目前的情况诡异得很，她甚至都在考虑自己是不是还在梦里，但是她仍然坚信，自己面前的这个人，并不是别人，正是肃修言。

她抬起能动的那只手，去摸到他的脸，然后在他神色紧绷的时候，缓慢而又轻柔地取下他脸上的金属面具。

面具下他的脸色果然有些苍白，程惜顿时就心疼地皱起了眉："我睡着的时候到底发生了什么？我们现在是在哪里？"

他紧抿着唇不说话，程惜就又缓慢靠近他，抱住了他的身体，将头靠在他胸前："无论如何，不要让我看不到你，我很担心。"

她抱住了他，还是能从他颈中闻到那让她安心的清冽草木气息，那是他们入睡前曾经一起用过的沐浴露。

她没有认错，这就是肃修言，不管他出了什么原因，突然换了这些奇怪的衣服，说了这些奇怪的话，他还是肃修言。

握着她手腕的力道渐渐松了，她听到他轻笑了声，带动了胸腔的细微振动："这就是程神医的策略吗？勾引本座？"

程惜在心里暗暗地叹了口气，现在情况不明，她决定先配合他："你不让我叫你的名字，那我还是叫你小哥哥怎么样？"

他听到这个称呼，身体果然还是又僵硬了片刻，而后才冷淡地说："随你。"

肃修言只让她抱了自己片刻，就抬手推开了他，然后从她手里拽过那个面具，重新戴在了自己脸上。

程惜也不敢跟他抢，等他绕过她往外面走去的时候，就顺势跟着他一起往外走。

出了这个溶洞，还有一条蜿蜒的石洞，不过也不长，十几米后他们就走到了外面。

这里已经不像是在那座孤岛上了，四周满是林荫花木和青石小道，程惜甚至还看到了不远处的几座中式古典建筑。

她刚才没顾得上注意，现在行动起来，才发现自己不但换了一身衣服，连头发都诡异地长了许多，用布质的长长带子扎着一束，垂在身后。

她很多年没留过长发了，一边跟着肃修言留意周围的环境，一边忍不住用手去玩自己的头发。

肃修言目不斜视地走在她前面，隔了一阵突然冷笑了声说："程神医倒是突然喜欢上摆弄自己的头发。"

他现在说话句句都欠骂，程惜也没跟他计较，就一边玩头发一边说："我都喊你小哥哥了，你就别程神医程神医那么见外了，喊我名字呗。"

肃修言的脚步微顿了顿，程惜看到他垂在身侧的手指动了一下，忙后撤两步免得自己又被他捏住："你脾气别这么大啊，小心过后你自己后悔。"

肃修言冷冷"呵"了声，没理她继续往前走去。

程惜继续跟在他身后亦步亦趋，他们现在已经路过庭院了。

程惜能看到路上每隔一段距离都会站着一个身穿古代黑色紧身衣，用黑色面具蒙着半张脸的强壮男人，这些人在肃修言经过时都会沉默地抱拳行礼。

庭院里还有些穿着灰色服饰的园丁清洁员之类的人，这些就有男有女了，但年龄也都不大，在忙碌的同时也会向肃修言弯腰行礼。

这些人都是活人，程惜还没有认为科技已经发展到可以让机器人和人类这样相似。

然而她也确实有些搞不明白，为什么她只是睡了一觉，就突然到了这么一个看起来就像是另外一个时空的地方。

穿越时空这样的想法，她在第一时间就否定了。

与其考虑这种无稽之谈，她倒更愿意相信自己和肃修言是被带到了一个像《楚门的世界里》那样的巨大录像棚里。

只不过她自己突然变长的头发，还有肃修言那看起来也不像是假发的银白长发，就有些无法解释了。

她确定目前的这具身体是她自己的，并没有任何异常，肃修言的身体显然也是他自己的，刚才她借着拥抱，用他身上的沐浴露味道找到了解释。

但是肃修言的动作速度和力气，好像提高了不止一个等级，这一点她还暂时找不到合理的解释。

肃修言带她走到了古典中式建筑群里最宽大壮丽的一个房子前。

这里的门口足足站了四个那样的黑衣人，肃修言轻车熟路地绕过最外面的厅堂，向后面的独立院落走去。

这里没有其他人，肃修言又径直进了房门，程惜当然也毫不客气地跟了进去。

肃修言终于站住了脚步，有点忍无可忍地开口："这是本座的卧房。"

程惜四下扫视了一下，也没觉得这里面有什么见不得人的东西，无非就是个中式套间，就随口说："怎么，你这还是闺房了，不能看的？"

肃修言转身侧目看了眼她，他那目光太吓人，程惜忙伸出双手做出要挡的动作："都说了，你别随便发火……"

肃修言眯着眼睛看了看她，终于说："从刚才起，我就觉得你对本座说话的态度，有些奇怪。"

程惜歪了歪头，笑着看他："如果我说，我是从另一个……世界来的，在那里我们的关系已经很亲密了，你会信吗？"

肃修言"呵"了声："本座从不信怪力乱神之说。"

程惜又挑了个自以为比较容易解释清楚的说法："那你就当我们前世有缘吧，现在我想起来前世的事情了，你还没有想起来。"

肃修言看着她，突然露出了一个讽刺的笑容："你可不可以编得更可信一些？"

程惜又歪了歪头看他，整个人朝着他扑了过去，并且去解他的腰带。

肃修言很轻易地就握住了她伸过来的手："怎么？你要投怀送抱？"

程惜从鼻子里哼出一声，毫不客气地用另一只手接着去解他的腰带："我就要看看你这个细腰，我摸得还是摸不得！"

肃修言终于绷不住了，扶着她的肩膀，努力拉住她乱动的手，低头轻笑了声："别闹。"

程惜抬起头，正看到他唇边的笑意，还有瞳孔里的一点水光，没忍住就把唇凑了上去，隔着一张冷冰冰的面具吻了他。

她这一吻充满了劫后余生的庆幸，一直吻到他气息开始急促，才停了下来。

她紧抱着他的身体，还是觉得有些意犹未尽，抬手用拳头在他肩膀上捶了下："你也是出息了啊，还口口声声'本座'，逗我很好玩？"

肃修言抿了唇，看起来是想笑，不过被他强行忍住了："我本来只想吓你一下的，谁让你一开口就说我的腰细。"

程惜抬了抬脖子，想给他看自己咽喉处被他掐出来的痕迹："你还掐我的脖子，这是家庭暴力我告诉你！"

肃修言忍着笑，抬手在她脖子上轻抚了抚："你别抬下巴了，我控制了力道，没有瘀痕。"

程惜"咦"了声，推开他去找旁边的铜镜照，不过照来照去，还真没在自己脖子上找到手指印。

她本来以为用那种姿势掐人，不可能不会留下痕迹，现在看来，肃修言对力道的控制能力，超出了她的预料。

她转过身来有些惊讶地看着他，肃修言就抬起手握了下："我发现来了这里后，我的体能好像变强了很多，也多了一些其他的能力。"

他说着就翻了手腕，程惜只看到他的手指虚点了下，桌上的一只茶碗就突然碎裂成了整齐的两半。

如果这是个武侠世界的话，那么这个能力是真气化刀？

程惜默然了片刻，开口说："不要随便破坏东西，太浪费了。"

肃修言侧目看了看她："你这是怕了？"

程惜抽了抽唇角，她还真的有点怕。虽然她搏击术很厉害，但来到这里后，她这点搏击术，在现在的肃修言眼里，根本连看都不够看。

不然她不至于一次躲不开他，两次也没看清他的动作……不在一个系统下的实力差距，还是不要比了。

肃修言带着笑看她，轻捏住了她的下巴。

肃修言手指的力道很轻，对她挑了挑眉，唇边的笑容显得他此刻心情愉悦："你怕我做什么？我的能力再高，也不会用来伤害你……"

他说着还很有心情地顿了顿，才挑高了唇角："只会用来欺负你。"

程惜目光往下看，很是有点心如死灰：她就是怕他欺负自己好吗？之前她仗着体力过人不也欺负他吗？

肃修言看着她的样子，不仅没有丝毫怜惜之情，甚至还很愉快地轻笑了声："我还没见过你这样的表情，有趣。"

程惜甩开他的手，一头撞到他怀里抱住他，把头埋在他的胸前默不作声。

肃修言愣了下，还以为是自己玩笑开过头让她委屈了，忙又抱住她的肩膀，却冷不防被她一个动作绊了腿，两个人一起往地毯上摔了下去。

他现在的身体反应能力比以前快太多，但也不敢将她弹开，只能抱着她，在两个人摔倒时用手撑了下地面。

他不知道她是突然抽了什么风，有些好气又好笑地开口："你这是干什么？"

程惜十分舒服地趴在他怀里，抬头在他唇边轻吻了下，满眼都是笑意："提醒你一下，不管你变得多厉害，也都只有被我欺负的份儿！"

她倒还是这么嚣张，肃修言正准备收拾她一下，程惜就突然板着脸严肃了起来："来这里之前，我比你先睡着，我睡了后有没有发生什么诡异的事？还有你对这个世界有什么了解，能不能跟我汇报下情况？"

肃修言被她这种一本正经转移话题的无耻劲气笑，干脆就躺在地上不试图起身："我只知道我自己的身份，还有这里是什么地方而已。"

程惜俯身亲了他一口："那你说说这里是哪里，你又是什么厉害的人物呗。"

肃修言沉默了片刻："这里是覆手第一城，我是现任城主。"

程惜十分惊讶："覆手第一城？听起来这么拉风？"

肃修言用恨铁不成钢的目光看着她："据说是因为，历任城主都要是武林第一人。"

程惜认真看着他，非常震惊："你原来这么厉害的吗？"

肃修言忍耐着说："不是我，是这里的设定。"

　　程惜继续震惊："设定都是这么简单粗暴的吗？"

　　肃修言简直不想跟她聊下去："你见过哪个武侠世界的设定是不简单粗暴的吗？"

　　程惜一想还真是这么回事："那确实……看武侠小说的读者都比较着急，可能怕复杂了记不住吧。"

　　她说着，又有了新想法："那么我们现在是在某个武侠小说的世界里了？"

　　肃修言深吸了口气，强忍住用手扶额的冲动："你觉得可能吗？"

　　程惜撇了撇嘴："你这种原来连我一个肘击都不一定能接得下来的人，都能是武林第一人了，还有什么不可能的。"

　　肃修言终于忍无可忍了："我那是让着你，我也是练过搏击的，真打起来你不一定能赢。"

　　程惜"呵"了声："反正你都是武林第一人了，你说什么就是什么吧。"

　　肃修言抿了下唇决定不再跟她争论，免得自己再被她气吐血。

　　他本以为程惜已经忘记了，结果她顿了顿，突然又说："我睡着后，是又发生了什么吧，不然你为什么要回避这个问题。"

　　肃修言沉默了一下，他不是回避，只是他也不知道该如何开口解释。

　　这时候门外传来一个恭敬的声音："主上，齐长老和闽长老求见。"

　　程惜看了眼他，挑了挑眉，肃修言知道她的意思，低声说："回头跟你解释。"

　　他接着提高了一点声音："叫他们在外面等着。"

　　那人领命离开，程惜有点好奇："你现在身份很厉害了，跟他们说话都不怕露馅？需不需要假装下气势什么的？"

　　肃修言奇怪地看了她一眼："我在公司里怎么说话，在这里就怎么说话，还需要假装吗？"

　　程惜这才想起来他原来就是个霸道总裁，别说开口了，一个眼神就能吓得员工瑟瑟发抖，可能还真不需要伪装。

　　她想着就沉默了："肃总请。"

　　肃修言抬抬下巴示意她先从自己身上爬起来，起身时交代了她一句："我在这里用的名字不是肃修言，不要在别人面前提起这个名字。"

　　程惜点头答应，肃修言看她一脸兴冲冲的样子，就没让她留下，而是带着她一起去了前面的大厅。

　　肃修言依然是走路带风，配上他现在的宽袍大袖，和那一头银白长发，光看着就十分唬人。

程惜跟在他背后，看着他那拉风的背影，心想就这气场这名头，搁武侠游戏里，那必须是最终大BOSS的待遇，早一个副本让你遇到他，都算是游戏策划输。

她狐假虎威地跟在肃修言身后，还特地保持了一米的距离，免得自己影响到他发散气场，两个人一路到了前厅。

之前那个侍从通报说是有两个长老求见，结果他们刚进去，就看到了站得整整齐齐的一屋子人。

肃修言在厅前站住，冷笑了声："你们这是要逼宫？"

程惜看到这阵势不对，正想偷偷提醒肃修言让他说话缓和一点，别一开口就无法挽回，然后她就听到了聊天鬼才肃修言的发言……再接着，她就看到那群长老的脸色都肉眼可见地铁青了起来。

其中一个长老看起来是领头的，青着脸往前走了一步，给肃修言行礼："我们这几个老朽斗胆来见主上，不过是想请教主上几个问题。"

肃修言又冷笑了声，继续进行很不愉快的聊天："本座听通报，来得只有你和齐宪，现在这一屋子都是死人？"

程惜一边听他们聊着，一边悄无声息地往门外挪了一点点，她觉得这个场面确实是逼宫。

武林人士逼宫又不像董事会逼宫，顶天了互相扔点文件夹，这打起架来是要见血的。

她现在没什么战斗力，为了不拖肃修言的后腿，还是躲远一点比较好。

谁知道她才刚退开半步，就被肃修言一把反手拉住，接着她就被他连头带脸按在胸前，他冷声说了句："别乱跑，待在我身边。"

程惜暗暗翻着白眼，心想这么霸气的台词，也不知道他说出来后，心里该有多爽。

再接着她听到身后有人说："主上身为城主，自然当以第一城利益为先，但城主几次三番徇私，怕是要让城众无法信服……就譬如这位程神医，主上亲自出城将她抢来，还为此跟正义盟撕破脸面，折损了一个分舵，数十个城众，却不知有何用处。"

他话音刚落，另一个人就更加不怀好意地开口："若主上直说要抢个姬妾来玩耍，那倒也师出有名，只是不知这程神医有何销魂之处，令得主上如此……"

他这句话还没说完，程惜就感到肃修言动了，再然后她就听到一串相当巨大的声响，是人体摔出去撞碎椅子，接着又撞到了墙上的声音。

那个说话的人连一声惨叫也没来得及发出，就整个人飞了出去。

周围一阵抽气之声，肃修言冷笑了声："你们既然要师出有名，那本座就给你们一个。"

程惜从他怀里探出一点头，看到周围一片狼藉，有个人趴在远处的地上不知道是死是活，那些长老早就不知道什么时候摸出了各自的兵器。

那个最先开口的闽长老阴着脸说："主上既然一意孤行，那就不要怪我们逼不得已了！"

他说着抬了下手，大厅的上方，还有柱子后面，甚至连房外，都突然多了很多手持弩箭的黑衣人，看起来是杀手。

肃修言"呵"了声，连话都懒得说了，程惜在他怀里就看到对面那些人脸突然近了好多，再然后就是各种兵刃相撞的声音，还有血肉撕裂的闷响。

这要是电影效果的话，那也太真实了点，简直就是环绕5D前排体验。

但是因为动作实在太快了，程惜觉得，她……压根没怎么看清……

如果非要让她形容的话，那她只能说，肃修言不愧是拥有最终BOSS能力的人，他镇住了全场，把这些人按在地上反复摩擦。

当然一边跟好几个人打架，一边躲那些密集的弩箭，对肃修言来说也有一点吃力，特别是他还始终空出来一只手牢牢抱着她。

她看到闽长老被肃修言一掌打得滚到一边气喘吁吁，还不忘紧盯着他们骂了句："主上真的要为这样一个女子，置自己于万劫不复之地吗？"

然后她就听到肃修言冷哼了声："万劫不复，你们也配？"

程惜听着觉得，这句说得不错，不愧是她的人，嘴够毒。

肃修言虽把那些人"摩擦"了一地，但是别人准备了源源不断的杀手和弓弩，他最后还是带着她……飞走了。

是的，那些轻功在程惜看起来，就完全是在飞，腾云驾雾，不知所措。

覆手第一城建在一个开阔的高地上，虽然城内好像春夏，下面却都是莽莽雪原，有点反地理常识的样子。

肃修言就这么带着她飞下了城，当然程惜在脱离包围后看他带自己飞得还挺稳当，就没继续盘他的腰了。

他们期间还甩掉了几批追兵，后来看得多了，程惜就看出来他下手虽然狠，但其实都留了余地，没有杀人。

总之，带着她这个大拖油瓶间歇性地走走飞飞，他们终于在夜色来临前，摆脱了雪原，来到了山下的丛林里。

这里植被茂密，就更容易隐藏踪迹了，再加上肃修言那一头白发虽然显眼，但他穿了一身黑色的衣服，程惜自己的衣服也比较朴素，所以他们俩还算不扎眼。

在很长一段时间内都没再遇到敌人后，肃修言就找个林间空地落下，也松开了一直揽着她的手。

程惜的双腿踩上了坚实的土地，就有点松了口气，正想问肃修言下一步他们怎么办，就看到他后退一步，抬手撑住了身后的树干。

程惜吓了一跳，忙去扶他："你哪里受伤了？"

她嫌那张面具碍事，顺手就揭掉扔了，看到他的苍白脸色："你怎么不早说？"

肃修言看了她一眼，有些无力地咳了几声："你是不是觉得我不会累？"

程惜抬手抱住他的腰："那换我抱着你跑好不好？"

她边说还边在他唇边吻了下："哎呀，大'美人'累着了，我实在是心疼得很。"

肃修言瞪了她一眼："你跑得不够快。"

程惜把他脸侧的长发抚开，用手捧住他的脸，认真看着他说："你摘了面具后，这头白发，看起来太让人难过了。"

触到她的目光，肃修言就不自觉地把眼睛移开，抿了下唇："你还是这么多废话。"

他们正说着，肃修言就突然眯眼看着密林深处："躲起来听够了没有，滚出来！"

随着他话声落下，森林里真的就缓慢地钻出来一个人影，程惜眼力不够，只能看出来他佝偻着身体，好像是个驼背。

那个人走近了一些，站在月光能照耀到他的位置，阴阴地笑了一下："没想到曲城主也是个痴人，肯为程神医做到如此地步。"

他这个话跟之前被肃修言一掌打飞的那个长老一个意思，但修辞就尊重多了。

肃修言说过他现在不叫原本的名字，这个"曲城主"就是指他了？

肃修言"呵"了声，一开口还是照样说："你跟了本座这么久，就是为了说这些废话？"

程惜借着月光，能看到此人不但驼背，脸上还有好几个肉瘤，这些瘤子把他的五官挤得变形，开口说话时搭配上脸部肌肉抖动，更是让人毛骨悚然。

程惜凭借多年看武侠小说的经验，判断此人必定亦正亦邪，而且是个武功偏门的神秘高手。

那个人又沙哑阴沉地笑了声："这倒不是，我是想劝曲城主纵然情深，但也别把血往回咽，不然那蛊虫最喜宿主的鲜血，怕是要长得更快些。"

肃修言听完脸色就变了，因为程惜已经一把揪住了他的领子，盯着他的眼睛逼问："你长出息了啊，还学会把血往肚子里咽了？"

肃修言神色僵硬地说："怕你骂我，而且吐出来会弄脏衣服不卫生。"

程惜冷笑了声："你咽下去我就不会骂你了？你吞到肚子里就卫生了？你给我重新吐出来！"

肃修言侧过去眼睛，避开她的目光："已经到胃里了，吐不出来了。"

程惜拽着他的衣领不松："你信不信老子送你去洗胃！"

肃修言心虚地侧着脸，竟然还敢火上浇油地顶嘴："这里没器械，你洗不了。"

程惜差点给他这有恃无恐的样子气疯，简直想抬手揍他，肃修言还十分不怕死地又补了一句："那些杂兵还伤不了我，要不是蛊虫发作……"

程惜彻底出离愤怒，怒吼一声，惊飞了无数夜鸟："你是不是觉得我现在收拾不了你了！"

肃修言身体僵硬了一阵，而后默默垂下眼睫，小声说："那还是收拾得了的……"

这时那个驼背人又"哈哈哈"怪笑了起来，肃修言和程惜一起转头瞪他。

他连忙清清嗓子，重新正经起来："老朽无意冒犯，只是没想到曲城主和程神医的感情这般好，着实叫人艳羡。"

程惜眯着眼睛看他："老先生，你说他体内有蛊虫，这是个什么蛊虫，会对他的身体有什么影响，老先生能告诉我吗？"

驼背人说："程神医医术通神，这种蛊虫之类的小玩意儿，岂不是看一眼就知道了，为何又来问老朽。"

程惜理直气壮地说："我走路摔跤撞坏了脑袋，医术都忘了。"

她这种坦诚看起来像是取悦了这个怪人，他又"哈哈"笑了几声："程神医果然如传言一般，是个很好说话的主儿。"

他笑完了看到程惜还是很严肃地盯着自己，就又清了下嗓子："老朽也不至于会在程神医面前班门弄斧，这蛊虫是苗疆的情蛊，种好之后就埋在心脉里，倒是不会即刻要了性命。

"只是随着气血加速运行，时不时发作一下，中蛊之人若是不修习武学，再加上七情六欲淡薄，好好地活个几十年也不稀奇。"

他一面说，一面用夹在肉瘤里的眼睛看了肃修言一眼："但若是曲城主这般武艺高深，脾气又略大了些的……"

程惜听着就瞪了肃修言一眼："他这样的什么后果？"

驼背人继续说："那这蛊虫得了气血，发作得就越发厉害，假以时日虫子肥大到撑破心脉，到时候就是神仙也难救了。"

肃修言一句话不敢说，连看一眼驼背人让他不要再说也不敢，就低眉顺眼地垂着眼睫毛，显得分外楚楚可怜。

驼背人见他这样，也就开开心心地倒豆子："蛊虫发作时，曲城主若已开始吐血，那这蛊虫想必已经长了不小，已会让气血逆行……所以老朽才好言提醒，切莫再把血吞进去，那虫子必然会更加得势，长得更快了些。"

程惜仔细听着，感觉这个什么鬼蛊虫的运作原理，听起来还真像那么回事。

更何况她根本就不是心脏专科医生，这里也压根没有做开胸手术的条件，听了也是干着急。

现在肃修言再装柔弱无害也没用了，她看着他就气不打一处来。

驼背人适时地清了清嗓子说："曲城主不适宜再运功，这山林还有数百亩地，两位一时半会儿也不好找到住处，如果不嫌弃，可以到老朽的寒舍住一晚，再作打算。"

程惜转头看着他，面对别人，她就不好再端着穷凶极恶的表情了，转变表情，尽量温和地笑了笑："老先生真是热情，我们怎么好意思。"

肃修言本来是应该提醒她一句别轻信的，但他现在一声不敢吭，只敢垂眼看地。

驼背人"呵呵"一笑："这么多年，肯叫老朽一声'老先生'的也没什么人了，再说曲城主和程神医都是如此名震江湖的人物，驾临寒舍，必然蓬荜生辉。"

接着他们真的就被驼背人带到了他家里，他的家还真的不远，他们走了几分钟，就见到了一座隐藏在林间的小木屋。

路上驼背人自我介绍说他叫"韩七"，程惜听出来不是真名，但她身为一个足够尊重别人隐私的现代人，当然是没有追问。

这座小木屋虽然简陋，但修得确实舒适，韩七还养了一条看起来像是野狼的狗。

韩七把唯一的一间卧室让给了他们，自己则拉了些兽皮去外间打地铺。

程惜心想他看起来怪怪的，没想到却是个隐藏的绅士。

肃修言一路都没敢说一句话，到了卧室后也乖乖坐在床上，简直像是跟着老师出来郊游的幼儿园小朋友，要多乖巧有多乖巧。

程惜气已经有点消了，看了看他就说："你打算不洗澡就睡觉？"

肃修言这才偷看了她一眼，有些谨慎地开口："这里又没有浴室，怎么洗？"

程惜顿时火又上来了，开口就吼："怎么你还想要个按摩浴缸？"

她从和颜悦色突然转变到河东狮吼，有点太突然，肃修言吓得脸色都白了："我觉得你现在的情绪管理有点问题。"

程惜实在是没想到，她有一天竟然会被肃修言提醒自己的情绪问题，她深吸了口气："好的，是我不对。"

肃修言看着她的神色，小心地又加了句："你饿吗？我们还没有吃晚饭。"

程惜醒过来后还没吃过东西，胃确实是抗议很久了，她表情复杂地看着他，隔了一阵憋出一句："你做吗？"

肃修言还真站起来，逃跑一样地去外面，"做晚饭"去了。

韩七的房子简陋，可是森林里物产丰富，他的物资并不缺乏，肃修言跑去帮忙，没多久就做了一锅蘑菇野菜汤，两条烤野鱼，一只焖野兔，主食则是几个烤土豆。

别说，不仅风味上佳，营养还均衡。

韩七跟他们一起坐在木头桌子前，搓了搓手还挺开心："没想到曲城主手艺还挺好，老朽好久没吃到如此丰盛的一餐了。"

肃修言表情平淡地说了句："还行。"

为了做饭方便，他早脱掉了那件大袍子，露出来里面穿着的黑色紧身衣，一头白色的长发，也用布条高高扎成了个马尾。

程惜没什么心理负担地坐享野味大餐，扯了条兔子腿啃着，轻哼了声："这是他除了脸之外，为数不多的优点。"

被她这么埋汰，肃修言也一声没吭，眨了眨眼睛，动手给自己盛了碗汤，捧起来小口喝。

他现在实在太好说话，这事明显透着诡异。

程惜眯了眯眼睛，又想起来被他回避过的那个话题：她睡着后到底发生了什么，他们又为什么会到了这里。

这里实在没有什么娱乐，晚饭过后，他们就睡了。

这个原生态的手工小木床实在有点小，两个人都睡上去，不挨到彼此是不可能的。

程惜也没勉强自己，很舒服地抱着肃修言的腰，拿他当大型人肉抱枕，就这么睡着了。

第二天她起得有些晚了，阳光已经透过窗户照了进来，被褥里透着一股晒过阳光的味道。

她翻身坐起来，听到屋外传来隐约的对话和捶打木桩的声音，就站起来活动了下，走了出去。

屋外肃修言正抡圆了手里的锤子，一下下地捶着面前的木桩。

韩七则扶着木头桩子，还时不时指挥两句："用力匀一点，别锤歪……好了，再来一下……"

程惜站在旁边看了一会儿，默默问了句："你们这是在干什么？"

肃修言一边抡锤，一边还能气息均匀地开口解释："韩先生说林子里总有鹿

168

来院子里捣乱，踩坏了他种的番薯藤，我帮他修一个篱笆。"

他还挺勤劳的，一大早就起来干活。

程惜有些不好意思，摸了摸鼻子说："需不需要我帮忙？"

肃修言摇了摇头，几下已经锤好了一个木桩，又移动到下一个地方去了。

肃修言还抬头用下巴点了下屋里的木桌："早饭给你留好了，你可以先去吃。"

程惜于是又不好意思地摸了摸鼻子，去屋里面找吃的了。

她就这么混吃等死了一天，其间，在木屋周围转了一圈，看了很多花花草草和小动物。

不得不说，这地方的风景和空气是真的好，天空瓦蓝，微风柔和，丛林间还传出隐约的花香，不知道更远的地方，是不是有着什么花丛。

晚上之前，肃修言就帮韩七修好了一圈篱笆，还修得十分整齐漂亮，甚至还没耽误料理一日三餐。

程惜看着这些，深感他现在是不是太能干了点，衬得她好像是个废物。

晚饭的餐桌上，韩七喝了一口炖肉汤，突然感慨似的开口："老朽在这林间藏了二十多年，你们两位，是唯一真心待我的人。"

程惜想提醒他"两个人"怎么"唯一"，但气氛很严肃，她就没开口。

接着韩七就讲了一堆话，大概就是他二十多年前也曾经是覆手第一城的长老，在权力倾轧中被人下了毒。他跑出来运功逼毒捡了一条命，脸却变成了现在这样子。

他隐藏在这片丛林中过着野人一样的生活，开始的时候还想报仇，后来生活习惯了竟然也就放下了报仇的心思，开始好好过日子了。

反正在覆手第一城的日子，他也是每天疲于算计别人，没几天开心的。

说到动情处，他被眼皮挤到变形的眼睛中还闪烁了几下泪光。

这下程惜就更不好意思打断他了，只能配合着用同情又理解的目光看着他。

等韩七终于说完，肃修言也不知道是不是忙了一天累着了，低头沉闷地咳嗽了几声。

程惜现在对他的情况很敏感，也顾不上韩七，立刻转向他神色严厉地说："你累了就睡，要吐血就赶紧吐，咳什么咳？"

肃修言顿时连咳嗽也不敢，抿了抿唇，起身低声说："那我先回房间了。"

说完他还真就小媳妇一样低眉顺眼地回里屋了，还关上了那扇没什么作用的木板门。

程惜看着他的背影和那扇破木门咬牙切齿，还是忍不住站起身，对韩七说了句："老先生您先吃，我去看一看他。"

韩七笑呵呵地表示没关系，程惜大步走进去又关上了门。

屋子本来就小，她一进去就看到肃修言坐在床上，一手扶着床沿，一手将一条也不知道是从哪里找来的手帕按在唇上，低着头不用想也知道是在干什么。

程惜一个大跨步走过去，坐在他身边，动作蛮横地揽住他的肩膀。

她的另一只手抬起来，却跟凶狠的神色不匹配地在他胸前轻轻抚，寒着脸问："疼吗？"

肃修言也没否认，就是将唇上的手帕收起来握紧，沉默了一阵说："没事，你别太担心……"

程惜虎着一张脸冷笑："你都这样了，我们两个又在这种莫名其妙的地方，我连个氧气瓶都找不到，你让我不担心？"

肃修言又抿了唇，低着声说："我不缺氧……"

程惜冷冷地笑了："现在很会顶嘴了。"

肃修言立刻又怂了，他不太敢吭声，隔了一阵才试探着说："你不觉得既然是这个世界的病症，那么用这个世界的治疗方法会更容易痊愈一点吗？"

程惜瞪了他一眼："你想说点什么？"

肃修言抿了下唇说："你应该是个神医的……"

他一句话没说完，程惜又打断了他："怎么？你希望我立刻变得精通中医？"

肃修言又是沉默了一阵，然后就又去咳嗽。

他一咳嗽程惜就心惊肉跳，连忙说："好了，好了，你有什么想说的赶紧说。"

肃修言成功拿捏了她后还有些小得意，微弯了弯唇，将身体轻靠在她肩上，低声说："我有些累。"

程惜在心中暗暗唾弃，现在不但会狂霸酷拽，还学会撒娇了，真是能耐了他。

心里虽然这么想，她的手却不自觉地搂紧了他的腰，声音也柔和下来："真累了就早些休息。"

肃修言觉得时机成熟，也终于敢说了："之前你吃的芋头糖水里，我加了点安眠药。"

程惜"呵呵"了声："果然。"

肃修言看她语气也没有特别生气，就接着说："等你睡着后，我联络了肃道闲。"

程惜冷静地问："通过什么？"

肃修言老实交代："处理那些微型窃听器的时候，我用毛巾包住其中一个，藏在了抽屉里。"

程惜翻了个白眼，她之前还担心他身体突然出了状况无法联系外界，看来他自己早就留了一手。

她不动声色地问："然后呢？"

肃修言沉默了片刻后说："他和文静悦很快来了一趟。"

程惜静等着他往下说，结果他说完这句之后却又沉默下来，没有了下文。

她松开他的腰，扳住他的肩膀，正准备让他面对自己，肃修言就垂着眼眸接着说了句："小惜，你认为我们目前在哪里？"

程惜顿了顿，说出了自己的猜想："这肯定不是梦，没有什么梦境中，我们都还能保持自己独立的意识，并且如此清醒。"

肃修言抿了抿唇没有否认，程惜接着又皱了皱眉："这里也不会是什么人造虚拟环境，依照现有的VR体感技术，也不能给我们如此真实的感觉。"

她最后有些挫败地望了望这件小木屋简陋的天花板，那里甚至还挂着一些蜘蛛丝："可是你要让我相信我们穿越到了另一个世界，或者说这是我们的前世，我又完全不能接受。"

肃修言又抿了下唇："我们还在别墅里。"

程惜看了他一眼，他又连忙说："至少在我睡着又到了这里之前是的。"

程惜也不知道是该佩服他胆大还是心大了："你在你二叔和你前女友面前睡着了？你还真信任他们。"

"前女友"这个词杀伤力还是很大的，肃修言的脸色肉眼可见地白了："我找他们谈判了下，他们承诺了保证你的安全。"

程惜看着他皱了皱眉，突然说："我们两个都在他们的控制之中，你有什么条件是可以拿来跟他们谈判的？"

她还是这样敏锐，肃修言顿时又抿紧了薄唇，接着移开眼睛，技巧生硬地转移话题："他们给我看了最后一盒录像带，也就是Mr.H的夫人自杀那天的。"

程惜虽然生气，但他说的这个事情的确也很关键。

她深吸了口气，拿出耐心先问清楚这个疑问："果然还有最后一盒，那盒里是什么内容？"

肃修言抬眼看了看她，才说："和之前没有太大差别，不过Mr.H提到想要去地下室，试一试这个岛上的'神奇之处'。"

程惜挑了下眉："神奇之处？"

肃修言点了点头："从录像带上看，他们把女儿单独留在了玩具屋，两个人下到了地下室，然后在下面待了总共不到五分钟。"

程惜更加惊讶了："只有五分钟？"

肃修言再次肯定地点了点头："这五分钟，还要算上他们在路上停留和嬉笑交谈的时间。来到地下室后，Mr.H让他的夫人坐下来，握着她的手，让她跟自己一起闭上眼睛。

171

"这个过程持续了大概两三分钟，他们一开始没有进入状态，Mr.H的夫人笑着问了几次'还没好吗'。两分多钟后，他们终于进入了一个相对静止的状态，我看了秒表，这个过程，大概有10秒钟。

"这10秒钟之内，他们的身体和表情基本没有什么变化，呼吸正常。10秒钟之后，他们同时睁开了眼睛，情绪突然都变得有些奇怪。

"再接着他们平静了几秒钟，Mr.H的夫人问了一句'为什么'，Mr.H没有回答。他们沉默着一起站起来，回到了地面。

"录像带持续到他们再次见到女儿，跟女儿打了招呼后，就结束了。"

程惜听到这里，已经越来越惊心，隐约觉得自己猜到了些什么，不确定地问："这期间他们的身体没有从画面上消失过？录像带也没有剪辑？"

肃修言摇了摇头："肃道闲说他没有剪辑过这盒录像带，不仅如此，他还找了专业人士一帧一帧地研究过很多次。这盒录像带没有任何剪辑的痕迹，上面的图像，也没有任何异常和超自然现象。自始至终，Mr.H和他的夫人，一直都只是闭眼坐在那里。"

程惜抽了一口冷气："你想说我们哪怕在这里很多天乃至很多年，现实世界中的我们也只是经过了几秒钟的时间？"

肃修言直视着她的眼睛，表示自己没有说谎也没有隐瞒："是最长不超过10秒钟，肃道闲已经找过几组人，反复做过实验。他甚至总结出了一些规律：一、无论'领域'内过去多久，现实时间流逝都不会超过10秒钟；二、在现实中有肢体接触的人，可以同时进入同一个'领域'；三、'领域'内发生的任何事，都不会对现实世界产生任何影响。严格来说，物理上所有人都没有进入任何其他'时空'；四、同一个人只能进入一次'领域'，出来后就无法再次进入。"

他说着又停顿了下，才接着说："五、意志不够坚定的人，最好不要进入……参加过实验的人里，已经有人精神崩溃了。也许Mr.H的夫人，也是这样精神崩溃的。"

程惜抓住了重点："同一个人只能有一次？肃道闲和文静悦进入过没有？"

肃修言点头："他们是率先模仿Mr.H夫妇的方式一起进入的，他们出来后，发现无论如何都无法再次进入，才陆续找了别的实验对象。"

这一切实在太诡异了，程惜哑然了一阵，才又想起来问："那么我们现在就是在那个什么'领域'之内了？"

肃修言弯了下唇："'领域'只不过是肃道闲随便取的名字，方便理解和研究。据他所说，这个'领域'因人而异，每个人进入的都是不同的时空。我们现在的这个'武侠世界'已经不能算是奇怪，更加猎奇的也有。还有个人直接被送到混沌一样的空间里，就那么飘了不知道多久。这些差别说是'平行世界'未免武断，他就用'领域'暂时命名了。"

程惜有些头疼地追问："那么发生在'领域'内的事情呢？有没有总结出什么规律？"

肃修言摇了摇头："每个人进入的'领域'差别都太大，还无法总结。"

程惜目瞪口呆，只能问了个自己最关心的问题："那么我们什么时候能出去？怎么出去？有没有规律？"

肃修言再次摇了摇头，他看着她说："肃道闲告诉我，在'领域'内他目前认为的唯一可以遵循的规律，就是把一切都当成是真实发生的，认真对待。"

程惜已经觉得自己更加头疼了："为什么？"

肃修言又一次沉默了，他停顿了片刻才说："我们可能在这里停留几天，也可能停留几十年。如果长达几十年的时光，都没有用正确的心态，努力生活下去，哪怕我们在现实中的肉体没有任何改变，精神也会被毁掉。"

第8章

每个人的内心戏都很多，不是吗？

　　程惜沉默了很久，才侧头看了看肃修言。

　　肃修言说完后就一直等着她的反应，这时又张了张唇，似乎是想要说什么，但程惜在他发出声音之前，就捧住他的脸吻了下去。

　　她又努力吻了他一阵，直到两个人都有些气喘吁吁，才放开了他。

　　肃修言的脸颊有点泛红，望着她皱眉："你又突然怎么了？"

　　程惜笑起来，还伸出舌头舔了舔自己的嘴唇："既然说不准要在这里待几天还是几十年，那我当然是继续完成之前没有完成的事……把你睡了！"

　　肃修言脸颊微红地看着她，神色还是十分复杂："你能不能有哪怕一天，忘掉这件事？"

　　程惜连连摇头："那是不可能的，无时无刻不在想，魂牵梦萦！"

　　肃修言看着她欲言又止，最终还是抿着唇侧过头："别说这些疯话。"

　　他这么傲娇到没边，程惜也早习惯了，她挑了挑眉问他："既然我们一起来了这里，那你就是跟我有肢体接触了？怎么接触的？"

　　肃修言脸颊看起来好像更红了一点，移开了眼睛："我抱你下楼……然后吃了安眠药，抱着你一起睡了。"

　　程惜听着他的描述，连连咋舌："你怎么说得好像你跟我殉情了一样。"

　　肃修言的目光颇有些无奈："你都想些什么？肃道闲说你在昏睡中很容易不

174

知不觉陷入'领域'内，而一起进入的两个人除了要有身体接触外，呼吸也需要尽量同频。我也吃安眠药，抱着你睡着，最快也最稳妥而已。"

程惜听着就开心地去摸他的头发，还自行理解了一下："你是怕我一个人不小心陷入什么未知的地方，才这么奋不顾身地追了上来？"

肃修言神色复杂地看着她："你的用词有点问题，没有奋不顾身那么夸张。在现实中看，我只是抱着你睡了一觉，并没有任何损失。"

程惜压根就不听他的强行解释，凑过去笑眯眯地在他唇上轻吻了下："我的小哥哥对我还是这么好，是我的英雄。"

肃修言将她推开一些，皱了眉看她："你的甜言蜜语倒是说得越来越顺口了。"

程惜笑着又去抱他："好，好，我知道小哥哥脸皮薄容易害羞。"

肃修言倒是没有继续推开她，只是皱眉抿着唇，靠在她肩上闭上了眼睛。

程惜看他确实累了的样子，就让他先躺下休息，自己去外面跟韩七一起收拾碗筷。

韩七看到程惜又出来，笑了下："老朽先前着实没想到，程神医和曲城主倒也是旧时相识。"

墙板那么薄，程惜在里面和肃修言说话，他估计也都听到了。

程惜挑了下眉："怎么，难道所有人都以为我跟他没有什么关系？"

韩七用挤成一道小缝的眼睛看她："程神医此话怎讲？"

他的脸很丑，但程惜很坦然地看着他："我除了记得我跟他的事之外，别的都不记得了。"

韩七沉默了片刻，程惜还是直视着他的眼睛："有什么是我需要知道却还不知道的，老先生能告诉我吗？"

这次韩七叹了口气："这么多年了，程神医是第一个肯看老朽脸的人。程神医有什么要问的，尽管来问，老朽知无不言，言无不尽。"

程惜承认自己用了一些交流技巧，但她也确实尊重韩七，对方这么配合，她也就没有客气地问了个痛快。

按照韩七的说法，程惜这个"神医"，是在行医途中，被"曲城主"强行抓去覆手第一城的。

因为程惜的哥哥，同样也是神医的程昱是神越山庄的客卿，所以程惜也算是神越山庄的人。

神越山庄虽然不是什么武林门派，但神越山庄的庄主，同时也是中州巨富的肃道林，常年资助正义盟，能算是正义盟的幕后老板。

所以"曲城主"这番动作，算是正式得罪了正义盟和神越山庄。

这个世界的武林形势，并不是那种有明确正邪之分的格局，覆手第一城不能算是魔教，正义盟也不能算是武林正道，无非是各自为政的两拨势力。

覆手第一城当然跟正义盟是对头，但不是你死我活的那种关系，长老们并不想撕破脸皮大战一场给第三方势力捡了便宜。

再说覆手第一城一直标榜实力为尊，城主都是通过"打架"这个简单粗暴的方式决定的，城主虽然是名义上的"武林第一人"和主上，但实际情况往往更复杂。

比如现任城主"曲欢"，本来就只是覆手第一城死士营出身的死士，但实在太能打了，一路打遍天下无敌手，几个月前更是一掌把上任城主拍成重伤，当上了城主。

这样的城主当然会被长老们排挤孤立，既然城主不听话惹了事，那么被逼宫也就是正常操作了。

程惜听韩七说的时候，就觉得有点脑壳疼，等他说完，忍不住又确认了一下："神越山庄庄主，肃道林？"

韩七"呵呵"笑了声："乐善好施活菩萨，肃大善人，天下谁人不知。"

程惜又指了指里屋的方向："跟我在一起的这个，几个月前才刚把上任城主干翻了上位的，曲城主，曲欢？"

韩七又"呵呵"笑了声："数月之前，天下还无人知道'曲欢'是何许人也，如今却无人不惧怕天下第一人的威名。一战成名天下知，这就是覆手第一城城主的威风。"

程惜想了下又问："那神越山庄的庄主，是有公子的吧？神越山庄的公子们叫什么名字？"

韩七还是笑了下："神越山庄没有什么'公子们'，只有一个大公子，名唤肃修然。据说以前曾有个二公子，不过尚未成年就已夭折，名讳也没流传出来过。"

程惜沉默了一下，她刚醒的时候，肃修言就让她别在外人面前叫他的名字，那时候他就知道这些事了吧。

在这个世界里有肃道林，还有肃修然，肃道林甚至还活着，只是肃修言自己，在未成年前就离开了家，还被父亲宣布已经"夭折"。

怪不得他不让程惜叫自己的名字，在这个世界里，"肃修言"这个听起来就跟肃家和肃修然有着什么关系的名字，是不应该存在的。

至于他为什么叫"曲欢"，程惜知道"曲"是他母亲曲嬿的姓氏，"欢"恐怕是随便取的，联系到他被家族放弃，还进了死士营那种地方，听起来就多少有那么点讽刺命运的意味。

程惜对神越山庄问得这么仔细，又看起来跟"曲欢"早就认识，韩七虽然听不懂他们在房里面说的那一大堆东西，但也多少猜到了些什么。

他叹了口气："我还在城里时，就听闻过死士营有一种秘法，那就是选出来几名天赋异禀的好苗子，先传授给他们一种厉害至极也极为损伤心神的功法，待到他们练得差不多，再将几人关在一座密封的石洞中互相残杀，以此来逼迫他们突破自身的境界……

"七日七夜之后，若有人能活着出来，则必定功法大成，天下无敌。只是这法子上百年来极少成功，被关在石洞中的人，通常就是一起惨死在里面。久而久之，这法子也不过就是死士营用来折磨人的酷刑罢了。

"不过老朽听过传言，就是用这种方法武功大成之人，无论什么年纪，都会一夜白头。曲城主年纪轻轻就武功盖世，不但出身死士营，还有一头白发，只怕是死士营这么多年来，终于成功了一次。"

程惜一边听着这些，一边就忍不住想这个世界的肃修言可真够惨，不但还没成年就被父母抛弃，连武功都是用这种方法获得——哦，他心脏里还长了个蛊，稍微累着点就会吐血。

这哪里是霸气大BOSS的设定，这简直就是多不疼娘不爱命也不好的苦情小可怜。

也许程惜脸上的神情显得有些过于复杂，韩七就没有继续渲染这种悲情气氛，而是清了清嗓子不再多说。

程惜也没再多问，帮着韩七收拾好东西后，就回里面的房间去看肃修言。

肃修言已经躺下睡了，程惜走过去借着桌上油灯的昏暗灯光，在他额头上轻吻了下。

肃修言睡得并不沉，微皱了眉睁开眼睛，就看到她那双大眼睛在昏黄的光线下格外深邃，里面还有些反光，就是说不上来那是泪光还是凶光。

他顿时有些惊悚，身子本能地往后侧了侧："你又怎么了？"

程惜用手摸了摸他的脸："你把衣服脱了，让我好好看看你的身体。"

肃修言咬了牙，额上泛出些青筋："你信不信这要不是在别人家，我早就把你收拾了！"

程惜无辜地眨了眨眼睛："哎？你想什么呢？我是听韩老先生说这里的你以前出身死士营，还被人虐待过，想看看你现在这具身体上有没有伤疤而已。"

肃修言看着她沉默了一阵："我自己已经检查过了，没有。"

程惜还是目光炯炯地看着他，肃修言知道自己要是不让她看，今晚估计是别想安生了，就坐起身，抬手解开了自己的衣服。

他的黑衣里面还有白色的中衣，程惜颇有兴致地看他一层层脱着衣服，看得肃修言眼角都微抽了抽。

他的肤色跟现实里没有什么区别，胸前也没有什么多余的遭受虐待的痕迹，不过他胸前那个手术留下的浅浅白色疤痕却还在。

程惜抬手轻摸了上去，感受那一点很细微的凸痕。

哪怕是陈年的伤疤，也依然比别的地方的肌肤敏感，特别是在胸口这样敏感的位置。

程惜摸了几下，就听到肃修言的气息变得有些不均匀起来，她抬眼看了看他，看到他微侧过的脸，眼角微垂，下颔有些紧绷。

程惜不知怎么就想起来那句"灯下看美人"，然后她就……低头用舌尖在那处伤疤上轻舔了一下。

她的脖子再次被快到避不开的手掐住了，她没感觉到自己的呼吸被压迫，却能感觉到他的呼吸急促，压低了的声音里有些气急败坏："你是不是觉得，我不会失控？"

程惜颇有些坏心眼地将身体又前倾了一些，用手钩住他的手臂，顺着他赤裸的肌肤，缓慢地向上摸去："哪里，我觉得你的自控能力，实在是太好了点。"

肃修言深吸了口气强迫自己冷静。

最后还是外面的韩七重重咳嗽了两声，提醒他们屋里的门板不但很薄，而且还一点都不隔音。

肃修言再次深吸了口气，松开掐着她脖子的手，拉上自己的衣服，翻身躺下，留给她一个背影："别闹，睡了。"

程惜也没真想给韩七老先生造成困扰，闷声偷笑着贴着他躺下来，顺手搂住他的腰。

他的身体略微紧绷了下，却没有将她的手移开。

程惜满意地在他背上找了个好位置窝起来，抱着他美滋滋地说了声："小哥哥，晚安。"

这里夜间还是挺冷的，但程惜有大号人肉抱枕取暖，睡得还是很安稳。

只是她这一夜的梦，实在也太乱了些，她好像是陷入到了另一段人生中，又好像自己变成了另外一个人。

在这个梦里，她从小时候起，就和哥哥一起跟随隐居的父母学习医术。

后来父母被仇家杀害，她在九岁时第一次下山，跟随哥哥一起投靠神越山庄，然后在这里，她遇到了独自在偏僻庭院里练剑的黑衣少年。

他总是一个人，身旁既没有亲人，也没有朋友。

她以为这个少年也是跟自己一样，因为不再有父母可以依靠，所以前来投靠肃庄主。

她在旁边看他练剑，虽然并没有什么花哨的招式，但利落又好看，看得出以后能成为一个少年剑客。

她也渐渐跟这个沉默寡言的少年搭上了话，喊他小哥哥，跟他说了很多乱七八糟的话。

对父母和山上生活的思念，对哥哥的心疼，对这个神越山庄，还有这个巨大的江湖的困惑。

不管她说了些什么，少年总是一边练剑一边听她胡说，间或会答上那么一两句，表明他一直都在认真听着。

有天，她终于说自己的事说得烦了，就问他为何苦练剑法，难道有什么远大的抱负？

少年沉默了许久，才回答她："人总要有些本事，才能派得上用场。"

她听了这句话，更加坚信这个少年也和她一样，是寄人篱下的孤儿，为了报答恩公，才如此努力。

直到后来有一天，她没能在那个庭院里找到他，又听说山庄里那个娇生惯养的二少爷染上了风寒。

这个二少爷据说是被夫人宠坏了，平日里锦衣玉食不说，脾气也大，动不动就冷着张脸，山庄里的人都说他比温文尔雅的大少爷难伺候多了。

二少爷生病，夫人自然心急如焚，几乎叫了整个山庄的大夫过去，她也懵懵懂懂地跟哥哥一起去了。

她在那个华丽又挤满了人的屋子里，见到了正在冲奴仆婢女发火的夫人，也见到了神色冰冷、一脸不悦的肃庄主。

先去的大夫已经给二少爷诊完了脉，说是劳累过度，再加上淋了雨，普通风寒。

夫人却不放心地要哥哥也去看一看，她看到哥哥的神色虽然还是很平和，旁边的那些大夫，眼中却已经有了些异样。

是啊，不过是个普通风寒，只因为是身娇肉贵的二少爷，就一定要兴师动众，几个大夫都诊过了尚且不行，还要"小神医"出马。

哥哥带着她进了内室，她也终于看到了那个惹出了这么大动静的二少爷。

他没有穿平时练剑会穿的那种黑色衣服，而是披了件华丽的外衣，就靠坐在床上。

看到又有大夫进去，他脸上的神色还是冷冷淡淡的，只是熟练地将手臂递了出去供人诊脉。

她跟哥哥一起走到床前，又看了他好一阵，确定这就是她的"小哥哥"，开口小声说："昨晚下雨啦，你练剑到那么晚吗？"

她看到他还是微垂着眼睑，唇角却弯了弯，像是回应她："没注意，多淋了一阵雨……"

外面这时传来一声含着怒意的呵斥，打断了夫人对大夫喋喋不休的盘问："够了！你整日里就知道围着这没正形的东西打转，还在这儿丢人现眼！"

夫人似乎是小声啜泣起来："言儿自小身子就弱，你也听大夫说他是累着……"

肃庄主更加震怒了些："他多少日没去先生那里做功课了？劳累过度？怕又弄了什么乱七八糟的玩意儿！我没让他去跪祠堂已算是好的了，他还敢病了！"

夫人的抽泣声更大了些："言儿都病了，你却连急也不急！这孩子就如此入不了你的眼吗？"

肃庄主似是被气到了极致，哑声说："好，好，来日等这逆子死了，再来寻我吧！"

肃庄主这句话说完，外面又是一阵喧哗，夹杂着夫人的哽咽声："你真不看一眼言儿了？"

再也没有别的回应传来，听起来像是肃庄主已经拂袖而去了。

她看他一直垂着眼睛动也不动，就连忙想办法安慰他："小哥哥，庄主伯伯是说气话呢，他一定不是那样想的。"

他抬起头看了她一眼，又弯了弯唇角，他的目光太过于平静，她看着总觉得哪里有些不对劲。

哥哥在这时也终于诊完了脉，抬头对他说："二少爷是身体虚乏，风寒入侵，没什么大碍，吃几帖药就能痊愈了。"

他早就了然一样点了点头，低声说："烦劳程先生。"

她看着他，并不觉得他像别的仆人说的那样骄横无礼，无非是神色淡漠了些，不那么爱笑了点。

哥哥示意她收拾好诊箱走了，她还看着他有些依依不舍，他也注意到了她的目光，抬起头总算对她笑了笑："你也听到了，我没什么事，就是这几天不能陪你说话了。"

哥哥一直知道她有个"小哥哥"，却没想到就是他，这时候用带着点笑意和揶揄的目光看着她。

她想到要有好几天不能再见"小哥哥"，也忍不住冲过去握住了他的手。

他还发着烧，手指干燥又有些发烫，她紧紧握住了，对他说："我等着你啊，小哥哥。"

他犹豫了片刻，抿了下干裂发白的薄唇，也握住了她的手，轻声地"嗯"了下。

可是没等他病好起来，哥哥就为了寻一个秘方要去一趟苗疆，哥哥走前问她是留在山庄里，还是跟着自己。

她实在不想一个人待在没有亲人的地方，还是选择了跟哥哥出去云游。

他们这一去不过几个月时间，她以为他们总能再见的。

他是神越山庄的二少爷，神越山庄里人人都知道他在哪里，她只要回到神越山庄，想要找他，那还不是容易得很。

可是等她几个月后跟哥哥一起回来，这里却已经天翻地覆。

大少爷被歹人种了一个蛊，还在生死一线间煎熬，所有人都闭口不提二少爷。

她问了几个人，那些人都连忙叫她不要再提二少爷，只当神越山庄从来没有过这个人。

还是有个老大夫看她问得执着，私下偷偷告诉她，大少爷中蛊，就是被二少爷害的，二少爷已经被庄主逐出山庄，下落不明了。

她不相信自己的"小哥哥"会做出这样的事，可是距离他被驱逐已经过去了很久，江湖茫茫，她只不过是个小孩子，又怎么能找得到他。

于是她就这样错过了自己的小哥哥，直到十年过去，她在官道上遇到了一头白发戴着面具的神秘人。

她凭借直觉认定这个人哪怕要带走她，也并不会伤害她，然后她就失去了意识，落入了那个充满风雪凛冽味道的怀抱中。

程惜从梦中醒来的时候，天才刚亮，于是她就抱着怀里暖乎乎的人肉抱枕，又躺着整理了下思路。

肃修言隔了一阵才低咳了几声醒过来，程惜趁他目光没清明的时候，凑过去在他唇边轻吻了下。

肃修言低头面无表情地看了看她，用手按住她的后脑勺，把她按在自己怀中。

程惜听到他极轻地叹了口气，就干脆窝在他怀里说了起来："我觉得我好像获得新的记忆和技能了。"

肃修言轻"呵"了声，仿佛是早有预料。

程惜看他胸有成竹的样子，就问："你早就知道了吗？为什么不告诉我？"

肃修言沉默了片刻，似乎是觉得自己不回答她的话，一定会被她缠着追问，就开口说："因为我记住了肃道闲的话……把一切都当成真实的。"

程惜琢磨了一下，有些恍然大悟："你的意思，是说把我们现在的身体，当成是真实存在于这个世界的？那么人的记忆，本来就是通过脑细胞储存的，只要在这个大脑里曾经储藏过的记忆，只要努力想一下，都能想起来？"

肃修言又沉默了片刻："你们搞学术的总喜欢追根问底要求一个解释，但商人的思维模式，就是一切存在即是合理，从这些存在中尽快找到规律，拿出应对方案，才是首要问题。"

程惜不由得默然了，不得不承认在非常规的状况下，他的这套生存哲学还挺好使。

窝在他温暖的怀抱里实在太舒服了，她已经忍不住伸手隔着衣服去摸他手感很好的胸肌，还有往下的腹肌。

她动来动去的手当然又被抓住了，肃修言低下头，伏在她的耳边用只有两个人能听到的声音说："别人惹火。"

程惜觉得这个时间和地点，确实不太适合她实施长久以来的重人计划，最后还是无奈作罢，爬起床去等着吃早饭。

她也觉得这种混吃混喝的日子连续过了两天，有点不好意思，就找到韩七说："韩老先生，我想起来医术了，你脸上的瘤是毒素引起的，虽然过了挺多年，但也不是不能治。就算不能恢复本来相貌，也会比现在好很多。"

韩七对此毫不意外，好像程惜说她想不起来医术的话，他根本没当过真："那老朽就先谢过程神医了。"

既然要给韩七治脸，就需要用到银针，但程惜之前完全想不起来自己会用这个，就没带在身上了。

还是肃修言一脸嫌弃地从自己的外袍里翻出来一套银针丢给了她。

程惜想到他一点也不意外自己突然获得了医术，就有些心情复杂："你也真是未雨绸缪。"

肃修言弯了弯唇角笑一笑："一贯如此。"

他还真得意上了，但程惜技不如人，只能忍气吞声。

韩七脸上长的肉瘤，按照这边的医学来解释，就是毒气淤塞，别的医生可能没有办法，但程惜知道自己脑子里记了一套很神奇的针法。

只要用这套针法中的一部分方法刺穴疏通他的经脉，毒气就可以被引导出来，韩七的脸也能恢复一部分。

吃完早饭后，程惜就给韩七施了一次针，那些知识不但成系统，她用起来也十分熟练，很快疏导出了很多毒液。

程惜忙完了去洗手和清理银针的时候，就忍不住对肃修言说："我接受的现代医学知识，应该是无法解释现在我用的这些治疗手段的，我给韩七扎针的时候，甚至觉得自己像个江湖骗子，但怎么就管用了呢？"

肃修言淡淡看了她一眼："你只用记住，我们现在处在一个真实却又和现实不同的世界里就行了。"

程惜停下手叹息："可我还是觉得有点违和。"

肃修言挑了下眉："世界原本就是无限的，你却非要给这个无限加上一个边界，这本来就是一种局限。"

程惜看着他惊叹："你挺会总结的啊，你是不是要考虑一下也去写书，说不定也能像你哥一样成功哦。"

肃修言冷淡地"呵"了声："我忙得很，没有那个闲工夫。"

程惜知道只要提到肃修然，他就会傲娇那么一下子，偷笑着没再继续说下去。

程惜给韩七施完了针，又写了几味这个树林里就能找到的草药，嘱咐他采点回来煮一煮泡脸，就和肃修言准备要告辞了。

本来他们两个就是在逃亡途中，在这里暂时落脚还可以，如果住在这里林子里久了，覆手第一城的人为了找他们在附近仔细排查起来，韩七的平静生活可能就要被打破了。

韩七也知道这个道理，没有强留他们，而是笑呵呵地跟他们道别。

肃修言虽然还是冷着脸皱着眉，却在临走之前开口说："如果他们为难你，尽管说我往神越山庄的方向去了。"

韩七笑了笑："曲城主放心，覆手第一城那几个人的斤两老朽还是知道的，老朽敢在这里住下，就是知道他们就算找到了，也奈何不了老朽。"

肃修言点了下头："如果有问题，可以来找我们。"

韩七笑着点头，又说："曲城主仍有赤子之心，覆手第一城这种地方，关不住曲城主。"

肃修言对这样看似是夸奖的话也没什么反应，就抬手挥了挥，就算是跟他道别了。

程惜又跟老爷子多说了几句，才恋恋不舍地告别完毕。

肃修言赶路的方式还是很直接，揽住她的腰足尖一点就飞了起来。

有了上次的经验，程惜已经不会大惊小怪了，反而抱着他的腰，享受这种起起落落比滑翔机还自由的感觉。

上空视野开阔，现在又是白天容易寻找目标，他们用了一个多小时，就到了附近一座城。

肃修言的面具已经给程惜顺手丢了，他也没有再找一个戴上的意思，反而拉着程惜先一起去了家当铺，当掉了身上满是金质饰品的腰带。

　　接着又拿着那一大笔钱，先去布庄给两人各自买了几身成衣，再去城里最豪华的客栈开了最大最豪华的套房。

　　这套客房用现代的标准来看也可以说是豪华舒适了，宽阔舒适的里外两个套间，里面有巨大的铺满绸缎的架子床，甚至还有一个石头砌成，上面撒了一层花瓣，足够两个人使用的温泉水池。

　　两天没洗澡没换衣服，可能已经让洁癖的肃修言抓狂了，他进房后就脱下身上的衣服，十分嫌弃地丢到地上，径直进了浴池。

　　程惜还在兴致勃勃地参观这个古代的豪华套房："果然只要有钱，在什么时代都不会难过。"

　　肃修言撩起自己的白色长发，将肩膀放松地靠在浴池边缘，"呵"了声："只要有钱就会舒服，那个过是贫穷的人给自己的幻想。对于没有考虑过钱的问题的人，这些也只不过是日常而已。"

　　程惜听他这么说，就挑了挑眉："听你这个意思，你好像是没穷过的。"

　　肃修言在雾气蒸腾中给了她一个不可思议的眼神："你什么时候有我曾经没有钱过的印象了？"

　　程惜有些奇怪："你不是被肃伯伯赶出神越山庄了吗？一个未成年人，流落街头肯定是要吃苦的吧，难道肃伯伯还给了你很多钱？"

　　肃修言挑了眉看她："不，我确实是身无分文地被赶出来的，也的确在理论上应该有一段落魄的生活。"

　　听他这么说，程惜愣了愣，也突然找到了自己一直感觉到违和的地方：在那些关于这个世界的回忆中，她好像只记得那些"故事"，而不是那些"细节"。

　　就是她知道自己的身份，也知道自己的过去，对于那些重要的回忆，甚至有身临其境的感觉，但并不能想起这么多年，她究竟是怎么在这个世界里生活的——比如起床后怎么刷牙，去厕所时有没有抽水马桶，不能洗淋浴的时候又该怎么洗澡。

　　跟韩七在野外小屋的时候，那里的一切都很简陋，程惜就用以前在野外露营的经验去解决这些琐事了。

　　但当她来到了城镇，就觉得处处都很新鲜，看哪里都有种"古人原来是这样生活的"的好奇感。

　　这种感觉很难形容，硬要说的话，就是好像她突然被套上了一个"背景故事"和一些"特殊技能"，然后被丢到了一个十分真实的复古游乐场里。

　　肃修言看着她神色变幻，也知道自己说到了点子上，再次挑了下眉："肃道闲只告诉我把一切都当作真实的，而不是说一切就是真实的。不管在这里经历了些什么，我们依然只是我们自己，在这一切结束后，现实的世界里，也只是过去了10秒钟。"

程惜也知道自己过于执着某些表象了，以至对这一切没肃修言适应得快，她耸了下肩，就也愉快地脱起了衣服。

肃修言刚才脱衣服的动作虽然快，却是趁着她四处打量的时候飞速脱完进到浴池里的，现在眼看着她毫不见外地把自己扒了个精光，他的神色顿时又复杂起来："你干什么？"

程惜跑到浴池那边硬挤了进去："洗澡啊，浴池只有一个，你难道想独占？"

随着她的进入，本来就被塞满的浴池又溢出了一些水，肃修言看着她还想向自己靠近，顿时开始后悔刚才为什么不至少留一条内裤。

程惜可不管这些，她现在正努力体会"做一个古人的快乐"，用手撑住浴池的边缘，把他整个人圈在自己面前，笑着舔了舔嘴唇："大'美人'，这可是你自己送上门来的。"

到了这个份儿上，肃修言如果再抵死不从，那也就显得太矫情了些。

他抿着唇上下打量面前这个为了把自己"圈起来"，手臂张开，袒露出胸前大片春光的小女人，弯了弯唇："虽然我不想在这里给你第一次体验，不过我看你是不长记性。"

程惜已经习惯在调戏他的时候，看他气急败坏着脸红的样子，他现在突然这样，她一时半会儿还真有些没反应过来，歪了歪头说："嗯？"

下一刻她的身体就突然失去了平衡，然后跌到了他怀里。

赤裸的肌肤在温热的水中贴在一起，肃修言还按着她的肩膀，把她紧紧按在自己怀里，让两个人的身体更加紧密地贴合。

她甚至能感觉到他胸腔里传来的心跳声，一声声急促又稳定。

他将还带着水汽的唇移到她耳侧，低沉却又清楚地说着："小惜，我很想……但不是在这里，在这个不知道是虚幻还是真实的世界中，在你还不确定你自己真实心意的时候。"

程惜觉得自己喉咙发紧，浑身上下的细胞似乎都在温热的水中被蒸腾开了，变得格外敏感，她下意识地吞了下口水："什么叫我不确定自己的真实心意？"

他沉默了片刻，接着她就听到他低沉地笑了笑："当你确定了之后，你就不会再问我这种问题。"

程惜觉得自己的脑细胞仿佛都被用来去感受他的肌肤，他的体温，还有他呼吸间清冽的味道，以至她都分不出神来去想点别的，只是迷迷糊糊地想：他这到底是什么意思？难道她现在应该对他说一句她爱他，爱他爱得死去活来，以后一辈子都不要跟他分开？

这都是什么跟什么？他不会不知道，爱情就是多巴胺分泌之后出现的幻觉，她现在如此渴望他，难道还不够确定？

她想着就想干脆一不做二不休，靠上去堵住他的唇再说，他却像会读心术一样抬手遮住了她的唇。

她听到他很轻地叹息了声："小惜，我这一生都活在不确定的猜测中，关于你不确定的东西，我不想要。"

程惜还在愣着的时候，就感觉到他的体温突然消失了，他可以算是温柔地推开了她，而后手上不知道什么时候就多了一件浴衣。

她看着他像武侠电影里那种武功盖世的高手一样，出水的同时，已经将浴衣裹在了自己身上。

他将浴衣拢上，居高临下地对她弯了弯唇角："既然你着急，你可以先洗。提醒你一下，为了防止被追兵包围，我们不过夜，洗完澡收拾好，立刻出发……我建议你动作快一些。"

程惜……程惜并不能怎样，他人都跑了，现在他武力值那么高，她又抓不住他。

要说以前，强行逼迫他就范还有点可操作性，现在则是一点机会都没有了。

程惜想着就长叹一声，只能奋力搓澡来排遣心中的郁闷。

想她当初买了张机票去赌城，不就是为了来一个酣畅淋漓的毕业纪念。

结果她看上的第一个人，就是这个肯跟她领结婚证，却到目前为止都不肯跟她履行合法夫妻义务的傲娇总裁。

这还真是，人算不如天算，多想想都要流泪。

她丧丧地洗完了澡，肃修言还是一脸八风不动地坐在外面喝茶，看她出来了，就自己进去了，这次还放下了挡着浴池的帘幕，那意思很明显，别偷窥。

程惜经过刚才的挫折，暂时已经没有了继续撩他的动力，就在外面唉声叹气地擦头发换衣服。

肃修言很快洗完了出来，看到她这样，抿了下唇说："时间不多了，我们走吧。"程惜看着他，冲他招了招手："过来让我把你的头发擦干，不然容易着凉。"

肃修言看了她一眼，然后她就看着他头顶腾起了一阵雾气，再然后他那头银白长发就顺滑干燥了。

虽然在小说和电视剧里，看过很多次武林高手自带干衣干发功能，但程惜还是表情复杂地看着他："你知道吗？我刚才有那么一瞬间，还以为你头发自燃了。"

肃修言挑了挑唇角："我就当你是嫉妒了。"

程惜翻了个白眼，十分不想承认自己确实嫉妒了。

为啥都是来到武侠世界，他是高手中的高手，她就是个一点也不拉风的后勤人员呢？

肃修言绕到她身后，从她手里接过来棉布，给她擦还湿着的长发。

也不知道他用了什么手法，反正程惜觉得他手心似乎暖融融的，然后自己的头发也就飞快在他的擦拭下干燥了起来。

她的头皮被他摆弄得很舒服，就不自觉放松了肩膀："辛苦你了，Tony老师。"

肃修言"呵"了声，没理会她这种冷笑话，又拿过来梳子和发带，将她的长发束起来。

程惜站起来从他手里接过来梳子："好吧，为了感谢Tony老师的热忱服务，我也来给老师梳个头。"

肃修言挑了眉看她："我看你的气势，感觉你不是想给我梳头，是想趁机砍我的脑袋。"

程惜连忙撇清："哪里，哪里，我现在就算想要你的脑袋，也打不过你啊。"

肃修言又扬了扬眉不置可否，倒是真的坐下来让她给自己束头发。

他们两个都没想到，互相束发在古人眼里，算是很亲密的行为了。

就在程惜努力把肃修言的头发扎好后，窗外就突然传来一阵怪笑，把她吓了一跳。

肃修言倒像是早有预料一样，抬手一道气流打过去，那扇窗子就啕啕个儿被他掀开了，露出来窗外树上趴着的一个黑衣蒙面人。

程惜还没来得及吐槽他大白天穿夜行衣的行为，那人就先阴阳怪气地开口了："曲城主和程神医看来是私订终身了啊。"

都是神神道道语气怪异，但韩七说话听起来就比这个人舒服了，再加上程惜正在憋屈刚才的事，正没地方撒气，毫不客气地反驳了回去："谁跟你说我们私订终身，我们是登记公证过的合法夫妻懂吗？"

这句话说得太直接，连肃修言都不由得默默看了她一眼。

那个黑衣人虽然没有太明白她话里每一个词的意思，但那个"夫妻"他还是听得懂的，顿时又不怀好意地怪笑了起来："程神医既以夫妻相称，想来已喜滋滋地与情郎行了那苟且之事。"

这人说话也太气人了，特别是程惜并没有得逞还被误会了得逞，她气得袖子都要撸起来："你听不懂人话吗？我们既然都合法了，干什么还用得着你这种闲人插嘴吗？"

那人显然还怪笑着想回嘴，程惜就看着身旁一道黑影冲出了窗子，再然后是几下你来我往的过招，随之就是一声惨叫。

她跑到窗边探头去看，就看到那个黑衣人面朝地趴在窗外的假山下，肃修言则一脚踩在他背上，还用力踹了两下。

那人嗷嗷惨叫，程惜站在窗子边问："你要弄死他吗？"

肃修言抬头看了她一眼："我不杀人。"

他顿了一下，又接了一句："只不过打烂他半根舌头，让他以后没机会再胡说八道。"

程惜放下心来，又喊："好的，虽然这是个武侠世界，不过你别杀人，杀人这种事太伤害精神了，你杀了人我还要给你进行心理干预。"

肃修言的神色看起来相当无奈，简直都要翻个白眼给她："我懂，别啰唆了，追兵要来了，赶快走。"

这里跟院子里还有接近三米的落差，肃修言很轻松地跳了进来，拿了准备好的行李，就揽着她的腰重新从窗口飞了出去。

现在他们在城里，用轻功反而更引人注目，肃修言很快落地，拐进了一家卖马的商行。

看着马厩里那些健壮的马匹，程惜总算找回了一些运动达人的自信："我苦练多年的马术，这次终于能派上用上了！"

肃修言看了她一眼，付钱买了两匹马，自己翻身上了一匹，对她伸出了手："你跟我一起。"

程惜连忙强调："我会骑马，骑术还相当不错。"

肃修言看着她沉默了下："我们是赶路，一天需要骑十几个小时，你确定你的膝盖和大腿受得了？"

程惜顿时又立刻怂了，毫不犹豫地伸手拉住他的手："肃总带我飞，谢谢。"

肃修言用了巧劲，她自己没怎么用力，就坐在了他身前，他环着她的腰又弯了弯唇："没事，反正你也不重，我们骑一匹马，可以的。"

程惜窝在他怀里感慨，虽然这种处处被呵护的感觉不错，但也仍然是不如自己厉害……这个世界里的她怎么就没练点武功呢？

为了甩开追兵，肃修言是用了点技巧，也绕了点路的，不过他们的赶路速度也依然是很快。

主要是因为肃修言换着两匹马骑，一天至少要赶路16个小时以上，只会在两匹马都疲惫饥饿的时候，才会停下做短暂休整。

他自己则好像精力充沛到不用睡觉一样，有时候程惜就在马上被他抱着睡觉，醒来时看到他还是神采奕奕。

好在这样的日子也没有持续太久，十几天后他们已经行进了几百公里，正式摆脱了覆手第一城控制的范围，来到了正义盟的地盘。

到了这里后，覆手第一城的人就不会再大张旗鼓地追击他们，他们也总算能找一间客栈住下来休息。

那两匹马经过十几天的赶路已经很疲倦了，肃修言将它们卖给马行，又换了两匹过来。

程惜则四仰八叉地躺在客栈的大床上感慨："肃总，有没有怀念你的加长宾利？"

肃修言沉默了片刻，才接过话："针对这种长途旅行，我有喷气飞机。"

程惜翻身用手撑住头，侧躺着看他："你之前说你从来没有没钱过，但我觉得你说错了，现在就是你最贫穷的时候。"

肃修言此刻竟然接不下去话了……现在还真的就是，他最贫穷的时刻。

程惜看他答不上来，更加乐不可支地趴下去锤床大笑，边笑还边说："完了，肃总，没钱的总裁不能叫总裁，你丢掉你霸道总裁的人设了！"

肃修言沉默地看着她不说话，程惜又从床上爬起来，擦着眼角笑出来的眼泪去抱他："好嘛，我不是因为你有钱才爱你的。"

她还是笑得有些停不下来，凑过去在他的唇角响亮地吻了一下，自得地说："我从一开始，看上的就是你的盛世美颜！"

肃修言面无表情地低头看了看她："你最早从什么时候开始看上我的？"

程惜还没觉察到这是个陷阱，笑眯眯地回答："当然是从在器材室看到你的那一刻开始啊，谁让小哥哥长得这么好看呢。"

肃修言弯了弯唇角，语气轻淡："原来你暗恋了我这么多年。"

程惜被他套路了进去，却丝毫没有慌乱，反而趁机去摸他的腰，照旧笑得灿烂："是啊，我想了小哥哥好多年哦……"

她的手再次被肃修言抓住，他还是弯着唇角，笑容仿佛十分温柔："你继续想，我不介意。"

程惜对肃修言的第一百零一次挑逗，照旧以失败告终。

他们休息了一天后继续上路，这里距离正义盟势力范围内的神越山庄，还有七百里，也就是三百多公里的距离。

程惜本以为接下来的路程会很好走，结果她低估了覆手第一城城主在正义盟地盘上的仇恨值。

如果说之前的追杀，还有点遮遮掩掩和半推半就，那现在就是肆无忌惮了。

程惜不得不买了个斗笠把肃修言那一头白发尽量遮起来，但也仍旧挡不住前赴后继的追兵。

关键覆手第一城的杀手，都是黑衣蒙面，偷偷过来袭击，可能是因为肃修言还是明面上的城主，需要秘密暗杀。

但正义盟可就不一样了，对头跑到自己地盘上，覆手第一城还一副你们随便杀，我们不管的样子，岂不正是诛杀魔头的绝佳机会？

在这个武侠世界，如果能抓到或者杀了覆手第一城的城主，好像是不亚于在选秀节目中夺冠的殊荣。

那可是"武林第一人"，弄死了他，岂不就是新的"武林第一人"？

什么预赛小组赛16强8强半决赛都不用打了，直接保送决赛，想一想就刺激！

于是这些人简直成群结队，堵官道、堵城门、堵巷子、堵客栈……幸好肃修言洁癖，从不去这个世界里那种脏兮兮的公厕，不然连公厕也会被堵。

逃命了几天，他们因为被四处围堵，不得不绕了点弯路，艰难地赶了几天的路，这才到了位于神越山庄外几公里的丹碧城。

丹碧城里聚集了更多的"武林第一人争夺赛"选手，他们刚进了城，就被围堵了起来。

肃修言打趴了一堆人冲出包围，程惜扒着他的胳膊，有些惊魂未定："我突然觉得你是超级巨星，并且现在满世界都是你的粉丝！"

被这么频繁地围追堵截了几天，肃修言疲于应付，已经不那么气派了，带着她顺脚就翻进了一个民宅，打开人家的柴房躲了进去。

那些人似乎是没想到"武林第一人"会躲普通老百姓的柴房，愣是散开去别的地方找了。

听着他们的脚步声远了，肃修言才皱着眉沉闷地咳了几声。

程惜看了他一眼，伸手去给他把脉，嘴里继续感慨："如果这是在现实里，你这关注度只怕要搞到网站服务器瘫痪，当之无愧的流量之王。"

肃修言任她握着自己的手腕："如果这是在现实，我会保证他们每个人都能领到一张人身限制令。"

程惜挑了下眉，再想到神越集团养的律师团，觉得他确实能说到做到。

她放开了他的手腕："你的脉象不稳，今天最好别再动武了，事实上，我建议你接下来最好卧床休息。"

肃修言环顾下四周："你建议我在这里卧床休息？"

程惜又挑了下眉："反正我们俩也都三天没洗澡了，睡柴房也不会更脏……你就当现在是世界末日，丧尸已经围城了，生存下去才是首要问题，别的就别挑剔了。"

肃修言"呵"了声："我倒是想不挑剔，但你是不是忘记了，虽然外面丧尸围城，但这里的住户还在。”

他正说着，柴房外就有个小孩子的声音响起来："娘亲，我听到柴房有动静，是不是进来小猫啦，我要去看看。"

这还真说来就来，他们两个就看着柴房的老木门被"吱呀"一声推开，然后露出来一张稚嫩的小脸，和一双带着兴奋和期待的眼睛。

那是个穿了个小红袄，配着一条绿裤子的小娃娃，脖子上带了个银项圈，头上还竖着冲天的小辫子。

虽然他们到这个世界已经几天了，但这还是他们第一次直面这里的小孩子。

程惜主动对着那个小娃娃笑了笑，然后用手在肃修言脸上比画了个胡子，歪了歪头："他是猫哦。"

肃修言无语地看着她，趁那个小娃娃愣神的时候，揽着程惜的腰，闪身从他头顶飞过，脚尖在门框上轻轻一点，身体又到了屋顶上。

那些追兵暂时已经看不到了，肃修言还是快速地拉着程惜躲进房后的小巷子里。

他们出来得太快，那个小娃娃也根本看不清肃修言的身法，他们已经落地了，才听到那个小娃娃在院子里拍着手大叫："娘亲，娘亲，我看到了个猫精！"

程惜忍着一脸笑，被肃修言略显粗暴地拽到巷子里的一扇小门前，然后用内力震开门栓，带着她走了进去。

古代躲避追踪的技巧，和现代不同，现代有汹涌的人流和各种交通枢纽，楼房也多，进去一栋大楼，想待甚至可以躲里面待一周。

古代城池又小又没有什么遮蔽物，人流也不大，占据个城池的高点，城里的动静就能看得一清二楚。

了解了这些，程惜也就理解了为什么那些逃命的主角都喜欢躲在青楼里了。

首先，这里人流量大、陌生面孔多，不易引起注意；其次，这里又有房间住又有吃的喝的。

还有就是，豪华的青楼为了增加情趣，一般会弄点假山啊池塘啊亭子啊，再加上植被茂盛，不容易被人从高处发现。

肃修言带她走进去的，就是一座青楼，他刚才躲进民居之前应该是已经计划好了，现在青楼刚被那些正道侠客搜查过，可以说是最安全的地方。

肃修言是带着程惜从后门进去的，刚走没几步就遇到一个龟公，虽然有些惊讶但还是十分有职业素养地笑着鞠躬："两位这是……"

肃修言直接丢了一锭银子过去："给我最好的房间，还有备好洗澡水。"

跑到青楼来开房，其实也算是常规操作了，毕竟偷情或者密会，这里都是最

191

佳场所，只要给钱多，这里的人最会保守秘密。

那个龟公开心地把银子收起来，就带他们去了房间。

肃修言还又叫了酒菜送房，然后就安心去洗澡换衣服。

程惜这时候也没心情偷窥他洗澡，在等他洗好的这个时间里，隔着帘幕跟他说话："我觉得我们得讨论下某个问题了，那就是……你见了你爸爸，要跟他说点什么？"

帘幕后传来哗哗的水声，肃修言隔了一阵才开口："还能说什么。"

程惜又托着头："还有，你为什么要回神越山庄？"

一开始他们两个人突然到了这个世界里，没有其他事情好做，再加上这个世界的肃道林还活着，肃修言说要去神越山庄，程惜觉得是挺正常的思维。

但后来他们被一路追杀，那些正义盟的人也好像知道了他们是要去神越山庄，都堵截在必经之路上，肃修言却还是坚持前进，也没有说去别的地方暂时躲一躲避开风头，她就觉得有些不对劲了。

肃修言还是沉默着，程惜就换了种问法："你不如解释一下这个世界里的你，为什么一开始会绑架我？"

她说着托起了头："如果说是为了给你自己治病，可是我也对这种蛊虫无计可施，只能用针灸暂缓下它发作时的症状。"

肃修言又沉默了一阵子，程惜正等他回答，就看到他已经裹了浴衣从里面出来了，边运功催干自己的头发边说："轮到你了。"

程惜"嗯"了声："你打算回避这个问题？"

肃修言看糊弄不过去，这才抿了下唇："我有其他的理由……过后解释给你听。"

这个回答程惜可并不满意，不过她也不是那种不分场合追究到底的人，挑了下眉："好吧。"

程惜本以为他们在这个青楼里也放松不了多久，结果这里服务到位，隐私保护又做得好，他们还真在这里好好休息了一夜。

除了隔壁房间会传过来点背景音之外，这个旅店可以算是住得舒服了。

第二天一早，肃修言又叫了早餐送房服务，程惜吃饱了，捧着手里的清茶感慨："可惜没有早餐咖啡，不然就圆满了。"

肃修言挑了下眉："你要求还挺多。"

程惜叹了口气："谁让我是重度咖啡因依赖者。"

肃修言"呵"了声："我看你还是重度酒精依赖者。"

程惜略显尴尬地清了清嗓子："我还以为我在岛上偷喝威士忌没有被你

发现。"

肃修言挑了下唇："下次想喝什么告诉我，我还是会调几种酒的。"

他这种自负的人，肯说自己会那就真的是有两手了，程惜顿时眼睛亮亮，就差给他摇尾巴："肃总您真是个宝，什么都能干！"

肃修言对她这种明显的拍马屁行为，只是冷笑了声，然后就说："休息好了就该走了，我们再继续留在这里，这青楼怕是要给人拆了。"

本来他们能在这里安然无恙地休息一晚就是个奇迹了，就算肃修言躲得巧妙，但昨天那些已经搜过这里的武林人士，差不多到第二天也应该能明白过来。

程惜对这里还挺有留恋感的，毕竟在这个世界里，服务如此到位的酒店很难找，她有些遗憾地问："那么我们接下来应该怎么办呢？要不要继续躲下去？"

肃修言看了她一眼："你昨天不是说我应该休息了吗？我休息过了。"

程惜反应了一下，才明白过来他的意思："你是说你昨天遵医嘱休息过了，所以今天就可以开始打了？"

肃修言挑了挑眉，没回答她，那意思却很明显了，他轻声说："既然去神越山庄必须要经过丹碧城，那么就算是打，我也要打过去。"

这里又要说到神越山庄的地理位置了，也是他们为什么要在追捕力量如此之多的情况下还来丹碧城。

神越山庄可以说是建在一个山谷中的，山上也都布下了机关毒障，而唯一可以进出神越山庄的路，就是穿过丹碧城。

现在几乎所有人都猜测他们会去神越山庄，那么丹碧城那条通往神越山庄的路上，也必定围满了人。

程惜想着就觉得头疼，还试图挽回："可不可以先让我去跟肃伯伯商量一下，让他派人来接你？"

肃修言冷笑了声："当年他赶我走的时候，可不像是会派人来接我的样子。"

程惜也不知道这个世界里的肃道林和肃修言是怎么闹翻的，只能在肚子里暗暗腹诽：那你还非要回去，难道是想回去打自己老爹一顿出气？

好在肃修言很快意识到程惜不知道当年的事，顿了顿又解释："那时候的事很复杂。"

程惜点了点头，表示自己理解，当年的事，她是不相信神越山庄的传言的。

别看肃修言一脸坑爹坑哥毫不手软的样子，按照程惜对他性格的理解，他对家人还是很看重的，哪怕她知道肃修言在现实里已经坑过一次肃修然，但还十几岁的他肯定不会主动做出伤害哥哥的事。

再说……肃修言压根不是那种心机深沉争夺家业的性格好吗？他闹来闹去还不是为了跟爸爸和哥哥邀宠？

于是程惜就端着一脸"我懂""我理解"的表情，省略了自己的心理活动，示意肃修言他们可以走了。

肃修言看她表情就知道她不知道又想了点什么，抿了抿唇后，在桌子上留下锭银子，揽着她的腰从窗口飞了出去。

肃修言是向着神越山庄的方向径直冲过去的，他们当然也很快就被人发现，四面八方都有江湖侠士飞檐走壁追了上来，还有的大声呼喊，生怕别的人没看到。

肃修言的轻功当然要甩他们一截子，但他毕竟还带着一个人，再加上还有人从前面堵过来。在冲了一段路后，他们也终于被前方的暗器逼落到地上。

肃修言将程惜护在身后，连开口说句话都没有，一掌就朝前方劈了过去。

他的掌力放眼天下也没几个人能接得住，挡在他们身前的这些人当然东倒西歪被震飞了一片。

其他没有负伤的人顿时都停住了脚步不敢上前，有个后排的人突然喊了一声："这魔头从不杀人，我们不要怕，一起上！"

程惜顿时瞠目结舌，她知道人类的本质就是不要脸，但这个不要脸得也太明显了吧？

肃修言握着拳冷笑了声，冲着那个方向又是一掌，顿时又掀飞了一片。

但那些人也已经被点醒了，再加上打败武林第一人的强烈诱惑，一蜂窝地拥上来开始群殴。

程惜就在这个团战中央，一边尽量机灵地躲避刀剑，一边看肃修言打架。

肃修言虽然不下杀手，但也一点没手软，被他一掌拍到吐血倒地不起，一脚踢到动弹不得的不在少数。

在这个混乱的战局中，有个声音及时制止了正义盟继续丢脸的行为，那人还没看到人影，清晰洪亮的声音就传了过来："诸位武林同道，即便此魔头十恶不赦，如此围攻一人，也有违侠义之道。"

那些人听到这个声音，也都放缓了攻击，有些已经赶紧撤开几步停手了。

程惜看到有个白衣的身影翩然落地，那人束着黑发，手里拿着一柄剑鞘雪白的长剑，长得倒是挺帅，但程惜莫名就觉得这张脸有几分炮灰的风采。

那人落地后就抱了抱拳，继续声音洪亮地说："鄙人正义盟齐耀天，同曲城主倒是首次相见。"

身旁的人都停了手，肃修言也收了手，冷笑了声："本座听说正义盟的盟主是个伪君子，今日一见，果真不假。"

他这么不给面子，齐耀天的脸色顿时就变得差了点，不过还是强撑着风度开口："曲城主孤身攻入丹碧城，还挟持了神越山庄的程神医，不知是意欲何为？"

程惜连忙在旁插嘴："我不是被挟持的，我是陪着他一起来的。"

齐耀天接连被他俩堵了话，脸色已经有些发青了，不过他的脸皮倒还真特别厚，就这样还能继续若无其事地自言自语下去："既然曲城主执意要为难神越山庄，正义盟就无法再坐视不理。"

肃修言"呵"地笑了声："就凭你？你能怎样？"

齐耀天开口似乎还想说点什么，肃修言早就不耐烦地一掌劈了过去。

这个齐耀天虽然虚伪，但武功显然跟其他杂兵不是一个段位，匆忙间举起剑鞘倒也挡住了这一掌。

接着他不但拔出了长剑，又对旁边的人使了个眼色，那些人顿时又一起向肃修言砍了过去。

程惜顿时一阵无语，嘴上说得这么光明正大，还不是要围殴？

肃修言追击齐耀天时和她拉开了一段距离，程惜趁空当想往一旁的屋檐下躲一躲，就瞥见有人赫然朝她围了过来，似乎是想抓住她好威胁肃修言。

程惜心想还挺会欺负人，她虽然并没有什么高深武功，但搏击的底子还在的好吗？

平时肃修言太厉害了没给她发挥的余地，现在这简直是给她试试身手。

那个试图偷袭她的侠士害怕弄伤她，收起来兵器伸手来抓她，本以为肯定能得手，却没想到眼前这个看起来手无缚鸡之力的"程神医"，抬手一记勾拳就打在了自己的下巴上。

程惜又补上一拳把那个人彻底打蒙，顺手抄起墙边的一根木棍夯在了另一个人的头上，同时抬腿一踢，正中那人下体的重点部位，那人疼得喊都喊不出来，捂着下面就倒了下去。

她这几下还真出奇制胜，把剩下两三个试图在她这里捡便宜的江湖侠客都唬住了。

没办法，她练的是现代搏击，没什么花样，也不讲招式，随机应变就是干。

她这边拖了一会儿，那边的战况又起了新变化，原本此起彼伏的惨叫突然停了下来，现场的人就像被什么东西静止了一样，全都不敢动了。

程惜透过人群一看，就看到肃修言的手指悬在齐耀天的脑袋上，只要掌心劲力一吐，这个现任正义盟的盟主，脑袋马上四分五裂。

当然只要他击毙了齐耀天，在场的这上百个人也一定会一拥而上，跟他决一死战。

四周一片死寂，在这种寂静中，突兀地响起了一串脚步声，程惜转过头，就看到一张她说熟悉却又有些陌生的脸。

那人并不是一个人来的，他还带了四名佩剑的黑衣侍卫，自己则一身沉黑镶着金边的长袍，头上束着个金冠。

他的头发大部分还是黑的，鬓边的头发却早就花白了，连胡子也染上了点斑驳白色，

但这些花白的头发和胡子，不仅丝毫不损他的气势，反倒给他增添了些不怒自威的凛冽。

程惜忍不住微微缩了缩脖子："肃伯伯……"

她这一声叫得很轻，肃道林也像是没听到一样，就带着他的几个黑衣侍卫穿过人群，在肃修言和半跪着的齐耀天面前站住了。

周围的人都举着明晃晃的武器，他更像是完全没看到，就沉着脸盯着肃修言，开口就骂："逆子！还不给我退下！"

肃修言眯了眯眼睛，微微动了下手指，吓得旁边的人都不由自主往后退了半步，齐耀天额上的冷汗也顿时更多了点。

好在肃修言只是呼吸不稳了片刻，就重新冷笑了起来："肃庄主怕是忘了，我哪里那么好福气做您的儿子。"

程惜忍不住吞了下口水，这对父子早不见晚不见，偏偏在这种千钧一发的时刻见面，她还真不知道这场面会怎么发展。

还没等她想明白，肃道林已经冷笑了声："怎么？还要我叫你爹吗？"

程惜……以为自己听错了，没忍住"嗯"了声，然后她就尴尬地发现，现场似乎更安静了一点，这么上百个武林豪杰，却静得好像掉根针都能被听到。

肃修言脸色都青了，程惜看到他咬紧了牙关，额头上青筋憋得凸出来几根。

现在她是真的害怕他气息再稳不住那么一下，齐耀天的脑袋就真开花了。

肃道林又冷笑了声："愣什么？还不给我滚过来！"

程惜也跟其他人一样，大气不敢出地看着肃修言，看他的脸色更铁青了一些，然后……然后他就缓慢地收起了劲力，放下手垂在身侧，走到了肃道林面前。

肃道林连正眼看他一下都不看，抬手示意自己身旁的一个侍卫留下，接着就转身向外走去。

程惜在旁尽量减少自己的存在感，但还是被肃道林头也不回地点了名："小惜，你也跟我回去。"

程惜只能扔掉手里的木棍，在万众瞩目下硬着头皮，走过去跟在肃道林背后，被那三个侍卫夹着走出了包围圈。

肃道林留下的那个侍卫应该是头领，在场里抱拳，语气自然地说："诸位武

林同道，我家二公子外出游历归来，似乎是被诸位当作了别的什么人，这都是误会，都是误会。"

程惜简直佩服这种睁着眼说瞎话的勇气，神越山庄的二公子都好几年没听他们提起来过了，结果轻飘飘一句"游历归来"这就算交代了。

第9章
谁家里还能没点糟心事？

接下来程惜就真的见识到丹碧城不仅仅是距离神越山庄近，而且就是肃家的地盘。

肃道林不止带了这四个侍卫，人群外还等着一辆四匹马拉的豪华马车，浩浩荡荡几十人的精卫。

丹碧城的县令带着两队守城卫兵也在外面，县令一看他们出来，就弯着腰满脸堆笑："侯爷，卑职不知是侯爷家的小公子回来了，没能远迎，实在是失职啊，实在失职。"

在这个世界里，神越山庄不仅富甲一方，肃家还世袭着爵位，所以是既有财力，还有名望，朝廷江湖都礼让几分。

肃道林这时的脸色就缓和多了，仿佛疲惫怠一般摆了摆手："无事，我这逆子三五不时就要来来回回，倒是麻烦你们了。"

这下程惜就愣了，她听这个意思，怎么好像肃修言不是几年没回来，而是这几年都偷偷藏在家里呢？

丹碧城县令却好像听懂了一样，顿时点头哈腰，连连道歉，一直把他们送到上马车，还在原地不停行礼恭送。

程惜自觉地跟着他们两个一起上了马车，又在宽敞的马车里乖乖地找了个软垫子跪坐下来。

肃道林进来就坐在唯一的那个主位上，端起桌上的茶碗开始喝茶，程惜猜他下车前就在喝茶，现在带了两个人回来，继续喝茶。

虽然不管是在现实里来看，还是在这个世界里，肃修言都已经有几年没有见过活着的肃道林了。

不过在父亲面前他倒还是很自然，进来后就在桌子边坐了，姿势很随意，表情也很冷淡，紧抿着唇没有开口的意思。

肃道林喝了口茶润了润嗓子，就拿余光扫了下他，语气冷淡地开口："你这头发是什么鬼样子？"

肃修言冷笑了声："用得着您管吗？"

程惜憋着气不敢吭声，心想还嘴还用"您"，肃总您这气势差了不是一点半点，果然见了亲爹就尿。

肃道林也冷笑了声："你这不人不鬼的样子，是想气死谁？"

程惜继续憋气，心想果然是亲父子，这冷笑的声调都跟复制粘贴一样。

肃修言是打算继续反驳回去的，但开口没绷住咳了几声。

程惜忙开口试图打圆场："肃伯伯，修言身体里有蛊虫，又刚跟人打过架，您再骂他，可能他身体受不了。"

肃道林这才抬眼看着她，隔了片刻说："你喊他修言？"

程惜给他这洞悉一切的目光盯得脊背发毛，只能硬着头皮说："肃伯伯，我们……私订终身了。"

她实在不敢说他们两个已经领证结婚了，毕竟在这个世界的概念里，这种两个人不告诉父母自己结婚的行为，还真就是……私订终身。

肃道林的目光倒是没有继续变得更严厉，而是微微点了点头："也好。"

程惜顿时松了口气，这种结完婚再告诉父母的事，还是有那么点小紧张的……万一不被承认，心里还挺失落的。

但肃道林紧接着就补了一句："此事交给我来安排，不要透露给我夫人。"

程惜想起来曲嬷对肃修言那种可怕的溺爱，连忙点头如捣蒜，表示自己一点都不想亲自面对婆婆。

肃道林被程惜打了岔，却并没有放过肃修言的意思，目光又转到他身上，冷冷地甩出了一句："会些武艺就以为自己了不起了？还不是横冲直撞没半点长进的废物。"

这次肃修言是真的没忍住，低头闷咳了声，冲口就喷了口血出来。

程惜连忙去扶他，找手帕给他擦血，他脊背微颤，又断断续续在她递过来的手帕里咳了几口残血，这才喘了几口气，缓了过来。

肃道林从头到尾都在端着茶碗喝茶，连抬头看过来一眼都没有。

车内气氛太尴尬，程惜也不知道说点什么，只能揽着肃修言的肩膀，让他靠在自己身上休息。

肃修言也不继续跟她傲娇了，也许是怕自己又被堵得吐血，闭着眼睛靠在她肩上一言不发。

车很快就到了神越山庄，从侧门一路进去，到了一个宅院门口。

肃道林才放下茶碗，开口说："马上要见你娘了，你要应付不了，就索性装昏。"

这没头没脑的一句话，程惜还没反应过来，肃修言就小声"嗯"了下，显然是已经明白了。

接着程惜就看到肃道林扯过车上放着的那个斗篷，把肃修言全身裹了起来，然后他就很自然地把肃修言揽过来，双手抱着他站了起来。

程惜还在愣神的时候，他就已经用公主抱的姿势，抱着肃修言出了马车，一步步走下了马车前新搭好的台阶。

而肃修言也已经非常配合地把头靠在他肩上，"昏迷"着被他抱下去了。

等到程惜跟着出去，看到早就等在门口的曲嬷，这才明白为什么肃道林会让肃修言装昏。

因为曲嬷还没开口说话，就捂着唇哭了起来。

她本来长得就美，哭起来当然也美，就是她平时都是一副雍容大度的样子，突然这么梨花带雨地哭了起来，真让人的心脏有点承受不了。

程惜尴尬地错开眼睛，看到跟曲嬷站在一起的还有肃修然。

这个世界里的肃修然也当然还是又优雅又有气质，用玉冠束着黑发，穿了一身浅色广袖长袍，继续演绎自带光晕的活体男神。

肃修然触到程惜的目光，就带了几分询问和担忧地看着她。

程惜立刻读懂了他的意思，冲他微微颔首，给他一个放心的眼神。

他们两个就这么没说一个字地完成了情报交换。

程惜本来以为肃道林抱肃修言，也只是下车时装装样子，很快就会把肃修言扔给别人抱。

结果他对曲嬷安抚了两句后，就这么一直亲自抱着肃修言，还一路穿过庭院，直接把他送到了房间里。

肃修然和肃修言高挑的体型本来就遗传自父亲，虽然肃修言已经很高，但肃道林也同样高大，抱着他倒是不显得吃力。

程惜跟在肃道林后面，感觉自己有点牙疼，马车上儿子吐血也没一点表示，现在抱人的姿势怎么就这么小心，您儿子都那么大了，您也不嫌他重得压手。

这个院子就是肃修言离开家之前住的地方，在肃修言离开后，曲嬷还命人每天打扫这里，倒是干净整洁随时可以住人。

曲嬷当然不肯走的，抽泣着跟了上来，肃道林还是维持着小心的姿势，把肃修言放在床上，就回头对她说："他还没醒，你也别守着了，回去休息。"

曲嬷看着床上的肃修言还是十分不舍，不过也点头擦了擦眼泪，带着侍女们走了。

肃修然留了下来，等母亲走后，就抬手关上了房门。

房间里就剩下他们四个人，躺在床上装昏迷的肃修言也终于睁开了眼睛，吸了口气撑着床半坐了起来，看着肃修然低声喊了句："哥哥。"

肃修然弯了弯唇，快步走了过来，越过肃道林一把抱住了肃修言的肩膀。

他紧抱了肃修言一会儿才松开，抬手用指腹在肃修言唇边轻擦了下，擦掉那里还残留着的一点血迹，皱着眉十分担忧："小言，你体内的蛊虫已经发作得这样严重了吗？"

肃修言弯了弯唇，一脸不在意的样子："平时还好，今天大概是被骂的。"

肃修然眼底有些忧虑，轻叹了声，又抬手去摸他的脸颊，对他温柔地笑了笑："小言瘦了好多。"

程惜在旁边看着，眼珠子都快凸出来，她觉得这个气氛有点不对劲，她甚至觉得肃修然这时捧着肃修言的脸亲他一口，都不会有什么毛病。

好在肃修然接下来就轻声说起了正事："小言，当年我醒后，就把我们被种蛊的经过告诉了父亲。父亲派了人去追你，你却已失去了踪迹。父亲怀疑是有人趁乱绑走了你，怕大张旗鼓地寻人反倒会让你更危险，所以才对外绝口不提你的事……但父亲和我，这些年都一直在派人秘密地调查你的下落。"

肃修言没显得意外，"呵"了声："我说他怎么突然又肯认我这个儿子了。"

肃道林脸色阴沉地坐在床边，那神情很明显：你们父亲我是不会当面认错的，哪怕知道我错了我也不可能认错。

他只是站起来，居高临下地看着肃修言，用命令的语气说："既然把自己弄得人人追杀，就给我在家老老实实待着。"

说完他也不等肃修言回答，就转身气场全开地走了。

程惜识趣地跟过去给他开门关门，回来看着肃修言耸肩摊了下手："肃伯伯果然还是老样子。"

肃修言闭上眼睛"呵"了声，肃道林走了，他也没了强撑着傲气的力气，身体向后靠在了床上。

肃修然看着他，十分心疼的样子："小言，这几年你受苦了。"

肃修言抬手摆了摆，似乎是让他不用在意，然后睁开眼睛看着他，弯着唇笑了笑："哥哥，我没想过还能再见到他。"

这句话，这个世界的肃修然或许还不懂得全部的含义，程惜却是懂的。

在这一瞬间，她竟突然有些嫉妒肃修言。

他们同样是来到了一个新的世界，但肃修言在这个世界里，可以见到在现实里已经无法再见的父亲，她却没有这样的幸运。

肃修然也很快就走了，留下来她跟肃修言在一起。

她是在神越山庄长大的，这里当然也有属于她自己的房间，就在程昱房间的隔壁，他们兄妹两个待遇特殊，分到了一个单独的小院。

但程惜没打算回去，肃修言在床上躺着，他刚吐过血，情绪也大起大伏过，脸色就显得过于苍白。

程惜爬上床隔着被子抱住他的腰，把头埋在他胸前，肃修言也搂住她的肩膀，在她额头上轻吻了下。

程惜抱着他酝酿了下，正准备开口问他当年他和肃修然中蛊的时候到底是个什么情况，就觉得身边的人呼吸低沉了起来。

程惜只能小声地喊他："修言？"

她等了半天没等到回应，小心地松开他抬起头，就看到他紧闭着眼睛，也不知道是睡过去了，还是昏过去了。

肃修言这一睡就睡到了第二天中午，好像要把一路上他没睡的时间都补回来。

曲嬷当然是第二天一大早就来了，但因为心疼儿子硬是没打扰他们，就留下一大堆衣服和补品后走了。

程惜虽然也一觉睡到了大中午，但比肃修言先醒。

她醒来后看他还是睡眼蒙眬一脸没睡够的样子，就在他额头轻吻了下说："我去找你大哥问点事情，你继续睡。"

肃修言也不知道是没听明白还是懒得搭理，只是看了她一眼，就闭上眼睛继续睡了。

程惜怕硬把他拽起来反倒让他休息不好，就没再继续骚扰他，穿好衣服匆忙吃了些点心垫肚子，跑去见肃修然了。

肃修然住的院落就在隔壁，这个世界里的程惜跟肃修然算是青梅竹马一起长大，之前进房就不用通报，今天还是十分自然地就走到了书房。

她进去时，肃修然跟林眉一个坐着一个站着，正在聊着什么。

程惜自从跟肃修言结婚后还没见过林眉，这时候就十分自然地喊了声："哎呀，嫂子好。"

林眉突然睁大眼睛看着她，程惜"呃"了声，这才想起来在这个世界里，肃修然和林眉还没结婚，她跟肃修言结婚的事也还没公布出来。

肃修然不动声色地弯了下唇角："小惜还是这么喜欢说笑。"

他嘴上说得轻描淡写，但看那表情，明显就是对这个说法十分满意。

林眉的脸飞快地红了一片，她清了清嗓子，假装镇定："既然大少爷和程姑娘有事要谈，那我就先告退了。"

肃修然颔首，还用修长的手指撑住下颌，轻侧了头微笑，刻意对她散发荷尔蒙："那查清楚账本的事，就麻烦小眉了。"

林眉的脸更红了点，但还是抿着唇点了点头，又仰着头不卑不亢地走了。

程惜等她离开，就转头看肃修然："肃大哥，你要拿下大嫂还得加把劲啊。"

肃修然把手指放下来，对她笑了笑："小惜，你这么急着来找我，不是为了给我鼓劲吧。"

程惜知道他洞察力一流，也没打算在他面前隐瞒，表情严肃了下来："事实上，我想跟肃大哥讨论下你和修言身上的蛊虫。"

程惜从肃修然那里出来，也没着急着回去见肃修言，而是在山庄里先转了转，打听了下昨天丹碧城的事，这里的舆论有没有什么转向。

她从小在山庄里长大，嘴又甜，几乎人人都跟她关系好，等她从看门侍卫聊到厨房大妈，差不多半天也过去了。

程惜终于想起来回去的时候，不仅肃修言已经起床，而且曲嬷也已经带人又来看过他了。

曲嬷上午没能逮到他，下午这趟卷土重来，就亲自监督让儿子穿上新衣服试试。

这个当然不是曲嬷未卜先知，猜到肃修言最近会回来，而是她每年每季，都让下人还像他还在家的时候一样做衣服。

连衣服的大小，都是猜测着他会长成多高来逐年调整，等肃修言年满二十，就固定下来按着一个尺寸做，这个成年尺寸的来源，当然是亲哥肃修然。

好在肃修然和肃修言兄弟两个的身高体型确实很接近，衣服也不算白做。

这积攒了好几年的蓬勃母爱一旦找到了发泄点，就导致程惜在看到屋子里梳洗打扮换上新衣的肃修言后，没忍住扑哧一声笑了出来。

肃修言正坐在椅子上，看到她笑得这么肆无忌惮，脸色瞬间黑了一层："很好笑？"

程惜一边继续打量着他，一边忍不住笑得停不下来。

这不能怪她，怪就怪肃修言现在的打扮，跟他之前在覆手第一城时那种霸气侧漏的形象，相差得实在太远。

曲嬷这么一个精致优雅的主妇，给最心爱的小儿子准备的衣服，那当然也是务必精致又优雅。

肃修言换了一身白色丝绸做底的广袖长袍，上面又罩了层淡紫色绣了暗纹的轻纱，头发更是被非常细致地梳成了半披半散的发髻。

之前程惜只是觉得肃修言一头散开的银白长发气势十足，后来他把头发束成马尾，后面垂落下来一大把继续飘逸着，也依旧英俊帅气，没注意到他发量还真很多。

这么大的发量，不仅分出一半来就能塞满那顶小巧又精致的淡紫色翡翠玉冠，还能多出来两撮垂在脸侧。

那垂下来的发尾还略作了修剪，整齐又顺滑地垂在脸颊两侧。

就这曲嬷还嫌不够华丽漂亮，又在玉冠后面给他挂了一个长长的淡紫色头纱。

这一身穿起来，再配上他的银白长发，简直就是古装版的迪士尼公主，闪亮无比，梦幻十足。

程惜忍笑忍得肚子疼，冲他竖起了一根大拇指："没想到伯母不仅品位好，还很潮，你这前面的发型，那可是公主切，又减龄又衬脸小，妥妥的小公主必备。"

肃修言被迫换上这么一个造型，又因为衣袖衣摆外加头纱过于飘逸，没勇气走出门去，只能憋屈地跟个大家闺秀一样坐在屋里喝茶。

这茶喝得本来就一肚子火，程惜还过来撩闲，他忍了又忍，额头上的青筋冒了又冒，才好不容易忍下来，没有一脚把她踹飞。

他为了避免自己一不小心捏碎了手里的茶碗，平复了下心情，抬头瞪了程惜一眼："你出去这么久，都干什么去了？"

程惜省略了自己偷偷去找肃修然的事，清清嗓子："我是出去打听情报了，昨天你闹得那么大，谁知道事有没有完，正义盟那边还有没有动静。"

肃修言微皱了眉："他们有动静又能怎样？你打听出了什么？"

程惜笑嘻嘻地冲他眨眼睛："我打听的结论就是，肃伯伯很厉害。"

肃修言"呵"了声，程惜就坐下来不见外地给自己倒了杯茶，讲了下自己刚才听到的。

短短半天时间，神越山庄上下已经统一了口径，对外说法如下：

"我们家二少爷自幼体弱多病，前些年身中奇毒头发也白了就不出门了，平时都是当小姐一样养在山庄里的。"

"什么？覆手第一城的那个魔头也是白头发？那可跟我们家二少爷不一样，

我们二少爷那叫一个我见犹怜、弱不禁风，那魔头怎么能跟我们二少爷比呢？"

"什么？昨天丹碧城的事？那是那些侠士认错了人啦。"

"什么？那时有几十个人给那魔头打得浑身是血？那真是太吓人了！你们是不知道，我们二少爷也受惊吓昏迷过去了，回山庄的时候，都是被我们庄主亲手给抱下马车的！"

"什么？我们二少爷现在在哪里？那当然是在我们山庄里养着的啦。我们二少爷受了惊吓，又是发烧又是咳血，可担心死我们全庄上下啦。"

程惜喝着茶说完，又晃了晃手指："不瞒你，我听他们说到后面，都怀疑自己是不是真的失忆了……好像你真的没去过覆手第一城，就在山庄里被藏着养成了'小公主'。"

肃修言"呵"地笑了声，程惜本来以为他会动怒，没想到他就继续喝了口茶，然后就微微皱了眉，像不是很满意一样把茶碗放下了。

程惜大感意外地看着他："你都不生气吗？"

肃修言又像看傻瓜一样看了她一眼："我那个父亲大人手腕这么高明，又不是一次了，我为什么要生气？"

他说着还又皱眉抱怨了句："喝茶是老头子的习惯，我更喜欢咖啡。"

程惜看着他的表情深感佩服："这么说，你对你爸爸让人在外面散布消息说你弱不禁风不生气，反倒对没有咖啡喝更窝火？"

肃修言还是看了她一眼："不然呢？控制舆论而已，为什么要生气……"

他边说边狠狠皱了眉，一脸咖啡摄入不足引起的烦躁："老头子茶叶倒是多，连一颗咖啡豆都没有。"

好吧，差点忘了他自己就是个善于操纵媒体舆论的商人。

比起来这些常规手段，可能没办法在起床后喝咖啡，才更让这个娇生惯养的二少爷恼火。

她本以为蒙混过关，肃修言却突然又看向了她，一脸洞悉一切的精明："侍女说你一大早还去找了哥哥，说吧，你跟他聊了点什么？"

程惜"呃"了声，他又一笑："聊的内容不想让我知道吧？我来猜一猜？"

而后他就带着玩味的笑容，轻淡地说："是聊到我们被种下这种蛊虫，最后只能活一个吧？"

既然被他这么明白地戳破，程惜也就没办法再装糊涂，看着他叹了口气："其实我之前想起来医术时就感觉到了，你体内的蛊跟大哥的一阴一阳，一母一子，应该是成对的。"

肃修然挑了眉看她，程惜继续说下去："所以我去问了肃大哥，当年的事究竟是怎么样的，肃大哥说那时候有个也是白发的武功很高强的人，趁着你们外出一起将你们绑架走了。他在肃大哥和你体内同时种下了蛊，肃大哥的蛊发作很快，马上就陷入了昏迷，你却没有。"

肃修然弯了下唇："然后呢？"

程惜叹了口气："我这些年为了解开肃大哥的蛊，也研究了很多古书，甚至去苗疆跑了一趟专门调查。

"调查结果就是情蛊通常一母一子，子蛊刚种下就会剧烈发作一次，其后每个月也都会在满月之夜发作，逐渐侵蚀心脉，十年后无药而解身亡。子蛊虽然致命，但跟心情好不好没关系，就只是规律性发作而已。肃大哥的症状，也正符合子蛊。"

她说着就又叹了口气："至于母蛊就神秘多了，因为情蛊在苗疆，一般都是痴情的人为了惩罚负心之人所设的。子蛊已经在中原出现过不少次，也有了关于其特性的记载，母蛊却是苗疆的施蛊人下给自己的，外人很难知道其规律。

"我特地去了趟苗疆，才终于打听到了信息……原来情蛊的母蛊和子蛊症状是完全不同的。母蛊平时并不会发作，只有在中蛊者心脏血流加快，也就是俗称的气血不平时才会发作，这也是下蛊的人，为了提醒自己尽快忘记负心汉而给自己的警示。

"所以母蛊并不会直接危害人的生命，如果中蛊人心情愉快开开心心，甚至一辈子都不会对身体有什么损伤……当然这些韩七也知道，而且他也明确地告诉了我们。"

程惜说着，略微停顿了下，直视着他的眼睛："当然他刚开始见到我们说的那句话，我一直觉得有些奇怪，他那时候一开口就说你是个'痴人'，我还以为他是感慨你甘愿放弃覆手第一城，带我逃出来。

"后来等我想起来了那些关于蛊的知识，才知道他可能一开始看走了眼，以为子蛊在我身上。"

肃修言安静地听她说了这么多，唇边露出些不以为意的笑容："你都想了这么多，还特地去问了下哥哥确认情况，那么还绕什么圈子？"

他边说边露出些懒散的神色："我索性告诉你更多的细节，你推测得没错，当年那个人给我和哥哥都下了蛊，然后等哥哥昏迷过去后，才告诉我了情蛊的解法。

"这既然是创造出来惩罚负心人的，那么子蛊死后母蛊自然消除。子蛊若想解除，却只有一个方法，那就是身中母蛊的人，先将自己体内的蛊虫养到成熟，再用母蛊之力，将子蛊引出。当然蛊虫合体之后，会急速生长，身中母蛊的人也活不下来了。"

他边说，边弯了弯唇角："所以感情这个东西，一旦走入了死胡同，就是你死我活。"

程惜沉默了片刻，突然说："修言，人生对你来说就这样痛苦吗？你还是这么渴望放弃？"

肃修言抬手按了按额角，似乎对她的小题大做感到有些好笑："我虽然说过要把这里的一切当作真实的，但你是不是忘记了，这毕竟不是真的。"

程惜眯了眯眼睛，正准备跟他好好讨论下这个问题，有个侍女的声音就从门外传来："二少爷，程姑娘，庄主和夫人请二位到主院用晚膳。"

肃修言找到了台阶下，立刻站起来，还主动揉了揉她的头发，用可以说是宠溺的语气对她说："你也别想那么多了，我们先去吃晚饭再说。"

他平时吃饭可没这么积极，大部分时候一脸挑食外加胃口欠佳的表情。

但被打断了程惜也不好说下去，只能站起来瞪了他一眼，没理他就自己先抬起脚步走了。

被她这么甩脸，肃修言也没生气，只是弯了弯唇角，就主动追了上去。

这是肃修言回来后的第一顿饭，但因为不是宴请外人的宴会，就设在主院的偏厅里，坐下来用餐的也只有肃家的四个人，外加一个程惜。

程惜知道自己能参加，大半是因为肃道林已经知道她跟肃修言"私订终身"，所以觉得有些尴尬。

这也是她第一次跟着肃修言"见家长"，就算她这种善于应付各种场合的性格，也不由自主地小心翼翼起来。

曲嬷当然看了出来，在热情地让侍女给她布菜时，笑了笑说："小惜怎么拘谨了些，是今晚的菜不合胃口？"

程惜忙摇头，拿出自己最讨喜的笑脸："哪里，我只是在外面太久，风餐露宿惯了，突然回家吃到这么多好吃的，实在太开心了。"

曲嬷似乎对她这句"回家"很满意，笑着说："小惜也真是的，跟着言儿吃苦了，往后在家天天都有好吃的，多吃些。"

听她话里的意思，好像对程惜还挺有好感，并且对肃修言跟她关系亲密的事，也乐见其成。

程惜之前最怕的就是这个一贯高冷的婆婆嫌弃自己，看到她这样的态度，心里一大块石头顿时就落地了，开心得都想去摸肃修言的手了。

好在她及时想起来这是在古代，当着对方父母的面乱摸人家手会被减分，连忙克制住了这种冲动。

她的手本来都快蹭到肃修言那边了，突然又欲盖弥彰地放到了桌子下面，肃修言当然察觉到了，持着调羹轻瞥了她一眼，神色相当幸灾乐祸。

这顿满桌珍馐佳肴的家庭聚餐也算是顺顺利利结束了，不过才刚准备饭后喝茶聊天，有个侍卫就匆忙走了进来，在行礼后对肃道林说："庄主，正义盟的齐盟主同几位盟会首领来了，此刻正在会客厅中等候。"

这些人还真不闲着，大晚上的古代都宵禁了，他们却成群结队地上门，一看就知道来者不善。

肃修言顿时冷冷笑了声："倒是挺会送死。"

他依然霸气十足，程惜也相信就算外面的那些人加起来，可能也打不过他，但他似乎忘了……他爹还没说话。

肃道林果然狠狠瞪了他一眼："轮到你说话了？这么快就想跪祠堂？"

肃修言抿了抿唇，目光很是深沉，到底没敢吭声。

曲嬷忙打圆场："又不是什么大不了的事，言儿才刚回家，你骂他做什么？"

肃道林最怕的似乎就是自己这位夫人，有些头疼地扶了扶额头，对那个侍卫说："你去告诉他们，我马上就到。"

他说着又点了下头："然儿和言儿都跟我来，小惜也一起去。"

这是肃修言回来后，肃道林第一次喊他"言儿"，肃修言还是抿着唇一脸深沉，却一点没傲娇，乖乖站了起来。

肃道林带着他们一路去前院的会客厅，临近的时候，他还不放心一样，放缓脚步头也不回地说了句："知道怎么做了？"

程惜听到这么没头没脑地一句话，还不知道他是跟谁说，肃修言就轻轻"嗯"了声。

这还是程惜第一次听到他没用"呵"或者"哼"来回答别人，顿时叹为观止。

然后很快地，她就看到了更加让她叹为观止的一幕，因为刚踏入会客厅，肃修言走路的气场似乎就突然变了。

如果说他在覆手第一城时，是用男模的步伐，走出了霸气的雄狮气场。

那么现在，他就是突然换上了舞台剧的步伐，走出了江南三月，欲说还休的气场。

程惜甚至从里面看出了那么一丝丝柔弱和忧郁……

因为这几步速度改变，肃修言也恰好落在了父亲和兄长后面，晚他们一步踏入厅里。

他甚至还微蹙了眉，用手指掩着唇，轻声咳嗽了一下，首先营造出柔弱病"美人"的氛围。

他为什么不干脆去接电影拍？入戏这么快，感觉能红。

程惜一面深觉狗眼闪瞎，一面娴熟地配合他，低下头轻声说："二少爷是不是又心悸了？今晚的药还没用。"

她这句话声音虽然很轻，看起来只是说给肃修言一个人听的，但在场那几位都是武林高手，哪里有听不到的道理。

不过今天肃修言换了全新的形象，那几个人显然没有第一时间就认出来，这是昨天那个打得他们满地打滚的大魔头。

等到程惜这句话说完，他们才陆续看了出来，脸上的表情可谓是千变万化、十分好看。

正义盟的盟主齐耀天一拱手，第一句话甚至都差点说错："肃城……咳，肃庄主，不才深夜造访，实在是有紧急事务。"

肃道林抬手还了礼："无妨，诸位先坐，齐盟主若有什么事，尽管说来。"

这几个人这么着急过来，肯定是神越山庄对外的那些说法，今天白天传到了丹碧城被他们听到，这才不顾时间，紧急集合了跑过来讨说法。

等大家都坐下，侍女们也都上了茶，齐耀天犹豫片刻就开口了。

他身为正义盟的盟主，跟肃道林打交道不少，也就不说客套话了："肃庄主，昨日一战，受伤的武林同道们为数不少，如今都在丹碧城中住着养伤，虽然肃庄主昨日已让山庄的大夫们前往诊治，也送了许多药材……"

程惜在心里默默翻译：肃庄主啊，昨天你儿子打伤了不少人，虽然你已经派了医生给了药，但是大家还是……

他话还没说完，肃道林就抬手示意他停住："齐盟主，诸位大侠既然是在丹碧城受了伤，那就同在神越山庄受了伤一般无二，肃某些许敬意，不足挂齿。"

程惜继续翻译：既然是我儿子打伤的，我不但给医生给药，还给你们赔偿金和精神损失费，拿好。

肃道林说完就轻挥了下手，跟着他们进来的那些侍从就将手里的托盘端过来，然后揭掉上面盖着的红布。

程惜看着就抽了口冷气，那几个托盘里，除了码放整齐的老参鹿茸，还有码得整整齐齐的一沓大额银票，上面盖着神越山庄银号的标记。

齐耀天武功高强，视力当然很好，远远瞄到银票上的数额，估算了银票厚度，神色就郑重了许多，拱手说："肃庄主对我武林正道如此鼎力相助，齐某谢过。"

程惜还是翻译：赔偿金和精神损失费给得够多，很好，我们收下了。

肃道林笑了笑还礼："齐盟主哪里的话，鄙人素来仰慕大侠们的高义，一点微薄心意，望诸位莫要嫌我只懂铜臭。"

他这种身份，又是给钱又是给补品还派医生，说话这么客气。昨天齐耀天差点被肃修言捏碎了脑袋瓜子，也是他及时出场阻止。

虽然肃道林的本意，那肯定是怕儿子闯下大祸无法收场，但齐耀天毕竟也算是因此捡了条命。

齐耀天为人十分精明知进退，按照他的个性，肯定不会再找上门兴师问罪。

可是他既然来了，也就证明正义盟内部对肃修言还是不想放手，而且呼声很高，给了他很大压力。

齐耀天顺便瞄了几眼跟他一起来的那些长老，看他们的神色也都缓和了很多，就顶着肃道林给的压力又开口："齐某还有个不情之请，那就是昨日那魔头现身之时，贵府的二公子也在场，齐某对那魔头的去向有些疑问，想要向二公子请教。"

肃修言从刚才起，就像事不关己一样，坐下来低着头，姿势十分文雅，又十分温良贤淑地喝茶。

现在听到自己被点名，也还是一脸置身事外的脸色，甚至还又掩唇轻咳了几声，加深自己病弱公子的人设。

他这样的表现，齐耀天和那几个长老脸上的表情当然更加痛苦纠结了一些，但也只能勉强绷住。

肃道林看了肃修言一眼，齐耀天硬着头皮又加了句："事关武林机密，齐某想私下单独跟二公子谈谈。"

肃道林抬眼从他们身上扫过，慢慢说："哦？只有齐盟主一人吗？"

齐耀天苦笑着说："只有我一人。"

这个他们来之前商量过了，最后决定由齐耀天一个人去谈……反正一起上也还是打不过，死一个总比都死了强。

肃修言轻咳了声，柔柔地开了口："父亲，小儿也正好有些线索告诉齐盟主知道，我们谈谈不妨事的。"

程惜这时候很有眼力地端着一脸担忧的表情插嘴："可是二少爷身子弱，又没有休息好，万一说久了话累到发了病……"

她的意思很明显：想旁听，求旁听。

肃道林看了她一眼，齐耀天忙说："无事的，程神医昨日也在现场，齐某正好也可以向程神医问些事情。"

程惜笑了笑："这倒也可以。"

肃道林看他们都没异议，就点了头："那好，言儿、小惜，你们二人去同齐盟主聊聊，务必知无不言、言无不尽。"

程惜答应下来，又很小心地把肃修言扶起来，装作很关心肃修言身体一样，跟着他和齐耀天一起去找地方"聊天"。

为了保证隐秘，或者说为了防止他们打起来波及别人，这个谈话的地点还被安排在绕了两圈的一个湖边凉亭里。

这个凉亭四周挂着飘逸的纱帘，可以说是十分标准的武侠片密会场所了，根本不怕人偷看。

齐耀天显然是刚才憋坏了，坐下后就端起茶杯狠狠灌了一口，长舒了口气。

肃修言当然也不装了，他喝了一下午茶，早就不爱喝了，把茶碗一推冷笑了声："不知道齐盟主想跟本座谈点什么？"

他一秒钟从人畜无害小白花切换到霸气大BOSS，自己倒是觉得毫无违和感。

齐耀天又受到了精神冲击，被茶水呛得咳嗽了两声，咬着牙说："曲城主，在下只想知道，尊驾还会不会再出现。"

肃修言瞟了他一眼："齐盟主的意思，是曲欢还会不会现身江湖？"

齐耀天重重点了点头："既然曲城主的真实身份如此，肃庄主又一力作保，正义盟自然要给肃庄主一个面子……但若覆手第一城的城主，仍是不断在正义盟的地盘上兴事，那正义盟忍过一次，可就忍不了第二次了。"

肃修言嗤笑了声："你们不忍又能怎么样？还想一个一个来送死？"

齐耀天涵养一直很好，也终于给他挤对得破了功，沉着脸动了气："曲城主！须知得饶人处且饶人！"

肃修言"呵"地笑了声，凉凉地看着他："你想问我会不会再拿曲欢的身份出来，却一直喊我城主，不会喊句二公子？"

齐耀天本来都准备暴走了，被他又绕得一愣。

肃修言很娇弱地按着自己的胸口，皱眉叹了口气："你没听神医说吗？二公子我身体很弱，你这么吼我，小心我受不了发病。"

齐耀天脸上又开始红红绿绿变换，手里的茶杯"啪叽"一声，流了一手茶水。

程惜在旁边忍了很久，忙忍着笑出来打圆场："齐盟主你别激动，大家都想太太平平过日子的，不会没事找事。"

肃修言抬起自己的手掌看了看，有点懒洋洋地开口："你这个人，倒也不讨厌。圆滑是圆滑了点，关键时刻还是肯为那帮蠢材出头，迂腐也是迂腐了点，但还算懂得变通……我如果是老板，你这样的人，我倒还是愿意给你薪水，让你当个管事。"

他边说边转头对程惜说："齐盟主既然是江湖豪杰，请他喝茶怎么够滋味，去拿两坛好酒过来。"

程惜瞟了他一眼，他又补上一句："别让我妈知道。"

程惜看他还是想跟齐耀天单独聊聊，答应下来给他个眼神，自己走了。

等程惜离开，肃修言才放下了手，抬头看着齐耀天："本座既然能从覆手第一城出来，就没打算再回去……所以你们的担心，完全可以放下。"

齐耀天给他一上一下吊得也不想端着了，也"呵"地笑了声，干脆自暴自弃起来："覆手第一城、正义盟，江湖人都说咱俩齐名，你心中是不是觉我这个盟主，其实就是个无能傀儡，当真好笑得很？"

肃修言摇了摇头："我从来不觉得任何人好笑，人生不易，又有哪个人不是拼尽全力，只是为了要活得漂亮一些？"

他边说边斜看了齐耀天一眼："你不要以为我说我愿意发薪水给你是嘲笑，这世界上值得我给薪水的人，也没有几个。"

齐耀天不是很明白他说的薪水是什么意思，但按字面猜测，应该是俸禄差不多。

他自嘲地笑了笑："我不过是一介武夫，没什么显赫出身和依仗，无非是靠着拳脚功夫和师门荣耀，才能勉强拿了如今的地位。"

肃修言也笑了声："你觉得我的出身就够显赫？那为什么我又被赶出了家门，直到现在稍微有些用处了，才能回来认祖归宗？"

齐耀天感觉他话里有话，试探着问："二公子的意思是？"

肃修言冲他弯了弯唇："神越山庄和世袭的爵位，都是我大哥的，我也不过是可有可无的多余之人。"

他们才聊没几句，肃修言就赫然说起了自己家里的情况，话里话外还含着拉拢的意思。

齐耀天这么聪明的人当然不会听不出来，立刻就努力集中精神，迟疑着说："二公子的意思？"

肃修言又对他笑了笑："齐盟主和我也算是不打不相识，神越山庄和爵位当然是我大哥的……但江湖上也可大有作为。"

他边说，还边刻意地压低了声音，低沉磁性的嗓音，充满了蛊惑："齐盟主可曾想过，覆手第一城和正义盟有朝一日合二为一，这天下武林至尊之位，又该谁来做呢？"

等程惜带着人拿了两坛子酒还有几个小菜回来，就看到肃修言和齐耀天赫然已经像是……大学男生宿舍里一起打过游戏的狐朋狗友了。

她把酒放下来给两个人倒上，就看他们你一杯我一杯地喝了起来，互相的称呼渐渐从"齐盟主""二公子"，变成了"齐兄""肃兄"，甚至还开始行酒令。

程惜表示，她实在是不能理解男人们这种来得很快的酒肉感情。

齐耀天兴许是憋得太久了，一旦释放起来吓人得很，他直接喝蒙了。

肃修言让人转告正义盟那些长老他今晚住山庄里，还给他安排了客房。

等肃修言把喝得东倒西歪的齐耀天送到客房里休息下来，趁着两个人一起回房间休息的空当，程惜才有机会问他："你给他灌了什么迷魂汤？"

肃修言也喝了不少，脸颊有点发红，在他那身白衣和头纱的衬托下，显得整个人都莫名有了种妩媚，他竖起手指摇了摇："常规手段而已，给他画了个大饼，告诉他等并购成功，让他当执行总裁。"

程惜看他也喝高了，这现代词都毫不遮掩地往外面蹦了，要换个人还真听不懂："好，好，我们肃总忽悠人的功力一流。"

肃修言"呵呵"地笑了起来："先让他死心塌地给我办事再说……不过也算不上忽悠，待的时间久了，真并购了玩一玩也不是不可以。"

程惜看着他叹了口气："所以你不打算交代一下，你准备怎么解蛊了吗？"

肃修言却没搭理她，他趁着醉意张开双臂，在走廊上转了个身，转到了庭院中。

他们来到这个世界的时候，这里的季节和现实中一样，都是秋意渐深的时候，所以庭院中的枫树也正好开始染上了霜红。

程惜就看着他一身白衣沐浴在银白色的月光下，衣袖随着他的动作张开，那个瞬间看上去，真的很像他突然张开了一双白色的翅膀。

月光、烛光、古典庭院中掩映的红叶，还有翩翩荡开，像是起舞的衣袂。

程惜看着就在心里感慨，果然他的这个打扮还是太像迪士尼公主了吧，她都不知道去哪里给他找一双水晶鞋。

没等她把水晶鞋找到，张开着双臂的肃修言毫无征兆地往后倒了下去。

程惜急忙冲了过去，才赶得及在他倒在地上之前接住了他的身体。

她惊出了一身的冷汗，正想去看他怎么样了，却看到他根本就没有晕倒，正目光清亮地看着自己。

她惊魂未定，想骂他为什么突然开这样大的玩笑，就看到他微弯着唇角笑了："说了让你不要这么认真，也不知道是瞎想什么。"

程惜呆愣了一下，差点伸手打他："不是你让我把这里的事都当成真的吗？"

肃修言顺着倒在她怀中的姿势也不起来，一脸理直气壮："你是不是傻，我要你把假币当成真的，你就拿着假币去买东西了？"

程惜也被他这神比喻气着了，她抱着他久了，略微觉得吃力，还很想把他推下去。

肃修言可能是的确喝醉了，不但没打算起来，还把身体重量都毫不客气地压下来。

　　程惜觉得他死沉得很，气得坐在了地上："那你准备怎么办？你是不是准备不考虑了？"

　　肃修言侧了侧头看她："我考虑什么？这是在武侠世界里，结局必定是美好的。"

　　程惜被他的理直气壮气笑了："记住你自己的人设，你是反派大BOSS，不是主角，悲剧也是有可能的。"

　　肃修言说不出话了，他好像醉得不轻，干脆一闭眼睛："我很累，不想动，你抱我回去。"

　　程惜顿时更想把他推开扔出去，任他在院子里自生自灭算了："也请你记住我的人设，我不是什么武功高强的女侠，你以为你自己很轻吗？"

　　肃修言侧过头去，表示自己根本不听，低声嘟囔了句什么。

　　程惜反应了一下，才反应过来他说的是："反正你又不是没抱过。"

　　上次那是他昏倒了，她吓得肾上腺素飙升才能抱着他跑起来好不好？

　　他一个一米八几的大男人，还真跟个宝宝一样，动不动就要抱了？

　　程惜气得根本不想搭理他，就听到他又嘟囔了句，她这次是真没有听清，就俯身凑到他唇边："你说什么？"

　　耳郭上一阵温热的气息传来，他低沉地说："小惜，我想我找到出去的路了。"

　　他的声音一贯有磁性，在耳侧说的时候，听起来更是熨帖到浑身酥麻。

　　程惜"嗯"了声，侧过头看他："我还以为你就这么随遇而安了。"

　　肃修言低沉地笑了两声，他这次的笑声里没什么讽刺的意味，纯粹就是笑了："你喊我一声修言哥哥，我就抱你回去……并且告诉你我的计划。"

　　他是真的喝醉了吧，不然按照平时他那个傲娇到没边的样子，怎么可能说出来这种话。

　　程惜弯唇一笑，丝毫不害羞："修言哥哥……言哥哥？"

　　肃修言也弯着唇笑了，看那神色像是十分满意，然后……然后他就把头靠在她肩上，睡了。

　　程惜抱着他，无奈地冲天上的月亮翻了个白眼，她果然就不应该相信醉鬼的话。

　　最后当然还是她努力使出来洪荒之力，把肃修言抱回了房间，好在这次他们已经快要走回去了，距离没有上次那么远。

　　把醉得没有意识，重达几十公斤的成年男性折腾到房里，还要给他脱衣服，程惜已经有点吃不消了。

反正肃修言也没吐，她就干脆不帮他洗澡了。当然为了犒劳自己的辛苦，她给肃修言脱掉那一层层累赘的纱衣时，没少趁机在他身上揩油。

这具身体还是她熟悉的，手脚修长，肌理分明，穿上衣服显得有些消瘦，脱掉后胸肌和腹肌却一样不少……嗯，皮肤还很光滑，营养和保养都不错。

程惜的手指滑过他胸前那个浅浅的手术伤疤时，他还会敏感地皱着眉抽气。

程惜本来以为他会抬手挥一巴掌过来，结果他竟然无意识地揪着被子在身上裹了裹，肩膀也缩了起来，似乎是想靠缩成一团来躲避骚扰。

程惜看着他，觉得自己脑子可能是坏掉了，怎么还觉得他样子有点可爱？

不过他这表现也太不像一个武林高手了吧，武林高手不是应该睡梦中都保持着警惕的吗？

还是他的身体已经对她太熟悉了，自然放弃了防备？

她这么想着，就笑眯眯地打量着不知为何很有些委屈的肃修言。

等她把目光移到他头上的白色长发……突然就觉得自己好像抓住了些什么。

这是她之前也曾想过的：她确认哪怕自己的短发突然变长，也多了些"神医"的记忆，她自己的身体也依然是她的身体。

她手上没有身为一个中药医师会有的茧子，反倒手上依然残留着现代人握笔和使用电脑过多后留下的痕迹。

她检查过自己的身体，甚至她以前练习散打时不小心在腿上留下的一个小伤疤也还在。

肃修言的身体也是一样，他如果真的像这个世界的"设定"里一样，是从死士营出来的，还曾经历过九死一生的试炼，那么他身上不可能除了那个手术伤疤之外，完全没有其他伤痕。

所以说他们其实是带着自己的身体，在这个似真实又不真实的世界里，经历了这些事？

所以这个世界到底是真实的，还是仅仅是一场梦幻？

排除掉所有不可能的选项，那么剩下的那个无论看起来再不合理，也都是正确答案？

她这么想着，就把肃修言的手拉过来，无视他微弱的反抗，把他的指骨和手指边缘都摸了一遍。

与其说这是一个武林高手的手，不如说是个娇生惯养的大少爷的手，指头修长，指骨分明，连一块像样的茧子都找不到，指甲也修得整整齐齐，都能去当手模。

程惜摸着摸着就……把那只手拿过来放在唇边亲了亲。

肃修言又皱了眉，用了点力气往回拽自己的手，程惜顿时又握得更紧了点，还用带些威胁的语气说："怎么？手都不让我亲？"

不知道是睡着了也会下意识对她退让，还是他现在还残存着一点意识，程惜说完，他就不再挣扎了，甚至还微微勾了勾手指，像是要握住她的手。

程惜逗他一阵也就渐渐不去纠结了，她随遇而安得很，与其说是消极，倒不如说是对自己始终有自信。

认为无论到了什么地步，遇到了什么情况，只要她还保持冷静的头脑，就都能渡过难关。

她不再自己揣测，准备等肃修言醒了，再好好问一下他说的那个"出去的路"是什么意思。

于是程惜就低头看了看床上那个因为醉酒而意外好欺负的人，干脆也脱了外衣把自己塞进被子里，抬手去抱他。

现在天气冷了，她的手脚都有些凉，肃修言开始还皱眉轻"嗯"了声，但他很快就敞开了怀抱，还揽着她的肩膀，把她往自己怀里按了按，似乎是想尽快帮她把身体暖起来。

程惜觉得这个智能人肉抱枕还真挺不错，就安心窝在他怀里，在他颈窝里蹭了蹭。

他刚喝醉了，肌肤上还有着些酒精的气息，不过他的衣物上本来就熏了香，再加上他有洁癖，体味一贯清爽得很。

这样的酒香混在他身体的香味里，竟然丝毫不令人难受，反倒弥漫着让人不自觉放松的沉醉。

程惜就这样贴着他的身体，很快入睡了。

迷迷糊糊的，程惜觉得她自己又陷入了一段梦境，只是她能意识到，这是在梦里。

她能看到他们似乎又回到了覆手第一城中，只是这次她没有局限在她自己的视角里，反倒像是旁观者一样，看着这一段梦。

她看到肃修言有一次走进了关押她的那间石洞，这次刚清醒的她却并没有认出他来，而是十分警惕地问他究竟是谁，为什么要抓自己来这里。

肃修言也更冷酷傲娇，直接冷笑了几声，就用点穴把她弄昏然后扛上肩膀带走了。

程惜看着也是一阵窝火，都不能给个公主抱吗？扛在肩上是什么意思。

接下来的剧情还是一样的，覆手第一城的长老们质疑肃修言为了她破坏跟正义盟的平衡，肃修言也懒得解释。

双方很快大打出手，肃修言在大杀四方后，就继续扛着她走了。

只是这次她并不清醒，肃修言带着她一起走就费力了一点，也并没有走得那么远，于是就没有遇到韩七，而是躲在山洞里休整了一晚。

程惜看着那个自己在冰冷的山洞里醒过来，就又惊讶愤怒地质问肃修言要带自己去哪里，顿时觉得脑袋有些疼。

话说你是真没认出来眼前这个人是谁吗？就算他戴了面具头发也白了，这个人也还是你找了很多年的小哥哥好吗？

然而这个梦里的她好像并没有对"小哥哥"有着什么执念，不但没认出来肃修言，还很严厉地声明自己需要马上赶回神越山庄去照顾肃修然，因为过几天就是下个月初，肃修然体内的蛊虫要发作了。

程惜看得真是着急，你光顾着家里那个，没看到眼前这个那小脸都煞白了……哦，山洞里光线暗，看不清。

她的态度和语气差，肃修言当然也是翻倍地傲娇，听她说了一堆话，只是冷酷地甩了句："月初之前，我定然带你回去。"

接下来她再说什么，再问什么，肃修言也就只打坐调息，连理都不理了。

那个她认清了现状，就索性不说话了。

接着天亮了两个人继续赶路去神越山庄，或许是没有在韩七那里休息两天避开追兵，接下来这一路的经历，程惜只能说惨，太惨。

肃修言还是很会打算，变了装卖了金饰买了马，尽量避开追兵赶路。

只是这追兵实在太多了，按照程惜的看法，比她跟肃修言一路走过来，遇到的要多一倍。

追兵多了，肃修言又毫无节制地使用武功，其间还杀了几批人，导致接下来的追兵更加多且疯狂。

于是程惜就肉疼地看着肃修言惨白着的脸就没好过，他脸上的面具没被她扔掉，所以一直戴着。渐渐地，就连那个她也看出不对劲，终于记起来自己是个医生，要求给他把脉看看伤势。

然而他们两个相处的头就没有开好，肃修言这么傲娇的人，怎么可能给她号脉，直接冷酷地将她甩开，还让她别碰自己。

程惜眼看着肃修言把那个她甩开躲到一边偷偷吐血，简直又是心疼又是生气，还隐约有些不好的预感：这个剧情，不对劲啊，怎么看怎么像是苦情武侠剧的走向。

结果还真给她猜中，因为追兵过多再加上肃修言无节制地杀人，还有肃修言始终没脱下过面具，他们逃到丹碧城被正义盟的人围住之后，肃道林就没有提前得知儿子回来了，也就没有下山去接。

程惜看到这里就觉得不好，这个认亲的头没有开好，肃修言恐怕要折腾点什么幺蛾子。

果然，他们这次是打上神越山庄的，肃道林也带了一堆侍卫在门口准备堵住这个强弩之末的武林魔头。

程惜简直不敢看下去，以为父子俩这就要血溅当场，结果肃修言把那个她放了推过去，第一次摘下了自己脸上的面具，笑得很讽刺："父亲大人看来已经忘记我这个儿子了。"

这个架是没打起来，但是肃修言一路杀的人实在太多了，倒霉的齐耀天也给他打成了重伤，开开心心回家当然是不存在的，他束手就擒，被肃道林关在了神越山庄的地牢里。

程惜看到这里小小总结了下，按照这些人的反应看，这个故事里的剧情跟他们遇到的有几点不一样。

第一是包括那个程惜在内的所有人，都不知道肃修言也中蛊了，肃修然如果知道肯定是不会隐瞒的，所以结论就是肃修然并不知道弟弟也中蛊了，

这样一来，这么多年来肃道林对肃修言就没有冤枉了他的歉意，对他也是真的失望，也就没有什么派人秘密寻找他，也当然不会在他回来后就无条件地包庇他。

这跟肃修言一路上确实杀了很多人，成了真正十恶不赦的魔头也有关系。

第二就是，那个程惜好像对肃修言并没有什么感情，也不相信他的人品，反而像是被什么无形的力量糊住脑子了一样，对肃修然一门心思地关心爱慕，看上去有点想插足在肃修然和林眉之间的意思。

剧情进行到这里就是大写的悲剧了，程惜无比纠结地看着肃修言被关在地牢后，那个她也假惺惺地去看望了他一下，但说来说去，话里话外的意思都是你当年对肃大哥下了蛊，你是不是知道怎么解蛊，肃大哥到底是你大哥，你可不可以救救他。

一口一个肃大哥，喊得那叫一个情意绵绵，程惜简直要怀疑那个自己的目的是来秀恩爱的，而不是来让肃修言救人的。

程惜正以为肃修言会被气得彻底傲娇起来，没想到他却很冷静，看了她几眼，就对那个她说："你只要能把我救出地牢，我就会救你的肃大哥。"

程惜现在已经知道那个什么鬼情蛊的子母蛊原理了，当然知道肃修言说的救人是怎么救。

他这一路折腾，血往肚子里咽，母蛊恐怕早就养得肥肥大大可以用了，把他放出去，他找到肃修然把子蛊一吸收，那可好，子母蛊合体，肃修然是好了，他可能马上就得死。

然而就算她急得不行要跳脚，也只能旁观，看着那个她真的就把肃修言给放了，还躲着侍卫，给他带到了肃修然房间外。

接下来的事，程惜更是看得七窍生烟。

肃修言让那个她在外面守着，到了肃修然房间里，二话不说，也不管肃修然要抓着他的手叙旧，就把哥哥给点倒了。

程惜都来不及感慨他下手利索，就看到他同样利索地在两个人胸口都划了一刀，伤口对伤口地把子蛊给引到了自己体内。

所谓狗血武侠剧，不狗血到极致当然是不行的。

就在肃修言刚引完了蛊，还摇摇晃晃扶着床没站稳的时候，外面发现了肃修言失踪的守卫就搜了过来。

那个她神色慌张没能骗过守卫，门被推开，一窝守卫就进来了。

好死不死，这帮人刚进来就看到肃修言满手是血地站在肃修然床头，肃修言穿着黑衣看不出来，肃修然胸前可是好大一摊血迹。

这在那帮人眼里，算是第二次试图谋害兄长被抓了个现行？

程惜正感觉牙疼的时候，更让她牙疼的狗血就当头泼了下来。

那个她看到肃修然满身是血，也不知怎么就疯起来了，跟猪油蒙了心一样冲上来抓住床头的小刀，一刀就捅到了肃修言……那个位置应该是肾吧。

程惜看到这里已经觉得两眼发黑放弃挣扎了，就目瞪口呆地任由这个泥石流一般的剧情继续演下去。

肃修言倒是不失"邪道魔头"的气度，肾被捅了连哼都不哼一声，甚至还面不改色地拔了刀，一掌推开那个她，顺带几掌打晕了侍卫，在匆忙赶来的肃道林和曲嫣面前，就这么头也不回地飞走了。

不过他也只能装到这里了，天空这时候很配合地下起了雨，程惜就看着他又是流血又是吐血，深一脚浅一脚，一脚一个血脚印地摸到了山下住着养伤的齐耀天房里。

齐耀天给他一掌打成了重伤，还是逼不得已硬撑着在山下给正义盟处理事情，晚上才刚筋疲力尽地躺下准备睡觉，就看到了白天把自己掀飞的罪魁祸首从窗户里摸了进来。

而且，这个罪魁祸首看起来比他还要惨，浑身湿透了滴滴答答往下渗血水，还只差一口气一样进来就倒。

他还真是个正人君子，看到了这么惨的肃修言后，不但没有落井下石直接把他打死，也没打开门通知别人来把他抓住，反而给他点穴稍微止了点血，又扶他坐下来休息。

肃修言坐了会儿稍微缓过来点，就抓住齐耀天的袖子："你……想不想有个扬名立万的机会？"

齐耀天神情复杂地看他说句话都要喘一喘，脸上说不上来是忌惮还是同情。

他自己也是个武林高手，当然能看出来肃修言身上的两个伤口虽然流了不少血，但都不致命，真正致命的恐怕是他身体里别的东西。

齐耀天看了他，半天总算开口："怎么个扬名立万的法子？"

肃修言上气不接下气，也要给他声冷笑："我本就要给你个扬名的机会，你却不接……你跟我到外面的山崖边，引多些人过来看……再给我一剑，把我推下去。"

齐耀天身为一个武侠世界的人，肯定也是知道跳崖不死定律的，犹豫了片刻后问："你在山崖下留了什么后手？"

肃修言抽着气冷笑，瞪了他一眼："想要本座的人头……你不配，他们更不配！"

齐耀天听完露出点果然如此的表情，还感慨了下："一代枭雄，穷途末路，你既然信我，我确实应该帮你一把。"

肃修言显然是没什么力气和耐心跟他废话，摇摇晃晃地按着胸口站起来，还拍了拍他的肩膀，附在他耳朵边轻声说了句："你这个人还不错……就是太啰唆。"

他说完就继续翻窗户走了，齐耀天也叹了口气跟上，虽然现在肃修言看起来经不起他一掌，但他还是顺手把自己那把挺著名的佩剑给带上了。

程惜看到这里，苦中作乐地想，也许肃修言是看过了这里的剧情吧，才对齐耀天有点莫名其妙的欣赏——毕竟对着让自己丢脸的仇敌，还尚且留着几分惺惺相惜，并信守承诺的人，确实不多。

肃修言这次没打算低调，冲出去掀翻了几个守卫，引来一堆人吆喝着要抓他。

那边山道上举着火把来抓他的神越山庄侍卫也快追了上来，程惜看着他这次就没那么从容了，虽然遇到追兵照样一掌拍飞一个，但时不时就被迫停下来喘口气。

齐耀天很快就赶上了他，还借着两个人交手的时机，暗地里撑他几下。

就这么又追了很远，他们终于在雨夜里追到了山崖边上，崖顶上风很大，身后追兵的火把也能把这里照亮了。

程惜看到肃修言背对着悬崖，借着火光看了齐耀天一眼，齐耀天不啰唆，手里的长剑刺出去，很轻易地就穿透了肃修言的身体。

程惜看到齐耀天的手有点抖，他刺下去的位置并不是正中心脏，反而避开了大部分要害。

肃修言脸上带着点雨滴和血滴，还带着点笑，抬手按在齐耀天肩膀上，把他往后推了一把，身体顺势往后面的悬崖下倒去，那把剑也就又带着血从他身体里滑了出来。

　　程惜已经努力说服自己把这些当成一个狗血武侠剧来看，尽量置身事外了，但是那利刀在血肉里反复划拉的声音还是太真实了。

　　真实得就像在她耳朵边响起来的一样，就像她自己的身体也被剑刺穿一般，疼得她整个人都想缩起来。

　　就在她以为剧情到这一步已经够令人崩溃的时候，狗血武侠的威力再一次告诉她，没有最狗血，只有更狗血。

　　她看到那个她也不知道从人群的哪个角落里冒出来，也不知道是怎么又像被猪油蒙了心一样，撕心裂肺没什么意义地喊了声，就冲过来扑向肃修言，还抱住了他的腰。

　　那个她往前冲的力气还贼大，又没武功能拉住人，就这么一扑，又把肃修言往外带了一带，两个人瞬间都往悬崖那边掉了下去。

　　也许是被那个她的惊天一抱震惊，肃修言愣了愣，就不知道从哪里来了力气，抬手朝悬崖边伸出来的树枝抓了过去。

　　他们已经往下落了一段了，下冲力很大，他抓了一下两个人根本停不下来，还拉断了那根很粗的树枝。

　　不过这么缓了缓，他们就贴近悬崖的一侧了，肃修言又伸出手去抓悬崖上凸出的石头，下着雨山崖湿滑得很，又是连抓了几块才进一步拖慢了下坠的趋势。

　　程惜听到了石头被掰碎的声音，甚至还听到了骨折的声音，不用看也知道肃修言那只手的情况有多惨烈。

　　不过就算这样，他还是怕那个她抱不住自己掉下去一样，始终空出来左手紧紧抱着她。

　　他们也不知道是从上面滑了多久，才勉强掉到了山崖中间一块凸出来的小平台上。

　　这个平台根本没多大，也根本就不是很平，但好歹还歪歪地长着一棵树，有一小块土，长了些草和植物，勉强能落个脚不会再继续往下掉。

　　肃修言站住后，就把那个她往里侧推开了，自己还是很犟地靠在树上勉强站着，没什么好气地说："你是不是疯了？"

　　可惜他现在气息太弱，失血太多声音也发抖，说出来的话实在没什么气势。

　　那个她就哭着往他身上摸："我看过肃大哥了……你把蛊引到自己身上了对不对？"

　　这里实在太小了，雨下得大，又滑，动作不小心就有可能继续掉下去，肃修言也没力气躲开她，就干脆顺着树干滑坐下来，冷笑了声："你自己看走了眼……就跑到我这里来发疯？"

那个她还在哭："我太傻了，我明知道情蛊是子母蛊，怎么还是没想到母蛊就在你身上。"

程惜已经不想说什么了，她整个人都是麻木的，究竟是剧情需要你智商暂时掉线，还是爱情令人冲昏了头脑，她不想知道。

好在那个她哭归哭，脑袋还没彻底坏掉，沦为武侠剧里的无用女主角，迅速地拿出来银针给肃修言封住穴位止血，又摸出来什么药丸往他嘴里塞。

肃修言抿着唇不想吃，她还以为他咽不下去了，试图掰开他的嘴往里面硬塞。

就算是这时候已经傲娇到没边的肃修言，遇到她似乎还是没办法，为了避免被她掰嘴，只能硬咽了几颗药下去，又侧过头去，语气没什么起伏地说："你不是不知道……又没什么用处。"

那个她就又哭得更大声了，哽咽着说："不会的，我会救你的，那一剑刺偏了，没伤到什么脏器……至于蛊虫，我会想办法的，让我救你好不好？"

肃修言又看了她一眼，咳着冷笑了笑，他气息弱归弱，说话照旧不好听："你能有什么办法？剖开了硬取？那是活的，会钻到里面去。"

雨这时候很识相地渐渐停了，光线也稍微亮了点，那个她就又哭着去看肃修言的右手，当然是鲜血淋漓惨得很，拇指和手腕还往奇怪的方向弯，显然是骨折了。

那个她就又去找树枝，想要扯了衣服给他固定，结果一低头就看到自己身上都是血。

那当然不是她的血，都是肃修言的，身上三个伤口，还有一个贯穿伤，他没失血过多昏迷，才是个奇迹。

那个她顿时就哆嗦起来，又还是坚持哆嗦着给他对好骨头缠起来。

肃修言就默不作声地看她做这些，他虽然没昏迷，但看起来确实离昏迷也不远，目光有些涣散，神色也渐渐放松，不再那么紧绷。

那个她抬起头，看到他这样的目光，抽噎着喊了声："小哥哥。"

肃修言没什么意味地弯了弯唇角："我还以为你跟我那个父亲大人一样，都已经忘了。"

那个她拼命摇了摇头，哭着说："不是的……小哥哥，我没有忘……"

也许那个她毕竟也是她，程惜竟然觉得自己能理解这种看起来很突兀的感情转变。

她本来就从来没有爱慕过肃修然，她对肃修然一直抱有的感情，是仰慕和敬佩，绝对不是男女之间的那种爱恋。

她当年对肃修言才是……好吧，才是念念不忘，还带着点说不清道不明的朦胧好感。

如果那个她在感情和审美上的取向也是一样，那么她小时候喜欢的也肯定是肃修言，只不过肃修言"谋害"了哥哥，又下落不明。

肃修言和肃修然兄弟两个，在长相上很接近，那么在照顾肃修然的过程中，她会对肃修然产生似是而非的好感也不难理解了……对她来说，与其说是真的爱慕肃修然，倒不如说肃修然更像是肃修言的替代和补偿。

也许是她认同和理解了那个她的感情，程惜一边想着，一边就觉得自己渐渐地代入了那个她自己。

她的视野变成了那个她的视野，感官也渐渐同步。

于是她就不再是一个旁观者，而是获得了全部的五感，她感受到了自己手掌下肃修言的身体，透着不详的冰凉，还有不易察觉的微微颤抖。

她也感觉到了咸涩的泪水滑过自己的脸颊，落到自己唇间，弥漫成了满嘴的苦涩。

她看到自己颤抖着手，用还算干净的衣袖，去擦他脸颊上的雨水和血迹，又捧着他的脸，跪坐着去吻他失色的薄唇。

程惜本以为肃修言会侧过脸躲开的，她跟他相处过一段时间，已经有些摸透了他的脾气。

他这个人，脾气大，眼底又容不下沙子，不管要什么都要足够纯粹。

更何况是现在，这个她的表现，简直可以算是糟糕至极。

但他只微微地动了动，就任由她吻住了自己，他唇齿间有血腥的味道，她嘴里又满是苦涩，这个吻当然一点也算不上甜蜜，甚至还苦上加苦，她都从里面尝出来了绝望的味道。

她又哭又笑地退开一些看着他，伸出手臂想要抱住他，又怕碰到他满身的伤口，哽咽着说："小哥哥，很疼吗？"

肃修言看着她，竟然说出口了一句安慰："没事的……已经不疼了。"

她顿时又哭得更厉害："不疼了比疼还要不好……"

肃修言好像也是给她哭得没办法了，叹息了声，他低头凑过来一些，用唇在她额头轻碰了碰："等他们做好绳索下来，可能还要几个时辰……我送你上去。"

她吓得连忙去抓他的肩膀："小哥哥，你要做什么？你撑着点，我们等他们下来接我们好不好？我会救你的，我一定能救你！"

程惜哪怕是没了看戏的心情，也忍不住想要吐槽她，救他？怎么救？

之前他天天跟你一起，不要命似的往家里赶，你都没想起来看他一下。他划开胸口给他哥引蛊，你也没想到不对劲。现在人都这样了，还嚷嚷着要救人，你这话是骗谁呢？

　　这也不能怪她刻薄，虽然这个她也能算是她，她可以理解，但无法原谅。

　　程惜放在心尖上疼的人，在她手里这才几天，就弄了一身伤还只剩半口气，就这半口气也眼看着就要保不住了……好吧，他自己使劲造作外加剧情恶意满满也有原因，但她的作用不就是对抗命运外加拉着他吗？她都拉到哪里去了？

　　她心情消沉透顶，感觉到自己浑身发抖，肃修言竟然还又对她笑了笑："你怕什么？我可是武功盖世的武林第一人，有什么是我做不到的？"

　　她又哭得发抖，咬着唇说不出来一句话，他还哄孩子一样，用左手揽着她肩膀，把她往自己怀里带了带，还破天荒地喊了次她的名字："小惜，我送你上去吧……再过会儿我就真的没力气了。"

　　程惜觉得自己现在如果有脸色，那也一定是惨白的，她心里清楚得很，恐怕这个哭得上气不接下气的她，心里也清楚得很。

　　子母蛊已经合体，本来就没有留给他多少时间，他还运了功受了伤，如果他还有力气把她送上去，那也一定是最后的力气。

　　肃修言还又轻拍了拍她的肩膀，哄小孩子一样说："没事的，你信我。"

　　程惜如果能自己控制这个她的身体，一定会骂他一句："我信你个大头鬼！"

　　可惜她不能，她只能抽抽噎噎地被他第一次，也是最后一次按在怀里。

　　黑色果然是流了血也看不出来的颜色，她又抱住了他才知道，那些浸透了他衣服的，不仅是雨水。

　　这时候已经是接近黎明的时刻了，山风吹开了浓密的乌云，也吹出了漫天的星辰，启明星从东方升起，她在他的怀里，拼命抱紧了他的身体，被他带着飞了起来。

　　他们距离山顶并不算很远，但也不近，他落了几次脚才接近了山顶，他突然凑近自己的耳旁轻声说："告诉他们，不要找我……无论生死，我都不想和你们再见了。"

　　然后她不知道最后那段距离，他究竟是再也没有了丝毫力气，还是并不愿跨过。他用力把她推了出去，满天星河倒转，她也在天边的第一道晨曦里，终于看清了他的脸。

　　苍白得好像初冬的第一捧雪，也颓败得好像深秋的最后一片树叶。

　　她以为最后的时刻，他一定会露出一个讽刺的笑容，但是他的唇角弯着，弧度柔和，眼睛里好像还装着晨星。

　　那就像是一道划过天边的流星，也像他们这次匆忙的重逢和草率的诀别，快到不够她看清他眼睛里的究竟是无情还是眷恋，他就已经重新坠落到了悬崖之下。

他推送她的力气，用得精准又柔和，她顺利地落到了山崖上，坐下去时甚至没有跌疼脚腕。

她觉得整个人都像是空了，也许是失重感，也许只是她在这个瞬间不再能感受到别的东西了。

她就坐在山崖上，抬头去看逐渐明朗起来的天际，耳旁有凛冽却不失清爽的风吹过。

接着好像过了很久，她才听到身旁嘈杂的声音，她无意识地抬起头，看到自己身旁围了很多人，有些甚至在试图把她拉起来。

那些人里除了家仆和侍卫，还有肃道林和曲嬷。肃修然还在昏睡着，并没有醒。

她看着眼前的这些人，才终于恍惚地想起来，在这个梦里……或者说在这个世界里，不再有肃修言了，即使有，他们也再不会相见。

她听到自己不再有哭腔，反而一字一句，清晰而又明白地说着，仿佛是在诵读给他们这些人的宣判："他说，不要找了，无论生死，再不相见。"

接下来程惜觉得，这个糟糕的梦，是不是终于要醒了。

然而并没有，就好像无论怎么希望，美梦都不会继续一样，也无论怎么祈祷，噩梦都不会停止。

她接下来还是回了神越山庄，照顾着肃修然，等他醒过来后，告诉了他那晚发生的事。

肃道林停止了对山崖下的搜索，那下面本来就是一片很难下去的峡谷，人迹罕至，怪石嶙峋。

他们都假装肃修言并没有回来过，或者说他有一天还会突然回来。

齐耀天一战成名，获得了前所未有的声望，正义盟也随之前所未有地强大，甚至吞并了几座原来属于覆手第一城的城池。

她在神越山庄又待了几个月后，就出去游历了，此后很少回来。

她好像一直期待着在这个广阔的江湖里，有一天就会找到一些属于前代覆手第一城城主的蛛丝马迹。

因为是掉下了很多时候都不会真的死了的悬崖，又一直没有找到尸体，所以江湖上依旧有他还活着的谣言。

那些传言都似真似假，她数次追查过去，总是能发现不过是一场闹剧。

直到很多年后，她在驿站里住着，早起梳头，竟然在自己的头发里看到了大把白发，抬起头，又在铜镜里看到了眼角的皱纹。

窗外是早起旅人喧闹的车马，她想起来那短短的几天里，她曾经和他投宿过客栈。

　　那时她还对他有诸多防备，起床后看他穿着一身黑衣，满头白发在脑后梳成了一个利落的马尾，他脸上还戴着那个略显狰狞的青铜面具，露出来的下颌线条却干净又消瘦。

　　他抿着唇仿佛是有很多不耐烦，却还是一直等到她自己醒来，才侧着脸冷冷甩过来一句："睡得像猪一样，快些，走了。"

　　她那时只气他言辞粗鲁，却没有听出他话尾里，不经意间透露出的淡淡亲昵。

　　她只错过了那么一次，就再也没有了相守的机会。

　　她在这个冰冷又仓促的早上，才逼迫自己承认，这么多年过去了，他如果还在那个悬崖下躺着，早就已经化作了一捧白骨。

第10章
所谓的自由，不过是种心理感受

　　程惜简直不知道自己还要梦多久，她可能是给自己哭醒的，眼角脸颊上，一大片湿湿的。

　　她听到有人在拍着她的肩膀喊她："程惜？程惜！"

　　等她努力睁开哭肿了的眼睛，就看到身旁那个人神色复杂地看过来："你是喝得比我还醉？"

　　程惜现在看到这张脸，那真是百味杂陈，恨不得扑上去就吻，又恨不得干脆扑上去咬死他。她擦擦眼泪，又磨磨后槽牙，终于还是败给了极端的荒凉感之后对于温暖的本能渴望，扑上去抱住他，埋头在他肩膀上，劫后余生喜极而泣地又哭了一轮。

　　他带些小心翼翼地轻拍着她的肩膀，低声哄她："小惜？告诉我怎么了？"

　　程惜别说成年后没怎么哭过，就算是小时候，那她也是个没心没肺、心冷如铁的青少年，看悲情韩剧都能笑得前仰后合，更遑论哭得如此没出息。

　　但肃修言不但让她哭了不止一次，还让她哭得这么丢脸。

　　她努力让自己冷静下来后，就抬起头看着他："你是不是梦到过那个悲剧狗血武侠故事了。"

　　肃修言"嗯"了声，会意过来她说的是什么，干脆点了点头："是梦到过。"

　　程惜严肃地看着他："那你知道你死了后，我一辈子都没嫁人吗？"

她谈话跳跃度太大，肃修言又"嗯"了声，才不自然地清了清嗓子："那个，我死了后，当然不知道自己死后的事了。"

程惜还是严肃地看着他："所以你掉下悬崖后，就死了对吗？"

肃修言神色有点无奈："你觉得在那种情况下，还能活吗？"

程惜"呵呵"地笑了起来，语气一点都不快乐："你死了倒是轻松，留下一句模棱两可的话，你知道我又傻乎乎地找了你几十年吗？"

肃修言被她坚定的目光盯着，又不自然地清了清嗓子："这个，我是想……怕你们看不开，留点念想。"

他说着，目光还欲盖弥彰地飘远了些："再说掉下去那么多石头，尸体得多难看，还是回归大自然，自生自灭吧。"

程惜倒抽了一口冷气，已经被他堵得有那么点现在就把他掐死的冲动了。

她平静了一下情绪，决定还是要换个角度解读，于是就用手捧着他的脸，让他看自己："那你告诉我，我之前明明看起来像是喜欢肃大哥的，突然又去吻你，那么突然，你怎么不拒绝？"

肃修言被迫看着她，只能轻叹了口气："你哭成那个样子，你那时候就算让我干什么我都干了……"

程惜扬了扬眉，觉得自己突然找到了什么钥匙："所以说我哭起来你就没辙了？那下次那什么的时候……我也哭……"

肃修言看着她，神色又复杂起来："以后说起来，第一次是你哭来的……"

程惜想了下，顿时浑身恶寒，连忙说："好了，打住，我放弃这个想法了。"

程惜看了看他，想起来那个绝望的吻，她就忍不住凑过去吻他要补回来。

好在肃修言猜到她这个想法，这次十分配合，甚至还稍微放弃了点主动权，让她能认真又细致地吻了他好一阵。

她在肃修言这里补够了，也尝到了他唇间那种清爽的味道，退开舒了口气之后，就用手指点了点他的肩膀，带着些教育的口吻："你这个人真是有点傻，虽然那个也是我，但那个我对你根本就不好，你干吗要对她那么好，还救她？她要给你陪葬你就让她去啊！"

肃修言看她毫不客气地自我批评，就顺毛一样地轻摸了摸她的脊背："你也说都是你了，我修养好，不跟你一般见识。"

程惜本来对"那个自己"一腔怒火，听到他这个毫无求生欲的答案后也还是瞪大了眼睛，不知道是该夸他一句大度，还是该反驳回去给"那个自己"出气。

不过她还是不自觉地替肃修言委屈，这个故事里的她，对他根本就没那么好，长大后稀里糊涂移情别恋，重逢了也没认出他，还错怪他。

但就算是这样，他还是在她冲过来跟自己一起坠崖的时候，哪怕自己重伤，也拼着一只手救下她。还在她哭起来的时候，任她莫名其妙地吻自己。在最后推她上山崖的时候，也仍旧那么温柔。

她原来曾经设想过，如果自己对肃修言没那么关心，也没有一开始就对他有兴趣，那他会不会还对自己很好？

现在那个情况真实地在她眼前上演，就算被她误解，没有得到过她的关心，他也还是依然会对她很好，哪怕在生命的最后时刻，也还是会考虑着她的心情。

她还在这里心疼肃修言，顺带检讨自己，肃修言就又皱着眉不知道思考什么，还看着她不确定地问："你后来真的……一辈子没嫁吗？我们在那里明明只是……"

程惜看了他一眼："哦，也不算一辈子没嫁吧，我被你喊醒的时候，正年过半百，后面说不准还有个夕阳红。"

肃修言还是抿着唇看她，程惜就抬手在他胸口上点了点："所以我这辈子是非你不可了，你敢随便就死，我可就没得美人泡，只能孤老终生。"

她不过随口说笑，肃修言的脸颊却突然有点发红，躲开她的目光，侧着头说："我看你爱好广泛，倒不会突然没人可以泡。"

他现在经常被她调戏，早就练就了处变不惊甚至还能回撩的本事，这样突然脸红还真是很少见。

程惜也不知道是自己哪句话戳到了他，歪头想了想就突然顿悟了："原来你喜欢听我这么表白？这辈子非你不可？只要你？别人都不要？没有你我就再也无法拥有爱情？"

肃修言的脸色又糟糕了起来，看着她说："你能不能不要把这些话说得这么随便？"

程惜"哦"了声："反正我也随便为了你孤老终生了。"

肃修言似乎是不知道该跟她说点什么了，干脆低头堵住她的唇，免得她再乱说气到自己。

程惜又被他吻得气喘吁吁，休息了会儿总算正经下来："我觉得，那个狗血武侠的剧情，可能才是这个世界里真正的故事。"

肃修言早有预料一样轻"嗯"了声："可能我们的到来改变了什么。"

程惜皱着眉思考了下，又问他："你是什么时候梦到这些故事的？"

肃修言也没隐瞒她："回来的路上就陆续梦到了，回来之前就看完了……看到我死的地方为止。"

程惜大为吃惊，也顿时想通了为什么这次她跟肃修言的回家之路，会比梦里顺利那么多："这么说你是因为在梦里看过了敌人的追截计划，才顺利躲开了不少追杀？"

肃修言"嗯"了声："能省点力气，当然还是省一点好。"

程惜看着他："那你是什么时候看到最后的？"

肃修言还是没所谓的样子："到丹碧城的前一天晚上吧，后面的都梦到了。"

程惜"呃"了声，所以他看到肃道林亲自来接自己才那么意外？

还有他也虽然一脸要捏碎齐耀天头骨的姿势，但到底没下手，也没有像那个故事里一样把齐耀天很没面子地一掌掀飞。

虽然被捏着头也风光不到哪里去，不过还是比四仰八叉倒地上好看那么……一些些吧？

程惜看着他，也不知道自己该说些什么，反而沉默了下来。

肃修言就"呵"了声，抬手去按额头，他还能感觉到宿醉的威力，不是刚才给程惜哭醒的话，他还能再睡一会儿。

他总算想起来昨晚自己失去意识前说过的话，不确定地问："昨晚我把你抱回来了吗？"

程惜给对他挑了下眉："你觉得呢？"

霸总如肃修言，也难得惭愧起来，不怎么好意思地清了清嗓子："我可能实在喝多了。"

程惜"哦"了声："这倒无所谓，你现在可以告诉我什么叫'我有出去的方法'了吗？"

肃修言把手指放到唇边，轻咳了声："这个解释起来比较麻烦。"

他平时再傲娇中二脾气差，早上刚醒气势还没撑出来，又披散着头发衣衫不整的时候，看起来还是格外柔弱无辜。要不然在酒店醒过来的那天早上，程惜也不会以为自己头一天晚上欺负了他。

程惜用手指捏住了他的下颌，看着他的眼睛说："那你给我的补偿呢？拿你的身体来偿还？"

肃修言将眉毛扬了扬，正准备把场子找回来，就猛地脸色一变，推开程惜麻利地躺了下来。

他还用被子把自己盖了起来，只露出来一张脸，并且飞快闭上眼睛。

程惜看他一气呵成，当然知道是怎么回事，瞬间也找到了温柔体贴的表情。

曲嫣的声音在外间低低传来："二少爷醒了吗？"

程惜昨天早上起得晚已经错过婆婆了，现在当然连忙表现，爬起床飞速穿好衣服，脸上带笑地推门出去："夫人，二少爷还在睡。"

曲嫣对她住在肃修言卧室里也没什么不快，看到她就笑着说："言儿身子弱，这几日就辛苦你时时看着了。"

程惜心想他身子弱都能让整个武林抱成一团鹌鹑似的瑟瑟发抖，身子好的话，那岂不是上天。

　　心里这么想，她还是带着温柔的笑容连连点头："夫人放心，我一定会照顾好二少爷的。"

　　曲嬷嬷怕吵醒肃修言，又留下一堆补品和新衣服走了。

　　程惜应付完他，端着那份足够两个人吃的加料早餐回到房间，就看肃修言已经又坐了起来，按着额头问："今天妈妈要给我穿什么衣服？"

　　程惜想了下那盘被放下的衣服，回答："跟昨天的差不多吧，稍微改了点式样，你妈妈眼光挺准，你适合紫色。"

　　肃修言生无可恋地靠在床头上叹了口气。

　　然而他也没胆子反抗，等赖在床上吃完了早餐，照旧穿上一身轻飘飘的纱衣，被侍女梳了个小公主一样的发型。

　　今天曲嬷嬷还又发挥了一下想象力，说天气渐渐凉了怕他冻着，给他加了一个领子边缝一圈白色狐狸毛的披风。

　　裘毛也是衬脸小外加提升仙气的利器，所以当肃修言穿好这身衣服，手里还被塞了个手炉后，程惜看着他差点要笑断气。

　　她当着侍女的面，很没形象地直捶桌子："肃修言……你是不是准备怒抢肃大哥病美人的头衔？"

　　这侍女常年跟在曲嬷嬷身边，也是见过大世面的人，笑得十分温柔得体："程姑娘无须担心，披风做了两件，手炉也有两份，另一套已送到大少爷那边去了。"

　　肃修言站起来揣着手炉："齐耀天要走了，我们去送下。"

　　这才一晚上，他还真看上齐耀天了，人家要走还得送。

　　程惜觉得有点牙酸，穿着自己照旧朴素低调的衣服，丫鬟一样跟在盛装的肃修言身后，一起去送人。

　　齐耀天对于肃修言还来送自己，是有些意外和感动的。

　　毕竟昨天喝高了，都说了些什么他已经有些记不清了，但肃修言还来送他，就足以说明昨晚两个人确实是推心置腹过了，不是他齐耀天一个人感动得哗啦啦的。

　　肃修言甚至还破例给了他一个堪称温和的笑脸："齐盟主昨晚可睡得好？"

　　齐耀天受宠若惊之余，连说很好，他打量了肃修言今天的打扮，实在觉得有些奇怪。

　　穿得这么秀美飘逸，可以认为是个人喜好，但现在还远不到很冷的时候，又是披着毛领大氅，又揣着手炉，可就不是喜好那么简单了。

而且这里又没外人，按道理来说也不需要假装。

他踌躇了片刻，还是忍不住开口："二公子果真身子有恙吗？"

肃修言弯了下唇角："不瞒齐盟主，我中了蛊毒，每次运功后都会反噬。"

当然他就算被反噬了也并不影响身体，毛毛领大衣和手炉什么的只是曲嫣的爱好，这点他就没说。

齐耀天顿时眼睛都直了，显然打不过就算了，还打不过未在全盛状态的覆手第一城城主，对他来说打击更大。

好在肃修言又补上了句："虽然是这样，但并不影响我出手。"

齐耀天稍稍松了口气，接着才想起来自己要表达下担心："二公子……身体不要紧吗？"

肃修言又弯了下唇："反正死不了。"

这算什么回答，齐耀天顿时看起来像是有点急了："二公子青春正盛，高堂尚在，可是需要爱惜自身，切莫要令亲眷伤心啊。"

肃修言看着他，突然笑了笑："我又没说过要轻生，你为什么要劝我爱惜自己。"

齐耀天"呃"了声，神色突然有些尴尬，看到肃修言一直带点笑容看着他，他才鼓起勇气，试探性地说："这个，昨晚醉酒后，我做了个怪梦……"

程惜听到这里就吃了一惊，看着他也不管自己抢了肃修言的话："你是梦到你捅了他一剑，还把他推到悬崖下去了吗？"

齐耀天连忙摇着手解释："不，那一剑是二公子要在下捅的……"

程惜说："我知道。"

齐耀天的脸色又尴尬起来："这个……难道程姑娘也？"

程惜点头："我也梦到了。"

齐耀天又转去看肃修言，一脸欲言又止，神色间似乎还有些担忧。

程惜不知道他是装的还是真的，不过看那个梦中的剧情里他捅肃修言那一剑时手都抖了，可能这个正义盟盟主，还真对肃修言有种格外的英雄相惜……或者说格外的情分。

程惜突然笑了笑，问齐耀天："齐盟主，你觉不觉得今天二公子格外好看？"

齐耀天很显然是个钢铁直男，顺着话头就客套起来："二公子何止今日，从来都是器宇轩昂，英雄少年。"

他没听明白程惜话里的意思，肃修言可是听明白了，抬眼就瞪了她一下，接着跟齐耀天进行社会人的交流："齐盟主过誉了，我看齐盟主才是一身正气凛然，可敬可佩。"

接着这两人就虚伪地互相夸赞了一番，肃修言把他送到山庄门口的时候，齐耀天突然笑着说："不过幸好我真心不想伤了二公子，那一剑也侥幸未伤到二公子要害，不然后来文护法和苏大侠在谷下将二公子救出时，可就真的险了。"

程惜的眼睛蓦然就睁大了，转头去看肃修言。

肃修言脸色倒一点都没变，就是笑得格外柔和："对啊，我还要谢过齐盟主手下留情。"

齐耀天又"哈哈"笑了起来："不过那都是梦中之事，二公子如今又怎会到那危险境地，是齐某唐突了，齐某告辞。"

他说完就十分潇洒地拱手转身大步走了，程惜总觉得那背影看起来，有那么点着急。

等他走远了一点，程惜就转头去看肃修言："不打算解释一下？"

肃修言看了她一眼，试图装傻："解释什么？"

程惜知道他明知故问，瞪了他一眼："你说呢？"

肃修言只能屈起手指放在唇边，欲盖弥彰地咳了两声："这个问题有些复杂。"

程惜盯着他："你什么问题都觉得解释起来很复杂。"

肃修言被她盯得有些扛不住，终于开口："我还有些善后工作……"

程惜继续盯着他不说话，肃修言硬着头皮说："虽然哥哥的蛊虫是解了，但给我们下蛊的罪魁祸首我还没处理。"

程惜抱胸看着他："那你解释下文护法和苏大侠是谁吧，是你文学姐和你二叔吧？我记得神越山庄里没有二庄主。"

在她的目光威压下，肃修言只能说："文护法确实是学姐，苏大侠是我二叔……不过在这里不是他害的我们，我被赶出山庄的时候，还是他救了我，又教了我武功。"

他一边说着，一边神情不是很自然："事实上，在这个世界里，我是要喊他一句师父的。"

程惜"哦"了声："所以你就是被你学姐和师父救了？然后就假装自己已经死了，再没来见我？而且还试图完全隐瞒起来，我问你的时候你都没有老实交代？"

肃修言的神色更加尴尬了些，又屈起手指放在唇边咳了声："这个，要不是齐耀天这个大嘴巴……"

程惜冷"哼"了声："你倒是很会怪别人。"

肃修言似乎已经不怎么敢说话了，只是曲着手指搭在唇边咳嗽。

程惜盯着他的脖子说："你不舒服吗？"

肃修言看到她的目光，深觉如果这会儿他敢说自己没有不舒服，恐怕是要被她当场掐死，就很识趣地点了点头："我胸口疼。"

程惜瞪了他一眼："先跟我回房间再收拾你。"

肃修言还能说什么，只能抿着唇点头，表示自己没什么意见。

程惜也不搭理他，一个人气冲冲地在前面走着，她走了一阵突然顿住脚步，头也不回地问他："你后来又活了很久吗？"

肃修言不敢不回答她，沉默了片刻："没有。"

程惜"呵"了声："没有多久是多久？"

肃修言只能磕磕绊绊地说："一两年吧……"

程惜猛地回头瞪了他一眼，他又抽了下唇角改口："几个月吧……"

程惜转过身来看着他："你善后完了，还是有时间的吧？为什么不来见我？"

肃修言清了清嗓子转开眼睛，为了避免她以后再知道继续收拾自己，只能老实承认："我见过你的……哥哥好了些后，你从山庄里出来，在山下路过一片杏花林，那时候我就在山崖上。"

程惜审视地看着他："你那时候是来见我最后一面吗？"

肃修言不敢否认，轻点了点头："想看看你还好不好。"

程惜已经有些出离愤怒了，只能看着他叹了口气："你不来见我，怎么知道我救不了你？"

肃修言看了她一眼，想了下还是慎重地说了："这个，我师父……二叔找来给我治伤的人，就是程昱。"

程惜被噎了个正着，在这个世界里，别人在程昱没在场的时候，的确会喊她一声程神医，但程昱在场了，程昱是那个程神医，她就是小程神医……谁的医术更强，一目了然。

肃修言摔下悬崖时的伤势，程惜的确没什么把握，如果救他的人是程昱，那么倒是可以解释。

至于他体内的情蛊，程惜后来游历大江南北，有一个目的就是寻找情蛊合体后治愈的方法，这个方法，她找了几十年，也还是没找到。

程惜想到这里就十分头疼，这个武侠世界里的医疗科技，看起来很模糊，但在技术上限上，那个天花板又格外地难突破——按照这个世界信奉的真理，那就是天命难违？

她想来想去，还是叹了口气："为什么？"

肃修言当然知道她是想问什么，垂下了眼睑低声说："我们原本就不是走在同一条路上的人，那时候的情形，再见面也不过是徒增烦恼……你哥哥也赞同我不要再见你，并说了会替我隐瞒。"

程惜"哦"了声翻了个白眼，程昱倒是一直看不惯肃修言，在这个世界里看起来也没什么变化，哥哥的账，她回头再找程昱算，现在她主要清算眼前这个的。

他们本来就是走在一道走廊上，程惜这么回头堵住了路，肃修言简直就是逃跑无门，为了避免被继续清算下去，只能努力转移话题："小惜，你觉得我们现在所处的地方是哪里？"

程惜感觉到了什么，不由自主皱了眉，肃修言就继续轻声说："我认为我们既不是在梦中，也不是在现实中，我们在真实和虚幻之间。"

程惜眯了眯眼睛，她虽然早有感觉，但没有这么具体地归纳过。

肃修言接着说："自从我开始梦到那些剧情之后，就按着梦里知道的情报改变了这个世界，然后逐渐印证了一些猜想……我的行为可以改变这个世界，然后别人似乎也可以梦到一些本应发生的事，再根据自己看到的东西，改变着这个世界。"

程惜吃了一惊："你是说别人也会梦到那些剧情，然后根据自己的意愿去做改变？"

肃修言对她笑了下："你是不是忘记了？这个故事里，首先被改变的是什么？"

程惜仔细想了下，立刻明白了："你是说……几年前肃大哥醒来后，就告诉大家你也中蛊的事吗？"

肃修言点了下头："他被下蛊后就昏过去了，我带着他逃了出来。回家后他还昏迷着，我就被赶出了家，他不可能知道我也中蛊，除非他是以别的方式知道的。"

程惜侧头想了下就说："你的意思是，肃大哥可能才是我们已知的人里，那个最早会梦到这个世界本应发生的事的人？"

肃修言点头："在我认识到的事实里，他是那个最早做出改变的人。"

程惜也点了点头："对，我们回去后，你休息一下，就去找肃大哥问问。"

肃修言看成功转移了她的注意力，就不易察觉地轻松了口气，却没想到程惜又眯了眯眼睛看着他："不过你确实是欠我半辈子了，我不会忘的。"

她边说边一把抓住肃修言的肩膀，把他抵在旁边的柱子上，"呵呵"冷笑了笑："这回你给我记住了，就算你死，也只能死在我的怀里，你如果还敢跑……小心我抓到你就扒光了你的衣服，把你捆在床上。"

肃修言的脸色顿时变得有些不好看："你这个威胁方式能不能改一改？"

程惜挑了挑眉："我觉得你挺怕这个威胁的，不用改了。"

肃修言此时没什么底气发飙，只能抿着唇硬忍了下来，一脸生不如死。

他们说完后，还是先回房间，不过他们才刚进肃修言住的院子，就看到肃修然已经在房前等着他们了。

程惜当然是惊喜的，几步赶过去喊："肃大哥，我们正要去找你。"

肃修然也被迫穿上了肃修言同款的披风，只不过他的是淡青色的，衬得整个人史加出尘脱俗。

不得不说，曲嬷在打扮两个儿子上，品位和眼光一直都是一流的。

程惜忍不住又多看了肃修然几眼，肃修言的脸色就沉了下来。

肃修然已经习惯了他突然傲娇一下，也不以为意，笑着说："小言，今天觉得怎么样？"

他笑得太温柔，肃修言也不好拿他撒气，别别扭扭地点了下头："还好。"

肃修然的神色还是有些担忧："小言，你体内的蛊虫已发作厉害了，千万不要硬撑，若是有什么事，需尽快告诉我们。"

肃修言又抿了抿唇，程惜正以为他要继续嘴硬说没事，就听到他说："最近已经几乎每日都在疼了。"

肃修然听他这么说，眉头瞬间就皱了起来，忍不住抬手去扶他的胳膊："小言，你……"

肃修言抬头看了看他，弯着唇笑了笑："哥哥，这已经又到了快要月末的时候……你知道该怎么办。"

肃修然脸色顿时就发白了，连连摇头："不行。"

肃修言又笑了笑："哥哥，父亲把我接回来，又这样纵容我，你也该知道他是什么意思……两个儿子能保住一个，总比一个也没有强。"

他边说还边放缓了语气，笑容也带上了几分诱导和笃定："更何况，我不会死的，你知道。"

肃修然苍白着脸还没来得及开口，他们身后就传来一个低沉的声音："你倒说说，我是什么意思？"

程惜吓了一跳连忙回头，就看到肃道林面色阴沉地站在院门口，刚才肃修言说的话，显然是被他听到了。

这对父子撞到一起就没有一刻是不吵起来的，肃修言直视着肃道林的眼睛，十分讽刺地笑了笑："父亲大人是什么意思？难道还要我说得更明白些？你眼中从来就只有哥哥，什么时候在意过我？当年把我赶出去的时候，一点情面没留，我是死是活也从没管过，现在突然要父慈子孝，还不是因为我可以给你的宝贝大儿子引蛊？"

肃道林脸色铁青，也不知道是被气得说不出话了，还是不知道拿什么话来骂他，所以一声不吭。

他不说话，肃修言却突然更来劲，冷笑了声："当年怀疑是我害了你选中的继承人，我拉着您的袖子想要解释，您可是连说一句的机会都没给我。

"当胸一脚，把我从房里踢到雨地里。我趴在地上起不了身，也还要连夜命人把我拖出山庄，别说什么随身的东西，连外衣都不准我多披一件。"

他边说还边弯了弯唇，笑得更讽刺些："连我在山下的丹碧城中昏过去，被人好心捡到家里喝了碗姜汤，都要被侍卫重新拖出来赶到城外……说什么丹碧城也还是神越山庄，不准我逗留。"

程惜听他说着，越听心越凉，她只知道肃修言被肃道林赶出神越山庄，还以为肃道林最多舍得打骂他几下，没想到这么不留情面。

这哪里是赶亲生儿子，这简直是把人往死里逼。

肃修言这么傲娇的个性，被自己父亲这么对待，他回来时的态度，像在她梦到过的那么死硬才是对的。还会听肃道林的话，可能也只是因为，现在这个肃修言，并不完全是这个世界的肃修言而已。

肃修言说着，抬手点了点自己的胸口："父亲大人，提醒你一下，你当年那一脚，正踢在我刚埋了蛊的伤口上，我今日能侥幸活着，也不过是因为有人在丹碧城外把我救走了而已。"

肃道林的脸色已经变得铁青，肃修言好像还嫌不够一样，十分残酷地笑了一笑："事到如今，就不要再假惺惺装作关心我了……只是因为您是我的父亲，做过的事就这么轻飘飘地一笔勾销，世上哪里有这么好的事呢？"

他说完了这一大通话，院子里已经没人再出声了，程惜也心惊肉跳不知道说什么好。

程惜看到肃道林垂在身侧的手指收紧又松开了，她心想肃道林可别被气到再一巴掌扇过去，那这个死结可就打得更死了。

好在肃道林虽然被气得脸色发青，也没有抬起手打他，只是哑着嗓子沉声说："引蛊的事，随后再议。"

说完这句话，他就转身走了，没再搭理肃修言一下。

倒是跟在他身后的那个侍卫统领，留下来把手里捧着的盒子递过来："二少爷，这是庄主刚命人从玲珑阁拍下来的丹药，程昱神医看过了，说确实是萱芳谷的七巧金丹，对修复心脉极有用的。"

这个侍卫统领程惜当然也认识，神越山庄的侍卫都是一个姓外加一个数字排行，这位叫柳十五，在整个山庄的侍卫里身手不算最好，年纪也轻，却是做事最得力机警的一个，几年前就被提拔做了统领。

肃修言站着不动，她就自作主张地抬手接了过来，又问："柳大哥，我哥在什么地方，说过什么时候回来没有？"

柳十五又看了眼肃修言，才说："程昱神医还在外面寻访破解情蛊的方法，似乎是稍有眉目了，过几日就会回来。"

程惜"哦"了声对他道了谢，柳十五又看了看肃修言，反正肃道林也走远了他追不上，索性就多说了几句："二少爷，我当年不过是个普通侍卫，年纪尚轻，也没亲眼见过二少爷在山庄外的遭遇……不过二少爷应该也知道，庄主虽说火气上来时谁也不敢劝，但稍一冷静后，就也还是有转圜余地的。

"其实当日天还未亮，大少爷还没醒过来，没说出来二少爷您也中蛊的事，庄主就回过神来了，命我们下山去寻二少爷。只是雨下了一夜，什么痕迹也都冲没了，二少爷也不见了踪迹。

"等到大少爷醒了说出来真相，后来这么多年……我们也都看在眼里的，庄主没有一日不在后悔当年太过冲动。这些年庄主的脾气都似好了不少，无论再忤逆触怒他的事，他总是要冷静一阵才下决断。谁也说不准，是否当年二少爷的事，令庄主始终无法释怀，才会如此。"

柳十五叽里呱啦说了这么多，程惜也只是捧着手里那些据说贵得要命的救命金丹，默默仰头看天。

肃修言为什么会跟肃道林吵起来，肃道林为什么气得不行了也还是没回他一句，她心里大概是清楚的。这对父子都是傲娇到顶天的人，她真的不知道该怎么劝。

肃修言沉默地听柳十五说完，就抬手捏了捏眉头，点头叹气说："我知道了，烦劳你替他说话了。"

柳十五也看出些门道了，连忙说是自己多言了，然后就告退离开。

柳十五走了，院子里就只剩下他们三个人，程惜就把手里的木盒子打开，看着里面并排放着的几个小盒子大惊小怪："哇，传说中一颗就能救命，比金珠子东海珍珠都贵的七巧金丹，肃伯伯一口气给你拍回来八颗啊，果然是霸道总裁的花钱方式。"

肃修言"呵"了声，似乎是懒得理她，转身就进房间去了。

肃修然虽然还是苍白着脸，也还是对程惜微笑了笑，也跟了进去。

程惜挑了挑眉合上盖子，把这几颗仙丹供着搬回了屋里放好。

肃修言进去后也没回卧室，就在外面的会客室里挑了个椅子坐下来，抬手去按自己的眉心。

程惜放好了那几颗金贵的仙丹，出来后就对他说："你这是想激肃伯伯，结果却给他看穿了……姜还是老的辣。"

肃修言看样子是烦得很，揉着眉心说："我只是想让他别再这么要骂不骂，要打不打的，简直要把人憋死。"

肃修然脸色苍白着，还是对他温和地笑了笑："小言，你不必再故意对父亲恶语相向，他这次是失而复得，无论如何都不会让你冒险。"

他一说话，肃修言就放下手去看他，一脸理直气壮地开口："哥哥，你就让我给你引蛊吧，不引过来我们两个都危险，都引到我身上，兴许就有办法治了。"

他这时候倒还是能把这种要求提得如此坦然，程惜都要对他刮目相看了。

肃修然对他的性格早有预料，温和地笑着，坚定摇了摇头："不可。"

肃修言就皱着眉看他，肃修然料到了他准备做什么，接着补上了一句："你也不可把我点倒，强行替我引蛊，你若这样做了，我醒后必会引颈自刎……你知道的，我说到做到。"

肃修言内心的打算被哥哥抢先猜到，脸色顿时就不好看了："你们一个两个在啰唆什么？我回来后果然就应该立刻动手。"

肃修然又对他笑了笑："小言，若这件事只是我生你死，或者你生我死那么简单，我们之间也就不会有这样解不开的死结了。"

程惜听到这里，简直想要给肃修然鼓个掌，不愧是现实里的大作家，看问题就是这么一针见血，鞭辟入里。

肃修言显然是实用主义者，简直懒得听他说什么心理分析，站起来说："我头疼，我先去睡一会儿。"

他说完就毫不犹豫地回里面的卧室里去了，程惜也没拦他，反而坐下来跟肃修然聊天："肃大哥，我昨晚做了个梦，梦到修言中蛊的事和肃伯伯都不知道，他也采取了更为激烈的方式回来……结果是比较惨烈的，我想问你是不是也梦到过，或者在什么情况下见到过类似的情形？"

肃修然弯了弯唇，轻叹了声："你猜得对，当年我中蛊昏迷之后，就好像是一下子看到了今后几十年会发生的事，我看到小言替我引蛊，又被刺了一剑掉下山崖……我试着改变现实，也告诉了父亲小言中蛊的事。"

程惜听到这里就沉默了下："肃大哥，恕我直言，那时候你还不能证明自己梦到的就是真相，你为什么会认为修言一定是无辜的呢？还不惜冒着失言的风险，坚持告诉别人修言也中蛊了。"

肃修然对她笑了笑："若说我在梦里时，那个梦中的我，最后悔的事，就是没有一个理由来坚称小言不会害我，哪怕我也曾跟父亲和母亲说了无数次小言一定不会如此，但终归缺少一个证据……也许就是因为这样，才酿成了最后的悲剧。

"所以当我在梦中得到了一个可以作为证据的东西，哪怕有可能不是真的，我也绝不会放弃。"

他说着就又轻叹了口气笑了："至于把这些解释给所有人听，那又太麻烦了还多生事端，故而我只需一口咬死告诉他们，小言是为了救我，他自己也中蛊了就好了。"

程惜是知道肃修然这样的人，遇到这样重大的事一定不会草率，但没想到他心里已经转了这么多圈，顿时有些不知道说什么才好。

　　果然有智商有城府的男人不是那么好猜的，好吧，肃修言也并不是没有城府，至少他语焉不详说话捡重点这一套也玩得很遛……都是奸商。

　　肃修然看程惜沉默着不说话，就微微笑了笑："小惜，我能看得出你对小言的心意，他如今身子不好，还需要你多看护了。"

　　程惜点点头，想了下又问了他一个问题："肃大哥，如果你和修言的蛊互换了一下，你这里的是母蛊，他是子蛊，你会为他引蛊吗？"

　　肃修然弯了下唇："自然是会的。"

　　她想了下，实在没什么别的要说："肃大哥来这里是为了看修言的吗？"

　　肃修然又弯了下唇："小言好不容易回来，我当然是要每日看他一次，这才稍稍安心。"

　　这兄弟俩一个是弟控一个是兄控，还都能眼睛也不眨地为对方牺牲自己。

　　肃修然到这里来，本来就是为了看弟弟，肃修言睡了，他也不会在这里跟程惜聊很久，笑了笑就说："我晚间和明日还会来，小惜你也先休息下吧。"

　　他不是刚说了每日一次？敢情今天是因为被爹爹搅了，没能好好关心弟弟，晚上还准备来一次？

　　程惜只能连连点头答应下来，肃修然虽然是她的男神，但这里的这个肃修然也太弟控了，比现实中的那个肃修然夸张好多，她实在有点吃不消。

　　肃修然走了，程惜就尽量放轻手脚进房间看看肃修言睡得怎么样。

　　她本来以为肃修言说要休息，只是找个借口不想跟肃修然说话，没想到他还真的躺在床上睡了，也只脱下了外衣随便挂在一旁的架子上，自己和衣而睡，还没盖被子。

　　程惜看他微皱着眉，脸上也有点疲倦，好像真的是挺累的，就轻手轻脚过去拉了被子给他盖上。

　　虽然她动作很轻，肃修言也一贯对她不设防，但他还是不知怎么就惊醒了，按着胸口猛地闷咳了几声。

　　程惜吓了一跳，忙去拍他的背："别咽下去！"

　　她这一掌下手并不轻，肃修言就算想咽下去，也给她拍得咳出了口血。

　　他给这口血岔了气，又趴下来喘着咳了几声把嘴里的残血吐出来，才抬头瞪了她一眼："你是想干脆拍死我算了？"

　　程惜拿袖子去擦他唇边的血迹，又试了试他的脉象，一点没客气："还不是你自己习惯往回咽，怪我了？"

肃修言闭上眼睛侧过头，过了一阵说："我哥呢？"

程惜叹了口气："肃大哥先走了，说晚上再来看你。"

肃修言脸上顿时露出来不耐烦的表情："他还看，一天一遍都不嫌够吗？"

有这么个又傲娇又熊的弟弟，程惜也有些同情肃修然的，只能说："失散多年不见的弟弟刚回家，不但身体不好，看起来还总想不开准备搞点事情，你说他不担心吗？"

肃修言抽了下唇角："我看他是闲心太多，没地方操了。"

这肃修言可就真冤枉肃修然了，肃道林这些年已经渐渐把山庄的事务和产业的管理慢慢交给肃修然了。

富甲天下也不是白来的，那么多商号银铺，还是在这个管理系统相对落后，只能靠笔录和车马的时代，也是事情很多很累的。

但就算这样，肃修然还是坚持每天来看弟弟，一次没看好还得再看第二次。

这些肃修言当然也是知道的，他就是嘴硬而已，皱着眉去看程惜："你也别光顾着跟他聊来聊去，想个办法哄他让我引蛊。"

他还真是熊得理直气壮，程惜侧目看他："那你告诉我一个让我跟你一起骗他们的理由。"

肃修言皱了一阵眉，然后问："如果不合体，你跟程昱有解蛊的把握吗？"

程惜认真想了一会儿，摇了摇头："如果蛊虫那么容易被解，苗疆蛊毒也不会名声那么大了。"

肃修言"呵"了声："既然这样，研究两个病人不如研究一个，我给哥哥引蛊完，你们就只用对付我一个病人就可以，难道不能算轻松了？"

程惜顿时无语："这也能算轻松了……"

肃修言挑了下眉看她："痊愈了一个病人，不能算工作量减半？"

程惜也不知道该怎么回应他这套歪理邪说，只能捧着他的脸，在他唇上吻了下，又皱着眉说："最近吻你总是尝到血腥味。"

肃修言立刻冷笑了声，干脆推开她翻身要背对她："你不喜欢，可以不要。"

程惜又连忙揽着他的腰，趴到他耳朵边哄："怎么会不要呢？就是太心疼了……跟了我后，就没一天好过，简直要心疼死我的小哥哥了。"

肃修言被她搂着腰半压在身上，还是很傲娇地冷声说："什么叫跟了你？"

程惜连忙改口："我跟了你，我跟了你。"

肃修言这才稍稍满意一点，又冷哼了声闭上眼睛。

程惜哄他真是费尽心思，又凑过去在他眼角轻吻了下，才说："你非要逼他们同意你引蛊，倒不如试试我的方法。"

肃修言撑开一点眼皮看她："你有什么办法？"

程惜笑了笑，她这次也卖了个关子："你先休息一下吧，等晚上肃大哥来了再说。"

肃修言"呵"了声，也不跟她追问，就继续闭上眼睛。

程惜帮他把床上的帷帐给放下来，又用手帕把他刚才吐到床前的血擦干净，这才出去。

肃修言这一睡就睡到了午后，直到程惜把他喊起来吃午饭的时候，他还是没有彻底清醒，靠在床边上皱着眉什么都不想吃的样子。

这个世界设定里的肃修言或许是武林高手，又在外面颠沛流离吃过不少苦，但肃修言自己实在是娇生惯养得很。

他确实很能忍痛，之前两个人在外面躲避追兵的时候也没见他有怨言，但一旦有了条件挑剔，多年来养尊处优的习惯是改不了的。

就比如现在，程惜把炖得色香味俱全的党参乳鸽汤用勺子舀了吹凉送到他唇边，他皱着眉很勉强地喝了口，然后不满地评价："太油了。"然后还扫了眼程惜用托盘端过来的那些食物，露出来更加没兴趣的神色，"都这么油腻。"

程惜叹了口气："这是你妈妈让人特地给你准备的，都是大补的东西。"

肃修言还是皱着眉："她是不是觉得我光靠吃这些东西就能好。"

程惜觉得他简直就像是幼儿园里闹着不吃午饭的小朋友，叹了口气："那你想吃什么，说几样，我现在让人给你准备？"

肃修言的神色十分勉强："那也没必要这么麻烦，就这些对付对付吧。"

但是大少爷不想吃，那个娇贵的胃又很难伺候，程惜就看他每样随便吃了几口，就兴致缺缺地放下了筷子，并且翻身躺下，看样子是准备继续睡了。

程惜好奇地看他："你昨天都睡了一天了，今天还要睡一天？"

肃修言也没转头看她，声音因为躺着显得有点懒散："我躲在房间里他们还一个个过来，我要是出去，还不是要被抓住问东问西。"

他说着又沉默了片刻，最终说了实话："穿成这样我不想出去。"

他上床休息，就取下了头上的发簪和薄纱，一头银白色的长发水一样铺散在枕头上。再加上他脱掉了外衣，只穿着里层纱衣，他本来肤色就白皙，这么陷在一片白色里，还真是……旁边放点鲜花就可以扮演睡美人。

程惜忍着笑说："那你先睡吧，晚上等肃大哥来了，你配合我就行。"

肃修言听出了她声音里的笑意，眼睛也没睁地甩过来一句："你脑子里又胡思乱想了些什么？"

程惜低头在他闭着的眼睛边轻吻了下，笑着说："只是在想你今天真好看。"

肃修言丝毫不为所动，又"呵"了声："我看你是只要长得好看，谁都可以吧。"

程惜忍不住又想笑了："你这是什么逻辑，夸你好看，你还吃起来莫须有的醋了。"

肃修言十分傲娇地"哼"了声，干脆抬手扯着被子把自己裹严，只露出来个头，看样子是连看也不要给她看。

他怕是不知道就这么裹严实了跟蚕宝宝一样，看起来更可爱吧。

程惜深觉自己已经被荷尔蒙冲昏了头脑，现在他怎么样，她都觉得越看越有爱，就忍着笑又抱了抱他，这才放下帷帐离开。

程惜从房间里出来，就径直去找肃道林。

肃修言的问题，症结说白了在他爹身上，肃修然哄他哄得再多，一天去看他十遍，那也是哄不好的。

她过去先见到的还是柳十五，柳十五看她过来也不意外，就笑着说："程姑娘稍待片刻，我去禀告庄主。"

这个稍待还真是稍待，柳十五很快就回来把她带到了肃道林的书房里。

肃道林从肃修言那里回来后似乎就一直在书房，里面的龙涎香不知道烧了几炉，整个书房里云山雾绕。

程惜觉得这都不能算是静心香了，算空气污染。

肃道林紧锁着眉头，请她坐下，让人给她上了茶后，沉声开口问："言儿的身体怎样了？"

程惜知道跟他说话最好开门见山："肃伯伯，修言这次回来的目的，就是为了用自己做引子，治好肃大哥，我想这个你也应该想到了。"

肃道林紧抿着唇，隔了一阵才说："我说过了，引蛊的事，先不要再提。"

程惜在心底叹了口气："肃伯伯，我想你也是知道的……引蛊不是主要问题，当务之急，是你要对修言做出和解。"

肃道林显然是没明白过来她的意思，眉头皱得更紧："和解是什么意思？"

程惜感慨自己一个还没有资格证的心理医学毕业生，就得面对这种高难度的情绪梳理："肃伯伯，您有没有想过，当年的事，您对修言最大的伤害是什么？"

肃道林的神色肉眼可见地阴沉下来，程惜连忙把话说完："肃伯伯，当年的事我并不是很了解，您当时是为什么在第一时间就怀疑是修言勾结外人伤害肃大哥的呢？"

肃道林的脸色都要青了，也还是沉着声说："我早叫他不要再练武，结果那几日侍卫来报，说他连续几日，偷跑到后山去，还见了什么黑衣人。

"我还没找他问话，那日夜里修然就被一个黑衣人劫走了，我派人去追，那黑衣人没捉到，却碰到他背着昏迷不醒的修然从后山出来。

"等他们被带回来后，我动了火气，问他是否和那个黑衣人勾结，那人又是什么人，他什么也答不上来，只说是自己害了修然，我叫他滚出山庄去，他又急了来拉我的袖子，我那时急火攻心，踢了他一脚……"

肃道林说到这里就沉默了一阵，才又接着说："那时他也穿着平日练功穿的黑衣，我没看到他胸前有血。我踢了他后，看他趴在地上不起来，还以为他是又惺惺作态，装得可怜些，让我不舍得真把他赶出去，就叫人把他拉起来丢出去。"

他显然也是不愿提起这些往事，说着又抬手揉了揉眉心："后来侍卫回报说他在丹碧城倒下被人带回家里，我还在气头上，以为他被踢了一脚再淋了点雨就娇气起来，拖拖拉拉骗我心软，就叫人继续赶他走。"

程惜听到这里，就又在心里叹了口气："所以肃伯伯是觉得，修言在年少时，不但太过娇气，还心术不正？"

肃道林又抿着唇沉默了，隔了好一阵才又开口："我那时确是这么想的。"

程惜又问："那么肃伯伯现在还这么觉得吗？"

让肃道林这样的人来承认自己的错误，当然比什么都难，但他沉默了一阵，还是缓慢地开口说："当年我并未亲自教导过他几次，对他脾气秉性的了解，多由他人转述……是我错了，他并非如此。"

程惜真想肃修言能听到肃道林这句话，也许他就不闹别扭了，不过如果肃修言在场，肃道林怎么可能会说出这种认错的话。

这对父子还真是一个比一个傲娇，程惜觉得肃修然温温和和，情商又高，不怎么像肃道林，倒是肃修言跟他多像得很，一样死要面子活受罪。

她想着就只能又叹了口气，干脆直说了："肃伯伯，我知道你也舍不得修言，但情蛊我和我哥哥可能都找不到办法破解……也许您真的要做出个抉择了。"

她不说这个倒还罢了，她说完这句话，就看到肃道林脸上一直紧绷着的神情仿佛裂开了。

他似乎是不自觉地微弯了脊背，整个人都像是老了几岁，抿着唇沉默了一阵才说："这件事，能不能等一等……言儿才刚回家。"

程惜低声问："那么肃伯伯是想在这段等待的时间里，尽量弥补修言了？"

察觉到了她话里"等待"的意味，肃道林又抿紧了唇，沉默起来。

程惜轻叹了声："所以肃伯伯打算等到什么时候呢？等到肃伯伯觉得给修言的补偿已经足够多，自己内心的愧疚也变得可以承受了的时候再进行选择，会让所有人都觉得更可以接受一些？"

她每说一句，肃道林的神色就难看一分，等她一口气说完，肃道林的语气已经彻底沉了下来，毫不犹豫地喝断了她："住口！"

在给这种位高权重的大家长做心理疏导的时候，激怒对方也是正常，程惜早有准备，她丝毫没有被打乱节奏，在停顿一下后，就放轻了声音，继续柔和地说："肃伯伯，我们都知道，为肃大哥牺牲自己，修言是不会犹豫的，他要的也从来都不是什么补偿……而是您的理解和肯定。"

肃道林的脸色阴沉，却没有再打断她的话，程惜又轻缓而诚恳地补上了一句："肃伯伯，如果只是为了弥补愧疚而进行的补偿，那也是对修言心意的一种侮辱。"

肃道林抬头锐利地看了她一眼，程惜就算胆大包天也做好了心理建设，还是被他这一眼看得心里发毛，忍不住轻缩了下头。

肃道林盯着她看了一阵，最后不易觉察地轻叹了口气："程丫头，你到底想说什么？"

程惜不敢再跟他绕弯子，老实地说："肃伯伯，修言的身体不能说到了性命攸关的时候，但也实在不好……我心疼他，为他这几年来的遭遇委屈。"

肃道林"呵"了声："你心疼他，觉得他受了委屈，就敢来逼我了？"

程惜缩了缩肩膀："肃伯伯，其实我还想问你……这几年来，你做梦有没有梦到过什么很惨的事。"

肃道林的脸色本来好了些，听到这里顿时又阴沉了起来："我梦到了又怎样？"

程惜心想果然如此，就说："我也梦到了，所以肃伯伯……也许这是来自上天的警示，提醒我们不要再重蹈覆辙。"

肃道林冷笑了声："我从不信什么怪力乱神。"

他倒是跟肃修言一样唯物，程惜越来越觉得肃道林跟肃修言实在太像了，就是因为太像，这对父子才互相看不顺眼吧。

她只能清了清嗓子："那肃伯伯自然有自己的见解。"

肃道林点了点头，然后就抬手对她挥了挥："好了，我有些头疼，你话说完了就可以先回去照看言儿了。"

程惜睁了睁眼睛，她虽然不觉得自己这番心理疏导做得很好，但这就完了？

肃道林看着她又笑了声："怎么，你想我现在就去抱着言儿痛哭流涕，说我冤枉了他，让他这几年吃了这么多苦，我自己也难过得很？"

程惜吓了一跳，连连摇头："那倒不敢……"

她看肃道林不想继续说下去，就要告辞离开，肃道林却又叫住了她，沉着声说："若是那个梦有何作用……就是我无论如何，都不会叫他敢再同我说什么'生死不见'。"

程惜被他的气势震慑，一面钦佩地连连点头，一面只想给他竖个大拇指：什么叫真霸总，这就是真霸总，肃修言你还没修炼到家。

程惜又回去之后，就看到在床上赖了一天的肃修言，总算舍得起床了，看到她从外面回来，还有些不开心："你又跑到哪里去了？"

程惜挑了下眉，没说自己去找了他老爸，过去摸了摸他嫌麻烦直接披散在肩头的银白长发："要不要我帮你梳头？"

肃修言立刻警惕地把她的手拿下来："没事，我可以自己扎马尾。"

看他如临大敌的样子，程惜忍不住笑起来："你紧张什么，我手艺不好，也不会给你梳那种复杂的发型。"

她边说边看着他可惜："早上侍女小姐姐给你梳了那么久，你睡了一天，全浪费了啊。"

肃修言"呵"了声："那还真是可惜。"

听他语气，倒是一点都不可惜，甚至还有点幸灾乐祸。

肃修言说着，就皱着眉看她："我已经等了半天了，你说的计划呢？"

他这叫等了半天？难道不是睡了半天？

程惜清清嗓子："等晚上跟你爸妈一起吃饭的时候，你看我眼色行事。"

肃修言还是皱着眉，一脸不信的样子："我倒要看看你有什么馊主意。"

程惜笑而不语，凑过去在他脸颊上轻吻了下："你今天睡了一天，上午又吐了血，我们去房间里，你躺下我给你施个针疏通下血脉。"

肃修言这个倒是听话，跟她去房间里躺下还自己解开了衣服。

程惜安安稳稳给他施了遍针，就是趁他起身拢衣服的时候，又试图去抓他的头发，被他警惕地抢走了。等他们施完了针，侍从来喊他们过去吃晚饭的时候，肃修言还是自己扎了个马尾，跟程惜一起去了。

他这个马尾扎得，曲嫣看了还没开口，肃道林就点了下头："这次头发还可以，干净爽利多了。"

曲嫣看神色是想翻个白眼给他看，但他难得夸一句肃修言，她就忍住了。

肃修言在他爹面前照旧沉默寡言，也没说话，就坐下来默默吃饭。

曲嫣亲自给他盛了汤，他也乖乖低头去喝，就是喝了两口就侧过头去咳了声。

肃道林用余光扫了扫他，难得放缓了声音，堪称和颜悦色地问："怎么，不喜欢？"

肃修言中午才刚说了他一顿，他不但没有生气，还摆出这种样子，肃修言的神色顿时更不自然了些，抿着唇摇了摇头："没有。"

他答应得好，却到底没继续喝，而是转头望了眼程惜，程惜冲他眨了眨眼睛。

肃修言愣了片刻，这才明白过来她说的看眼色行事是什么意思，他顿时想把她抓过来问她想的这都是什么馊主意，却还是只能在眼前彻底发黑之前，抬手撑住了桌子。

程惜离他最近，忙抬手去扶他，同时又在他背上拍了下，语气十分焦急关切："修言！不要咽下去！"

她说得关心，下手依旧不轻，肃修言侧过头去用手掩住嘴把血吐出来，可惜血有点多，他现在的纱衣又太白，血迹溅到袖口就染红了一片。

先不说肃道林，这还是曲嫣和肃修然第一次清晰地看到他吐血，曲嫣早就愣住了，肃修然的脸色顿时就苍白了，喊了声："小言！"

肃修言这会儿胸口其实并不疼，就是眩晕得很，他想到他们刚刚来之前程惜还特地给自己施了针，大概就能猜到是她搞的鬼，撑着她的肩膀抬头瞪了她一眼。

还没等他把这件事想明白，就觉得自己的肩膀被另一个人揽住了，那人的声音在他的记忆里一贯威严而冷淡，此时竟然染上了些慌乱和无措："言儿？"

程惜趁机松了手，肃修言抬起头就看到了自己父亲近在咫尺的脸，肃道林还是紧皱着眉，神色也说不上松动，但眼中到底是泄露出了担忧和焦急。

肃修言想到之前程惜的目光，突然就福至心灵地抬手拉住了他的衣襟，低声说："我撑不了太久了……让我救哥哥吧。"

肃修言曾以为肃道林像山岳一样沉稳不动，但现在他能感觉到从父亲身上传来的一阵颤抖。

肃道林把揽着他肩膀的手又收紧了些，肃修言忍不住低头闭上了眼睛，轻声说："那些事已经过去太久了，就算了吧……至少现在，让我做我应该做的事。"

他的头很晕，也在逐渐失去意识，在一阵沉默后，他感觉到身体一轻，肃道林再一次把他横抱了起来。眼前的肃道林好像没有回应他的话，他在这种即将陷入昏睡的片刻虚幻里，却好像听到了另一句话："你是不是觉得，我是个不称职的父亲？"

他想起来了，那是在现实里，肃道林已经病得很重了，几乎形销骨立，精神却仍然显得不错，好像病魔纵然可以拿走他的身体，也无法击溃他的灵魂。

那时候肃修然已经在主持公司的事，来去都很匆忙，曲嫣也因为连日的劳累，抽空去了休息室小憩。

在那个下午，那一小会儿的时间里，肃道林的病房里就只剩下他们两个人。

肃修言还记得他往窗外看了一阵，似乎是在看着什么景色，又似乎什么也没看，然后他就转过头来，看着他问了这么一个问题。

那时候他的目光是平静的，没有什么临终前突然的软弱动摇，更没有突如其来的懊悔和惭愧，就只是像询问今天的天气是否不错那样，问了这么一句话。

肃修言还记得自己是怎么回答的，他同样平静地直视了回去："父母是无法选择的，就像您不管满意与否，也无法否认我。"

肃道林对他这个答案似乎还算满意，他"呵"地笑了一声，然后又对他说了一句话。

那可能是肃道林生前单独对他说过的最后一句话了，第二天他的病情就继续恶化，陷入了昏迷，再接着几天后，他被医生宣告了去世。

回忆像潮水一样袭来，肃修言几乎是下意识地抓紧了眼前这个父亲的衣襟，他好像是又咳出了些血，但他完全顾不到了，只是努力地对他说："爸爸……我从来没有怪过你……"

肃修言再次醒过来的时候，天已经又亮了，他正在思考着自己是睡了一晚还是干脆睡了几天，程惜的脑袋就在他视野范围内出现了。

她心情不错的样子，还冲他笑得很温柔："休息好了？"

肃修言想起来自己昏过去之前的事，顿时有些隐隐的头疼，咬着后槽牙"呵呵"笑了下："这就是你的计划？"

程惜眨眨眼，表情还很得意："哇，你知不知道昨晚你爸爸把你抱得有多紧，都不肯撒手。"

她用了"昨晚"，肃修言知道自己只昏睡了一晚，又闭上眼睛，从牙缝里挤出声音："所以呢？"

程惜喜气洋洋地说："你现在让你爸爸做什么，他都会做了！"

肃修言又睁开眼睛深吸了口气，抬手按了按自己的额头，问她："你故意在晚餐前给我疏通经脉？"

程惜还是眨了眨眼睛："谁让你忍得太狠，我给你疏通下让你把淤血吐出来，再好好睡一晚，对你身体有好处的。"

肃修言冷笑了声，可惜他现在躺在床上，说话就缺了点气势："故意让我在他们面前昏倒，就是你的计划？"

程惜用力点头，丝毫没有惭愧的迹象："我认为你面对家庭问题的时候，态度太强硬了，适当展示一下软弱的一面会有好处。"

出乎她的预料，肃修言并没有继续反驳，而是沉默了一阵，又有些疲倦地闭上了眼睛："如果每一次展示软弱，都不会得到施舍和怜悯，只会有轻视和嘲弄，那么展现软弱又有什么意义？"

程惜没想到他会这样想，也跟着沉默了一阵，收起了嬉笑的态度，认真地说："修言，你可以不必时刻强大，至少我不会嘲笑你。"

肃修言又"呵"了声："我爸爸之所以会对我的态度还算可以，那大概也是因为这个世界里的他，对我有很多愧疚罢了。等到他觉得补偿足够，不再愧疚，恐怕又会觉得我小题大做，又软弱没骨气，看在眼里实在烦人得很。"

程惜也不知道该怎么接下去，肃道林对肃修言的看法，肃修言好像还真猜对了一部分。

她虽然不赞同那个肃道林觉得补偿足够后，就会对他恢复以前的态度，但也确实不知道该怎么开导。

肃修言侧头看向她，又弯了下唇："不过没关系，能利用他的这点愧疚感达到目的，也算物尽其用。"

他边说还边有些恶劣地笑了下："至于他的愧疚，我才不会给他机会补偿……想心安理得坐享天伦之乐，想得倒是挺美。"

程惜本来还正在心疼他，猝不及防地又被他这理直气壮的熊怂子堵到，"呃"了声："我还是提醒你一下吧，现实里的肃伯伯已经不在了。"

肃修言也不知道是正想什么想到痛快，唇边恶劣的笑容还没来得及收起来，神色就突然僵了。

程惜就看着他像突然被刺了一刀一样，飞快地按着胸口微蜷起身体，侧身冲口吐了一股血。

这大起大落吓得她浑身都僵了下，这才想起来连忙去扶他，她揽着他的肩膀，过了好一阵才找回自己的声音："你……对不起，我不乱说话了。"

肃修言紧按着还传出阵阵剧痛的胸口，靠在她肩上喘了几口气，才冷笑了笑，声音还是不稳："你对不起什么……你不是挺能自作主张的吗？"

程惜紧抱着他惊魂未定，又过了阵才微抖着开口："你这是……还没伤敌一千，就先自损了八百吧。"

肃修言主动转移了话题："你刚才说……你不会嘲笑我？"

程惜这时候哪里还敢说别的，连忙用力点头，努力保证："在我面前，不管你怎么软弱都可以，我不会嘲笑你的，你是我心尖上的人，我心疼你都来不及，怎么会嘲笑你。"

肃修言"呵"地笑了声，靠在她肩上闭上了眼睛："你再说一遍。"

程惜的情话那当然是张口就来："好啊，说几遍，怎么变着花样说都可以……小哥哥被我放在心里最柔软的那一块，我每天心疼小哥哥十遍二十遍，百八十遍都不嫌多。"

她几乎是顺嘴说完了，才突然意识过来……咦，刚才她是被肃修言撩了吗？

肃修言在她肩上靠着，低低地笑了几声："还算会说话……再给你一个机会。"

程惜顿时有点蒙："什么叫再给我一个机会？以前没给的吗？"

肃修言又笑了声："这意思是，你以前搞砸了。"

程惜都不知道他什么时候，在哪里，怎么给的机会……这就算是搞砸过了？

就算她是个预备役的心理医生，但她也不会读心术，更何况是肃修言那个九曲十八弯的小心思。

她想来想去，还是只能把他抱得更紧了点，暗暗下定决心：就这么保持霸王硬上弓的姿势就好了，管他想了什么乱七八糟的，废话不说，直接推倒。

带着些惊魂未定，程惜正准备再去吻一下他时，就听到门口传来的侍女的声音："二公子，程姑娘，庄主和大公子到了。"

程惜脸皮虽然厚，但也没厚到当着人家爸爸的面搂搂抱抱，连忙放开肃修言，把他按回了被子里。

肃道林到自己儿子的房间里来，当然不打算等回答，侍女才说完，他们就推门进来了。

肃修然一眼就看到床边肃修言刚吐的血迹，脸色就更苍白了一些，勉强笑了笑："小言。"

肃道林也阴着脸走过来，肃修言抬头看了眼他爸，淡淡地打招呼："父亲。"

肃道林脸色阴沉地在床边坐下来，抬手摸了摸他的脸颊："现在觉得怎样？"

肃修言道："还好。"

肃道林照旧端着一张严肃的脸说体己话："要是不舒服了，就早点说，别忍着。"

肃修言只能说："嗯。"

再接着……再接着肃道林就没话说了，肃修言抿唇沉默了一阵，开口说："父亲，蛊虫没有合体之前时不时发作不好压制，合体后我反倒可以用内力压制下去，希望你们可以考虑一下。"

肃道林只是看着他，上来就问了个尖锐的问题："合体后你的内力，能保证将它压制多久？"

肃修言看了眼程惜，最终说了实话："大约一两年吧。"

他说完还又加了句："就算蛊虫合体，也并不是没有机会找到办法把他们彻底祛除。"

肃道林也去看程惜，程惜只能也说了实话："修言仅靠自己就能将蛊虫压制上一两年，如果再加上我和哥哥的针法，最多能撑个三五年也说不定……在这期间，我和哥哥能找到根治的方法，也不是不可能。"

肃道林知道他们没有说谎，不过任何父母听到儿子在一两年的时间之后，就会生死难料，也都不会好受的。

他沉默了许久，才开口说："不要把这些告诉你母亲。"

肃修言点了点头，肃道林又抬手去摸他的脸颊，他还不是很习惯表现出这样的温柔和关爱，动作带着点僵硬，脸色也不自然，但里面隐含着的感情，也总算能传达出来了。

肃修言顺从地被他摸了摸，肃道林放下手又沉默了一阵，才说："疼吗？"

肃修言不知道他想问的是现在疼不疼，还是蛊虫发作起来疼不疼，只能说："还好。"

肃道林也没有再继续问下去，低沉地说："什么时候？"

程惜连忙接过话来："按道理来说是越快越好的……毕竟肃大哥体内的蛊虫这两日就要发作了，等发作过后，恐怕要再等几日让肃大哥恢复一下身体才可以。"

肃道林又将目光移到了她脸上，沉着声问："你有把握？要不要等程昱回来。"

他这一眼刻意放进了质问和威压，程惜头顶瞬间就起了一阵冷汗，硬着头皮点头："蛊虫合体其实相当简单，就算不是我，任何一个大夫都可以胜任。"

肃道林显然没打算就这么放过她，还是看着她，"呵呵"笑了声："小惜如今也是个名医了。"

他给的压力太大，程惜一时没顶住就说秃噜了嘴："庄主放心，修言也是我的心肝，他要是出了什么事，不用您收拾我，我自裁都行。"

她说完才意识到自己究竟当着人家爸爸的面说了什么，忍不住"呃"了声。

肃修言看着她神情复杂，肃道林倒是难得地笑了起来："待他好了，我给你们大办婚事。"

他突然冒出这么一句话，程惜脑子就又卡壳了，忙问："那他好之前呢？"

肃修言已经忍不住抬手去捂眼睛了，肃道林又笑了声："身为神医，连自己的心上人都治不好，你觉得呢？"

他说到"心上人"的时候，还特地放慢了速度，加重了语气，程惜的脸后知后觉地红了起来，连连点头，不敢再接话。

她就知道身为肃修然和肃修言的父亲，肃道林肯定不是省油的灯，这不，姜还是老的辣，不动声色就把她给套进去了。

肃道林倒也没继续开她玩笑，就留下一句："修然留下来吧，你们看着安排。"

说完就转身走了，看起来放心得很。

但程惜心里清楚，如果她敢让他的两个儿子出点什么事，那估计是要吃不了兜着走的。

图书在版编目（CIP）数据

不可言说的秘密：全2册/谢楼南著．— 南京：
江苏凤凰文艺出版社，2022.2
ISBN 978-7-5594-5606-9

Ⅰ．①不… Ⅱ．①谢… Ⅲ．①长篇小说 – 中国 – 当代
Ⅳ．① I247.5

中国版本图书馆 CIP 数据核字 (2020) 第 265467 号

不可言说的秘密：全2册

谢楼南 著

策　　划	北京记忆坊文化
责任编辑	白　涵
特约策划	绪　花
特约编辑	绪　花
封面绘图	三　乖
插图绘图	浮　游
封面设计	80 零·小贾
版式设计	天　缈
出版发行	江苏凤凰文艺出版社
	南京市中央路 165 号，邮编：210009
网　　址	http://www.jswenyi.com
印　　刷	三河市国新印装有限公司
开　　本	670 毫米 ×970 毫米 1/16
印　　张	31
字　　数	599 千字
版　　次	2022 年 2 月第 1 版
印　　次	2022 年 2 月第 1 次印刷
书　　号	ISBN 978-7-5594-5606-9
定　　价	78.00 元（全二册）

MEMORY HOUSE

记忆坊文化

谢楼南 著

不可言说的秘密

MY LOVE WILL DISREGARD

TIME

AND SPACE

下 （全二册）

江苏凤凰文艺出版社
JIANGSU PHOENIX LITERATURE AND
ART PUBLISHING

目录
COTENTS

第11章
如果没有结束的勇气，那么就不要开始

等肃道林走了出去，肃修然就走到床边坐了下来，一脸心疼地伸手，看样子是要摸肃修言的脸。

肃修言十分傲娇地侧头避开，推开他的手坐起来，毫不客气地说："别搞这一套，肉麻得很。"

程惜在旁边暗暗翻白眼，肃修言对着他哥扬了扬下巴："你刚才也听到了，引蛊越早越好，干脆就今天吧，别拖了。"

肃修然摸不到他的脸，还是心疼得直皱眉："小言，你刚吐过血……"

肃修言冷哼了声："怎么？我要是天天吐血，是不是天天都不方便？"

肃修然没有生气也没反驳，只是唇边露出了一个带着淡淡忧伤和怜惜的笑容："小言……我只是担心你。"

程惜连忙在旁给他点了个赞，并且拿小本本记了下来。

果然连肃修言这么傲娇的人，在哥哥这种圣父般的笑容里，都不好再别扭了，侧过脸抿了抿唇："你还是先担心你自己。"

肃修然又伸出了手去摸他的脸颊，这次肃修言浑身僵硬了一下，没再躲开。

肃修然如愿以偿摸到了弟弟的脸，还顺势捧了起来，把他的脸扳过来看着自己，又轻叹了声："你是我的弟弟，本该是我来保护你……"

肃修言也看向了他的眼睛，突然笑了笑："我们之间，有什么是注定的吗？你成全我或者我拯救你？"

肃修然微愣了片刻，肃修言拨开了他的双手，闭了闭眼睛，再次看向他："不要再说这些话了……"

他说着顿了顿，略带讽刺地笑了："至少现在，只有我能救你。"

肃修然的神色变得更忧伤了些，苍白着脸勉强笑了笑："小言……"

肃修言抬手打断了他，然后给程惜递了个眼神："你看什么时候方便。"

程惜……程惜就当医疗资源紧缺，患者要求加队加塞做手术吧。

她点了点头："你得给我做手术准备的时间，今天肯定是不行了，就明天上午吧。虽然不能做到无菌，不过至少也得把器械棉纱消毒一下。"

肃修言脸上顿时又露出来不耐烦的神情："一个小口子而已，上次我随便划了不也没感染……"

程惜翻了个白眼给他看："遵医嘱。"

肃修言只能抿唇不再吭声，程惜看他没反对，就对肃修然笑了笑，给他一个放心的眼神，然后就去做准备了。

说实话，这还是程惜第一次真的给活人做手术。

虽然她在现实中是心理医学专业的，解剖课什么的当然是上过，但确实没有实际操作手术的经验，更何况这还是她一个人做的。

她也只能凭着经验，利用古时候有限的条件，把需要用到的刀具床单棉纱棉线什么的，全都煮沸消毒再阴干。

这个过程没那么快，等到她觉得准备得差不多，就已经到了晚上。

这期间她也要求了肃修言和肃修然禁食，晚上肃修言什么也没吃，就灌了碗药，当然更加有借口赖在床上不起来。

程惜收拾好了去床上搂住他，他很耐烦地睁开眼睛横了她一眼，还按着胸口轻咳了几声，把病"美人"的感觉发展到了极致。

程惜当然是赶紧揽着他的腰，去顺他的背："你睡吧，我如果吵到你……"

肃修言又横了她一眼，程惜连忙改口："我就算吵到你，也不会去别的地方睡的，我就在这里。"

肃修言脸上的神色这才好了点，程惜轻手轻脚爬上去钻进被子里，他还无意识地揽着她的肩膀，把她往里面裹了裹。

程惜暗想就他这傲娇到死的德行，她现在竟然很受用，甚至经常还会觉得也太可爱了，简直是遭罪。

他们靠得很近，几乎是额头贴着额头躺在一起，肃修言也又闭上了眼睛，程惜正以为他根本没清醒，已经又睡过了，就听到他低沉地开了口："明天……你是不是打算做点什么？"

程惜有些惊讶："我做什么？我不是要帮你给肃大哥引蛊吗？"

肃修言睁开眼睛看着她，他们现在离得太近，那眼睛就显得有点太亮。

程惜还抽空想不愧是她看上的皮相，这个眼睛，形状是真的好看，颜色也是真的漂亮，深黑里面似乎还透着一点深蓝，好像是因为他们肃家兄弟还都有点雅利安人血统。

肃修言没管她看自己看得有点五迷三道，轻哼了声问："你是不是还有点别的打算？"

被他这么近距离地用盛世美颜"辐射"，程惜没绷住就说了实话："一开始的确有的，想过趁着蛊虫合体的机会，想个办法把它引到我身体里……"

肃修言的目光顿时就锐利了起来，连那层不明显的蓝色，也像是突然被冰封住了，冷得要冻人一身冰碴子。

程惜又连忙解释："后来仔细想了下，就没打算了……我知道你最讨厌别人强加给你的安排，又怎么会这么做。"

肃修言的目光重新又缓和了一些，却还是冷哼了声，压着嗓子沉声说："你知道就好。"

程惜忙凑近一点，在他抿着的薄唇上轻吻了下："我小哥哥的脾气和我小哥哥的心，我现在是越来越了解了……你不会接受别人擅作主张的牺牲，那对你来说不但不是赠予，反而是沉重到你无法前行的负担。"

肃修言又冷哼了声："你明白就好，我还是那句话，你敢做，我就敢立刻死给你看。"

程惜搂着他的腰，又往他怀里挤了挤："好了，我知道我家小哥哥说一不二了，你把其他的路都给我堵死了，我也只能走那唯一的一条……就是无论如何，都一直陪着你，跟你一起承担。"

她边说，边在他肩上蹭了蹭："可是你也要记住了，你要是不在了，我这辈子都再泡不动别的'美人'了，就只能自己一个人，孤苦伶仃，枯藤老树昏鸦……"

肃修言打断了她，按住她不安分乱动的头，把她按在自己怀里，哼了声："酸溜溜地卖什么惨……你信我……我们不会有事。"

程惜还想说话，奈何头都被他按住了，嘴巴就紧紧贴在他脖子上，她想了下，就伸出舌尖在他皮肤上轻舔了舔。

她能感觉到肃修言全身猛地震了震，接着就轻吸了口气，他到底是没再有其他动作，而是带些忍耐地沉声说："再闹……回头收拾你。"

就算他看不到，程惜都想翻个白眼给他，心想他收拾什么，他倒是来收拾啊，她等着呢。

这一晚上还是平安无事过去，程惜睡得不错，肃修言看上去休息得也挺好，还是程惜先清醒后，吻着他占了不少便宜，才把他弄醒。

没有自然清醒的二少爷，脸色就有点臭，不过还是能拿出耐心让她又胡乱啃了几下，才偏开头说："没有刷牙。"

程惜又在他唇边吻了两下才笑着说："放心，我不嫌弃。"

肃修言皱眉侧目看她："我嫌弃。"

程惜顿时摆出一个哭丧脸："你别这样啊，很伤女孩子自尊的。"

肃修言抿了下唇，似乎对她这个哭诉有点无语，然后他就把她搂紧用手掌压着她的肩膀用力吻了下来。他这也不知道是起床气还是积郁已久的某种火气，反正他攻城略地一点都不放过她，把她吻得有点呼吸急促才肯放扞她。

他吻完了，还带着点居高临下的目光看着她，弯了弯唇："我更嫌弃你的吻技。"

程惜被他吻得暂时有些餍足，就不跟他计较了，舔舔唇笑眯眯地说："算你赢。"

肃修言轻笑了声推开她，程惜就起身收拾，还又顺手在他脸颊上摸了把："今天要乖乖的哦。"

肃修言还在床上四平八稳地躺着，抬眼看了看她："我看你今天倒是十分欠收拾。"

他以前要是这么嚣张，程惜肯定会想个办法压压他的气焰，今天就让着他了，轻哼了声去外面收拾。

就算条件有限，她也按照这个世界的流程加了点自己的理解，做了各种器械的消毒，还让肃修言和肃修然都换上了昨晚消毒过的衣服。

其实就像肃修言说的，并不是什么大手术，蛊虫虽然藏在心脏附近的血管里，但只要割破心脏附近的静脉就可以将肃修然胸口那个引出来。

程惜当然也想过趁着虫子钻出肃修然体内的瞬间把它抓起来，但是子蛊并不是一条，而是很多条很细小的，纯手工操作有点不现实。

这种类似寄生虫，却又完全不一样的东西，让程惜已经完全放弃吐槽这个世界的基本准则了。

反正就是两兄弟一定要一生一死呗，没听过这么霸道没道理的设定。

不管怎么说，哪怕加了个她，过程也跟她在梦里看到过的那个没什么两样，肃修然被安排在软榻上躺好，程惜用银针让他昏睡过去，用消毒过的小刀切开了他和肃修言胸前的血管，然后肃修言凑过去将蛊虫都引尽自己体内。

当然有程惜这个下手精准的大夫在，切开的伤口小到无须缝合，他们流的血少了很多，程惜也赶快用药和纱布给他们止血，这样就算完成了。

就算这样，程惜也有些心惊肉跳，快速地给他们包扎好伤口后，就连忙扶住用手撑着一旁的榻沿，站得有些不稳的肃修言。

肃修言的脸色就像之前她在雨夜里看到过的一样，苍白到不祥，能看得出来蛊虫合体后对他身体的影响。

他一直这么傲娇，却肯在神志还算清醒的时候，被程惜半扶半抱着弄到床上躺下。

程惜让他躺好，抬头又去擦他额上的薄汗，心慌得竟然喃喃说出了句也不知道是哄他还是哄自己的话："没事的，这次一定不会再有事了。"

肃修言轻"呵"了声，侧过头去咳嗽了几声，声音里是脱力的暗哑："你真是……越来越傻了。"

程惜有些惊魂未定，无意识地接了句："爱情让人变成傻瓜。"

她不过随口一说，肃修言也还是微侧着头，但是接着她就听到他轻淡地反问了句："你是在承认，你对我的爱吗？"

程惜一愣，心想哎哟这是学会反撩了，就忍着笑趴下去在他耳侧轻吹了下："我早就爱你爱得无法自拔了，怎么，要我说多少次给你听？"

肃修言还是侧着头，轻"呵"了声："多说几次，我会更信你一点。"

程惜趴着轻咬他的耳垂，带着笑说："怎么，你觉得我太轻浮，不够真诚？"

肃修言抬手搂着她的肩膀，把她按在自己怀里："我是看你现在满脑子都是……"

程惜非常自然地接了下去："都是你？"

肃修言被噎了一下，最终放弃般舒了口气："你……最好准备一下，我的事情已经完成了一件，只要完成第二件，我们就可以回去了。"

程惜惊讶地从他怀里抬起头："你知道怎么回去？第二件是什么？"

肃修言抿了下唇没有回答她的第一个问题："第二件事，当然是收拾那个给我和哥哥种下蛊虫的元凶。"

程惜愕然了片刻："你知道是谁？"

肃修言用看傻瓜一样的目光看着她："你是不是已经忘了，我早就看过一遍剧情。"

程惜顿时明白过来，在那个梦里，她虽然在肃修言坠崖后就没有再见过他，但肃修言那边，事情可并没有就此结束，他之前说的"善后工作"，恐怕就是为了找到并惩罚这个元凶。

她有些不好意思地清清嗓子："好的，是我忘记了……所以你打算怎么办？"

肃修言倒是一脸无所谓："这个人我知道是谁，只是他不肯出来，我们需要再用点手段。"

程惜又忙虚心请教："那我们需要用什么手段？"

肃修言看了她一眼："跟上次一样，让他相信我已经死了。"

程惜倒是没反对这个计划，就是抱住他又亲了他几口，才问："你有没有想过……除了你和我之外，其他人也都陆续梦到了那些事，所以那个罪魁祸首，会不会也预见了。"

肃修言看了她一眼，"呵"了声："你难道没有发现？所有能梦到那些'预言'的人，立场都是在我们这边的吗？"

程惜一愣，她发现这还真是，而且好像这些人的梦境，都是为了指引一切通向一个好的结局，或者说让肃修言自己，能获得一个好的结局。

其实在来到这个世界后，她一直有种隐约的感觉，那就是这个世界如果说要有一个中心，这个故事要有一个主角，那么这个中心和主角，就是肃修言。

一切似乎都是围绕着他来变换……程惜没有任自己的思维发散，而是问他："那你打算怎么计划？"

肃修言又看了她一眼，这次倒不回答了，闭上眼睛看样子是准备睡了。

程惜看他脸色还很苍白，想到他体内的情蛊刚合体，可能并不好受，就忙在他唇边轻吻了吻："好的，你先休息吧，我守着你。"

肃修言连眼睛也没睁，甩给她一句："提醒你一下，我哥还在外面躺着。"

程惜忍着笑说："好的，好的。"

她倒不是故意忘记肃修然，肃修然多躺一会儿没什么，她也就没急着去关心了，没想到肃修言倒比她更操心他哥。

肃修言又"哼"了声，才闭着眼睛抿着唇不再出声。

程惜把他的被子拉了拉，顺手在他脸上摸了一把，才出去看肃修然。

肃修然现在的状况其实简单了很多，虽然少量失血，但祛除了体内的蛊虫，只要注意休息几日，身体情况会比以往好上一些的。

她之前在给肃修然包扎伤口的时候，已经给肃修然拔了银针，他这时候正好缓慢恢复了知觉，听到程惜的脚步声就睁开了眼睛。

程惜对他微笑了笑，还没来得及说话，就听到身后传来一个熟悉的声音，夹杂着奔跑过后剧烈的喘息和震怒："程惜！我还没回来，你竟然敢动手！"

程惜头皮一阵发麻，连忙转过身，果然看到自家亲哥程昱正站在门口。

程昱这会儿满脸怒容不说，连平时那张白净的脸，都不知道是因为奔跑还是因为怒意，涨得通红。

他身后其实还跟着另一个人，就是脸色有些苍白的林眉，她看到肃修然，一句话没说，就几步走过来，坐在榻前低头吻住了他的薄唇。

程惜原本还以为肃修然并没有撩到林眉，现在看这个样子，肃大哥还真是深藏不露啊，她都想"哟"一声了。

只不过她暂时还没心情去看肃修然和林眉的笑话，因为程昱已经又气急败坏地指着她的鼻子开骂："我看你现在胆子是大了，我不在，你都敢偷偷摸摸给他们两个引蛊，出息了你。"

程惜父母去世得早，她几乎是哥哥辛苦带大的，哪怕她一直都聪明独立，对哥哥的尊敬畏惧也还是刻在骨子里。

天不怕地不怕的程惜大佬，在亲哥面前也不得不低声下气："哥，您听我解释……"

程昱正在气头上，压根就不给她说话的机会，还是急红着脸破口大骂："你解释什么？我看你根本不知道轻重缓急！你知不知道我花了多少年都没找到情蛊合体后解蛊的方法？你知不知道这个不让人省心的老二，是什么时候死的？"

他这几句话里，透露的信息实在太多，程惜一时间没有明白过来，愕然地看着他："哥……你都知道什么了？"

程昱也意识到了自己的失言，噎了一下后，自暴自弃地说："我在常州做了个梦……也兴许不是梦，那梦实在太真。我联络了在那里查账的林家妹子，同她一起往回赶，紧赶慢赶也没赶上你们……"

程惜也明白过来，程昱兴许是也梦到了之前那个结局，她愣了下想起来肃修言说过他最后那段日子，给他治伤的是程昱，就沉了下心，不确定地开口问："在那个梦里……修言他是什么时候……"

她话没说完，就再次给打断了，是肃修言本人："不都说了是梦吗？问那些干什么？"

他们在外面闹了这一阵，他也放弃休息走了出来，就是还没什么力气，抬手扶着门框，抿唇看了程昱一眼："既然是梦，就不要再提了。"

他倒是觉得自己气势十足，那一眼也瞪得满含警告。

可惜程昱根本不吃他这一套，反倒侧头看了看他，脸上露出来一个带着讽刺的笑容，"呵"了声："肃老二啊肃老二，你死过一次，又耽误了我妹妹一生，现在竟然还敢这么理直气壮，我都开始有点佩服你了。"

程惜看肃修言站得实在有点辛苦，就走过去扶住他，撑着他的身体把他扶到椅子上坐下。

肃修言的脸色还是苍白得很，程昱这么说他，他也没反驳，只是坐好后，才又重复了一遍："别再提了。"

他越是不让说，程惜就越觉得有鬼，抬手按在椅子的两个扶手上，把他整个人圈在椅子里，并且用身体往下压迫。

在看到肃修言本能地往椅子里缩了缩后，她才满意了，用下巴对他点了点："话说一遍就行了，没人告诉过你？"

肃修言的神色僵硬，明显是害怕她当着这么多人的面，把自己按在椅子里做点什么，抿唇侧过去头，不敢再吭声。

程惜做完这些，才抬起头看向自家哥哥，用眼神示意他继续说。

程昱已经被她的一系列行为震得有些愣了，停顿一阵后，才终于抬手抹了把脸，暂时卸掉心头那团火气，沉了声音开口："他被他师父送到我那里去的时候，情况比现在糟得多，我用尽方法，也只让他多撑了五个月……"

程惜听到这里，就先低头瞪了肃修言一眼，瞪得他把眼睛又往下垂了一点，低眉顺眼、温良恭让。

程昱看到他们互动，也不知道是不是崩溃，按了按自己的眉心，才接着说："这混账老二……若不是那几日他情形实在不好，我也不会说漏了嘴，说你过几天要出庄。结果这混账还真就又撑了几日，那天还能若无其事地跑出去看你……"

程惜心里一沉，忙插嘴："他……没回去？"

程昱又"呵"地笑了声，听不出是讽刺还是其他："他好好地去，又好好地回来了……看那样子心情还很不错，我看他唇边带笑的样子十分欠揍，就忍不住说他了句：'你真当自己是个有人惦记的要紧人物，还慌着去上场。'"

程昱话里头并没有表现对肃修言一星半点的好感，说到这里竟然也声音嘶哑，有些说不下去，只能泄气般叹了口气："这混账那日真是好说话，怎么骂都不还嘴，脸上就带着那点欠人收拾的笑，还跟我说谢谢，我要不是怕他暴毙，我当时就得挽袖子打他……他那天都看着挺好的……第二日我在院子里的树下找着他……"

程惜没再插话，就是专注地看着程昱。

程昱明白她是想知道临终的症状，咬了咬牙，从牙缝里挤出几句："是我大意了，那几日他本就不应熬得到，是他自己用内力强压住了蛊虫……他死时，是经脉尽断，七孔流血之状。"

程昱一口气说完了，就带着些焦急和征询去看程惜。

程惜对他摇了摇头："在那个梦里，他去看我的时候我并不知道，自从他坠崖后，我就没见过他了。"

程昱的神色稍稍放松了些，又开始一脸愤恨地骂："后来你那么多年没嫁人，我怀疑过这混账那天偷跑出去，是不是去见了你，又对你说了点什么让你这样……可惜他那时候已经死透了，我找不到人算账，又不敢去问你。"

程惜没管自己哥哥还在骂人，低头去看肃修言，发现他这会儿简直乖巧到了极致。

不但刻意露出了自己的眼睫毛和低垂的半边侧脸，还屏声静气一声不吭，简直是整个人都在极为努力地向程惜展现自己无辜的一面。

程昱看着他这个惺惺作态的样子，顿时又火冒三丈，还想要继续骂他，林眉连忙开口打圆场："程大哥，你这几天急着赶路，连觉也没睡，还不是担心二少爷，别一见着人就骂了。修然……大少爷没有大碍，我们就不打扰了，还是先离开吧。余下的事，让二少爷和程小姐歇息过后再说。"

她一提醒，程昱也觉得自己失言说了太多，又抬手指着肃修言撂下一句："肃老二，我告诉你，这回你要还敢让我妹妹为了你一辈子……你最好给我活下来，否则我收拾不死你。"

他说完也没再搭理程惜，就甩手走了。

林眉也把肃修然扶了起来，还顺手擦了擦他唇边那些被自己弄上去的胭脂，不卑不亢地对肃修言行了个礼："二少爷，我把修然接走了。"

他们俩来得快去得也快，还捎带走了肃修然。

等他们的身影消失，肃修言才敢探头看了一眼，"呵"了声："倒是已经理直气壮地在我面前喊我哥'修然'了。"

程惜毫不客气地捏住他的下巴，把他的脸抬起来看向自己。

这椅子实在太小，程惜又一直牢牢圈着扶手不让他动，肃修言避无可避，只能抬起眼看着她，找了半天找出一句话："你哥实在太凶了……"

程惜弯弯唇角，对他堪称和善地笑了笑："那我不凶吗？"

她笑得实在太温柔，肃修言本能地感觉到了危机，又本能地感觉到这个问题他无论怎么回答都会糟糕。

他干脆将装厥进行到底，抬手拉住了她的袖子，轻咳了声，虚弱地笑了笑："小惜，我坐久了有些头晕。"

他还敢在这里装，程惜差点把一句"你头晕你就在床上睡啊！"给劈头盖脸砸过去，好在她忍住了，还能比较平和地松开攥着扶手的拳头，并且把他打横抱起来，给重新运到床上去。

这回肃修言不敢再坚持什么"男人的尊严"并拒绝这个公主抱了，他甚至还把头靠在了程惜的肩上，来加深自己目前很虚弱这个设定。

程惜把他放在床上，又拉被子给他盖好，肃修言躺下就紧闭上了眼睛，也不知道是不是想借着装睡蒙混过关。

程惜也没戳破他，抬手轻摸了摸他的脸颊，隔了一阵，才轻声问了句："为了阻止蛊虫爆发……用内力强封住全身的经脉，是不是很疼？"

肃修言的身体不易察觉地紧绷了下，他用刻意轻松的声音说："还行的，没事。"

怪不得他一直遮遮掩掩，宁肯让程惜以为他在悬崖下摔死了，也不肯提最后那段日子。

程惜当然知道程昱一直以来对肃修言的观感都不怎么好，也猜得到如果能让程昱气急败坏成那个样子，让他都难以启齿去描述的，该是怎么惨烈的情况。

当然要说惨，比起来在悬崖下面摔得不成人形，这样死的时候至少还有个全尸，那肯定看起来是没那么惨的。

只是如果情况是这样的话……会更透着一股令人窒息的绝望。

她都想不到，肃修言为什么会在见过她那一面后，还能那么开心……明明也只是隔着距离，远远地看了一眼。

他还为了看这一眼，付出了额外的代价，连程惜自己都觉得，这未免太不值得了点。

他所抱有的那种感情，别说毫无回应，还毫无希望，甚至就连为她所知，都没有指望。

她的神色越来越凝重，肃修言倒是睁开眼看了她一下，顿时就露出了嫌弃的表情："这种卖惨的剧本你也感动，你是不是傻？"

程惜看了眼他那不知死活的表情，抬手一掌拍在了他耳朵边，低下了头俯视着躺在床上的他："你就说你，喜欢了也不吱声，想要的也不争取，你是不是就等着别人双手捧到你面前求着你，你才肯收下，还有点勉为其难？"

肃修言还是不习惯被她这样压迫力十足地看着，侧头移开了目光，他抿了抿唇，隔了一阵才说："我想要？我喜欢？我就算说了，也得有人听。"

他说着，也不知道是想到了什么，露出了一个略显讽刺的笑容："如果我那时候去见了你，然后呢？你给我一些不知是怜悯还是虚伪的关心……你觉得这样就好一点？"

他说着又"呵"地轻笑了声："你这到底是想让我好受呢，还是想让你自己好受？"

程惜沉默着不吭声，他又把眼睛闭上了，语气里带着点说不清的倦怠："你也不用太在意……那个情形下，我也不是对你有什么，不过就是想看看你过得怎么样。你过得好我当然开心，你要是过得不好，我也没有办法。"

程惜继续沉默着，肃修言不肯看她，看样子想就这么结案陈词睡过去。

她隔了一阵，才抬手又捏住他的下巴，把他的脸转向自己，肃修言睁开眼睛，就看到她正目不转睛地看着自己。

程惜对他轻叹了口气："你总说让我不要对这里发生的一切太当真，那你自己呢？是不是已经当真了？"

肃修言紧抿了下唇，又从她脸上移开目光："说了不用在意，那就是不用在意。"

程惜又叹了口气，干脆俯身下去又在他唇边轻吻了下，然后才趴在他肩头，贴着他的耳朵，缓慢又温柔地说："修言，不管在这个梦的那个我，她究竟对你是什么样的感情……你只需要记住，这个真正的程惜，舍不得你受一点苦，更舍不得让你独自面对生死。

"因为这个真正的程惜，除了从小时候起就对你念念不忘之外，还在成年后一见你就神魂颠倒……她想把你绑在身边让你哪儿都去不了，还想把你锁在床上，让你从头发梢到脚趾尖，都是她一个人的。"

她说完了，还很温柔地在他耳边又问："我说的这些，你明白了吗？记住了吗？"

肃修言的耳朵已经涨得通红，程惜甚至看到他从脸颊到脖子都不可遏制地红了起来，接着他有些咬牙切齿地从牙缝里挤出来一句："程惜！你是不是有些太嚣张了！"

程惜还继续很嚣张地对着他的耳垂轻吹了口气："那你倒是继续嘴硬啊。"

肃修言抬手紧抓着她的肩膀，有些气急败坏地说："你能不能不要在这里胡言乱语！"

程惜心情很好地一笑，搂着他的肩膀："我不像你那么口是心非，我说的可都是真话……你要是不信，可以试一试。"

肃修言杠不过她，良久之后放弃般地轻笑了声："试一试？你还想怎么试？我就不信你还能逼我怎么？"

程惜刚想反驳他，就感觉到他手臂用力，把她往自己怀里又压了压。

他把她搂紧贴着自己的颈窝，接着程惜就感到有个吻轻落在了她的额头："好了，我不说那些了……我现在是真的有些累了，你让我歇一会儿，等我醒了，我就……"

他这句话终究是没有说完，程惜感觉到搂着自己的手臂力道变轻了一些，但并没有放开，接着他的气息和心跳就开始变得缓慢。

程惜等了一阵，确定他是真的昏睡过去了，才轻手轻脚地移动身体，把自己挤到了他的被子里。她又悄悄在被子下伸过去一条手臂，把他瘦而有力的腰给轻轻搂住了。

怀里的这个人是如此温暖而真实，足够她忘记刚才的那一阵惊悸和慌张……程昱在提起来那些事情时，她整个人都手足发凉，只不过她尽量没有去表现出来罢了。

不过肃修言好像还是感觉到了，他说的那么一大堆话，别别扭扭的，还不是为了安慰她。

结果安慰是安慰到了，他自己又被她要流氓给欺负了。

程惜趁他睡得毫无知觉，在他脸侧轻吻了几下——也许他根本不知道，他只要透露出来那么一点柔软，整个人就会显得多么诱人。也幸亏是他不知道，也幸亏是他身边曾出现过的人都不识货，这样她的小哥哥才没有被别的坏人叼走。

程惜小睡了一阵，睡到了晚上，肃修言却还是没醒。

他本来的身体状况就不好，蛊虫又刚合体，会昏睡也是正常，程惜没有试图去弄醒他，而是小心地观察着，让他睡好。

晚上程昱又过来了一趟，看到程惜当然劈头盖脸又骂了她一顿，小程神医在程神医面前那当然是大气都不敢出，只敢低着头乖乖挨训。

程昱专程跑一趟，也不只是为了骂她的，骂完了还丢给她一瓶小药丸，一脸不耐烦："早晚各一颗给他，不愿意吃就掰开嘴塞进去。"

程惜听他熟练的语气和不屑的表情，猜他可能已经掰过了，在原本的剧情里。

不过喝药掰嘴塞……他确定自己是医生，而不是兽医？

程惜没敢问自家老哥，而是看着依然昏睡不醒的肃修言，狠心把他摇醒了，把他扶起来吃药。

程昱那么强调塞药，程惜还以为肃修言不喜欢吃这个黑乎乎的药丸子，没想到他虽然迷迷糊糊的，吃药倒是吃得很痛快。不但咽得很利索，吃完了也不皱眉说苦，喝了几口温水就重新躺下睡了。

程惜想把他再次喊醒吃点东西，看到他苍白的脸色和眼底下淡淡的青痕，到底是没忍心，只能叹了口气随他去了。

她自己吃过晚饭，又翻了一阵书也困了，熟练地爬上床重新抱着他，准备一切等睡到明天早上再说。

她这一觉就睡得熟了，然后她似乎也忘记了……当她抱住肃修言睡觉的时候，就会梦到一些肃修言在这个故事里本来应有的经历。

于是当她又一次进入那个特别真实的梦境里时，也就在最初惊讶了一下，就淡定了下来。

大约是因为这个剧情里并没有她，她就还是用那种第三者的视角，看着眼前的一切。

这是在一个不大但布置典雅的庭院里，有几间青瓦房，还有假山池塘和一株梅树。

她看到程昱从院子外风尘仆仆地回来，径直走进了其中一个房间，语气略带不耐烦地对坐在窗前的那个人说："山庄里一切都挺好的，庄主和夫人身体都好，大少爷再过两个月就要成亲了，未来的少夫人是账房林先生的女儿，你也见过的。"

那个人其实并没有好好地穿戴整齐，只是一身白色的中衣，肩上披了件大氅，坐在窗前也不知道是在看什么。

听到程昱的话，他不但没有回头，等他说完了，还充满讽刺地笑了笑："你废话倒是挺多，我说过我想知道他们现在怎么样吗？"

他们两个脾气本来就不对，互相看不顺眼，被迫交流起来，也到处都是针锋相对。

程昱被他这种不在意的样子气得冷笑了声："我只是想告诉你，人人都挺好的，就你不好。"

那个人没有被他惹怒，还是讽刺地笑了声，然后就抬起手按在唇上低着头闷咳。

程惜看着鲜红的血迹顺着他的指缝溢了出来，他却不在意地把拳头握住了放下，又低沉地冷笑了声："我不就该是不好的吗？毕竟也没什么人想着让我好。"

程昱站着没动，脸上的神情却变了又变，看样子是担心得很想冲上去扶他，结果还没来得及真正行动，就又被他的话给气住了，咬着牙说："好，好，没人想让你好是不是？那我这没日没夜也不知道是给谁……"

他说了半截还是说不下去，气愤地停了下来，表情又变得十分纠结，最终还是带着些别扭地开口："你……大少爷已经没什么大碍了，所以我妹妹过几日就要从山庄里出来。"

那个人这才把头转了过来，神色带了些认真地看程昱，似乎是想从他脸上找出些什么东西。

他转了过来，程惜才看清那张脸已经苍白消瘦到令人心惊的地步，只剩下那双眼睛还是明亮无比，他把视线定定落在程昱的脸上。

程惜看到他弯了弯失色的薄唇："程大夫……这是想说什么？"

程昱的神色显得非常气急败坏，但还是甩下了句："她要去滇南，会走落英道！"

程昱说完就像完成了什么任务一样，面红耳赤地甩手走了，只剩下那个人坐在原地。

他唇边还保持着刚才弯起的弧度，也不知道是不是目光太过柔和，竟然让他整个人，显出一种温柔的感觉。

接着他又轻咳了几声，鲜血从唇角溢出，他随意地抬手用袖子擦去，又弯了弯唇，垂下头看着自己握起的拳头，无声地闭上了眼睛。

她的视角并没有在这里停留很久，很快地，眼前的情景转换成了落英道上的杏花林。

她自己的"记忆"里是有这一段的，她走在春日的杏花林中，身后是多年栖身的家园，身前是广阔无垠的江湖。

她那次离开时隐约地知道，她以后恐怕不会再拥有安逸的岁月，而是会近乎永远地流浪在这片大地上。

现在她用第三方的视角，看到自己的身影从杏花林中缓缓穿过，她牵着一匹从山庄里带出来的骏马，马背上驮着药匣和行李。

只是这一次，她还能看到，就在杏花林外的那座小山坡上，还藏着另一个人。

那个人还是穿了黑衣，一头银白的长发利落地梳成马尾，他抱着胸，轻靠在一棵尚未发出新芽的老树上，微垂着头，也不知道是在注视着她，还是只是在看山坡下的那片杏花。

程惜能想起来睡前程昱描述过的，后来发生的事：他好好地出门，又好好地回去……却没能再撑过这一夜。

所以这就是在这个世界里，肃修言真正只剩下不到一天时间的时刻吗？

路过杏林的她走得并不算快，但也没有很慢，她虽然喜欢这一片杏花初开的盛景，但也知道为了在天黑前赶到下一处驿站，并不能在这里浪费太久。

程惜看着自己的身影逐渐穿过那片杏林，也看到那个人仍然只是抱胸靠在树上，微垂下的阴影半掩住了眼睛。

她没来由地感觉到了一股极度的恐慌和害怕，为那个尚且懵懂无知的自己。

如果这仅仅只是一部电影，她当然能够看着女主角错过此生最后一次和爱人相见的机会，就这么毫不知情又懵懂地，走向悲情的结局。

可这个该死的电影的主角，是她和肃修言！

她才不要跟肃修言生死相隔，做什么悲情戏的主角，她那么辛苦又找到……或者说是肃修言找到了她。他们重逢总共也才没几天，还压根就没过过什么安稳日子，不是被追杀就是被绑架。

她每天都那么努力地去占肃修言的便宜了，却除了抱抱亲亲之外，根本就还没把他吃到嘴！

这能算是哪门子的爱情故事？就算最差劲的爱情电影，男女主角至少也要一夜春宵吧？她的春宵呢？她的春宵在哪里？

也不知道是不是因为始终没能吃到肃修言的怨念太过强大，在她气得都快哭了之前，突然发现自己的视角猛地改变了。

她眼前是杏花林，手里还牵着缰绳，身旁的马正不怎么耐烦地喷着粗气甩了下脖子。

程惜终于凭借自己的怨念，成功地进入了梦境中她自己的身体里。

她身体一僵，悄悄握了握垂在身侧的手，发觉自己不但进入了这个身体的视角里，并且还能控制这具身体。

喜出望外之下，她只是僵硬地暂停了半步，然后她就命令自己不要往山坡上肃修言的方向去看，而是继续向前走去。

开玩笑，按照她对肃修言的理解，现在就转过头看着他大喊一声："你给我站住别跑。"

那等她追到山坡上的时候，肃修言那个死傲娇的个性，早就跑得不见人影了，还会等她？

程惜凭借自己惊人的自制能力，假装若无其事地继续保持速度前进，同时飞速对周围的地形地貌进行了一番观察和推演。

在她确定自己已经走出了肃修言的视线范围后，就撇下马和行李，一溜小跑地去山坡后面堵人去了。

她预计等自己的身影消失之后，肃修言可能还会在山坡上站上一会儿，结果也不出所料，等她健步如飞地爬到山坡半腰的时候，正撞见了往下走的肃修言。

猛地看到她突然冒出头挡住下山的路上，肃修言的神情可以说是有点复杂。

程惜虽然运动细胞很足，但这一阵跑得实在太急了，她有些气喘吁吁，看到他也来不及解释，干脆大步跨上前，捧住他的脸就在他唇上亲了一口。

再接着她就紧紧抱住了他，在感觉到怀里肉体的实感后，她才惊魂未定地舒了口气："我居然抓住你了，你不要走，也别急着死……等我努力再想想办法。"

被她紧抱着的肃修言沉默了片刻，而后她就听到他还能有心情低笑了声："你准备怎么努力？"

程惜一愣，很快就反应过来，忙从他肩膀上抬起头，退开一些端详他的神色："肃修言？"

肃修言弯弯唇角，又笑了声："你傻了吗？不然呢？"

会对她露出这种欠揍的笑容，说话这么欠骂的人，不是肃修言本人……那个真正的他本人之外还能有谁？

程惜还是有些惊讶地在自己手背上拧了一把，在感觉到疼痛后愕然地说："我们都进入到梦里了？"

肃修言给她一个看白痴的眼神："看起来是，这次我们终于同步了，而且可喜可贺，能够自主行动。"

程惜顾不上计较他的态度，连忙拉起他的手腕看他的脉象，又去摸他已经开始透着冰冷的手臂，瞬间就急出了一身冷汗："怎么会这样，我们不是已经避开了这个结局吗？又怎么会只是睡了一觉，就又进入了这里？"

肃修言倒是一点也不急地抬手摸了摸她的脸颊，对她还安抚一般笑了笑："别急……你看至少你说过我只能死在你怀里，这下可以兑现了。"

他本来是打算开个玩笑逗一逗她，却没想到这个直男玩笑实在没开对。

程惜只是看了他一眼，就突然红了眼眶，又紧紧地抱住了他，还把头重新埋在他的肩头，身体发抖地……哭了起来。

虽然在梦里她也崩溃痛哭过，但那其实并不能算是她本人在哭，现在窝在他怀里哭得肩膀都一抖一抖的，可是货真价实的那个脚踢杀手、拳打坏蛋的铁血真汉子程惜。

肃修言顿时就有些慌了，手忙脚乱地搂着她的肩膀轻拍，还伸手去抚摸她的头发，放柔了声音低声在她耳边说："是我说错了……你别哭，别哭。"

程惜哭得抽抽噎噎地半抬起头看他，皱着一张脸指责他："你这个人怎么这么难搞……我都这么喜欢你了，不但不给我睡，还要去死，你就那么急着死吗？你倒是给我睡完再说……"

她自己颠三倒四地说完又哭着"呸呸"起来："睡完也不准死，只睡一次我肯定没睡够，必须得多睡几次才够本……不行，多几次也不行，至少得多几年，最好再加几年……"

肃修言之前还曾想过，如果程惜有一天褪下她那副理智淡然、什么都不在乎、什么都不怕的外壳，会是什么样子。

现在他总算看到了，却希望自己完全没见过……这哪里还有一点成熟知性的现代女性的样子，简直是个无理取闹的小女孩。但他对着这个小女孩，也只能低头在她眼皮上轻吻了吻，轻声地哄她："好，你说几年就几年。"

程惜既然崩溃了，就干脆崩溃到底，继续哭着说："都怪你吊我太久了，我也不知道要睡多久才行嘛……"

肃总一不小心惹哭了妻子，也只能继续充满耐心地轻声说："是我不对，你别哭了。"

程惜……程惜这么独立自主的现代女性，当然也不会他说不哭就不哭，她还是继续哭着，然后就把他搂得更紧些，同时挪着手向他膝窝里伸去。

肃修言对这个动作有点熟悉，连忙握住她手臂："小惜……你要做什么？"

程惜哭着说："你现在的状态很危险，我把你抱回去。"

肃修言沉默了片刻，暗骂自己不作就不会死，继续耐心又柔和地跟她解释：

"我还好，还能自己走路。"

程惜哭着把他抱得更紧了点："可是我心疼……"

最后还是有行动能力的肃修言，拉着程惜的手，把她牵到了山下。

程惜那匹脾气不怎么好的马倒是很通灵性，自己跟到了山下守在路口，跟肃修言骑来的那匹帅气的黑马耳鬓厮磨地沟通感情。

看到被肃修言拉小朋友一样拉着的程惜，它甚至仰头叫了两声，那表情里竟然透着几分嘲笑和不屑。

程惜没空理会一匹马的嘲讽，抹着眼泪看肃修言："你住哪里？我哥哥和你二叔都在那里？"

肃修言牵着她往住处走，抿着唇沉默了片刻，决定还是早点交代："离这里倒是不远……静悦学姐也在。"

程惜"哦"了声，突然有些酸溜溜地开口："所以说在这个世界原本的故事里，你受伤那么重，身体也不好的时候，我没在你身边，你学姐反倒是在的。"

肃修言仿佛料到她会这么反应，硬着头皮说："学姐也没跟我什么……我在这里叫她师姐的。"

程惜"呵呵"干笑了两声："对嘛，师姐比学姐更亲密一点。"

肃修言似乎是不知道该怎么接话，又抿了抿唇，低头轻咳了几声。

程惜幽幽地说："好吧，你都病这么重了，我还计较这些，显得我很小气……"

肃修言紧抿着唇，终于拗不过她，侧过了头："我对她没有爱慕之情，她留在这里也不过是因为要陪二叔。"

程惜听完又突然愤愤不平了，"哼"了声："你都这样了，她也不知道关心关心你，这个师姐也不知道怎么当的！"

肃修言不敢替文静悦辩解，硬着头皮主动转移话题："你哥……其实对我还不错。"

程惜"哦"了声："我看到你跟他吵嘴了。"

肃修言侧头清清嗓子掩饰尴尬，程惜又幽幽地说："等到了地方，我要好好说他一顿，凭什么替我做决定？我遗恨终生都怪他。"

肃修言突然有些不想把她带回去了，这一对兄妹他都有点惹不起，如果这两个人因为他吵了起来，他还真不知道该做何反应。但就像他说的，那里真的不远，他们骑了马，也不过半个多小时就到了。

等到临近那个林中小院，程惜老远就看到程昱守在门口，显然是担心肃修言，不过他一看到来的是两匹马两个人，立刻就着急得往前走了几步，不知道是不是给气着了。

程惜也不管身边的肃修言，夹了下马肚子甩开肃修言，抢先一步气势汹汹地对着她哥就冲了过去。

那马头几乎要撞到程昱的鼻子，程惜翻身下马，张嘴就说她亲哥："这傻瓜都快死了你知道吗？你凭什么不让我见他？"

程昱显然从来没有被程惜这么说过，一时半会儿竟然有点蒙，愣了下才想起来骂她："你又知道什么？"

对隐瞒肃修言情况这件事，他心里到底有点愧疚，只是随便还了程惜一句，就掉转矛头继续去骂比较好欺负的肃修言："我好心告诉你她要下山，你还真的去找她？"

程惜一个斜步就挡在了肃修言身前，护犊子的态度十分明显："这傻瓜根本就没打算见我，要不是我发现他躲在山崖上偷看，我这辈子就再也见不到他了！"

程昱本来就有点心虚，看她这么激动，就不自觉地移开了目光："我也不是未必不能救他……"

他不这么说还好，这么一说，程惜就激动地一把扯过肃修言的手臂往程昱脸前塞："救他？你给他把把脉，他现在还能站着，全凭他自己一股气，等他自己这股气卸了，你看你能不能把他的命多吊一刻钟？"

程昱听她说得严重，也连忙拉住肃修言的手去号脉，不到片刻脸色就肉眼可见地黑了，还狠狠瞪了肃修言一眼："你这个傻瓜，你真是怕自己死得晚！"

肃修言就知道他们兄妹吵架，遭殃是自己，他只能有些无奈地轻叹了口气："你们可不可以不要一直当着我的面说我是傻瓜？"

他开口说话，那一对激动的兄妹才都意识到他还是个病人。

程昱顿时不说话了，转身就进屋去，程惜则拉住肃修言的手，问他住哪里，在得到答案后，就拉着他的手，把他一路带回房间，把他按在了床上。

程惜没有想离开，肃修言靠在床头，她就抱着他的腰把自己塞进他怀里。

肃修言安抚地轻拍了拍她的肩头，程惜抱着他说："这个梦实在太糟糕了，我想醒过来。"

肃修言沉默了片刻："我也想。"

程惜把头埋在他肩上，低声问："你真的会在我面前死一次吗？"

肃修言又沉默了一阵："你可以不用看着这些。"

程惜抱着他摇头："我不会把你一个人丢在这里。"

肃修言又拍了拍她的肩，隔了一阵才轻声说：“我自己可以。”

程惜从他怀里抬起头看他，他的脸色看起来实在太苍白，程惜忍不住在他失色的唇上吻了吻，又用鼻尖去蹭他的颈窝。

肃修言抱着她，顺着她的头发摸了摸，有些失笑：“你撒起娇来怎么像只小猫。”

程惜闷闷地开口：“我都这么卖力撒娇了，你还要赶我走。”

肃修言顿了顿，摸了摸她的头发：“也不是要赶你走……只是不管谁死的时候都不会好看。”

程惜又抬起头，认真地看着他：“修言，你为什么要给自己一个这样的结局？”

肃修言在她的目光下沉默着，终归还是垂下眼睛侧开了头：“如果所有的事情都一定要有个结果的话，也许这样的结局才最适合我。”

程惜没再说话，她只是抱着他的脖子，又仔细去吻他。

这次她撬开了他的唇齿，尝到了他唇间的血腥气。

肃修言意外地顺从，好像他一直在等着这个吻，如同即使她看不到，他也依然会在她身后等她。

他抬手搂住了她的腰，把头微低下来配合她。

程惜过了很久才退开一些，但她还是紧紧抓着他的手臂，甚至还更用力了一些，认真看向他的眼睛：“修言，无论你说了什么，我都不会离开。你不会想知道，我对你的执念已经到了怎样的地步。”

肃修言沉默地垂下了眼睫，隔了一阵才弯弯唇角：“你都追到这里来了，我还能有什么不知道？”

程惜虽然有所猜测，仍愕然了一下：“这里是哪里？”

肃修言叹息了声，没有回答她的问题，低头在她额上轻吻了下：“小惜，不要想太多，闭上眼睛努力一下，就能醒过来了。”

程惜将信将疑地闭上眼睛，正准备问他怎么努力，就感觉到他的唇覆盖在了自己的唇上。

他的唇瓣有些过于冰冷，却仍旧是柔软的，而后他就用舌尖顶开了她的唇齿。

他也并不是没有给过她深吻和激烈的回应，但那都是她先主动开始，这次却不一样，完全由他来掌控。他的吻深沉而热烈，他把她紧抱在了怀里，他们的胸腔近到连在一起，连心跳声都逐渐不分彼此。

程惜已经无暇去想他这么吻自己是打算干什么了，她的大脑逐渐缺氧，心跳也渐渐加快，但她还是不舍得放开他——天知道肃修言多久才能够主动一次，错过这次她就不知道要等到什么时候了！

她就这么恋恋不舍地被他吻到两眼发黑，在极致缺氧的状态下才终于被放开。

她大声喘着气，等眼前的景物重新清晰起来，就发觉自己已经重新回到了床上。

程惜努力恢复片刻，就听到自己身边传来同样粗重的喘息声，还夹杂着几声咳嗽。

她立刻翻身起来，抓住肃修言掩在唇上的手，抬手就去捏他的下颌："别咽下去，吐出来！"

肃修言被她控制着下半张脸，只能抿着唇横了她一眼。

程惜想了下，很善解人意地把自己的袖头垫到他唇边，鼓励他："吐吧。"

肃修言又横了她一眼，终于是忍无可忍地把她的手扯开："我没有吐血。"

程惜这才稍微松了口气，又把他的脸捧起来啃，肃修言被她糊了一脸口水，忍耐地闭上眼睛："你把我当苹果来啃？"

程惜又恋恋不舍地在他唇边轻啄了两下，这才松开，声音还很委屈："小哥哥对我不耐烦了，都开始骂我了。"

肃修言一点也不给面子，睁眼冷冷地看着她："我难道不是从一开始就会骂你？"

程惜顿时更委屈："一开始你骂我，我都能骂回去，现在我不舍得骂你了。"

肃修言抿了唇无言以对，干脆搂住她的肩膀把她按在自己怀里："行了，别撒娇了，天还没亮，再睡一会儿。"

钢铁女汉子程惜被他说了"别撒娇"，也还是美滋滋地把头埋进他颈窝里，贴着他发热的颈部皮肤，感觉到了跟梦中不一样的，尚且健康的温度，就开心地伸出舌头舔了舔。

肃修言轻抽了口气，带着气音嘟囔："跟小狗似的……"

程惜爱死了他这种鼻音浓重的嗓音，忍不住又在他脖子上舔了几下，还坏心地用牙齿轻咬了咬。

肃修言又抽了气，却没说什么，只是把她搂得更紧点。

天确实还没亮，做了这个梦程惜也累得有些困，渐渐就埋在他怀里又睡熟了。

半梦半醒的时候，程惜想起来梦中发现的细节，暗暗打定主意等早上醒了，就去找自己哥哥问个清楚。

程惜心里有事，第二天一早就醒了，肃修言倒是还没醒，迷迷糊糊又被她抓住吻了一遍，口水沾了满脸。

肃修言对这种事已经有些习惯了，也没擦脸，只是裹了裹被子，背对着她翻了个身，把自己团成一个茧。

他赖床倒正合程惜的意，她悄没声地就溜下床，随便收拾了下跑去找自己亲哥。

身为一个作息良好的医生，程昱当然已经醒了，正在自己的院子里铺今天要晒的草药。

程惜冲过去也没跟他客气，张口就问："你有救肃修言的方法？"

程昱压根没准备，猛地被她这么劈头盖脸问下来，神色一愣，表情中露出丝什么秘密被撞破的惊愕。

程惜敏锐地捕捉到了这一点，眉头顿时紧皱了起来："你一直知道怎么救他？却任他死？"

程昱为人单纯，听她指责自己，就连忙慌着解释："我怎么可能这么对病人！情蛊无法解是真的！只不过，只不过……"

他说到这里，就意识到自己是被程惜套了进去，但话已经说了一半，也就没有隐瞒下去的必要，只能硬着头皮说完："情蛊无法可解，唯一的生机，是将蛊传度给……至亲。"

程惜早就猜到治好肃修言需要付出很大的代价，不然按照程昱的人品和医德，肯定不会放任他病重而死，却没想到是这么个解法。

她也愣住了，试探地问："必须是至亲？"

程昱郑重地点头："所谓的传度，不过是欺骗情蛊，让它以为两人是同一人，从而钻入另一个人的血脉。要做到这点，连兄弟姐妹都不可，必须得是……孪生的兄弟姐妹，或是父母和子女。"

肃修言和肃修然并不是孪生兄弟，他也没有孩子，也就是要救他，就必须要牺牲掉肃道林或者曲嫣。

程昱说到这里，带了些气急败坏："你以为我没有告诉过那个混账吗？就算是这种法子，我也是得跟他讲的！"

程惜已经过了最初的震惊，轻叹了口气："他肯定不会用，还会让你不能告诉别人。"

就算勉强能接受救自己就必须牺牲爹妈的设定，肃修言也肯定不同意这种操作……就他跟他爹妈那种关系，如果让爹妈中的任何一个为了他牺牲，那恐怕比让他死还难受。

程惜想到这里就抬头看了眼程昱，她哥那张白净的娃娃脸早就又涨红了，连带眼圈都有点红，看起来可怜兮兮的。

程惜良心发现，觉得自己坑哥有点狠，清了清嗓子："那就这样吧，这件事哥你还是保密吧……尤其不能让庄主和夫人知道。"

程昱先"嗯"了声，跟着又重重"哼"了声："我……就是之前梦里，在肃老二快死的时候，跟他说了这个法子。你知道他说什么？他说我敢告诉他爹娘，他立刻就自绝经脉，一刻都不会多等。"

程惜忍不住抽了下唇角："是他的风格。"

程昱也是给逼到了极点，努力想形容那种感觉："你说肃老二怎么就这么、这么……"

程惜看了自家亲哥一眼，贴心地帮他补上："这么熊？"

程昱愣了下："这是个什么形容……"

程惜"呵呵"一笑："大概就是说他比一头熊还要难对付的意思。"

程昱连连点头："说得不错，哪怕是一头熊，养久了怕也比他乖顺些！"

程惜仰天长叹了声，她对肃修言的理解非常准确，但这也不代表她有办法整治肃修言……还不是得让着他？

她从程昱那里回来，肃修言才刚被曲嬷派来的人喊醒，正穿好了飘飘欲仙的轻纱衣服，梳好了公主一样的发髻，坐在满满一桌子充满母爱的早点前犯困。

看到程惜回来，他就不耐烦地招了招手："一大早就出去野，快点过来吃。"

程惜看在他提供了美色养眼的分上，没计较他的话，坐下来摸了摸他的脸颊："睡好了吗？脸色怎么还是差？"

她这次太温柔，倒是吓到了肃修言，他本来半合着的眼睛顿时睁大，一脸欲言又止地看着她："你一大早就傻了吗？"

程惜只想对他翻个白眼，到底是忍住了，干脆坦言："我问过我哥了。"

他们刚一起经历了那个梦境，肃修言当然能猜到她去问了什么，"呵"了声："那个方法，想都不要想。"

程惜偏了偏头："既然你都猜到了……那我能问你一个问题吗？"

肃修言抬眼看了看她："问什么？"

程惜叹了口气："修言，在你心里，这只能是一个死局吗？"

肃修言饭也不吃了，干脆放下了筷子微侧过头："你不是第一次问我类似的问题了，你是不是对这个世界的真假存有怀疑？"

程惜诚实地摇了摇头："我已经不知道自己是怀疑还是不怀疑了，你不也是吗？"

肃修言抬手按了按额头，皱了眉："开始的时候我不是已经告诉过你了吗？质疑这个世界的真假，只会让你陷入无尽的自我怀疑之中，最后精神崩溃。"

他顿了顿，又抬头看向程惜："其实不管是你怀疑的，还是你无法接受的，只是在这个世界里，我很快就会死……这样一个事实。"

他还真是日渐会说，程惜一下被噎了个正着，缓了片刻才说："你给你哥哥引蛊之前，口口声声保证过你会没事！"

肃修言轻哼了声，十分理直气壮："我保证的事，你都敢信。"

程惜虽然早就料到他那时候只不过是哄人，好没什么障碍地给他哥引蛊，但听他自己这么承认了，也还是忍不住倒抽了一口气："肃修言，我告诉你……"

肃修言抬眼挑了下眉："嗯？"

他这个神态当然十分气人，但是程惜看一眼他苍白的脸色，立刻偃旗息鼓："算了，当我没说。"

她说完就凑过去想要抱住他吻一吻，结果被肃修言很嫌弃地抬手挡开："别瞎搞了，吃完早饭还有事。"

程惜想她只不过想抱抱亲亲，怎么就成瞎搞了，又带些好奇地问："什么事？"

肃修言看了她一眼："覆手第一城的那帮蠢货，这么多天也该有行动了。"

说到这个程惜就要吐槽了："你说你好歹也当了他们半年多的挂名城主，怎么从上到下没有你什么亲信，被他们逼宫了还要千里逃命。"

肃修言轻哼了声，表情明显十分不屑："那帮蠢货连收归己用的价值都没有，我去做城主，不过是有东西要拿而已。"

程惜一愣，他们是一起从覆手第一城逃出来的，一路上肃修言都跟她睡一间房洗一盆澡，更何况……他全身上上下下她都不知道摸过多少回，怎么没发现有什么东西是需要特别注意的？

肃修言看懂了她脸上那十分明显的疑问，额头瞬间爆出青筋，黑着脸解释：

"东西我交给师姐带走了，并没有在我身上。"

程惜"哦"了声，清清嗓子，好奇地问："所以那东西是什么？你拿那个做什么？"

肃修言顿了顿："覆手第一城代代相传的城主信物。"

哦嚯，这手笔不小，他当了半年便宜城主，却把历代城主信物拐走了，看起来是覆手第一城比较亏的样子。

程惜歪头想了下："所以……当你人在覆手第一城的时候，那些长老还不知道信物已经被带走了，现在你人跑了，信物又不见了，他们就算再不想惹正义盟，也还是会硬着头皮来讨信物？"

肃修言一挑唇，对她笑了笑："你倒是又把脑子带上了。"

程惜正好奇，就没去计较他冷嘲热讽，还是态度十分谦虚地问："所以那个信物是什么？你拿那个干什么？"

肃修言又看了她一眼，倒是没卖关子："武林第一人的信物，当然是天下第一剑。"

这下程惜瞪大了眼睛："可是你不是不用剑吗？"

肃修言嗤笑一声："就凭这些人，也配让我出剑。"

程惜问："所以你偷这把剑干吗？"

肃修言神色高冷："偷？那本就是我的。"

程惜突然想到，哪怕他从覆手第一城里被追杀着跑出来，甚至躲到了自家正义盟背后大佬的亲爹身边装小白花，他现在，也依然是覆手第一城名义上的城主……

被他的强盗逻辑震撼过后，程惜谦虚地问："那么请问城主大人，您的佩剑现在何处？"

肃修言抬了下眉，突然十分邪魅酷炫地一笑："我为什么要告诉你？"

程惜愣了两秒钟，随后就扑上去一拳直冲他下巴捶过去，她是真的努力用上了全部技巧和力量。

可惜现在的肃修言不单单是肃总，还是加强版的武林第一人肃总，所以肃修言很轻松地用手接住了她的拳头，还憋着笑把她顺势拉到自己怀里抱住。

程惜还想挣扎，他就已经低头轻吻在她额头上，轻声说："小惜，相信我。"

就算他已经努力散发魅力了，程惜也还是想翻个白眼给他：知不知道有话好好说才能达成完美结局，搞什么神秘主义只能被命运之神唾弃。

还没等她嫌弃地把肃修言推开，房门口就传来柳十五带些尴尬的声音："二少爷，庄主请您前去议事厅。"

程惜倒是一点也不害羞，还借着两个人姿势的便利，抬起双手掐住了肃修言的脖子，作势用力："带我去！"

肃修言才刚逗过她，当然不敢再火上浇油，笑着抬手摸了摸她的头发："好，带你，带你。"

程惜觉得他现在真是日渐膨胀，敢用这种哄宠物一样的语气跟自己对话，也不知道是哪里借来的胆子。

肃道林派柳十五过来请，那肯定是紧急的，所以现在胆子已经贼肥的肃修言，很快就带着程惜去了议事厅。

到场一看，是当初正义盟上门时候的老配方，肃道林端着刚正不阿的脸霸气侧漏地端坐主位，下面坐了一堆神色各异的武林人士。

只不过这回换了阵容，上门的是武林的另一大势力覆手第一城。

程惜还止想着肃修言这次准备用什么样的姿势装柔弱，就看到他大摇大摆走进去，开口就是一声冷笑："诸位长老这是没过几天，就想念在本座掌下满地滚的滋味了？"

这句话说完，程惜就看到肃道林的脸色肉眼可见地黑了起来，然后……现场诡异地沉默了几秒钟。

几秒钟过后，那群覆手第一城的人终于反应过来，一个人猛地站起来，手指颤抖地指向肃修言，声音也气得发抖，简直语无伦次："你……你不是……你究竟，是不是曲欢？"

肃修言冷冷扫过他额头那块明显的青紫，挑衅十足地勾唇笑了声："戴钦，你是给本座那一掌打伤了脑子，连本座都不认得了吗？"

程惜还记得这个戴钦，就是在覆手第一城时第一个被肃修言一掌打飞出去的那个长老。

不过他当时飞出去那么远，还瘫在地上半天没动，几天后也能活蹦乱跳跟别的长老一起找到神越山庄，这么看起来肃修言当时真的有留手。

正当程惜以为肃修言又要毒舌功力全开的时候，对方人员里一个站在末尾毫不起眼的人突然幽幽开口："这个，倒不是属下不认城主，就是城主您突然如此打扮，属下还以为这是来了个城主的孪生妹妹，确实有些不敢认。"

程惜看过去，看到那是个年纪挺小，脸颊还带点婴儿肥的黑衣青年，不知道怎么，程惜觉得他有点眼熟，程惜看他的目光，不自觉地带着几分崇敬：厉害啊，槽点精准，一招制胜。

肃修言的脸色果然也肉眼可见地黑了起来，现场也更加诡异地沉默了几秒钟。

不过就算肃修言铁青着脸，也并没有飞过去把这个人的喉咙捏碎，反而带着点咬牙切齿，低沉着声音说："滚过来！"

那个年轻人轻快地答应了声，然后就十分自然地走过来，对着肃修言拱手行了个礼："城主。"

肃修言看着他冷笑了声："你更会说话了是不是？"

那个年轻人更加中气十足地回答："都是城主调教得好。"

他离得近了，程惜也猛地想起来了他是谁……虽然看起来更年轻了一点，脸颊也更圆润了一点，但这不就是肃修言在现实里的那个助理刘嘉吗？

程惜记得他很得肃修言信任，肃修言在赌城找到自己的时候，就只带着他。

真是人不可貌相，按照这个吐槽功力，他当时只怕内心的小弹幕早就刷了满屏，脸上却还是标准的职业微笑。

肃修言又冷笑了声，挥手让他站在自己身边，就问："你来说说，这些长老，这些日子都在做什么？"

刘嘉简略地做了汇报："在城主离开后，齐长老忙着派人'请'您回来，闵长老在搜刮城主的物品，封长老表示过贸然动城主的私物不妥，不过被闵长老反对之后就没说什么了，吴长老和辛长老在知道天权剑不见了后，连夜开了个小会，隔天就把自己的人手借给了齐长老用，至于戴长老……他在自己卧房躺了几日养伤。"

看他总结汇报得如此全面，下面坐着的长老们脸色都不好看了起来，闵长老更是阴恻恻地开口："刘侍卫长果然对城主一片忠心。"

刘嘉抱了下拳谦虚："这是自然，暗部侍卫本就直接效力于城主，不听从长老调遣。城主离去前令我等暂且留守城中，待诸位长老前来神越山庄，再一起过来汇报，我只不过听命行事罢了。"

他们刚说完，主座上坐着的肃道林终于抓到机会，低沉着声音开口："你们这个谱摆完了？"

肃修言立刻又换了一张脸，转过身乖巧地低头："爹。"

肃道林摆摆手示意他坐在自己身边，等他坐下后才再次开口："言儿在你们覆手第一城的事，那时孩儿不在身边，我不好管。但既然言儿回了神越山庄，在这里，言儿就是肃某的儿子。更何况幼子早年流落在外，如今失而复得，为人父母难免爱如珍宝，看之更是重愈性命，相信诸位长老也能体谅一二。"

程惜看肃道林的目光一如既往地崇拜，不愧是初代霸总，这番话说得听起来还算客气，但意思翻译一下是：我管你们之前有什么破事，这我儿子，这我地盘，老子罩定了。

简直是孩子在外面打完架，对方家长找上门，开口就说我儿子肯定没错的标准护犊子姿态，可以称得上……熊娃有犬父了。

那些长老已经被他们父子震得有点合不拢嘴，他们显然是没跟肃道林打过交道，不知道这位传闻中的正义盟资助人，朝廷的世袭侯爷到底是个什么作风。

现在他们见到了，也顿时明白了，为什么肃修言会这么横行霸道……像他爹啊。

肃道林说完，就看了看肃修言，声音顿时柔了不少："言儿，早膳好好用了吗？"

肃修言微微侧脸，十分"淑女"地小幅点头："让爹爹挂心，已用过了。"

下面那些长老依然一片死寂，可能他们不懂为什么霸气四射的城主在自己爹面前会是这个画风。

这一刻，这个城主，仿佛是个假的。

就在这种尴尬的气氛下，那个看起来最年长的辛长老，还是顶着巨大的压力拱手开口："城主大人，我等冒死前来神越山庄，绝非前来滋事……实在是城主一直未归又孤身现身在正义盟管辖范围之内，我等总得来寻找城主。"

肃修言转过头就瞬间又变脸，冷笑了声："怎么，你们难道不是结伴来取天权剑的吗？"

辛长老头发胡子都白光了，身为一个老江湖面不改色："自然是迎接城主和城主信物一同回城。"

肃修言勾唇笑了笑："那你们恐怕要空跑了，本座还没打算回去，天权剑也不在本座手中。"

辛长老捻了捻胡子："天权剑并非城主私物，乃是覆手第一城代代相传的信物，若是城主将之丢了，只怕需得对数千城众有个交代。"

肃修言又勾了下唇："本座只说不在手中，有说已丢了吗？辛长老这是迫不及待要扣本座罪名？"

辛长老还捻着胡须准备说什么，肃修言就抬手制止了他："明日午时丹碧城外，本座会携天权剑一会天下英雄。"

他说到这里顿了下，又居高临下地看着辛长老，讽刺地笑了笑："你们无非是想拿回天权剑，那就照覆手第一城的规矩，赢过本座再说吧。"

辛长老捻胡须的手有些迟疑，思索了下才说："明日午时？不知城主为何要如此紧迫？"

肃修言"呵呵"笑了笑："辛长老是觉得自己带的人还不够多，让本座多等你们几日，好叫你们再搬点救兵？"

他说着就露出了不屑的神色："覆手第一城和正义盟的大批精英齐聚丹碧城，竟会怕本座一人吗？"

辛长老一脸欲言又止，似乎是想提醒他，他爹才刚放过话，他可不是一个人，他背后不但站着神越山庄，恐怕还站着正义盟。

但他是个混过场面的人，好歹是忍住了，他见肃修言也不像是能继续谈的样子，更何况肃道林虽然没说话，可一直跟尊大佛一样坐在主位上释放威压，就无奈拱手抱拳："如此……属下们明日午时丹碧城外，恭候城主大驾了。"

肃修言赶苍蝇般不耐烦地挥了下手："你们去吧，刘嘉他们留下。"

刘嘉是城主侍卫统领，这次跟长老们一起出发前来，也带了些手下的精卫。

这些人虽然不算多，但城主精卫在覆手第一城算一流战力，个个都是江湖一流好手的水准。

长老们本来以为这些精卫是自己的助力，却没想到刘嘉临阵倒戈，反倒又给对方送了波人手。

直至此时，老谋深算的辛长老才长叹了口气，深觉搞谋反什么的，果然还是很困难，下次不能这么早下注。

等那群长老告退带着人忍气吞声地被柳十五"请"出去，肃修言才转头看了下刘嘉，问他："你带了多少人过来？"

刘嘉很快回答："回城主，十八人，皆是属下精心挑选绝对不会背叛城主的人。"

肃修言还有些惊讶地挑了下眉："十八个？燕云十八骑啊。"

刘嘉一脸不明所以："城主您说什么？"

肃修言很快笑了下说："没事，回头让柳十五给你们安排住处，往后就当神越山庄是自己家吧。"

他这话里的意思，是自己并不打算再回覆手第一城，所以这些人继续跟着他，也就算脱离了覆手第一城，以后就是神越山庄的人。

刘嘉带人来时早有准备，痛快地抱拳："自然是城主在何处，我等就在何处。"

肃道林等柳十五回来把刘嘉带走，才转头打量了下肃修言，语气恢复了正常的状态，端着严肃的嗓音问："你今天身体怎么样？"

肃修言看了他一眼，"哼"了声："反正死不了。"

肃道林沉默了片刻，但也没再说什么，就加了句："早晚天凉，这纱衣不保暖，加件厚的。"

肃道林说完这句，也不打算再说什么，就起身准备离开了，肃修言挑了下眉："你都不打算问下明天我打算做什么？"

肃道林已经抬腿走出去几步了，连头也没回，就甩过来一句话："不管你打算做什么，我的态度，刚才已经说完了。"

他也不等肃修言再说话，就已经走远了，留下肃修言跟程惜在大堂上。

程惜回忆了下肃道林刚才说的话，他说自己的态度已经说完了……那就是指那句"为人父母难免爱如珍宝，看之更是重愈性命"了。

肃修言当然也知肃道林说的是什么，脸色变了又变，重重"哼"了声。

程惜这时不该"火上浇油"的，不过她还是斗胆小声说了句："我觉得吧，你爸爸是爱你的，如果有必要，他会为了你牺牲他自己的。"

肃修言脸上的笑容都带了点咬牙切齿，甚至带上了点扭曲，他从牙缝中挤出一句："谁要他的虚情假意。"

只不过肃修言恶狠狠了不到三秒钟，就猛地皱眉抿紧了唇，抬手按住自己的胸口。

程惜吓了一跳，连忙去扶他，结果肃修言躲开了，微弯了腰喘了几口气："没事。"

程惜有点心惊胆战："就你现在的状态，明天还准备开武林大会一人单挑全江湖？"

肃修言似乎也给她的形容逗笑了，低着头笑了几声才抬起头看着她，他这会儿脸色苍白，连唇色都透着惨淡，眼角却因为刚才的心悸被逼出了点水光，看上去格外明亮。

程惜刚被他的美色晃得有点失神，他就不知死活地笑了声："也不会是单挑全江湖……敢上来跟我一对一的人，一只手数得过来。"

程惜忍不住瞪了他一眼："就你这么说，你还挺威风的？"

肃修言笑了下，抬手就去搂着她往自己怀里按："好了，别担心了，我心里有数。"

程惜在他怀里暗暗翻白眼，他这是尝到甜头了，每次试图转移注意力，就知道来这一招。

程惜现在也基本放弃改变他的想法了，干脆趁着发福利时多给自己弄点好处，就干脆张开双臂也抱住他，又在他腰上多摸了几把。

这次肃修言还真是好说话得很，甚至在她的手不自觉往下面滑去时，也只是用头在她肩窝上蹭了几下，示意她还在大堂上，别太过分。

程惜把肃修言牵回房间没多久，肃道林果然又派人过来喊他们一起去吃午饭。

肃修言上午刚惹了事，吃饭的时候显得格外乖巧，连平时不吃几口的甜点，都在曲嬷慈爱的目光下，硬是给塞下去了好几块。

吃完了饭，肃道林去了书房，曲嬷也有内务要处理，就让肃修然留下来陪弟弟。

等父母都走了，他们又挪到了旁边的小厅里，肃修言就不忍了，坐下来后顺势歪在程惜肩膀上，皱着眉舒了口气："真是撑死我了，帮我揉揉。"

他主动投怀送抱，程惜哪里有拒绝的道理，忍着笑去给他揉肚子："绿豆糕本来就难消化还容易胀气，谁让你吃那么多。"

他腹肌结实，就算吃撑了腹部也只隆起了一点弧度，程惜隔着纱衣揉在肌肉上觉得手感甚好，忍不住还多摸了几把。

肃修言懒得说话，就靠着她的肩膀轻"哼"了声。

肃修然那边已经把棋盘摆上了，捻着白色棋子笑了笑："小言若是不舒服，那就在这里小睡片刻吧。"

肃修言斜了他一眼，露出嫌弃的神色："你是不是就会跟弟弟下棋？非要端这么高雅的架子，就不能来点好玩的？"

肃修然还是好脾气地笑笑："我确实懂得不多，小言想要玩什么，我陪你。"

肃修言挑了下眉："三个人也没啥好玩的，不如来个简单的真心话大冒险吧。"

肃修然当然是听不懂的，不过还是含着笑："我虽不知道是什么把戏，但小言说什么就是什么吧。"

肃修言也没客气，"呵呵"笑了声："这个简单，我们三人每人问对方一个问题，对方必须如实回答，要是不想说也没关系，但要答应对方做一件事。"

他说着就没给肃修然机会，自己先开口："那我就不客气先问了，假如……父亲将神越山庄传给了你，我却趁你生病昏迷的时候，对外说你已经死了，篡夺了庄主之位，你心里，会不会恨我？或者说就算不恨我，也还是会怨我？"

肃修然显然被他堵住了，愣了下才又笑了："小言你不会……"

肃修言不耐烦地打断他："别说不会，直接回答。"

肃修然微低头思索了片刻，才又抬起眼睛看着他："小言，若是有这样的事，我也信你一定有这样做的原因，我对你不会有任何怨恨……只会心疼你需要负担起这样的责任。"

肃修言没说话，他就在程惜肩上靠着，歪了头注视着自己的哥哥，隔了一阵才勾着唇角"呵"了声："真是标准的答案……好了，你有没有什么想问我的？"

肃修然显然已经趁着刚才的时间准备好了自己的问题，轻叹了口气说："小言，我想问的是，如果在我们之间，中了子蛊的是你，我体内的是母蛊，救你就必须要牺牲掉我，只有我才能把你的蛊虫吸走，你会同意我这么做吗？"

肃修言又沉默了一阵，才带些讽刺地笑了声："我当然会同意，不然怎么办？我们抱在一起死？我们是兄弟，手牵手去死了，父亲和母亲怎么办？我可不想跟你殉情。"

肃修然也早就料到了这个答案，对他温和地笑了笑："小言，我也是一样的……我并不是能心安理得地接受你的牺牲，只是，我有责任让你的牺牲变得有意义。"

肃修言又略带讽刺地笑了笑："是啊，既然牺牲的已经被牺牲了，那么剩下来的那个，就必须得让这一切有意义……我们还真是一对亲兄弟。"

他说着话，程惜就觉得自己手掌下他的身体紧绷了片刻，然后他就侧头咳了声，唇边滑下了一道血迹。

肃修然身体一震，焦急地抬声喊："小言！"

程惜的身体也僵了一瞬，连忙搂紧他，抬手想给他擦掉，却被他用手挡开了。

他自己用手背随意擦掉那道血迹，声音有些低哑地笑了声："没事，蛊虫合体了，现在动点心思就会这样。"

程惜也想像他一样轻松地不把这个当回事，可是她的身体却背叛了意识，只能用力揽住他的身体抱紧。

肃修言觉察到了她的状态，抬手在她头顶上摸了摸："别怕，真的没事。"

虽然肃修言坚持自己没事，但他还是被强行按在了软榻上，床上的棋盘被移走了，肃修然也挪到了外面去等着。

程惜让他躺下来，拿来毯子给他盖好，低头在他唇边轻吻了下："好了，你睡一阵恢复下精神吧，我守着你。"

肃修言闭着眼睛叹气："吃撑着了又睡，你们这是在养猪吧。"

程惜深感他对自己没什么准确认知："肃总，我想提醒你，并没有你这样挑食又多事的猪。"

肃修言就闭着眼忍不住笑出了声，好像程惜这句并不是骂他，反倒是在夸他，他心里甚至还有点得意。

程惜也懒得理他，干脆坐在旁边也闭目养神，没一会儿就听到他的呼吸变得缓慢均匀，还真睡着了。

她又睁开眼睛看他，午后的阳光漏进来了一些，照在他下半张脸上，给他的脸镀上了一层淡淡的光晕。

程惜想起来小时候和他一起在体育器材室度过的那些下午，那时候他也是这样，看起来好像还有心情和精力跟她闲聊，却往往只要她不说话了，他很快就会陷入昏睡中。

好像肃修言这个人，他的温柔和关心，都藏在那些时不时就要蜇人的尖刺里，只有当你真正靠近了，才能明白那些内里的温暖。

她侧头看了他好一阵子，才发自内心地长舒了口气，好像是有点栽进去了，不过她觉得没什么不好。

肃修言这一睡就睡了两三个小时，得到消息后急匆匆来求见的齐耀天，都被肃修然拦在外面干等了一个多小时。

等肃修言好不容易睡醒，他终于被放进来时，已经等得满头大汗了："二公子……覆手第一城放出消息说您就是曲欢，明日中午还要一会天下英雄……"

肃修言还有些没睡醒，半坐在榻上，头发也松松散散披在肩上，抬手略带些不耐烦地跟他招了招："好了，先别吵……答应过你的事不会不作数，明日当着大家的面，我不会承认我就是曲欢。"

齐耀天一愣，他这么着急过来，确实有那么点怕他出尔反尔的意思。

毕竟正义盟在之前肃道林的一番威逼利诱下，可以说是全力对外宣称，肃修言绝对不是曲欢，而是娇弱的肃家二公子。

结果覆手第一城的人去了一趟神越山庄，出来就言之凿凿地说他们见到了自家城主曲欢，而且这个曲欢，就是肃家二公子本人。

外界的老百姓和没被肃修言亲手揍过的江湖侠士们或许将信将疑，但正义盟里少数几个参与了上次交易的元老，包括齐耀天可是心知肚明的。所以他们当即聚在一起满头大汗地开会，并且又一次把齐耀天推出来要他赶紧去找肃修言问话。

齐耀天生怕肃修言一个不开心就把锅甩给正义盟，或者准确地说，是甩给他，等的时候更是在脑子里推演出了无数次自己引咎辞职从此遭到全江湖唾骂的最坏结果，现在听到肃修言这么说，扑通扑通乱跳的心才终于放了一半。

他擦擦冷汗，一屁股坐在肃修言旁边，还是有些不确定："可是二公子……若覆手第一城的人明日在天下英雄面前，坚持您就是曲欢，可怎么收场？"

肃修言瞥了他一眼，看他实在吓得不轻，就放缓了语气："那些老家伙们大多见过我无数次，在他们面前假装我不是曲欢，他们也不会信，反而易起争执，我就索性认了。"

他一边说，一边又弯了弯唇角："再说他们本就一直说我是曲欢，现在也不过是继续说罢了。今天他们在神越山庄里听到我说的话，我明日若是翻脸不认说过这些话，那么除了他们自己以外，有谁可以佐证吗？"

这个……确实如果肃修言自己不认，整个神越山庄上下当然也不会认，刘嘉他们那些人更不会认。

所以说来说去，肃修言今天那番话，覆手第一城的长老们并没有任何证据，证明他真的说过。

齐耀天听到这里，才终于恍然大悟，并深深为肃修言的无耻折服："二公子手段过人，齐某佩服。"

肃修言带着微笑看他，他也看着肃修言，两个狼狈为奸的卑鄙成年人相视一笑。

然后齐耀天才终于想起来关心一下肃修言："二公子这两日身体可好？明天若有一场大战……"

肃修言继续对着他微笑："齐盟主，既然明天曲欢不会出现，我哪里还有大战？"

齐耀天"呃"了声，肃修言伸出手，在他肩上轻拍了拍："所以明天就得麻烦齐盟主了。"

齐耀天的脸色顿时尴尬了起来，不过他还是摸了摸鼻子，认命地点头："说起来我本来就担心二公子的身体，明日打算多替二公子分担些的。"

说起来齐耀天这个人，既不算笨也不算迂腐，就是天天一脸准备背锅的自觉，简直天生劳碌命。

肃修言笑着侧头看他："那好，明日你就代我出战吧。"

齐耀天一脸无奈，不过还是继续点头："在下责无旁贷，万死不辞。"

肃修言又笑着拍了拍他的肩："没事，明天那几个你应付得来。"

他边说边顿了顿："你要是应付不来，还有我。"

齐耀天趁机握住了他放在自己肩上的手，非常诚恳："二公子请放心，肃庄主对正义盟有大恩，正义盟明日就算倾尽全力，也会保二公子周全。"

他说得情深义重，其实总结一下就是：明天如果肃修言敢出什么事，肃道林不仅不会放过覆手第一城，也不会放过正义盟。大家都是一根绳上的蚂蚱，不存在逃跑的可能。

肃修言被他拉着手，脸上就带着点微笑，用眼神示意他够了可以松开了。

不过可能是他现在这个柔弱的造型让齐耀天产生了误解，齐耀天不但没有松开，反而抬起两只手臂，抱住肃修言的肩膀。他还微微用力把肃修言往自己怀里压，甚至摸了摸他披散下来的银白长发，用十分深沉、非常值得信赖的语气说："在下心中亦将二公子视为挚友，哪怕并非为了报答肃庄主……在下也不会让二公子有任何闪失！"

程惜在旁看得眼珠子都要掉出来了。

肃修言被他抱得嘴角抽搐，赶紧推开他干笑了下："好了，我知道了，不用再强调了。"

齐耀天还想继续表达下友谊，肃修言赶紧坐直了拉开距离，又说自己累了，飞快把他撵走了。

程惜出去把齐耀天送走，回来就看到肃修言撩开了衣袖在搓胳膊上的鸡皮疙瘩，一边搓还一边咬牙切齿地嘟囔："回去就把这厮从分公司调回总部……"

程惜想也不想就接了下去："调回总部跟你相亲相爱？"

肃修言抬头十分无奈地看了她一眼："调回总部让他别再为了回国那么肉麻地拍我马屁，都拍出心理阴影了。"

程惜清了清嗓子："所以现实中也有一个齐耀天？"

肃修言"嗯"了声："我大学校友，现在是神越欧洲分部的总裁，他想回国到总部来，时不时就要打个视频电话跟我嘘寒问暖。"

程惜默默看了下天花板："怪不得你对他这么放心……"

说起来这个世界确实像是围着肃修言一个人转的一样，这里也许有她在现实中并不认识的人，但肃修言每一个人都认识。

她还想说什么，肃修言却已经拉住了她的手，抬头对她笑笑挑了下眉："别说这个损友了，快来让我抱一下缓缓。"

程惜想说我就是你被损友肉麻完了的安慰剂？但也还是伸出手抱住他，还顺手摸了摸他的头发，心想晚上洗头发洗干净点。

接下来的这一晚就平静多了。

第二天肃道林把肃修言给喊到了身边，再跟曲嫣说他们今天出去在丹碧城里逛逛。准备好了后，他就气势汹汹地带着肃修言和一大半侍卫出了山庄。

当然刘嘉和那十八个他带来的城主侍卫，也在一夜之间换上了神越山庄守卫的黑色制服，一起加入了队伍。

程惜跟她哥程昱一起跟在这个颇有些浩浩荡荡的队伍里，他们是医生，还是神医，在这种干架的时候，肯定是要带去方便抢救的。

等一行人到了丹碧城外，程惜才发现这里不但已经聚集了一堆也不知道是准备抢天权剑，还是看热闹的武林人士。还有就是一夜之间，肃道林已经让人在这里搭了个擂台，不但搭得看起来挺结实，审美还挺好，乌木架子金红色地毯，大气低调又奢华。旁边还有个带座位的凉棚，不用想肯定是肃道林给自己和儿子准备的。

他们这一行人浩浩荡荡肯定会引起注意，程惜就跟肃修言身边。

肃修言精心打扮过了，一身比前几天更加精致飘逸的淡紫色纱衣，头发上搭着白玉簪和雾一样梦幻的薄纱，整个人看起来简直就像……马上就要被他爸爸牵着送到红毯那头的新娘。

大概是占有欲作祟，程惜其实很想抢先站到红毯那头，免得他被他爸爸送到别人手里。

不过在她被恋爱脑冲昏头脑之前，还是残留着些许理智，压低了声音悄悄问他："其实我还有个问题……"

肃修言瞥了她一眼："什么？"

程惜真的是诚心求教："你昨天说要带着天权剑过来，现在也没看到剑，这个也是骗人的吗？"

肃修言又看了她一眼："剑让我早就让师姐带出来了，昨晚她来了一趟把剑送到山庄里了。"

程惜更加惊讶了："你师姐昨晚来了吗？怎么都没见你？"

肃修言侧头看了看她，唇边挑起点笑容："我传书给她说把剑交给我父亲就行了不用见我……要是见了我，也不知道是哪个人又得吃醋。"

程惜瞪了他一眼："要不是你跟她不清不楚，我会吃醋？"

他们已经走到凉棚里坐下了，肃修言一边姿态优雅地坐下，一边抿了下唇掩饰唇角上扬的弧度，十分轻描淡写一样说："我并没有跟她不清不楚，是你自己喜欢多想。"

程惜简直想翻个白眼给他，看他那表情跟语气，得意得尾巴都要翘上天了。

程惜又瞪了他一眼，就把手上拿着的毯子给他盖在了腿上。

肃修言看了她一眼："这是干什么？"

程惜悄悄冲他竖个大拇指："病美男标配，装还不装像一点。"

肃修言弯着唇角，手臂撑在椅子扶手上支住下颔，对她笑了笑："我待会儿还要站起来，做戏做全套，记得帮我收起来。"

程惜连连点头，给他比了个"OK"的手势："放心吧，五星级护理。"

肃修言带笑看了她一眼，就转过头去，看似柔弱无力，其实是懒洋洋地瘫在椅子上开始闭目养神。

他们来得有点早，程惜还正怕肃修言就这么在众目睽睽下补个觉时，覆手第一城的长老们就带着一群人来了。

不得不说黑色制服在人多的场合还是很有气势的，就这么一群人黑压压地列队过来，不知道的还以为是特工集结……或者保险公司开年会。

看到那群人过来，肃修言还没反应，肃道林就冷哼了声，站起来一甩袖子就上去了。

虽然他那气场二米八，但这可是江湖人，气场不能杀人，这些人手上的刀剑能杀人。所以不但柳十五跟紧了自家主公，肃修言也连忙站起来一起过去了。

程惜十分遗憾地把肃修言膝盖上的毛毯扯下来塞好，决定安静一点坐在凉棚里看戏……不对，是当好后勤。

覆手第一城的那些人把还算能跟肃修言说几句话的辛长老围在了前面，花白胡子的老头儿先是清清嗓子，然后就恭敬地拱手："城主，我等依约前来了。"

肃修言却只是目光淡漠地扫过他，既没有答应，也没有回礼。不过他浑身的气势依然很强……并没有表现出要装柔弱小绵羊的状态。

程惜在后面看着，心里突然莫名咯噔了一下，实在有些拿不准他想要做什么。

她正想着，肃修言就越过自己前面的肃道林，站在了那群黑衣人的前面。

幸好这会儿齐耀天也赶来了，慌里慌张一个轻功插进去，抬起手臂挡在肃修言身前，还怕他忘记昨晚跟自己的承诺一样，大喊了声："二公子！"

肃修言"呵"了声，抬起手臂按住齐耀天的肩膀，对辛长老开口："今日齐盟主代我出战。"

他说完又在齐耀天肩上轻拍了下，就连他爸爸也不管了，转身重新走了下去。

场上一时间非常寂静，程惜目瞪口呆地看着肃修言重新走回来，才明白过来他这个操作有多骚。

他既没有承认自己是曲欢，也没有否认，而争夺覆手第一城城主的比武，依然可以继续，只不过出战的换成了齐耀天。

那些长老一时半会儿也没想清楚到底什么意思，只能面面相觑了一会儿，还是由辛长老硬着头皮，问场上还留着的，看起来像是管事的肃道林："敢问……天权剑……"

肃道林大手一挥，柳十五从背后摸出来一个被黑布包得很随便的棍状物，抖开那块布，里面的长剑通体乌黑，镶了不知道多少红色宝石，一看就知道绝对是非常厉害的神兵利器。

辛长老清清嗓子："既然天权剑已到，出战之人也有了，那么老朽们就得罪了。"

齐耀天抱拳行了个礼，表示自己准备好了。

肃道林大手一挥，柳十五用黑布把天权剑缠一缠卷起来，重新背到了自己背上。

台上的打工仔齐耀天很尽职尽责地开始说场面话，以及准备应付向自己挑战的人。

覆手第一城没有一上来就派出最强战力，而是先派了几个武功比较好的弟子，挨个跟齐耀天比武，看起来是想采取车轮战的策略。

程惜一边看，一边压低了声音问肃修言："你这个准备怎么收场？齐耀天应付得来吗？"

肃修言侧头看了她一眼，微弯了唇角："你放心，不会让他吃亏的，这几个人，他打起来也就是活动下手脚。"

程惜侧头想了下，还是有些不解："你今天搞这个到底是为了什么？方便透露一下吗？"

肃修言这会儿没什么事，还能有耐心跟她解释："记不记得我跟你说过，那个需要知道我死了才肯现身的人？"

这个程惜怎么敢忘，连连点头："当然记得。"

肃修言又看了她一眼："他真正想要的东西，是天权剑，只不过他打不赢我，怕被我揍，我不死他不敢出来。"

程惜在心里腹诽了一通才继续虚心请教："那你是准备先把天权剑摆出来，再表演个现场暴毙引他出来？"

肃修言瞪了她一眼："你好像挺期待看我暴毙？"

程惜连连摇头以示清白："怎么可能，你咳嗽一声我都心疼，我是怕你太豁得出去。"

肃修言这才略带满意地轻"哼"了声："放心吧，现在跟上次不一样，我再假死骗不过他，不过天权剑马上就要易主，他坐不住的，总会出来。"

程惜连忙抬手去摸摸他的脸，又去拉他的手："那说好了啊，你别冒险，我头发都舍不得你掉一根。"

她这边表白得浓情蜜意，就听到身旁传来一声很刻意的咳嗽，是坐在一边的肃道林示意他还在呢，收敛点。

肃修言热衷跟他爹对着干，"哼"了声反握住她的手。

程惜的脸皮到底没有太厚，有点尴尬地清清嗓子，试图转移话题："对了，你哥怎么没来？是这种舞刀弄枪的场合不方便他出现吗？"

肃修言瞥她一眼："现在知道叫'我哥'，不是娇滴滴喊'肃大哥'了？"

程惜简直要给他弄得无语："我说你连你亲哥的醋都吃……"

肃修言"呵"了声，格外理直气壮："也不知道是谁惦记着我哥，还说我瞎吃醋。"

他这一通胡搅蛮缠，程惜被他打乱了节奏，本来应该问清楚的事情也没问完，她正略带头疼地试图把话题掰回来，比武场上就已经悄无声息地站上了一个白色的身影。

这个人出现得太突然，在场的全是武林高手，也没人看清他是怎么出现在了台子上。

他不但穿了一身白色的长袍，脸上也覆着一张银白的面具，手里并没有拿什么明显的武器，只握着一根通体洁白的玉笛。

齐耀天才刚解决了上一个对手，覆手第一城本来准备这次派一名长老上去的，但是那名长老还没来得及跳上台子，就被这个突然出现的白衣人抢了先。

齐耀天愣了下，很快回过神来，拱手对那个人行礼："这位武林同道也是前来打擂比武？齐某得罪了。"

白衣人并没有回答他，只是临风而立，衣带在身后翻飞出潇洒的弧度。

程惜正觉得这个人看起来不知道为什么有点眼熟，她的手就被肃修言放开了，接着他就站起来，用轻功径直飞到了齐耀天身旁。

肃修言又抬手轻拍了拍他的肩膀："谢了，你先下去吧。"

齐耀天的神色是愕然的，不过他到底是信任肃修言，点了点头后就下了台。

肃修言抬头看向自己对面的那个人，弯了弯唇角，语气甚至称得上柔和："既然已经到了这会儿，就没必要再戴着面具藏头遮尾了吧……哥哥。"

因为突如其来的变故，现在四周都非常安静，就算肃修言说话的声音并不大，但程惜坐在凉棚里，也能清晰地听到他说了什么，还有他最后那声称呼。

白衣人略微顿了顿，轻叹了声，抬手摘下了自己脸上的面具，露出来那张和肃修言相似度很高的脸。

程惜脑仁有点疼，她不近视，也不瞎，不但把那张脸看得清清楚楚，甚至还能看清他脸上温柔的表情。

这……不就是应该在神越山庄后院里岁月静好着的肃修然吗？

她这一刻，深深觉得自己心脏有点负荷不了——这剧本搞来搞去，还是要兄弟相爱相杀？

那边肃修然已经又笑了下，用他那种独特的温柔嗓音开了口："小言，我本来不想让你知道这些的。"

肃修言的脸上也挂着点说不清楚的笑容，"呵"了声："对，不想让我知道。上一次你跑出来应付我的那个傀儡实在太不像样，我杀了他之后，虽然一瞬间有过念头，但也还是觉得太过荒谬。所以我直到死了，也是个糊涂鬼。"

他说的这个"上一次"，别人可能没听懂，但程惜知道，他说的是他们在梦中经历过的那些事情。

听他说到自己的死，肃修然的眉头就微皱了起来，目光里也带上了心疼："小言，我从来不想伤害你，这次哥哥一定要救你。"

肃修言冷笑了声："不想伤害我？也对……你昨天都说了，你必须得让这一切有意义。至于我，不过是注定要牺牲的代价，不能算在你头上。"

肃修然的目光顿时更心疼了点，还带上了些忧伤："小言，你要的答案我都给你……你现在的身体不适合动手，哥哥担心你。"

就算程惜现在对这个肃修然没什么信任度，但她按照本能去判断，也觉得肃修然这时候并没有说谎，也许他们真的需要再好好谈谈。

肃修言如果买账，那就不是肃修言了，他冷笑得更来劲："你这话说得倒是好听，可惜我昨晚已经给过你机会了，你昨晚如果说了，也许我还真会考虑一下。"

肃修然抿了下唇，脸色有些苍白："小言，昨晚……我还没见到天权剑。"

肃修言沉默了片刻，又看着他哥说："你知道我怎么想到是你的吗？"

肃修然不敢回答，抿紧了唇看着他，肃修言就微歪了下头，露出一个讽刺的笑容："你伪装得足够成功，没有露出任何蛛丝马迹，我只不过是突然想到……如果有一个人，能完全把我玩弄在股掌之中，让我到死都看不透，那么这个人只能是你。"

他又"呵"地笑了声："毕竟我从小到大，无论做什么事，都赢不了你。上一次临到最后，我有些猜测，却没有试图去求证。我那时真的累了，又快死了，我不想死的时候太心寒，也许糊涂点反倒比较好受……"

肃修然一直抿着唇沉默，这时终于忍不住喊了声："修言！"

他的声音里带着颤抖，像是用了莫大的力气才能控制住自己不要太过失态："小言……不要这样说，你明知道，我宁愿死的那个人是我自己。"

肃修言面对他哥的时候本来就熊得厉害，这时候简直变本加厉，唇边的冷笑不止："我的好哥哥，求你别再假惺惺了，听着真恶心。"

肃修然的脸色在一瞬间变得非常苍白，他的身体甚至微晃了晃，再次站稳时轻声说："小言，把天权剑给我。"

肃修言微眯了眼睛看他："你要天权剑做什么？"

肃修然闭上眼睛沉默了片刻，再次睁开眼时，眼中的神色已变得坚定："唯有将权柄尽握手中，我才能将所有人都保护周全。"

肃修言微抬了下颌看他，目光中净是讽刺："这个所有人里，看起来不包括我。"

肃修然缓慢摇了摇头，声音里满是沉痛："正是因无法保护你，我才会决定要变得强大。"

此刻的程惜，在台下已经看得满头大汗了。

你说他们兄弟二人有考虑过围观群众的心情吗？

程惜已经听到坐在自己身旁的肃道林猛地抬手拍了下桌子，那声音之大，听起来十分震怒，然后他就沉着声音对柳十五说："把你手里的剑，给老二送过去！"

柳十五迟疑地说："庄主……"

肃道林猛地又拍了下桌子，比刚才那声还大："让他把这个老大，给我打一顿！"

柳十五不敢再接了，"嗖"的一声飞上台，把天权剑往肃修言手里一塞，又火烧屁股一样转身就飞下去，连一句话的时间也不想多留。

肃修言掂了掂手里的剑，弯了弯唇角看着肃修然："老头子的话，你也听到了。"

刚才场面寂静，除了肃道林没人敢说话，那么大一声怎么会有听不到的理由，肃修然的脸色顿时更苍白了些。

肃修言"唰"的一声抽出长剑，还风骚地挽了个剑花，扬了扬眉："这还是老头子第一次向着我说话，真不敢想。"

肃修然还苍白着脸握紧笛子，像是要跟他继续聊两句，肃修言就抬手毫不犹豫地一剑砸了过去。

不是这个形容不对，而是肃修言用剑的气势，真的就是一个字：砸。

虽然说天权剑是一柄略宽的剑，但那也只是一把剑，竟然硬生生被他砸出了雷霆万钧的气势。他出剑不但气势惊人，速度也同样不慢，程惜眼睛都要跟不上，就看到空中划过几道银白亮光，他就已经出了好几剑。

这时程惜也清晰地听到下来后就坐在自己身边的齐耀天咂了咂嘴，也不知道是心有余悸，还是幸灾乐祸，小声嘟囔了句："二公子对我真是手下留情……"

而肃修然竟然扛下了这种攻击，他的动作虽然轻飘飘的，很文艺，但看场上的情况，他们兄弟俩是暂时打了个平手。

程惜顿时也咂了咂嘴，侧过头跟齐耀天小声说："我觉得你恐怕连大公子都打不过哦。"

齐耀天脾气是真的好，没跟她翻脸，只是惆怅地叹了口气："武学一道，真是一山更见一山高，我恐怕还得加倍努力。"

程惜又看了他一眼，觉得肃修言看中他也可以理解，这世界上脑袋聪明的人很多，但学习能力强，会自我督促不断进步的人，才是真正的精英。

她想着就向齐耀天投去略显敬佩的目光，好在齐耀天正在专心看台上两兄弟的械斗教学现场，没注意到她，不然估计会被来自神医的注视吓到。

台上肃修言挥出去的剑招极快，但无论他多快，肃修然总能有惊无险地挡下。

他们两个打起来，如果从观赏角度来讲，是挺赏心悦目的。

一个气势如虹，另一个飘摇若雪，一个剑光凛冽，另一个衣带飘飘，一刚一柔相互映衬。

在又一次错身的间隙，肃修言突然低声开口："你曾想过一件事吗？"

肃修然也游刃有余，格挡下他又一记重击后问："什么？"

肃修言手下一点不慢，却在剑光中弯了下唇："我八岁开始习武，你是从十几岁才开始的，哪怕你再天才，也赢不了我。"

他又一记重击砸下，肃修然无法正面对抗，身形飘然后退几步躲开，轻叹了声："小言，你想说什么？"

肃修然确实无法战胜他，他们打得看起来好看，但那也只是肃修然的轻功身法好，思维速度也快，十分会抓各种空隙，这才勉强打了一阵子。

要是硬碰硬拼实力，他大概真的接不住肃修言全力一击。

肃修言忽然笑了："知道赢不了我，还跑出来送死，不是你的风格。"

肃修然微愣了一下，不过他没来得及说话，因为肃修言的连斩已经来了。

他好像带着不复回头的勇气，还有一股不知从何而来的，阴郁的怨毒。

剑锋折射出那双充斥着愤恨的双眼，看得肃修然突然有些心惊，他用笛子勉强架住接连而来的几次重劈，玉质的笛身上已布满裂痕。

也就在此时，当肃修言的又一记重劈袭来时，他下意识地将真气灌满即将碎裂的玉笛，一掌推了出去。

那道他本以为必然会无法抵挡的威烈剑锋，却没有如预料般穿破真气的屏障刺入他胸中。

当剑身撞上玉笛碎裂的缝隙时，原本呼啸而来的剑意突然全部撤去。

在这个无法阻止的瞬间，那些崩裂成数块碎片的尖锐白玉，带着浑厚的真气，打入了肃修言胸前，像子弹般穿透了肃修言的身体，带着新鲜的血迹，钉入地板中。

碎片穿透人体的速度实在太快，比较起来，血迹扩散显得就并不快，直到肃修然愣了一下，他才看到血红的颜色在肃修言胸前晕染开。

现在肃修言终于不再穿黑衣了，于是他的血第一次不再被遮掩，如此轻易地被人看到。

他们离得很近，身高相仿，肃修然上前一步，就抱住了他的身体。

肃修言轻"呵"了声，把手按在他的肩膀上，他似乎是讽刺地笑了声，才说："你不是送死，你只是知道……我一定会把你想要的送到你手上……"

碎片应该是刺穿了他的肺部，他的声音不仅低沉暗哑，还带了含着什么东西般的模糊。

肃修言脱力地倒了过来，肃修然紧抱着他的身体，神色是从未有过的无措。

肃修然手脚发软，抱着他一起滑坐在地上，他胸前和手臂上已经浸透了大片湿润，但他却不敢去看，只是手指发抖去擦肃修言唇边溢出的鲜血，颤抖着声音说："小言……我没想过的，我不要你这样……"

肃修言的目光已经有些涣散了，却还是认真地看了他一眼，把手里握着剑柄往他怀里塞："你拿去吧……总是我欠你的……"

失血太快，他其实并没有剩下多少力气，眼前也开始模糊，但最后一眼，他还是看向了匆忙冲过来的肃道林。

上一次他从山崖上坠下去得太快，没能好好看过的父亲，这次终于可以再看一眼。

只是此刻肃道林脸上到底是什么样的神情，是焦急还是震惊？是对他有痛惜，还是始终平淡如旧？

他的父亲，是否终于打破了那层一直针对着他的坚硬外壳，第一次真真切切地对他袒露关爱，他都不能看清了。

在最后这仍然是模糊的，如同隔着经年的，再也不会消散的浓雾般的一眼后，他闭上了眼睛，沉入黑暗之中。

第三卷

谁或谁的选择

MY LOVE WILL DISREGARD

TIME

AND SPACE

第12章
从不会有无意义的细节

　　程惜所在的这个世界，是一块被称为"方舟"的大陆。

　　大陆北部是极为寒冷、人迹罕至的冰川，南部则是炎热的雨林，但在大陆的最中央，却是无边无际的死亡沙漠和高耸入云的末日火山。

　　据说进入死亡沙漠后，就再也看不到任何生灵，只有游荡的"尸鬼"，据说它们非生非死，灵魂永受灼烧，直至末日火山直耸云天的火焰将它们吞噬。

　　当然大陆周边还散落着一些海岛，但往更远处，就只有无边无际的海洋，终年弥漫着不散的浓雾。

　　没有船队能够穿越大陆四周的浓雾，去往别的陆地，所以现有的知识，都认为这是唯一有着智慧种族生存的大陆。

　　之所以说智慧种族，是因为在这块大陆上建立国家的种族，不仅只有人类。

　　生活在大陆东南方的密林之中的，是比人类更高也更纤细，长着尖耳朵和蓝色翅膀，身姿轻盈，生活在树屋和岩壁上的精灵。

　　以及北方大陆上，身高普遍只有人类的三分之二，却身形壮硕、手指灵活的矮人。

　　人类则聚居在大陆西南部，同时也是整个大陆最强盛的国家"神越帝国"里。

程惜觉得有那么一瞬间，她大概是被庭院中灿烂的阳光闪到了眼睛，眼前的一切都是遥远而飘忽的，找不到真实和虚幻的边界。

但随着眼睛逐渐适应了明媚的光线，她闻到了蔷薇花混合着青草汁的味道，听到了一阵欢呼声。

一顶黑色的学士帽被扔到了她怀里，紧接着一头金发的女孩子拉住她的手臂，把她拉起来："惜惜，别坐着了，快来啊，神圣礼堂的典礼快要开始了。"

程惜微愣了下，有些迟钝地想起来，眼前这个笑容甜美的女孩子，是她的室友露娜。

这是个心地善良、热情开朗的女孩子，她们都是皇家大学医学院的学生，曾朝夕相处了五年，今天则是她们的毕业日，一年一度的圣心日。

她有些身不由己地被拽着走向礼堂，露娜还在兴奋地说着："你知道吗？据说在今天的典礼上，皇帝陛下会跟每一个上台领取证书的毕业生颔首示意，那时候每个学生和他之间的距离，据说只有一米多！这时候直视他的眼睛也不会被认为无礼！据说陛下的眼睛是有一点点泛蓝的黑色，就像冬日的湖水一样迷人……"

程惜一边把学士帽戴在自己的头上，一边有些无奈地回答她："露娜，你是医学生，眼睛的颜色是由虹膜内的色素含量决定的，蓝色就是蓝色，黑色就是黑色，没什么带着蓝色的黑色……"

露娜却已经兴奋地又转移了话题："惜惜，你知道吗？听上一届的毕业生说，报纸上的照片完全不能体现陛下的英俊，他本人要更加迷人得多！"

程惜内心是嗤之以鼻的，就算英俊又怎么样？再英俊也只是个谋害亲生兄长，篡权夺位的卑鄙小人。

她又不是没有在私下里见过这位陛下，那时候他还只是个阴沉寡言的二皇子，完全没有现在的耀武扬威。

程惜还有个身份，学院中并没有人知道，那就是她是皇家首席御医程昱的亲妹妹。

哥哥经常进出皇宫，还是先皇太子的挚友，所以她也能偶尔见到那些活在报纸上和民众传说里的皇室成员。

现在的这位皇帝陛下，也就是原来的二皇子殿下，则是她观感非常不好的一位。

她还记得那天是自己哥哥给皇太子做身体检查的时间，她碰巧也在哥哥的办公室里，在跟温和儒雅的皇太子聊了几句后，就避嫌退了出来。

就当她准备走回学院的时候，在御医院外的人工湖泊旁见到了一个静立在湖边的身影。

虽然她之前并不记得自己见过这个人，但看到他和皇太子相似的长相，还有他身上华贵的衣物，就不难猜出来这就是那位传说中脾气怪癖、不近人情的二皇子。

程惜的身份本来就尴尬，也并不想引起这位二皇子的注意，正想趁他没发现自己悄悄溜走，那个原本侧对着自己的人就微微转过了头，语气轻淡地开口："你哥哥给老大检查身体发现什么没有？最近有没有什么变化？"

程惜一时僵立在当地，对方的语气太理所当然，用词也非常随意，仿佛笃定她知道皇太子的身体状况，也笃定她会告诉自己。

程惜被激起了傲气，不卑不亢地屈膝行了个礼："殿下，我不过是个医学院的学生，并不知道诸如皇子殿下的身体状况这样重大又隐秘的事。"

他的神色有些惊愕，在抿了抿唇后，轻笑了声："你不愿说就算了，没必要拿这些话来堵我。"

他边说边带着讽刺地笑了下："反正我那个好哥哥一年半载内是死不掉的。"

程惜震惊于他竟然敢随便在陌生人面前这样谈论自己的哥哥，又被他话中的轻佻气得身体僵硬，她低着头隐藏自己的怒气，免得此刻失礼地冲上去揍他。

他像是感觉到了她的愤怒，停顿了下后又嗤笑了声："也对，你现在很关心他，听不得我这么说他。"

程惜满腔怒火，心里想我不关心他，难道关心你吗？

她一直都无法像个淑女一样，用甜美优雅的表情来隐藏自己内心的想法。她这样想的时候，脸上的神色也肯定不好看。

他又像是看出来了，声音顿时更加冷淡了一些，还是带着那种嘲讽般的笑意："行吧，既然你听不得，那就当我没说过。"

说完他也不让她退下，竟然自己转身就走了，留下程惜一个人愕然地站在原地，不敢相信他就这样结束了这次没头没尾的谈话。

这就是程惜记忆中唯一的一次和这位现任皇帝的私下接触了，那之后没几天，二皇子就奉命驻守北部边境。

再又过了几个月后，老皇帝病重，身为第一顺位继承人的皇太子却神秘失踪。

二皇子带着亲卫队赶回帝都，控制住了帝都警卫厅，并在老皇帝病逝后，接任成为帝国的第三十七代皇帝。

皇太子失踪的时机太凑巧，皇宫亲卫队和警卫厅又都说不清当时到底发生了什么，只说皇太子和一位女官同时从皇宫中失踪，下落不明。

所以民间一直有各种小道消息流传，不外乎二皇子手握边境兵权，秘密勾结北方冰原上的黑巫师，给老皇帝下了黑诅咒令他身亡，皇太子也是被黑巫师暗害，早就不在人间。

这些当然大部分是无稽之谈……至少身为首席御医的妹妹，程惜知道老皇帝的逝世确实是因为重病，而不是什么黑诅咒。

不过她倒觉得后一个推测并非毫无根据，毕竟皇太子失踪那天，连身为他主治医师兼密友的她哥哥，都完全没什么线索。但是她哥哥私下经常骂二皇子"那个混账老二"，哪怕到今天，二皇子变成了尊贵的皇帝陛下，她哥哥都没有改口。

据程惜所知，皇太子的身体会比较虚弱，都是因为当年二皇子的一次过失。

再联想到她和二皇子那次对话，程惜觉得自己哥哥生气也不是没有理由。

亲生的哥哥因为自己的过失一直身体虚弱，做弟弟不但没有表现出什么愧疚之心，询问哥哥病情时态度还那么轻慢，确实显得有些过于冷酷自私。

在程惜漫无目的地回想时，人群已经在神圣礼堂聚集起来了，她被露娜拉着，找到了属于他们毕业生的前排位置。

还没等她落座休息一下，所有人都突然又站了起来，并且开始热烈地鼓掌。

是他们的校长，同时也是帝国科学院首席大学士杜姆博士站在了台上。

杜姆博士言谈风趣，今天也一如既往地以打趣开头："我亲爱的帝国精英们，哪怕你们过去的五年间曾多么厌恶这座校园，你们也马上就会开始怀念它……"

学生们用掌声和善意的笑声来回应这位深得爱戴的校长，不过这整个仪式中最轻松的部分很快就要过去了。

在简短的开场之后，杜姆博士很快就展开手臂，对着门外俯身行礼："请跟我一起，恭迎我们伟大的皇帝陛下。"

方才还欢腾的礼堂内顿时寂静无声，学生们脱帽低头行礼，随着军乐团激昂庄重的演奏，身穿红黑色相间的华丽军礼服的皇帝亲卫队卫兵，从礼堂前后的四道门中依次列队入场。

卫兵们站定转身托枪，穿着黑色礼服的皇帝才在旗帜的簇拥下走了进来。

这时抬头是不礼貌的动作，程惜只能从余光里瞥见这个她内心里十分不屑于去承认的皇帝陛下。

他跟她记忆里的差别不大，毕竟距离那次他们私下的见面，也才过去了短短两年多的时间。

就是不知道这位皇帝陛下还记不记得她的样子，如果记得的话……今天这场典礼上他会不会让她当众出丑？

程惜想到这里就不由自主地眼角一抽，只能祈祷他不是那么小肚鸡肠的人吧，堂堂一个皇帝，跟她这个刚毕业的小医生计较。

因为皇帝陛下的到来，接下来的典礼都肃穆起来，向新毕业生演讲的任务交给了皇帝书记官，皇帝陛下则只负责坐在神圣礼堂正中的王座上沉默不语。

没多久就到了学生依次上前领取学位证书，并向皇帝陛下宣誓效忠的时候。

程惜担心自己被认出来，心里多少有点七上八下。

好在从她登台，到接过杜姆博士手里被系了红色丝带的学位证书的时候，一切都很顺利。

她尽量低调又面无表情地转身对着王座上的皇帝陛下屈膝行礼："我将奉献我的一切智慧、一切灵魂、一切血肉，为了陛下的骄傲、为了帝国的荣耀、为了人类的曙光。"

她一边机械地念着，一边垂下眼睛，正好能看到王座上的那个人泛着一点水光的薄唇。

也就在这时，她的脑海里突然浮现一个念头：看起来还挺可口的，得找个机会啃上两下。

她接着抬起头，看到那个人也向她直视而来的双眼，他像是早就认出了她是谁，也在一瞬间看透了她的所有想法。

不过他却没有动声色，只是极其轻微地挑了下眉，按照礼节弯唇向她颔首示意。

程惜脑袋里"嗡"的一声，差点就失态地烧红了脸——她在拜见皇帝的时候，竟然分心去想他的嘴唇是否可口，她怕是中了什么诅咒。

毕业典礼还是顺利结束了，程惜也领到了属于自己的那张盖着皇家大学钢印的学位证书。

只不过她还没来得及回宿舍脱下身上的学士长袍，就被一个校工叫住了："程惜同学，杜姆博士在校长办公室等您。"

程惜对杜姆博士会找自己谈话这一点，倒是有些预感，她的导师之前希望她进入皇家中央医院继续做自己的学生，但是程惜拒绝了。

她不但拒绝了，还做出了让导师不太赞同的毕业志向选择，导师直到前两天还没有放弃劝说她的计划，今天是终于请校长出马了吧。

程惜表示自己知道了，又向校工道了谢，就前往校长办公室了。

在皇家大学读了五年的书，程惜当然不是第一次来到校长办公室，不过这却是她第一次在校长办公室门口看到列队的皇家卫兵。

程惜顿时意识到了在办公室里等着自己的，恐怕不是和蔼可亲的杜姆博士。

她差一点就要转身走了，可惜守在门口的高阶军官已经走过来，侧身抬手拦住了她的退路："程小姐，陛下在等您。"

程惜可没胆子在皇帝亲卫队面前转身逃跑，再说她也没有逃跑的可能，就只能端出一脸假笑："非常荣幸。"

高阶军官显然并不信任她，微微躬身把她送到办公室门前，还替她拉开了门。

程惜硬着头皮走进去，就听到身后房门"咔嗒"一声又关上了。

宽阔又陈设雅致，布满了胡桃木和真皮家具的房间里只有一个人，他正站在书桌前，毫不见外地脱了手套随手翻看着上面的文件。

显然在这个人面前，杜姆博士也得让出自己的办公室而不敢有丝毫怨言。

程惜并不想跟他距离太近，装作不敢上前的样子，就在门口处低头屈膝："得蒙圣光，神佑陛下。"

皇帝陛下并没有停下翻看文件的手，他还新翻了一页，才慢悠悠开口："看起来程小姐不但忘记了我们曾经的友谊，还对我颇有微词。"

程惜心想我们不过说过几句话而已，这也算友谊？还有我对您有看法，您这都能看出来，也真是见了鬼了。

但面对着帝国身份最高贵的人，她只能直起身抬头，不卑不亢地笑了笑："陛下说笑了，过往您的一言一行，我这样低微的医学生当然铭记于心，只是不敢冒犯地认为那是友谊。"

皇帝陛下也终于舍得抬起头，看着她微弯了下唇角："看起来对我颇有微词这个评价，程小姐是不打算否认了。"

他到底还是非要跟她一个平民计较，程惜的嘴角差点就抽起来，好在她忍住了，还是有礼貌地微笑着："您是如同阳光一般照耀着神越子民的皇帝陛下，我要是对您有微词，难道不是在责怪天空中的太阳吗？"

皇帝陛下挑了下眉，毫不掩饰地露出了讽刺的笑容："看起来杜姆教得不错，你在这里不光学了医术，油腔滑调的本事也长了不少。"

他不再戴着刚才礼堂里那种优雅宽容的面具，程惜也就干脆随意了起来，扯了下唇角："陛下夸奖人的方式，还真是特别。"

皇帝陛下微眯了下眼睛，也不知道是不是不想继续跟她在言辞上纠缠，对她抬了抬下巴："你站过来。"

程惜怎么敢拒绝他的命令，只能走近几步，还没等她在一个自认为安全的距离停下，皇帝陛下就微皱了眉，不耐烦地下令："到我身边来。"

程惜在心里快速评估了下直接拒绝执行这个命令的风险，认命地走到了他面前。

还没等她再开口，她的手腕就突然被攥住了，紧接着被拽进了眼前这个人的怀抱。

她浑身一僵，抱着她的人却又把她按在自己怀里一个转身，带着她一起扑向了地毯。

程惜被他压在了下面，但他倒下时还是用手腕撑住了地面，没把自己身体的重量压在她身上。

她清楚地听到了他鼻腔里泄露出来的一声闷哼，紧接着她就闻到了皮肉烧焦的味道，还有随之而来的血腥味。

有那么一瞬间，程惜觉得自己的心跳仿佛漏了一拍，还有一种不知从何而来，突然涌上的巨大恐慌，让她几乎是下意识地抬起手紧紧抱住了他的肩膀。

他似乎是忍着疼抽了口气，接着停顿了片刻，才声音微哑地说："没事了，别怕。"

程惜这才发觉自己浑身都在颤抖，她想辩解说自己并不是胆怯，刚张开口就泄露出一声哽咽。

他好像是没有料到她会哭泣，又沉默了一下，声音更加柔和了下去："没事的，一个小爆炸而已，已经结束了。"

皇帝亲卫队的人这时也终于打破门冲了进来，为首的那个高阶军官焦急地问："陛下，您还好吗？"

程惜努力地控制着自己抽泣的声音，直到别人闯入，她才意识到她现在整个人贴在他的胸腔里，脸颊更是埋在他的颈窝里。但她暂时顾不上别的，因为她已经感觉到自己按在他背上的右手掌心被温热的液体沾湿……那是刚才的慌乱中，她的手按到了他的伤口。

她不确定自己现在移开手，会不会给伤口造成更大的伤害，只能忍着羞耻，用哭腔开口说："你坐起来，让我看一看你背后的伤。"

那个高阶军官已经连声喊人去叫医生，他微顿了顿，还是抬手揽着她的腰，带着她一起慢慢坐起来。

她还埋头在他肩上，他就在她耳边轻声说："只是伤到了皮肉，没关系的。"

程惜一边努力地憋回眼泪，一边想这个人真是奇怪，明明大家都不熟，又是奋不顾身地救她，又是在受伤后还忍着疼安慰她。

他看起来压根也不像是那种对谁都很温柔的人？为什么对她这样有耐心？

她自己的反应也很奇怪，好像只要意识到他在流血这件事，就足够让她失去理智，心脏都被揪成一团又揉碎了，难过到差点无法呼吸。

她尽量迅速地撇开这些莫名的想法，从他怀里离开，将注意力集中到他的伤口上。

他背后的伤口是一道从他左侧肩膀下方，斜着延伸到右侧肩胛骨上，边缘带着灼烧痕迹的狰狞伤口。

好在如他所说，伤口并不深，只是损伤了表皮和浅层的肌肉。

她认真分辨了一下，还是不敢放开按着他伤口的手，那里的伤口比较深，渗出的血也多一些，她觉得还是先按着伤口止血比较好，虽然他会比较疼。

分析完了伤口，她带着不确定地开口："是火焰系的咒术魔刃吗？"

他侧了侧下巴，示意她看向地上那个已经被劈成两半、还在燃烧着的学士帽，语气里有些无奈："你都没注意到你自己的脑袋差点被这道魔刃劈成两半？"

程惜这才意识到他突然叫自己靠近，又粗暴地拽着她倒下，恐怕就是看到了自己戴着的这顶学士帽上附着咒术。

他应该是在拽住她手臂的同时，飞快地把帽子打飞了，再在魔刃闪现之前，把她按在怀里保护在了身下。魔刃的闪现都很快，他能够让她完全避免伤害，行动已经非常迅速了，自己却还是被魔刃扫到了肩膀。

程惜这么想着，大脑里却又突然冒出来一个更加可怕的念头：他完全地把她保护了起来，但如果他的行动再慢一点，那么她可能还是没事，他自己背后的伤口很有可能会更深，甚至胸膛都很有可能被这道魔刃彻底切开。

只是这么一想，程惜的身体就控制不住地又颤抖了起来，她抬起头看了他一眼，正撞见他看向自己的目光，带着点探寻和担忧。

他不知道她为什么又开始发抖，对她安抚地低声说："你有没有受伤？别害怕，已经过去了。"

程惜觉得自己一定是中了什么魔咒，她竟然抬起空着的左手，摸在了他的脸颊上。

那个她曾经觉得泛着水光十分可口的薄唇，此刻正因为失血和疼痛而变得发白。

她用手指轻轻地抚上去，脑海中仿佛泛上浓重的雾气，将一切都遮掩了过去。

她听到自己轻声说："你到底是谁……"

程惜是被那个高阶军官的声音惊醒的，好像是目睹了这一幕，军官咳嗽了一声清了清嗓子："陛下，医生已经到了，请您赶快接受治疗。"

程惜惊慌着把手从他的脸上移开，又侧过头去继续打量他的伤口。

皇家中央医院原本就在皇家大学的隔壁，现在带着医疗器械的医生们已经冲上来蹲下铺开设备，给皇帝陛下的伤口开始了专业的消毒和治疗。

程惜压着伤口的手自然也被小心移开了，她没有了继续留在他身边的理由，举着满是血迹的手掌退到了一边。

他却抬起头看了她一眼，开口对那个高阶军官说："柳卿，咒术是下在程小姐的帽子上的，派人查一查她接触过的人。"

程惜听到这里连忙说："帽子是我的室友露娜递给我的，但是她也只是个医学生，绝不会这么高深的暗杀咒术。"

他又看了看她，弯了弯唇角："放心吧，他们会查出真正有用的线索，不会随便拿你的同学抵罪。"

程惜被看穿了心思，又听到了他的保证，就放松了下来。

她舒了口气，低头又看到自己沾满了血迹的手掌，忍不住又把目光投到了他的身上。

她自己也许没有察觉，她的眼中还带着刚才哭过的红肿和泪光，看向他的目光里也带着无法掩饰的痛苦和焦急。

他注意到了她的样子，垂下眼睛沉默了片刻，又抬起眼睛对她说："你在这里的安全无法保证……暂时跟在我身边。"

程惜只全力注意着他的伤口被清理的状况，下意识点了点头。

医生们严肃地清洗了伤口，其中一个抬头说："陛下，伤口需要缝合，可能需要您移动到手术台上，还有麻醉药……"

他抬手打断了他们的话："麻醉不用了，缝合的话，就在这里。"

他说着就自己起身到沙发上趴下，又示意医生们赶快行动。

没人敢违抗他的命令，那些医生就赶快过来围在沙发旁给他的伤口快速缝合上药。

这些紧急从皇家中央医院调来的医生，当然是医院里最顶尖的外科医生，很快地就将伤口处理好了。

刚才说话的那个医生程惜认得，她上过这位韩启教授的课，现在韩启教授严肃地对她点了下头："伤口处理完毕后，接下来就是及时清理换药，还有注意病人有没有感染迹象，程小姐应该还记得的吧？"

在教授的积威之下，程惜连忙点头："我记得。"

韩启点了点头："那么接下来就交给程小姐了。"

韩启又严肃地点了点头："祝陛下早日康复。"

他说完就留下来一个医疗箱，带着那些医生飞快地走了。

程惜还处在自己刚拿到医生执照就要被迫给皇帝陛下做治疗的震惊中，那边沙发上的人已经重新穿起了衣服。

他接过来那个柳姓军官递过来的大衣外套穿上，遮住自己背后破损的衣料，对程惜抬了抬下巴："跟上来。"

他说完就大步走向门外，程惜环顾了下四周，早有卫兵将医疗箱收起来拿起，她就只能低下头快走几步跟了上去。

皇帝陛下遇袭的事情当然严重到足够封校，让今天在校园里的每一个人都接受严密的盘查。但是程惜走出去看到警戒线外仍有师生在走动，可能那个柳姓军官并没有将此事大张旗鼓……这当然也是皇帝陛下本人的意思。

皇家华丽的马车停在很近的地方，他们很快就走到了车前。

程惜正在想自己是应该上皇帝陛下的座驾，还是去随从马车，就看到那个已经弯腰上车的人，将目光投向了她。

看她在车下犹豫，他微皱了下眉："你还想让我帮你关车门？"

程惜深深觉得，自己对这个人有成见是不可避免的，就这么正常的一句话，他都能说得让人七窍生烟。

她忍住自己顶回去的冲动，也低头走了上去。

马车内的空间当然很大，两侧都是舒适豪华的沙发。

车内只有他们两个人，程惜自觉地坐在了对面的位置，没有胆敢跟皇帝陛下并肩共坐。

随着马车启动，她能感觉到对面的人将目光落在了自己的身上，她并不胆怯地抬头直视了回去。

那个人像是早就料到她会回应自己的目光，弯着唇角笑了笑："肃修言。"

程惜愕然了片刻，她差点听不懂这个人到底想说什么。

她当然知道皇帝陛下本人的名讳，还有哪个神越子民是不知道这三个字的意义吗？这整片方舟大陆恐怕都没有人不知道。

那个人看到她有些呆傻的样子，竟然"呵"地笑出了声，接着提醒她："你刚才不是问了，我到底是谁？"

程惜这才想起来自己失态的那片刻，清了清嗓子掩饰尴尬："我那时候可能是被爆炸吓傻了，陛下不用在意。"

接着她的眼前出现了一方手帕，是他递过来的，他脸上浮现出了一丝带着调侃的笑意："我知道你不愿承认我是你的君主，我允许你在内心用'肃修言'来称呼我。"

他本人说话这样直接，程惜都不知道该怎么回答了，只能默不作声地将手帕接了过来，道谢后开始擦自己手掌上的血迹。

那些血已经有些干了，擦起来多少有些艰难，她看着被染红的手帕，又想起来这流出来的血本应该是她的，但是被这个人代为承受。

对面的人似乎是为了让她放松下来，已经将头转向玻璃车窗外，不再将目光投向她。

程惜抬起头，看到的是他冷峻的侧脸和抿着的唇角，他的脸色还透着负伤后的苍白，脸上的神色却早就看不出丝毫端倪。

她想起来他自从受伤后除了闷哼了一声外，并没有发出其他任何声响，甚至连缝合的时候都拒绝了麻醉药。

她忍了又忍，还是忍不住问："您……伤口疼得还能忍受吗？"

他有些奇怪地转头看了她一眼："你忘了我曾经是军人？这种程度的伤口，你还想听我大呼小叫？"

就算曾经是军人，皇子在军队中也多少会受到一点优待吧，难道他们还能让他上前线？

他又看出了她脸上的神色，带着讽刺地笑了声，又把头转向车外，不再说话。

他们要去的地方并不近，随着沉默在车厢内蔓延，程惜渐渐有些后悔自己把谈话的气氛搞僵了。

还有就是，她刚才或许应该坐在他身边。

因为后背有伤不能倚靠，还要坐这么久的马车，他又刚刚受伤失血，一定会觉得疲倦……要是她能扶一扶他就好了。

他们一直走了有半个小时，才抵达了目的地，程惜也从车外的风景变化，猜到了他们要去的地方，帝都神临城的火车站。

马车径直去往车站内的皇室专用站台，因为太过惊讶，程惜开口问："我们不是要回皇宫？就这么离开神临城？"

他转过头看了她一眼："我原本的行程计划，是参加完你们的毕业典礼后，就启程去南部巡视。

程惜还是很意外："可是您不是受伤了吗？难道不需要取消计划，回皇宫休息几天？"

他的心情看起来像是突然又不错了，唇角带着些笑意："你是在关心我？"

程惜一下被噎住，心想他可真会自作多情，她只是觉得带着伤还往外跑也太增加医疗难度了，真当医生很容易做吗？

她刚准备顶撞回去，就看到了他还是显得有些苍白的脸色，顿时就泄了气，有些不情愿地嘟囔："疲劳会影响身体恢复的速度……"

他唇边的笑意更明显了些，还微挑了下眉："放心，我自有分寸。"

程惜顿时觉得自己被噎得更狠了，他还让她放心，弄得跟她有多担心他一样！

但接下来她看到他侧着身子略带僵硬地起身时，她就又没忍住，伸出手扶住他的肩膀，另一只手臂还很自然地圈住他的腰帮助他起身："现在伤口都还没开始愈合，就到处跑，我看你是没什么分寸。"

这句话仿佛没经过大脑，她说完就愣住了，她不但忘记了尊称他"您"，说话的语气还这样随意又……带着一种说不上来的亲昵。

他也微愣了片刻，抬起眼睛，带着点揶揄："你们医生骂起人来，是不是都很顺口？"

程惜清清嗓子掩饰尴尬："有些病人总要医生语气严厉，才会认真听医嘱，这也是没办法的事情。"

好在他接下来没说什么了，马车门打开的时候，程惜也悄悄撤回了自己的手。

既然是早就安排的巡视计划，皇帝御用的豪华列车当然也早就准备好了，程惜跟着他从马车上下来，就踩在了铺好的红地毯上。

虽然程惜也乘坐过火车，但这还是第一次，她坐着马车直接被送到站台上，再一路踩着红地毯登上豪华专列。

红毯的两侧不但有亲卫队的卫兵，还站着这次陪同巡视的大臣们，看见陛下，他们一起脱帽低头致敬。

程惜是跟在他身后走下马车的，当然也享受到了这些礼遇。

她简直浑身不自在，好在登上专列后就清静了，皇帝陛下拥有专属车厢，里面的陈设也跟普通列车不一样。里面铺着羊绒地毯，红金色相间缀着流苏的宽大沙发靠窗设置，看起来舒适又方便观景。

家具和墙壁都是全红木的，设置了方便阅读批示文件的书桌和台灯，角落里靠着的是镶嵌了黄金装饰的玻璃吧台，上面放着已经醒好的红酒，还有套着锦缎套的冰块盒和威士忌。

程惜没来得及感慨车厢的豪华，一眼就看到了这些酒，连忙开口："伤口愈合的这几天，不能喝酒。"

他走进来后就将手套脱了随手放在一边，听到她说的就挑了下眉："他们是按照我之前的习惯准备的，没预料到我会受伤。"

程惜连连摇手，坚定地跟他重复："不能喝，一滴都不行。"

他似乎是被她的坚持逗笑了，眉间有些无奈："好，我遵医嘱，不喝。"

得到了他的保证，程惜这才放心，又把卫兵搬运过来的医疗箱打开，在里面翻出来消炎药片，准备让他吃几粒。

他又带笑看了她一眼，才向车厢后方的卧室走去："我先去整理下。"

程惜很快翻到了药片算好了量，又倒了杯水，很自然地就跟了进去，想着要监督他先吃药。结果进去后，她看到的就是他有些吃惊地转过头来，身上的大衣和外套早就脱了，里面衬衫的扣子也解开了一半。

程惜这才意识到他说的整理下，是要把已经被弄破且沾了血迹的衣服换下来。

不过现在再退出去就显得她很莽撞了，而且医生面前没有性别，解剖课上她也没少看男性裸体。

她清了下嗓子，尽量自然地走上去，把手中的药片和水放在桌上，然后抬起手："您自己脱衣服容易牵动伤口，让我来吧。"

他愣了下之后，倒也没有拒绝，还配合地张开双臂，方便她的动作。

他衬衣的下摆塞在裤子里，程惜靠近他用手环过他的腰部，将下摆先扯出来，才把剩下的几粒纽扣解开，把衬衫从他身上脱下来。

　　她没急着帮他穿衣服，而是绕到他身后观察了一下包裹着伤口的绷带，看到没有血迹渗透出来，就说："现在还好，不过如果伤口有明显的不舒服，包括发热、发痒，或者有濡湿发闷的感觉，要告诉我。"

　　他背对着她，她看不到他的神色，倒是听到他笑了声："好的，程医生。"

　　程惜从床上拿起新的衬衫，又绕到他身前替他穿上。

　　车厢里拉着窗帘，只有电气灯开着，灯光并不是很明亮，但她也看得到他身上那些陈旧的伤疤，最明显的那个圆形伤疤在他左侧腰腹靠下的位置，后背对应的位置也有一个。

　　这应该是一个枪伤，而且是贯穿身体的伤口，好在这个位置并没有穿过重要的脏器，要不然他也不可能活到现在。

　　她想起来自己之前对他没有上过前线的揣测，不知道为什么眼眶有些发涩。

　　她尽量不表现出来，只是手指还是忍不住伸过去，在那依然狰狞的伤疤上抚过。

　　他的身体在接触到她的手指时微微颤抖了一下，不过很快平静了下来。

　　他们现在靠得很近，她听到他在自己头顶轻叹了声，低沉而柔和地开口："没事的，早就已经好了。"

　　她点了点头，不想开口暴露自己的哭腔，用鼻子哼了声表示自己听到了，抬起手替他将衬衫的纽扣逐一扣上。

　　她正想告诉他，让他自己把衬衫下摆塞好，她再替他穿外套，就感觉到自己的下巴被手指托了起来。

　　她顺着这个力道抬起头，就看到他正望向自己，深黑的眼瞳中带着些暗涌的情绪，还有浅浅的迷惑。

　　他微蹙了眉轻声问："你为什么……会为了我哭？"

　　程惜也想知道她为什么会被他如此轻易地激起酸涩的情绪，她从来都不是这么多愁善感的人，天生情绪外露的露娜甚至都说过她喜怒不形于色，简直是铁石心肠。

　　但还是有种巨大又莫名的情绪左右了她，他离她这么近在咫尺，她都能感受到他的呼吸，和他身体上散发出来的，带着薄荷清香的清冽味道。

　　她强忍住自己的那股冲动，侧过头想要从他身边离开，但下一刻，她就感到自己被拉入了一个怀抱里。

他的力道其实并不大，甚至可以说是温柔，所以她也不清楚，自己到底是被他抱住，还是她主动投入了他的怀中。

这一次不是什么危急关头逼不得已的拥抱，而是他们安静又长久地抱在一起。

程惜把头埋在他的肩头，有些贪婪地深吸了口气，好像这样她就能彻底记住他的味道。

她也不知道到底过了多久，也许只有几秒钟，也许已经过去了几分钟，他才突然深吸了口气，放松了力道，带些掩饰地说："这里很安全，没事了，别害怕……"

程惜抬起头直视着他的眼睛："我没有害怕那些，我只是……"

这次她没有再犹豫，她顺从着内心那股莫名又强大的力量，抬手捧住他的脸颊，用自己的双唇封住了他的双唇。

这一定不是他们第一次接吻……但又肯定是第一次，仿佛他们天生就如此契合，也仿佛他们都等了太久。

直到他们彼此的呼吸都急促起来，才有些恋恋不舍地分开，程惜听到自己的声音，模糊而又清晰地，喊着他的名字："修言。"

他看着她，眼眸中仿佛带着清晨的薄雾氤氲，那么清凉，却又有着无尽的温柔。

他微微侧过了头，耳朵的轮廓上染了一些微红，轻声地回应她："我在。"

程惜这时才觉得自己明白了，为什么露娜会说他的眼睛里带着一点蓝色，那是因为，蓝色是温柔的颜色。

只是它们藏得非常深，掩盖在他如黑曜石般明亮的眼瞳下，就像他深藏在冷漠外表下的温柔，不去努力注意的话，就不会看到。

直到列车开动，驶离了神临城很远，程惜坐在外面的沙发上冷静了几十分钟，还是没能彻底冷静下来。

她好像是在冲动中做了件很了不得的事情，她不但昏头昏脑地吻了他们国家的皇帝陛下，并且还对着他喊了他的名字。

这些事好像只有情人间才会做吧……所以说她现在是皇帝陛下的情人了？

对于突然间做了皇帝的情人这件事，程惜一点真实感都没有，她觉得自己好像一整天，从毕业典礼的时候开始就在做梦。

这梦说不上不好，但也说不上很好，反正就是，一切都像脱缰的野马一样，朝着她以前压根都不会想上一想的方向绝尘而去。

她冷静了一阵，还是站起身走去车厢后方的卧室，刚才他换完了衣服就在后面休息了，程惜觉得自己还是得去看看他的状况比较好。

他们的皇帝陛下倒是个很随性的人，说要休息，直接穿着裤子和衬衣就倒在天鹅绒床垫上裹着被子睡了。

现在程惜轻手轻脚地走进去，他已经睡得沉了，都没有被惊醒。

这整个房间都包裹了皮革和棉花隔音，现在又放下了厚重的窗帘，除了车厢不可避免的晃动之外，几乎感觉不到是在列车上。

因为后背有伤，他是趴在床垫和羽绒被之间睡着的，程惜借着昏暗的灯光，才能看清他只露出半张的沉睡容颜。

他的脸色还是有些苍白，眉间也微微皱着，程惜小心地靠近床头，半蹲下伸出指头试了试他鼻尖气息的温度，确定他没有明显地发烧。

接下来她应该不打扰他退出去了，但是她弯腰看着他的脸，那种莫名的情绪就又涌了上来。

她抓不住那是什么，只是看着他，她突然觉得不应该继续在心里把他称为"那个谋权篡位的小人"。

她就这样安静地盯着他看了一阵，直到她在心底深处承认了他是谁……他是肃修言，是一个她也许应该放下成见，去好好认识的人。

她又很轻地喊了他一声："修言。"

他没有醒过来，她给他吃的药片里还有安神的成分，他依然昏沉地睡着。

专列的第一个目的地是峡谷地区的高崖城，在几个小时的行驶后，列车进入了山洞和桥梁众多的路段，速度慢了下来。

皇帝陛下睡着后当然没有人敢打扰，程惜也主动退到外面的车厢里独自待了几个小时，好在后来卫兵给她送来了消遣用的书籍，还有沿途美丽的景色，这个下午也不算难熬。

只是到了黄昏暮色四合的时候，车厢内亮起了昏黄的电气灯，车窗外的群山也渐渐隐入夜色中，变得轮廓模糊，像是被晕开了染料的油画，深沉又悠远。

配合着列车摇摇晃晃的节奏，程惜终于是困了，她想着自己靠在沙发上小憩一下，等人过来一定会醒，就干脆裹了毯子闭上眼睛休息。

她也没想到自己会睡得昏沉，而且在这个睡梦中，她好像还能看到什么。

和光怪陆离的梦不同，这些东西虽然仍旧有些模糊和跳跃，但非常清晰和现实，那应该……是另一个人的记忆。

那个人脚步沉稳地走在一段高耸的城墙上，城墙外是绵延的高山和针叶林，还有些未化的积雪点缀在山巅和林间。

有两个身背步枪，脚步轻快的卫兵迎面走来，看到他后立正向他敬礼：
"中尉。"

他轻挥了下手，语气里带着点笑意："今天是国庆日，你们也已经离岗轮休，就不要这么拘谨了。"

那两个卫兵顿时放松下来，其中一个笑着对他说："国庆日中尉也不休息，还在巡视吗？"

那个人又笑了声："总要有人值勤，他们准备了个小型庆典，有烤肉，还有啤酒，你们回营房收拾下就可以去参加了。"

那两个卫兵欢呼了一声，其中一个红发的小伙子笑着说："我们会给中尉留一大杯的，您一定要来啊。"

那个人有些无奈地笑了笑："我等巡查完毕，看有没有时间过去。"

那个红发小伙子似乎跟他关系不错，还冲他挤眉弄眼："您最好快点，啤酒总是很难剩下来。"

他又被逗笑了，抬手摆了摆："好了，尤金，我尽量早点去。"

那两个卫兵这才跟他道别离开，他又一路巡视过去，检查了城墙上的各个岗哨，确定值勤的卫兵都还在认真地各司其职。

程惜已经从声音里听出来他是谁了，他是肃修言。

神临城从没流传过他当初在边塞服役时的故事，程惜没有想到，他当年的军衔竟然只是中尉，这一般是皇家军官学院毕业进入军队服役的贵族军官的初始授衔。

虽然能进入皇家军官学院学习的人，几乎都来自贵族家庭。他毕竟是二皇子，身份比一般的贵族还要尊贵不少，更是帝国皇位的第二顺位继承人，但似乎并没有因为这层身份享受额外的照顾。

他结束巡视后，还是去了正在营房里举办的庆典，难得放松的士兵和军官们围坐在一起勾肩搭背地唱歌跳舞，三三两两地聊天。

他穿过人群找到尤金，拍了拍他的肩膀后，跟他们一起坐在长凳上聊天。

尤金递给他一大杯啤酒，他接过来，觉察到这几个士兵似乎正在聊什么让人兴奋的话题，一个个脸上都带着红光，就笑着问："你们在聊什么？这么开心？"

尤金抬手臂碰了下身旁的另一个下级士官，笑得很有些暧昧："林上士给我们看了下女朋友送给他的定情信物，是块手表。"

旁边又有人插嘴："尤金中士也有情人，送了他一个真皮钱包，他每天都放在怀里呢。"

几个人顿时又哄笑起来，突然有个人趁着兴致多嘴地问："那中尉呢？有没有什么贵族小姐……"

他正举着杯子喝了一大口啤酒，微愣了下后回答："这倒是没有。"

那群士兵这才想起来他是二皇子，他如果在神临城的时候有恋情，估计早就满城皆知了。

人群尴尬地沉默了几秒钟，尤金试探着说："那中尉您有没有那种……比较亲近的小姐，送过您什么东西？汉斯中士就有一个青梅竹马的姑娘，给他织了一双很厚实的羊毛袜子呢。"

桯惜止在想他到底会有什么比较亲近的女性，就看到他沉默了片刻，然后从自己胸前的口袋中摸出了一枚硬币。

那是一枚看起来平平无奇的铜币，面额并不大，他把这枚硬币用手指弹到半空又接住，笑了笑说："她在这枚铜币上刻了个三角的记号，说有一天只要我把这枚硬币还给她，就可以问她要一个愿望。"

那几个士兵平时跟他打打闹闹惯了，不过是随便起哄，没想到真的能问出来神临城的贵族们都不知道的秘密，二皇子还有一个关系要好的女性？

尤金吞了下口水，接着问："那……她是您的？"

他笑着摇了摇头："她不是我的情人……也不是贵族小姐。"

也对，会随随便便地送皇子刻了记号的破铜币，看起来也不像是什么贵族小姐的行为。

虽然他说了不是情人，但这些士兵终究是好奇的，有人问起来："那这位小姐，一定还经常给您来信吧？"

他有些愕然地抬头看了那个士兵一眼，还是尤金马上补充："我们就是从收到的信件谈起来的，每个人每个月能收到几封信啊什么的，是什么人寄的。"

他仿佛更加愕然，手里握着的啤酒杯也放到了桌子上，停顿了片刻才说："对，还可以来信。"

场面这时才彻底僵了下来，四周的士兵们都不吭声，他也坐不下去，起身说："我还是出去再巡视一下，你们继续聊。"

他带着些匆忙地离开这里，身后士兵们压低声音的议论还是飘了一句到他耳朵里："连一封信也不寄，难道中尉是一厢情愿吗？总觉得有点可怜……"

他加快脚步走了出去，一直走到远离喧闹的庆典，他才站住脚步，迟疑了片刻，伸开手掌，借着营房里漏出的灯光，看着那枚被他握在掌心的硬币。

那是谁给他的？说着可以答应他的愿望，却转眼就将他抛到脑后，在他苦寒的边塞服役生涯里，连一封信也不曾寄给过他。

列车穿过山洞的巨大呼啸声将她惊醒，她深吸了口气睁开眼睛，却正好看到肃修言站在自己面前。

他还是穿着就寝时的衣物，肩上也只随便披着外套，正弯腰对着她伸出了手。

看到她突然睁开眼睛，他眼中也有一丝来不及掩饰的尴尬，手指微动了下，就想要收回。

在他的手臂缩回之前，程惜就飞快地握住了他的手，她的声音和动作里都带着些急切："我们……小时候是认识的对不对？"

他的眼神里带着些愕然，仿佛是奇怪她为什么会突然问这样显而易见的问题。

他略微侧开眼睛，回避了她看起来过于急切的目光，脸上带着些微红，清清嗓子，没有回答她的问题，反而解释起了自己的动作："你身上的毯子滑掉了，我想帮你拉上来。"

程惜害怕错失更多的东西，她干脆拉着他的手臂，强硬地把他拉到自己身边的沙发上坐下。

她没有试图去诉说自己在睡梦里看到的记忆，而是整理了下凌乱的思绪，抬头看着他的眼睛，轻声说："我是不是给过你一枚刻了三角符号的硬币，告诉你把它还给我的时候，可以对着我许下一个愿望？"

他这才觉察到她的态度有问题，微皱了眉思索一番后，目光从茫然转向了然，还有些隐约的怒气："你不会是想告诉我，你早就把这事忘记了？"

程惜怕他再生气，连忙抬手抱住他的腰，把头靠在他肩上喊他儿时的称呼："小哥哥，我的小哥哥……我不是把你忘了，我只是……"

她又整理了下思路，重新抬起头看着他的眼睛："从那时候起，到分开后这么多年，我一直以为……你是宫廷园丁的孩子。"

他还是皱着眉看她，神色里渐渐有了些啼笑皆非，轻叹了口气："最后一次见面，你问我到底是谁，我指了指皇帝寝宫的方向，说我的父亲就住在那里，你那时候一脸聪明，说你懂了，我以为你真懂了，你怎么……这么笨？"

程惜也不知道该怎么去解释这个误会，她这一生都很少犯蠢，偏偏在这个重大的问题上犯了糊涂，也不知道是不是他的身份太超出自己的想象，让她不敢相信。

那还是她父母刚刚在事故中去世，她随着哥哥借住在皇宫内的御医院的时候。

她那时候也只有七八岁的年龄，骤然失去了父母，又处在完全陌生的环境中，只能尽量地去找一些事做来排遣孤寂。

御医院就在皇宫花园的旁边，庞大华丽的花园成了她的秘密游乐场，她不会去那些经常会有人经过的地方，而是找上一些隐秘的角落，带着几本书消磨时光。

这样过了没几天之后，她就在自己那个玫瑰篱笆后的秘密基地里遇到了一个少年，她现在回想起来，也还是觉得他一点都不像是个皇子。

他就穿着普通的白衬衫和灰色裤子，衬衫挽到了小臂上方，手里拿着一个简陋的木剑，在一下下对着空气练习斩劈。

她以为他跟自己一样，是在皇宫里工作的人的孩子，或许是厨师，或许是园丁，最多也不过是管家，就轻松地上前搭话。

他初看起来有些冷淡，但随着他们见面次数的增多，他也渐渐多话了起来，她会喊他"小哥哥"，两个人经常一起在玫瑰篱笆围起来的小空间里，度过一个又一个漫长的下午。

他其实并不是那种温柔细致的哥哥，但是她总能从他身上感受到独特的温情。

她会念叨一些自己的烦恼，他不会谆谆开导，却会沉默地倾听，在她终于说够了之后，坐在她身边露出个微笑，问她今天还有什么开心的事情没有。

这样美好的时光持续了半年多，直到有一天，他在两个人即将道别的时候，语气平静地告诉她，自己要被送去新的学校，不能再继续来了。

她没想到分别来得这样快，连忙把自己珍藏的那枚"幸运硬币"塞到他手里，让他一定要回来，等他回来时把这枚硬币还给自己，自己就会答应他一个愿望。

她这时候才想起来两个人相处了这么久，却从来没有互相问过对方的姓名，连忙告诉她自己叫程惜，又问他叫什么名字。

他没有直接回答，而是停顿了片刻，抬起手指了一个方向，说他的父亲就住在那里。

程惜一边回忆，一边抱着他的腰，为难地看着他："你是不是忘记我那时候还挺矮，根本看不到玫瑰后面有什么。我以为你指的是花园，住在花园里，可不就是园丁吗？我以为你是觉得自己只是园丁的儿子，或者是你的名字不好听，所以不想告诉我……"

他似乎是要被她彻底逗笑了，侧过头咳嗽了几声："难为你这么多年都还在惦记那个园丁的儿子……我看你真是笨出了新花样。"

程惜没有在意他的嘲讽，抬起手捧住了他的脸，轻声说："后来我搬出了皇宫，但我一直让哥哥替我打听在皇宫里生活过的年龄相仿的孩子。第二年流行天花，很多孩子死在了医院里……我一直找不到你，我以为你已经……"

她不知道这算是失而复得还是阴错阳差，如果她没有莫名其妙地睡了一觉，看到了那些记忆，那么她就会永远错失了吗？

她觉得自己的眼眶又有些发酸，对他笑了笑："我后来学医，虽然有父母和哥哥的影响，但我还是因为想要帮助更多的人，让他们不要再像我的小哥哥一样……"

他看了她一眼，不置可否地弯了弯唇角："你的小哥哥好着呢。"

她点了下头："我知道……"

她又借着电气灯的光线打量了一阵他，抱住他将头埋在他的肩上："我真是个笨蛋，我竟然没有认出来你。"

他也抱住了她，任由她在自己怀中释放情绪，隔了一阵才轻声开口："你既然认出了我，那么能够帮我吗？"

程惜还沉浸在找回"小哥哥"的喜悦中，顺口就问："帮你什么？"

他的声音温柔了下来，在她耳旁低语："帮我找到我的哥哥……让我可以在他回来之前，杀了他。"

程惜几乎以为自己听错了，有那么一瞬间，她觉得自己抱着的不再是那个像午后的阳光一样让她怀念的小哥哥，而是一条毒蛇或者其他冰冷可怕的东西。

她慌乱地抬起头，看到他唇边带着些笑意，神色仿佛很认真地看着她："怎么样？你愿意帮助我吗？"

她试图不动声色地退后一些，拉开他们之间的距离，却又被他敏锐地发现。

他微笑着握住了她的手腕，用堪称温柔的力度，将她的手臂压到她身侧，低下头微笑地看着她："口口声声说你思念我，想要找到我……可却丝毫不加查证，就一厢情愿地认为我是园丁的儿子，甚至虚情假意地认为我已经死于天花，好给你伟大的医学之路增添一个感动人心的理由。"

他一边低沉地说着，一边又轻笑了一声："我明明一直出现在你的视线里，你却偏偏瞎了一样视而不见。是我不得宠的皇子身份让你避而远之，还是我狼藉的名声让你不屑同我为伍？

"对啊，我这样的人，身边充满了麻烦和危险，怎么比得上那个能让你居高临下怜悯的'园丁的儿子'。你思念的，不能忘却的人真的是我吗？"

他们虽然靠得那么近，但刚才的温情已经荡然无存，他的面容仍旧那样英俊，声音也依旧那样磁性低沉，甚至连他的笑容都还是温柔的，但程惜只觉得浑身发冷。

她分明从来没有那样想过，分明一直在自己的能力范围内，拼尽全力寻找一个不知道姓名的"小哥哥"，但在他的连番质问下，连她自己都突然开始怀疑。

她是不是真的只是为了自我满足，不然为什么会任由他们一再阴错阳差地互相误解？

可心脏中传出来的那种混合了愧疚的痛苦又告诉她绝不是这样，他不是一个可以让她拿来满足自己精神的理由，她甚至从未跟任何人提起过自己学医的私心。

他是她一个无法忽略却也不忍触碰的梦境，是她人生图景里一块最私密的拼图。

如果再也找不到他，她或许仍旧能继续生活下去，但她的人生就会像之前那些年一样，永久地失去了其中的一部分。

她一向伶牙俐齿，这时候却突然说不出话来，那种感情实在太复杂也太深刻，让她无法找到任何语言去描述它。

他居高临下地看着她，带着讽刺地笑了一声："怎么了？程惜小姐都不试图替自己辩解一下了吗？"

她抬起眼睛看着他，清澈的眼睛里目光坚定："我不会帮助你的，你不能杀害你的哥哥。"

肃修言似乎是没料到她在这种时候还敢说出这种话，在微愣了片刻之后，反倒笑了起来。

他大笑着摇了摇头，微侧了头看她，深黑的眼眸中犹如凝结着实质性的寒冰："你倒是有恃无恐，你是不是觉得无论你自己如何伪善无情，我都不会忍心伤害你？"

程惜知道他误解了自己的意思，但她也知道自己现在说什么都无法挽回。

她的一只手被他紧紧按着已经失去了知觉，她抬起另一只手放在了他的额头上，轻声说："你的呼吸一直有些急，你发烧了。"

他还是微侧着头看她，神色有些讥讽："你不觉得你的关心太虚伪了？"

程惜强撑的冷静终于有些破裂了，她鼻尖有些发酸，她也不知道是怎么了，自己的惊喜和多年来的感情都突然变成了一个笑话一样。

他不屑一顾冷嘲热讽，她也没有什么措辞可以拿来应对。

她现在可能应该黯然神伤默默垂泪，但她不知道从哪里来了一阵勇气，愤怒地吼了回去："你够了吧！你这个人能不能把事情想得简单一些！难道要我无条件支持你莫名其妙的杀人宣言才算对你有感情？

"还说我的感情虚伪！我自惭形秽不敢认为你是尊贵的皇子，我怕自己配不上你很虚伪吗？我就算现在见了你也还是想得到你，我就是这么渴望你，很虚伪吗？"

她一股脑地吼完了，才有些后知后觉地明白过来自己到底说了点什么……特别是最后一句话。

不但肃修言呆住了，连程惜自己也呆住了。

她觉得按照她自己的……性格而言，她虽然藐视陈腐的礼教，但一个受过良好教育的淑女，确实不应该能毫无障碍地喊出来这种话。

更可怕的是，她喊完了之后，竟然没有因此感到丝毫羞耻，反而有种终于说出来的畅快。

肃修言沉默了一阵，他主动松开了她的手，退开了一些，并且还咳嗽了几声清了清嗓子："你太激动了。"

程惜已经开始有些绝望了，她干脆用手捂住了自己的眼睛。

肃修言看着她欲言又止了一下，再次有些艰难地试探着开口："你想不想收回你说的话，我可以当作……"

程惜放开手，红着眼睛瞪他："我为什么要收回？"

肃修言立刻又抿紧了唇，他现在的耳根已经彻底红透了："那好吧。"

程惜眼睛发酸差点哭出来，却又倔强地忍住了："我们去卧室里，我要检查你的伤口。"

肃修言抿了抿唇没有再说话，倒是挺配合地跟她一起去了卧室。

她让他在床上坐下，解开他的衣领，伸手探到他的领口里。

肃修言握住她的手腕，显然是想到了她刚才的那番"豪言壮语"，神色不大自然地问："你干什么？"

程惜没好气地瞪了他一眼："我只是要看你出汗没有，衣领有没有汗湿。"

她挣脱开他的手，在他脖颈间摸了一遍，肯定地说："你衣服湿了，要换下来，我还要看看你的伤口有没有发炎。"

他侧过头咳嗽掩饰尴尬，程惜又皱着眉看他："你一直咳嗽，还有哪里不舒服？"

肃修言没想到她这么敏感，连忙抿了唇摇头："没事，没有的。"

程惜不想跟他多纠缠，去拿了干净的衣物放到床上，又倒了一盆温水过来："抬起手臂，我帮你擦擦身子，换身衣服。"

好像是生怕她再说点什么，他意外地非常配合。

程惜认真地用温水帮他擦拭身体换了绷带，再帮他换上干爽的衣物。

都做好了，她收拾了下用过的东西就要出去，手腕却再一次被他抓住。

程惜回头看着他，他抬起眼睛看着她，低声开口："我在你眼里，是不是已经没有什么信誉可言了。"

程惜摇了摇头，她现在已经平静下来，能够收拾好自己的情绪，不卑不亢地回答："我要感谢你说出来了你真实的想法，刚刚知道你就是我一直在找的人的时候，我实在太过惊喜，有些得意忘形了。"

她说着停顿了下，又补充说："如果在你的内心里对我是这样的看法，那么我也不会太过自作多情。无论你打算怎么界定我们之间的关系，是恋人、朋友，还是皇帝和他的臣民，我都会接受。"

她从来都不是习惯伪装自己的人，现在也仍然直视着他的眼睛："但是无论你怎么看待我，无论我们以后会以什么关系相处。我对你曾经的感情都是真实的，我希望你能记住这一点。"

她都说完了，看他缓慢松开了自己的手腕，就低头行了个礼，带着东西从卧室里退了出来。

他们对话的时间，不过短短半个小时，但她跟他的关系在经历了一系列意料外的变故后，似乎又退回到最初的样子。

她这次没有在外面枯坐很久，没一会儿，那个之前拦下程惜的高阶军官就走进来，对她行了个礼："程小姐，遵照陛下的吩咐，为您准备了晚餐和单独的卧室，您现在可以前去休息了。"

她想起来肃修言的卧室里有电话，应该是在她离开后，他给下属打电话做了安排。

虽然肃修言现在的情况，最好还是有人照顾，但既然他不希望她留下来，他们刚刚的对话又那么尴尬，她也没什么理由硬赖在这里。

程惜点了点头，收拾了下自己脱下来的学士服，就跟着那个高阶军官走了。

那个高阶军官护送她穿过车厢连接处，把她带到了相邻车厢的一个房间里。

这个房间的大小当然跟皇帝专属车厢没法比，但也是招待贵族大臣的地方，设施一样豪华舒适。

房间里的豪华大床上还整齐地放着一套女式衣物，看起来是给程惜替换用的。

那个高阶军官又冲程惜领首致意："晚餐很快会有人为您奉上，车厢外配备了专属女佣，您还有什么需要，尽可以吩咐。"

他说着停顿了片刻，介绍了自己："我是陛下的亲卫队长柳时务，程小姐如果需要我为您效劳，我将不胜荣幸。"

他话虽这么说，程惜也知道自己只是个毫无身份的平民，哪里有资格吩咐皇帝亲卫队的队长。

但她还是对柳时务点头致谢，答应下来，柳时务又向她行礼后才退出车厢。

这一天本来应该是愉快的毕业日，程惜过得却有些太过跌宕起伏。

晚餐很快就有人送来，餐点十分精致，分量适中，还配了一小杯红酒。

她实在没什么心情，草草吃完后就在房间配备的小浴室里洗了个澡，换上干净的衣物倒在了床上。

她抱着枕头回顾了一下今天的事情，还是没想明白她和肃修言的关系是怎么突飞猛进又急转直下的。还有她为什么会在睡着后看到那些本应该属于肃修言的记忆？她如果再睡着，还会再看到他的记忆吗？从他的记忆里看，他根本不像是个会杀害自己哥哥的野心家。

也许是红酒的作用，也许是她真的累了，在车厢有规律的晃动下，程惜很快陷入了沉睡。

这一次她却没有立刻看到他的记忆，在她迷迷糊糊入睡的时候，她似乎能感觉到自己的视野突然轻盈了起来，而后竟然穿透了铁质的车厢，升到了半空中。

在空中，她可以看到喷着蒸汽轰鸣向前的列车，可以看到黑暗中的丛林山峦，还可以看到挂满了繁星的夜空。

然后下一个瞬间，就像被什么牵引着一样，她的视线猛地又钻入了皇帝专属的车厢之中。

她又看到了肃修言，甚至看到了她自己，她从他的手掌中抽出自己的手腕，转身离开了这里。

这是几十分钟以前刚发生的事情，她又站在第三者的角度重新看了一遍。

她的视线并没有跟随自己离开，她看到在她离开后他微垂下的眼睛，似乎是在望着什么出神。

而后他就缓慢地弯下腰，用右手按在左侧心脏的位置，沉闷又压抑地喘息了一声。

程惜看得心里一紧，他按着的位置和他背后的伤口并没有什么关系，他的身体果然有些不对劲。

因为此刻她还在外面，他只喘了一声就紧抿了唇，他咬紧了牙忍痛，下颌绷出凛冽的线条，细密的汗水从额头渗出。

然而即使如此，他也没有再发出任何声响。

程惜不知道他此刻正在承受什么痛苦，那一定比灼伤的伤口要疼得多，因为他为了保护她而受伤的时候，都并不需要如此忍耐。

她看着他只是停顿了一阵，就抬手擦去额上的汗水，拨通了床头的电话。

电话那端很快传来柳时务的声音："陛下，请您吩咐。"

他闭了闭眼睛，沉着声音说："你给程小姐安排一个房间，带她去休息。"

柳时务低声答应，沉默了片刻后询问："陛下，您的身体……没有问题吗？"

他对待下属没有程惜想象的那么冷漠，面对柳时务这样明显逾越了界限的询问，也只是低笑了笑："老样子而已，别瞎操心。"

柳时务仿佛知道"老样子"是什么，没再追问下去，低声答应："好的，陛下。"

他又闭了闭眼睛，低沉着声音说："柳卿，帮我照顾她。"

这次柳时务明显地沉默了一阵，才又开口："好的，陛下。"

他挂断了电话，脱力一般重新倒在床上，他的脸色依然苍白，汗滴也依然从他额头上滑落，但他除却呼吸不可避免的沉重急促，没再发出任何声响。

程惜看着他就这样静默了一阵，抬起手略显艰难地从床头的抽屉里摸出了一个东西。

他把那个东西放在掌心凑到灯下看了看，那是一枚硬币，是她曾给他的那一枚带着记号的硬币。

他看了那枚硬币一阵，把它握紧，将拳头放在胸口心脏的位置，然后翻身借助着床铺和自己身体的力量，用力抵紧。

他的头在枕头上埋了下去，她不能再看到他的表情，只能看到他身体的侧影，沉默却又孤独。

程惜非常希望自己马上就能醒来，让她能够立刻冲回那个车厢，在他这样痛苦的时候能够抱紧他。

但是她无力挣脱接下来扑面而来的光影，她嗅到了硝烟的味道，眼前是夜色中的战场，黑色的浓烟、晃动奔跑的人影和不断闪烁的火光充斥着视野。

他的喘息很急促，但仍然在飞速地奔跑，他们已经和敌人遭遇，步枪在夜色中的命中率不高，还需要耗费时间装填，他干脆扔掉了枪，拔出腰间的钢刀，冲向了敌人坚守的高地。

有个声音焦急地喊着："中尉！中尉！"

他头也不回地大喊："撤退！把消息带回要塞！"

一个端着步枪的敌人向他冲了过来，他手中的钢刀旋过一个银亮的弧度，把步枪的枪管连同拿着它的手臂一起斩了下来。

也就是这短暂的交锋，让程惜看到了敌人的真面目，那并不是人类，也绝非矮人或者精灵，而是五官腐烂到接近模糊，浑身散发着恶臭的人形怪物。

程惜内心一凛，方舟大陆上这种外貌的东西只可能是传说中的"尸鬼"，可尸鬼不是只在死亡沙漠里活动吗？怎么会跑到北部边境？

被砍断胳膊的尸鬼并没有退却，反而整个身体扑了上来，从它身上那挂着的破烂布料和手中的步枪看，它"生前"应该也是一名神越帝国的士兵。

面对可能是昔日同袍的尸鬼，肃修言手中的钢刀没有任何犹豫地划过它的脖子，将头颅整个斩下。

除了他之外，小队中的其他人已经边开枪边撤离，但有个士兵一边撤退，一边又冲着他的方向大喊："中尉！"

随之而来的是一声清脆的枪响，他闷哼了声，身体向前扑倒，又在倒地之前用手中的钢刀插向地面稳住了身形。

他已经冲进了敌群之中，在他倒下的时候，那些尸鬼本应能找到机会将他彻底击倒。但就在他腰侧的鲜血顺着子弹的痕迹飞溅蔓延开来的时候，它们却突然像是见到了什么极端可怕的东西，飞快地僵硬着后退。

他抓住了这个瞬间的空隙，拔出钢刀拼尽全力扑上之前被尸鬼们团团保卫的东西——一个竖立在高地上的黑色陶罐。

刀刃打破了陶罐，黑色扭曲的浓雾伴随着从虚空中传来的尖厉啸叫四散而去，战场上的尸鬼们像是一瞬间被抽取了力量，歪斜着倒了下去。

他喘着粗气，挂着钢刀才能勉强站立，刚才撤退的战友已经跑了回来，有个士兵慌着扶着他坐下，手忙脚乱地拿出绷带去堵他腰侧不断涌出鲜血的伤口。

他把目光移到了那个士兵的脸上，程惜认出来那就是之前跟他聊过天的尤金，他对着尤金弯了弯唇角："没事，还死不掉……"

也许是因为他昏了过去，程惜的视野也黑了一阵，再一次清晰起来，已经到了要塞内的医院里。

他正在搅着面前的一碗糊状的病号餐，似乎是很难对这碗东西有胃口。

尤金坐在病床前的木凳上，正在剥着一个黄澄澄的橘子，他把剥出来的一瓣果肉塞到自己嘴里，含糊地说："中尉你可算醒了，你没醒之前我们都担心死了，生怕你真的醒不来，那我们可……"

他皱眉看着尤金吃自己的水果，开口的声音有些微弱低哑："那是我的配餐……算了……"

他终于放弃跟那碗糊糊做斗争，把它放到一旁的桌子上，看着尤金笑了笑："我真醒不过来，你们要怎样？"

他以为尤金会说出来承担不起一起行动的皇子受伤昏迷不醒的责任之类的玩笑话，毕竟他们之前也不是没有说过。

谁知道尤金却一边往自己嘴里塞橘子，一边苦着一张脸开口："我们可要内疚死了，我们一整个队一起执行巡逻，遇到这种紧急情况，我们全都好好地回来了，我们的长官却受伤昏迷不醒，心里也太不是滋味了。"

他微愣了片刻，很快就失笑了："行了，我是你们的长官，保证你们完成任务，不出现没有必要的牺牲，本来就是我的责任。"

尤金已经快要把一个橘子吃完了，在这种偏远要塞，新鲜水果可是稀少补给，只有高级军官和伤员才能享用，他可得抓紧机会蹭吃。

尤金把最后一瓣橘子塞到嘴里，才找到机会开口："现在大家总算都放心了，中尉您也要尽快恢复啊。那天的事霍顿上校前两天已经紧急发了电报给军部，您负伤的事情也说了，我想军部很快就会派人来吧，这次我觉得至少要颁给中尉一个银质勋章才可以……"

尤金正絮絮叨叨地说着，病房的门突然被打开，两个高级军官在士兵的簇拥下鱼贯而入。

这两个军官的军衔都不低，其中一个更是上校，这跟要塞的最高指挥官同等军衔，尤金连忙起身敬礼，站得笔直。

他并没有动作，就算他想起身敬礼，现在他的身体也并不允许。更何况他认出来了，那两个高级军官胸前特殊的衔尾蛇徽章，那是军部特别纪律委员会的标志。

他看向那两个军官，那名上校上前一步，对着他冷硬地宣布："肃修言中尉，根据早前的军情报告，军部怀疑你有使用黑魔法的罪行，请跟随我们回神临城接受调查。"

尤金还是笔直地站着，神色却已经从惊愕转向了愤怒，大声说："上校，肃中尉并没有使用黑魔法的行为，我是那场袭击的目击者，中士尤金，我可以做证！"

那名上校打量了一下他，目光中满是傲慢："这个不需要你来操心，需要问询的时候，我们当然会向目击者取证。"

尤金还想要说些什么，被肃修言开口打断了："可以，我跟你们回神临城。"

他说着，抬头望向那名上校："在此之前，我还有一些事项要交代给我的下属，我们可以单独说几句话吗？"

那名上校抬了抬下颌看向他，语气中有些轻蔑："肃中尉，我想请你记住你现在已经是纪律委员会的疑犯，你并没有什么提要求的资格。"

他看向对方，冷冷地笑了笑："身为中尉和疑犯，我的确没有资格，但是请你不要忘了，我还是个皇子。"

那名上校用目光跟他对峙了几秒钟，还是妥协了，冷着脸一言不发地带着下属暂时退了出去。

等他们出去，尤金立刻担忧地看向他："中尉，你……"

他对尤金弯了弯唇："别紧张，我不会有事，我让你留下来，是想告诉你，如果有人找你和队里的其他人问话，你们只需要说出事实，不需要辩解和隐瞒任何事情。"

他说着又顿了顿，似乎是觉得不知道怎么形容，最终还是尽量直白地说了："还有，不要为我说好话，提到我的时候，不要加上任何附带感情色彩的话，你把这些也转告给其他人。"

尤金没想到他把自己留下来，是要强调这些话，愣了愣之后有些不解："可是中尉，您本来就是十分关照大家的长官，我们也都很信赖您，也很感激您……"

他看着尤金挑了下眉："就是这样的话，不要在前来调查的人面前说。"

尤金来参军之前只是个铁匠家的儿子，对这些涉及政治的事可谓一窍不通，但他话中的意思明显是要下属跟自己摘清关系，尤金再笨也听懂了，脸色顿时不好起来，目光中的担忧也更明显："可是中尉……"

他抬手在这个下属肩上轻拍了拍："放心，我会好好回来的……"

他说着微顿了顿，对尤金笑了笑："我不是说过了吗？我毕竟是皇子。"

他们没能再说下去，刚才出去的那名上校很快就回来了，这次挂在这名高级军官脸上的，是明显不耐烦的神色。

他没有再试图要求什么，他腰侧的贯穿伤口还没有完全愈合，仍旧打着厚厚的绷带，其实还不能下地任意活动，但他还是自行下床站了起来，拿起外套穿上，又在外面系上了皮带，戴上了军帽。

他尽量让自己仪容整齐，尤金依旧在旁边担忧地看着他，他弯弯唇，对他点了点头，跟随着那些军官大步走了出去。

马车被直接停在了医院门口，他低头走上马车，被两个持枪的士兵左右夹在中间，完全是一副押送犯人的样子。

那名上校坐在他的对面，看着他冷笑了声："肃中尉，回神临城的路途还需要两天时间，刚才我在你那个下属面前给足了你面子，希望你接下来可以好好配合，可别再摆什么皇子的架子。"

他一言不发看了那名上校一眼，那名上校顿时又冷笑了："肃中尉，你抬出来皇子的身份，糊弄下偏远边塞的士兵还可以，难道你真以为军部还有人买账？你是个皇子没错，不过却是个出了皇家军官学院就被发配到边远要塞两年，既没有被调回，也没有升衔的皇子。"

那名上校说着，还露出了更加轻蔑的神色："发现你牵涉这次袭击时，我们的周上将可是直接去报告给了陛下，肃中尉知道陛下是怎么回复的吗？

"不用通过贵族事务会，直接当作普通军官去调查处理。所以来的人才是我，而不是那些彬彬有礼的贵族纠察……需要我再提醒下你现在的处境吗？皇子殿下？"

他还是沉默地看着那名上校，过了一阵才轻声笑了一下："林赛上校，我早听说过你是个趋炎附势爱说废话的蠢材，没想到还真是如此。"

被他点了名，又被他开口就骂了回来，林赛的脸色顿时阴沉起来，他并不是没有城府的人，很快就又笑了起来，只是这次带了些狰狞的意味："很好，既然我的示好和怜悯，肃中尉没有体会到，那么我接下来也就不用客气了。"

他一开始就得罪了负责押送自己的长官，在接下来的两天路途中自然不会被优待。

他们下了马车后转乘火车，林赛甚至不允许他躺下休息，全天都把他锁在包厢里，命令士兵轮班看守。

他原本就还远没有恢复，再被这样对待当然不会好受。

林赛虽然刻意刁难，倒也不敢太过火，还是注意到他的身体状况，允许随队的医生给他更换伤口的纱布，也会注意保证他的饮食。

可惜他除了糊状的食物之外只能喝些清水，列车上也没有太多的选择是给伤患的，两天下来他除了一些浓汤外也没有吃到什么东西。

林赛显然一直在等他示弱服软，可惜他的人生里从来没有这种选项，哪怕是日渐虚弱，他的脸上也照旧挂着讥讽般的神色，似乎是在嘲笑林赛并不敢真的把他怎么样。

林赛确实不敢，哪怕是普通的贵族，军部也不会真的像对待平民一样对待他们，更何况他面前这个是货真价实的皇子。

不管皇帝陛下有多么不喜爱这位皇子，只要还没有下旨褫夺他的继承权，他就依然是皇位的第二顺位继承人。

这趟旅途在林赛的愤恨不平里结束，不过就像他说的那样，这次调查完全被军部主导。

到达神临城后，肃修言就被他们带上马车，直接送去了特别纪律委员会的审讯处。

如果说肃修言在旅途中还能靠在椅背上稍事休息的话，那么当审讯开始后，他就再也没有能放松精神的机会。

林赛的任务是带回疑犯，他在把肃修言带到审讯处之后就避开了，负责向肃修言盘问的是一群专职问话的审讯员。

他们分为两人一组，一人问讯一人记录，共有三组人，轮番不停地问一些相同的问题，这中间甚至连几分钟的休息时间都没有给疑犯预留。

从表面来看，审讯处对待贵族并不会用刑，也不会逼供。

他只是坐在审讯室里，面对着这些审讯员一轮轮的审问，将那些问题的答案，不停地一再重复。

随着时间的流逝，虽然他的脊背始终挺直，但声音不可不免地低弱喑哑了下去，呼吸也渐渐粗重。

他可能是发烧了，汗水顺着脸颊滑落下来，沾湿了里衣，也沾湿了束在皮带下的绷带……也许那里又渗出了血水，但他已经判断不出了。

又有一组审讯员重新坐在了他面前，其中一个摊开记录用的卷宗，另一个冷漠而毫无表情地提问："肃修言中尉，请你描述一下10月21日当天夜里，你带领小队在距离要塞5公里处的黑水森林边缘巡逻时遇到的情况。"

他的喉咙已经肿胀干涩到几乎不能发出声音，但仍是坚持着，将已经重复过无数次的话再次复述一遍："我们发现在黑水森林中有埋伏的人影，我命令小队散开两队，分别从侧翼迎击，遭遇战之后发现对方疑似是被黑魔法操纵的尸鬼，无法用普通的武力手段消灭。

"为了避免不必要的人员伤亡，我命令小队快速撤退，将消息尽快带回要塞，我自己则留下来拖住敌方。在战斗的过程中，我发现敌方暂时失去了行动力，所以我抓住机会，击破黑魔法祭坛，结束了战斗。"

审讯员继续冷漠地询问："所以肃中尉是依靠自己的勇敢作战击溃了尸鬼对吗？并没有使用其他的方法？"

他像之前无数次那样，低声回答："我是个受过严格军事训练的士官，我除了作战之外，没有其他的方法可以应对敌人。"

审讯员继续抛出问题："那么肃中尉是怎么发现控制尸鬼的黑魔法祭坛的？是依靠肉眼和经验的判断？"

他低声回答："对。"

审讯员接着问："那么在这次战斗之前，肃中尉并不知道这里会出现尸鬼，也不知道黑魔法祭坛的位置？"

他低声回答："对。"

审讯员紧接着盘问："那么肃中尉是在夜间作战中，仅凭自己的肉眼和经验，判断出了这些敌人是尸鬼，并且它们是由祭坛控制的？"

他低声回答："对。"

审讯员略微停顿了片刻："我来换一种问法，目前我们的军队曾遭遇过尸鬼的战斗屈指可数，士官学校中也没有专门针对尸鬼作战的训练。

"尸鬼每一次出现都会给遭遇他们的士兵带来大量伤亡，并且得在专门的术士加入后才能得以消灭。但这次尸鬼的出现，仅仅因为肃中尉卓越的指挥和作战能力，就避免了更多的伤亡？"

这个问题他们也已经问了无数遍，肃修言再一次将自己的回答重复了一遍："我只是遵守了基本的作战策略，在作战中，尽力用一切方式阻止敌人，避免损失，仅此而已。"

审讯员这次的停顿时间更长，才再次开口："所以肃中尉并不承认是自己策划了这次袭击，也不承认是自己使用黑魔法操控了尸鬼对吗？"

这同样也是他们已经询问过无数次的问题，但这次，也许是因为眼前不断的眩晕耗尽了他的耐心，也许是因为这种荒谬的问题他实在觉得可笑，所以他没有像前面无数次一样，简单地回答一个"对"。

他低低地冷笑了起来，带出几声干哑的呛咳："那么我来问你们几个问题？"

审讯员以为他终于熬不住，审问有了进展，连忙挺挺脊背，振奋了精神："肃中尉有什么要说的？"

他抬头看向他们，哪怕此刻这些审讯员的脸和身影，在他眼中接近无限近似和重叠："我想问如果不是因为我的特殊身份，是不是每一个经历了你们眼中'不可思议的胜利'的士兵，都会受到这样的审讯？"

这个问题审讯员当然不敢回答，只能尴尬地清了清嗓子："肃中尉，您的问题涉及程序和上层的判断，我不能保证。"

他又低沉地冷笑了一声："那么我来告诉你吧，如果是因为我的身份，那么你们注定要失望了，我不可能给一个你们想要的答案。如果只是因为这次'不可思议的胜利'本身，那么我们的程序一定是在哪里出现了重大的问题。

"霍顿上校报告了这件事，它并不是一次邀宠和争功，而是认为这次反常的袭击，很可能是什么更大袭击的警示和先兆。结果我们没有等到增援和术士，只等来了你们这些尸位素餐的所谓纪律调查。

"你们倒是像嗅到了血腥味的秃鹫一般行动迅速……我真为我们的帝国和军部感到羞耻。"

审讯员显然是被他的长篇大论镇住了，愣了一阵才想起来去抓他话中的漏洞："肃中尉，你刚刚发表了对帝国和军部不敬的言论！"

他索性干咳着失笑出来："对……我的确说了，你最好赶快报告给你的长官，祝贺他终于抓住了我的把柄。"

审讯室的门在这时突然被打开了，走进来一个高级军官，在对那两个审讯员挥手示意他们退出去后，开口说："肃中尉，我们暂时排除了你的嫌疑，为了嘉奖你对调查的配合，你可以有三天假期，三天后请你自行返回现役队伍。你现在可以离开了，如果还有后续的调查需要你配合，我们会对你再次进行传讯。"

他抬起头看了这个军官一眼，撑着面前的桌子站起身，等待眼前的眩晕过去，就一言不发地走了出去。

他被关在审讯室里不见天日，出来后才发现这时候正是一天的黄昏。

他勉强提起精神四下打量了下，没发现有什么人来接自己，或者说继续扣押自己，好像他是真的暂时自由了，接下来都可以任意行动。

神临城一向繁华，他顺着街道往前走了一阵，发现今天街道上的灯光却仿佛格外明亮，街道上有来往的豪华的马车，还有些时髦的贵族或者富商的新式汽车，仿佛都在向城市中心的方向赶去。

他想起了什么，忙向身旁跟他一起等待过马路的人询问："请问今天有什么庆典吗？"

被他询问的是个礼貌的绅士，看他身穿军服，先向他脱帽致敬后才回答："今晚是皇太子殿下的生日，皇宫正要举行盛大的晚宴，神临城有身份的大人们可都要去凑个热闹。"

他微愣了一下，这才想起来向别人道谢，也脱下军帽致敬："谢谢您。"

那个绅士对他颔首示意后就穿过了马路，他却后退了一步，没有继续穿过马路向原定的方向前进。

他站在路边犹豫了一阵，伸手在口袋里搜寻了一阵，在上衣口袋里翻出来几张纸币。

他被带走得匆忙，幸亏上次发放工资的时候他正在医院，当时随手装在了军服口袋里，才避免了身无分文的窘况。

不过军官一般由贵族担任，这些贵族都有家族的封地和庄园，并不在意这点工资。军部乐得节省开支，所以中尉军官的工资也不比普通士兵高多少，他手上仅有的一个月工资，更是没有多少钱。

他先在街边找到了一家贩卖茶叶的店铺，在看了看琳琅满目的茶叶价格后，粗略估计了一下接下来要用的钱，尽量买了一包高档些的红茶。

他从茶叶铺走出来，眼前重新眩晕起来，就退到了一旁的巷子里，靠在墙上抬手用手背堵着嘴咳嗽了几声，把剩下的纸币拿出来盘算着接下来的安排。

巷子边缩着的一个流浪汉趁机凑过来，把用来乞讨的帽子伸到了他面前："这位好心士兵，能给我的晚饭加一块面包吗？"

他看了看自己手里剩余不多的纸币，犹豫了片刻，还是把其中两张分给了他。

流浪汉没想到能分到这么多，开心地惊叹了起来："我接下来几天的面包都有着落了，真是天佑神越，我们的士兵不但可以保卫国土人民，帮助可怜人也这么慷慨大方。"

他没什么力气跟他说话，挑了下眉没有搭理他，流浪汉却继续跟他套近乎：

"好心的士兵，我看您似乎有些虚弱，需要我为您做点什么吗？"

他抬起头笑了笑："谢谢你……不过我还好，没什么需要你做的。"

那个流浪汉打量了下他，又瞄了一眼他手里剩下的钱。

肃修言以为他并不知足，还想继续讨要，流浪汉却开口说："神临城的住宿很贵，您剩下的钱如果还需要看医生，可能并不够付今晚的房费，不知道您的家是不是在这里……"

肃修言干咳着摇了下头："我的家……曾经在神临城。"

流浪汉的神色顿时痛苦了起来，依依不舍地从自己的帽子里把肃修言刚刚放进去的钞票拿出来一张："那这个您还是……"

肃修言失笑地又摇了摇头，在他肩上轻拍了拍："既然给你了就是你的，你收着吧，不要为我担心。我打算看望一下我的一个亲人就乘火车回军营了，至于住宿……到时候再说吧。"

他不打算休息太久，他现在的状态如果真的坐下或者躺下休息，可能今晚就再也起不来了。

他擦了擦额头的虚汗，撑着墙壁站直身体起身离开，身后那个流浪汉还是不放心地从巷子里追出来一步："好心的士兵，今天晚班的列车已经没有了，早班要等到明天早上6点钟，您如果实在没有地方过夜，可以回来找我。"

话虽这么说，可是看他破烂的衣服，还有巷子深处的一团垃圾，恐怕那里就是他的住处。

肃修言确实没想到自己有一天竟然会接到这样的邀请，但比起在军部的待遇，此刻他竟然不觉得自己有被冒犯。

他忍不住失笑了起来，回头将手里的纸币都塞到了流浪汉的手里："谢谢，我今晚的住宿费，先交给你了。"

他说完就放开手走了，流浪汉愣了一阵，才着急地在他身后追上："士兵，你要去哪里？你真的会回来吗？"

他没有回头地对流浪汉挥了挥手，大步向城区中心那座点满了灯火的城堡走去。

他除了一直紧贴在衬衫口袋里的那枚硬币外身无分文，当然也没钱去乘坐交通工具。

从这里到皇宫的距离并不算远，乘坐马车和电车，也不过需要十几分钟，但是步行起来就没那么容易。

等他终于走到城堡脚下的山道，夜色已经深了，晚宴估计也早就开始。

皇太子生辰的晚宴，并没有人敢无礼地姗姗来迟，刚才还穿行着马车和汽车的山道上，现在空无一人。

他走在修葺过了的大理石路面的宽阔山道上，虽然有些艰难，也还是走到了宫殿的围墙外。

这里是神越帝国的中心，是皇帝居住的坚固堡垒，即使山下没有设置守卫，也没有人敢轻易走上这条山道。

他的出现让门口持枪的守卫们紧张了一下，看到他身上穿着的是神越帝国军官的军服，他们才放松下来。

有个守卫上前远远拦住了他，看了下他肩章的军衔："中尉，今晚有皇家晚宴，您需要持有请柬才可以进入。"

他挑了挑唇角冷笑了声："我还不知道，什么时候我进出皇宫也需要请柬了。"

那个守卫明显愣住不知如何应对，他身后在门口处值勤的卫兵队副队长却注意到什么，快速大步走上来。

守卫看着他们的副队长对着面前这个军衔明显低于自己的中尉行了个标准的军礼："殿下，欢迎您回来！"

他没有回礼，只是抬了抬下巴示意他们让开，就径直走进了这座今晚有多少达官显贵挤破头也想进来的宫殿。

没有人再阻拦他，他径直穿过广阔的庭院，走进了正在举行热闹晚宴的宫殿之中。

这里曾是他出生并长大的地方，这样的晚宴他也不知道曾经参加过多少次，这些他曾无比熟悉的觥筹交错和纸迷金醉，衣香鬓影的光鲜人群，对现在的他来说却已经陌生又遥远。

在场的宾客里有不少穿着军服，但那都是熨烫得犹如镜面般平整，挂满了勋章的高级军官礼服，穿着他这样低级军官便服的人绝无仅有。

更何况从他在要塞的医院里被押走，在马车和火车中颠簸了两天，又经过了一天的高强度审讯，哪怕他再努力注意仪表，军服上也不免带上了折痕，衬衫领口也早就被汗渍染黄。

很快有人注意到了他的格格不入，已经有目光投向了他，周围传来窃窃私语和轻蔑的目光，仿佛不知道他这样一身汗臭的低级军官，为何能混入这种高贵的场合。

他没有精力去管这些人，把取下的军帽夹在腋下，顺手从身旁侍者的托盘里拿过一杯白兰地一口灌下。

冰凉的酒水稍微湿润了他干渴的喉咙，食道和胃里随之升腾的灼烧感也让他能稍微清醒一些。

他一路穿过避让的人群走了过去，在记忆中自己哥哥喜欢流连的角落，找到了身穿白色镶金礼服的皇太子。

这时也渐渐有人认出了他，先前的窃窃私语换成了此起彼伏的抽气和惊叹，那些轻蔑的目光也换成了惊愕和不可置信。

他的哥哥发觉到了什么，带着微笑转过头，脸上的笑容瞬间退去，从来都彬彬有礼、温文尔雅的皇太子近乎失态地丢开手中的酒杯，隔着几米的距离冲了过来，张开手臂紧紧抱住了他。

他的哥哥没去注意他的衣着，只是有些慌乱地放开他，去摸他的脸，眼中满是痛惜："小言，你回来了？你怎么了？你瘦得太厉害了……你脸上怎么这么冰？"

他对哥哥笑了笑，握住他的手，把一直拿着的茶包递给他，轻声说："抱歉没能带给你更好的礼物，我在要塞附近的集市里买到过神临城不常见的高山茶叶，这次没来得及带回来。你写给我的信我都收到了，我只是不知道该怎么回信……生日快乐，哥哥。"

四周骤然安静了下来，连抽气声都突然不见，除了他们之外，所有人都低下了头。

他大概知道那是因为什么，转过身看向不知什么时候站在他们身后的皇帝陛下，只是随意地点了下头，无所谓地弯了弯唇角："父亲。"

皇帝陛下的脸色格外阴沉，他的目光将他从头到脚刮了一遍，眼中满是实质可见的震怒："我不是早就让他们放了你吗？你又跑到哪里去晃荡到现在？"

他也许是觉得这个儿子实在让他丢脸，气得冷笑出来："把你自己弄成这副样子出现干什么？为了羞辱我吗？我真应该让他们直接把你丢回北部要塞，省得你滚进我的视线！"

肃修言已经太多次承受过他的怒火，那些让其他人噤若寒蝉的威压，对他来说早就司空见惯。

他还是无所谓地笑了笑，直视着盛怒的父亲："我知道，我不应该再滚进来玷污您的眼睛，我马上就滚走，不会很久。"

他永远知道说什么可以快速地激怒自己的父亲，眼看着父亲眼中的怒火更盛，他反倒挑衅似的扬高了唇角。

他的父亲只差一点就要再度怒骂，哥哥快速地站到他身前，紧握着他的手将他挡在自己身后，沉着声音说："父亲，请您冷静一下，您没发现修言的身体状况很糟糕吗？他今晚必须留下来，我需要医生给他治疗后才放心。"

父亲的眼角抽了一下，似乎是刚想起来什么问题，又越过哥哥的肩膀审视地看了看他，终于皱着眉，声音也低了下来："他们报告说你负伤了，究竟伤在哪里？"

可能是接连的误解和重压让他失去了最后的耐心，也可能是刚才的那杯酒令他头脑昏沉，他面对父亲罕见的主动示弱，又嘲讽地笑了笑："也许只是擦伤吧，毕竟皇子就算擦伤也是天大的事。"

哥哥握紧了他的手，不赞同地低声说："小言！"

他实在不想再在这里待下去，每一句跟自己父亲的对话都要被无数人围观，而后品头论足。

他低下头对哥哥轻声说："没事，我还好，我明天就要动身回要塞了，那里的情况可能需要我……今晚我有地方可以去，刚刚在街边认识了一个朋友。"

他的话飘到了父亲的耳朵里，立刻就成了新的罪证，父亲重新震怒起来："这么短的时间你都能鬼混出一个朋友来？我倒是小看了你兴风作浪的本事！"

他知道自己解释了也无用，弯了弯唇角，从哥哥手中抽出自己的手，转身就要离开。

哥哥又紧住他的手，目光中带着恳求看他："小言，你的情况真的不好，你不想在这里说话，就去找个椅子躺一下等我一会儿好不好？你不要不告而别，我劝完父亲，马上就带你去看医生。"

他闭了闭眼睛，实在不忍心在哥哥的生日宴会上就这么拒绝他，更何况自从他去要塞之后，他们兄弟两人已经有两年多没有见过面，这次分别不知道又要到什么时候才能再见。

他最终还是点了点头："好的，我等你说完之后再走。"

哥哥还是不放心地给身旁的宫廷管家一个眼神，这才放开他的手，去跟父亲说话。

宫廷管家走在他身边，温和地低声说："殿下，您想要直接回寝宫休息也可以，相信您的哥哥和父亲都会更放心。"

他看着这个几乎是看着自己长大的长辈，有些放弃地轻笑了声："赫利，今晚你和哥哥是不是一定要留下我了？"

赫利宽和地笑了笑，银灰唇须下的皱纹都透着温暖："不仅是我和您的哥哥，您的父亲也是一样的，您两年没回过家了，您的寝殿陛下都命令我们每天打扫保持原样。"

他压低声音咳嗽了几声，看着赫利挑了下眉："真的是我父亲命令的？"

赫利笑了笑，干脆地承认了："好吧，瞒不过您，是您的哥哥吩咐的……不过陛下也从未阻止。"

他咳嗽着笑了笑摇头："不了……我还要离开的，我总觉得要塞那里的事还没有结束，我得尽快回去。"

赫利没有试图继续劝他，而是微笑着问："您刚才说您今晚要到您那位新认识的朋友的府邸借宿，贵友的府邸可有什么医疗保障吗？"

肃修言是没想到流浪汉的移动小窝有朝一日也可以被称为"府邸"，他忍不住失笑起来，摇了摇头："大概是没有的……不过没关系，我已经把今晚的借宿费交给他了。"

会向皇子收取借宿费的人，肯定不会是什么体面的贵族，甚至很可能根本不知道他的身份。

赫利也发现自己失言了，没有继续追问下去，而是笑了笑："殿下，陛下还是很关心您的，如果您的去处不太理想，不如就留在宫中。"

他还是不想继续留在这里，更何况那杯酒的效力似乎已经没有了，他的喉咙刺痛得仿佛被撕裂，胃里也开始翻江倒海地恶心。

他不想在这些人面前失态，边讽刺地笑了笑，边移动脚步想要离开这里："是吗？我是看不出来。"

赫利跟上他的脚步，对他眨了眨眼："殿下，我们要不要来试一下？"

他心里想试什么？赫利就又对他笑笑，低声说："失礼了。"

赫利的手臂礼貌地搭在了他的背上，而后抬脚不着痕迹地在他脚前挡了一挡。

他一脚踩空，感到视野忽然混乱颠倒了起来，耳边是赫利的大声惊呼："殿下！殿下！"

他大概是被赫利绊倒又顺势接住，躺在了他的臂弯里，如果他状态稍微好一些，可能都不会被他如此轻易地放倒。

他的状态的确很不好，强行站着还能勉强保持不动声色，躺倒后胃里的恶心感和喉咙的刺痛就再也忍不住翻涌出来。

他呛咳着喷出了些东西，听到一阵脚步声急促地靠近，紧接着他的肩膀就被人从赫利手里接了过去，抱着他的人手臂很有力，也把他抱得很紧。

他下意识地以为是哥哥，在咳嗽的间隙努力调匀呼吸抬起头想让他别再担心，却看到了父亲的脸。

父亲的脸色比任何一次对他发火时都还要难看得多，他躺在父亲的怀里，看着他对身旁的人大吼："快去喊医生！"

父亲又低下头来看着他，满脸焦急地喊他："小言！小言！"

他觉得此刻发生的一切一定是不真实的，不然为什么在十二岁母亲去世后就再也没有抱过他的父亲，会突然又对他这么亲密。

他眼前父亲的脸渐渐模糊，身体却突然轻了起来，似乎是父亲把他抱了起来。

他昏沉地靠在父亲宽阔的肩膀上，觉得有些讽刺，他之前不过是一个凑不够过夜费的贫穷士官，却能在一个多小时后就被尊贵的皇帝陛下这么珍视地抱在怀里。

但是持续的虚弱和失血已经让他快要失去思考的能力，所以他干脆放任了自己的本能……这个抱着他大步奔跑的男人不是别的什么人，只是他快要急疯了的父亲。

他已经是个成年男人了，却还是让父亲如此担心，真是不应该。

他用尽了剩下的力气，轻声像儿时那样呼唤父亲："爸爸……我没事，别担心……"

他眼前已经黑暗了下去，最后的意识里，他能感到父亲颤抖的吻轻落在他的额头上，声音不稳地安慰他："小言，别怕，爸爸在，爸爸不会让你有事的……"

他再次醒过来的时候，已经躺在了自己寝殿的天鹅绒大床上。

阳光透过宽大的落地玻璃窗洒进来，斜落在洁白的绸缎被单上。

他在短暂的茫然后迅速清醒过来，他床前的大玻璃窗正对着宫殿西面的花园，阳光直接照进来，至少要到下午一两点钟以后。

他连忙撑着手臂想要坐起来，旁边的人觉察到他的动静，连忙过来按住他的肩膀，温和地说："小言，你还很虚弱，不要乱动。"

他抬头看到是哥哥，连忙抓住他的手，想要开口才发现哪怕微弱的气流通过喉咙都疼痛无比，但他还是努力发出字节："哥哥……我得尽快回要塞……"

哥哥安抚地摸了摸他的胸口，在身后塞了个枕头让他能稍微坐直一些，从身旁拿起温水让他喝点湿润喉咙。

哥哥俯身轻吻了吻他的额头，语气虽然温柔，话里的意味却很强硬："小言，你的伤势本来就很严重，伤口又反复发炎出血，你昨晚昏迷不醒，咳了好多血，把我和父亲都吓坏了……你现在哪里都不能去，你需要留在家里好好休养。"

他知道自己的哥哥看似温柔，性格却有些强硬，但这个强硬来得有些不是时候。

他的喉咙稍微舒服了些，有些无奈地开口解释："我只有三天假期，路上就需要两天……我至少要赶上今天的晚班车才能准时回去。"

哥哥还是带着温柔的笑容看他，他却觉得自己从哥哥的笑容里看到了些令人害怕的东西。

哥哥用温和的语调对他说："没关系，他们很快就会忘记什么假期的事情了。"

他本能地不想去深究哥哥这句话背后的含义，他想起来昨晚的事，对哥哥抱歉地笑了笑："昨晚后来……是不是毁了你的生日宴会？"

哥哥叹了口气，用手摸了摸他的脸："小言，你知道我从来都不喜欢这种应酬，昨晚那么多都是些无关紧要的人，我真正想见的只有我的弟弟……在哥哥心里，你比他们重要多了。"

如果让那些挤破脑袋也要出席并以此为荣的达官显贵知道，昨晚宴会的主角觉得他们不过是"无关紧要的人"，不知道心里是什么滋味。

哥哥说着，又看着他露出心疼的神色："我如果早知道你去要塞后会这么久都不回来，军部的人还敢这么傲慢地对你，我当时说什么都要阻止你离开家……"

他们的母亲早逝，父亲又一贯严厉忙碌，哥哥总会自觉地承担起一些照顾他的责任。

他在要塞两年，哥哥每个月寄给他的书信比什么都要准时，每次都洋洋洒洒好几页，还会附带各种食物和用品。

因为那些包裹太过准时和丰厚，他的战友一直都以为那是皇室给皇子的特殊待遇……当然他后来也没少把东西分给他们就是了。

他说不知道怎么回信也是真的，战友们的母亲都没有哥哥这么喜欢操心，他一次信没有回过尚且如此，如果他肯回信随便说点什么要塞的情况，可能哥哥下个月就亲自过来了。

他不打算在这个问题上跟哥哥争辩，想起来昨晚昏迷前被父亲抱着的事，有些不自然地开口问："父亲……"

哥哥又俯身在他额头上轻吻了下，才起身说："他昨晚和上午也一直在，中午你情况稳定了些，他才去处理紧急的事务了，我去叫他过来。"

他正想说自己还没准备好跟父亲说话，哥哥就已经起身走了出去。

父亲很快就大步走了进来，他身后还跟着一堆人，不仅有几个军服整齐的将军，还有医生护士和端着各种物品的侍从。

父亲径直走到了他的床头，当着这么多人的面，俯身在他额头上吻了下，声音和蔼又温柔："小言，你终于醒了，你真是吓着爸爸了，爸爸都要担心死了，爸爸真希望受伤的人是我，而不是我最亲爱的儿子。"

有一瞬间，肃修言觉得自己一定是还在睡梦里，并没有真的清醒。别说十二岁以后，就是十二岁以前，他都不记得父亲什么时候对自己这么和颜悦色过。

而且怎么父亲和哥哥都来吻他的额头，那是他在十岁之前的待遇……他不过是受个伤，就被当小孩子一样哄。

但在这么多人面前，还有父亲关切的目光下，他还是硬着头皮轻咳了咳，低声说："我没事了，爸爸您放心。"

父亲还是温柔地说："不，你还远远没有恢复，你需要得到最好的治疗和照顾，直到身体完全康复为止。"

父亲说着就抬头看向其中一个将军："周邢上将，您认为我说的对吗？"

周邢连忙垂着手上前一步，点头致意后说："陛下您说的完全是对的，殿下是在执行军务时受伤的，理应得到充分的休养时间。"

父亲还是看着他，周邢连忙又说："因为殿下在前次作战中建立的功勋，以及在战斗中所表现出的杰出指挥能力和卓越战斗技巧，军部内一致决定对殿下的军衔和职位进行擢升。

"殿下，您现在的正式军衔是中校了，恭喜您！军部为拥有您这样优秀的士官感到骄傲！"

突然从被调查的疑犯变成了战斗英雄，还能连升三级军衔，他都要以为自己是真的在梦里没醒了。

但是难得这些将军都在自己面前，他还是准备抓紧时间说点什么："相信霍顿上校已经向诸位报告过北部第三要塞附近发生的袭击了，我认为这起尸鬼袭击背后是人为操控的，可能有后续袭击。"

他说着看了一眼自己的父亲，还是把接下来的话说了出来："还有件事霍顿上校或许并不敢写进报告里，但我以自己的名誉担保我所说的都是事实……袭击我们的尸鬼，穿着神越帝国的军服并持有枪械。"

他毕竟还是虚弱，提高声音说了这么多就忍不住咳嗽起来，父亲立刻拿了床边放着的温水亲手送到他嘴边，还摸了摸他的额头。

做完了这些，父亲才抬头扫视了一圈那些将军："这是帝国皇子用鲜血换来的情报，诸位都听到了？"

他看到那些将军已经互相看了看对方交换眼神，听到这句话立刻纷纷点头表示已经知晓。

父亲这才抬手做了个请的手势："那么今天就不继续占用诸位的时间了。"

将军们纷纷行礼退了出去，父亲就坐在床边，沉默地看着医生上前为他检查身体和伤口。

等医生也离开房间，他还是垂着眼睛不知道该怎么跟父亲开始交流，还是父亲主动握住了他的手，声音低沉地说："小言，对不起。"

这句来自父亲的道歉，他比听到刚才那些肉麻的话还震惊，身体都颤抖了下。

父亲顿了顿，接着说："我对你道歉，是因为我身为你的父亲和帝国的皇帝，没有正确地估计到我对你的态度可能在外界造成的影响，让别人有机会可以渗透到我们父子之间。"

父亲说着，叹了口气："我在帝国的皇帝之前，首先是你的父亲，我在任何时候，都会首先是你的父亲……"

父亲说到这里，似乎也是觉得难以启齿，停顿了片刻才又继续说："小言，无论我有没有表达出来，我对你的爱都是始终不变的。"

他庆幸现在的虚弱让他的脸没那么容易红，看着父亲轻笑了声："爸爸……如果你想听我说我也爱你，我是不会说的。"

父亲笑了起来，俯身过来用手托着他的后脑，将自己的额头贴上了他的额头，低声说："小言，我已经失去你们的母亲了，别让我也失去你。"

父亲宽大温暖的手掌，还有额头的触碰是如此鲜明，他轻闭上眼睛感受，轻声说："对不起，爸爸。"

父亲放开手，退后了看着他："虽然我向你道歉了，但这也不代表我认同你所有的做法，不要想着因为这次受伤，你以后做什么我都不会骂你。"

他也笑了，点头说："我知道，我有个严厉的父亲，我不会肆意妄为的……"

他说着停顿了下，把最后一点秘密也说了出来："爸爸，其实还有件事我觉得应该告诉您。在和那些尸鬼战斗时情况紧急我没有多想，后来我在军部被逼着一再回忆，想起来另外一些异常……

"似乎是在我受伤后血液溅出来的时候，那些尸鬼突然失去了行动能力，才给了我机会将祭坛捣毁。"

父亲面色凝重地听着，他注意到父亲的眸光中似乎有些深沉复杂的情绪，那是一种混合了不可置信、担忧，但同时又非常骄傲的神色。

父亲轻叹了声："小言，这件事情你没有告诉给过别人？"

他点了点头："军部审问我时，我如果补充了这些，他们一定会觉得我在粉饰真相，至于那些将军……我直觉我不能多说。"

父亲看着他嘉许地点头："你做得很对，这件事不要再告诉任何人……包括你的哥哥。"

父亲低头又在他额上轻吻了下："我为你感到骄傲，我的儿子。"

这恐怕是他有生以来第一次从父亲口中听到这样的表扬，他都有些害羞地移开了眼睛，过了一阵才又说："爸爸，等我的身体恢复后，我希望自己还可以在原来的要塞服役，那里有我的部下和战友，敌情不明的情况下，我不能丢下他们。"

父亲赞许地对他点头："你是个有责任感的军人，我不会阻拦你的志向。"

父亲说着又清了清嗓子，才继续说："不过从这次之后，我希望你在休假时可以返回神临城，不要再离开家这么久不回来。"

他想起来赫利说的那些话，忍不住露出了微笑："我会的……还有关于我的军衔，其实我这次并没有建立太大的战功，这样的升迁会不会有些过于……"

父亲看着他挑了下眉："那些军部的老家伙每天都在找各种理由给自家的子孙们粉饰履历争功邀宠，我的儿子确确实实把鲜血洒在了边塞，难道还值不了一次破格升迁？"

父亲说着又轻哼了声："还有军部这次所有参与押送审问你的人，都已经接受了处罚。押你回来的那个林赛，已经做了降级处理，他现在和你一样都是中校，你下次见他的时候，不用对他敬礼了。"

父亲的目光又深远了起来，起身走到窗前背对着他，声音低沉地说："小言，我知道你想要不依靠家族的荣耀，建立属于自己的功勋，但我需要把当初你爷爷曾经告诉我的话，再告诉你一次。

"你要记住，你不能希望自己可以做一匹独狼或者一只羚羊，你注定不可能成为它们。

"你生来就是皇子，你是一头幼狮，你的命运就是要么成为纵横天地、主宰生灵的狮王，要么被豺狼秃鹫撕咬吞噬，成为它们的盘中餐……我说的这些话的意思，你听明白了吗？"

他刚刚在军部体会过那些人饿狼般的劲头，又怎么会不明白这些话里的意思。

不过他现在沉默了片刻，笑了笑说："爸爸，这些话是爷爷在您几岁的时候告诉您的？"

父亲"哈哈"笑了起来，转回过身："大概在我七八岁的时候吧。"

他也忍不住笑了起来："那您现在想要告诉我同样的意思时，已经不需要做出这样的比喻了。"

他低声咳嗽了几声，在之前那种极端疲倦的情况下他注意不到伤口处的疼痛，现在恢复了一些，不管是说话还是咳嗽，哪怕是呼吸，都能让他感觉到无法忽略的痛苦。

他依然还是虚弱，但他舍不得在这个时刻睡去，又强撑着对父亲说："爸爸，我昨晚说的那个朋友，是我在街边遇到的流浪汉，他以为我是没有去处的普通士兵，才提出要帮助我。我一夜没有回去，他可能会担心。如果您有时间，能不能派个人过去告诉他我回家了，还有能不能给他一点救济。"

父亲对他点头，从身旁拿过水杯让他喝了一点润喉，又端起来刚送来的温热奶油浓汤，用汤匙舀了一点点喂给他，低声地安慰他："好的，我知道了，我会安排的。你回家了，只需要好好休息就可以了。"

如果可以的话，他多希望时间永远停留在这个时刻，哪怕身体虚弱、伤口疼痛，这也是他记忆中温暖又安心的时刻。

那样浑身暖洋洋、轻飘飘，整个人就像裹在云朵中的感觉，那么舒适，那么珍贵。

所以他连那一天所有的细节都记得，哥哥唇边温柔的笑意、眼中的怜惜，父亲略显粗糙的干燥手掌轻抚过他的脸颊，动作笨拙地用餐巾替他擦拭嘴边的水渍，还有阳光被玻璃切割的形状，飞舞在黄色光亮中的细尘。

如果一切都能停留在那个时候，那该是多么美好。

不知道从什么时候起，程惜已经不再是"看着"这份记忆了，她好像能通过它们，触碰到他的所有思绪和情感。

有温热的泪水滑过了她的面颊，就在这时候，巨大又突兀的声响传到了她的耳中，那是列车车厢的门被猛然推开的声音。

有个身影携裹着深夜中凛冽的寒气冲到了她面前，把她彻底拽出了那片回忆。

她惊恐地睁开眼睛，年轻的皇帝面容冷峻，深黑的双眸在昏暗的灯光下闪烁着暴戾和愤怒的光芒。

他用一只手紧紧掐住了她的脖子，声音低沉着咬牙切齿："谁给你的胆子，让你竟然敢……偷窥我的记忆。"

第13章
该认错的时候千万不要犹豫

在程惜对他的认知里，还从未见过他如此暴怒的时刻，脖子上掐着的大手紧如铁箍，她伸出手试图将他掰开，却丝毫也无法撼动。

她的大脑飞速运转，突然间灵光乍现，努力从喉咙里挤出一句："帽子……那个学士帽……"

钳制着她的大手稍稍松懈，让她能够顺利说话，他眼中的暴虐气息却丝毫没有减轻，只是冰冷地问："学士帽？"

程惜连忙说："就是被你挡下来的那个附在我帽子上的咒术，也许不仅仅有火系攻击，还有别的魔法……比如说抽取记忆。"

他微眯了眯眼睛看她："你是想说除了你之外还有人能看到？"

程惜眼看他还要迁怒自己，忙说："不会的，你既然能感觉到我在看，那有其他人在看你应该也能感觉到。我觉得可能是因为咒语被你挡了下来，但咒语的目标是我，所以咒语的效果出了差错，能够被看到记忆的人变成了你，而能看到这些记忆的人变成了我。"

他还是居高临下地看着她，冷哼了声："我确实没有感到还有其他人。"

他说着竟然又重新收紧了掐在她脖子上的手，冰冷的语气没有改变："如果这些都是因为我替你挡下了咒术……我当时就应该任由你的脑袋被切掉。"

程惜简直要为他神一般的逻辑折服了，喉道重新被挤压发声不易，但她还是愤恨地用拳头去捶他的肩膀，艰难地说："肃修言……你对别人那么通情达理……对我就这么……蛮不讲理……小心我……"

　　他又把手放松，看着她大口吸气，还颇有心情地问："小心你怎么？"

　　程惜眼角都被憋出了点生理性的泪水，抽气想要继续骂他的时候，竟然忍不住哽咽了下。

　　也许是她现在的可怜样子总算激发了他的同情心，他把手彻底从她脖子上移开了。

　　但他很快就扯着她的胳膊，把她从温暖的床铺上拽了下来，接着粗暴地拉着她大步走出了包厢。

　　程惜还穿着薄薄的棉质睡袍光着脚，就被他扯到了车厢之间的铁皮通道上，又穿过通道扯进了皇帝的专属车厢里。

　　他没在车厢外的会客室里停留，带着她直接进了卧室，到了这里他才松开手，用力把她丢到床上。

　　火车在峡谷之间穿梭，车厢之间的通道上毫无遮挡，夜风很大，短短一两秒的停留就足够让人吹个透心凉，更何况她还光着脚，踩在冰凉的铁皮上也够人受的。

　　回到了室内她还是忍不住哆嗦了一下，打了个喷嚏。

　　肃修言看着她冷哼了声，到底还是拉了个毯子坐到床上，把她裹起来抱住。

　　程惜已经给他一连串的动作弄得昏头昏脑，但是热源靠近，还是不自觉贴了上去。

　　他还有心情把她整个抱起来放在膝盖上，方便她更好地窝在自己怀中。

　　程惜被他抱着又打了两个喷嚏，总算缓了过来。

　　她虽然不想再对他说什么，但隔了一阵后还是试图开口解释："我不是故意的，我也是被卷进来的。"

　　他"呵"地笑了声："你钻到我的脑子里把不该看的事情看了个遍，换个人可能早就直接把你掐死灭口了，还说我暴力狂？"

　　程惜想起来自己看到的那些记忆里确实有很机密的东西，不过那完全不是她自愿的，更何况她绝对不会拿这个来威胁他。

　　她把自己受凉的脚也缩进毯子里，大着胆子问："是你哥哥也不能知道的那个秘密？"

　　他把头离远了一些看她，神色有些啼笑皆非："你还真是不怕死。"

她木然地回答："你也可以告诉我之后再继续掐死我……现在我已经知道了，再假装不知道也只是欲盖弥彰。"

他皱着眉看了她一阵，轻叹了口气："你知道你在问的是皇室最高机密吗？"

程惜从他的记忆里已经看出了这点，只能硬着头皮说："抱歉，我也不是故意的。"

他倒是突然又笑了笑："不过除了皇帝之外，倒是真有个人可以知道这个秘密。"

她已经麻木了，看着他等待他揭晓答案，他挑了下眉："那就是皇帝的合法伴侣，因为她的孩子也很有可能承接这种血脉。"

程惜把他这句话琢磨了一遍，试探性地问："你这句话算求婚吗？"

他看着她又挑了挑眉毛："你觉得呢？"

程惜无奈地回答："这种方式的求婚我当然不希望接到……但我更怕你这句话是威胁，不嫁给你就得被灭口。"

他忍不住笑了出来："行了，不吓你了，虽然这是最高机密，但现在知道这件事并且还活着的人，也不仅仅是我了……你既然已经看到了，我给你解释一下也不是不可以。"

他搂着她腰的手收了收，才低头俯她耳边轻声说："在皇室的血脉里，隔几代就有可能会生出带有'英雄之血'的子孙，这种血液天生对于尸鬼有着克制的作用，只要血液飘散到空气中，就可以令它们丧失行动能力。当年就是依靠着这种血脉，肃家的先祖才肃清了神越帝国内的尸鬼，登上了皇位。"

她听着也忍不住抱住了他的腰，她已经从他的记忆里看到了这种血的功效，也从他父亲的态度里看出了这是属于皇室的秘密，但亲耳听他证实，感觉还是不一样。

她沉思了一阵："'英雄之血'这个词，我好像无意间在皇家大学图书馆里的一本古书里见过，不过那本书太古老了，里面记载的很多病症和治疗方式都有些近似巫术了，我也就没有太在意里面的内容……看起来还是有些真实的成分的。"

她一边说，一边想起来那本书里关于"英雄之血"的记载，看着他说："那本书对英雄之血的功能和效用倒没有什么描述，只说那是'真正勇敢无畏、高尚仁爱'的人身体里流淌的血。"

他挑了下眉："怎么，你觉得我不配吗？"

程惜连忙摇了摇头表示自己没有质疑，又说："除了借阅过这本没什么人看的古书，我想不出来我自己的记忆里有什么和这些有关联的事，值得那些人来切开我的脑袋。"

他看着她弯了下唇角："让我撬开你的脑壳进去看一看，也许能找到。"

他刚刚还差点把她掐死，并对她发表了死亡威胁，程惜连忙对他的恐怖发言进行拒绝："那还是算了，我先努力想一想。"

她说着又看了看他："我还有问题……你是怎么看出来我的学士帽上有咒术，你学习过魔法？"

并不是她一定要把这个问题憋到现在才问，而是在方舟大陆上，特别在人类主宰的神越帝国，魔法并不是什么受欢迎的东西。

甚至神越帝国的法律里，明令规定除了个别被允许对魔法进行研究的机构，其他任何人擅自研究和使用魔法，哪怕是贵族和皇族，都要被处以重刑。

这也是在程惜看到的回忆里，那些军部的人自以为抓到了肃修言使用魔法的把柄，就敢对身为皇子的他严加审问的原因。

还有个更重要的原因，让程惜不到逼不得已，不敢在他面前提起魔法。众所周知，肃修言和肃修然的母亲，也就是英年早逝的先代皇后，就被怀疑过会使用魔法。

这个在当时一度是皇室的大丑闻，连年幼的程惜也记忆犹新，先代皇后在一些人的口中直接被称为女巫，还有在街头巷尾屡禁不止的歌谣，绘声绘色地把她描述成可怕的巫婆。

这些沸沸扬扬的传闻，直到先代皇后突然病逝才总算停了下来。

肃修言的神色果然飞快冷硬了下来，冷笑着"呵"了声："有个曾经在精灵王国游学过的母亲，我就一定要会魔法了？"

程惜连忙举起手，表示自己跟那些用流言蜚语攻击他们的人不同："我没有其他意思，只不过想梳理一下我们现在已经掌握的线索。"

也许是这个她下意识说出的"我们"取悦了他，他的脸色总算好了些，这才肯说："为了防备有人用魔法进行刺杀，皇室成员和皇家侍卫队都接受过预防训练。

"魔法咒术发动之前，被施加了魔法的物体周围，会有细微的空间扭曲……就像热气流附近的视线变形，但只有微妙的差别，受过相关训练再稍加留心，还是能够提前发现。"

他边说边又皱了眉看着她："虽然我能在几步外的距离内看出来，但被施加了火焰咒术的东西会有股焦臭味，那顶学士帽就戴在你头上你都没闻到，也真是够笨的。"

程惜有些无奈："味道我是闻到了，但我以为只是不小心沾上的，毕竟我只是个普通人，没想到自己也需要防备被人用魔法暗杀。"

他对此丝毫没有愧疚感，反而还冷哼了声，仿佛是在取笑她的天真和愚蠢。

程惜坐在他的腿上忍了又忍，最后还是没忍住，开口说："我看到你记忆的时候，好像还能顺带体会到你的感情……所以你要假装并不在意我，假装到什么时候？"

他的脸色果然飞快铁青了下来，程惜还补充了句："还有在进入你的回忆之前，我看到了你给柳侍卫长打电话，还有按着胸口倒在床上，手里紧握着我给你那枚硬币。"

他许久都没有再说话了，如果要让程惜给现在他们之间静默的气氛找一个形容词的话，那就是尴尬……相当程度的尴尬。

最后还是程惜打破了这份尴尬，她觉得现在说什么似乎都有些不对，所以她对着他的唇就吻了上去。

他只迟疑了一瞬间，就开始回应这个吻。

她也觉得不可思议，他这样一个别扭冷淡的人，偏偏她每次和他接吻，都能从他的唇齿间尝到甜美的味道。

在寒冷的夜里做一下这种锻炼肺活量的动作，确实能让他们的身体都快速温暖起来。

等他们终于分开，她抬手轻放在他的胸口，低声问："你这里还有什么旧伤吗？为什么会疼？"

他没有回答，她紧紧抱住他的腰放低了声音："因为我的疏忽，我已经在你的生命里缺席太久了，太多我本来应该在的时刻我都没有出现……别让我继续被排除在外。"

他沉默了一阵，倒是没有把她推开，低声轻"呵"了声。

程惜还是继续低声说："你不要再一个人默默忍受痛苦，我会心疼的……像你的爸爸和哥哥一样。"

她说着抬起头，在他唇边轻吻了下，用手捧着他的脸："你也许会觉得我突然对你有了这么深刻的感情，但其实不是的……你一直在我心里，从未消失过，我只是终于认出了你。"

他微垂了眼睑沉默不语，正当程惜以为总算把他哄好了的时候，他突然抬了眼睛弯了下唇角："那就说说看，你都喜欢我什么？"

程惜正全心担忧他的身体，突然被他这么一问有些措手不及，然而她知道此刻的回答绝对不能犹豫，哪怕有半点犹豫，都会成为他以后借题发挥的理由，所以她下意识脱口而出："你的美貌。"

他显然也没想到她能突然冒出这么一句，愣了片刻后眯着眼睛发出一个音节："嗯？"

程惜眼看他又要发脾气，忙不遗余力地继续吹捧，加深这个答案的可信度："你的身姿就像白玉兰树一样挺拔华美，远远看着就已经美不胜收！你的嘴唇就像玫瑰花瓣一样，让我随时都想一亲芳泽！

"你挺翘的鼻子，秀丽的眉峰，好像山峦一样带着神秘悠远的气质！最重要的是你明亮的黑色眼睛，像最瑰丽的宝石，深黑里还透着温柔的蓝色，简直就是神明赐予世间的瑰宝！"

程惜一口气说完，简直想要擦擦看自己额头有没有冒出冷汗，她甚至开始佩服自己优秀的记忆力。

因为这些极尽夸耀的溢美之词，都是自己的室友露娜曾经在她耳边念叨过的，她可想不出来这种夸张的马屁。

他微扬了眉头看她卖力表演，好像听这种赞美的话都听得耳朵出了茧子，丝毫不为所动："就这些？"

程惜挫败地舒了口气："好吧，这些都是听别人说的，我观察你没这么仔细，我就是……看到你就有点移不开目光，也许是因为你的外形真的符合我的审美吧。"

她说着干脆自暴自弃地都交代出来了："我还觉得你的性格虽然有点别扭，但是个正直善良的人，甚至你偶尔发点小脾气，我都觉得挺可爱的。"

她又补充："当然你刚才那种乱发脾气的样子我不觉得可爱，不要再来了！"

他看着她低低地笑了声，语气微妙："你觉得我可爱？"

程惜听出了他话里威胁的意味，连忙解释："你是我看上的人，你怎么样我都会觉得可爱。"

他又扬了扬眉头，程惜的表现似乎终于让他满意了，他抱着她的腰，把下巴放在她的肩膀上。

她听到他好像是如释重负一样地轻笑了声，然后低声说："你说得对，你已经缺席了太久了，不过还好，也不算太晚。"

他们就这么安静地拥抱了一阵，程惜想到他还是借由一通逼问和威胁，回避了那个他胸口为什么会疼的话题。

她忍不住感到头疼，他的不坦诚也的确到了一种令人无奈的地步。

但既然他并不想说，她也没有继续追问，反正……她好像还有机会。

她问他："那这个让我能看到你记忆的魔法，你能够让人消除吗？"

他的身体果然紧绷了起来，仿佛也意识到了这个很重要的问题："我这次出行没有带魔法师。"

程惜有些意外："我觉得你这次出行不是简单的巡视啊，为什么不带魔法师？"

肃修言弯了弯唇角："因为我要找的那个人，任何魔法师在他面前都形同摆设，并且他是死灵魔法师，带了魔法师说不定还会给他增加一个强力打手。"

程惜倒抽了一口冷气，如果说魔法师已经少见，那死灵魔法师更是接近传说了，按照记载，在方舟大陆上，上一个死灵魔法师出现，都是几百年前了。

她实在太好奇，忍不住问："这个人是谁，这么厉害？"

他低头看了看她，神色再次微妙起来："就是你一直念叨着被我夺位的那位，还有我请求你帮助我杀了他的那个人……我亲爱的哥哥。"

这个消息实在太过震撼，甚至颠覆了程惜一贯来的认知，她冷静了一下，还是无法接受："你确定这是真的？会不会搞错了？"

他仍然看着她，目光却再次冷淡了下来，低沉着声音："他是我的哥哥，但凡有一丝不确定，你觉得我会这么说？"

程惜回过神来，忙说："我不是怀疑你，而是这个消息实在太让人震惊。"

她也想起来他现在肯定不会对她说谎，毕竟她仍然随时有可能看到他的记忆，如果说这么拙劣的谎话，肯定很快就会被拆穿。

他把紧搂着她的手放开了，抬了抬下巴看她："你觉得我这次出行不是简单的巡视？"

程惜看着他挑了下眉："你在学院里召见我，是为了把我带上火车，所以你这次肯定不是简单的出巡。"

他嗤笑了声："你觉得你很重要？"

程惜对此倒是很有自信："你找的理由很拙劣，如果真的是为了我的安全，把我放在皇宫里派人保护，难道不比跟着你出巡更好？"

可能是因为他们已经在行进的火车上，无论如何都不会再返回神临城，他笑了下，干脆就交代了事实："我确实需要带上你，因为我要尽快找到我哥哥。"

程惜有些奇怪地看了他一眼："你为什么会觉得带上我，就能更快找到你的哥哥？"

他看她的目光带了些意味深长："看来你还并不知道，你的毕业典礼，你哥哥竟然会因为工作而错过，你不觉得奇怪吗？"

程惜皱了皱眉，她哥哥确实在几天前紧急用电报通知她，说南部爆发了紧急疫情，自己要去做调查，所以不能参加她的毕业典礼了。

程惜虽然感到失落和遗憾，但医生就是这种几乎没有私人生活的职业，她很快就释然了没有多想。

现在看来，她哥哥在几天前刚抛下一切去了南部，而皇帝陛下也踏上了去往南部的列车……她心中一个想法逐渐成形了，惊讶地看向他："皇太子在南部？这个巡视是个幌子？"

他看着她微微弯了唇："你倒没有太笨，你哥哥在南部临海的耶加城彻底失去了踪迹，而我哥哥当年失踪前留下的最后的线索，也离那里不远，你说是不是很巧？"

程惜微皱了眉进行合理推测："所以我哥哥是被皇太子紧急召唤，才会赶去耶加城？"

他"呵"地笑了声："不然这世界上还有什么能让你哥哥在你毕业典礼时抛下你？"

程惜思考了下："你……找到你的哥哥，真的是为了杀了他？就算你说过他是死灵魔法师，可他也并没有再出现兴风作浪不是吗？"

他笑了声："如果我说我思念我亲爱的哥哥了，你肯定是不会相信。"

程惜给他了一个无可奈何的眼神："我们伟大的皇帝陛下英明神武，必然不会因为这种小孩子般的理由兴师动众。"

他被她的打趣逗得唇边的笑意浓了些，语气也更加轻描淡写："那么我换一种说法，我必须要找到我的哥哥，如果他再不出现，我可能会死……这个理由够充分吗？"

程惜身体猛地震动了下，愕然地看着他："你说的是真的？为什么？"

他弯了弯唇角："我看起来像是很喜欢开这种玩笑？"

程惜突然紧盯着他的眼睛："我不允许你用自己生命开玩笑，只要我还在你面前，我就绝不允许。"

她执着地直视着他的眼睛，毫不退缩地把自己的感受传递给他。

她原本不想表达得这么激烈，但是她好像无法控制这股情绪，就像是她曾经失去过他，在一种撕裂心肺般的痛苦中失去过他。

以至任何风吹草动，哪怕是一句小小的玩笑，也足够让她回忆起那种绝望和恐惧。

他被她目光中的坚定震慑，微微侧开了一些眼睛："对不起。"

她还是看着他，决定追问到底："所以呢？如果皇太子不出现，你真的会死？为什么？"

他侧头避开她的目光，沉默了一阵，也许是知道她不是可以随便糊弄过去的人，才低声说："情况有些复杂，等我们到了耶加城，我会解释给你听。"

程惜沉默着不回答，他又补上了一句："我一定会解释的。"

程惜这才不再纠缠下去，抬手捧住他的脸，在他唇上轻吻下。

也不知道是不是她这个吻来得太突然，她感觉他的耳朵似乎红了些，垂下了眼睛避开了她的目光。

他停顿了下后说："现在离天亮还早，你可以再睡一阵。"

程惜有些奇怪地看着他："你不打算睡了？"

他挑了下眉看她："你不觉得当我们两个都睡着的时候，你就会看到我的回忆？"

程惜想了下的确如此，不过她仍然不赞同："你是病人，你比我需要休息，还是你再睡一阵吧，我可以清醒着照看你。"

他弯了下下唇："我信不过你，万一你打瞌睡了怎么办？"

程惜简直要被他的逻辑折服："我也不是故意的，我肯定努力不睡着的。"

他"呵"了声："但是你还是挺想看的，不是吗？"

程惜这下彻底没了反驳的理由，只能尴尬地清了清嗓子："我没有想要偷窥你的隐私，只是人难免有好奇心，你又是我很关心的人，你的事我的确想了解。"

他一脸意料之中，弯着唇说："那干脆都不要睡了，就这么聊天到天亮。"

程惜瞄了下旁边的座钟，发现才不过凌晨4点多，距离天亮还有一个多小时，就这么聊天打发时间？

她边想着就抬手去解他胸前的衣扣，他抓住她的手，神色有些微妙："你想干什么？"

程惜"哦"了声，这才想起来要解释："我帮你看下伤口需不需要换纱布。"

他又抿了抿唇，这才放开她的手，程惜在这一刻突然有些微妙的感受，一句话脱口而出："就算我想对你做点什么又怎么样？"

他看向了她，目光中有些意外和啼笑皆非，挑了下眉："你想做就做了，我又不能把你怎么样。"

程惜不过是随口一说，没想到竟然有这样的效果，她过于惊喜，竟然都愣了一下才说："你认真的？"

他弯了弯唇，似乎是想取笑她嘴上说了很多，却没有真正胆量，但是接下来程惜就整个人扑到了他身上，紧紧搂住了他的脖子。

她把头都埋在了他的颈窝里，他颈间有淡淡的清爽味道，像是某种男用的沐浴香料，又像是他肌肤的味道。

她忍不住伸出舌尖在他脖子上轻舔了舔，她能感觉到他的身体突然紧绷了起来，但他没有推开他，也没有抗拒，只是将抱着她腰的手臂又紧了紧。

程惜顿时大受鼓舞，正想再接再厉攻城略地，车厢外却突然响起来柳时务的声音："陛下，列车将在10公里后停靠补给车站，您可以继续休息无须在意。"

程惜的动作顿时僵住，她心想既然无须在意你喊什么？

肃修言却没有丝毫被打断的不悦，反而带着点笑意看着她，似乎是想看她还有没有勇气继续做下去。

程惜当然是有勇气的，但这种事情一旦被打断了一次，还真不好继续接着做，她还没有那么厚的脸皮。

她抱着肃修言默然了一阵，最终还是决定把脑袋放在他肩膀上开始试图转移话题："对了，你在北部要塞的老部下有没有带回神临城？我觉得他们对你肯定会很忠心。"

这也是她在看过肃修言的记忆后的一个疑问，他明显很在乎那些部下，为了他们甚至可以考虑牺牲自己，没道理他后来回到神临城做了皇帝，就放弃以前的老部下。

可是出现在他回忆里的那些人，包括跟他关系最密切的尤金、程惜通通都没有在如今的皇帝亲卫队里见过。

程惜不过为了转移尴尬随口一问，出乎她意料的是，肃修言却沉默了许久，才低沉地开口："这不怪你，那一次是我父亲为了避免出现更大的骚乱，命令全境封锁了消息。四年前的那次北部叛乱，北部第三和第四要塞沦陷……没有生还者。"

程惜许久都没能发出声音，隔了一阵才说："对不起。"

他对她弯了弯唇角："不是说过了吗？消息被封锁了，你不知道这些事很正常，不怪你。"

他的语气听起来平淡，说完之后脸色却明显地苍白了起来，随即就皱眉抿住了唇。

程惜敏锐地察觉到了不对劲，忙捧住了他的脸，心疼得直皱眉："你哪里不舒服？快把衣服脱了我给你看下伤口，你的体温也不对，应该有点低烧。"

也许是她捧住他脸的动作实在太熟练，他抿着唇顿了顿，没去回答她一股脑倒过来的问题，而是轻笑了声："你突然这么担心我干什么？之前不还是很担心我哥哥吗？"

程惜也不明白他为什么老是要吃自己哥哥的醋，没办法地叹了口气："我突然发现你比你哥哥更需要我的关心，好了吗？"

他对这个大概似乎是比较满意，弯了弯唇角总算不再说话。

程惜看他不再反对，就解开他的衬衫去查看他背后的伤口。

他的伤口倒是没有明显的发炎迹象，程惜还是给他清理伤口换了纱布。

做好了这些帮他穿衣服的时候，程惜注意到火车的车速已经渐渐降了下来，看起来是快到了柳时务说的那个补给站。

程惜想到待会儿虽然不会有人敢来打扰皇帝陛下的休息，车窗外也肯定会有人经过，顿时就觉得还好自己停了下来。她还没那么厚的脸皮。

想到这里程惜停顿了下，她抬头看了下肃修言，看到他刚穿好的衬衣领口还有些敞开，正垂着眼睛不知道在想些什么。

程惜发誓，如果不是因为他领口里露出来的白皙皮肤和锁骨太诱人，不是他微垂下的睫毛太长还在脸上落下一片忧郁的阴影，她绝对不会在这一刻油然而生这样的想法：也许真的是她轻薄他吧，毕竟眼前的美景太秀色可餐。

也许是她混杂着遗憾和垂涎的目光太炽烈，他抬头看了她一眼，接着唇角就微不可见地抽了下，被气笑了般："你简直……"

程惜看着他眨眨眼睛，很有些可怜巴巴："我怎么了？"

他"呵"地笑了声，低头在她唇上吻了下去。

他倒是不怕被车窗外的人听到什么动静，把她吻到气喘吁吁才肯放开，抱住她轻拍了拍她的后背："别急，过后……补给你。"

程惜抱着他，把脸埋在他肩上，她在这一刻突然有些奇怪的感觉，好像她不应该是在几个小时前才刚刚和他见面。

他们之间应该已经发生了很多很多事情，这些事情发生的时间也许并不久，但已经足够刻骨铭心。

足够她在拥抱着他的时候，会不自觉又没有缘由地用力收紧手臂，好像这样才能将他再一次真切地留在自己身边。

她的手臂箍得实在太紧了，他显然会错了意，又带着点无奈地笑了笑，安抚地再次轻拍了拍她的后背："别怕，我说话算话。"

程惜没有去纠正他的想法，因为车外的补给很快就完成了，蒸汽列车重新启动的汽笛声传来，这架钢铁巨兽缓慢地踏上了新的旅途。

此时窗外的天色已是破晓，阳光透过车窗上厚厚的天鹅绒窗帘透了进来，他又带笑地轻拍了拍她的肩，像是为了转移她的注意力，罕见地提议："这一段铁路的景色很美，要不要拉开窗帘欣赏一下？"

程惜抬头看了他一下，只能认命地起身去把窗帘打开。

列车已经完全驶出站台，拐上一段险峻的峡谷大桥。

这时候天色也只是微亮，远方的山峦间漏过来一些青色的微光，峡谷两壁山势陡峭狭窄，山崖上的树木层叠似画，桥下湍流的河水滔滔奔涌，在水面上腾起梦幻的水雾。

这样的景色确实瑰丽迷离，值得一观，但距离皇帝陛下亲自提出来要欣赏，显然还是差了点。

他也有些遗憾地叹了口气："上次我路过这里的时候是上午，看起来还是阳光灿烂的时候漂亮一些。"

程惜把窗帘打开后，就回到床边在他身边坐下，抱着他的腰在唇边轻吻了下："不同时段的景色风味不同，也没什么不好，恭请陛下欣赏。"

他弯唇看了看她："我该谢谢你的服务？"

程惜丝毫没有对皇帝陛下的尊重，笑着抬手摸了摸他的脸颊："在谢谢我之前，我们的陛下是不是得考虑再休息一会儿？"

她说着又补了一句："不睡着，就闭起眼睛来休息一下。"

现在距离早餐时间还有一个多小时，总不能他们真的就这么靠在一起看一个小时的日出，而他的脸色也确实苍白。

也不知道是不是真的累了，这次他没再坚持，弯了弯唇把头靠在她肩上，闭上了眼睛。

程惜就维持着这个姿势让他能够放松身体，只是这么近距离的接触，他的头靠着她的肩，头发就贴在她颈窝敏感的肌肤上，让她不免有些心猿意马。

她克制住想伸手抚摸那柔顺碎发的冲动，心想他发质还挺好的，不知道留了长发会不会还这么顺滑。

她只这么想了一下，眼前却突然闪现出他留着长发的画面。

只是在那个画面里他是躺着的，双目闭着，银白色的长发像河水一样在身后铺开，还有如同大片泼墨一般染红了一切的鲜血。

那个画面只在她的脑海中闪现了一下，她心中就猛地一阵悸动，恐惧和绝望像灭顶的巨浪迎头浇下，她的神志一阵恍惚，甚至觉得自己的身体在摇晃。

好在那个画面电光火石间就消散了，她冷静下来，才发现摇晃也只是她自己的错觉，她的身体仍是稳的。

靠在她肩上的那个人没有觉察到她内心的惊涛骇浪，他仍然在她肩上，身体温热，鼻息轻缓。

程惜轻闭上眼睛，尽量不动声色地调整自己的呼吸，好避免打扰他难得的休憩。

就在这样的呼吸之间，她却好像在本应漆黑的视野之间，又一次见到了清晰活动的画面。

这是第一次，她保持着清醒的认知和对外界的感知，来重温一段记忆。

是的，这些记忆是来自她自己，当那股属于夏日的花香飘到她鼻尖时，一切关于那时的记忆都清晰了起来。

那是她跟随哥哥一起参加皇宫的晚宴，她在满是权贵的宴会厅里逗留了一阵，就悄悄从宫殿后门溜了出来。

那里是皇宫的花园，宴会厅的灯光从落地玻璃中透出，蔷薇篱笆和灌木将花园分割成一块块静谧的空间，四处弥漫着甜腻的花香。

程惜只是想随处逛逛透气，但同样从宴会厅方向走来的两个身姿摇曳的贵妇让她打消了念头。

她趁自己被发现之前，闪身躲入浓密的蔷薇花架后，听到那两个贵妇踩着优雅细碎的步伐低笑着闲聊。

其中一位正在说着："二皇子当然不会出席，你没有听说过陛下十分厌恶二皇子吗？甚至连圣诞节，都不允许他出现在家庭聚会上。"

另一位有些吃惊："那可是圣诞节的家庭聚会，这样做未免对二皇子太残忍了吧！"

她的同伴叹息了一声："可是如果一位父亲不喜欢他的儿子，其他人又能说什么呢？"

她们说着就渐渐走远了，程惜对听到的内容并不在意，根据宫廷内外的传言，二皇子被父亲讨厌也情有可原。

据说他在皇宫里常住时就冷酷孤僻，动辄责骂侍从。后来就读住宿军校，更是横行霸道，还将同学打成重伤，如果不是因为他皇子的身份，大概早就被开除了。

她等那两位贵妇走远，就后退了几步，想退到花架阴影下的长椅上坐下。

只是她刚退过去，伸手去够长椅的雕花扶手，就被长椅上突然响起来的低沉声音吓得差点跳起来。

那是个有些嘶哑的年轻男人的声音，他的语气里还有几分戏谑："你打算坐在我头上？"

程惜愣了下，这才努力看清，那张长椅上其实早就躺了一个人。

只是浓密的蔷薇花架不但挡住了宴会厅传来的灯光，也挡住了月光，导致那里十分昏暗，他又穿着深色的衣服，实在不容易被发现。

程惜看不清他的样子，也不知道他的身份，一时没有想起来该怎么组织措辞，就听到他咳嗽了起来。

程惜是个医学生，听到他咳得沉闷，立刻走了过去，在暗影中勉强认出他肩膀的轮廓，把手放上去轻拍了拍："你哪里不舒服？需要我扶你去找医生吗？"

他稍稍止住咳嗽，带着笑意说："如果你说的医生是你哥哥，那就不用了，他的诊费我可再付不起了。"

他会这么说，看起来他不但已经认出来程惜是谁，并且还曾是她哥哥的病人。

他还说自己支付不起诊费，来参加宴会的人都是贵族高官，虽然首席御医出诊的收费相对普通医生要高，但这些人怎么会没钱付诊费，所以程惜就认为他是在宫廷内服务的侍从或者守卫。

想到他并不是那些让人透不过气来的权贵，程惜的语气就放松了些："你放心吧，我跟哥哥解释一下，这次不收你诊费。"

她会这样说也不是随便承诺，她哥哥程昱不但经常到平民社区出诊，也通常不会向经济困难的人收取费用。他如果只是缺少金钱，那么大可不必担忧。

他听到后果然笑了出来："想不到我竟然还有这样的福利，那真是谢谢了。"

程惜看他不再拒绝，就抬手摸了摸他的额头，他的身体顿时僵硬了一瞬间。

程惜惊觉自己完全把他当病人看了，忙拿掉手道歉："不好意思，我想判

106

断一下你有没有发烧……你好像确实有些低烧，还是不要再工作了，尽快休息比较好。"

他停顿了下，也不知道是不是还在犹豫，程惜准备再解释一下，远处突然传来皇宫侍从压低了声音的呼唤："殿下，殿下您在哪里？"

他轻叹了声，坐起身从长椅上站起，低头看着她说："我得走了……"

他弯着唇笑了笑，此时程惜的眼睛已经能够适应一些昏暗的光线，看到他的笑容在月光和灯光的映照下仿佛笼罩着一层柔和的光晕。

他轻声说："今晚很高兴能见到你……再见。"

侍从的呼喊声渐近，他转身走出了花架下隐秘的小空间，她的目光追随着他消失的背影，落在月光下静静开放的白色蔷薇上。

她心想他的笑容中为何有些令她怀念的感觉，还有……这个世界上竟然有人的笑容比盛放的白色蔷薇还要动人。

时间已经过去几年了，她还记得那个充满了花香的夜晚短促又带些梦幻的会面。

她在那一瞬间甚至在想，她该不会是遇到了什么藏在花丛中的夏日精灵，所以才会如此美丽又稍纵即逝。

她又在那个长椅上坐了很久，有些希望他能够再回来，然而却没有。

她没有再回到宴会厅，就在那里度过了这个夜晚剩下的时间，直到夜色深沉，夜风微凉。

后来在散场后，她听哥哥随口抱怨，好像二皇子最后还是出席了宴会，只是仍旧粗鲁失礼，竟然打翻了陛下递来的酒杯，扬长而去。

再一次看到这段回忆，看到那个她在恍惚中并没有看得十分清晰的笑容，她才发现，原来那晚在花园里的人是他。

程惜再一次从回忆中脱离，是听到了靠在自己肩上的人又低沉地咳嗽了起来。

她连忙睁开眼睛，伸手去摸他的额头，她的手腕却被他抓住，他起身看着她弯了下唇："别摸了，在伤口愈合的时候，有点低烧不也是正常的吗？"

她不赞同地看了他一眼："那也得排除感染的可能。"

他轻叹了声："你都查看了多少次伤口了……也太小心了。"

程惜也不知道该怎么表达自己那种莫名的恐惧和担忧，只能摸了摸他的脸颊，开口说："大概四五年前的夏天……那天夜里我在花园里遇到的人是你。"

他微愣了片刻，继而神色有些啼笑皆非："你该不会想说，那晚你也没认出我来吧？"

程惜有些懊恼："我不是说过我没有认出你就是小哥哥……"

他有些头疼地皱了皱眉笑起来："但你也总该认出来我是谁……他们都喊我'殿下'……"

程惜接着解释："可是你说你付不起我哥哥的诊费，我就以为你是生病还坚持在岗位上的侍从啊守卫啊什么的，收入不高所以才付不起……他们在喊'殿下'的时候我还以为你是害怕被发现偷溜出来才赶紧离开的。"

肃修言显然是没想到她能有这么阴错阳差的误解，只能无奈地又笑了笑："你哥哥的诊费我那时候确实付不起，上一次圣诞节的诊费，还是我攒了半年的学员津贴，还出了两次任务领到任务补贴才凑齐的。"

程惜吃惊地看着他："你是皇室成员，你的诊疗费不是直接由皇室负责的吗？还有皇室成员不是都有皇室津贴？那数目可不小。"

他笑着摇了摇头："我去军官学院后有了学员津贴，就再也没有领过皇室津贴了。至于我的诊疗费，那之前父亲说过，不许我在皇宫御医那里接受治疗……还得谢谢你哥哥肯冒着违反禁令的风险来给我治疗，我又怎么能赖掉他的诊疗费。"

程惜更加愕然，简直无法想象："先皇陛下是这样的人？自己儿子生病了也不允许有人给他治疗，这已经是虐待了吧？"

看她这么义愤填膺，肃修言就笑着跟她解释："当时的情况比较复杂，我父亲……没有想过要虐待我。说那句话的时候，他只是误会我想要通过装病来逃避责罚，所以才口不择言，是我太当真了。"

程惜有些一头雾水："所以先皇陛下实际上从来没有不允许你在御医那里接受治疗，皇室也没有不承担你的诊疗费？"

他挑了下眉，带着点玩味的神色看着她："对。"

程惜看着他的神色，顿时有了点不好的猜测："那我哥哥……"

他认真地点了下头："他早就收到皇室支付的诊疗费了，但还是收了我给的那份。"

程惜"呃"了声，有些头疼地扶住额头，她是知道自己哥哥一向看二皇子不顺眼，也没想到他竟然可以多收他一份钱。

肃修言还看着她补充了一句："是我一整个学期一分钱没敢花省下来的津贴，还有出任务卖命赚来的血汗钱。"

程惜越听内心的愧疚感越重，小心地询问："血汗钱？"

他严肃地点了点头："有时候是给一些军事行动做后勤，有时候是去给贵族做守卫，可不就是卖命的血汗钱。"

程惜的心情顿时又有些复杂："你？去给贵族做守卫？"

他弯了弯唇点头："军官学院不仅有贵族出身的学员，还有不少平民和没落贵族家庭的。为了给这些学员一些赚钱补贴生活的机会，学院会接一些危险性不高的任务，然后在学院中招募学员参加，招募成功后就组织我们在训练间隙出任务。"

程惜神色复杂地看着他："所以你报名参加的时候，你的同学们没有吃惊？"

肃修言似乎对自己的作为还挺得意，笑着扬眉："他们确实吃惊，不过他们都以为我是为了体验平民生活，消除贵族学员和平民学员之间的隔阂，带头做表率。"

不过想想也是，虽然一直都有二皇子不讨陛下欢心的传言，但他毕竟是血统纯正的皇子殿下，皇位的第二顺位继承人。

有谁能想到这位尊贵无比的皇子殿下，是真的缺钱呢？

他边说还边扬了下眉："说起来还有个刚跟贵族联姻成功的暴发户雇了我们，让我们在雨夜的户外站岗，神临城外的庄园能有什么危险，不过是为了炫耀给邻居看……结果第二天有人提醒他，说这次派来的军官学员里有我。"

程惜倒是没想到他之前的军旅生涯这样丰富，好奇地追问："那后来呢？"

他又笑了一声，弯着唇角："他当然是吓破了胆，又不敢取消这次任务惹我生气，又不知道到底哪个学员是我。只好对每个学员都客客气气的，让我们值完了三天的岗。"

他说着似乎是怀念起了什么，带上了点笑意："能让这些傲慢的家伙对外派学员的态度好一些，也算是个意外收获。"

他说得轻松，但程惜突然有些心疼他，能把在雨夜里站岗说得这么轻描淡写，显然并不是被第一次那样对待。

她有些迟疑地问："你那些年过得，是不是不太好……"

他看了她一眼，笑了笑，语气刻意更加轻松了些："也没什么，现在再回过头去看，也不过就是和父亲闹了些矛盾，体会了一些不一样的生活，反而是难得的体验。"

他说着看程惜一直皱着眉，还以为她仍然在为自己哥哥收了他两份钱的事情愧疚，就笑了笑："那时候不仅我误解了父亲的意思，宫廷内的其他人也有误解。当我打内线电话向你哥哥求助的时候，他能赶过来，我很感激。"

程惜还陷在心疼他的情绪里，她伸出手去抚摸他的脸颊："我哥哥那时候带我一起去就好了。"

他弯了弯唇角，这次没有拒绝，大方地让她摸着自己的脸颊："带你来，难道你就能认出我来了？"

程惜摇了摇头："也许我还是不能认出你，但至少，我可以更多地见到你……"

她说着就抱住了他的腰，把头放在他的肩膀上，低声说："我有种奇怪的感觉，好像现在已经是一个故事的尾声了，该发生的早已发生，结局也早已注定……我却错过了太多。"

她边说还又边不确定地开口："而这样的处境，我已经经历了不止一次。为什么每一次……我总是会错过你。"

他放在她腰上的手臂微微收紧了些，接着他带着笑意的声音在她头顶响起："我只知道，你胡思乱想很有一套。"

他低头把一个轻吻落在她的额头上，用哄小孩子的语气说："好了，这些事都过去很久了……不如考虑一下，我们是不是需要去享用早餐了？"

他难得这么温柔，程惜虽然还是有些不安，也点了点头："好吧，你胃口还好吗？"

他点了点头，弯着唇角："还好，不算差。"

他现在还是伤患，休息和饮食都很重要，程惜暂时抛开别的想法，帮他穿好外套，两个人又各自清理了一下，到起居室里一起吃早餐。

他的胃口确实还算好，程惜看着就放心了下来。

早餐完毕后，程惜给他吃了药，接下来就是皇帝例行的办公时间，在出巡的火车上当然也不能免去。

程惜作为随行人员，虽然可以和他一起享用早餐，但当大臣们向他汇报事务时再留下来就显得不妥了。

她用完早餐后也就被安排带了下去，回到临近车厢自己的房间里。

她昨晚没有睡好，上午又暂时没有事情可以做，自然想到了要补一下觉。

现在肃修言肯定是清醒的，所以她就算睡着了也没什么问题吧，这样想着，她也就心安理得地躺倒在柔软的天鹅绒床垫上，看着窗外驶过的峡谷风光，安然入睡了。

只是事实显然不会如她所想，就在沉入睡眠后不久，她发觉自己赫然又进入了肃修言的回忆中。

这次伴随着回忆和画面一起出现的，不仅仅有心情和想法这样感性的体验，还有身体的症状和痛苦。

她能感到他的呼吸非常粗重，与之伴随的还有眩晕恶心和胸口疲惫又绞痛的感觉。

隔壁房间里似乎传来了走动和说话的声响，他的神志稍微清醒了一些，用手撑着身下躺椅的扶手半坐起来。

头上的眩晕和反胃感又重了一些，他低着头咳嗽了几声，深吸着气，努力想要让自己更加清醒一些。

他抬手擦了一下额头冒出的虚汗，又把手伸到怀中，摸到一直被放在大衣内侧的两个纸包还在，顿时安心了些。

那是他用这半年来的学员津贴还有几次出任务的钱买来的圣诞礼物，就算怀里的礼物并不算贵重，但原本也是不太够钱买的，好在最后这一次任务的报酬相比之前要丰厚不少。

只是那个粗鲁嚣张的暴发户在冬雨降临时，依然让没有做任何防护的他们在户外站岗，是他没有料到的。

虽然那种没有意义的炫耀只持续了一天，但是后来的两天内，冬日的冷雨已经变成了大雪，天气更加严寒，也是他所没有预料的。

如果是在平时，他绝不会娇弱到会被一场雨雪击倒，只是这半年来他仍然会被上一次感冒后留下的持续症状困扰，这一场雨雪也就变成了雪上加霜。

不过就算是发了烧，精神也有些昏沉，他也仍然不觉得自己会倒下。

更何况今天这次圣诞节的家庭聚会，是他期盼了半年之久的机会。

哪怕半年前父亲坚持认为那场学院内的斗殴是他挑起的，他也依然认为今天会是一个同父亲缓和关系的绝佳机会。

半年前的事不是他的错，他那时没有机会向发怒的父亲解释清楚，当然现在的举动也并不是认错乃至求饶。

他只是觉得……他们仍然是一个家庭，在家庭成员之间，总需要一个人先给出软化的态度，才能打断误解和隔阂的循环。

在他们的家庭里，这个人好像只能是他，不可能是他们那个一贯严厉的父亲。

他这半年来努力攒下津贴，尽可能地多接任务来换取报酬，又提前一个月在集市中挑选好送给父亲和哥哥的礼物，拜托那家手工店的老板预留了货物。

直到今天下午，才终于凑齐了钱将它们买回，再带着礼物挤上电车，在夜幕降临前穿过风雪回到家里。

他生怕错过晚餐的时间，甚至没有敢回到自己的房间换一身衣服，就来到了这个宴会厅旁的休息室里等待，却还是因为骤然来到温暖的室内而昏昏欲睡，不小心睡过去了一阵。

他站起身揉了揉脸颊，听到门外传过来的，似乎是哥哥和父亲的声音，努力将表情调整成微笑的样子，抬起手推门走了进去。

放置在室内的圣诞树上挂满了华丽的点缀，他走进去就看到父亲和哥哥正站在树下交谈。

他们还没有落座就餐，看起来自己还来得及送给他们礼物。

他心中这样想着，唇角微微弯起，向他们走了过去。

哥哥在看到他的一瞬间，眼中就露出了笑意，父亲却根本就没有看向他。

父亲从侍从手中拿过包装精美的礼物盒子，交到哥哥手中，语气温和地说："修然，圣诞快乐。"

接着父亲抬起头，冷漠又略带厌恶的目光仅在他身上停留了一瞬，就重新移开，仿佛连多给他一点注目都嫌多余："至于其他迟到的人，这里并不欢迎。"

他设想过许多种在暌违了半年后，父亲见到他之后的态度，愤怒的、严厉的，却没有料到是这样，完全像对待陌生人般冷漠。

他看到父亲身后的侍从手上并没有拿着第二份礼物，也就突然间明白了，原来父亲并不曾等待着他的归来，也没有想过和他一起度过这个圣诞节。

父亲愤怒的话又在他耳边响起："我没有这样无耻又无能的儿子！让他给我从这里滚出去！所有人，从今天起不许再给他提供任何皇室服务！"

他后来想起，会下意识地觉得，父亲应该只是震怒之下口不择言，毕竟他从小倔强，父亲对他发怒也并不是第一次。

现在看来，父亲那次的话，也许比他想象得要认真。

或许是因为他终于成年，到了可以脱离家庭的年龄，或许是因为父亲终于受够了他的忤逆和不服管教，决心和他割裂关系。

他脸上的笑容渐渐勉强起来，伸手从怀中拿出那份送给哥哥的礼物，将纸包递到哥哥的手中："圣诞快乐，哥哥。"

他说完放下手，对哥哥笑了笑，就转身快步走出去。

意识到自己并不受这座皇宫的欢迎，这里也很可能不再是他可以随时回来的家，他就觉得一阵难堪。

他想着如果可以，他需要赶快从皇宫下去，趁着神临城里的电车还没停运，也许在军官学院的大门关闭之前，他能回到自己的宿舍里。

然而刚才被他努力忽视的身体状况却并不乐观，他对自己身体的控制能力在下降，胸口的绞痛也几乎令他无法呼吸。

在走出没多远后，他就不得不扶住走廊的墙壁来避免自己跌倒。

走廊尽头原本不过几步的距离，现在却变得有些艰难。

他一边弯腰闷咳着调整呼吸，一边不得不分出神来，好笑地想如果他坚持走出去，会不会刚出皇宫，就像条丧家之犬一样倒在外面的雪地里？

那可真是太凄惨了些，父亲的颜面又一次要被他丢尽。

他当然不是那样的傻瓜，身体暂时不允许，他也不会太过勉强，这座皇宫里到处都是人，他可不想表演自己的软弱来给他们取笑。

他闭上眼睛想了一片刻，决定还是先回到皇宫二楼，那间自己原来的房间里先休息一晚……父亲总不至于把他的房间都撤封掉吧？

在有人发现他的异样之前，他站直身体抬步走回到自己的房间。

他的房间倒是仍然保持着整洁，只是并没有升起壁炉，室内一片冷清，显然没有准备好今晚迎接人入住。

他开门走进去关上门，将身后的门锁反锁起来，背靠在门上喘息了一阵才有力气继续向床边走去。

哪怕没有点燃壁炉，这里也是在保暖设施完善的宫殿里，比起大部分房屋里的温度，还是相当温暖。

更何况没人注意到这里更好，他可以安静地睡上一晚，也许睡一觉起来，明天早上他的身体状况就会好上很多，可以有力气离开这里回到学院。

好在这里虽然没有像以往那样，有侍从们准备好的热水鲜花甚至睡前甜点，但柜子里也依然放着他以往穿过的干净睡衣。

他用仅剩的力气将身上被冷汗和雪水沾湿的衣物换下来，换上干爽的睡衣，就倒在了床上陷入沉睡。

这一觉他睡得并不安稳，胸口的闷痛依然会时不时变得更加强烈，呼吸也会非常艰难。

他每次咳嗽着醒来，都尽量把头埋在被子里免得声音太响惊动他人。

到后来他分不清自己到底是在醒着还是在梦里，一切究竟是凭借本能行动，还是大脑仍旧能保持部分意识。

又一次从昏沉的梦里挣扎着清醒过来，他看到阳光洒在自己房间的地上，现在很可能已经到了第二天的中午。

他记得自己上一次仍有意识的清醒时，窗外依然是暗沉的夜晚，这一次距离那时很可能已经过了好几个小时。

他似乎仍然没有退烧，大脑更加昏沉，也很可能已经有超过24个小时没有进食和饮水。

他顿时又懊悔起来，也许昨晚应该趁着最后仍然有行动力的时候离开皇宫，哪怕在半路支撑不住，也可以找个小诊所得到一些基本的治疗。

总好过现在，他自己一个人躲在房间里，既找不到人可以求援，也找不到医生给自己治疗，简直像是完全被困在这里。

他又把头埋在被子里闷咳了咳，努力在大脑中搜寻了一阵，起身够到床头的内线电话，拨通了一个号码。

电话很快被接起，话筒那端的声音带着些犹豫和不确定："二皇子殿下？您有什么需要我做的？"

他知道由于哥哥身体的原因，这位宫廷首席御医一直看自己不顺眼，但此时他也只能硬着头皮说："抱歉……能不能请你到我的房间里来一趟。"

话筒那端沉默着，他以为程昱不想违反父亲的禁令，只能闭了闭眼睛接着说："程医生……如果你可以来出诊，诊疗费我过后会补给你。"

他虽然努力控制了，但说话的间隙里仍在咳嗽，程昱沉默了片刻，在话筒里问："你现在有没有发烧？"

他内心稍微放松了些，看起来他选对了人，在程昱眼里医生的天职高于一切，他不可能不帮助一个向他求助的病人。

他苦笑了下："大概。"

话筒另一端又沉默了片刻，接着就如他预料般，传来程昱不顾形象的怒吼："大概？肯主动打电话给我，你是烧到神志都不清楚了吧？一个个不把自己糟蹋到不可收拾不会来找我？你给我等着！"

在撂下了最后一句仿佛是要冲过来找他决斗一般的狠话后，程昱就干脆利索地挂断了电话。

他知道在这个御医暴躁的表象下，是强烈的责任心和行动力，大概过不了几分钟，他就会带着一大箱子医疗用品冲到他的房门外。

他想起来自己把房门反锁了，把话筒放下后攒了点力气从床上爬起来开门。

他之前从未觉得自己的房间如此之大，从床边到门口的距离简直像一百米那么远，不过好在他总算赶在程昱敲响房门的时候把门锁拉开。

这个长着一张娃娃脸，身高也比他矮了十厘米的首席御医横冲直撞起来，力气可并不小，他刚打开门就被他推门的力道冲得差点往后仰倒。

程昱一手提着医疗箱，另一只手把他捞住，他抬手撑在他肩膀上，还听到程昱怒气冲冲的声音在耳边犹如惊雷："你倒还能爬起来开门，我还以为我需要把这扇门砸掉！"

首席御医发起脾气来，气势实在太惊人，他抿了唇没敢回话，只是不太自觉地，朝程昱的身后望了一眼。

程昱注意到他的目光，"呵"了声说："你放心，你既然亲自打电话给我，我就知道你需要保密，我暂时没有通知陛下和大殿下。"

他内心确实有一些随着身体的虚弱而不小心偷偷冒出的念头，但和程昱说的无关，他也不打算解释，弯了下唇："谢谢。"

程惜像上次一样，努力忽视掉自己的存在，来通过他的视角去经历这一切，在这一刻，她突然间被一道白光击中了一般，明白了此刻他内心那微妙又无法言传的感触到底是什么。

那是程昱……是她的哥哥，他在那时，也许是想过的，也没什么指望地期盼过的。

他看向程昱的背后，就是在寻找那微弱的，就算是无法达成也并不意外的希望——是她也能来。

他还在她提起来自己如果也能来的时候，那么轻描淡写地带过去，好像他从来没想过这些一样。

程惜简直恨自己每次都听他胡说八道，任由他把一切都糊弄过去。

程昱的目光下移，触到了他领口和袖口的东西，而后身体微微震动了下，不可置信地喊出来："你已经在咳血了！到现在才喊我？"

他迷茫了一瞬，根本没有注意到这些，然而程昱的神色很差，他抿了抿已经干裂的嘴唇，有些小心谨慎地开口："对不起……"

程昱铁青着脸，手上的动作却有力又温柔，把他半扶半拖到床上躺下。

他看不到自己的领口，匆忙扫了眼床头，果然枕头和被褥间还有不少溅出的血点，有些还算新鲜，有些已经暗红干涸。

程昱也看到了这些，气得声音已经变了调子："肃修言！你真是厉害！我还

115

不知道你有这样的本事！"

直呼皇子的名讳显然是极度失礼的事情，然而此刻不管是程昱还是他自己，都没有注意这样的事。

他看向程昱，尽力向他示好："抱歉……诊疗费我以后，一定会补给你。"

程昱似乎差一点就又吼起来，但他突然间又和颜悦色起来："是我失态了……你会好起来的，你放心，有我在，就肯定会治好你。"

程昱边说，已经边开始拿起听诊器和温度计，解开他胸前的衣衫，开始给他做检查，还不忘继续用安慰的口吻说："放松一下，如果太累了可以睡觉休息，反而有利于身体康复和我的治疗。"

程昱从来没有对他如此和蔼过，他的大脑已经一片混沌，唯一记得的，是连忙抓住程昱的衣袖："如果太严重……不要告诉哥哥，他会担心……"

终于等来了外援，他的精神力也支撑到了尽头，他说话的时候，视线其实已经有些模糊，但他还是努力把剩下的话补完："也不要告诉爸爸……他不允许我留在这里。"

他的意识就这样中断了，程惜以为接下来又要是他苏醒后的记忆，但这次竟然有了些不同。

也许是因为这段回忆里的另一个主角是她血脉相连的亲哥哥，她的视角突然从肃修言那里转换到了哥哥的身上。

猛然间从那种虚弱痛苦的状态中解除出来，程惜有几秒钟处在空白的思绪里，她跟随着哥哥的视线，在他苍白的脸上停顿了有那么一两秒钟，而后就又开始快速处理他的情况。

哥哥的判断和治疗果然是她跟不上的速度，她看着哥哥快速确定了他的症状，给他打了退烧针，又调配出静脉注射的药水。

在一切处理好后，哥哥才稍稍停下来，站在床头思考了大概几秒钟，就站起身走到房间外，对站在那里值守的侍从说："去通知陛下和皇太子殿下，尽快过来。"

哥哥说完又停顿了下，改了口："还是先通知皇太子殿下。"

那名侍从显然已经在房间外站了许久，身旁还有盛放着丰盛午餐的镀金餐车，也不知道是从什么时候起就在这里等着。

他看起来已经有些战战兢兢，当哥哥发话后，他立刻行礼答应，飞快小跑着走了。

哥哥站在门边叹了口气，他在想宫廷里服务的人都清楚，哪怕陛下看起来对待二皇子多么严厉苛刻，也没有人敢忽视对二皇子的服务。

并不仅仅是因为皇子毕竟是皇子，身份尊贵。还因为二皇子这里如果出了什么情况，不仅会引来陛下的雷霆震怒，还有皇太子殿下极为罕见的怒火。

哥哥很快就看到皇太子披着未穿好的外袍，大步走来的身影，他没有在门口做任何停留，径直快步走到了床前。

皇太子在床边半跪下，手指有些颤抖地擦过他干裂染血的唇边，而后把身体俯下来，用头抵在弟弟的额头。

皇太子就这么一动不动了几秒钟，才直起腰，没有回头地低沉开口，声音里有风雷即将袭来的征兆："去把陛下请过来，马上。"

哥哥抱胸站在一旁，看着皇太子开口："你弟弟昏迷前的最后一句话，是让我不要告诉你们的父亲，他说陛下不允许他留在皇宫里接受治疗？"

皇太子抬头看了一眼哥哥，"呵"地笑了声，双眼中却没有一丝笑意："他说的这种口不择言的混账话，小言都会当真。"

这样指责一位皇帝，已经也是"口不择言"，更何况那还是他的父亲。

哥哥却没有惊讶，而是慢悠悠地又补了一句："你弟弟昏迷前的倒数第二句话，是让我不要告诉你，说你会担心。"

皇太子的目光顿时就显得柔和又哀伤，他抬手轻抚着弟弟的脸颊，仿佛是在向他诉说，又仿佛只是讲给自己听："小言从来都是这样……他只想让所有人都幸福快乐，却把自己放在最不重要的位置。"

皇太子说着又轻合了眼睛，好像是要遮住眼眸中的水光："我这样温柔的弟弟，在自己的家里……却要病到这样虚弱，才敢向人求救。"

哥哥扬了下眉，好像是觉得这样的情形有点出乎他的意料，他也不知道该做什么评价，只能转而问："你准备怎么跟陛下说，我觉得你语气不是很好，最好不要对陛下太不礼貌……"

哥哥的这句话显然讲晚了，因为陛下也很快大步赶了过来，现在正是午睡的时候，他同样衣衫不整，大大地失去了仪态。

程惜曾在肃修言的记忆里见过慌乱抱着他的前任皇帝陛下，但从旁观者的角度再次看到失态的陛下，这种直观的冲击感依然强烈——

正在匆忙冲过来的陛下，他的神色看上去不再威严高傲，甚至不再像是一个帝国的皇帝，而是任何一个焦急懊悔的父亲。

陛下只是刚进房间，就急着喊出来："小言！小言怎么了？"

一直就半跪在床前的皇太子在这时却突然站了起来，并且转过了身，他的手臂伸开拦住了靠近的父亲，并对他冷笑了声："您这是突然想起来，您还有个儿子吗？"

陛下脸色铁青地沉默了片刻，程惜以为他肯定要暴怒，但他只是将目光越过皇太子的手臂，打量了下床上的人后，目光中的焦急更甚。

皇太子丝毫没有让开的意思，反而侧了侧头，有些讽刺地笑了："您知道吗？小言不敢向人求助，只能打电话私下里央求程医生。因为他害怕自己一旦被您发现，就会被您赶出皇宫去……像上次那样，被您不留情面地赶出家去。"

陛下深吸了口气闭了闭眼睛，再次开口时，声音里竟然有一丝颤抖："那是因为他犯了错，我希望他能改好……只要他肯改，我又怎么会骂他。"

皇太子又讽刺地笑了："他犯了错？他真的错了吗？您会轻易地相信别人对他的指责，却连他自己的辩解，听都不想听一听？"

哥哥一直在旁边站着，这时候突然开口插了句嘴："二皇子殿下半年前被送走的时候，有些心肌炎的症状，我今天看他的身体状况，似乎这半年来没有彻底好转。"

陛下把目光转向哥哥："半年前他的烧不是退了吗？我以为他是装病逃避责任。程医生，如果他身体确实不舒服，你怎么不告诉我？"

哥哥挑了下眉："高烧确实是退了，低烧还有，陛下在处理这件事之前，并没有向我询问殿下身体的具体情况吧？"

哥哥说着顿了顿，又加了句："至于装病的问题，按照我对二皇子殿下的观察，他恐怕不会装病，生病了假装没事硬撑，倒是很有可能。"

陛下连续被哥哥堵了两句，脸色更差了起来，但那并不是恼怒，而是更加焦急懊悔，他皱着眉低声问："小言现在的情况怎么样？"

面对皇帝陛下的询问，哥哥倒是很尽责地解释："肺炎是主要问题，如果他不能退烧，再加上心肌炎的症状，严重的话会出现心力衰竭。"

陛下的脸色彻底苍白了起来，他重新转过头看向皇太子："小然，让我看一下小言。"

皇太子面容仍旧严肃，突然说："父亲，你是因为母亲的事在惩罚小言……你不觉得你这样做，对小言来说，很不公平吗？"

程惜听到这里就觉得心惊，在外界看来，先代皇后是因病去世，但皇太子会这样说，显然这里面有一些外界所不知的皇室秘密。

哥哥却显得并不意外一样，甚至也没有因为听到这些谈论而紧张，显然他也早就知道。

陛下苍白着脸沉默了片刻，有些艰难地开口："我并没有惩罚小言，我错了……小然，你现在让我看看小言，我很担心他。"

这些话对一个威严高傲的皇帝来说，并不容易说出口，陛下几乎是放弃了所有的表面威仪，近乎低声下气。

皇太子还是冷笑了声，看起来丝毫没有让开的意思："父亲是觉得轻飘飘一句'错了'，就能弥补小言受到的伤害？"

陛下的神色仍然又担心又焦急，他调匀了一下呼吸才开口，即使如此，他的声音里也还是泄露出了一丝颤抖："小然……我对你和小言的爱都是一样的。"

皇太子神色冷漠，看起来并没有被父亲罕见的温情流露打动，反而微抬了下巴，看起来仍然有话要说。

就在这时，也许是他们吵了太久，他身后床上的二皇子突然动了动，咳嗽了一声，有些艰难地睁开眼睛。

陛下的眼睛亮了亮，趁着皇太子被身后声音惊动分神的空隙，一矮身从他身侧钻过去，扑到床前握住了二皇子的手。

陛下的声音有些发抖："小言，对不起，爸爸不知道你生病了，你现在很难受吗？爸爸抱抱你好不好？"

这下连哥哥都有些愣住了，他确实没想到陛下对二皇子的态度软化下来后，会是这样哄幼童一样的语气。

也许是因为自从皇后殿下去世后，陛下对二皇子的态度就是严厉甚至冷漠的，这么多年来一直如此。现在一旦褪去了这层隔阂，陛下对二皇子的态度，就下意识保持了多年前二皇子仍然幼小时的样子。

二皇子的视线没什么焦点地落在陛下脸上，哥哥刚才给他用了安定的药物，他现在明显没有完全清醒。但他还是对着陛下弯了弯唇角，低声回应："爸爸？"

陛下俯身抱住了他，颤抖着声音说："小言，爸爸在这里，爸爸爱你。"

程惜看到这里，也忍不住在内心叹息了，她跟已经去世的先皇陛下并不熟悉，只对他留下了虽然生性严肃，但对待皇宫服务人员并不苛刻的印象。

现在她通过哥哥的视角来观察先皇陛下，会觉得他并非不爱肃修言。

只是这样的父亲，对肃修言来说，可能除了严苛之外，还有无法接近的距离感。

她这样想着，自己的视角就又回到了肃修言的身上。

缺氧和高热让肃修言的意识非常模糊，他仿佛看到了哥哥焦急的脸，又仿佛听到了还有人在呼唤他。

程昱给他用了安定类的药物，那些画面和声音都是混乱又无序的。

他似乎是听到了什么嘈杂的声音，等他睁开眼睛时，放在身侧的手很快被紧紧握住。

他花了些时间，才认出视线正中这张担忧焦急的脸属于父亲，他下意识地轻唤了声："爸爸？"

父亲抱住了他，又说了些什么，他没有精力分辨出来他话中的含义，却突然想起了什么，抬手拉住了父亲的衣袖："爸爸……给你的圣诞礼物，还在我上衣的口袋里。"

父亲的身体颤抖了下，他努力对父亲微笑："爸爸，我记得你很喜欢妈妈亲手缝的那双鹿皮手套，后来不见了。我在一个手工店里见到了这双很像，我拜托店主留了下来……昨天终于凑够钱买到了。"

父亲很轻地坏抱住了他，这样温暖熟悉的气息，还有强壮可靠的臂弯，让他回忆起了幼年时父亲也曾这样抱过自己。

他合上眼睛轻叹了声："爸爸，这种感觉好像真的……"

他从看到父亲的那一刻，就下意识地以为这一切都是他的幻觉，因为如果那是真正的父亲，又怎么会用这么温柔的语气和他说话，甚至亲昵地呼唤他"小言"。

那是在童年后，他就再也没有从父亲嘴里听到过的称呼，父亲有时仍会称呼哥哥为"小然"，却只正式而又冷淡地叫他"肃修言"。

父亲仿佛是想用这种方式来提醒他，比起来哥哥的完美优秀，他有多么劣迹斑斑。

又或许是父亲其实并没有刻意区分称呼上的不同，他只是天然又本能地，对他这个儿子并不亲近而已。

也许是高热带来的虚弱和意识模糊，在这一刻，他竟然软弱地希望这样的幻觉能多持续一阵，就好像他能在梦里，短暂地回到过去的岁月里——那时父亲仍会对他微笑，母亲……也仍然在。

他向父亲的怀里靠了靠，模糊的意识让他失去了对时间和空间的划分，大脑中的一切仿佛都是混沌的，他喃喃地说："爸爸，为什么……妈妈没有跟你一起来看我。"

这一次父亲的声音就在他耳侧，他能听得清晰一些，父亲轻声说："小言，你太累了……你需要休息，你先睡吧，爸爸不会再吵到你了。"

他确实已经又要失去了意识，双眼甚至都无法再睁开，但他仍然强撑着一丝神志，弯着唇角笑了笑："可是爸爸，我如果睡了，再醒过来就……见不到你了。"

父亲的声音仍然在他耳侧轻柔低沉地响起："我会在的，小言，爸爸一直都在。"

第14章
通往爱的道路并不简单

肃修言好像陷入了一片温暖的海洋中，他沉沉睡了过去。

梦中的意识中断，程惜也从暖洋洋的感觉中醒来，她睁开眼，车窗外的阳光正温暖地洒在她的身上。

她连忙看了下车厢里的时钟，发现才不过上午十点钟，她只睡着了两三个钟头而已。

这时她的车厢门被礼貌地敲响，她打开门发现是侍从礼貌地请她前去和陛下享用茶点。

看起来肃修言是刚处理完紧急政务，在午餐前有一段可以放松喝茶的悠闲时光。

正好关于刚才的梦，她也有事情想问肃修言，就点头收拾了仪容跟随侍从过去了。

车厢外面的客厅里已经没有了大臣们，肃修言也离开了办公桌，坐在沙发上，一只手支着下颌眼睛微眯，另一只手则搭在翘起的长腿上。

他面前的雕花木桌上摆满了各色华丽的甜点，描金的华丽骨瓷茶杯里，则倒好了两杯香味浓郁的红茶。

要不是知道他曾经穷得需要接任务才能凑够钱给父亲和哥哥买礼物，程惜还真想不到他对于饮食会不挑剔——不过他看起来好像并不是不挑剔，大概只是，有些时候没办法挑剔。

他看向她，弯了下唇角开口："你这是睡了一觉？一脸没睡醒的样子。"

程惜有些为难地看着他："我确实补了觉……又看到你的记忆了，好像还有部分是我哥哥关于你的记忆。"

肃修言倒是没像她想象的一样发怒，反而沉默了片刻，就妥协一般轻叹口气，没有去接这个话题，示意她享用茶点："这个樱桃挞不错，你可以试试。"

能被皇帝陛下称赞不错，当然不会是一般意义上的不错。

程惜拿起来一个咬了一口，注意力却放不到食物上，甚至有些味同嚼蜡。

她喝了口红茶，还是准备继续说："那么在我梦到这些记忆的时候……你是清醒的吗？"

他用手背支着下颌，对她笑了下："我一个上午都在会见大臣，你说我是不是清醒的。"

他说着还补充了句："我也没有时间和精力去回忆这些陈年往事，我在思考别的问题。"

程惜"呃"了声："那这些事情……"

他反倒是又笑了笑："所以我也不知道你为什么还能梦到我的回忆……大概是我们之前的推测是错误的。"

程惜只能说："我并不是故意的，我只是想补一下觉。"

也许是这时候心情不错，肃修言也没有动怒的意思，只是挑了下眉："说说看你又看到了什么？"

就算他如此和颜悦色，程惜也还是不敢欺瞒，老实地将自己梦到的内容复述了一遍。

她看着他的脸色，带些小心地提问："所以这是什么时候的事？"

听到程惜讲述这段往事，他脸上的神色倒是没什么变化，这时候抬眼看了看她，弯了下唇："跟我们睡前在聊的事情有些关系吧，你在皇宫花园里遇到过我的时候，就在那之前的一个圣诞节。我发烧后在皇宫里休养了一个多月才回学校，不过心肌炎康复得很慢，到了暑假的时候，偶尔还会有些不舒服。"

程惜顿时心疼起来，忙伸手过去握住他放在大腿上的手："那你在花园里躺着休息，是身体突然不舒服了吗？"

他看了下她紧紧握住自己的手，唇边的弧度更大了些："有一部分原因，还有一部分原因是我不喜欢在里面听他们陈腔滥调的阿谀奉承。"

程惜想起来那时听到的那两位贵妇的讨论："他们表面奉承你，背后却会对你说三道四。"

他无所谓地弯了下唇："可惜哪怕他们在背后说再多次我只是个不得宠的废物皇子，在我面前还是只能卑躬屈膝、溜须拍马。"

程惜想到后来的传闻，就问他："据说那天你回到宴会厅后，把陛下递给你的酒杯打翻了扬长而去……你和先皇陛下那时候还没和好吗？"

肃修言"呵"了声："他们是这样说的？我那时还有些头晕，失手没接稳酒杯。更何况我也不是扬长而去，父亲扶了我一把，让哥哥陪我一起走了。"

程惜也有些意外："这么说那时候先皇陛下和你的关系已经缓和了吗？"

肃修言倒是摇摇头："我们的关系一直都是那个样子，没什么缓和不缓和的。"

程惜又想起来问："可是你昏迷前先皇陛下不是抱着你道歉安慰了吗？我以为等你再醒了看到他，你们的关系能和睦一些。"

肃修言看了她一眼，随机露出了一个稍显讽刺的笑容："不，等我再次醒过来，只看到了哥哥，他根本不在。所以我一直到几年后，都以为那次他对我道歉只是我自己的一场可悲的幻觉。毕竟，皇帝陛下不会犯错，也不可能道歉。"

程惜也不知道该说什么，只能又问："那你后来怎么知道那些事……是真的？"

肃修言沉默了一阵，他本来就用手支着下颌，现在他的头更歪了些，似乎是陷入了某种沉思。

过了一阵，程惜正以为他不准备回答了，才听到他慢悠悠地开口："他在最后，告诉了我他爱我，他那时说了很多话。他提到了那一次，说是因为南部出现了叛乱，他必须赶过去。等他回来时我虽然还在皇宫休养，但是他看到我对他的态度冷淡，以为我不肯原谅他，就没有再试图接近我。"

肃修言说的这个最后，肯定是指先代皇帝陛下去世前的事。

她想起来那时局势动荡，皇太子失踪下落不明，哥哥作为首席御医也在皇宫中十几天没能离开，大概是因为先代皇帝陛下那时候的病情很严重。

她想着他在哥哥失踪的情况下，还要守着病危的父亲，听父亲诉说那些之前从未说出的话，就试着开口安慰他："至少先皇陛下和你之间的误解和隔阂，能在他最后的时光里解开，已经很好了。"

他好像还在想着什么事情，有些微微出神，却看向她又笑了一下："行了，别说这些了。看起来不管是不是我在睡眠的状态，只要你睡着了，你都能看到我的记忆。"

程惜有些歉意地点了点头："看起来确实是这样。"

他弯着唇又笑了笑："那从现在开始，你就不要睡觉了。"

程惜顿时震惊了，慌得都认真起来："陛下，一个人长期不睡觉是会严重影响到健康的！"

看到她这么慌，他反倒失声笑了出来："好了，逗你的，你还当真了。"

能够吓到她，他好像非常得意，甚至笑得眼角微弯："放心好了，我舍不得。"

程惜情绪大起大落，愣了下后，干脆十分失礼地越过沙发扑到了他身上："你还挺开心？"

他倒是很顺手地张开手臂接住了她，带着笑意看她："我提醒你程医生，我背上还有伤口，不要试图殴打伤患。"

程惜皱着眉看他："你明知道我也不舍得。"

好像他们一见面就抱在一起亲吻，会显得有些轻浮，可是程惜却只想抓紧一切时间来享受和他的独处。仿佛他们之间已经错失了太多，所以才珍贵到每时每刻都不能再浪费。

她这么想着，目光自然就落在他的双唇上，唇瓣微微弯着，可能是因为红茶的滋润，不再像之前那样苍白，而是透着一种淡淡的粉红。

她看着就不自觉舔了下自己的唇，也许是她的目光和渴望太露骨，他唇边的笑意就更深了些："你怎么……"

程惜忍住去咬他粉红色唇瓣的冲动，把头埋在他肩上，努力把话题扯回去："所以我们怎么办？"

他抱着她，声音里还有笑意："能怎么办？如果是别人能偷窥我的记忆，现在要么被囚禁起来拷问，要么干脆杀了……你以为国家机密是什么人都能知道的？"

程惜顿时有点紧张："你不会真的杀人吧？"

他看着她笑了笑："我是一个统治者，你不会认为，会有统治者的手上，没有沾染过鲜血？"

程惜连忙把他抱得更紧："但我知道我的小哥哥一定很温柔，不会故意伤害别人。"

他忍不住笑出了声："行了，我知道你很怕我会处理你，别拼命恭维我了。"

程惜虽然有恭维他的成分，但她也确实认为不管他表现出来的样子有多冷漠，他也都是一个温柔的人。

她抬起头，用手抚摸他的脸颊，还是没有忍住，凑过去吻住他还弯着的薄唇。

他只停顿了片刻，就轻启唇齿，将她的吻还了回去。

他们的口中都还残留着茶点的味道，伯爵红茶浓郁的花香里又加入了甜蜜的樱桃，仿佛是一场令人沉醉的夏夜盛宴。

她也的确是沉醉其中了，过了许久，她才放开他，还叹息着感慨："如果你只是一个普通的士官，那我一定会向你求婚。"

他沉默了下，带着些笑意开口："怎么？在你眼里，皇帝的身份反倒是个障碍了？"

程惜摇了摇头，认真地说："那倒不是，而是你是皇帝陛下，我却向你求婚，那就是在期待自己能成为皇后殿下，我可没有那种狂妄自大。"

他弯了下唇角看着她："你既然并不期待能成为皇后，却又向我求爱，你把自己摆在什么位置？皇帝陛下的秘密情人？"

程惜确实没考虑过这个问题，她也老实承认："我并没有想那么多。"

他弯着唇角轻笑了声，倒是没有继续在这个问题上纠缠，反而主动转移了话题："按照现在的行进速度，我们下午就可以抵达高岸城了，那是座相当有特色的城池，也许你可以出去逛一逛。"

程惜在做了他的随行人员后，就没能指望自己还可以自由行动，现在听到他这么说不免惊喜："真的吗？你和我一起？"

他还是带笑看着她："你觉得我有可能走得开吗？"

程惜揽着他的腰，说出的话并没有夸张的成分，而是她的确这么想："可是我一秒钟也不舍得离开你啊。"

他把手放在她的腰上，微微垂下眼睑："程小姐说甜言蜜语的本领，真是进步神速。"

程惜抱着他摇头："你简直在质疑我的诚意……我说的都是真心话！"

他的唇角倒是又弯了起来，带着笑意："好，我信，满意了？"

接下来的时光他们倒是度过得很悠闲，茶点过后就到了午餐的时间。

程惜当然和他一起用餐，虽然她不怎么饿，不过这不妨碍她享用御厨烹饪的精美食物。

用餐过后稍作休息，他们先回卧室程惜给他检查了一遍伤口，才帮他穿起了待会儿下车需要穿着的礼服。

肃修言是做过军人的人，就算礼服复杂烦琐，他也能自行穿着整齐，并不需要任何帮助。

不过现在他背上还有伤口，程惜坚持帮他穿戴，她一边系着缀有金色流苏的腰带，一边没忍住在他的腰上摸了一把。

不是她太心急，而是面对这样美好的腰线，要保持完全的理智实在太难。

她自认为做得足够隐蔽，等抬起头，却看到肃修言微弯了唇角看着她，神色有几分耐人寻味："我还真以为你是个淑女。"

程惜清清嗓子："大部分时候的确是的……除了在你面前。"

他对这个答案还算满意，微笑着挑了下眉："我允许你继续保持。"

他开了口就是来自皇帝陛下的特许，所以她这算是被恩准揩油了吗？

既然被恩准了，程惜就干脆光明正大地抱住他的腰，在他唇边轻吻了下，满意地点头："为了陛下，我会拼尽全力保持的。"

他挑着眉笑了笑，十分慷慨大方地任由她借着整理领口继续动手动脚。

就如肃修言所说，高崖城是座十分有特色的城池，神越帝国境内的城池大多修建在平原谷地中，这样方便往来贸易，也方便人口和城池的扩充。

而高崖城，城如其名，是一座悬挂在狭窄的江岸边，背靠山崖修建的错落城池。

当火车驶过高耸的铁桥驶向城池时，肃修言还有心情对程惜说："你知道吗？这座城池号称永不被攻陷，就算整个神越帝国，包括神临城都陷落在尸鬼手中，这里还能斩断铁桥彻底阻隔那些怪物。"

程惜倒也是听过这个传闻，但是现在这些话从皇帝陛下口中说出来，那当然跟普通民众来说含义不一样。

她十分虚心地揣测着肃修言的脸色发问："你是觉得这个说法不好？"

他轻笑了声："这个传言原本就是受封在这座城池里的霍恩海姆家族放出来的。比神临城更加坚固不可陷落？那就是说神临城会陷落？而神临城陷落之后，这里就是人类最后的堡垒？野心倒是不小。"

程惜不得不承认自己只是个医学生，对这些政治游戏一窍不通，只能又问："所以他们有反抗首府的意思？"

他看着她弯了下唇角："他们没那个胆子，也没那个实力，无非是想谋求更多的政治资本而已。"

程惜想到的却还是他的安全："你在这里会不会遇到危险？"

他看着她，眼睛里也有笑意："我不是说了吗？他们没有胆量，也没有实力。"

程惜拉着他的手臂，还是不想放开："可我还是担心你。"

她说不上来是为什么，她总觉得似乎有事会发生，而这种预感并没有由来，就好像是她一直以来的那种奇怪的感觉的体现：

眼前发生的这一切，就如同一个表演到了最后阶段的剧本，结局即将到来，而她却茫然无措，甚至并不清楚自己所要扮演的角色。

他看着她又笑了笑："放心吧，这次只是例行巡视而已。到了后我还有很烦琐的政务和会谈，你如果觉得无聊，在晚宴之前都可以在城堡附近逛一逛，我会让柳时务跟着你的。"

他说着还安慰一样对她解释："在你身上释放咒语的人还没有找到，人员杂乱的地方，诸如集市就没办法去了。"

程惜虽然还是不想离开他，但他说了要处理政务，也就代表有些场合她并不能和他一起出现，那么安排她到房间里枯坐确实会无聊。

她只能点了点头："好的，我也会自己注意安全的。"

没有时间再留给他们说更多的话了，因为火车已经平稳驶入了高崖城的车站，他们也看到了在站台上欢迎皇帝陛下到来的华丽仪仗队。

在火车上度过了二十多个小时后，程惜终于再次踏上了坚实的地面，高崖城的气温明显要略低于神临城。

在站台上欢迎皇帝驾临的霍恩海姆伯爵身材微胖，有着一头卷曲的金色头发和略显滑稽的两撇胡子。

他红光满面地鞠躬行礼，一边说着欢迎词，一边握住肃修言的手亲吻他的手背，言谈举止极尽谦卑，倒是看不出来有丝毫野心的样子。

肃修言也微笑着向他致谢，态度和蔼可亲，同样一点也看不出来就在五分钟前，他还嘲讽了这位伯爵不自力量。

欢迎仪式的氛围非常热烈和谐，随后肃修言和大臣就被接上了专用的马车，一行人前往城池最高处的霍恩海姆城堡。

程惜被单独安排在一辆马车上，只有柳时务和她同乘。

她觉得自己的待遇有些特殊，就带着些尴尬地问柳时务："我在视察团中的身份是什么？御用医生吗？"

柳时务看着她非常有礼貌地微笑："陛下告诉我，如果有人问起，就介绍说您是陛下的未婚妻。"

程惜被"未婚妻"这三个字镇住了，僵硬了一阵才说："可是，陛下的未婚妻就是未来的皇后殿下，这是很郑重的事情，难道可以随便说的吗？"

柳时务还是礼貌地微笑着："所以这种郑重的事情，陛下怎么说，我就怎么复述。"

程惜只能抬手扶住额头，期望别有人询问柳时务自己到底是什么身份……不过这个好像也不太可能。

所以说她直接从身份不明的随行人员，变成了皇帝陛下还未对外正式宣布的未婚妻？这个转变也太快了点吧？

柳时务这时还微笑着补充："其实程小姐昨晚休息的那节车厢上，除了您之外，就只有内阁总理大臣下榻了，所以我想程小姐身份的尊贵程度，在昨晚就已经被人知晓了。"

程惜又沉默了，住在肃修言那节车厢的隔壁，难道不是为了方便他半夜发疯把自己拽过去吗？怎么又成殊荣了。

总之她在这豪华的皇家视察团中享受着特殊的待遇，一路被带到了霍恩海姆城堡里。

坐落在高崖城之巅的伯爵城堡，当然比城池里普通的建筑更加宏伟壮丽。

城堡下围绕的层层花圃向外垂下藤蔓和红枫树枝，从下方看上去，花园仿佛建筑在空中，确实颇具特色又美不胜收。

肃修言在下了马车后，就和大臣们一起，被伯爵接到了城堡内的会议大厅，看起来是有政务方面的事情要谈。

程惜不方便一起过去，但要是到旁边的小宴会厅内休息的话，则免不了要跟伯爵夫人和一众贵族女眷应酬。肃修言果然了解她，如果让她去和那些贵妇人打交道，那还真不如直接去外面转悠一下午来得轻松。

好不容易来到这座久负盛名的高崖城，她当然是想到集市里逛一逛的，不过肃修言也说了为了安全，她不能去集市。

她站在城堡的露台上俯瞰了下，看到城堡外不远的地方，还是有着一条开着几个商店的小型商业街。

这条街道的装饰也比较精美华丽，看起来应该是主要为伯爵府邸和贵族们提供服务。

虽然店铺里的很多东西她大概买不起，不过看一看总是可以的，她想着就对柳时务说："我去那里看一看可以吗？"

柳时务挥手叫来一名下属："带人去把那条街道肃清……"

程惜连忙打断他："肃清就不必了，本来人也不多，我们低调一些就行了。"

柳时务也礼貌地鞠了个躬，改口对下属说："你跟我一起护送程小姐。"

程惜松了口气，只带两名护卫的话，也不算太显眼。

那条商业街就在城堡墙外，程惜本来就是为了打发时间，所以选择步行过去。

今天是个大好的晴天，秋日的清爽空气拂过脸颊，温度也恰到好处，确实适合在户外活动。

柳时务和他带来的那名下属跟随在她身后，他们没过多久就走到了商业街中。

这排店铺经常服务于城中贵族，不但装饰门面华丽，卖的东西也并不凑数。

除了华丽时髦的神临城商品外，还有不少颇具本地特色的手工艺品，程惜一路看过去，倒也不觉得无聊。

她没想过用肃修言的钱或者皇帝特权，所以只是看来看去，并没有打算购买这些标价昂贵的商品。

即使如此，她身后跟着的两名身着制服的皇家侍卫，也让店铺的服务人员不敢怠慢。

她从一家手工定做珠宝的店铺里出来，又走进一家定制私服的店铺。

接待她的是个年纪不大的女匠人，倒是非常热情，不但给她推荐了几款礼服，还极力邀请她去店内的女士试衣间量尺寸。

程惜正想解释自己明天可能就要离开高崖城，恐怕是来不及等定做的衣服完工，女匠人就带着笑意伏在她耳边，用仅能两个人听到的声音说："我是你的接头人。"

程惜的身体瞬间僵硬了，她不明白这句话的含义，只能尽量保持镇定地看向柳时务。

柳时务接到她的目光，颔首对她微笑了下，看起来似乎并没有发觉异样。

程惜大脑运转飞快，她对于这个人还有什么"接头"的事情毫无所知，她是被误认为别的人了吗？

几乎是在一瞬间，她就做好了决定：无论这个人属于什么势力，既然她错认了自己，为何不将错就错，说不定还能从她口中套取到信息。

于是她冷静地对柳时务笑了笑："我跟随这位女士去一下更衣室。"

既然是女士更衣室，柳时务和另一个皇家侍卫当然没有跟进去的道理，于是柳时务就点了点头，礼貌地表示："我们在这里等您出来。"

程惜看向那个女匠人，跟随着她一起进入到更衣室中。

这间更衣室其实并不大，和外间也只隔了一层薄薄的木板，可能这也是为什么柳时务会放心地让她暂时离开自己的视线。

然而就当那个女匠人将更衣室的门关上后，程惜就看到她的嘴唇张合，无声地吐出了一段咒语。

这个人竟然是个魔法师！程惜顿时心底一惊，她大意了，竟然让自己和一个魔法师独处。

然而那段咒语却似乎只是一个阻隔声音的咒术，程惜感觉到周围突然极端地安静下来，原本门外传进来的微弱声响也都完全听不到了。

女匠人念完屏蔽声音的咒语后舒了口气，就看着她说："你被皇帝控制住后，我们本来打算在列车停靠补给站台时救你的，但是当时的护卫非常严密，实在没什么机会。"

程惜沉默地看着她，她不知道该怎么回答这些话，听起来好像这个女匠人所指的人就是她，但她不明白自己为什么会需要别人的救援。

也许是时间紧急，这个女匠人不等她回答就又接着问："怎么样？你拿到有用的情报了吗？当年宫廷政变的真相你看到了吗？"

她一口气都说完，一直没等到程惜的回应，才恍然大悟地拍了下脑袋："我都忘了，你身上的遗忘咒语还没解开。"

她说完这句话，就飞速地又念出了一段咒语。

就像是一直被封尘在大脑内的盒子终于打开，又像是她被人从一个沉醉的梦中唤醒。

她看着眼前这张年轻富有朝气的面容，凭借那些逐渐回来的记忆，她轻声喊出了她的名字："罗薇娜……"

她想起来了，好像那些她一直隐约感觉到违和的地方，在这一刻都找到了解答。

她的确是程惜，一个普通的皇家大学医学院毕业生……但她同时也是秘密的地下结社自新社的成员。

她加入自新社其实很简单，不过是有次在校园里接到过传单，一时兴起参加了一次集会。

然而渐渐地,她发现自新社的政治理想和自己的很吻合。

她厌恶腐朽奢靡的贵族阶层,对饱受贫困劳役之苦的底层人民充满了同情,希望能有一场变革来推动社会的进步。

她开始只是在课余时间参加一些集会,但不知不觉间,她竟然成了组织较为核心的成员。

也许是因为她不仅是皇家大学医学院的学生,还是宫廷首席御医的亲妹妹,所以获得了不少额外的关注。

至于这一次的任务……其实她的哥哥并不是忙于工作无法参加自己的毕业典礼,在自己毕业前夕,程惜曾接到过哥哥从耶加城发来的一封电报。

那封电报只有寥寥几个字:有事不回,小心老二。

这封电报的语言倒是有哥哥那种一贯不拘小节的语言风格,她认为并不是别人代笔。但是信件的内容让她有些不好的猜测,别人可能不知道哥哥所说的"老二"是谁,因为这个措辞也太随意了,但她知道,哥哥指的正是现今的皇帝陛下。

哥哥给她留言的事情,她当然没有傻到回去告诉组织内的其他人,他们只是暂时志趣相投的同志,她并没有信任他们到那种地步。

至于这次的任务,则是当她了解到组织的计划后,她自己主动提出的。

组织内一直有人提议调查新皇帝登基前后的事情,也算是对皇权的一种质疑。

当年皇太子殿下失踪,先皇陛下病逝,原本不应该接任的二皇子殿下登基成为新的皇帝。

这一系列事件在很多人心中都是一个谜团般的存在,程惜自己也确实有诸多疑惑。

自新社虽然倡导社会进步,但并不提倡用武力解决问题,他们更像是一群志趣相投的各行业精英,秘密地下非暴力社团。

如果能调查到现今的皇帝陛下,是通过不正当的手段取得了皇位,那么就可以顺势推行反对皇权的运动。

这个任务当然是危险的,秘密调查国家的最高首脑,必定会冒生命危险。

但是因为哥哥的留言,再加上她知道了组织内的调查计划,她就主动提出自己可以接受这个任务。

她的确是组织内最有可能直接接触到皇帝陛下本人的人,她的提议没怎么被讨论就被通过了。

能够直接接触到皇帝本人，组织内的魔法师，也就是罗薇娜的老师杜克博士就给她施加了记忆通感的咒语。

为了防止这个咒语被反向利用，也为了并没有受过专业间谍训练的她，能在皇帝面前表现自然一些，杜克教授还给她施加了封印部分记忆的咒语。

这种遗忘咒语不能长期生效，但至少在几天内，可以让她的一部分记忆被选择性遗忘。

所以她就暂时忘记了那些关于组织的记忆，带着自己不知道的任务，出现在了他身边。

杜克博士在她身上施加的这个通感咒语，发动条件是她和肃修言直接的身体接触，哪怕是指尖不经意地扫过皮肤都可以。

她本来应该找个机会和肃修言做一些不易被他察觉的触碰，但那个不知道是谁施加在她学士帽上的火焰咒术，却打乱了原本的计划。

她不仅和肃修言有了非常彻底的身体接触，甚至触碰到了他的伤口和鲜血。

也许就是因为这样，这个通感咒语的效果格外好，甚至让她能够感同身受地经历他所经历过的一切。

程惜低头看了看自己的手，她有一瞬间的茫然，随即就想起来要回答罗薇娜，摇了摇头：“我还没有看到，也许快有机会了，他好像已经开始回忆起那些日子了。”

罗薇娜看了看她，神色关心地问：“小惜，你是不是遇到了什么问题？”

程惜沉默了下，她在执行任务之前，并没有预料到肃修言会这样关心自己，也没想到自己这么多年来一直希望能寻找到的“小哥哥”就是他。

虽然她这次接近肃修言其实有着其他的目的，但是在这个过程中，她对肃修言的了解在加深，对他的感情也在加深。

程惜和罗薇娜并不熟悉，更谈不上全然的信任，她并不想和她讨论这些私密的问题，于是又摇了摇头：“没有，只是一直屏蔽着关于组织的记忆，我害怕自己会偏离任务。”

罗薇娜看着她说：“小惜，任务开始前我们不是商量过了吗？这个咒术可能会被皇帝的御用魔法师反向利用，所以要把你关于任务的记忆屏蔽掉，这样你也会更安全一些。”

程惜点了下头，对她笑了笑：“对，这样你们也都更安全一些。”

罗薇娜为难地看着她：“我知道这个任务很危险，稍有不慎就会有生命危险。你如果不想继续下去了，我可以帮你向老师转达。”

程惜还是摇头："既然已经开始了，还是继续完成吧……我现在也更加好奇到底发生什么了。"

罗薇娜看她执意如此，就抬手准备在她的遗忘咒语补上，程惜忙阻止："还是别再屏蔽我的记忆了，我想保持清醒。"

罗薇娜点点头："好吧，皇帝应该也已经信任你了。"

程惜苦笑了声，心想他何止信任，他已经让别人对外宣称我是他的未婚妻了。

她们没再多聊，罗薇娜很快装模作样地给她量了身材，又推荐了一款墨绿色的小礼服，程惜也就顺势买了下来。

她从学校出来时身上根本没钱，最后自然还是柳时务付了账。

程惜有些尴尬地对他道谢："等回神临城后，我会把钱还给你的。"

柳时务笑了一笑："其实账单是陛下付的，您如果想要还的话，可以跟陛下商议。"

程惜想了下自己去找肃修言说要还钱的情形，顿时脑袋就有点大，胡乱点了下头："好吧。"

遇到这样的事，她当然也没心思继续逛街，就带着这条裙子回伯爵城堡，心想干脆推说身体不舒服，避开那些贵妇躲到今晚给她安排的房间里算了。

结果她才刚回城堡，就看到有个皇家侍卫快步走过来，凑在柳时务耳旁说了些什么。

她没听清那个侍卫的话，就看到柳时务看了一眼自己，目光中似乎有些探究。

她想起自己间谍的身份，忙强作镇定地开口："怎么了吗？"

柳时务又面带歉意地对她说："程小姐，刚刚陛下在会议时身体不适被送回了房间……陛下这次出行并没有带其他随行的御医，我的属下正准备出去找我们……"

他话音未落，程惜已经焦急地打断了他："快点带过去！"

柳时务立刻对她微微鞠了下躬，侧身示意她跟上自己，让那个皇家侍卫带着两个人快速赶过去。

程惜确实着急得很，肃修言这么喜欢硬撑，如果不是非常虚弱或者情况特殊，他又怎么会当众失态。

她心急如焚地冲到肃修言休息的房间里，看到他正侧躺在床上从一旁的侍从手中喝水。

她顾不上床前还站着的几个人，径直走到床前半蹲下捧起他的脸，感觉到他身体的温度正常，脸色也并没有变得很差，才稍稍松了口气："你怎么了？哪里不舒服？"

他正喝了一半的茶水，双唇还有些湿润，抬手示意侍从退下，才弯了弯唇角："还好，只是有些头晕，所以才躺下休息。"

程惜皱着眉并不是很相信："只是头晕你就要人去找我回来？"

他打量了下她的神色，唇边的笑意更深了些："那么我是因为舍不得和你分离，所以才借这个理由让人叫你回来……这个理由可信吗？"

他说话的时候程惜又仔细观察了下，感觉到他确实没有更多的虚弱，就放心下来："别吓我好吗？你明知道你要是出了什么状况，我就吓得心跳都失速了。"

他微微垂下眼睫弯了弯唇角，程惜正准备凑过去吻一下，就猛然想起自己身旁还有几个人，这才想起来抬头去看。

除了刚刚给他递茶的侍从之外，床边赫然还站着两个衣着考究的贵族男女，程惜看了他们就猜到这可能就是这座城堡的男女主人。

果然她身旁传来肃修言带着笑意的声音："这两位是霍恩海姆伯爵和伯爵夫人，你还没有见过。"

程惜大为尴尬，只能硬着头皮站起来对他们行礼："伯爵大人和夫人安好。"

霍恩海姆伯爵夫妇倒是表现得很自然地对她还礼，伯爵还微笑着说："程小姐果然美丽非凡，令人惊叹。"

程惜也明白他会这样恭维自己，都是因为肃修言，不过她还是有礼地道了谢。

伯爵夫妇深谙察言观色，随即就向肃修言告退，带着侍从躲了出去，把空间留给程惜和肃修言。

柳时务自然也和皇家侍卫一起退了出去。

房间里就剩下他们两个人，程惜当然也就不再遮掩，干脆坐在床边，继续用手捧起他的脸，皱着眉说："你的身体总是出状况，我真是心疼死了。"

他倒是挑了下眉，不在意地说："我没事，头晕确实有一些，不过也是不想继续跟他们应酬，才说我想休息……还得谢谢你回来得够快，免得那对夫妇围在床前不肯走。"

程惜摇了摇头："我本来就已经回来了，在门口遇到了你的侍卫。"

他唇边带着笑意问："怎么不多逛一阵子？买到了什么东西吗？"

程惜顺着他的话回答："只是随便买了条裙子。"

她没有注意到自己并没有告诉过他下午去了哪里，她想起遇到罗薇娜的事情，看向他的目光里，不自觉多了些情绪："修言……我真的害怕会失去你。"

他看着她又移开了目光，微垂了眼睛，轻笑了笑："你为什么会觉得，你一定会失去我？"

他话音刚落，程惜还没来得及回答，他就突然咳嗽了起来。

程惜连忙抱住他的肩膀，他低头闷咳得身体都在颤抖，她紧抱着他，语气又急了起来："这就是你说的没事？"

他又咳了几声，才稍稍止住，抬起眼睛对她笑了笑："你这样……我会认为你真的很关心我。"

程惜简直不明白他在说什么："我当然很关心你！"

她说着又忍不住抬手去抚摸他的脸颊，皱紧眉头看着他重新苍白起米的双唇："你到底怎么了？"

他没有回答，他低头把自己的双唇印在了她的唇上，程惜下意识地迎了上去。

她抱着他的手臂不自觉地收紧，他的唇齿间依然带着花香的味道，只是这一次她尝到了一丝不易觉察的涩滞。

下午肃修言还是睡了，他似乎是因为积累了很多疲倦，睡着后又发起了低烧。

程惜帮他检查了身体，又害怕自己经验不足，将霍恩海姆城堡的首席医生也找来一起讨论。

结果是这位经验丰富的老医生，也认为就目前的检查来看，皇帝陛下并无大碍，可能只是过度疲劳，需要充足的休息来恢复身体。

他的身体这样，霍恩海姆城堡原本打算在晚上举办的欢迎晚宴也就搁置了。

肃修言一直睡到夜幕降临，程惜守在他身边一步也没离开，她刚拿回了被封存起来的那部分记忆，大脑中有些乱糟糟。

她并不是那种会为了政治理想狂热献身的类型，在她内心深处，自己始终是个医生，救死扶伤才是她的天职。

所谓的政治理想，也不过是为了在医学之外，用别的方式帮助到更多的人，让尽可能多的人，能够过上好的生活。

可是她却在执行这个看起来并不是很复杂的调查任务时，遇到了让她心乱如麻的情况。

她在开始任务前，没有料到肃修言就是她的"小哥哥"，也没有料到自己在接触到肃修言的记忆后，会迅速对他整个人大大改观。

他们只是在一起了一天多而已，她的内心就有了那样多汹涌又丰沛的感情，它们来得那样突然，让她本能地感觉到害怕，却又无法抵抗。

她唯一所能确定的事，可能就只有，她似乎已经无法自拔地爱上了他。

她就这样满腹心事地在他身旁枯坐到暮色四合。

他休息了这么久，身体不但没有恢复，反而显得更加虚弱了一些，还没彻底清醒，就侧身按着胸口咳嗽了几声。

程惜连忙过去把他扶起来，揽着他的肩膀让他靠在自己肩头。

他又沉闷地咳了几声，仍然没有完全清醒，身体也像是没什么力气般靠在她身上。

程惜努力揽着他的肩膀不让他滑下去，他咳得直不起身，喉咙里像是堵上了什么东西，呼吸声沉闷又嘶哑，抬手去按自己的胸口。

程惜吓得浑身发凉，把自己的手放在他的手背上握住："修言？快吸气！"

他弯着腰咳嗽，身体的颤抖近乎抽搐，她听到他喉间淤堵的声响，顾不上去拿医用纱布，从怀里拿出手帕放在唇边："吐出来！"

他又艰难地咳了几声，才吐出些近乎干涸的浓稠血块。

程惜的身体也在发抖，她紧搂着他的肩膀，手指从他唇边擦过，声音颤抖："修言……"

他抬起眼睛努力凝聚精神看向她，一边断断续续地咳嗽，一边弯了唇角："你怎么还在这里……又哭什么……"

程惜没注意到自己又哭了，她凑过去在他苍白的唇边轻吻，看到他这样虚弱，她简直伤心欲绝："我都不知道你到底怎么了……我没办法救你，我不是个好医生……"

她说着，才发现自己真的是哭了，眼泪不停地滑落下来，几乎泣不成声。

但她丝毫不在意自己此刻的样子，甚至忘记了自己的职业素养，只是紧抱着他，不停吻他的脸颊和薄唇。

他看着她轻叹了声，唇角弯了弯："你能不能，先出去一下？"

程惜哽咽着摇头："不……我不能离开你。"

她不明白他到底是出了什么事，医学范畴内的知识并不能解释他目前的状况，但是她本能地感觉到了不对劲。

他的神志清醒了些，身体却像是更加无力地滑落下去，需要她用尽力气，才能阻止他滑倒下去。

他仍是望向她，眼中的光芒却渐渐暗了下去，她抱着他，突然感觉到一阵绝望。

他抬起手把她脸颊上的泪水擦去，又叹了口气："你不要害怕，也不要惊动其他人……"

他说着，对她温柔地笑了笑，程惜从没在他脸上看到过这样的神情，仿佛带着无穷的耐心和眷恋："小惜……你要相信我，要等我醒过来……"

她看着他缓慢地合上了眼睛，那放在她脸颊上的指尖也无力地垂了下去。

她抱住他倒下去的身体……她感觉不到他的呼吸和心跳，也不知道自己在一片空茫中保持了这个动作多久。

她一直注视着他的脸，甚至不太敢眨眼睛，她害怕自己错过他脸上哪怕最轻微的细节。

窗外的夕阳消失在天际尽头，光线一点点变得昏暗，她渐渐看不清他的样子了。

她怀中的躯体也渐渐变得失去了温度，她注视着夜色中他已经变成了冷白颜色的脸颊，突然间有那么一瞬间，她开始怀疑自己刚才是否出现了幻觉。

他其实并没有说过让她等他醒来，只是她潜意识里拒绝接受他这样仓促又毫无征兆地离开，所以才迸发出了这样的妄想。

这个念头才只在她的脑海中闪过了一刹那，她就感到胸口传来一阵犹如实质的尖锐刺痛，仿佛有一把刀子扎进了她的胸膛，连喉咙里都涌上了一丝血腥的气息。

她低头吻在他已经冰冷的苍白双唇上，收缩手臂把他抱得更紧些，她把自己的胸膛贴在那毫无动静的胸膛上，低头把鼻尖埋在他的颈窝里。

她想要留住他身体的温度，也想要留住那逐渐渺茫起来的希望，她听到自己的声音，微弱又暗哑，如同在神明面前的谦卑乞讨："求你……不要……"

她的眼泪顺着脸颊沾湿了他的肌肤，在她更加用力地抱紧他时，她突然感觉到怀中的身躯仿佛细微地颤动了下。

她用自己的身体紧贴着的，原本犹如石头一般沉默寂静的胸腔也传来了一阵突如其来的沉重心跳。

她连忙放开他后退一些，她能看到他胸口心脏的位置，隔着衣料突然亮起的耀眼鲜红色光芒。

他原本紧闭的双唇蓦然张开，粗重的气流从他唇间呼出，紧接着就是一阵急促的呼吸。

她顾不上思考，抱着他不断呼唤："修言！修言！"

他胸前的红光在亮到极致后迅速暗淡了下去，他的胸口剧烈起伏，用力地喘息了一阵，才能回应她："小惜？"

在听到他声音的那一刻，程惜就堵住了他的双唇，他的呼吸仍然没有完全恢复，几乎是气息凌乱地被她吻住，她也并不在乎。

她胡乱又毫无章法地亲吻着他，他在勉强回应了几下后，就抓着她的肩膀把她推开，草草结束了这个吻。

他的呼吸还有些急促，声音里已经带上了些笑意："小惜，你也太……"

他说着就停了下来，借着昏暗的光线打量下她的神色，而后他叹了口气："小惜，你先把灯打开。"

程惜还是满脸泪水，自己抬手胡乱擦了下，起身去把房间内的落地电气灯打开。

他在看清她的样子后更加沉默了下，抬手伸向她，主动放柔了语气："小惜？"

程惜看了眼他伸过来的手掌，没有去握，而是自行走回到原来的位置坐下来。

他也没生气，主动把手收回来，又放在她的腰上搂住，弯着唇笑了笑："吓到了吗？我没事的。"

在最初的劫后余生之后，程惜确实陷入了一阵突如其来的愤怒中，但她看着他唇角柔和的笑意，还是抵抗不了他这种温柔。

更何况是在这样惊心动魄的失而复得之后，她现在简直舍不得把自己的目光从他脸上移开。

她自暴自弃地重新抱住了他，把头重新埋到他颈窝里，感受着他的心跳呼吸，还有重新温暖起来的身体，还是有些余悸未消。

这短短的时间内，她经历了无法描述的心理感触和情绪起伏……硬要说的话，就像是经历了一个世界的毁灭和新生。

在等待的时间里，有那么几个瞬间，她甚至有了这整个世界都是虚幻的错觉。

肃修言搂住她的肩膀轻拍了拍，换了个舒服的姿势靠在床上，笑了笑说："我还怕你把别人叫过来……让不该看到的人看到我这种状态，还真不好处理。"

程惜注意到他躺下去的姿势，连忙伸手去揽他的后背："你背上还有伤！"

他弯了下唇角，主动转过身让她检查："现在没有了……你可以顺便帮我把绷带拆了。"

程惜连忙脱下他的外衣，又将信将疑地将绷带拆掉，然后她就看到他背上那道迟迟没有好转的狰狞烧伤彻底地消失了……并不是痊愈，而是消失，就仿佛那里从未受过伤一样。

程惜忍不住抬手抚摸那片原本应该有伤口的地方，他背部的肌肉顿时紧缩了下，带着笑说："你如果想趁现在做点什么，我也不反对。"

程惜哪里有心情做点什么，在摸了又摸，确定他的伤口确实没有了之后，就把解下来的脏绷带收好丢在床头，帮他把衣服重新穿好。

她又捧着他的脸在他唇上轻吻了下，才问他："这是……高阶的治愈魔法？"

她说完又觉得不对，身为一个皇家医学院培养出来的医生，她当然知道这个世界上存在着能够治愈疾病和伤口的魔法。

但那通常是对于生命力的交换，需要魔法极为强大的魔法师施展，并且会以富含远古生命残留的珍贵宝石为代价。

即使如此，这种生命力的交换依然是等价的，如果是致命的伤势和重病，魔法师依然无能为力。

这就是即使存在着治愈魔法，医生和医疗技术也依然被大力发展的原因。

刚刚在肃修言身上发生的事情，显然并不是治愈魔法可以解释的，在这个过程里，并没有人在他身上施展魔法，而在他恢复之前，他也确确实实没有了心跳和呼吸。

程惜确实没有听说过这样的魔法，至于那阵红光……并不像是能给人带来希望的光芒，反而在诡异中透着一股不祥。

肃修言看着她，还是笑了笑："小惜，你应该猜得到……这就是死灵魔法。"

他的话正是程惜在潜意识里意识到，却想要拒绝的可能，她摇了摇头："不……"

他还是带着微笑，语调温柔，却说出了程惜最害怕的答案："小惜，在你我重逢之前，我就已经是一具活尸了。"

程惜还是拼命摇头："你有呼吸，有体温，需要进食……你还会受伤，也会流血！"

他还是看着她，声音也依旧带着那种极有耐心的温柔："小惜，我只是被死灵魔法反复恢复到失去生命前的某一个时刻而已。"

程惜并不是很清楚死灵魔法究竟是怎么回事，那在任何地方，甚至是崇尚魔法的精灵国度内，也是禁忌的存在。

她只知道当他说出这些话的时候，就突然撕开了一个安宁祥和的画卷，露出了狰狞残酷的真相。

他却只是微笑着，依旧温和地对她问出了一个问题："小惜，这是一个不能被其他人知道的秘密，你能替我保守它吗？"

程惜简直不想再继续听他讲下去，她抓住他的肩膀让他看着自己："这个魔法，它对你的身体和生命有什么影响？"

他弯着唇角，仿佛是感觉她这个问题十分好笑："小惜，我的生命早就已经结束了，它没有办法被影响……"

程惜快速地打断了他："你给我闭嘴！"

她喊得声音很大，他再度被她的气势震慑住，抿着唇沉默了下来。

他看到她也没有说话，脸上的怒气似乎有些消退，才又清了清嗓子，有些小心地开口："小惜……"

程惜深呼吸了几次让自己冷静下来，沉着声音："说，到底怎么回事！"

他这次没有再试图用轻慢的态度糊弄过去，而是认真解释："一年多前出了些事，我那时就可以算是已经死了。是我哥哥对我施展了这种复活术，代价是他的魔力和在这具身体里仍然残留的生命力。"

程惜还是紧盯着他："然后呢？你多少天会像这样'复活'一次？随着时间流逝，你的状况还会不会出现变化？"

她问得详细，肃修言也只能硬着头皮说："如果我身体状况好，大概两三个月一次，像这次一样受了伤，可能就会快一些。"

程惜还是紧盯着他，他也只能继续解释："这样违背自然规律的事情，肯定是不能长久持续的，如果这具身体里的生命力彻底耗光，魔法也会失效。"

他说到这里停顿了下，看着她笑了笑："小惜……从死灵魔法在我身上生效的那一刻开始，我就不会再次像正常人那样死去。

"我会随着时间的推进，肉体干枯，意识丧失，最终变成游荡的干尸……曾经方舟大陆的第一个尸鬼，就是这样诞生的。"

程惜看着他，咬牙切齿地吐出一句："你想都别想，有我在，你绝对不可能变成那样。"

他似乎是觉得并不相信她有这个能力，带着些好笑地问："小惜，你要怎么阻止这种情况？"

程惜没有回答他，她捧住他的脸，她也不知道自己此刻的怒火和勇气从何而来，然而她大脑中唯有一个强烈至极的念头。

她一字一句地说了出来："你给我听着，我不允许你再擅自从我面前消失，不管我们会遇到什么事情，你也必须，永远地留在我身边。"

他再次被她的强硬态度镇住了一些，他不愿意把自己的脸从她手掌中挣脱，那会显得他非常被动和软弱。但直视着她的眼睛显然会有很大压力，他也只能看着她，略显尴尬地微垂了眼睛："小惜，你……"

程惜挑了挑唇角，依然目不转睛地直视着他："你既然选择了跟我结婚，那么我们就还要一起度过漫长的一生，我要你跟我一起面对欢乐或者苦难，一起变老，然后一起埋进同一座坟墓。

"你若是敢半途逃避或者放弃，哪怕钻到地狱里，我都不会放过你……你听明白了吗？"

他被这番话震得沉默了一下，才能侧开眼睛，开口试图转移话题："我们……"

程惜捧着他的脸，强迫他转过来看着自己："修言……不要让我再一次失去你，那对我来说太残忍了。"

肃修言沉默了下抬头看着她，程惜在他唇边轻吻了下："我不会放弃你的，你不能在我这么艰难地找到你之后，再给我一个虚假的希望。"

他又沉默了一阵，弯了弯唇角："你找到我很艰难吗？"

程惜点头："非常艰难，毕竟谁能想到万恶的暴君就是我的小哥哥呢？"

肃修言"呵"了声："你倒也不遮掩。"

程惜又凑过去在他唇边吻，他却微微侧过头躲开，弯了下唇角看她："你这个吻，是给万恶的暴君，还是你的小哥哥？"

他突然这样在意，程惜有些疑惑，但是她随即就想起来他昏睡前有些奇怪的态度，她想了下，试探性地问："修言，你是不是对我有什么意见？"

面对她直白的提问，他也并没有隐忍的打算，反而相当尖刻地挑着眉冷笑了声："你既然并不喜欢这个暴君，那么当你知道我就是你的小哥哥后，又为什么会喜欢我？难道这些不都是我吗？你喜欢的究竟是你臆想中那个人，还是真正的我？"

程惜没想到他会突然向自己发难，愣了下后连忙解释："我喜欢的当然是你，小哥哥对我来说只是童年的一个伙伴！我再次见到你后爱上的是你！"

他似乎仍旧不满意，"呵"了声反问："是吗？"

程惜又认真思考了下，正当她觉得自己好像抓住了什么时，他却又笑了声："算了，我累了，你去让他们把晚餐送进来，吃过后我们就睡觉。"

程惜这才想起来他们还没吃晚餐，她连忙抬手摸着他的脸颊："修言，你身体有什么不舒服的？想吃点什么？"

他挑了下眉："随意吧，我不是说了吗？我的身体已经恢复到死前的某一个时刻……"

程惜突然打断了他："不准你再说'死'这个字和其他相关的话，你还活着，你还会和我一起活着！"

他似乎也没想到她这样敏感，只能略微清清嗓子，继续说了下去："我没事，身体状态比之前都要好。"

程惜这才满意地站起身，离开前还顺便在他唇边轻吻了下以示嘉奖。

她很快就推着一辆华丽的金色餐车回来了，上面摆了丰盛的晚餐，还有冰镇好的威士忌。

餐车不仅外观华丽，还设计精巧，可以推到床前支起边架，直接变成一个可以坐在床上享用的便利餐桌。

程惜没有让用人跟自己一起进来，而是亲自给他服务，还贴心地给他铺好了餐布。

肃修言看着她弯了弯唇："我身体没问题，可以下床去床前的桌子前吃饭。"

程惜却根本没搭理他，侧身在餐桌的另一面，也就是床上坐下，还抬手准确地摸在了他盖在毯子下的大腿上。

她对着他笑了笑："我乐意用一切方法疼爱我的小哥哥。"

他好像有些被她逗笑了，侧了侧头才勉强忍住笑意："好吧……那就谢谢你。"

程惜很干脆地回复："不客气。"

边说还边又很顺手一样，沿着他的大腿弧线，又往上摸了摸。

他脸上忍笑的表情更明显，耳垂也有些微红，却仍是不动声色地拿起餐刀开始用餐。

程惜看着他，脑海中却突然闪过一个不合时宜的想法：他被她调戏多了，竟然都不那么容易害羞了。

这个突如其来的想法让她僵硬了一瞬，好在他此刻正低头用餐，并没有觉察到她的异样。

肃修言并不是很饿，那一餐车的丰盛晚餐也不是一个人吃完的，程惜干脆跟他用同一副刀叉也吃了一些，就算是两个人的晚餐了。

吃完后她收拾了东西把餐车送出去，却有些意外地在门外遇到了下午时见过的霍恩海姆伯爵。

他正带着两个侍从守在门外，看到程惜走出来后，他就微微颔首行礼，开口询问："请问程小姐，陛下的身体状况有所好转吗？"

程惜不知道他为什么会出现在这里，不过也还是还礼回答："伯爵大人，陛下已经好多了，相信明天就能完全恢复。"

霍恩海姆伯爵面带笑容地说："那就太好了，保证陛下在高崖城的巡视一切顺利，是我霍恩海姆家族的荣誉。"

他的神色语气无可挑剔，格外关心肃修言的身体状况似乎也说得过去：那是神越帝国尊贵的皇帝陛下，就算偶尔打个喷嚏，都得万分谨慎地对待。

但是当程惜回到房间内告诉肃修言时，他"呵"地笑了声，神色明显是不以为然。

程惜有些好奇，她不懂就问："陛下有什么高见？"

肃修言弯着唇笑了声："你恐怕不知道，霍恩海姆家族能在贵族圈里占据一席之地，靠的是家族秘传的占星术。"

程惜略微思考了下，就有了些想法："你的意思是，霍恩海姆家用占星术发现了什么？"

肃修言笑了笑："在刚才的星术图上，他们一定看到了帝星陨落，我又没出面，只让你去拿晚餐，他们恐怕有了很多想法。"

程惜点头，又有些疑惑："可是刚才霍恩海姆伯爵对我很客气啊，只是询问了一下你的身体状况。"

肃修言又挑了下唇："因为一来星术图也有不准的时候，我们这边也过于风平浪静，不像是出了大事的样子；二来……"

他边说边在程惜身上打了个转，唇边的笑意更加浓厚了些："二来他们可能是觉得，你表面上的样子，并不像一个人能吃完足足一个餐车的食物，甚至连盘

144

子都恨不得舔干净。"

程惜顿时窘迫起来，经过下午和晚上的遭遇，她饿得厉害，刚才那一餐车琳琅满目的食物，确实有一大半都进了她自己的肚子……说实话要不是为了给他留一点，她觉得自己完全吃光也不是问题。

她略带愤怒地扑到他怀里："我这么能吃，丢陛下的脸了吗？"

他带着笑接住她的身体："怎么会呢？我为你感到骄傲……"

这还不算嘲笑，那什么才能算嘲笑了！

程惜干脆直接堵住了他的嘴，舌尖强硬地挤进去，让他的口中再也无法说出那些让她生气的话来。

这一次他们都吻得有些气喘吁吁，程惜甚至意识都有些模糊。

等她反应过来的时候，才发现自己不自觉地把他身上衣物的纽扣都解开了，手也放在了他赤裸的胸膛上。

她略带尴尬地清了清嗓子，有些恋恋不舍地把手拿开，主动转移话题："对了，如果今晚我睡着了，再看到你的记忆怎么办？"

他弯着唇角，看她的目光有些审视和玩味："你不会再看到了，你别忘了，当我……"

他想到她刚强调过的事情，还真刻意换了种说法："当我沉睡再醒来后，身体中的一切都倒退了回去，施加在我身上的所有魔法和咒语，也就失效了。"

程惜"哦"了声，她恐怕是没办法再通过进入他回忆的办法再查明当年的真相了，但她竟然没多少任务即将失败的沮丧。

她反而感觉到了一阵没来由的轻松，也许强行窥视别人的回忆并不是一个好办法，也许她还可以通过向肃修言询问的方法，得到正确的答案。

她相信肃修言不会欺骗她，而她也愿意相信在当年的事中，他并没有扮演加害者的角色。

毕竟……他深爱着他的父亲和哥哥，这一点毋庸置疑。

这么想着她就把头埋在他的肩膀上，抱着他略微失落地叹息了声："我总觉得我有什么很重要的事没来得及对你做……"

他抱着她的腰，声音带笑地低声问："是什么？"

程惜认真地想了下，终于还是诚实地面对了自我："可能是没来得及对你的身体做什么……"

他声音里的笑意更加浓厚起来，还带了些啼笑皆非："你怎么总对我的身体念念不忘？"

程惜下意识地觉得他说得没错，但也还是为了给自己找回面子，轻哼着反问："我什么时候总念念不忘了？"

他轻笑起来，不再跟她纠缠，而是在她额头轻吻了下，柔和地拍了拍她的肩膀，笑着说："好了，累了的话就好好休息一晚吧，无论什么事，都明天再说。"

程惜确实有些累，不过这种累并不能直接描述为肉体上的，而是一种来自精神的疲倦。

就如同她自己所说的，她已经走过了一段很长很长的路，经历过了数不尽的喜怒哀乐。

她仿佛一直在疲于追逐着什么东西，但只要还能抱着他温热的身体，闻到他颈间令她安心的熟悉味道，她就已经别无所求。

她就这样在他怀中渐渐意识模糊，又一次进入了沉眠之中。

在彻底睡着之前，她听到自己口齿不清地说了一句："修言，我们一定要坚持到最后……你要，跟找回去。"

程惜又做梦了，她听到刺耳又富有节奏的奇怪声响，那种陌生却又带着熟悉的"嘀——嘀——"反复回响。

她听到有个陌生的声音正在说："检测到实验者和原住民意识差异进一步扩大，坍缩加快，退相干将早于预测时间完成。"

另一个略微熟悉的声音以命令的语气说："进行跳跃观测。"

有另外一个声音加入："可是所长，跳跃观测对实验体的负担会更大。"

那个发号施令者的声音沉静又冷酷："他们可以承受。"

程惜觉得自己应该能勉强理解他们话中的含义，又觉得她应该知道这个发号施令的人是谁。

但下一刻，她的耳朵就被另一种声音填满，那是火车钢轮撞击在枕木上的那种沉闷而富有节奏的撞击声。

阳光随着列车的晃动铺洒在她眼前，香水和皮革的味道一起冲进她的鼻子里，混在这些之中的，是一种有些陌生的味道。

她愣着想了一下，才明白，那是火药。

在她平举的双手中，正握着一把镶嵌着藤蔓金属花纹的燧发手枪，灰色的烟雾在枪口蔓延，而她的枪口正对着的人，是肃修言。

随着这个画面一同而来的，是一种无法言喻的慌乱和绝望，她听到自己的声音，痛苦又充满挣扎："你早就知道我是个间谍……你是为了利用我找到他们。"

站在她对面的人将捂在胸口上的手拿开，在他的指尖，除了并未射入的燧发枪弹头，还有一枚已然变形的硬币。

她那颗射出又正中他胸腔的子弹，就打在那枚被他放在内侧口袋的硬币之上。

他毫不在意地摊开手指，让它们滑落到地面上，轻声笑了下："程小姐明知道我不会死，又激动什么？"

他一边说着，一边还挑了下眉补充："更何况枪法这样差。"

她举着枪的手臂颤抖，她只有两发子弹，其中一发已经浪费，而她也竟然没有勇气射出第二发。

她发着抖开口，声音里带着哽咽："就算你利用我来引出他们，又为什么要将他们全部杀死……甚至连罗薇娜都……"

他弯着唇角笑了，她曾经觉得他的笑容很好看，讥诮中带着隐约的温柔，显得那样生机勃勃又美丽。

此刻她却只能感觉到他笑容中的嘲弄和恶意："他们是背叛了这个国家的反叛者，而我是这个国家的统治者，我下令击毙他们难道有什么法律上的不正当吗？"

程惜摇了摇头，她的视线已经模糊，但她仍在坚持："你的做法并没有任何法律上的不正当，你只是……一个残酷又冷血的暴君而已！"

这不是她第一次在他面前说出"暴君"这个词，然而上一次不过是玩笑和戏谑，这一次却是含着血泪的控诉。

他的神色并没有丝毫变化，唇边的笑容甚至还更加深刻了一些。

他扬起了长眉对她伸出手掌，那是一个欢迎的姿势："你给我这枚硬币的时候，曾经说过，我有一次机会，可以向你提出任何要求。

"所以我可以宽恕你这一次的背叛……只要你回到我身边，做回那个天真可爱的医学院毕业生，我将不再追究你的罪责。"

她再次摇了摇头，泪水从她的眼角滑落，哪怕内心的痛苦已经可以将她吞没，她仍然坚持着说出："我不会再回到你身边，我们……并不是同路人。"

列车在呼啸着前进，窗外正波光粼粼，他们在经过盖尔平原上的一条平缓的河流。

她扔下手中的枪，转身毫不犹豫地从列车上跳下，跳入那条闪着微光的河流之中。

她从河流里浮上来，奋力游泳，回头望向奔驰的列车。

有士兵在她跳下的位置四处张望，但或许是他兑现了他的诺言，也或许是他其实并不在意她的逃脱。

他们很快放弃了对她的搜索，整列火车依然在毫不停顿地向前方驶去。

时光在飞速向前，越过了许多重要或者不重要的瞬间，她逐渐有了种并不真实的感觉。

仿佛这一切只是一个荒诞却又真实的梦，她跟随着肉体木然地移动，犹如行尸走肉。

她穿过耶加城白色的建筑和低矮的棚屋，这里是贫民窟，空气比之往常，更弥漫着死亡和腐臭的气味。

她拉了拉脸上堵住口鼻的细布，靠近正把白大褂和衬衫的袖子卷起，满头大汗搬运药品的医生。

她轻扯了扯那个人的袖子，低声说："哥哥，我来了。"

哥哥惊讶地回头看着她，先是焦急地骂她："你来这里干什么？疫情这样严重！"

然而哥哥很快就平静了下来，露出无可奈何的神情："既然来了，赶紧帮我干活。"

肆虐在耶加城贫民窟的，是流行性的霍乱，爆发有些突然，在几天内，就来势汹汹地击倒了数千人。

甚至连前两天巡视到此的皇帝专列，都因为这次疫情只停留了一天就匆忙离开，在昨天晚上就启程赶回神临城。

她知道自己因为在路上的耽搁，已经错过了很多，在认命地弯腰搬动地上成箱的瓶装药水时，还是不死心地问了哥哥一句："他……皇太子，已经走了吗？"

哥哥忙碌着，有些不在意地回答："对啊，老二来带走了老大，那阵势真是……"

她紧张起来，连忙问："他又做什么了？杀人了吗？"

哥哥抬头看了她一眼，神色有些意外："你说老二吗？他能做什么？无非就是捂着胸口卖惨给他哥看，他哥看了他那个样子，当然什么都听他的了。"

她茫然地说："他……身体怎么了？"

哥哥低下头继续搬东西，"哦"了声："据说是中枪了，虽然子弹没有射进身体，但内脏还是受了点损伤。反正老二也是什么都不喜欢讲，如果不是为了哄老大回去，恐怕也不会主动示弱。"

哥哥说了一阵，才意识到她异样的安静，抬头看了看她："说起来你不是应该跟老二一起来的吗？怎么你不在随行队伍里？"

她垂下眼睛，默默搬运着沉重的木箱，哥哥对她十分了解，很快叹了口气："是你开枪打了他？"

她没有点头，也没有摇头，哥哥把手中的木箱放好在手推车上，腾出手臂来揽住她的肩膀轻拍了拍："没关系，哥哥知道你也不是故意的。"

哥哥并不高大，她的身材在女子中也并不算娇小，但哥哥还是按照小时候的习惯，将她的头按在自己怀里揉了揉。

她终于抬起头，兄妹两人相视一笑，重新开始忙碌起来。

还有大批的病人在等着他们去救治，霍乱发病迅速，黄金救治期也只有那么一两天，现在还不是伤春悲秋的时候。

她走在神临城的街道上，临近新任皇帝的加冕典礼，又是丰收的秋季，一切看上去都欣欣向荣。

耶加城的霍乱疫情在夏季结束前才勉强结束，她一直留在那里，直到几天前踏上北上的列车。

就在她的旅途中，神临城传来了皇帝驾崩，前皇太子即将继任的消息。

沿路上所有人都在讨论年轻皇帝突然的离世，有人说他是在上一次巡视途中遇刺，伤势在当时看虽然并不沉重，却在往后的几个月中渐渐加重直至威胁生命。

有人说虽然皇帝本人的伤势反复，但是他真正的死因是中毒。

有一个名为自新社的反叛组织买通了皇宫人员投毒成功，皇帝在临死前所下的最后一个命令也是处决自新社的头目。

她当然知道只要死灵魔法还存在一天，他就不会真正死去。

可是这些消息始终令她心烦意乱，他身上的死灵魔法终于解除了吗？还是他仍然活着，只是发生了别的情况？

哥哥已经先她几天回到了神临城，他在出发时神色凝重，欲言又止，终于还是什么也没说就跟她告别离开。

她后悔自己没有察觉到不对劲，没有跟哥哥一起回来。

可是如果她回来了，就能阻止什么发生吗？

她不知道，她只是木然地来到皇宫，这座皇宫的新主人是她和哥哥的多年好友，她很快就畅通无阻地见到了皇太子——也即将成为新任的皇帝陛下。

皇太子一贯温和的面容上带着淡淡的忧伤，他敞开双臂拥抱了她。

她还没来得及开口，他就轻声说："小惜，去找到他……只有你能救他。"

她连忙看向皇太子的脸，他带着那种忧伤的微笑，对她点头："他安排了一切，我无法阻止。我请求你找到他……找到我的弟弟。"

她竟然说不上此刻是失而复得的欣喜若狂，还是饱受戏弄的怒火滔天，她确认般地问："他并没有……"

皇太子轻闭上眼睛，掩去眼眸中的水光，摇了摇头，重复了一遍："小惜，只有你能救他。"

她在拿到那柄古老的骨刀时，才明白了皇太子话中的含义。

在彻底丧失理智，成为真正的尸鬼之前，用这柄刀剖开胸膛取出心脏，就可以破除诅咒，恢复灵魂的自由。

她把传说中的骨刀握在手中，抱着它低下头，刚升起的希望就这样再次破灭，她听到自己的声音破碎又痛苦："你们为什么会觉得……我可以做到……"

站在她身侧的柳时务突然轻声开口："程小姐，因为陛下他非常爱您。"

她转过头去看着他，这位皇家侍卫队长的神色一如往常般恭谨有礼，他也像是在描述着什么极为平常的事情："那枚被破坏掉的硬币，陛下依然带着。在你离开火车后，他跪下将它捡了起来，因为那时候，他可能已经没有力气弯腰。"

他看向她，继续说："程小姐，陛下从未停止过思念您，哪怕在他离开之前。"

她抬起手捂住了双眼，在离开他之后，长久以来被压抑着的懊悔像潮水一样席卷了她。

她早就应该想到的，他一直那样口是心非，他总是说着言不由衷的话，暗暗地把她推远。

是她应该抓住他的，她花了那么多年才终于找到他，而她竟然没有力量和勇气，无论如何都要抓紧他。

她没想到自己在出发前往死亡沙漠前，见到的最后一个人竟然是霍恩海姆伯爵。

伯爵只带了一个随从，在火车终点站台上等着她的样子，就像是一个普通的

150

边境商人……除了他过于肥胖的体型。

他们在凛冽的风沙中，找到一个边陲酒馆坐下叙旧。

她也看到了传说中的占星盘，并没有想象中的华丽复杂，简陋古朴，仿佛是一个式样稍显奇怪的指南针。

她看着伯爵熟练地摆弄占星盘，忍不住问他："伯爵大人，您为什么要帮助我？"

伯爵不再像上次见面时那样矜持，他摸了摸自己卷曲的胡须，调皮地冲她挤挤眼睛："因为我欠了陛下一个人情。"

她微微一愣，随即想到在神临城中的皇太子应该已经加冕，这个陛下应该指他："是肃大哥吗？"

伯爵神秘地一笑："不，陛下只有一个。"

他指着占星盘上一个不起眼的指针："帝星从未陨落，你要追寻着它，迎着月光的方向……你终会得到所有你想要的。"

占星术师的话总是这样奇奇怪怪，她辨认不出天空中的那颗星辰是帝星，又怎么追寻着它的方向？

她还是越过了幽灵峡谷，走进了神秘而又广漠的死亡沙漠。

天际远处已经隐约可见的末日火山指引着她的方向，那是方舟大陆的心脏，也是从未有活人踏足过的幽冥地狱。

一刻不停的风沙呼啸着在她面前刮过，脚下的土地荒芜到连一株小草一只虫子都没有出现。

这就是死亡沙漠，对于生命的诅咒扎根在它的每一寸土壤之上。

她裹紧了披风和头纱，她知道虽然现在行进困难，但当夕阳西沉，夜晚降临之后，才是真正的考验。

大多数的尸鬼只在夜间活动，在这片土地上，白天是尚且能让人类稍稍活动的时间，夜晚就会完全属于它们。

尸鬼常年和末日火山为伍，它们并不惧怕火焰，人类的一切武器对它们来说都形同虚设……除了她拿在手上的那把骨刀。

她把那柄骨刀紧紧抱在怀中，在西沉的夕阳余晖中努力向前。

夜色笼罩了她的视野，在月亮升起之前，这是最黑暗的时刻，她能感觉到在风沙之后，逐渐亮起了鬼火一般发出绿色幽光的眼睛。

它们的数量在逐渐增多，活人的血肉像磁石一般吸引着它们，但骨刀的气息透过布料散发了出去，让它们不敢贸然靠近。

然而随着它们越来越多，那围绕着程惜的像潮水一般的包围圈也开始缩小。

现在她甚至能听到它们沉重又拖沓的脚步声，还有残存在它们身上的，那些腐烂的皮肉和骨节相互摩擦的骇人声响。

她低着头命令自己不要去直视它们，仍然加快了脚步向前，她应该像霍恩海姆伯爵所说的一样，循着帝星和月光的方向前进。

然而她从未找到过那条道路，此刻更是像掉入狼群包围中的羚羊一样慌不择路。

当她不注意的时候，已经靠近了一个类似峡谷的地方，风沙侵蚀而成的石柱林立，形成了一片迷宫一样的区域，狭窄道路两侧的石柱顶部，还潜藏着更多的饥饿贪婪的双眼。

程惜低着头继续前行，在身侧一个尸鬼终于按捺不住想要扑上来之前，从怀中抽出骨刀，狠狠扎在了它的手臂上。

尖锐的嘶吼从它破碎的喉咙里发出，程惜抽出骨刀反手握好，抬起手臂让它们看清威胁。

尸鬼们畏惧地缓慢后退，但它们显然并不愿意轻易放弃这罕见的美餐，仍然在犹豫徘徊。

除了……她身后的那一只，它似乎比它的其他同类要敏捷得多，几乎在程惜觉察到它的时候，它就已经站在了她身后。

她在来之前就被提醒过在尸鬼之中，还有比普通同类更加灵活有智力一些的高等级尸鬼，只不过它们基本都只在末日火山周围活动。

她没想到自己竟然在刚进入死亡沙漠的第一夜，就遇到了这样可怕的敌人。

反应已经来不及了，她只能在转身的同时，奋力将骨刀刺向对方，这样用尽全力的一刀却刺空了。

对方将她的手腕牢牢握住，声音有些低沉沙哑，却带着她熟悉的淡淡笑意："程小姐真是执着，都到了这里，也还是想要杀我？"

她在看清他的那个瞬间，才意识到，月亮已经升了起来，此刻银色的月光正洒在他兜帽下的脸上，照出了他微微弯着的唇角。

她差一点就要握不住自己手中的骨刀，在下一刻就扑到了他怀中。

她几乎是用尽了手臂上所有的力气紧紧抱着他，直到他轻喘了口气，玩笑般地开口："你这是又打算干脆勒死我了？"

她摇着头稍微松开一些，轻声说："修言，对不起……我来了。"

他低下头来看她，兜帽的边缘挡住了他的脸，他的眼睛依然是人类的样子，映着月光清冷的光辉，他弯了弯唇角："我确实没想到，有人竟然傻到独自闯入死亡沙漠。"

程惜又摇了摇头："只要能找到你，我愿意去任何地方。"

她只愿意这样抱着他直到时间的尽头，他却轻叹了声："这里可不是皇宫的花园，可以站着一直聊天……你跟我来。"

她这才肯松开环绕着他的手臂，但找到他的手牢牢握住，像是生怕他又跑掉一样，一刻也不远松开。

他弯了下唇角，任由她拉着自己的手，却退开了一步，将两个人隔开一定的距离。

也许是他身上的气息覆盖了她的气味，再加上骨刀的威胁，那些尸鬼竟然在缓慢地散去，石柱顶上那些跃跃欲试的影子也重新安静下来。

他带着她离开那片石林，他们在荒原中又前进了一阵，彼此都没有说话。

路上风沙太大说话并不方便，她也不愿意开口说话，破坏掉这种久违地沉浸在他的气息中的感觉。

他们走了很久才走到一个独立在荒原上的高大石柱下，这里的地貌简单，哪怕是他，也只能找到这样一个相对安全舒适的地点。

他把她带到石柱下避风的凹口，弯着唇角微笑："抱歉，不能变出一座城堡招待你。"

她再次摇头："你在哪里，我就在哪里。"

他看着她，微微侧了头，最后还是微笑着叹息了一声："小惜，你为什么要来这里？"

程惜沉默了，她为什么来这里？是为了帮助他解脱吗？还是为了弥补自己心中的缺憾？

又或者并没有什么理由，从她知道他去往死亡沙漠的那一刻开始，她就知道自己的目的地也将会是这里。

她把别在腰间的骨刀抽出来给他看："肃大哥让我带着这个来找到你。"

他"哦"了声，语气中意味不明："他还是不肯放弃。"

程惜沉默了下，她在旅途中已经积攒了足够多的勇气，她抬起头看着他："修言，我要留在这里和你一起生活下去，不管时间过去多久，只要你还有一丝清醒的神志，我就不会用这把刀剖开你的胸膛，如果……"

她说到这里依然需要吸一口气才能继续说下去："如果有一天你即将彻底丧

失理智，那我会让你解脱……这就是我找到你之后所要做的所有的事。"

他一直安静地听她说完，又闭上眼睛沉默了片刻，才低沉地笑了声："如果这就是你的计划，那我劝你还是尽快离开……我彻底尸鬼化的过程可能要延续数十年，甚至上百年，这个等待可能要穷尽你一生的时间。"

她听到后不仅没有感到绝望，甚至有了股巨大的惊喜："真的吗？你还有这么长的时间，可以和我在一起？"

他看到她充满欣喜神色，终于又轻叹了声，侧着头弯弯唇角："如果能有那样简单，就好了。"

程惜看着他，突然感觉到了一些异样，从他们见面后，他都没有取下过兜帽，而他也似乎一直在用一侧的脸颊对着她。

她内心升起了一个可怕的想法，她抬起手拉住他的兜帽和围巾，轻声说："修言……你给我看一下，你到底怎么了？"

他仍是看着她，没有说话，也没有阻止她解开自己围巾的动作。

她缓慢地将那些遮盖了他面容的布料拉开，这才看到了他颈中一直蜿蜒到右半边脸的纹路。

即使在月光下，那也足够刺目，仿佛是被大火灼烧过的木炭，龟裂干涸，枯黑丑陋。

他看着她，像是完全不在意般弯了唇角："人类的外形是最先失去的，很快你最在意的这个外表就会没有了。"

程惜没有说话，她抬起头看着他，毫不犹豫地用自己的双唇堵住他的。

他的唇齿间依然有她迷恋的味道，却也多了砂砾般的清苦。

她吻了他很久，直到自己剧烈的心跳声平复了一些，才退开一些，她用手抚摸着他有些冰冷的脸颊。

她的手指绕过了那些快要蔓延到他眼睛的裂痕，她并不是惧怕和厌恶它们，而是不知道贸然触摸，会不会弄疼他。

她在出发之前就告诉过自己不能再哭，现在却需要努力咬住嘴唇才可以忍住即将滑落的泪水，她轻声问他："疼吗？"

他的身体轻震了下，随即摇了摇头："没事。"

程惜含着泪愤怒地反驳："你骗人。"

他沉默了片刻，只能叹息了声："没事的，已经习惯了……而且，痛感早晚也会消失的。"

她看着他，蓦然就流下了眼泪，她又吻了吻他，此刻分明已经痛苦得心脏都要碎裂，她也还是努力地说："只要你需要我帮你结束这一切，你就可以要求我……无论任何时候……"

他还是不动声色地看着他，忽然笑了笑："这个任何时候……现在也可以？"

她听到了自己最惧怕的答案，全身都不由自主地颤抖了下，还是含着泪水努力点了点头："可以……"

他略微侧了侧头看她，又笑了笑："那么在挖出了我的心脏后，你准备怎么办？再一个人走出这片沙漠？"

程惜已经能感觉到他的态度有些微妙，但她的神经过于紧绷，还没来得及思考这里面的含义，只能含糊地回答："我能走进来，当然也能走出去。"

他一言不发地看了她一阵，突然又笑了，肯定地说："你没打算再出去。"

被戳破了打算，程惜知道自己也无法掩饰，只能自暴自弃地说："这你就管不着了。"

他像是被气到了一样，冷笑了声："你到底打算怎么做？用这把刀也刺破你自己的心脏？还是等着自己被尸鬼撕成碎片？"

程惜回答不出来，她不能说这两种情况她都考虑过，却已经心乱如麻地做不出选择……也许当她亲手挖出他的心脏后，心痛和绝望能令她做出任何事情，又或许她已经做不出任何选择。

死于自裁或者被活生生撕成碎片，对那时的她而言，可能并没有什么区别。

他还是注视着她的脸，仿佛是猜出了她的想法，他语气中的愤怒越加明显："程惜，你还打算给我殉情，你这么做有意义吗？"

他的语气实在太差劲，程惜想也不想就顶了回去："为什么就没有意义？愿意怎么做是我的事情！你跑到死亡沙漠来，跟我商量了吗？"

他愕然了片刻，可能是没想到她依然能如此气势汹汹，气得都噎住了一下："我怎么跟你商量？不是你先跑了的？"

程惜毫不犹豫地喊了回去："是你的满嘴谎话和恶劣做派把我逼走的！"

他开口准备反驳，却猛地咳嗽了起来，干脆推开她起身想要离开。

程惜却不允许他这么做，她眼疾手快地抱住了他的腰，在他抬腿前就绊住了他的腿，整个人也扑上去，强行把他推倒压在了自己身下。

他被她这样强势的袭击，身体被她牢牢地压住，后背也撞上了砂砾和岩石，目光中净是愕然，隔了片刻才咬着牙说："看来我不用担心你的安全，你力气倒还挺大。"

程惜稍微谦虚了一下："做医生也是需要一点体力和臂力的。"

他闭上眼睛忍耐地深吸了口气，才重新睁开眼睛："我不走了，你先起来。"

程惜压着他用力摇了摇头："我不，你没有信誉。"

他只能侧过头咳嗽了一声，主动示弱："你先下来……你想再看着我断气一次？"

程惜这才连忙放开他，又慌张地捞住他的身体抱着，把他扶起来。

她还是紧抱着他不肯松开，把头靠在他的肩膀上，努力说着："修言，对不起，我说过无论如何我都不会再离开你……我那时候食言了，对不起。"

他轻呵了声，仿佛对她的道歉还算满意。

程惜侧头在他脸颊上轻吻了下："无论你多么无理取闹、不可理喻，我都不应该和你一样不理智。

"哪怕你做了非常令我生气的事情，我也应该把你关起来堵在床上，逼问到你全部说出原委为止。而不是和你对峙，用枪打你……"

他几乎是咬牙切齿地说："你先等等。"

程惜不再说了，她重新堵住了他的双唇，这一次她抱着他一起并排缓慢地躺了下去。

等到她终于和他结束了这个吻，她抬起手抚摸他的脸颊。

她侧躺在砂石的大地上，她能看到远处呼啸着的狂风卷起的黄沙，也能看到更远处连接着夜空的深色地平线，以及在那条地平线之上的，比她曾见过的任何星空都要清晰的璀璨群星。

她看着他的眼睛，同样在他的眼中看到了自己和繁星。

她轻声说："修言，我爱你。"

他也看着她沉默了一会儿，微微笑了笑："小惜，我现在不再是皇帝……所以，你可以向我求婚了。"

她破涕为笑，凑过去在他唇边轻啄，而后才说："肃修言，你可以跟我结婚吗？"

他从衣物里一个东西塞到她手心里，通过那粗糙的金属质感，她猜出来这就是那枚已经破损的硬币。

她听到他温柔又无可奈何地叹了口气："我早就回答过了。"

她不舍得把眼睛离开他的脸，她听到自己说："修言，如果结局终究有一天要来临，而生命不过是一段段回忆拼接而成，我会选择永远地记住现在，直到一切结束的时刻……不管那是好的还是坏的，我们都永远地，拥有现在。"

程惜再一次听到了那种刺耳的电子机械音，她也听到了仪器运转发出的轰鸣和噪音。

她听到一个略显气急败坏的声音："把他再给我推进去！"

另一个人干脆地拒绝："肃博士，实验体的体征指数已经很危险，就算你不在意谋杀的罪名，我也不想损失这么珍贵的数据！"

她用尽全力才把眼睛睁开一些，在模糊的视线里，她看到了穿着白大褂来回晃动的人，还有平躺在类似手术台的什么仪器上的那个人。

他闭着眼睛一动不动，脸色苍白无比，鼻腔和唇角外都挂着刺目的鲜红血痕。

第15章
谈判的方式可以有很多种

程惜努力地大口呼吸着恢复神志，她渐渐找回了许多知觉。

她的手臂上连着某种类型的电极贴片，头也被固定在一个头盔里，只能以一个很小的幅度转头。

但是在不远处发生的事让她没有办法冷静下来，她握住拳头扯动自己的手臂。

束缚带限制了她的行动，但她仍然扯住了自己手臂旁的电线，奋力拉掉了那些贴片。

她这里的动静终于引起了那些人的注意，程惜看到他们围了过来，除了肃道闲之外，还有三个同样穿着白大褂的人，最不起眼的是，是站在后面没有动，头发和眉毛都已经全部变白的黑人老者。

她只看了他们一眼，就对那个老者说："贝克博士，请让我们休息一下，你也知道不能再继续了。"

贝克博士充满褶皱的脸上露出一些笑容，显得有些兴趣："你认识我？"

程惜知道自己猜对了，连忙说："我在学校的期刊上看过您的论文，上面配了您的照片。"

贝克博士挑了挑稀疏的白色眉毛："在经历了这么超强负荷的跳跃实验后，

158

记忆力和判断力仍然都有保持，果然是优秀的实验对象。"

程惜又忙说："另一个实验对象也很优秀，您并不想损失掉他对不对？"

贝克博士笑了声："他当然也很完美，实话说，他在实验中的作用比你重要。如果不是被送来时身体已经有了点状况，也不会是现在的样子。"

他边说还边看了肃道闲一眼，神情明显是不满意。

程惜忙补充："所以他一定需要得到休息和治疗，等他恢复一些，我会说服他继续配合实验的。"

贝克博士又看了肃道闲一眼，接着对她笑了笑："那很好，像肃先生这样的人，的确很难任人摆布，如果你能主动说服他，当然更好了。"

程惜稍稍松了口气，这才感觉到短短几句话，她后背已经出了一层冷汗，这种身体无法动弹，完全在别人的控制下任人宰割的感觉实在太糟糕。

她这时才扫了一眼肃道闲，他虽然脸色并不好，神色也非常阴沉，到底没有继续提出反对意见。

在和贝克博士达成暂时的协议后，她和肃修言就被抬上活动病床，推出了这间实验室。

他们经过了一条两侧封闭的走廊，程惜虽然被控制着视线没有打量完全，但她觉得他们刚才出来的那间实验室也同样没有窗户。

她和肃修言都送入了临近的一个房间，那里的陈设十分简单，除了一些医疗器械外，四壁全都是白色的瓷砖。

她侧头看到又来了两个穿着手术服医生一样的人，对他进行了一番检查和治疗，接着他们才离开。

她的身体一定被注射了麻醉剂，活动起来非常迟缓吃力，她只能暂时闭上眼睛等待麻醉剂的影响慢慢消退。

直到他们给肃修言更换了输液的药水，她才能比较自然地坐起身自己下床。

她迫不及待地走到另一张床前去看肃修言，他仍然沉睡着，依旧脸色苍白无知无觉，不过他唇角和鼻腔处溢出的血迹已经被医生擦去了，没有新的血继续流出来。

她摸到他的手臂握住，将自己的额头靠上去，感受到他微凉的体温，内心才稍稍安定了一些。

她大脑中的记忆其实依然有些混乱，那些仿佛是在不同的世界里经历过的不同的人生，犹如实质般混杂在她真实的记忆里，甚至比那些更加鲜明生动。

她实在不愿意离开他，但她自己也需要更多休息来恢复体力和精神。

她干脆自己动手把另一张病床推过来固定住，然后躺上去越过两张床之间的栏杆握住他的手臂。

这样她才能稍稍安心一些闭上眼睛休息。

这一次程惜仍然睡得乱梦纷纭，但不同于在实验中的那些梦，现在她做的这些梦，无论当时的感触如何真实绚烂，当她再次睁开眼睛逐渐清醒时，那些纷乱的梦境也像是退潮的大海一样悄然退去，顺便卷走了被冲上岸的海藻和贝壳，不留下一点痕迹。

这才是人类应该拥有的梦境，那是大脑的自我调节机制和潜意识的体现，即使有其心理意义，但并不是现实。

她这次醒来时精神已经好了许多，不再有上次那种持续但并不剧烈的头疼，身体的灵活度似乎也回来了。

她正在暗自评估自己的行动能力恢复了多少，就听到头顶传来一声轻笑："你倒是睡得舒服。"

她惊喜地抬起头，肃修言的脸色仍旧苍白，但已经清醒了，他看着她弯了弯唇角："能把我的手臂放开了吗？已经有些麻了。"

程惜这才注意到自己还牢牢抱着他的手臂，她连忙放开又给他按摩手臂纾解麻痹。

她还记得上一次在那个魔法世界里看到他的样子，那些事仿佛就刚刚发生，她忍不住腾出一只手去抚摸他的脖颈和脸颊。

他和她一样，穿着领口宽大的白色棉质实验服，他的肌肤也光洁平整，并没有那个世界里那种可怕的纹路。

他抓住她乱摸的手，又笑了笑，语气里带着些调侃："我们还在被监视，能不能别这么心急。"

失而复得的巨大充实感让她没有去计较他对自己的揶揄，她凑过去在他唇上吻了下，低声说："修言，我爱你。"

他的脸颊有些发红，却没有避开，而是笑了笑："我知道，你刚说过。"

程惜虽然能猜到他们两个人的意识是同时存在于那个世界上的，但听到他这么说也是开心，她又吻了吻他的唇角："那我补上的求婚你也听到了？"

肃修言看着她微微挑了下眉："关于求婚这件事，我们在赌城登记结婚的当晚，你已经求过很多次了。"

那晚的记忆对程惜来说才是个真正的黑洞，她只记得自己当时对身边的这个男人无比满意，仿佛对方的每一寸皮肤每一根头发丝都符合自己的审美。

她确实对他连摸带抱，又亲又搂，按照她当时的满意度来看，当场求婚确实也不是不可能。

她顿时有些尴尬："算了，旧事不提了。"

肃修言倒没有继续揶揄她，只是笑了笑："所以你对我们目前的情况有什么看法没有？"

程惜有些惊讶："你不怕我们还在被监视吗？"

肃修言扬了下眉："就算我们是两个被绑架来的受害者，难道还不能讨论下自己的遭遇？"

他既然这么说，程惜干脆就表达了自己的看法："我不知道他们是在搞什么实验，是探知平行世界还是什么精神催眠，这都不重要。

"重要的是，在连续两次的实验后，对你的身体造成了过多的负担，我觉得在你的身体恢复前，你都应该休息。"

程惜当然没那么傻，真的就在不知道她跟肃修言的谈话内容会不会被监控的时候，就把自己的打算和计划和盘托出。

事实上，她压根没打算和肃修言再一次躺在那个可怕的实验台上，她对贝克博士说自己会劝肃修言尽可能地配合实验，当然也是说谎。

肃修言看着她的神色，当然猜出了她的想法，但是他弯了弯唇角，突然反问："你觉得我们只进行了两次实验吗？"

程惜仔细回忆了一下他们被绑架后的遭遇：他们先是被带上游轮运送到了一座孤岛，再接着他们见到了肃道闲，还有依然活着的文静悦。

他们被迫两个人留在与世隔绝的孤岛上，一起破解Mr.H留下的秘密。在这个过程里，他们发现了那个诡异的山洞，还有地下室那些家庭录像。

她在接触那些录像后有了些奇怪的幻觉，甚至做了一个肃修言自杀的噩梦。

再接着她睡着了，再次醒来，就到达了那个非常真实的武侠世界里。

在武侠世界的时候，她依然能清晰地记得自己在现实中的记忆，肃修言也和她一样保持着现实的记忆，并且告诉她，自己和她都是通过小岛上一种神秘的力量来到了这个世界的。

他们在武侠世界里经历了一系列的事情，肃修言也在她面前倒在了血泊中之后，她也再一次陷入了昏迷。

这一次醒来后，他们就到了那个魔法的世界，这时候她已经几乎忘记了自己的现实记忆，反而很坦然地接受着自己在那个世界中的身份。

她把这一切都思考了一遍，突然有了新的想法，她看向肃修言："那座孤岛……并不存在于现实世界中。"

肃修言微笑着看她："看起来，你还不算太笨。"

他这时候还有空调侃这个，程惜只能叹了口气："我现在突然觉得，我们都开始做奇怪的噩梦，还有岛上那种奇怪的大雾，还有……"

有些话她不是很方便说，肃修言就替她接了下去："还有依然活着的文静悦。"

他自己说出了这个禁忌般的名字，神色倒还是没什么变化："以及什么Mr.H，我们处在他们系统的影响下时，可能并没有觉得这个人有什么不对。现在你回忆一下，这个人真实存在吗？你能说出他的全名吗？"

程惜摇了摇头："现实里并没有这样一个人存在。"

她紧接着提出目前来说对他们而言最重要的问题："所以我们根本就没有上过什么岛？那么我们现在在哪里？"

肃修言弯着唇角："我原本就不认为他们有能力在我被绑架后，警方排查更加严密的情况下，带着我们两个大活人偷渡出海。

"现在看来一切都只不过是个迷惑我们，好让我们以为自己困守孤岛无处求援，不得不完全配合他们的幌子……我们现在最大的可能，是在S市或者S市周边，某个他们的秘密据点里。"

程惜愣了下，想到他们经过的所有房间和走廊都没有窗户，那么他们不是在地下，就是在地表某个封闭的建筑内……比如某些在建筑上有密封要求的仓库。

肃修言话音才刚落，门口就传来一阵脚步声，紧接着房门打开，贝克博士走了进来。

他们这个房间内显然是有监视装备的，他们刚才的对话，也都被外面的人听到了。

贝克博士走进来后，就给他们看了看手中的一个控制器模样的东西，然后按下了其中的一个按钮。

他微微笑了笑，神色很放松："肃先生，我已经把监视器关掉了，现在我们可以进行一次私人间友好的对话。"

程惜在刚醒时和他谈判用的是英文，现在他开口说出的却是中文，虽然口音上并不完美，但显然他在中文上的造诣足以进行沟通。

肃修言也不客气，"呵"地笑了声："看来贝克博士也是个聪明人，知道一旦我能够活着脱困，这件事就不会有个善终了。"

贝克博士连忙举起手来摇了摇："我事先声明，我从来没打算伤害任何人的生命，更何况是你。肃先生真是我未曾设想过的实验对象，像你这样位高权重的上位者，是最理想不过的人选了。

"可惜这样的人说服他们投资经费很容易，说服他们亲自接受这种有一定风险的实验，就太难了，越是有钱越是怕死。

"到目前为止，你是我遇到的最宝贵的实验体，你在一些世界里，甚至是一个国家的君主，这简直是梦幻般的数据。"

肃修言看着他冷笑了声："我提醒你一下，我并不是自愿进入实验的，我们之间也没有签署任何法律文件。"

贝克博士连连点头："这当然是的，不过我觉得如果我能够帮助肃先生获得自由，那么也许能和肃先生达成一些共识。"

他边说还边表明自己的立场："肃博士告诉我说他可以帮我找到一些更加'优质'的实验对象，我才会过来的，我还以为是他说服了你，没想到他竟然使用了绑架和欺骗的手段，这一点我是不赞同的。"

程惜见缝插针地问："贝克博士，你一直强调肃修言对你实验的重要性……你这个实验究竟属于什么范畴的呢？"

贝克博士看了看她，他对程惜的印象显然也不错，相当和蔼而有耐心地解释："你可以认为是量子力学和脑科学的综合，通俗一点来说，我们把你们的意识投射到其他的平行宇宙里，再通过你们的反馈来认识解读那个世界。"

程惜继续问："所以为什么肃修言提供的数据特别重要？"

贝克博士笑了笑："你想象一下，如果是生活在我们世界中的一个普通人，他对于这个世界的认知，他所接受的能够真实反映这个世界的信息有多少？

"如果这个对象是肃先生，他对这个世界的认知，大脑中储存的关于社会、经济、人文等方面的信息，又有多少呢？

"虽然现阶段我们的实验仍然被一些不重要的条件束缚，处在秘密阶段，但我们已经进行过数次投射。这些实验体能够给我们带回的信息实在是效率低下，甚至夹杂了大量他们个人的偏见乃至迷信。"

他边说边又充满感情地感慨了一句："能够接到一个国家君主的信息反馈，实在是棒极了。"

肃修言显然没耐心听他继续喋喋不休下去，咳嗽了声打断了他的话："如果贝克博士真的能够帮助我们重获自由，那么我觉得也不是不可以谈一谈条件。"

贝克博士沉默了片刻，他突然略带狡狯地笑了笑："那么我的条件是，是希望肃先生能够签上一些文件，保证肃先生在获得自由后，仍然配合我的实验。"

程惜听到这里就有些忍不住了："实验对他的身体影响明显很大，你这是让他给你卖命吗？"

贝克博士看着她笑了："程小姐，你在能够获得这次休息之前，可是向我保证过要劝说肃先生主动接受实验的。"

程惜也非常迅速地反驳："那是在能够保证他人身安全的前提下。"

贝克博士也很快说："肃先生是我宝贵的实验体，我当然也要保证他的人身安全。"

肃修言再一次抬手打断他们的对话："贝克博士的意思我知道了，我现在精神不太好，容我再考虑下，不过我并不完全反对这个提议，希望下次和博士聊天时，我们能达成共识。"

贝克博士显然也没有觉得一次就可以说服他这样的人，他点了下头："那我等肃先生休息好了，想要跟我交谈时再来。"

在他离开之前，肃修言抬手指了指他手中的那个控制器："这个，我希望贝克博士能够留下。我们两个的自由现在完全在你们的掌握中，没必要这样防备吧？还有就是，我和我妻子之间的有些谈话，我认为是我们的隐私。"

贝克博士露出来一个深表同意的表情，把手里的控制器放在了他身旁的桌子上："肃先生和夫人的隐私我无意窥视，你们请便……这也算是我表达的一点诚意。"

说完他还礼貌地向他们点头告别，才走出去关上了房门。

程惜在他走出去后，才彻底松了口气，她回头握住肃修言的手："不管这个鬼实验到底是个什么，你都不能再接受了。"

肃修言看着她微微笑了笑："看来你这次变聪明了，没有轻信他的说法。"

程惜无奈地看着他："我就算不是相关专业的研究人员，我也知道目前的科技水平还不能让他们发现什么平行世界。"

肃修言笑了笑："所以你怎么认为？"

程惜摇头："我只知道要么贝克博士在说谎，要么他已经疯了，陷入了某种疯狂中被肃道闲利用。"

肃修言沉默了片刻："其实我们的遭遇，我倒觉得有一种更加现实的解释……他们用某种方法在我们的大脑中模拟出了某个世界，再让我们反馈给他们。所以他说的这是某种脑科学的那部分，可能是真的。"

程惜一愣："所以一切来自我们自己的臆想？"

肃修言扬了下眉："应该是被引导和重新构建过的臆想……你发现没有？他一直不提什么在我进入实验的时候，你也要进入。

"我猜测可能是因为他们需要至少两个以上有共同记忆和深刻情感联系的人来参加实验，因为一个人的意识显然不足够稳定……会变得像梦境一样容易坍塌和缺乏逻辑。"

他说着就抬起手来按了按额角，有些疲倦地叹了口气："我只知道肃道闲最近几年有些疯，我没想到他疯得这么厉害。"

程惜看出来他的虚弱，连忙抬手给他轻柔地按摩额角："那我们现在怎么办？"

他背靠在病床上闭着眼睛享受她给的服务，弯着唇角笑了笑："当然是离开这里，我从来不在自己处于弱势的时候跟人谈条件……如果我处在被动的地位上，我会先把它变成主动。"

他说着睁开眼睛看着她笑了笑："不过现在，我们还是要先休息一下……你去把他们的人喊过来，我不要继续输这些该死的营养液，我要正常的人类食物。"

他不说程惜还真没发现，她和肃修言在进入实验的时候肯定是靠输液来维持生理机能的。

她不知道他们到底多少天没有进食，不过在她用病床旁边的呼叫器喊来护士后，他们送来的食物确实是比较容易消化的汤羹类。

肃修言只喝了一口那个奶油汤就皱了眉，神色非常不悦："肃道闲连个厨师都请不起了吗？"

程惜连忙哄他："不好吃就少吃一点，你之前还吐过血，不适合很快进食。"

他神色恹恹地"呵"了声："果然没有生命危险的时候，你对我就敷衍起来了。"

他这是什么乱七八糟的道理，程惜思考了下，试探着问："那我喂你吃？"

他看了她一眼，虽然那一眼里没什么特别的意味，但程惜很快懂了。

她只能去拿勺子喂他，不过她从自己的床上伸过去手臂喂他吃东西会显得有点艰难。

肃修言看着她努力调整姿势，干脆"啧"了声调整了一下姿势，冲她点了点下巴："过来不会吗？"

程惜也不知道他这是抽了什么疯，她没有去跟他挤在一张病床上，还不是怕影响他休息，不过看他的样子，似乎还在怪她没有像之前一样跟他腻在一起。

程惜心里能不想抱着他跟他挤在一起吗？她根本就是努力忍住自己的冲动，才能不去跟他搂搂抱抱。

现在既然他都邀请了，她当然也不会客气，手脚并用地爬过去坐在他身侧，准备去拿汤碗和勺子喂他。

他却没等她开始行动，就把头靠在了她的肩膀上，他靠在她肩头的分量并不轻，程惜一愣，随即下意识地搂住他的腰免得他滑倒。

他的头靠在她肩上，轻声说话时，声息扫过她颈中的肌肤："别动……让我缓一缓。"

程惜立刻明白过来他的状况可能还不如他表现出来得好，而她竟然也没有察觉。

她忙侧过身环抱住他："你感觉怎么样？需要我喊医生吗？"

他轻笑了声，突然低声说："你是不是更喜欢他们一些？"

程惜愣了，竟然没听懂他在说什么："什么他们？"

他又笑了一声，语气中听不出有什么意味："你会追着他跳下悬崖，也会为了他进入有去无回的死亡沙漠……你为了他们可以放弃自己的生命。"

程惜实在没有想到他说的竟然是这个"他们"，她被噎住了一阵才不可思议地说："那不都是你？你吃自己的醋？"

肃修言又"呵"了声，这次她听出来他语气里淡淡的讽刺和嘲弄："他们的意识确实都是我的，但现实里的我，既不是武功盖世的末路枭雄，也不是有着英雄之血拯救人民的皇帝。"

他边说着，还边下了个结论："现实世界里的我，不过是个普通的总裁罢了……这样的我，让你感觉到乏味了吗？"

程惜忍不住深吸了口气，且不说他这个"普通的总裁"，就是他这个逻辑，她简直也不知道从什么地方开始吐槽。

他现在身体虚弱，她强忍着把他从自己怀里甩出去的冲动，冷静地说："你要再这样没事找事，矫情个没完，我可真的要开始怀念'他们'了。"

他安静了大概有一秒钟，接着就突然开始低沉地笑了起来，他抬手撑住一旁的扶手，笑得肩膀都有些微微的颤抖。

程惜又愣了愣，明白过来他只是在开玩笑，顿时有些咬牙切齿，果然不管是什么样的肃修言，都是一样的欠打。

他笑着咳嗽了几声，喘了口气："你的反应还真是有趣……"

程惜是真的有点想把他扔出去，但是她到底还是没舍得，侧头在他唇边轻吻了下，没什么力度地威胁："等你身体好一些，我们再算账。"

他抬起头看着她笑了笑："我看他们对你也是不够了解，在现实里，你不会为我殉情。"

他说话的语气非常笃定，仿佛这对他来说并不是一个疑问，而是早有答案的问题。

程惜挑了下眉，干脆地承认："这倒真不会，我认为生命非常宝贵，哪怕是我自己，也没有权力主动选择结束它。"

他又弯着唇角笑了笑："小惜，你一直是个意志坚定，在考虑成熟后，就不会再被感情左右决定的人。"

程惜也学他"呵"地冷笑了声："这倒也不完全是，至少在我遇到你之后，我就经常色令智昏，被下半身支配大脑……明知道你性格这样恶劣，也还是舍不得跟你分手。"

她说着抬手摸了摸他的脸颊，他的脸色还是很差，连双唇都惨淡到苍白失色，还有些渗着血丝的裂纹。

她看着心疼得直皱眉，偏偏他还傲娇地嫌送来的汤口味不好，都不肯多喝两口。

她想着就拿起一旁的温水准备让他至少喝一些润下口，他却握住她的手压了下来，笑了笑低声说："程惜，我们应该尝试一下直接逃出去……下一次有人进来的时候，你配合我。"

程惜也确实这样认为，她点了下头，还是有些担心他，不确定地问："你的身体没问题吗？"

他弯了弯唇角："至少有行动能力。"

程惜看着他，总觉得他身上有什么地方不对劲，但肃修言的犟脾气上来其实她一时半会儿也拗不过来，只能先顺着他再说，等脱困后再慢慢解决。

这么想着，她就点了下头，然后补充了一句："我们在这里暂时没有生命危险，行动的时候不要太冒险。"

她说着觉得实在不放心，又拉住他的手臂说："打人开路的事情放着我来，你跟在我身后就好。"

他笑了笑："怎么？回到这里后，又对你自己的武力值有了信心？"

程惜用手捧着他的脸颊，恨铁不成钢地说："我这还不是怕你磕着碰着我心疼？"

他又笑了笑，用眼角示意她："这个汤不好喝，你来喝掉它。"

程惜沉默了片刻："你不是让我过来喂你喝的吗？"

他唇角的弧度弯得看起来非常气人："不，我只是喊你过来商量下对策，距离远了我怕还有其他的监听和监视设备。"

他说完还又十分自然地靠回她肩上："我还是有点头晕，让我再靠一下。"

程惜……程惜能怎样？程惜只能搂着这位娇贵挑剔的二公主，提供自己的肩膀给他休息，至于汤，她待会儿看看自己能不能吃掉两份。

好在肃修言只靠了她几分钟就放她自由，自己躺回了病床上。

程惜还真一个人吃完了两份配餐，她一边嘀咕自己需要恢复热量，一边觉得味道也没肃修言说的那么差，也不知道他是突然矫情个什么劲。

不过他后来倒是侧躺在病床上也不知道是在闭目养神，还是已经睡着了，安安静静的。

在送来配餐的半个小时后，之前给他们送餐进来的护工就重新走进来收拾餐具。

那是个戴着口罩的男护工，身材高大肌肉在衣服下若隐若现，看起来不像单纯只是护工而已。

他进来后看到程惜跟肃修言挤在一张病床上，倒也没说什么，只是走过来从他们面前的活动餐桌上收拾东西。

侧身朝内躺着的肃修言却突然咳嗽了几声，那个男护工看了他一眼，绕过去想要查看他的情况。

程惜正在想肃修言说过下次再进来人，难道就是这次？他也没给她什么行动计划和提示，难道就是见机行事？

她这个念头才刚转完，就看到肃修言突然抬手抓住了那个男护工的手腕，随即一个反手将他撤向床头的栏杆。

对方也不是毫无还手之力的普通人，反应极快地用另一只手撑住了墙壁。

然而肃修言早就计算好了他这个反应，他早就弹跃而起，一个肘击打在那个男护工的后颈处，力道足够让他昏迷。

男护工应声趴在了地上，暂时动弹不得，肃修言一把拽掉他胸前的门卡钥匙，对程惜伸出手：“快走，速度一点。”

程惜没想到自己完全没能帮上忙，连忙握住他的手跳下床。

他们两个人都没有穿鞋，但还是尽可能行动迅速，其实在肾上腺素飙升的时候，这些事情都不能算是问题。

肃修言用那个男护工的钥匙刷开门卡，朝程惜使了个颜色，两个人一左一右闪身出去。

门外果然还留守着一个同样健壮的护工，这次程惜一拳打向那人的脸，成功吸引了他的注意，给了肃修言一脚将他绊倒的机会。

他们并不是要出来跟人打架，在暂时放倒了敌人后，立刻就飞快向走廊尽头跑去。

那个倒下的护工一边爬起来追他们，一边拿出对讲机向什么人报告。

但是程惜和肃修言早就跑到了有电梯的走廊尽头，肃修言飞快刷开门，追来的脚步声已经在身后，留给他们的时间不多。

他们所处的位置并不是之前判断过的地下室，这栋大楼并没有地下，有7层楼，他们所处的位置就在顶楼7层。

肃修言在电梯内刷了下卡，程惜在旁边迅速按了一层，不管那里有什么人在等他们，在地面上总归还是机会多一些。

那个之前被他们放倒，一瘸一拐跑来的护工还在几米之外，程惜略微松了口气，看起来他来不及阻止他们乘电梯逃走。

然而就在电梯门即将关上时，肃修言却突然闪身走了出去，程惜一愣，她又去按电梯的开门键。

然而电梯却像是根本不听她的调度，沉重的金属门依然没有任何停顿地关上，在闭合前的缝隙里，程惜看到肃修言一边弯着唇角冲她晃了晃手中的卡，一边对追上来的护工摆出了一个防御的姿势。

这个电梯根本就是刷卡控制的，没有那张卡，她按不了任何按钮。

程惜不死心地尝试了一遍，没用，她按不了其他楼层，这座电梯是经过特殊改装的，甚至连紧急按钮都已经失灵。

这样的记忆她曾有过一次，那就是他们小时候那次在夏令营里一起被绑架，他让她先逃，自己引开了周邪。

现在他竟然故技重施，而且连跟她商量一下都没有？

这个人这次又是压根没有打算和她一起逃出去，之前的什么矫情和满嘴胡说，怕也是他用来转移她注意力的方法。

程惜觉得自己已经出离愤怒，事实上在成年之后，她还很少有这种完全被人玩弄在股掌间的挫败感。

随着她狠狠一脚踹在电梯门上，电梯也终于到达了一层。

门外没有她想象中的凶神恶煞的保安和绑匪，反而空荡荡的，没有一个人。

她站在一个类似高档私人医院接待大厅的地方，有摆放着鲜花的咨询台，舒适的沙发休息区，还有挂号和收费的玻璃柜台。

除了电梯内照出来的灯光外，这里还完全没有开灯，落地玻璃窗外更是黑漆漆的一片，不仅没有行人，连一盏路灯也没有。

这是什么建在荒郊野岭的奇怪医院？这是个好机会，程惜应该就这么打开门，一头走进窗外的黑色夜幕中。

在逃亡的过程中，黑夜反倒是她的掩护，不管这里在什么荒凉又人烟稀少的郊外，她只要走得足够远，就能找到可以求助的人。

就像他们小时候那次一样，她听了他的话，没有回头地跑了出去，最终也顺利地获得了救助。

但是现在……程惜抽了下唇角，走出这个她无法控制的电梯，然后顺着这面墙找到了消防工具箱。

她先是用肘部击破箱体的玻璃拿到了消防斧，又握着这把斧头找到了应急消防梯。

楼梯间果然是被锁上了，不过有了斧头后，一扇门对程惜来说不成问题，她几下就劈开了门锁，提着斧头走楼梯上楼。

她不管肃修言为什么又让她先走，但是这一次，她绝对不要再头也不回地逃跑。

这么多年来她努力锻炼身体学习格斗，为的就是当现在这种情况出现时，她不会再是那个软弱无力的小女孩。

她当然也没有那么傻乎乎横冲直撞，她一直留意着楼上楼下的动静，但随着她快速跑回7层，一直没有遇到什么阻力。

她握紧手里的斧头，通过楼梯间的门听了下里面的动静，奇怪的是竟然一片寂静。

难道肃修言已经又被抓回病房了？他看起来不像是那么不堪一击的样子。

就在她将信将疑的时候，却听到楼上有隐约的对话声传来，那是楼顶天台的位置。

她迟疑了一下，放轻脚步，缓慢向楼顶靠近。

随着她一步步靠近，她能听到那是肃道闲的声音，他正在不急不缓地说着："现在这里只有我们两个人了，你想谈什么，可以谈谈。"

所以那些护工医生、科研人员、保镖，还有贝克博士，都被他遣散走了吗？

那这些人退开得也太快了，从她下楼到上楼，最多短短几分钟时间，他们已经消失得连踪迹也没有了。

肃修言嗤笑了声，他的语气听起来很放松，甚至有些懒洋洋的味道："聊什么？聊你为什么这么变态，就是不肯放过我吗？"

肃道闲的声音依然温文尔雅："小言，你不要这样认为，我从来没有想过要伤害你，我是想保护你。"

肃修言冷笑了声："是吗？不想伤害我？那么在你发现周邢对我居心不良的时候，不仅没有加以阻止，还两次帮助他对我下手。甚至不惜引导我对父亲的看法，让我以为是他在纵容周邢……你这个保护，还真是苦心孤诣！"

他说完停顿了下，又冷笑着加上了一句："不要叫我小言，我听起来觉得恶心！"

肃道闲的语气依然是温柔的，他笑了笑，甚至还很有礼貌地尊重肃修言的意见改了口："修言，虽然我帮助过周邢，但是他并没有真正得逞不是吗？你的勇敢和机智帮助你战胜了他。至于你的父亲……帮助你尽早看清他的虚伪和冷酷，难道不算是保护你吗？"

肃修言仿佛是都被气笑了，他冷笑了几声，才再次开口："说起来你也真是可怜，你如此处心积虑地编写那一切，是想让我体会到你的感受吧？"

肃道闲带着笑意："怎么？我们的遭遇不像吗？不被期待，也不受重视的第二个孩子，哪怕努力也不会得到表扬，甚至……随时都会被抛弃。"

肃修言"呵"了声："我提醒你，被赶出过肃家的人是你，并不是我。"

肃道闲淡淡地说："是吗？所以阻止肃道林将你赶出肃家的是什么？是你

那个强势的母亲，还是只是因为……你并没有触碰到他的逆鳞？

"我可以告诉你，你在系统中所经历过的那些世界，我只能稍微编辑一下人物的基础属性，设置一下重大事件的转折点，其他所有的一切，都是系统根据你大脑中的记忆判断推演而成的。"

肃道闲说着，他温和的语气里甚至泄露出了一丝得意："所以他真的不会那样残酷冷血地对待你吗？不会在雨夜里将重伤的你赶出家门等死？不会误解你责怪你甚至连你卖命换来的圣诞礼物都不屑一顾？"

他说着就笑了一声，这一次连程惜都听出来了这笑声里满含的恶意："修言，你看，他总会伤害你，而你……却一直对他心存侥幸。每次他伤害过你后，你总以为他会后悔，会弥补你，会真心疼爱你。

"如果要我说的话，那些伤害过后温情脉脉的亲情戏份，才是你自己的妄想罢了。"

肃修言沉默着，他似乎是被肃道闲说服了，又或者他也认为这就是真相。

正当程惜屏声静气，想要冲出去告诉他一定不是这样时，他突然笑了声。

肃修言的语气也仍然是平静的，他并没有被肃道闲所影响，反而笃定地开口："不，我知道他每次伤害过我后，都会弥补，我也知道他真心疼爱我。"

他说着停顿了片刻，才又继续开口："我以往只是在潜意识中这样觉得，我甚至觉得这只是我自己的软弱和自欺欺人，因为我的记忆也有些模糊了，我可能忘记了一些事，但我的大脑告诉过我，那些是真的。

"说起来这还得感谢你的系统，是你的系统让我想起来了，在我18岁的那年夏天发生的事，那时候将发着烧的我从火车站台上抱出来的人，不是哥哥……是我的爸爸。"

他没什么意味地笑了声，缓慢地回忆着："老式的站台上挤满了人，上下楼梯的地方都没有电梯，哪怕他再厉害有再多的钱，他也没有办法变出来一台升降机或者一架飞机来带我离开。

"他当然也能让身边的人代劳，毕竟神越董事长发了话给了钱，什么事都会有人替他去做。可是他已经急得想不到，也可能是他不放心让别人来做，所以他自己抱起了已经成年的儿子，在站台上跑了起来，爬过了那么多楼梯，跑了几公里，直到把我送上救护车。"

他说着又停顿了一下，才又说："我那时候是有些意识的，我还喊了他爸爸，可是后来当我清醒了，我又认为那肯定不是他。因为他的心脏并不好，医生已经嘱咐过他尽量不要做剧烈的运动，我们全家人都知道。

172

"我不相信他会为了我做到那种事情，所以我以为那是我在高烧状态下的幻觉。直到最后，他都没有解释过这些事情。

"他其实不善于表达自己的感情，尤其是在面对家人的时候……"

他最后停顿了下，才说出了结论："肃道闲，也许他并不是什么完美满分的父亲，但我知道，他爱我，如同其他普通的父亲一样。"

隔了许久，肃道闲才轻笑了声："修言，你真是执着，哪怕从记忆中抠出来一些边角料，也要相信着点什么。"

肃修言也笑了声："之前有个傻瓜告诉我，如果人生只是一段段记忆拼接而成的，那么她会选择记住那些美好的瞬间。至于某些情感，是真是假，某个人到底有多么爱你，有那么重要吗？"

他又轻笑了声："我在很久之前，对我的父亲，所求的只不过是他能够看到我，能够有那么些了解我，能够说些什么来肯定我……但是后来，我懂了，其实他是否了解我，是否肯定我，并不是那么重要。

"重要的是，他是我的父亲，他爱我。他愿意在生命的最后阶段，和我一起一言不发地浪费掉一个又一个下午，所以他那些说出来的，没有说出来的话，就都变得不重要了。"

他说到这里又停顿了下，才嘲笑般轻声说："所以二叔，假如你就要死了，你愿意跟谁一起无所事事地浪费掉那些仅有的时间呢？"

他说完就立刻又自己回答了这个问题："你没有，你心中只有自己，你也只爱自己，假如你就要死了，你会疯狂地用最后的时间来试图抓住些什么，因为在你内心深处，你清楚地知道……你其实一无所有。"

肃道闲那温和又游刃有余的表面终于被第一次地撕破了，他近乎失态地吼出了一句："你住口！"

肃修言"呵"地笑了："所以我猜对了对吗？你也遗传了肃家这该死的基因，你就要死了。"

肃道闲又沉默了一阵，他再次开口，声音已经恢复了那种文雅："修言，不管我是不是要死了，你依然有大段美好的人生，你不要做出冲动的事情，你先从楼顶边离开。"

程惜听到这里彻底无法继续沉默下去，她连忙提着消防斧拉开消防门冲了出去。

门外的天台上只亮着一盏灯，那灯光甚至有些昏黄，在灯光照射到的范围内，她能看到站着的肃道闲，还有站在楼顶边缘的肃修言。

她只扫了一眼肃道闲，就眼睛也不敢眨地紧盯着肃修言，他还穿着他们一起逃出来时穿着的白色棉质实验服。

宽松的衣袖在夜风中微微鼓荡，他的脚距离彻底踏出楼顶也只有半步不到的距离。

程惜甚至有种错觉，仿佛他是一只振翅欲飞的白鹤，只需要再来一阵风，他就会彻底融入身后那浓黑如墨的夜色中，消失在天际。

她在霎时间已经出了一头的冷汗，她飞快地扔掉手中的消防斧，对他伸出了手："修言，你不要再说了，你先过来。"

肃修言看到她之后脸色却非常差劲，甚至可以说是动怒，他怒视了她一阵，才咬牙切齿般地开口："让你先走，你都不会先离开这栋楼看看？"

程惜冷汗直流，也不知道他是较什么劲，但现在他这样，她什么话都得顺着他讲："我担心你出事，来不及出去就赶紧又上来了。"

肃修言扫了眼她脚下的消防斧，脸色肉眼可见地更差了起来："你竟然能搞到这种东西，我倒是低估了你的行动能力。"

他之前还在头晕，程惜生怕他动了怒，身体不稳摔下去，一边慢慢地靠近他，一边说："修言，不管发生了什么事，你都可以跟我说，不要伤害你自己。"

肃修言还是怒视着她，一旁的肃道闲却突然轻笑出声："修言，我看程小姐对你的重视程度，还是超出了你的预料。"

肃修言竟然恨铁不成钢一样看了她一眼，突然对她开口："你先站住。"

程惜不知道他为什么让自己站住，但她害怕刺激到他，也只能暂时停下脚步。

肃修言看着她神色不善地沉默了一阵，终于说出了一句："你有没有感觉到我们现在所处的地方，有什么不对劲。"

不用他提醒，程惜也有所感觉，那些莫名其妙消失的人，还有他们所处的这栋建筑。

她用眼角快速重新打量了下天空和远处，空中没有月亮，只有一些并不明显的散落的星光。

除此之外，在那盏昏黄的照明灯的光线所能触及的地方之外，都是一片浓重得仿佛实体的黑暗。

就像她在医院的一楼大厅外看到的那样，一种不祥的，没有任何生机的黑色。

她冷静地开口："就算这里有什么不对，你也应该下来，这是7层，掉下去很有可能有生命危险。"

肃修言看着她笑了笑："怎么，你不相信我？"

程惜摇头："我不是不相信你，而是我不能让你冒险。"

肃修言见跟她说不通，只能转而对着肃道闲点了点下巴："那么如果这里也只是一个虚拟的空间，你对他如此处心积虑地把我们留在这里，又有什么看法？"

程惜沉默了片刻，肃修言已经自问自答，替她把问题回答了："我们所见到的贝克博士是真人吗？他反复向我们灌输我很重要，他会努力保护我……可是如果永远把我们困在这个世界里，就是肃道闲真正的目的呢？"

他边说边冷笑了声："在我面前演一出双簧就想骗过我，还真是天真。"

程惜也不是没有考虑过这种可能，但她此刻也只是冷静地说出了另一个可能："但是如果你从这里跳下去，却发现我们现在所在的地方，真的就是现实呢？又或许你跳下去，也还是不能离开这里呢？"

肃道闲在这时突然笑了笑，慢悠悠地开口："我觉得程小姐也非常聪明，她说得不错，也许……这里就是现实，你们所感受到的种种异常，不过是我故意安排的迷局，目的就是为了引诱修言自杀。"

肃修言看着他挑了下眉，肃道闲又缓慢地接了下去："也许……这里确实是一个虚拟的空间，但是就算你们从这栋建筑里离开，也不过是掉入另一个同样虚假的空间。"

肃道闲似乎又重新掌握住了主导权，继续游刃有余地操控着他们的心理："所以程小姐的想法是对的，稳妥一些的话，不妨让修言下来，我们一起喝杯茶，好好地聊一聊，至于这里到底是不是现实，停留到时间久了的话，你们不是能有个更加清晰的判断吗？"

他倒是完全说中了程惜的想法，她并不是信任肃道闲，事实上他所说的每一句话，她都持保留意见。

只不过……她已经看过太多次肃修言在她面前停止呼吸，那样的绝望只用想一下就能令她遍体生寒。

她曾以为自己是绝对理智的，然而在涉及肃修言时，她正变得越来越不理智。

这并不是一个好的迹象，但她无论如何也阻止不了恐惧和怯弱的蔓延。

肃修言看着她的神色，他的神情终于又缓和了些，他仿佛是无可奈何般轻叹了声："所以我才说你笨……我分明做了一个双保险，谁知道你竟然能出都不出去，就这样跑回来。"

程惜一愣，很快明白过来，他为什么会让她下楼，自己则留在楼上。

如果这个虚拟空间真的只有这一栋楼的大小，那么她当从一楼的位置出去，当然就会触及系统的盲区。

要么她会通过无法进入门外空间的异常，确认这里并不是现实世界，要么她会直接被弹出系统，在现实里真正清醒过来。

如果这里确实是现实，那么当她逃脱出去后，当然也能顺利获得自由。

更何况在当时的情况看，一般人都不会拒绝近在眼前的机会。

哪怕是想要拯救肃修言，她也大可以自己先行逃走，等找到可以帮助他们的人之后，再带人折返回来。

更何况之前贝克博十已经跟他们强调过，肃修言是珍贵的实验体，他会尽自己最大的能力来保护他的人身安全。

在这种情况下，按照理性的判断，肃修言短期内并不会有生命危险，她在当时又可以轻而易举地获得自由，任谁都会选择先自行逃走。

程惜深呼吸了几次让自己冷静一些，她摇了摇头，这次她直接看向了肃修言："我绝对不会再把你留下来，无论我们要面对什么，我们都要在一起。"

肃修言沉默地看着她，肃道闲则突然抬手鼓起了掌，他的语气里满含笑意："程小姐说得对，你们在这里经历了那么多次生死考验的感情实在是太感人了……没有什么事比和心爱的人在一起更重要了，不是吗？"

肃修言又看了他一眼，他突然笑了下："你知道我为什么能够这么快地肯定这个世界也是虚假的，并且只要我们从这里成功出去，就能回到现实里吗？"

肃道闲弯了下唇角，他和肃家兄弟其实长得很像，这样弯着唇角似笑非笑的神情，也像极了肃修言胸有成竹时的样子："愿闻其详。"

肃修言同样弯起了唇角："因为我没有看到你的另一个侄子。"

一直在吹向同一个方向的风扬起了他鬓边细碎的头发，他弯着唇角说："这里并不仅有我们三个人的意识，至少在那个武侠世界里出现过的'肃修然'，他的意识来自真正的那个肃修然……我不会错认他，因为他不能被任何人模仿和重造。

"所以，如果他也能进入到这个世界里，那么在现实里，你的基地很可能早就已经被发现并控制了，你只是绑架着我们的意识，进到了更隐秘的虚拟空间里。"

他边说边挑了下眉："因为你也已经失去了对现实的控制，所以这个虚假的空间也越来越狭窄，在魔法世界里，我们大部分时候的行动都被局限在一列封闭的列车里。甚至到最后，那里连正常的世界都无法维持了，强行给了我们一个跳跃的世界。

"在现在这个空间里，我们更是都被束缚在小小的一栋封闭建筑里。"

肃道闲的神色有非常细微的松动，但他很快又控制住了，让人猜不透这到底是他真正的动摇，还是他又一次的故布迷阵："是吗？那么还有一个可能，你有没有想过？那就是现实中的我们……其实已经死去了，现在的我们，其实都不过是一个残留的意识。

"你们以为自己可以离开这里，回归到现实中，其实却会走向……彻底的死亡。"

肃道闲缓慢地说着，程惜却一直看向肃修言的方向，他看着她挑了挑眉，唇边依稀是一个柔和却又释然的笑容。

她看过他这样的笑容，那是当他站在高台之上，被肃修然手中射来的碎片穿透身体的时候。

她紧盯着他，突然间想到了一个问题：如果这一切都是假的，那么肃道闲不会想不到这样粗糙局限的空间，并不能留住他们太久，所以他又为什么坚持劝说他们，用大段的说辞来打动他们，希望他们哪怕可以多留下来一秒钟？

她仔细看着肃修言，终于在他斜对着自己的另一侧衣袖上，找到了一片不明显的红色血痕。

她想起来他自从这次醒过来之后就有些奇怪的态度，抱怨奶油浓汤味道差，连水都不愿喝一口。

他表现得一直那样随意，甚至故意用话来激她，试探般地确认她不会为了自己殉情。

她在这一瞬间，明白了一个事实：不管他们所处的地方究竟是哪里，肃修言都没有时间了。

她看着他也同样笑了笑："我说过很多次不让你自作主张了，不过你似乎都没有听进去。"

他对她扬了下眉，仿佛是没有搞清楚她为什么突然说起这些。

程惜又对他笑了笑："还有你的性格这么恶劣，我却连你恶劣的部分，都喜欢。"

他们的距离并不远，肃修言也只来得及在唇角露出一丝笑意，微微张开双臂迎接她，她抱住了他，却在他们即将跌入那片浓黑的夜幕中时，突然蹬在建筑的边缘，用力扭转了方向。

就像那次，他站在窗口洞开的办公室里，摩天大楼顶部凛冽的寒风吹过他的身侧，她伸出手抓住了他。

他们没有坠落进那片浓重的黑暗之中，他们一起倒在楼顶的边缘，躺在了肃道闲的脚下。

肃道闲也在同时冲了过来，伸出的手仿佛是想要阻止他们。

程惜侧身躺在地上，她抬起手捧住怀中肃修言的脸，笑了笑："我说过，无论发生什么，我都不会再放开你。"

在刚刚那个几乎什么都来不及的瞬间，她突然想到，原来她不能再容忍关于他的任何不确定性……她不能将他摆卜赌桌，哪怕机会只有一次。

她听到身侧的肃道闲突然失控般地大笑了起来，再然后，就是一片死寂。

寂静中，她听到了一个激动的声音："他们醒了！"

她的视线中央出现了一张俯瞰下来的脸，他对着她微微笑了笑，温和的语调里，有着无与伦比的、令人安心的力量："小惜，你做得很好，你们现在安全了。"

她张了几次嘴，才终于发出一丝嘶哑低弱的声音："肃大哥……修言……"

他转身看了看旁边的什么，回过头又对她笑了笑："他的情况不好，不过你不要担心，你在沉睡中太久了，现在还是先休息一下，不要急着起来。"

这种诚实却又让人无话可说的风格，可能还真是什么超级电脑都无法模仿出来的。

程惜也不知道自己该不该这样吐槽心中的偶像，只能先动了下脑袋，希望能看到点什么。

她身侧的一张老旧的病床上，正躺着一个熟悉的侧影，不同于她这边只有肃修然在，她在那边看到了几个穿着手术服的医生和护士。

她来不及分辨那些医生中是否有自己的哥哥，就看到有护士在熟练地用手中的医用棉花擦去肃修言唇边和鼻腔中溢出的鲜血。

她哪里还能继续躺着，抬手抓住肃修然的胳膊："肃大哥……我要看他。"

紧接着她就听到了一个怒气冲冲的声音："程惜！你给我老老实实躺好！"

她转了转脑袋向声源看去，这才看到自己的哥哥也穿着手术服，戴着手术帽和口罩，只露出来一双眼睛气势却丝毫不减，他继续愤怒地冲她吼："老实点，别给我添乱！"

程惜老实地又躺了好一阵，她在沉默地躺着不敢吭声的时候，除了担心一旁的肃修言，还能分出神来想：

怪不得肃修言能分清楚到底什么才是真正的肃修然，对兄长刻在骨子里的畏惧，大概属于生物本能的范畴了。

当然她也没有再闭上眼睛睡个觉什么的，事实上现在谁说要让她睡觉，她可能想跳起来一拳把他放倒。

她也有了空闲打量他们现在所处的地方，这是一个巨大又有些老旧的仓库，在他们周围堆着许多看起来像是临时组装起来的机器，有些她认得是医疗器械，另外一些则并不认识。

她注意到肃修然走开跟什么人说了些话，然后就走回来弯下腰对她笑了笑："是我在警局合作过的搭档，这次事出紧急，把他从B市借过来了。"

程惜不知道他为什么要特地对自己解释，过了片刻才明白过来：他怕她仍然混淆着真实和虚幻的界限，尽可能多提供一些可以让她安心的信息。

肃修言的情况并不是很好，在紧急的治疗过后，他们决定还是把他抬上救护车送到医院继续治疗。

程惜已经可以缓慢地活动了，她在拒绝了护士将自己也抬上救护车的提议后，自己站起来跟着上了救护车。

肃修言其实一直保持着清醒，他还看了她一眼，有气无力地说了句话："你很好。"

程惜觉得他这句话可以直接翻译成"你给我等着"，她哥哥和肃修然都在车上，她不敢直接反驳，只能伸出手握住他放在身侧的手掌，轻轻捏了下他的掌心。

他又看了她一眼，仿佛是眼不见心不烦一样，继续闭上眼睛闭目养神。

他还需要吸氧，唇边和鼻子里却已经不再溢出鲜血，程惜一直目不转睛地看着他，充满了劫后余生的庆幸和另一种飘荡的不真实感。

他们被直接送入了肃家产业下的私立医院，这里人少一些，环境也清幽适合疗养。

就像程昱路上简短跟她介绍过的一样，肃修言的情况虽然不好，但只要清醒了有意识，问题就不大，不需要做手术，接受常规治疗就可以。

程惜还顺便问了他们究竟在那个系统里待了多少天，得到的答复是一周多。

她计算了下，这大概就是他们进入系统后实际感受的天数，所以一开始那个时间流速和外界不同的说法，就是用来欺骗他们的。

肃修言当然被安排进了最好的病房，不但设施豪华配备了媲美ICU的全套器械，还有一整面墙的宽大落地玻璃，玻璃外则是专属的日式庭院。

程惜除了感慨有钱人真会享受之外，还有种对这样精美景观的本能抗拒——精致和完美通常也代表着不真实。

她在一段时间内可能都会有些精神创伤后遗症了，她觉得自己应该直接搬一把椅子去坐在夜市门口，看看川流不息的人群和烟熏火燎的烧烤摊，可能会踏实一些。

她表现得并不明显，肃修言却看了出来，他没什么力气地冲她招了招手。

程惜连忙过去在病床前的移动皮椅上坐下，凑近了握住他的手："你要什么吗？"

肃修言看着她"呵"了声，他气息微弱，语气却依然气势不减："你傻傻地在想什么呢？只死了一次就被吓到了？"

程惜心想我没你在幻境里死的次数多，我还得夸你一句厉害吗？

但她到底没舍得吐槽这样的肃修言，他脸色苍白无比，比之前还要更瘦了一圈，他本来就有些消瘦，现在简直有些形销骨立，她看了实在心疼坏了。

她忍不住抬起手摸着他清瘦过分的脸颊，还拂过他发白的薄唇，眉头越皱越紧："脸上都没肉了，玫瑰色的水润润的嘴唇也没有了，得想办法把你尽快养回去。"

他又"呵"了声，有气无力地瞪了她一眼："怎么？嫌弃我现在丑了？你可以不看。"

程惜也"呵"了声堵回去："你脸上爬满了裂纹毁容的时候我都没嫌弃，现在嫌弃？"

他说不过她，又实在没力气，只能妥协般地被她抚摸着脸颊，弯了弯唇角，吐出了两个字："傻瓜。"

这还没过去半天，他已经说了几次她"傻"了，程惜本着不跟他计较的原则，压根就没搭理他。

她本来已经不打算继续聊天让他费力气，他在等了一阵后，就皱眉加了一句："回答啊，你想什么？"

程惜看绕不过去，只能老实说："我对现在的一切，还是有些不真实感。"

他却看着她没有回答，这一路走过来，他都永远笃定，永远有着计划，仿佛他从不会彷徨，也不会怀疑自我和眼前的现实。

但是这一刻他异常地没有立刻给她一个答复，哪怕是一声不屑的嗤笑。

程惜看着他长久地沉默下来，心里突然有些慌了，也许他也陷入了反复怀疑的怪圈中，只不过他掩饰得太好，让她没有察觉到异样，就像他掩饰自己的身体状况时一样。

病房的自动门在这时滑开了，是肃修然走了进来，他看到程惜在床边握着肃修言的手，笑了笑："我进来得不巧吗？"

肃修言抬眼看了看他，弯了下唇开口："这个傻……"

他突然临时改了口，那样子像是怕真的把她给喊傻了："小惜还是不相信现在是真实的，你帮她再确定一下。"

肃修然温和地笑了笑："小惜，你需要我再做点什么？"

程惜被他撞见本来就有些尴尬，她一时半会儿想不到什么事可以让自己加深真实感，她看了看肃修然，又回头看了下肃修言，一个念头鬼使神差般冒了出来。

在大脑进一步思考之前，她就说了出来："那肃大哥吻一下修言吧。"

肃修然了然地笑了一笑，他十分从容优雅地走了过来，在病床前站住，微弯下腰一手撑在床头，一手轻捏住肃修言的下巴，让他微微抬起头。

他做到这一步，还抬头看了下程惜，唇边带着笑意，向她最后确认："我应该吻小言的唇，对吗？"

程惜在这个要命的关头理智回笼，连忙摇手制止："好了，我确认了，肃大哥就是本人，这就是现实，我不怀疑了！"

肃修然唇角的笑容依然完美："你们这些女孩子心里想的是什么，还是好猜的。"

程惜清了清嗓子掩饰："肃大哥果然是系统模拟不出来的。"

肃修然对她笑了笑，这才放开捏着肃修言下巴的手，低头对他笑笑："小言，不要这样瞪着我，这并不是我的提议。"

肃修然说完，还俯身在他额头轻吻了下，然后才说："小言，我进来是想告诉你，你失踪的事虽然我们一直瞒着外界和妈妈，但她前几天还是察觉到了。她今天搭飞机从海岛回来，大概再过一两个小时就到这里了。"

甩下这个重磅消息后，他就站起身，还是非常优雅地对程惜点了下头微笑："小惜，你和小言继续聊，我先出去了。"

程惜没敢吭声，她看着肃修然潇洒离去的背影，直到自动门重新关上，她才敢试探性地把目光移回到肃修言脸上。

她果然看到他一脸山雨欲来的怒容，连忙又清了清嗓子，试图拉走他的注意力："我们结婚后，我还没见过你妈妈，你说她会不会骂我？"

他仍是咬牙切齿地看着她，甚至气得咳嗽了几声："你……就这么看我？"

程惜连忙上去给他抚着胸口顺气，还在他唇边吻了吻安抚他："没有，没有，我只是随口开玩笑。"

他还是侧过头去避开她接下来的吻，"呵"了声说："把床摇高一些，让我坐起来。"

程惜忙照他说的做了，看到他苍白着脸没什么力气，还伸出胳膊揽住他的肩膀，让他靠在自己肩上。

他又"呵"了声才说："你小时候应该也见过她几面吧？没看出来你怕她，怎么突然担心起来了。"

程惜用力摇头："那不一样，那时候她只不过是我哥哥打工的老板的老板娘，现在她可是我婆婆，你不知道婆媳关系一直是世纪难题吗？"

她这个答案不知道是在哪里取悦到他了，他低沉地笑了起来，接着才说："你放心，她虽然强势，但没有为难其他女人的习惯。甚至在表面上，她还会对你不错。"

程惜"哦"了声，只要表面还过得去，已经算是和谐的婆媳关系了，她也没有那种跟婆婆做朋友的打算，有距离反而安全。

但是她想了想还是不安："可是你刚跟我在一起，就又是受伤，又是被绑架，现在还躺在病床上，她不会迁怒我吗？她那么重视你，把你的事情看得那么重。"

看她这样忐忑不安，肃修言只能又叹了口气："小惜，我妈妈虽然重视我，但她并没有把我当成小孩子，也没有对我有过多的占有欲。我跟她是两个独立的成年人，她会尊重我的选择的。"

他说着停顿了下，才轻声说："其实她对我的重视，可能是一种过度补偿，补偿她认为我没有从父亲那里得到的关注……可能还有一些她在刻意忽视了哥哥后，内心的焦虑和不安。"

程惜沉默了片刻，才说："我发现你把事情看得挺透彻的，只是你没有说。"

他又"呵"了声，似乎是在笑她现在才发现："很多事情不过是如鱼饮水而已，何必全部说破。"

程惜又沉默了片刻，就低头去吻他的唇，他还是有些虚弱，却也全力配合了。

吻完了他才有些喘息地笑着问："怎么？想趁我妈妈没来之前，多占我点便宜？"

程惜舔了舔唇角："我跟你光明正大地结婚了，干吗要说得跟我背着你妈妈偷你一样。"

她说着顿了顿，有些不好意思地清嗓子："其实是我刚才开玩笑让肃大哥吻你的时候，我突然发现，你是我的了，不能随便给别人亲，就算是你哥哥也不行。"

他又低声地笑了，侧过一点头来看她："我看你才是对我有过多的占有欲。"

程惜一点也不打算否认："你是我千辛万苦，穿过了那么多世界，从那么多人手里抢过来的，我怕我对你没有占有欲，别人又把你抢走了。"

他弯着唇笑："怎么从那么多人手里抢的，我怎么不觉得有人跟你抢我？"

程惜简直觉得他警惕性太低了，连忙一个个给他分析列举："怎么没有人抢你？周邢那个老变态，还有你那个对你恶意满满的二叔，就他们两个就够折腾了。"

她绕过了文静悦没有提，抬起手托着他的脸皱眉："还有不知道多少人肯定在觊觎你，男孩子长成你这样很危险的你知道吗？要不是你脾气大、位置高，还不知道要给糟蹋成什么样子。"

他笑了笑垂下眼睛，她没有提，他却迟疑了一下主动说："静悦学姐……"

他现在还虚弱，只是提到这个名字就皱了眉，脸色更加苍白起来，程惜忙说："没事，你不说也没关系。"

如果说之前她还只是大度地不去计较肃修言的这段往事的话，那么在经历了两次系统制造出来的虚拟世界后她又有什么不明白的？

在肃修言自己的世界中，从来都没有文静悦这个人的存在，当然她也许存在于另一些地方，但从来都不是一切的中心。

无论在哪个世界里，他一直念念不忘，一直在等待着的人，都是她，不是别人。

程惜想起来在最初用来迷惑他们的那个"海岛"上，文静悦也出现了，她后来还在疑惑，为什么文静悦死而复生这样一个容易被看出虚假的事情，肃道闲却依然坚持将她安排出来呢？

想到这里她突然想起来自己在被绑架前曾经问肃修然要了一份关于文静悦的资料，但是那时候她急着跟肃修言一起出发，就存在手机里没看。

后来他们就在路上被肃道闲绑架，他们被带上游艇之前随身的手机就已经被搜走了。

他们获救醒来后，肃修然也没有把那些东西还给他们，程惜猜不是被警方搜走当作了物证，就是已经被肃道闲销毁了。

后来他们就在"海岛"上见到了活着的文静悦，她不但跟在肃道闲身边，还像是他的得力助手一样，对他们严防死守。

在"武侠世界"里，文静悦也扮演着他的"师姐"。

她把所有的事情都联系起来，答案其实隐约在那里了："那时候系统里不仅有我和你的意识，还有肃道闲的……希望她还活着的人除了你之外，还有肃道闲。"

他看着她，脸色苍白地弯了弯唇角："静悦学姐在自杀前曾经留了一封遗书，那封遗书是用纸笔写的，她在信里说，'我并不知道爱上你的代价如此之大，我后悔认识了你'。

"我一直以为是我辜负了她，哥哥还给她施压，才导致了她的自杀，我还为此责怪哥哥，甚至在别人的挑拨下捅了哥哥一刀。

"直到后来，哥哥在查案的时候觉察到当年的事并没有这样简单，他在后来，陆续查出了一些隐藏起来的事情的真相。"

程惜沉默了一阵："那句话并不是写给你的，对吗？"

他又笑了笑，脸色也变得更加惨淡："她的遗书并没有写抬头，只有署名的'文静悦绝笔'，那时候只有我是她名义上的恋人，我就想这句话不是写给我又是写给谁的呢？"

按照"海岛"上时，那个虚拟的"文静悦"对肃道闲的态度，还有她强硬又自立的性格，不像是恋情受到一些阻挠就会选择自杀的女孩子。

除非有更绝望的事困扰着她……比如，被一个心机深沉的成年人控制。

程惜又沉默了，肃修言说着就闭上了眼睛，他又低咳了几声，程惜忙抱紧他："这些事不是你的错，你不要想太多。"

他没什么意味地笑了声："是吗？不是我的错？如果肃道闲控制了她，那么接近我难道不是肃道闲的授意吗？

"在哥哥查出来的资料里，她其实在初中的时候，就因为学业优秀，被交换到英国学习了一年，在那一年里，她的其中一个老师，就是肃道闲。

"一个女孩子，在她才刚十三四岁的时候，在异国他乡求学的孤独时刻，遇到了一个刻意控制和利用她的成年人。哪怕她有着再坚韧的心性，也很难不被他影响。

"他为了自己的一些目的，一直在让她做违背她本心的事情，而这些事情在最后终于彻底压垮了她，让她选择用那种惨烈的方式结束自己年轻的生命。

"然而直到死，她都没有办法在遗书上，写上他的名字。因为无论怎样，他都是她的老师。

"她如果只是单纯的一个受害者，反而要好一些，可是她成了他的帮凶，那才是她无法面对的罪恶。"

他就这样闭着眼睛缓慢地说着："她或许并不是我和哥哥逼死的，但她就在我的面前陷入绝望，走向了死亡……而我竟然没有丝毫察觉。小惜，她是我的罪孽，这一点，我永远无法彻底解脱。"

程惜抱着他，听他缓慢地诉说，她沉默不语了很久，最后在他唇边轻吻了吻，突然问："那我是你的什么呢？"

他睁开眼睛看着她，弯着唇角笑了笑："你是想听我夸你？"

程惜假装不懂，对他挑了挑眉："没有啊，你讲了这么一大段别的女人，我就算再大度，也会有点不舒服的。你应该主动想个办法哄哄老婆，而不是还要我给你台阶下。"

他轻笑了声，苍白的脸色终于好了一些："我可不觉得你递来了什么台阶，反倒给我挖好了一个陷阱。"

程惜挑眉看着他，他低头把自己的额头贴上她的，终于还是轻声地说了："你是我的追寻……和救赎。"

在曲嫣赶来之前，肃修言还是稍微睡了一会儿。他不肯让她放开自己的肩膀，程惜也不舍得离开他，就干脆在他的病床上也挤下来了。

所以当自动门无声地滑开，曲嫣和肃修然看到的，就是两个依偎在一起，连手指都紧紧扣着的小情侣。

曲嫣愣了一下，还是压下对肃修言的担心，后退一步和肃修然重新退了出来。

她都没来得及在外面休息室的沙发上坐下，就站着下了个结论："小言的婚礼需要立刻开始筹备了，如果要赶在明年春暖花开的时候办的话，时间有点紧张。"

肃修然想起来一年前那场把自己和林眉都折腾得够呛的婚礼，连一向淡漠豁达的肃大神，都忍不住起了点幸灾乐祸的心思："妈妈还是先问下小言和小惜的意见吧。"

曲嫣思索了片刻，又转头看自己的大儿子："小言竟然对小惜这个孩子有意思，我以前怎么都没看出来？"

肃修然微微一笑："妈妈觉得不好吗？"

曲嫣摇了摇头："当然不是，只是有意思的话，早一些在一起就更好了。"

肃修然又笑了笑："现在也不算晚，亲手栽下的花，哪怕开得再迟，等它开放的时候，也格外美丽，不是吗？"

曲嫣热心园艺，他这个比喻正说中了她的内心，她又看了看大儿子，这次还是终于放下矜持："小然，你也瘦了，这些日子辛苦你了。"

肃修然确实也清瘦了一些，但他总归没有肃修言的损耗那么大，所以这种细微的变化很少有人能察觉。

但这个世界上，总有两个人能一眼把这种微妙的差别看出来，一个是深爱他的爱人，另一个是他的母亲。

他垂下眼睛笑了笑，也放弃了那些优雅精致的话术，只是简单地安慰："我还好，妈妈放心。"

程惜已经睡怕了，她现在非常害怕再陷入什么过于真实的梦境，让真正的现实也变得不再真实起来。

好在这一次跟肃修言躺在一起说着话，又不知不觉睡过去后，她并没有再做什么梦。

或许是大脑已经处在极度的疲倦里了，她甚至不记得自己有没有做梦，再睁开眼睛时，窗外的天色是黑的。

她看了下床头的电子钟，是凌晨5点钟，按照这个季节的日出时间，再有一个小时天就要亮了。

她睡着的时候一直抱着身边的人，他的体温和心跳声才能让她安心。

她又把身体往他那里靠了靠，借着窗外透进来的昏暗光线打量他。

也许是心理作用，在根本看不清楚的光线下，她也觉得他的脸色并不好，但是呼吸平稳，神色也安宁。

她凑过去把头埋在他的颈窝里，重新合上了眼睛。

程惜再次醒过来的时候，已经是早晨7点多钟了，肃修言已经醒了，甚至还半靠在床头用手中的平板电脑处理着什么事情。

他之所以还没下床的原因也很明显，程惜依然抱在他的腰上死活不肯撒手。

看到她终于醒了，他还低头对她微微笑了下："看来你是饿了，口水都流出来了。"

程惜吓了一跳低头去看，果然在他的衣服上看到一小块不明显的水渍，她颇为尴尬地清了清嗓子："如果饿了，那也是馋你馋的。"

他挑了下眉，甚至暂时放下了手里的平板电脑，看着她笑得有些无奈："你为什么对这个这么执着？"

程惜转了转眼睛，抬起头看他："你为什么这么抗拒？难道是不行，或者太……"

她话还没说完，他就握住她的手腕，挑着唇角微笑，一字一句地说："你如果真的这么在意，我现在就可以让你知道……"

程惜反手钩住他的脖子，整个人趴上去，凑过去吻他的唇："求之不得。"

可惜还没等她去解开他病号服上的带子，趁着清晨的明媚天光吃下这顿肖想已久的大餐，门口就传来按铃的声音，接着话筒里传来护士的提示："请问可以开始帮您量体温，送来早餐了吗？"

程惜趴在肃修言身上，神色不明地沉默了一阵："你不觉得我们被打扰的次数太多了吗？"

肃修言倒是一脸忍笑的表情："我提醒你一下，我们是在医院里，这里是病房。"

程惜……不能如何，只能爬下床开门让护士们进来给他们送上早餐，顺便给肃修言做晨间的惯例检查。

他们一起被迫陷入昏迷，意识在那个虚拟的系统里迷失了两周，这两周肃道林当然也有给他们输液补充营养和水分。

按照程昱和肃修然对她的解释，这两周他们不能算是完全的沉睡，意识依然清醒，所以对身体的损伤并不算太大。

程惜在苏醒后渐渐可以自己行动了，虽然还是有些虚弱和疲倦感，但并不影响日常行动，后续也只需要补充营养缓慢恢复，没有必要接受额外的治疗。

但是肃修言的情况有些不同，当时在救护车上说话不是很方便，程昱只是简单地说了一句："他在那里面死过太多次了。"

程惜不是很明白这句话的意思，不过他们最后离开那个系统时，程惜也算是"死"了一次，她记得那时候的感觉，一切确实太真实了，她甚至不知道自己是否真的停止过心跳和呼吸。

肃修言还是只能吃流食，他的胃口不是很好，程惜也不勉强他，只是在用餐过后吻了吻他的面颊说："我去找哥哥商量点事情，暂时离开一下。"

他笑了笑看着她没说什么，程惜看到他又拿起来平板电脑准备办公的样子，连忙加了句："你还是好好休息。"

他挑了下眉看她："我只是坐在床上看看文件和报表，还不算休息吗？"

程惜也不是很懂他们总裁的休闲方式，只能又吻了吻他："别累着自己，我很心疼。"

他带着点笑意看她："行了，我知道了。"

程惜这才起身离开，还跟他保证："我很快就会回来。"

她出去很快就找到了程昱，他正在护士站里和另一个穿着白大褂的医生聊着什么。

程惜走过去礼貌地站在外面，等他们又聊了几句，她没有刻意去听，但还是听到了几个诸如"手术""预后"等字眼。

程昱注意到她过来，他跟那个医生好像也快聊完了，很快结束谈话，走过来对她点了下头："你身体感觉怎么样？"

程惜摇了摇头："我很好，没什么明显的不适。"

程昱虽然早就知道她没什么事，但听到她这么说，神色还是明显缓和了许多："我这几天都会在这个医院，这两天会再给你做个全面体检，如果有什么不对劲的地方，尽快告诉我。"

程惜看到那个医生跟他们打了个招呼就离开了，她停顿了下，还是忍不住问："哥，修言……的情况到底是怎么回事？"

程昱"哦"了声，看出来她的担心："我们没在说他，是另一个病人的事。"

程昱说着停顿了下，他不喜欢多谈论病人，但跟妹妹还是会多说几句："你别太担心，肃老二之前虽然有过很危险的时候，但他的情况已经基本稳定了，后续只要配合检查和治疗，过两周就会基本康复了。"

程惜也"哦"了声："他怎么危险了？"

程惜本来也不是会过多担心的人，但现在对肃修言明显是关心则乱了，连之前的凶险细节也要知道得一清二楚。

程昱看着她的目光里有些恨铁不成钢，憋了半天憋出一句："你怎么突然对肃老二这么上心，他这种人……"

说起来这还是她和肃修言结婚后，第一次在现实里面对程昱，之前的情况混乱，兄妹两个人一直没能单独聊聊，程昱这句话也是憋到现在才问。

程惜顿时有些尴尬："之前哥哥在B市，我本来想打个电话告诉你的，结果后面就出了一系列事，你也很忙我就还没来得及打。"

程昱"呵呵"笑了两声："我看你也是很独立了，连结婚这种大事都可以不跟我说了。"

他说完还又冷笑着补上了句："还是跟肃老二。"

他们父母去世后，程惜几乎可以说是程昱养大的，她天不怕地不怕，唯独对老哥还是怕的，只能小心翼翼地说："结婚是个意外，我本来准备偷偷再离了的，不过……"

程昱对她非常了解，冷笑着将她后面的话接了上去："不过现在你舍不得离了，对吗？"

程惜缩了缩脖子，没敢再吱声，她确实舍不得，但这个话说出来，程昱肯定更生气。

程昱看着她那个样子，只能皱着眉叹了口气："算了，我看现在你们也是拆不开了。以后肃老二敢有什么犯倔脾气的时候，告诉我，我倒要看看我治不治得了他。"

他能说出这句话，就代表他虽然不情愿，但还是勉强接受了肃修言。

程惜心里一松，连忙跟他保证："哥你放心，我也治得了他。"

程昱看着她，笑了声："你舍得吗？"

他这声笑，总算不再是冷笑，程惜开心地抱住了他："哥！谢谢你！回头你可以教训他，想怎么教训就怎么教训……等他身体好了！"

程昱带着笑意也抱了抱她："好了，说得我有多么凶神恶煞一样，我难道还能去揍他？"

程惜连忙拍他马屁："那不会，我哥是个文雅的医生，怎么可能会揍人。"

程昱并不吃她这一套，毫不客气地说："揍别人也许不行，揍肃老二还是可以的。"

程惜才刚回国没多久，和哥哥也是久别重逢，兄妹俩拥抱了一阵，程惜才接着问："哥，你说他之前曾经很危险？怎么回事？"

程昱看她实在担心，就叹了口气："他在被迫进入系统前，本来就有些内出血，再加上系统造成的负担……你应该体验过濒死感了，简单来说，就是大脑认为你已经死了，只能通过外部的刺激来恢复心跳和身体机能。"

程惜想起来他们在系统里经历过的事情，顿时有些心惊肉跳："他在里面每死一次，都要这样？"

程昱点了点头："最后一次还好，他已经做好了心理准备，再前面的那一次就麻烦了，他的几个器官甚至出现了衰竭的迹象……小惜，你的判断没有错，如果拖得再久一点，哪怕在现实里，他也会有生命危险了。"

程惜感觉到一阵后怕，她忍不住说："这就是肃道闲的目的吗？用这种方法反复折磨修言，直到他现实中的身体也承受不住？"

程昱倒是摇了摇头："他可能有这种打算，不过也许还有别的目的。"

他说着就看着她："你如果真的太好奇，可以去问一下修然，他就在你们隔壁的病房。"

程惜有些惊讶："肃大哥也住院了？他身体哪里不舒服？"

程昱倒是先沉默了片刻才回答："硬要说的话，他心理上受到的创伤可能更大一些……不过也是住在医院里比较方便，反正现在都在医院里了。"

他的说法有些奇奇怪怪的，程惜为了弄清楚原因，很快就跟程昱告别去找了肃修然。

肃修然的病房里并不仅仅有他自己，还有他的妻子林眉和之前程惜见过的那个警察。

这次肃修然给她介绍了一下："这是张衍警官，是我在 B 市合作过的搭档。"

张衍是个看上去就一身正气的警官，对她点了下头："程小姐，过后我 S 市的同事会找你问些话，不用紧张，知道什么说什么就行了。"

程惜点头答应下来，张衍看出来她来找肃修然肯定是想问些私事，正好他们要聊的事情聊得差不多，他就告辞离开了。

这还是肃修然和林眉的婚礼后，程惜第一次见到林眉。

林眉褪去了婚礼当日惊艳的婚纱和妆容，此刻做了日常的打扮，看起来更像是一个江南水乡滋养出来的灵秀女子。

眉目如画、长发如墨，还有一股带着古典风范的书卷气，确实能令人看上一眼就心生好感。

程惜上次见她时，她还是婚礼的主角和令人艳美的幸福新娘，而她不过是婚礼上观礼的一个普通亲友，这次她就变成了自己的大嫂。

程惜和肃修言的婚礼还没有举办，也没有在正式场合见过各自的家人，程惜顿时有些尴尬地想，她是应该直接不见外地喊一声"大嫂"，还是喊别的称呼。

林眉倒是没她尴尬，反而还友好地对她笑起来："小惜，我是林眉，你叫我的名字就好了。"

程惜松了口气，也对她笑了笑："眉姐好，我也算是久仰大名了。"

林眉又笑了，还有些神秘地冲她眨了眨眼睛："哪里，我也一样久仰大名，怪不得肃老二能栽在你手里。"

她看起来文雅，说起话来倒是一点也不端着，甚至还跟程昱一样，直接喊肃修言"肃老二"。

程惜看她又对自己眨了眨眼睛，看样子是想说点什么，肃修然却开口温和地打断了她："小眉，你先去外面坐一下，有些事情我需要和小惜单独说。"

林眉的神色竟然有些遗憾："那好吧。"

为了补偿她，肃修然还拉着她的手对她笑了笑，林眉低头吻了下他，这才满意地出去了。

程惜看着他们的相处模式，不禁想肃家这两兄弟虽然看起来性格迥异，肃修然温和冷静，肃修言傲娇急躁，但跟爱人的相处模式倒是如出一辙。

等林眉出去后，肃修然又对她笑了笑："小惜是想问二叔的事吗？"

程惜其实也不知道自己想问的内容具体是什么，不过他这样一说，她才发现倒也是可以这么说。

因为这些天发生的所有事，一切的中心都在肃道闲身上，要是想谈论她和肃修言这些天来的遭遇，确实避不开肃道闲。

她想着就点了下头："在从系统里出来之前，我听到修言说他快要死了……他是因为这样，才一定要拉修言陪葬吗？"

肃修然沉默了下，接着才温和地笑了笑说："你这样理解倒也可以，你想必也知道，外界一直传闻二叔是私生子，因为身份原因不得不避走国外，远离肃家的权力中心。"

他这样说那就是另有隐情了，程惜愣了下问："修言说他被赶出了肃家，

191

就是指这个吗？"

肃修然又温和地笑了笑："这些事情其实连我母亲都知道得不是很清楚，但我小时候因为好奇二叔一家为什么跟我们这样疏离，问过父亲，所以父亲同我详细地解释过。二叔他……其实也是奶奶的儿子。"

程惜这才真正地愣住了："既然他的父母也是肃叔叔的父母，为什么又会变成这样？"

肃修然笑了笑："那个年代的人多少有些迷信，在二叔生下来的时候，就有算命先生说他八字克父兄。爷爷本来是不信的，但爸爸十岁那年，二叔应该是八岁，他们一起出去郊游时遇险了。

"爸爸和二叔一起被困在了山里，二叔一个人先出来了，当爷爷问他爸爸去了哪里时，他说哥哥被困住了，自己先出来找人回去救援。但是关于爸爸到底被困在哪里，他又支支吾吾地说不清楚。

"爷爷就认为是二叔扔下了爸爸一个人逃命，后来通过二叔模糊的记忆和搜救队的努力，才在两天后找到了爸爸，那时候爸爸已经发着烧，意识很模糊了。

"虽然爸爸后来被抢救了过来，但爷爷为此大发雷霆，甚至责骂二叔把他关在了老宅的地窖里。当时爷爷很笃信算命先生，那个招摇撞骗的神棍给爷爷建议，若要规避二叔克父克兄的命格，就必须要将他逐出家门。"

程惜听到这里也有些惊讶了："所以你的爷爷奶奶，就抛弃了自己的孩子？"

肃修然看着她微弯了下唇角，神色却显得更加哀伤："对，从那之后二叔就被送到了国外寄养，一直到成年后才被允许回国。爷爷也不准他再称呼自己和奶奶为爸爸妈妈，甚至连对着爸爸，也只能喊堂兄。

"这个习惯一直持续到爷爷奶奶离世，等两位老人都故去后，爸爸同二叔提过，可以把称呼改回来，但二叔那时候拒绝了，他说他早已习惯。"

程惜愕然地愣了下，虽然她很讨厌肃道闲，但她也同样没想到竟然会有父母这样对待自己的亲生儿子。

肃修然又对她微微笑了笑："我小时候还是见过奶奶的，她的确是个符合传统美德的长辈，性情温和，对丈夫近乎言听计从。

"在我的记忆里，奶奶只有一次失控，那是过年时我去家乡的老宅给他们拜年。那时候爷爷已经病得很重了，奶奶也几乎在一夜之间就憔悴起来。

"她给过我拜年的红包后突然拉住我说：'修然，你要记得你还有个二叔，他是你的亲叔叔，你要对你二叔好一些，他太可怜了。'"

他缓缓地说着："那时候奶奶说着，就突然哭了起来。我想可能到底是舐犊情深，让尚且年幼的小儿子离开自己，这么多年临到终了，应是难以释怀。"

他轻叹了声："那之后没几个月，爷爷就去世了。奶奶的精神状态持续变差，渐渐地失去了自理能力，医生诊断说她有了严重的抑郁症，爸爸不得不把她送入了疗养院。之后又过了两年多，奶奶也去世了。"

程惜听着也不知道该说什么，她摇了摇头："如果只是因为这样就抛弃自己的孩子，这样的父母也太失职了。"

她说着突然想到了什么，愕然地看着肃修然："修言在那个武侠世界里的遭遇，和你们二叔的遭遇很像。"

肃修然对她笑了笑："小惜，你猜得不错……要说清楚这些，我可能要简单跟你解释一下那个系统工作的原理。我不是研究此类科学的专家，在问过被羁押的技术人员后，我只能用自己的理解向你描述，请勿介意。

"这个系统应该是通过诱导我们的记忆，并加入了一些系统灌输给我们的基础设定，比如说武侠和魔法等，模拟出一个世界。你和修言经历过的两个世界里，二叔似乎加入了一些他自己的设置，比如因为误解被驱逐肃家。

"当然这些经历不能脱离你们对这些事物的认知太远，就比如说那个武侠世界，你是不是一直会梦到一些原本会发生的悲惨的事，但是你觉得这跟你自己的意志差距很大，所以尽量避免它们变成现实？"

程惜连连点头："对，我一直梦到自己会捅修言一刀，还会目睹他坠崖。"

她说着就向他求证："肃大哥……那时候你也在对吗？也有清醒的意识。"

肃修然温和的笑容却变得有些勉强了起来，连脸色在一瞬间都苍白了些："对，那时我和张衍已经追查到了你们的下落，也在现实中掌握了现场。可是在现场羁押的技术人员却说，系统启动后贸然中止，可能会对你们造成永久性的脑损伤，所以我才提出一起进去想办法唤醒你们。"

程惜说："但是肃大哥当时并没有出言直接提醒我们。"

肃修然勉强地笑了下："因为那时二叔也在系统内，我害怕他留下了什么操作后门，被他发现后，他可能直接选择同归于尽。"

他说着就闭上了眼睛，苍白的脸色仿佛是不愿意面对什么他极难应付的事情，甚至连一向温雅的声音都有些颤抖："但是小言发现了我，他仍是对当初伤害过我的事情不愿意释怀，要通过那样伤害自己的方式来……"

程惜看到他的样子就明白了，她说："肃大哥指的是修言让你在比武擂台上失手伤了他吗？"

肃修然对她苦笑了下："也许说出来会被你笑话，但是他在我面前满身鲜血停止呼吸的样子，直接让我被震出了系统。"

他这样冷静的人，也还是轻吸了口气才稍微找回了一些语气："修言之前曾说过想要死在我手里，我也猜得到他当初捅我那一刀的时候，大概是想着同归于尽的。

"我那时也已经从技术人员那里听说过，在系统内经历死亡会对现实中的身体也造成影响。我那时有多么害怕，醒来后又发现修言在当时确实心搏骤停。"

他边说边闭上眼睛轻叹了声："我这个弟弟真是……"

对于他这个评价，程惜也不知道该说什么，她沉默了一下，突然又冒出一个念头，不假思索地说了："肃叔叔和你们二叔的感情如果像你跟修言一样好，也许就不会出现这样的悲剧了。"

肃修然愕然了片刻，才对她笑了笑："小惜，我和修言的关系并没有歪到你现在理解的那个方向去。"

程惜控制不住的妄想再次被识破，她只能清了清嗓子："你们只是兄弟情深，我懂的。"

肃修然带着无奈地笑了笑，他不再试图阻止她的幻想，只是叹了口气："爸爸和二叔的感情，也未必没有我和修言深。

"爸爸曾说过，他们两个人小时候要好到住在一个房间。暑假的时候，他们一起在奶奶老家的乡村的田野间玩闹，那时候他以为自己这辈子都不用和弟弟分开。"

他边说又边叹了口气："其实爸爸病重的时候，我去病房陪他，他曾经说过一些关于修言的事。他说他好像延续了爷爷的错误，把修言推得离自己很远，也让我们兄弟间的感情有了裂痕。"

程惜听着也叹了口气："我好像有点理解你们二叔为什么一定要以修言为目标，花了这么大力气折腾他了。他的心理扭曲当然是主因，但是他们两个人的有些遭遇，确实有点像。不客气地说，肃叔叔可能不知不觉间，变成了自己父亲一样的人。"

肃修然又笑了笑："我那时回答了爸爸，我说不管我和修言之间有多少误解和隔阂，他也依然是我最爱的弟弟，我们之间的结局，不会像他和二叔一样。"

所以当初他在面临和肃修言争夺继承人的局面时，会选择主动淡出远走吗？

　　对他来说，可能谁是神越总裁这件事，并不如和弟弟的感情来得重要。

　　程惜又想到在魔法世界里，肃修言把皇位让给哥哥的事。

　　如果说这些世界里都体现着他们各自的意志，那么肃修言似乎并不想成为继承人，他觉得这一切都是肃修然的，他要把他们都还给哥哥。

　　程惜想着就又叹了口气："肃大哥，修言在你这里的心结，也许没有你们二叔在肃叔叔那里重，但也并不小……长辈们虽然已经故去了，但至少你还在，还是有希望能弥补那些裂痕的。"

　　肃修然微笑着："小惜，你放心，我不会再让任何人伤害我的弟弟，包括我自己。"

　　程惜听到之后不禁感慨，哪怕是肃修然这样通透智慧的人，遇到这些剪不断理还乱的亲情纠葛，也还是身在局中而不自知。

　　她摇了摇头："肃大哥，修言已经是个成年人了，虽然我也不想让任何人再伤害到他，但他很坚强，有时候我甚至觉得他脆弱但又非常强大。他需要的已经不是保护了，他需要的是承认和尊重。

　　"我想他对肃叔叔的期待就是这样，对你的应该也是一样，请把他当成足够资格与自己并肩前行的人。不管将要面对什么样的情况，困难也好，快乐也罢，请和他一起分享，共同承担。"

　　这次肃修然也有些愣住了，但他到底是个富有智慧的人，很快就笑了起来，这次他脸上的，不再是那种礼貌温柔的微笑，笑意真正抵达了眼底："小惜，谢谢你。"

　　程惜所不知道的是，在她离开病房没多久，肃修言也起身离开了。

　　他仿佛早已知晓隔壁病房中住着谁一样，径直走了过去，开门进入。

　　床上坐着的人觉察到他的靠近，他转头对他笑了笑："小言。"

　　肃修言沉默地走到旁边的沙发上坐下，冷淡地开口："我不是说过了吗？别喊我小言。"

　　肃道闲又笑了笑，或许是身体虚弱，也或许是那张端了太久的假面已经让他感觉到累了，他现在的神情显得随意多了，不再有那种刻意的文雅："又有什么关系？反正我也喊不了几次了。"

　　肃修言又沉默了一阵，才开口说："你放过了我们。"

肃道闲看着他挑了下眉："怎么，你不是很确定跳下去就能够出来，为什么又认为是我放了你？"

肃修言冷淡地笑了声："我之前在你的系统里又不是没有死过，还不是被你继续困在里面折磨？这次不过是因为你知道如果我再死一次，可能就真的死了。"

肃道闲微微笑了笑："我说过，我并不想伤害你。"

肃修言"呵"了声："这里并没有别人，你这副虚伪的嘴脸可以收一收了。"

肃道闲依然一脸云淡风轻："修言，你误会了，我没什么虚伪的，我也说过了，我只是为了让你早点看清你父亲的真正面目，以及这个世界的真相。"

肃修言弯着唇角神色讽刺："怎么？在你看来，这个世界的真相是怎样的？"

肃道闲淡漠地一笑："所有的人际关系，不过是利益的绑定而已。所有的感情，也不过是一时身体激素分泌所造成的假象……你如果真诚地去相信了，被榨干价值利用到死的那个人，就会是你。"

肃修言看着他，突然眯了眯眼睛说："就像静悦学姐那样吗？被你利用到榨干价值，连她的死，都可以成为新的阴谋的一部分。"

肃道闲沉默了一阵，最后他仍是淡漠地说："我也并不想伤害她。"

肃修言也沉默了，连他这样说话做事从来都不会太多考虑别人感受的人，也不知道该如何谴责这样一个仿佛完全失去了同理心的人。

倒是肃道闲说完，抬起头看着肃修言，有些疑惑："我给你的第一个世界不够好吗？在那里，不但她还活着，连你的父亲也还活着。我告诉你那里是另一个时空的平行世界，你怎么知道那不是？只要存在过，也足够真实，你能否认在那里发生过的一切？"

肃修言看着他笑了声："我不否认，我也承认他们足够真实，我几乎都要相信了……但我更相信现实。哪怕这个真正的现实不够完美，许多事情也已无法弥补，但我仍然会选择留在这里。"

肃修言说着停顿了一下，到了真正的现实里，他反倒重拾了对肃道闲礼貌的称呼："二叔，你已经失去理智了，好好接受治疗，你未必很快会死。"

他已经失去了继续跟肃道闲沟通的打算，只是直视着他："我来是想告诉你，周邢已经死了。按照警方目前发现的线索，只能断定他是畏罪自杀。至于你迷昏了我和小惜，强制让我们参加你疯狂的'科学实验'这件事，因为没什么先例，也无法判断你是否要谋杀我们，所以只能算绑架。所以恭喜你，你的罪名并没有很重。"

肃道闲笑了笑："是吗？我还有做过其他坏事吗？不要把我想象得那么

196

可怕。"

肃修言"呵"了声："你放心，我也不会为难你。哪怕你再混账，你也是我的二叔，还是个病人。"

他说着苍白着脸咳嗽了几声，抬起手挥了下，神色厌倦："为了避免被你气死，我还是先走了。"

肃修言从来都不是看人脸色的人，说要走，起身连看也不看肃道闲一眼就要离开。

只是在走到门口的时候，他没有回头，就这么背对着肃道闲，用同样淡漠的语气说："二叔，我们也许很像……但我绝对不会成为你。还有，静悦学姐和父亲都还活着的世界，不也是你所的期待吗？"

程惜再次回到病房的时候，肃修言已经在床上好好地坐着了，他还是在看报表和文件"休息"，就像他从来没离开过这里一样。

程惜没有察觉异样，走过去在他身边坐下来搂住他的腰，叹了口气："我去找肃大哥聊了。"

肃修言不动声色地看了她一眼："所以呢？"

程惜摇了摇头，不打算向他透露自己听来的话："我在想，你的性格能长成现在这样也挺不容易的。"

肃修言看着她挑了下眉："你这话，我怎么听不出来是夸我还是骂我。"

程惜连忙解释："当然是夸你的意思，就是你从小就长得这么漂亮，又被坏人使劲往坏里带，竟然还能没有全部歪掉。只是傲娇了一点点，恶劣了一点点，脾气大了一点点，真的很不容易了。"

肃修言看着她，气得都要扔了手里的平板电脑，咬牙切齿地"呵"了声，从牙缝里挤出一句："你见了老大回来，就开始嫌弃我？"

程惜又忙抱着他哄："哪里，哪里，你哥虽好，但我还是最爱你这款带刺玫瑰。"

肃修言微眯了眼睛看着她，并不吃她这一套，倒是突然跟她算起账来："你在魔法世界里夸我好看的那一堆陈腔滥调，跟谁学的？你都不嫌肉麻？"

程惜心想这人怎么这么难伺候，夸他好看还得夸得有新意，她只能说："大概是我小时候翻译小说看多了的后遗症。"

肃修言又"呵"了声，反正他一直这么冷嘲热讽的，程惜也习惯了，干脆不去跟他计较，抬手摸了摸他的薄唇叹息："不过那句玫瑰花瓣一样的嘴唇是真的发自肺腑，你长这样是会让女人压力很大的，幸亏我有个坚强的心脏。"

肃修言沉默了一阵，不知道怎么突然憋出一句："不用有压力，我觉得你就很好看。"

程惜愣了愣，继而恍然大悟地问："你是在安慰我吗？你怕我跟你在一起觉得自卑？"

肃修言说出这样的话本来就不容易，他的意图又被戳破，脸颊顿时就有些泛红了，带着怒气地横了她一眼："我没有在安慰你，我本来就觉得你很好看。"

程惜"哦"了声："那你也用翻译小说的腔调夸一下我？"

肃修言简直想不到她会突然这么难缠，愤怒地把手里的平板电脑彻底扔到了一边："程惜，你要知道得饶人处且饶人！"

程惜转了转眼珠，假装很失落地叹了口气："我就知道你只是安慰我，你根本夸不出来。"

也许被她逼急了，他深吸了口气，突然就爆发了："程惜，你知不知道那晚在赌城你喝醉了酒，有多少人不怀好意地上来搭讪你？男的女的都有！你还不知道你有多招蜂引蝶？要不是我说你是我太太，我都没办法把你从里面带走！"

程惜挑了挑眉："所以你是一开始就蓄谋把我变成你的太太？后来干脆登记一下假戏真做？"

他更愤怒了："那是你向我求婚了！你抱着我死活不松手，你还求了好多次！旁边起哄的人都在冲我倒比大拇指了！我如果再不答应，我就被当成什么人了！"

这一点倒是没有出乎程惜的意料，虽然那晚的事情她还是记不清楚，但按照她对自己的了解，如果不是她愿意，没人能强迫她做事，哪怕是她喝醉的时候也不行。

她挑了下眉看他："那第二天你怎么不解释？"

他看着她冷笑了声："第二天你醒了后不是就不认账了吗？我解释干什么？自取其辱吗？"

程惜顿时惊讶了："是你先拿支票本甩我的好吗？"

他又冷笑了声："我刚睡醒的时候本来脾气就很差，我那时候还没反应过来！"

程惜"呵呵"了两声："什么没反应过来？你不是在努力假装不认识我？"

他的脸颊更红了些，突然低头咳嗽起来，程惜吓了一跳，连忙揽住他的肩膀。

她想起来他身体还没好，顿时又后悔跟他吵嘴，忙跟他道歉："好了，算我不对，你别生气，是我始乱终弃对不起你。"

他咳了一阵才停下来，发红的眼角带着些水光横了她一眼："我听你的语气，好像还是勉强得很。"

程惜继续色令智昏地退让："一点也不勉强，是我不对，我怎么可以嫌弃大'美人'。"

他"呵"了声，看起来还是不满意："我算是明白了，你不过就是看上这副皮囊。"

程惜觉得自己真是傻了，她竟然还会跟他争辩，她干脆就凑上去直接吻住他，堵上他的唇，看他还能不能继续胡搅蛮缠。

她一直吻到他呼吸有些急促才放开，她用手托着他的脸，看着他说："我觉得你就是欠被我睡，等被我睡上几场，你就老实了。"

他的神色本来已经好了，听到她这句话，又被气得脸色一白："你想得倒是挺美！"

程惜挑了眉："我怎么想得挺美了？在系统里的时候，你怕被人看到，不给我睡也就罢了，现在又不需要担心了，你还不肯，夫妻义务要履行的好吗？"

他瞪了她一眼，憋出一句："不是不给你睡，是睡了就老实，想得挺美。"

程惜顿时欢呼了起来："真的吗？你肯给我睡了？"

她的重点总是在那个上面，肃修言也是无语，他又气又急地堵住她的唇吻了下才说："别喊那么大声，这里是医院，大家都在。"

程惜舔了舔唇角对他的主动还算满意，她接着就又挑了下眉："说吧，你又瞒了我什么事？"

他一愣，接着不太自然地移开眼睛："你说什么？"

程惜摸了他的脸颊笑了笑："你呢，性格虽然恶劣，但是你不舍得随便对我发脾气，如果你无理取闹了，一定是有什么事想要瞒住我。"

"在系统里就是，你胡搅蛮缠了一通，就是想转移我的注意力，让我自己先逃对吗？你觉得我还会上你第二次当吗？"

他微垂下的眼睫颤动了两下，终于还是抬起来眼睛看着她："没什么，只不过想起来一些旧事……"

他说着停顿了一阵，才接着说了下去："还有，我可能还是狠不下心来处理肃道闲。"

程惜叹息了声，凑过去在他唇边又轻吻了下："修言，有没有人告诉过你，其实你是个内心正直善良的好人？"

肃修言皱了皱眉看她："这又是什么评价？"

程惜对他笑了笑："所以，没必要逼你自己当一个恶人，你不是那样的，你就是你，顺应自己的心意，就够了。"

她说着也停顿了一下，才又继续说："你二叔就是逼他自己去当一个恶人，结果他做坏人太久了，最后迷失了自己。"

肃修言看了她一阵，才垂下眼睛轻笑了声："你问过哥哥了吧，关于爸爸和二叔的事。"

程惜点了点头："对，我问过了，不过我觉得这些事跟你没关系，所以没有对你说。"

肃修言又弯了弯唇角，他露出了一个略显讽刺的笑容："那看来你不知道，在爸爸病重的时候，只有我在病房，他告诉了我一些哥哥和妈妈都不知道的事。

"他说他很后悔自己没有阻止爷爷把二叔送走，那天他们共同失踪的时候，二叔没有说谎。那天他们迷了路，夜里山中的情况又很复杂，爸爸不小心崴了脚，实在走不动了。他让二叔先走，是不想连累弟弟。

"他说二叔并没有抛下他，他让二叔自己回家，二叔还在他身边哭了很久，怎么都不肯先走。他实在没办法，还骂了二叔，骂得很难听，说自己很讨厌他，说他总像个跟屁虫一样很烦，让他快滚，别再碍着自己的眼。

"爸爸骂起人来是很凶的，这一点可能没人比我体会更深刻。二叔被吓得浑身哆嗦，边哭边走，自己摸索了出去。也许是接连的打击实在太大了，夜里和白天的路况差别也很大，二叔才会在获救后记不清爸爸具体在哪里。

"不过就算这样，二叔还是努力带搜寻人员找到了爸爸，他跟着那些人把曾经让他很害怕的路又走了一遍，拼命回忆起了路上的细节，才让搜寻人员能找到爸爸。

"后来爸爸听搜寻人员说过，幸亏二叔还记得一些，不然就算他们努力找，范围也太大了，要找到爸爸，至少要两三天。

"其实那时候的真实情况，是二叔用他自己微薄的力量救了爸爸。哪怕哥哥刚刚那么凶地骂过他，对他来说，那也是他最亲近最爱的哥哥。

"爸爸说，他那时候骂二叔，是觉得这些都不算什么，只要二叔获救了，他也获救了，他们还是亲密无间的兄弟。小孩子之间本来也不会记仇，闹了再大的矛盾，第二天一起玩一下，就会把不愉快忘到了九霄云外。结果从那之后，他竟然再也没有机会跟二叔说清楚。

　　"他们后来再见面时都已经成年，父亲几次想要对他提起当年的事，二叔却都将话题轻淡地带开了。他那个样子你也知道，优雅礼貌，却又疏离，他不想谈的话题，你根本没有办法说下去。

　　"父亲说，二叔小时候其实不是这样子的，他有点被惯出来的娇气，说话做事都很随意，还有一点爱钻牛角尖，犟脾气犯了八头牛都拉不回来。"

　　他缓慢说着，稍微停顿了下，才接了下去："父亲说，二叔小时候的性格，其实有些像我。他说不知道二叔这些年在国外都经历了什么，才会变成后来这个样子，但想一想就知道，一定不是普通的经历，不然不会让一个孩子性情大变。"

　　他说完了这些，又停顿了下："父亲最后只说了一句，他说，'是我做错了事，不要怪你二叔，对他好一些。'"

　　程惜听到这里，却突然想到了什么："你说你二叔以前就曾经和周邢一起害过你，难道肃叔叔……"

　　肃修言看着她笑了笑，摇了摇头："父亲也许猜出来二叔对肃家怀恨在心，但他应该也没有证据证明二叔参与过什么事，最多会有些模糊的怀疑。"

　　他说着自嘲地笑了笑："我父亲这个人，做事很难会受感情的影响，哪怕他内心觉得再愧对二叔，二叔如果真的被他抓到做了什么坏事，他也一样不会手软。"

　　他又看着她笑了笑："他和哥哥是一类人，不像我……我才会优柔寡断，被感情左右。"

　　程惜沉默了一阵，看着他摇了摇头："修言，你不是优柔寡断，你只是太温柔了。"

　　他"呵"地笑了声："毫无原则的温柔吗？那只是软弱而已。也许像哥哥那样，强大又理智的温柔，才是真正的温柔。"

　　程惜还是摇头："修言，你和肃大哥是不同的人，但是你也很好……你是我最喜欢的样子。"

　　他看着她弯了唇角："你是在哄我？"

　　程惜抱着他去吻他的唇："哄你也有，发自肺腑也有，你不知道情人眼中出西施吗？在我眼里，你不但最好看，还最可爱。"

他还是弯着唇角挑眉："比我哥哥还好看？"

程惜简直想现在就把他扒光了就地正法，看他还是不是随时随地吃自己亲哥哥的飞醋："你别逼我在医院里就干出点什么来，我已经忍很久了，早就忍不住了。"

他弯了眼角轻声笑了出来，那样子看起来相当得意："逗你也还挺好玩的……"

程惜恨他恨得牙痒痒，但是面对这么个笑起来活色生香的大"美人"，也还是没了脾气，她只能把他抱紧了，免得他突然又要丢了。

程惜还是被他绕来绕去绕到忽略了什么事，比如在他十八岁生日那天发生的事。

在她的记忆里，这些事是比那一年的夏令营更加模糊的，毕竟她并不是这场混乱的主角，她也只不过是在那个雨夜里，举手之劳地帮助了一个路人而已。

但那在肃修言的记忆中，却是足以改变一生的一天。

那是他自己的成人礼派对，曲嫣请了许多名流权贵，找了专业的派对策划，办得非常隆重盛大。

他的生日在夏天，他记得那时派对现场都被白色的玫瑰花填满，空气中到处都是馥郁甜腻的玫瑰花香。

他处在典礼旋涡的中心，却有些百无聊赖地想，也不知道妈妈为什么会把现场主题搞得这么浪漫，他又不是什么小公主，需要被玫瑰花簇拥。

他曾经有一些空闲站在阳台上，看到了在楼下人群里站着的程惜。

那时她才不过是个十六岁的少女，没有成年不能喝酒，所以她拿着一杯果汁，很无聊地偶尔喝上几口。

她穿着一身像是校服一样的，简单的白衬衫和蓝裙子，看上去跟这些衣香鬓影的宾客格格不入，但她却没有任何的自惭形秽或者局促。

她只是站在那里，如同一个局外人般看着这一切，就好像在她面前的是这样奢靡华丽的派对也好，是街边熙熙攘攘的夜宵摊也好，对她来说，都没有什么区别。

他看着她的样子，竟然有些羡慕，因为她可以自由地表达自己的喜好，自由地选择跟什么人交往。

但除了羡慕之外，他也没有了更多的想法。

那时的她对他来说，只是一个童年的玩伴，她既然已经忘记了他，那么他也不再想去打扰她平静的生活。

接着他就被父亲叫走了，父亲依然神色严肃，带着他将他介绍给公司的董事们，他注意到他们中有一个人，看着他的目光总让他不舒服。

他本来也没有去多想，但是随着派对进行到夜里，阴晴不定的夏日突然降下了暴雨，将原本在庭院中纵情享乐的宾客们都赶到了屋里。

原本不算拥挤的室内也突然多了很多人，母亲和父亲张罗着招呼客人们坐下休息，又让用人准备毛巾和热水。

他看到特地从国外赶回来参加派对的二叔站在父亲身边，他们说了几句话，父亲还看了自己一眼。

然后二叔就径直走了过来，微笑着递给他一个毛巾和一杯热水："修言，有个叔叔喝多了，还淋了雨，你去书房照顾一下他。"

他接过来毛巾答应了一声，又看了看父亲，父亲远远地看着他，对他微微点了点头。

他转身向走廊尽头的书房走去，他记得很清楚，那里没有开灯，只有窗外的暴雨夹杂着闪电，偶尔照出嶙峋的书架和家具。

他想要抬手开灯，却听到有个人呻吟着说："别开，头疼。"

那是个成年男性的声音，他听出来是从沙发上发出的，就走过去借着门口漏进来的昏暗灯光把毛巾递给他，开口说："叔叔，爸爸让我来给您送毛巾。"

就在他伸出手的时候，手腕突然被人拉住了，猝不及防下他跟跄了一下，紧接着就被人紧紧搂住。

那个人的声音模糊："肃先生真是说到做到，这就把你给我送来了。"

他浑身僵硬，电石火光间想到了自己进来前父亲的目光，爸爸真的知道这个叔叔想对他做什么吗？

那人不安分的手向他衬衫下的肌肤上滑去，他一个肘击打中对方的肋骨，又奋力推开他挣脱出去。

他这几年一直在练习防身术，刚才不过是没想到有人胆子竟然大到在肃家对他动手，才会猝不及防被偷袭。

他又一个猛击将手里装满了热水的瓷杯直接打碎在那人头上，因为肾上腺飙升下动作太大，还撞到了一旁的古董架。

红木架子和名贵的古董瓷器倒下摔碎，发出了很大的声响，这里传出的动静终于惊动了外面的人。

房间的灯很快被打开了，他看到沙发上躺着一个精心保养，样子还颇有几分儒雅风范的中年男人，他整张脸都是红的，显然醉得不轻，正捂着渗血的额头茫然地看过来。

父亲很快在人群后出现，他瞥了一眼沙发上的中年男人，脸色迅速变得难看："让你拿个毛巾给你周叔叔，你都做了什么？"

他这也才记起这位周叔叔，父亲刚才曾经介绍给他过，说他叫周邢，周家是肃家的世交，从爷爷那辈开始就一起打拼，现在这位叔叔也是神越的董事。

哪怕他打破了周邢的头，但或许是顾及今天是他的生日，父亲说话的语气跟平时比起来已经算是和蔼，但他以为那意味着心虚。

他愣了一下后，强忍着怒火说："爸爸只是想让我拿毛巾来吗？"

也许是他在宾客面前的顶撞，让父亲失了面子，也许是世交之友在肃家被自己儿子打破了头，让他很难跟宾客交代，父亲的脸色更加冷了下来："你怎么冲撞你周叔叔了？快给他道歉！"

他看着父亲严厉的神色，在那一瞬间，突然有了种极端荒谬的不真实感。

他知道父亲一直不喜欢自己，也不看重自己，但他竟然连一句解释的机会都不给自己，就这样断定是自己的错。

至于周邢之前说过的那些话，他不敢细想，更不敢追问……如果父亲真的觉得把他送给自己的朋友玩闹一下不算什么大事的话，那他该怎么办？

他刚刚成年，是个男人了，难道还能像小姑娘一样哭着说不行？

他心中一团乱麻，眼前的一切都变得不真实起来，甚至出现了一团团白光。

他猛地推开面前的父亲，大步冲出人群，向门外下着暴雨的夜幕中跑去。

他能听到身后父亲在愤怒地喊他的名字，也听到了母亲的惊呼和哥哥的呼喊。

但他已经什么都顾不上了，他冲进了密集的雨幕里，赶在所有人追上他之前，跑出了肃家。

他跑得非常快，他只想把所有人和事都远远地甩到身后去，最好一辈子都不要再见到那些人的脸。

他不知道自己跑了多久之后，才精疲力竭地在空旷的僻静街道里停下脚步。

这是一条路灯都坏掉了的狭窄山路，两旁是老旧的居民住宅，错落着依山而建，显得很局促。

这些人的楼下或许连一个可以活动的场地都很小，但每一盏亮着灯的窗户后面，都会有一个安全又温暖的空间。

能够放下一个人，或者一个家，有父母，有孩子，会有他们爱着，也爱着他们的人。

他在一个布满了铁锈的公交站牌下席地坐了下来，他已经有些累了，也不知道自己到底想去哪里。

如果可能的话，也许他可以远远地离开，找一个没人再认识他的地方，一个人活下去。

没有身份和学历，他只能去卖苦力吧。不过那也好，他可以靠双手来养活自己，也可以不再去回应任何人的期待，或者祈求任何人的肯定。

他在大雨中迷糊地坐在路边的马路台阶上，看到陡坡上方正开来一辆老旧的公交车，昏黄的车灯冲破了雨夜。

他也不知道是怎么想的，他站了起来，想要走到那片黄色的灯光下。

在他即将踏出最后一步的前一刻，有个人从后面拉住他将他拽了回来，她的声音里有些惊魂未定："你干什么？下这么大雨，司机要是刹不住车你就要被撞了。"

老旧的公交车要在这样下雨的陡坡上刹住确实很难，车头冲过他们站立的位置，在车尾处才勉强刹住。

公交车的门打开了，司机在等着他们上车，他认得那个声音，也不知道她为什么会出现在这里。

接着她的话就确认了他的疑惑："我家就在对面小区，你要上车的话赶紧去吧。"

她边说还边借着公交车上漏下来的灯光打量他："你没带伞吗？怎么一个人大晚上跑到这里来？"

也许是不想被她看到自己狼狈的样子，他在她的目光看过来时下意识地侧过头，被雨水打湿的头发也帮他遮挡了部分脸颊。

她像是没有认出他来。

公交车等了几秒钟，见他们迟迟不上车，关上车门离开了。

她拿着雨伞在黑暗中打量了他一下，有些恍然地说："你没有带钱吗？跟家里人吵架赌气跑出来了？"

她一边说着，一边自说自话地摸出来几个硬币塞到他手里："你拿着这些吧，去城里很多地方都够了。"

他冰冷的手触到了她的指尖，那是温暖的，带着烟火气息的触感。

他在这一刻恍惚了一下，然后他努力张开口，直到发出声音的那一刻，他才意识到可能是淋雨过后的失温，他的声音颤抖得厉害："你能……抱一下我吗？"

他已经打算彻底离开这座城市了，如果他在这座城市里见到的最后一个人是她，那么他想至少得到一个温暖的拥抱。

那样的话，也许他就能够带着这种温度继续活下去。

也许他是个看起来年龄和她相差不大的青少年，也许是他现在的样子太过狼狈可怜，她犹豫了一下，还是爽朗地答应了，凑过来不含任何额外意思地轻轻抱了他一下。

这个拥抱很快就分开了，她说："雨下得太大了，你看你都湿透了。要不要跟我回家，我找毛巾给你擦一擦，再找把备用雨伞的给你？"

她说着似乎是害怕自己把身份不明的人带回家不安全，又强调了一句："我哥哥也在家。"

他却被她怀中温暖的气息烫到了一样，他慌乱地说了句："不用，谢谢。"

他转身像是逃一般重新冲入了雨幕中，加快脚步离开了。

她拿着雨伞在他身后喊了声："你如果有困难可以去警察局找警察叔叔帮忙啊，我能陪你去！"

他没有回答，咬紧了牙关匆忙离开。

他换了一个公交站台，用那几枚硬币去了这座城市的老火车站。

他知道父母绝对不会想到自己会肯去那个老旧脏乱的火车站，所以他打算暂时躲在这里，打点零工赚够车票就离开。

他来到火车站时已经是凌晨，外面的大雨似乎有停歇的迹象，他握紧了手中仅剩的一枚硬币。

这枚硬币他没有打算拿去花掉，他要一直带着它，当作一个幸运的护身符。

毕竟能够在那个时刻，阴错阳差地遇到她，可能已经用掉了他余生的幸运。

他当然最后还是没能离开，他发了烧，昏睡在火车站的躺椅上，被人发现并从他的口袋里翻出了他在派对上随手装进去的某位宾客的名片。

火车站的乘警打了宾客的电话，宾客又很快通知了父亲，他被赶来的父亲抱上了救护车。

他烧得有些迷糊，他只记得自己喊了"爸爸"，说不要再让他去陪周邪。

父亲回答了什么他不是很记得了，他只知道从那之后，周邪渐渐被父亲有意无意地边缘化了。

如果不是因为父亲这些举动，也许后来等他终于能确定那年夏令营试图绑架他的人就是周邪的时候，他处理起神越共同创始人的继承者，不会这么省力气。

等到后来他再发现肃道闲和周邪有勾结，也就很自然地想明白了，把自己送到周邪那里的"肃先生"，是肃道闲，而并非父亲。

肃道闲利用了他们父子之间的不信任，给它扩大成了更深的裂痕。

后来又过了几天肃修言的身体恢复了些，他们终于能出院回到了肃家的老宅。

程惜有些尴尬地发现曲嫣似乎并没有传说的难相处，她甚至十分好说话，表现得也极为热情。

正好肃修然和林眉也回来小住几天，程惜就找了个机会偷偷拉住林眉嘀咕："曲阿姨的脾气这么好的吗？"

林眉看着她笑了笑："你准备什么时候改口叫妈妈？"

程惜"呃"了声："我不是很习惯叫别人妈妈。"

她还小的时候父母就已经离世了，这么多年来除了哥哥，没有别的亲人，她也已经十几年没有喊过任何人妈妈了，确实有些叫不出口。

林眉又笑了笑："没关系的，她应该也不在意这个。"

她说完停顿了下，清了清嗓子才说："你放心，妈妈只是性格有些孤傲挑剔而已，她人还是很好的，更何况……我觉得修言的恋人，妈妈肯定会很满意。"

她说话含蓄，程惜却瞬间就懂了，这下真的惊诧了："她这么急着把儿子嫁出去？"

林眉像是终于绷不住笑了起来："对啊，我觉得自从我跟修然结婚后，妈妈像是更着急了。更何况你还是个未来的女医生，性格还这么好，妈妈现在晚上睡觉可能都会笑醒。"

程惜脸上有些一言难尽，林眉又笑了笑："别担心啦，妈妈是个聪明人，她心里有数。"

这个有数是指曲嫣清楚肃修言能找到个肯跟他结婚的人，她就得谢天谢地了吗？

程惜想了一下，竟然有些心疼肃修言："原来他是家里的最底层吗？"

林眉神秘地摇摇手指："不不不，我觉得最底层是修然。修言嘛，至少可以欺负一下他哥哥。"

程惜最近发现，哄肃修言百试百灵的一招，就是直接把他拉到床上去。

这盘她期待了很久的大餐，她现在也是没事就吃上一吃，甚至一吃再吃，再而三地吃，吃得津津有味。

她简直爱死了他因为体温升高总会微微泛红的肌肤，被汗水沾湿的额头，无意识张开的粉红花瓣一样的双唇，罩上了一层水光后，眼波都变得烟雾氤氲的眼睛。

每当这个时候，她就会在心中感慨，这样的绝色竟然没人看得上，一直等到被她独享，她都不知道该不该感谢他那恶劣的脾气。

当然就算是这样恶劣的脾气，她也丝毫没有觉得是个负担。

他其实很好懂，只要肯全心全意地去解开他那百转千回的心思，拨开那笼罩在他心上的重重迷雾，就可以窥探到里面最好的风景。

后来有天早上，程惜给准备去上班的肃修言系领带，她说："我打算继续读研了，导师还在国外，所以我们可能得分居几年。"

他们医学生经常需要读到博士，肃修言也早有预料，只是他仍然停顿了片刻，微微垂下眼睛才说："好。"

程惜摸了摸他的脸颊："不过实践项目和研究课题，我尽量选择可以在国内做的，所以我还是有一大半时间可以留在国内……就算我在国外，只要有时间我就会回来，我可舍不得让我家大'美人'独守空房太久。"

肃修言横了她一眼："净耍花腔吧你。"

程惜给他系领带已经很熟练了，她替他压好衬衫领子，又凑过去在他唇边轻吻了下："我是真的舍不得你嘛，你不想我，我还想你呢。"

肃修言看了看她："正好我也有事情要说……妈妈现在也经常出去度假了，我们两个人住老宅太空旷，所以我想我们平时搬出去自己住，等到妈妈和哥哥都在家的时候，我们再一起回去。"

程惜"哦"了声："那是要搬去哪里？需要我准备点什么？"

肃修言挑了下眉："我看你挺喜欢哥哥的别墅的，他们在S市的时候你总爱过去玩，所以我把隔壁那栋也买下来了。你不用准备，装修家具我已经让刘嘉都办好了，你想的话收拾好随身的东西，随时能过去住。"

　　好吧，她早该知道她嫁了个钱多到花不完的霸道总裁，那么贵的别墅随便再买一栋也很正常。

　　她感慨自己还是习惯用穷学生的思维，叹息了声："'钞能力'啊……你都不觉得我想要亲自设计装修我们的房子？"

　　肃修言又挑了挑眉："哦？这种费时费力的事，你不是不想做的吗？"

　　程惜笑了起来，她忍不住抬手抱住他的腰："哎呀，我家大'美人'还是朵解语花，真的太了解我了。"

　　他也顺势环住了她的腰，"呵"地笑了声："还不是因为你随时随地……老宅里人多，不方便。"

　　程惜又忍不住"哈哈"大笑了起来："谁让你之前饿了我那么久，怪我吗？"

　　现在他们还没下楼，她于是赶快趁着四下无人又扑上去吻了他。

　　吻完了，他们又互相打量一下，帮对方收拾了下仪容，这才准备一起下去。

　　等吃完了早饭，肃修言要去公司上班，程惜则需要出门去办理留学的文件。

　　就这样忙碌又充实的新一天，又要开始了——对他们来说司空见惯，却也甘之如饴。

　　程惜一直都知道，每个人的一生，都是一场孤旅。

　　你从何而来，你往何而去，你曾得到，你所失去，无法言明，也无法忘记。

　　你的灵魂，它会像阒夜的一盏烛光，虽映出方寸明亮，却永陷黑暗之中。

　　但当你遇到了另一个灵魂，你们将两盏灯拼在一起，它们就会变成一场盛大的篝火，照亮着你和他，如花火盛放，如流光炫目。

没有魔法比得过你的笑容

程惜没想到从死亡沙漠里出来后，皇帝陛下会突然开始挑三拣四。

明明之前他连张像样的毯子都没有，现在却又开始颐指气使地挑剔自己睡的床垫不够柔软，还有这间旅店的墙壁简陋隔音不好，竟然让他听到了走廊里那些卫兵走动的声音。

这只是幽灵峡谷外一间普普通通的，供去死亡沙漠外围冒险的赏金猎人稍做休整的破旧旅店而已。

这样老旧寒酸的建筑，帝国伟大的皇帝，还有伟大的亲王——也就是肃修然，两人的大驾光临已经足够让它无法承受了，它还得承受皇帝陛下的嫌弃和抱怨。

程惜是在对肃修言求婚和表达了要跟他一起留在死亡沙漠的意愿后，才听他说出了那把匕首的正确用法：用它刺破她的手腕，将代表新生的鲜血滴入他胸口的裂缝中，肃修然施加在上面的解除魔法，还有真爱之血的力量就可以消除肃修言身上死灵魔法的诅咒。

她在死亡沙漠里顺利地把肃修言救了回来，当他们两个抵达幽灵峡谷，就看到了驻扎在这里浩浩荡荡等着迎接他们的人。

有迟迟不肯继承王位的亲王殿下肃修然，还有宫廷首席御医，她的哥哥程昱，以及大批皇帝亲卫队卫兵和边防驻军组成的迎接队伍。

旅店当然是住不下这上百人的庞大队伍的，所以除了唯一的建筑物被征用给皇帝陛下和亲王殿下使用外，士兵们都原地建好了帐篷住在里面。

程惜这才明白过来，她这一路走来的一切，都在别人的计划之内。

她很快对肃修然的语焉不详，还有肃修言迟迟不言明真相的事表达了严重的抗议。

她从肃修言那里得到的答复是："需要确认你的爱是真正的爱，不然浪费了唯一的一次机会，不是很糟糕？"

程惜简直觉得不可思议："你的意思是如果我对你的爱没有通过你的考验，你认为我的爱不能算是真爱，你就要再找一个真正爱你的人来试一试？"

肃修言瞥了她一眼："其实刚开始的时候，哥哥是想要他自己试一试的，因为并没有规定说这个真爱必须是爱情，也许亲情也可以。你是觉得哥哥不够爱我吗？"

程惜不吭声了，不但打破禁忌使用了死灵魔法，让自己彻底成了一个死灵法师，还让出皇位，隐姓埋名在民间一年多，只是为了寻找能够彻底救活弟弟的方法……这样的感情如果还不能称之为真爱的话，那这个世界上也没有什么真爱了。

好在肃修言看她神色失落，还是加了一句安慰她："放心吧，为了保险起见，哥哥还是没用。"

程惜想了下说："所以皇太子殿下就引我来找你了吗？还安排了伯爵大人为我指明方向。"

他看了她一眼："其实我已经准备放弃了，你走时打了我一枪那么决绝，我没有那么不识趣。不过后来你又找到了哥哥，还提出要找我……哥哥觉得应该有希望。"

他这么一说程惜顿时就又心疼得不行，她也不知道自己当时为何要开那一枪，她现在简直后悔得要撞墙。

有人会亲手损毁自己最珍爱的宝物吗？没有！而她就是那个亲手伤害自己宝物的傻瓜。

她捧着他的脸，心疼得直皱眉："我那时候简直是疯了，我怎么能忍心伤害你！后来你的枪伤一直没好吗？会很疼吗？"

她的态度太激烈，他反而不好说什么了，只能清了清嗓子："没事的，也不会很疼。"

她看着他，心疼得简直想要在这里就按住他吻上一阵，但是这里的墙壁实在太薄了，随时可能有人推门进来。

　　所以她就只是含蓄地轻吻了吻他的唇角："修言，那时候做出这种事的一定不是真正的我，我怀疑我被下了什么降低智力的咒语。"

　　他沉默了片刻，似乎被她的结论给震慑住了："你如果这么说，那下次再有人给你下类似的咒语，你岂不是还要朝我开枪？"

　　她用力摇了摇头："不可能了，你在我心里，比我自己的心脏还珍贵，我已经做错过一次，不可能再被迷惑第二次！"

　　他也不知道该不该信她这样的赌咒发誓，只能敷衍般地点了点头："好吧，我信你一次。"

　　程惜用力抱着他："我简直想把你偷走藏起来，这样除了我谁也见不到你，也就没有人会伤害你。"

　　他无所谓地弯弯唇角："我觉得你这个算非法监禁。"

　　程惜还是抱着他，努力地强调："你是我的宝物，我不会再把你弄丢第二次了。"

　　敢情她还准备变成守着财宝谁也不给看的喷火大怪龙了，他只能继续敷衍地点头："行，我是你的。"

　　幽灵峡谷边缘的破旧小旅馆里，一切都变得有些不同寻常了起来。

　　他们之所以在这个边境小镇住了下来，是因为肃修言身上的死灵魔法解除后，他的身体还有些虚弱。

　　事实上程惜几乎是半拖半抱着将他拽出了死亡沙漠，她自己也累得差点昏过去。

　　当几天后他们的身体稍稍恢复，当然也就开始起程返回神临城。

　　也许是因为确认了她的心意，身边还有了宠爱他的哥哥在，皇帝陛下的娇惯脾气不但没有收敛，反而在路上开始变本加厉。

　　本来肃修然早就把皇帝专列带到了距离这里最近的边境车站，他们上车后只需乘坐舒适豪华的专列就可以直达神临城。

　　但是皇帝陛下竟然开始嫌弃这个他一直使用的专列，没有备下足够的威士忌和冰块给他享用。

　　肃修然好脾气地对裹着羊绒毯窝在沙发上一脸不快的弟弟解释："小言，是我让他们把酒都收起来的，你的身体还没完全恢复，不适合饮酒。"

肃修言并不听解释，他冷哼了声："我早就退位了，我不要回去继续工作。不但要工作，还要被这样管束，我看我才是没有人权的那一个。"

　　肃修然还是微笑着哄他："小言，你为这个国家付出了太多了，你才是这个国家当之无愧的君主。"

　　肃修言看起来像是更加生气了："我付出了太多，我就应该继续付出吗？还有没有道理可讲？"

　　程惜在旁听着，也跟着哄他："皇太子殿下是为了你好，等你好了，想喝多少酒我们都拿给你好吗？"

　　肃修言哼了声："想喝多少都可以？以为我是三岁小孩子吗？这样糊弄我？"

　　他像是一次性把这么多年来强忍着没发的小脾气都发了，百般挑剔，毒舌又刻薄。

　　当然程惜也是后来才知道，肃修然口中的那个"为这个国家付出了太多"，指的是什么。

　　这些不但包括在当年皇宫叛乱，被人有意安插在神临城的尸鬼叛军拥入，是肃修言用自己的血将他们尽数歼灭。他也是在鲜血几乎流干后力竭倒下停止了呼吸，才会被肃修然用死灵魔法复活的。

　　还包括在他将肃修然带回皇宫后，为了保证自己逐渐尸鬼化后，神越帝国还仍然有"英雄之血"可以用来抑制尸鬼，持续地把自己身体里的鲜血抽出来储存起来，拿给研究人员用来制造以"英雄之血"为原料的驱鬼子弹。

　　在这个抽血的过程中，他反反复复"死亡"，又被死灵魔法复活了几次，所以他心脏处的裂纹才会那么快就蔓延到了脖子和脸上。

　　他曾经把自己的一切都献给了这个国家，对自己的未来和处境，也做了最坏的打算。

　　他不需要人们知道他所做的一切，也不希望被歌功颂德捧上神坛。他将作为一个一无所成，只是卑劣地短暂窃取了皇位的皇帝死去，这样肃修然的继位才会显得更加顺理成章。

　　霍恩海姆伯爵说"帝星从未陨落"，肃修然说他绝对不会在肃修言仍然活着的时候继位。

　　他们都在用各自的方式，来表达着对他曾经付出一切的敬意。

　　然而程惜在知道这一切时，感觉到的只有心疼，在他那么艰难的时刻，她竟然没有陪在他的身边，这简直是不可思议的事情，也不可原谅。

她紧抱着他，去吻他的唇："修言，我保证以后你想喝多少酒都可以，现在先把身体养好了好吗？"

他看了她一眼，"呵"地笑了声："你说的保证我都不信。"

程惜只能继续割地赔款："那你要怎样才可以？你说吧。"

他又笑了笑："那不如今晚的碗你来洗吧。"

程惜愣了片刻，随即就在他的腰上掐了一把："你怎么可以说现实中的事？"

他低了头忍笑："难道不可以说吗？"

肃修然也微笑着看他："小言，说好了我们这次进来，是为了继续看完这个故事的结局的，你这样打岔总是不好。"

事情的起因，是程惜有天突然想起来问肃修言："你说在那个魔法世界里，后来我们是真的殉情了？还是获救了？"

肃修言顿时带着点同情地看她："哦，也对，你只知道你自己视角内的故事。"

他说完就又想了下："那还是再回去看一下吧，我这么解释给你听也有些费劲。"

程惜彻底吃惊了："我们还可以回去的吗？"

肃修言弯着唇角挑了下眉："我已经把这个研究项目的专利买下来了，又拨了点资金给他们，他们这半年来一直在做改进和应用方面的尝试。正好前几天给我送来了几台首批实验机，理论上现在进出系统不会有身体负担了，之前我们去过的魔法世界的数据还保留着，你想的话可以进去再看看。"

程惜更加吃惊了："你连这个都买？"

肃修言的表情似乎是在嫌弃她大惊小怪："这个项目本来就比较尖端，如果能成功，实用化前景巨大。我既然已经知道了有这样的项目存在，我把它买下来不是很正常？更何况里面还储存了我们贡献的数据，我怎么可能让那些东西落到别人手里。"

程惜只能收起来乡下人的惊讶："好吧，那我们进去？"

他又突然停顿了下："数据里还有另一个人的记忆，要还原那个世界，还得叫上他。"

从他有些不情愿的表情里，程惜就猜到了那个人是谁。

果然，第二天肃修言让人送来实验机型的时候，就喊上了住在隔壁的肃修然和林眉一起过来。

新送来的一套设备比起来半年前的原型机已经小巧紧凑了很多，头盔看起来也很像普通的VR头盔。

这个机器现在还可以设定进入的时长，不过为了保险起见，林眉还是留在外面保证他们可以顺利出来。

按照肃修言的介绍，现在的实验机型不会像之前的原型机那样试图替换封锁掉进入人员的记忆，这也是为了更好的体验和安全的考虑。

硬要说的话，这个系统被改造得更像是一个格外身临其境的多人在线游戏了，或许以后还会有视频导出功能，供人在退出后还能反复欣赏自己的故事。

如果真的可以做到这样，那还真是商业前景巨大。

总之，还在"游戏"中的程惜只能选择了适当妥协："那好吧，你如果能戒了烟酒，每天晚上让我洗碗都可以。"

肃修言弯着唇角笑了起来："说到做到。"

程惜愣了下这才想起来，他在现实里已经半年多没怎么喝过酒了，而且烟也逐步地戒掉了，她这么说可不就是给自己挖了个坑吗？

但看到他唇角微弯，连眼眸也忍不住微微眯了起来，波光潋滟的深色眼瞳中，那碎金一般的笑意仿佛藏也藏不住地流溢出来。

她还是只能叹了口气："好吧，谁让我顶不住你这个笑容魔法呢。"

【正文完结】

215

番外

告别总是一种奢侈

她穿了一件蓝色的长衫布衣，头发也绾成了一个简单的发髻。但即使如此，远远地一眼看过去，也能看出这是一个女子，修长苗条，又如竹如松的女子。

她牵着那匹老马，步履不紧不慢地走在春日的杏花林中，他一直注视着她的身影，连眨眼都不曾，但也终究只是看到她的身影彻底隐没在一片繁花之中。

他并不觉得这是他们的永别，他们都算不得熟稔，更遑论亲密。

两个原本也只是浅薄地见过几面，说过几句话的人，又谈什么诀别？

她以后会有她自己的锦绣前程、逍遥境地，无须他这样的恶徒再染指什么。

只是，再看她一眼，也许他就能彻底放下一些事情，一些他还未曾任其蔓延，也远未明了的，独属于他自己的，明明暗暗的细碎心事。

他又站了一阵，就转身走下山坡，他带来的马还在等着他，他骑上后并不催马前行，就这样信马由缰地走回了那个僻静的山间小院。

程昱早就在门口等着了，一身急躁，像是深怕他去跟自家妹妹说上点什么。

当这个杏林高手看到他的身影，却先暴躁地喊了出来："你知不知道你再不回来，我就要去捡……"

他到底是觉得不吉利，愤然地截断了话头，上下打量了他一番，才道："你快回房给我躺着，药我给你端过去。"

216

肃修言在他面前一向十分乖顺，这时也是一样，带着点笑意答应下来，自行去拴了马，就折返回房间里躺在了床上。

程昱很快端着漆黑的药汁走进来，还未雨绸缪地拿了套金针过来。

肃修言像往常一样，一声不响地把药汁喝了，又乖乖地伸出手腕给他把脉。

程昱把他的脉象试了一遍又一遍，他试不出什么，却又隐约觉得不能安心，审视地看他："你身子若有什么不对的地方，尽早告知我。"

他挑着眉笑了笑："我知道。"

程昱终于还是离开了，他又开始钻在药房里磨药翻书，仿佛这样就能找到救命的良方。

能被称为神医，除却医术高超，还是因为在救人这件事上，他从来都殚精竭虑，丝毫不肯放弃……她也是一样。

他照旧百无聊赖地躺在床上打发时光，午后师父和师姐照例来看他，他披上件程昱一定要他披着的厚实大氅，三个人一起在院落中坐了一阵。

师父和师姐离开后，他就又重新回到房中，做一个躺在床上数着横梁打发时光就能数上几个时辰的病人。

待到天色暗下来，师父安排的仆从老伯给他送了晚饭吃完，这一天就又算过去了。

程昱房中的油灯照旧亮了很久，直到月上中天，他实在是疲倦，才肯抱着药材和医书熄灯睡去。

他一直等到院中彻底安静下来，连虫子的啾鸣都已停歇，才睁开眼睛起身推门走了出来。

他走不了太远，也没打算跑到什么深山老林里去，给程昱增加收敛的负担。

他只是走到了院中的那棵白玉兰树下，就这么席地而坐，月光透过稀疏的花苞漏了下来，他抬起头，能看到中天之上明亮的圆月。

今晚的月色确实很好，就好像如今的时节也很好一样。

在一日比一日温暖的春季里，就算夜风也不再寒冷陡峭，微风吹过他的面颊，反倒带着丝花香的芬芳。

他就在这样的月色下，什么也没有去想地，在安静的院落中坐了许久。

他本以为这样的平静会持续到最后，但他仍是等待到明月落下，天际渐渐发白。

当他看到最初的一缕朝阳，像那一天一样透出重重夜幕的时候，他突然觉得身体中透出一股强大的，从未感受过的痛楚。

那仿佛是灼烧着魂魄的痛苦，让他蓦然间想到，是了，他从不信来世，也不信鬼神，若是就此一别，怕是永世不见。

可惜所有的一切都已然迟了，他们早就错过了韶华青春，也错过了末路的相逢。

他染血的唇角终是露出了一丝笑意，原来他这一生，如斯荒唐，如斯空茫……他连只言片语都不敢留给她，连最后一面，都只能遥遥窥探，却骗自己说，如此就很好。

程昱昨夜睡下得太晚，一直到窗外鸟声婉转，仆从老伯的惊呼声震走了飞鸟，他才模糊地醒了过来。

老伯的喊声里藏了许多惊恐悲痛，他心中一空，翻身下床，来不及穿上鞋履就奔了出去。

院子本就不人，他开门的那一瞬间就看到了依靠在树下的那个人的身影，却在绊了一跤后才又爬起冲了过去。

那个人的脸色实在过于苍白了，脸上那些从七窍内流出的血迹也刺目到骇人。

程昱已经见过了太多的尸首，但他仍是不愿相信，一遍遍地去试眼前这个人的经脉。

他一直试了好几次，连心口都去摸了好几回，才颓然低下头，再然后他突然想起什么，又起身冲向院门口。

那里已经出现了一个人，那是肃修然，他甚至是衣冠不整地披散着长发，用极其缓慢艰难的步伐，一步步走了过来。

程昱哽了声，而后说："大公子，二公子已经……"

肃修然微顿了下，他的声音极轻："我知道……"

他的脚步虽然艰难到了极致，也还是走到了肃修言身前，接着他就半跪了下来，用袖子仔细地去擦那张脸上留下的血痕。

时间过去太久了，那些血有些都已经干涸，他也并不去纠结，只是轻柔地开口，像是那个人仍然能够听到："小言，我夜里从梦中惊醒，没有缘由地心悸，我就知道是你……哥哥做错了很多事，才会连累你如此。我知道你定然不会情愿，但哥哥还是要带你回家。"

他说着，还又微微笑了笑："我知道小言一贯会让着哥哥，就当哥哥又勉强了你一回。"

程昱站在一旁，侧过头又哽咽了声，声音微颤着生硬开口："已是如此，就不要再说这些废话。"

肃修然的脊背一向挺得很直，即使在虚弱时也是如此，好似那是他的坚持，也是他的风骨，可此刻他弯腰佝偻了起来，仿佛借此就可以抵御住什么。

他仍是揽住树下那人的肩膀，将他抱在怀里，又抱着他站了起来。

已经过去许久，这具身体不但早就冰凉，甚至已经有了些僵硬，肃修然却仍是努力将他紧贴在自己怀中抱着，低下头轻柔地在那人的耳旁说："小言，我们回家。"

他不仅丢掉了一贯的淡然从容，甚至连基本的冷静都失去了，目光空洞木然，步履蹒跚跟跄。

当他抱着肃修言走了出去，程昱这才注意到，他竟是从床上惊醒后，自己一个人匆忙赶过来的。

他的脚上只穿了白色的布袜，那袜子不但已经沾染了灰尘露水，还有了些划破的痕迹。

这里虽然距离神越山庄并不远，但已经是在丹碧城外的山林里，不知道他是否用了轻功，又是怎样在黑夜里穿过丛林山川来到这里。

但他毫不在意，他就这样抱着已逝的弟弟，一步步走回了家。

山庄里的人从未见过他如此失态的样子，当他抱着怀中的人走上山庄门前那长长的台阶时，早就有人在看到他怀中还抱着一个人时，奔走去向庄主禀告。

没有人阻拦他，也没人敢上前接过他怀里的人，他把弟弟送回了他幼时曾居住的院落。

庭院里一直有人打扫，连弟弟往日的卧房，也一直有人洒扫整理。

他走进去把弟弟放到床上，细心地拍掉弟弟身上的灰尘草叶，又一点点抚平他衣服上的折痕。

只是那些早就凉透干涸的血迹，他不舍得去揉搓弟弟的肌肤，无法就这样擦去。

肃道林很快就跑了过来，他也是同样的衣冠不整，刚踏入房门就喊了声："言儿呢？言儿怎样了？"

肃修然不紧不慢地握着尸首那冰冷僵硬的手指，他好似打算用自己的体温将它焐热，低声地轻柔开口："父亲，小言终于回家了。"

当肃道林看清床上躺着的那人的样子时，他又有什么不明白的，只是他仍不愿相信，颤抖着说："他惹下了这么大的祸事，还敢就这样回来。"

肃修然低下头微微笑了笑，他的笑容素来温雅，但此刻像是满含了讥讽疯狂："父亲，天权剑是我拿的，小言是为了救我而死的，他为什么不能回来？"

肃道林猛然上前几步，抬手打了肃修然一个耳光，大声喊了出来："你拿了什么？你弟弟什么？"

他盛怒之下用力极大，肃修然被打得身子后仰，苍白的唇边也滑下了一道血流，但他仍是低着头近乎温柔地笑了笑："前些年，是我联合二叔骗了小言，对小言说前任的覆手第一城城主是父亲的仇人，一心要取父亲的性命，小言知道后，潜入覆手第一城的死士营，杀了那人取而代之，成了天权剑的主人。

"但实则是我想要天权剑，好暗地里接手覆手第一城。我们早就骗小言将天权剑带出来交给二叔，二叔也早就把剑转交给了我。"

他不紧不慢地娓娓道来，弯着唇角露出一个柔和笑容："至于当年的事，骗了小言，把我和小言掳去种下情蛊的人，是父亲你的旧部，被你赶出了神越山庄的周邢。"

他顿了顿，眼睫微微垂下："当年我在家里受到袭击昏倒，再次醒来已经又回了山庄。你对我说是小言联合外人对我种下了蛊，所以你才赶了小言走。

"你说这些话时，言之凿凿，好似你将他赶走，乃是罪证确凿，毋庸置疑。但我心中一直有疑虑，所以当周邢再次犯事被你抓到，你也赶走了周邢。我就私下里将他抓了起来，对他用了刑，逼他对我道出当年的实情。

"周邢说，他原本就是为了害死我，再离间你和小言，等你变成孤家寡人后继无人，他就可以窃取山庄大权，成为新的主人。

"他弄来的那个子母蛊，是打算将母蛊种到我体内，子蛊种到小言体内，好将小言逼入为了活命不得不害死我的境地。

"他还对小言威逼利诱，想诱骗小言顺从与他，听他命令。小言那时已经跟着二叔学了武功，他虽然打不过周邢手下的杀手，也有机会自己逃掉。但他为了救我，留下来假意顺从了周邢，又在他给我们中蛊时，偷偷将子母蛊调换。"

他说着眼睫垂得更低，又微微笑了笑："父亲，今日死的这个人，本来应该是我。可是那天晚上，当小言用他自己的性命换了我的性命，又带着伤把我背回家的时候……您却根本不听他辩解，一脚踢在他胸前中蛊留下的伤口上，还让人把他拖出了家门。"

他终于抬起头，看向肃道林的目光中，除了隐忍的悲痛之外，还有一层说不清道不明的暗色："二叔告诉我，当年他在丹碧城外找到小言时，他的血浸透了衣衫，连身子都发冷了，那天如果不是二叔，小言早就死了……父亲，那时小言心中是否伤痛，又是怎样的伤痛，您曾想过吗？"

肃道林的脸色早已变得一片惨白，肃修然却并不想就此停止，还是用柔和的语气继续说着："可即使您如此对他，当二叔告诉小言，要他为了救您去覆手第一城，他仍是一声不吭地去了。

"覆手第一城的死士营密窟不见天日，但能在里面的试炼中拿到覆手第一城的心法秘术，活着走出来的人，会有一次机会挑战城主。

"他的体内有毒蛊，原本就不应该继续动武，但他仍在里面通过试炼，一个人走了出来。他的头发，就是在密窟中为了修炼覆手第一城的秘术变白的，可父亲见了他又说了什么？说他修习邪门歪道，状若妖魔。"

肃修然的语气仍旧平静和缓："父亲，小言从未为自己辩解过一言半语，但无论我们怎么对他，如何利用他，他都会为了我们赴汤蹈火、身死不惜。或许在他心中，我永远都是他的哥哥，您永远都是他的父亲……是他至亲至爱的亲人。"

肃道林浑身颤抖，像看什么怪物一般看着他，他步履不稳地走到床前，半跪下来抬起手去摸床上那人的脸。

他在半年前见他时就想过，这孩子流落在外这么多年，怎么像被风吹着一般就长大了，长成了瞧着有些陌生的样子，也太瘦了些。

若是他上次见他时，就不要去管什么对错是非，顺从心中那时不时冒出来的软弱念头。管它什么武林公义，一味不管不顾地护短，把他拘在家里好好养起来，今日的结局是否就会有所不同？

他必定是刚愎自用、罪孽深重，不然又怎会老年丧子，如此可怜可悲。

可若是他的罪孽，只用报应在他自己身上就好，又为何要报应在他的孩子身上。

他的孩子才不过弱冠之年，整日里在刀剑丛中走过，连一日安逸都不曾享过，一日都不曾……承欢父母膝下。

肃修然脱力一般地靠在床沿的木架上，他的唇角甚至还带着一丝微笑。

他就这样看着自己的父亲，这个从来都泰山崩于前而不改色，从来都尊贵威严的神越山庄庄主，突然间将床上的儿子紧紧抱了起来，嘶喊着声音号啕大哭。

原来人人都是会哭的，哭起来的样子也并没有什么不同，一样的涕泪横流、撕心裂肺。

他的弟弟或许从不畏死，但他的弟弟一定不知道，一个人死后，他的亲人将会如何。

他知道不管是他，还是他的父亲，和此刻还未知晓消息的母亲，从此往后的余生，都将和以往不同。

他的弟弟甚至不愿意给他们一个告别，所以他们这一生余下的所有年岁，都将会被无尽的悔恨和遗憾折磨，绵绵无期，不见尽头。

这就是他们自己造下的无间地狱，除却各自领受，别无逃路。

番外

父亲

　　他后来一直觉得，那时候他应该去抱抱那个孩子。

　　他总是会想，假如那时他伸出手，拥抱了他的孩子，也许以后的很多事情，都会不一样。

　　他也不知道是从什么时候起，这个孩子在他面前的时候，总会显得过于生疏胆小。

　　或许是因为妻子对小儿子过分的溺爱，让他觉得身为父亲，他需要待他更加严厉些，免得这孩子被娇惯坏了。

　　或许是因为这孩子无论学什么都要比他哥哥慢一些，性格也不像他哥哥那样稳重，让他在内心里，难免对这个小儿子有了些挑剔和不满意。

　　总之无论是因为什么，那个曾经坐在他怀里笑得咯咯响，对着刚下班回家的他大声喊爸爸的孩子，开始垂着眼睛低下头，沉默寡言得好像一件家具。

　　他不知道这孩子总是如此，还是唯独在他面前的时候，才会变成这样。

　　但在他的印象里，这孩子在他母亲的宠爱下，依然是骄纵的。

　　感冒咳嗽一声，都要半夜里折腾得家庭医生上门，吃的用的，全都要挑最好最贵的。

　　他为此深感头疼，这也越发衬托得聪明独立、待谁都极有礼貌的大儿子省心。

当那一次，大儿子因为高烧入院，他心急如焚地赶到医院，又听到了妻子诸如"修言也发烧了""我们都不是故意的"的说辞时，就像是一根扔进了火药桶里的火柴，瞬间点燃了早就积累下来的不满。

他气急之下，转头看向一旁的小儿子，冷笑着问："修言也发烧了？那么现在还烧吗？要不要再给医生看看？"

他笃定按照妻子对小儿子的娇惯，所谓的发烧也大半是没什么大碍的低烧，而且也很可能早就好了。

小儿子果然没能回答上来，这孩子沉默了一阵，又垂下了眼睛，目光落在不知名的位置，是一片空茫。

他又去向妻子发泄怒火，口不择言说小儿子"懦弱无能"，说他们"自私自利"。

那些话大概是他一直藏在内心的一些想法，但也一定不是他内心全部的想法……可有些话总是听起来比实际上更伤人。

那天小儿子大概是无措地站了很久，过后又自己摸到了病房角落的凳子上坐着——他好像不敢去坐沙发，那样会太显眼。

后来他工作仍旧繁忙，大儿子还在住院，他和妻子的关系也降到了一个冰点，诸事缠身难免有些焦头烂额。

过了一段时间，他才发现小儿子似乎比以往更加沉默了一些，也似乎更少地在他面前出现。

小儿子原本就读寄宿学校，只有周末一家人才可以见面。

但即使在周末，这孩子大部分的时间，也都安静地留在自己的房间里，除却吃饭之外，很少出来。

他偶尔会想自己是否对他太过严厉，但这样转瞬即逝的想法，很快又会被成人世界里烦琐费心的事务盖过去，不见了踪影。

直到那一天，是个周六，他们按照惯例，一起去医院探望住院的大儿子。

其实周一至周五，妻子总是会来的，他有时间也会来看一圈，反倒是小儿子，这是他一周唯一可以见哥哥的日子。

他的两个儿子感情还算不错，每次来医院时，他也能感觉到小儿子明显的开心——这孩子总要跟哥哥多说几句话，偶尔还会笑着说起在学校里的趣事。

但是那天这孩子格外沉默，只是勉强笑着说了两句话，就突然站起身来："这里好热，我出去找一找看能不能找到什么冷饮喝。"

莫名其妙地说了这句话后，这孩子就头也不回地径直走了出去。

他直接皱了眉，连一向宠爱小儿子的妻子也愕然了，忍不住抱怨了句："小言这是怎么了？这些天脾气越来越奇怪了。"

唯独大儿子看着弟弟离开的方向，若有所思地开口："妈妈，小言是不是瘦了些？"

妻子忙出声宽慰大儿子："啊，没事的，我问过小言，他说是最近天气开始热了，没什么胃口。"

现在才刚四五月份，虽然天气逐渐开始变热，但也远没有到炎热的地步。

不过在成长期的小孩子，总是会因为突然窜了些个头而瘦一些，小儿子看着确实又长高了些，瘦得也不算明显，妻子难得没有过分担心。

只是又等了好一阵，大概得有二十多分钟，小儿子仍然没有回来，这次连妻子也有些嗔怪了："小言还没喝完饮料吗？探视时间都快要结束了。"

大儿子的目光里含着些担忧，看着门外有些欲言又止。

他想了下，自己站了起来："小然再和妈妈聊一聊，我去找他。"

私立医院的高级病房区并没有什么人，他走出去四下看了下，小儿子如果是出去喝饮料，应该还在附近的休息室逗留，他准备去那里找。

只是他才刚走过一道走廊，就在拐角尽头的地上看到了一个跪坐着的身影。

这个拐角处是个死胡同，还放着巨大的热带绿植盆栽，再加上那个蜷缩着的身影只是个孩子，要不是他为了找人下意识扫了过去，还真不容易发现。

他往那里走了几步，很快确定这就是小儿子，他下意识冒出来的情绪是愤怒。

这孩子又藏在这里干什么？是又做了什么错事？就这么坐在地上又像个什么样子？

随着他一步步走近，他胸中的怒火还没彻底爆发，就先发现了不对劲：这孩子会蜷起来，是因为他的手在用力地按着胸口，连膝盖都顶在手背上一起用力，他同时也在非常用力地喘着气，好像呼吸对他来说，是件格外艰难的事情。

或许是没有发出的怒气让他的大脑有了突然的空白，也或许是他被突如其来的情况镇住，失去了反应能力。

他竟然愣住了一阵子，那一瞬间他想了很多，甚至想到这里就是医院，马上抱起这孩子冲到急救室，一定还来得及。

也不知道是不是因为他的沉默和迟疑，小儿子的呼吸声变得没那么沉重了，而后缓慢地站了起来。

他脸上的神色变幻，垂在身侧的手臂几次想要抬起来伸出去，却又都没有动作。

小儿子终于慢慢站直了，这孩子的脸色苍白，眼睛仍然是微微垂着的，目光直视着他，却没有投到他的脸上，仅仅只是平视着他胸前的位置。

他没有说话，这孩子也就不说话。

他们好像一起卷入到了一个奇怪的氛围里，仿佛这是一场无声的较量，也是一次无声的控诉。

他从未想过自己竟然会在一个孩子面前萌生退意，这个孩子还是他自己的儿子。

他意识到自己已经错过了去拥抱这孩子的机会……他发觉得太晚了，也来得太晚，这孩子或许已经不再期待一个拥抱。

他最终沉默着转身离开，没有能开口说出哪怕一句话。

在他回到病房后过了一阵子，小儿子也若无其事地回来了，这孩子甚至已经调整好了神态，神情轻松地说："不好意思，我出去太久了。"

仿佛走廊上那一幕，只是存在于他幻想中的错觉。

但是，他是不会看错的。

所以当第二天，小儿子提出来要独自出门的时候，他面上点头答应，等这孩子出门口，却打电话给了私人保镖的负责人。

他嘱咐道："找个机灵点的人跟着修言，看看他去哪里，做了什么。"

他说完迟疑了一下，又说："他身体有些不舒服，也小心些。"

他请的安保人员是业界一流的，下午在小儿子回来之后，那边就发来了详细的报告，还有据说是从医院外面的垃圾桶里捡回来的胸片和化验单。

原来这孩子是瞒着家里人自己一个人去看了病……还扔掉了胸片和化验单。

他将胸片和化验单给了家庭医生看。

这个快要退休的老医生素来偏爱小儿子，神色有些心疼："这是修言的片子？心肌炎啊，过年前体检不还是好好的吗？怎么搞成这样了？"

他不知道该怎么回答，只能问："那什么原因才会引起心肌炎？"

老医生叹了口气："原因多了……他之前有没有感冒很久没有治愈过？"

他心里隐约明白，大概是因为两三个月前那一次……这孩子怕是因为在生病后被他责骂怀疑，才会哪怕身体不舒服，也不肯对家人吐露半句。

他犹豫了一阵，还是向老医生解释了一遍。

老医生看了他一眼，目光中分明已经有了些谴责的意味："事情已经这样了，注意下让修言多休息吧，最好能请假在家卧床。"

他又犹豫了，请假容易，但他要怎么跟妻子解释？按照妻子的性格，恐怕又是一场大闹，他们刚缓和了一点的关系，又要重新回到冰点。

觉察到了他的迟疑，老医生又叹了口气："那就让修言自己决定吧……"

老医生说着，又补充了一句："除了多休息，还要保持心情舒畅。"

他不知道该说什么，只能答应下来。

老医生为肃家服务了一辈子，算是他的半个长辈，看着他语重心长："道林，修言是个好孩子，别太苛责他了。"

他最后回答了什么，他自己已经不记得了。

只记得出于种种原因的考虑，这件事他并没有告知妻子，也没有给小儿子请假。

他只是以校董的身份，给小儿子学校的校长打了个电话，告诉她小儿子的情况，请她在学校里多关照一下。

他们的生活就这样继续了下去，大儿子病愈出院，他和妻子的关系也得到了缓和，小儿子也顺利升入了中学，一切看起来都重新美满了起来。

连他自己都渐渐开始不再记得，他的孩子，曾经独自扛过病痛的折磨，无人在意，也无人关怀。

直到两年后，那一次夏令营的事故中，他才知道自己错得那样离谱。

当他从夏令营老师的电话里接到小儿子可能被绑架的消息时，是心急如焚的。

然而妻子此时已是慌了神，他就更加不能慌，他立刻动用了所有能动用的资源。

警方的关系，私人安保公司和搜索团队，所有他能想到的渠道，一个都没有落下。

妻子一直在哭，他也心乱如麻，他和妻子也准备立刻赶去营地的现场，出发时大儿子也下了楼。

大儿子应该是早就清醒并冷静旁观了他和妻子的慌乱，他看向自己，用一种不容拒绝的语气开口："爸爸，妈妈，我也应该一起去。"

妻子下意识是不同意的："不行，小然你身体又不好，那里乱糟糟的，你快回房间睡觉。"

他却在沉默了片刻后点头："小然一起来吧。"

妻子惊讶地看了看他，似乎是不明白他为什么要让大儿子也参与进来，但毕竟时间紧迫，妻子没有再说什么。

只有他明白自己为什么这么做，因为他知道在危险的情况下，小儿子最信任的人，或许不是他，也不是妻子，而是大儿子。

那晚的事他事后回忆起来，只觉得茫然和混乱，还有巨大的懊悔和无法言喻的自责。

他从来都不是一个善于表达感情的人，但他也不认为自己过于冷酷。

直到那天，他后来在午夜时辗转反侧无法入睡，会控制不住地想：自己真的是个合格的父亲吗？自己是不是真的太过冷血无情？

然而再多的悔恨都无法更改那晚所发生的事，也无法弥合他和小儿子之间越来越大的距离。

他带着妻子和大儿子，在满心焦急又一头乱麻的时候来到了夏令营的营地。

警察和专业的搜救人员已经先他们一步到了，他没有得到任何关于小儿子的行踪信息，只听到有人向他介绍说，和小儿子一起失踪的还有个小女孩。

穿过乱糟糟的搜救现场，他看到救护车上有个裹着毯子的女孩子在哭，而后听到这个向自己介绍情况的警官沉默了下，然后说："根据现场的情况和受害者的口述，我们怀疑现在情况是……"

他沉默地听着，警官的案情介绍比他日常所要听的那种集团汇报简单得多，为了方便家属听明白，也并没有什么专业术语，都是简单到质朴的描述。

但他觉得自己有些听不明白：小儿子是被人有预谋地绑架了吗？如果小儿子是被有预谋地绑架了，为什么绑匪还有联系他们夫妻索要赎金？绑架他的孩子，不就是为了巨额赎金吗？不然还能是什么原因？

他面色铁青，一言不发。

向他介绍情况的警官，是个人情练达的中年人了，看着他沉默了片刻，竟然放缓声音安慰了一句："肃先生，不要太紧张，我们会尽一切努力营救受害人的。"

他先是被那句"受害人"震得大脑空白，接着才注意到自己的失态，抬手摸了把脸，才能开口说话："警官，我们……"

他听到自己的声音嘶哑里还带着些颤抖，竟然就再也不知道该说些什么。

他的确很多钱，甚至能辐射到许多权力，为了他的孩子，他能付得起任何报酬和奖赏。

可是这一刻，他觉得自己像是任何一个丢了孩子的普通家长一样，恐慌无措。

他害怕妻子情绪崩溃，让她坐在车上不要下来，现在他能感觉到隔着车窗，妻子那紧盯着自己的目光，他知道那目光一定焦急且满含泪光。

他不能再失态了，他强迫自己冷静一些，至少要让背影看上去镇定自若。

他再次试图开口，却听到大儿子的声音，平稳沉着："警官先生，您是说，那些人在绑架我弟弟的时候，一起绑走了另一个女孩子吗？"

虽然惊讶于这个十几岁的孩子反倒比父亲更加冷静，警官还是点了点头："是的，就是那个女孩子的喊叫惊动了营地里的其他人。"

大儿子沉吟了片刻："绑架受害者被撞破，却没有选择当场杀害目击证人，而是将之一起绑走……是不是证明了两点？一、绑匪人多势众，再绑走一个小女孩对他们来说也不是什么难事。二、他们并没有那么穷凶极恶，或者说有人约束他们，让他们不能随意杀人。"

警官神色有些惊讶，看了眼大儿子："我们确实有这样考虑，不过这些都是推测，还未证实。"

警方在办案时不能把未加证实的推测告诉给受害人家属，一来是害怕家属情绪失控，二来是如果事实与推测不符，也会让家属情绪大起大伏，引起纠纷和麻烦。

大儿子也没有对警官追问，而是看向自己，轻声说："爸爸，不要太担心……一切还没到最坏的时候。"

他被大儿子这句话提醒，深吸了口气，强迫自己镇静下来，对警官轻轻颔首："我们知道了，谢谢警官。"

警官暂时告别他们，继续去指挥现场，他抬手扶了扶额头，轻声对大儿子说："修然，有件事情我要告诉你……你弟弟的身体并不好，他之前有过一阵子患了心肌炎，我担心……"

这也是他会突然慌了神的原因之一，他知道小儿子身体不好，可却并没有别人知道。那些绑匪当然也不知道，如果他们无意间做了什么刺激到小儿子病情的事情……哪怕他们并没有伤人的意愿，也会伤害到他的孩子。

大儿子惊讶了片刻，随即就沉着地开口："爸爸，不要想太多扰乱自己的思维……越是这种时候，您越要保持冷静。"

然后大儿子沉默了一下，补上了一句："爸爸，这件事我会告诉急救的医生，不会告诉妈妈……如果别人问起，我会说是医院方查了病历。"

几乎是在一瞬间，大儿子就像已经看透了他的想法。

他难得嗫嚅了下，不知道该说什么。

大儿子却又低声开口："其实爸爸，我和小言，我们都知道的……那时候，如果让妈妈知道了小言也病着，你们会离婚的吧。"

他沉默了许久，才艰涩地说："我那时候不该说那些气话，在我心里，你们一样重要……我只是……"

在这种小儿子生死未卜的时候，他根本说不下去，大儿子却心领神会一般，甚至安抚地对他弯了弯唇角："爸爸，我们也都爱您和妈妈。"

在找到小儿子之前的每一分每一秒都极为难熬，没有过太久，小儿子就被人找到了。

小儿子是被警车带回来的，他心急如焚，在看到小儿子从警车上走下来后，就松了口气，快步走上前去。

他是想要抱住这孩子的，因为骤然放松下来，口中不由自主端出来平日那种严厉语气："你怎么回来的？遇到什么事了？"

接着他就看到小儿子明显地后退了一步，似乎是在惧怕他，又似乎是在抗拒他的靠近。

他的身体僵直地定在原地，妻子也从车上开门下来，呼唤着小儿子冲向他。

但这孩子谁都没有看，目光定定落在他身后，他转头，看到那是大儿子。

他看着小儿子对自己的哥哥笑了一下，轻声说："哥哥，我好像又害了人……"

大儿子冲上去抱住了他，转头冲着救护车的方向大喊："快来人！这里需要急救！"

他这才发觉小儿子的脸色，似乎有些异乎寻常的惨白，而这孩子的眼睛也在这时悄然合了起来。

他看着大儿子紧紧抱着小儿子软倒下去的身体，看到医生和护士冲过来快速地把小儿子抬上了救护车。

直到有医生大声地喊需要家长跟随救护车一起去医院，他才恍然地放下半抬着的僵硬手臂。

那是一个想要去拥抱的姿势，他却再一次没能抱住那个孩子。

那天他们等在急救室外，被下了两次病危通知书，妻子哭得像那晚一样撕心裂肺。

等她哭到脱力，靠在他怀里时，却突然异常冷静地来了一句："我早就应该和你离婚。"

他轻轻地拍了拍妻子的肩膀，回答道："对。"

妻子歇斯底里般用拳头猛砸他的肩膀，身体却更加紧密地贴在他怀中，她哭着喊："肃道林，你是个混账！你根本就不在乎小言！"

他紧搂着妻子，任由她发泄完，才低声说："我没有……我在乎。"

妻子哭着趴在他肩上："肃道林，如果不是因为你再混账，你也比别的人对他好，我一定跟你离婚！"

他把妻子娇小的身躯完全揽在自己怀中："对，我是混账，你说得对。"

妻子把头埋在他的肩窝里，抱着他放声哭泣。

他像哄多年前那个小女孩一样，轻拍着她的肩膀，将吻落在她的额头上。

他和妻子，曾是热烈地相爱过的，但是在步入婚姻，生育和抚养了孩子后，因为这样或者那样的龃龉，渐渐变得一地鸡毛。

甚至因为这样那样的琐事，把他们的孩子们，也卷入到了这场逐渐变质的对峙中。

也许他们的家庭已经不算太差，也许人到中年，他也应该学着去接受生活中的各种沉郁和不如意。

但他总觉得……也许，他本可以做得更好，在还来得及的时候，多做上一些什么。

只是他终究是错过了太多次，他和那孩子的关系，始终也没有迎来破冰的那一天。

甚至在小儿子十八岁生日那天，他还又错了一次……虽然那天他悔悟得够早，也在火车站的站台上找到了这个孩子。

但，那也只是一件他本应该做的事情。

在那之后，他们的关系依然如故。

小儿子对他依旧尊敬，这份尊敬又渐渐因为这孩子年岁渐长，变成了一种主动保持距离的生疏。

小儿子会向他汇报学业，偶尔也能阐述一下自己对未来的想法，但那又像是对待公事一般，周到又深思熟虑，没有带上多余的情绪。

当他的身体出了状况，医生又明确地给出了诊断之后，他相当平静地接受了自己就要命不久矣的事实。

他这一生远说不上波澜壮阔，自己甚至都觉得乏善可陈，却偏偏又像是牵连甚多，连带身后事的安排，都要见一批又一批的律师。

当他终于放下来繁重的工作，在医院里静静等待命运终焉的到来时，他又突然地，想要尽可能多和妻子孩子们待在一起。

他的家人都在努力满足他的愿望，小儿子也是一样。

只是他并不常跟母亲和哥哥一起来，他还在读书，课余的时候，清晨傍晚，有些中午，他都会静静地到来，陪他坐上一阵，然后再告别离开。

他们之间通常并没有什么对话，这孩子甚至还会把作业带过来，坐在他身旁验算那些复杂的数字，画那些枯燥无聊的图纸。

这个工科专业是这孩子自己选的，他没有对此发表过什么意见。

这当然不是因为他无意将集团交到小儿子手中，而是他觉得，学工科也挺好，数字和公式不会骗人，他的孩子又不愁生计，想要怎样的人生，就去过怎样的人生。

那天病房里还是只有他和小儿子，那是个傍晚，夕阳比通常都要更灿烂艳丽一些，绯红色的光芒透过庭院照射进这个苍白空旷的病房。

他在这样近乎神迹的夕阳里，突然开口问："你是不是觉得，我是个不称职的父亲？"

这几乎是生病后，他第一次主动开口和小儿子说话，这孩子却显得并不意外，抬起头看着他，平静地回答："父母是无法选择的，就像您不管满意与否，也无法否认我。"

他笑了出来，是啊，不管愿不愿意承认，他们都是血脉相连的父子。

他想起来这孩子还很小的时候，有一次坐在他怀里，听他读童话书，也许是听到了书里的话，小小的孩子抬起头看着他，一双眼睛闪亮无比："爸爸，您爱我吗？"

他那时笑了笑，存心逗他："那小言呢？小言爱爸爸吗？"

小儿子用力地点头："我当然爱爸爸啦！"

他笑了起来："爸爸当然也爱小言。"

小儿子"哦"了声，举起两条小手臂比画了一下："那我爱爸爸这么多！"

他用成年人的智慧，去终结了这个比大的游戏："可是爸爸爱小言，胜过一切。"

小儿子显然不是很明白"一切"又是什么，傻傻地呆愣起来，惹得他笑得更加厉害。

那些都是非常久远的记忆，却又像是就在昨天……原来这一生匆匆过去，到终了，能想起来的竟是这些琐碎到没有道理的回忆。

像是时光河流中的泥沙被搅动，露出来深埋在河床下的珍珠，依然如旧日时光里一般，光亮如新。

再美丽的夕阳也终究要落下了，在接近最后的时刻，他其实很想再听小儿子问一句："爸爸，您爱我吗？"

他想他这次也一定会坚定地回答："当然，爸爸爱你，胜过一切。"

可是小儿子已经是个成年人了，不会再像小时候一样撒娇，他们父子间的感情表达，也注定不会再像成年人和幼童之间那般亲昵自然。

不过那天傍晚的晚霞真的很好，温暖瑰丽的光芒映照在病房里，他们相对着沉默了许久。

有那么一刻，在他看向小儿子的同时，小儿子也恰好抬起头看向了他，他想他一定用目光告诉了他的孩子：爸爸爱你，胜过一切。

【全文完结】

图书在版编目（CIP）数据

不可言说的秘密 : 全 2 册 / 谢楼南著 . — 南京 :
江苏凤凰文艺出版社，2022.2
ISBN 978-7-5594-5606-9

Ⅰ . ①不… Ⅱ . ①谢… Ⅲ . ①长篇小说 – 中国 – 当代
Ⅳ . ① I247.5

中国版本图书馆 CIP 数据核字 (2020) 第 265467 号

不可言说的秘密 : 全 2 册

谢楼南 著

策　　划	北京记忆坊文化	
责任编辑	白　涵	
特约策划	绪　花	
特约编辑	绪　花	
封面绘图	三　乖	
插图绘图	浮　游	
封面设计	80 零·小贾	
版式设计	天　缈	
出版发行	江苏凤凰文艺出版社	
	南京市中央路 165 号，邮编：210009	
网　　址	http://www.jswenyi.com	
印　　刷	三河市国新印装有限公司	
开　　本	670 毫米 ×970 毫米 1/16	
印　　张	31	
字　　数	599 千字	
版　　次	2022 年 2 月第 1 版	
印　　次	2022 年 2 月第 1 次印刷	
书　　号	ISBN 978-7-5594-5606-9	
定　　价	78.00 元（全二册）	

MEMORY
HOUSE